# Heinrich von Kleist

# Sämtliche Erzählungen

## und andere Prosa

Nachwort von
Walter Müller-Seidel

Philipp Reclam jun. Stuttgart

Die Texte folgen: Heinrich von Kleist: Sämtliche Werke und Briefe. Herausgegeben von Helmut Sembdner. Fünfte, vermehrte und revidierte Auflage. München: Hanser, 1970.

RECLAMS UNIVERSAL-BIBLIOTHEK Nr. 8232
Gesamtherstellung: Reclam, Ditzingen. Printed in Germany 2009
RECLAM, UNIVERSAL-BIBLIOTHEK und
RECLAMS UNIVERSAL-BIBLIOTHEK sind eingetragene Marken
der Philipp Reclam jun. GmbH & Co. KG, Stuttgart
ISBN 978-3-15-008232-4

www.reclam.de

# Michael Kohlhaas

(Aus einer alten Chronik)

An den Ufern der Havel lebte, um die Mitte des sechzehnten Jahrhunderts, ein Roßhändler, namens *Michael
Kohlhaas*, Sohn eines Schulmeisters, einer der rechtschaffensten zugleich und entsetzlichsten Menschen seiner Zeit. – Dieser außerordentliche Mann würde, bis in
sein dreißigstes Jahr für das Muster eines guten Staats-
bürgers haben gelten können. Er besaß in einem Dorfe,
das noch von ihm den Namen führt, einen Meierhof, auf
welchem er sich durch sein Gewerbe ruhig ernährte; die
Kinder, die ihm sein Weib schenkte, erzog er, in der
Furcht Gottes, zur Arbeitsamkeit und Treue; nicht einer
war unter seinen Nachbarn, der sich nicht seiner Wohltä-
tigkeit, oder seiner Gerechtigkeit erfreut hätte; kurz, die
Welt würde sein Andenken haben segnen müssen, wenn
er in einer Tugend nicht ausgeschweift hätte. Das Rechtgefühl aber machte ihn zum Räuber und Mörder.

Er ritt einst, mit einer Koppel junger Pferde, wohlge-
nährt alle und glänzend, ins Ausland, und überschlug
eben, wie er den Gewinst, den er auf den Märkten damit
zu machen hoffte, anlegen wolle: teils, nach Art guter
Wirte, auf neuen Gewinst, teils aber auch auf den Genuß
der Gegenwart: als er an die Elbe kam, und bei einer
stattlichen Ritterburg, auf sächsischem Gebiete, einen
Schlagbaum traf, den er sonst auf diesem Wege nicht
gefunden hatte. Er hielt, in einem Augenblick, da eben
der Regen heftig stürmte, mit den Pferden still, und rief
den Schlagwärter, der auch bald darauf, mit einem gräm-
lichen Gesicht, aus dem Fenster sah. Der Roßhändler
sagte, daß er ihm öffnen solle. Was gibts hier Neues?
fragte er, da der Zöllner, nach einer geraumen Zeit, aus
dem Hause trat. Landesherrliches Privilegium, antwortete dieser, indem er aufschloß: dem Junker Wenzel von

Tronka verliehen. – So, sagte Kohlhaas. Wenzel heißt
der Junker? und sah sich das Schloß an, das mit glänzenden Zinnen über das Feld blickte. Ist der alte Herr tot? –
Am Schlagfluß gestorben, erwiderte der Zöllner, indem
er den Baum in die Höhe ließ. – Hm! Schade! versetzte
Kohlhaas. Ein würdiger alter Herr, der seine Freude am
Verkehr der Menschen hatte, Handel und Wandel, wo er
nur vermochte, forthalf, und einen Steindamm einst
bauen ließ, weil mir eine Stute, draußen, wo der Weg ins
Dorf geht, das Bein gebrochen. Nun! Was bin ich schuldig? – fragte er; und holte die Groschen, die der Zollwärter verlangte, mühselig unter dem im Winde flatternden
Mantel hervor. »Ja, Alter«, setzte er noch hinzu, da
dieser : hurtig! hurtig! murmelte, und über die Witterung
fluchte: »wenn der Baum im Walde stehen geblieben
wäre, wärs besser gewesen, für mich und Euch«; und
damit gab er ihm das Geld und wollte reiten. Er war aber
noch kaum unter den Schlagbaum gekommen, als eine
neue Stimme schon: halt dort, der Roßkamm! hinter ihm
vom Turm erscholl, und er den Burgvogt ein Fenster
zuwerfen und zu ihm herabeilen sah. Nun, was gibts
Neues? fragte Kohlhaas bei sich selbst, und hielt mit den
Pferden an. Der Burgvogt, indem er sich noch eine
Weste über seinen weitläufigen Leib zuknüpfte, kam,
und fragte, schief gegen die Witterung gestellt, nach dem
Paßschein. – Kohlhaas fragte: der Paßschein? Er sagte,
ein wenig betreten, daß er, soviel er wisse, keinen habe;
daß man ihm aber nur beschreiben möchte, was dies für
ein Ding des Herrn sei: so werde er vielleicht zufälliger-
weise damit versehen sein. Der Schloßvogt, indem er ihn
von der Seite ansah, versetzte, daß ohne einen landesherrlichen Erlaubnisschein, kein Roßkamm mit Pferden
über die Grenze gelassen würde. Der Roßkamm versicherte, daß er siebzehn Mal in seinem Leben, ohne einen
solchen Schein, über die Grenze gezogen sei; daß er alle
landesherrlichen Verfügungen, die sein Gewerbe angin-
gen, genau kennte; daß dies wohl nur ein Irrtum sein

würde, wegen dessen er sich zu bedenken bitte, und daß man ihn, da seine Tagereise lang sei, nicht länger unnützer Weise hier aufhalten möge. Doch der Vogt erwiderte, daß er das achtzehnte Mal nicht durchschlüpfen würde, daß die Verordnung deshalb erst neuerlich erschienen wäre, und daß er entweder den Paßschein noch hier lösen, oder zurückkehren müsse, wo er hergekommen sei. Der Roßhändler, den diese ungesetzlichen Erpressungen zu erbittern anfingen, stieg, nach einer kurzen Besinnung, vom Pferde, gab es einem Knecht, und sagte, daß er den Junker von Tronka selbst darüber sprechen würde. Er ging auch auf die Burg; der Vogt folgte ihm, indem er von filzigen Geldraffern und nützlichen Aderlässen derselben murmelte; und beide traten, mit ihren Blicken einander messend, in den Saal. Es traf sich, daß der Junker eben, mit einigen muntern Freunden, beim Becher saß, und, um eines Schwanks willen, ein unendliches Gelächter unter ihnen erscholl, als Kohlhaas, um seine Beschwerde anzubringen, sich ihm näherte. Der Junker fragte, was er wolle; die Ritter, als sie den fremden Mann erblickten, wurden still; doch kaum hatte dieser sein Gesuch, die Pferde betreffend, angefangen, als der ganze Troß schon: Pferde? Wo sind sie? ausrief, und an die Fenster eilte, um sie zu betrachten. Sie flogen, da sie die glänzende Koppel sahen, auf den Vorschlag des Junkers, in den Hof hinab; der Regen hatte aufgehört; Schloßvogt und Verwalter und Knechte versammelten sich um sie, und alle musterten die Tiere. Der eine lobte den Schweißfuchs mit der Blesse, dem andern gefiel der Kastanienbraune, der dritte streichelte den Schecken mit schwarzgelben Flecken; und alle meinten, daß die Pferde wie Hirsche wären, und im Lande keine bessern gezogen würden. Kohlhaas erwiderte munter, daß die Pferde nicht besser wären, als die Ritter, die sie reiten sollten; und forderte sie auf, zu kaufen. Der Junker, den der mächtige Schweißhengst sehr reizte, befragte ihn auch um den Preis; der Verwalter lag ihm an, ein Paar Rappen zu kaufen, die er, wegen Pferdemangels, in der Wirtschaft gebrauchen zu können glaubte; doch als der Roßkamm sich erklärt hatte, fanden die Ritter ihn zu teuer, und der Junker sagte, daß er nach der Tafelrunde reiten und sich den König Arthur aufsuchen müsse, wenn er die Pferde so anschlage. Kohlhaas, der den Schloßvogt und den Verwalter, indem sie sprechende Blicke auf die Rappen warfen, mit einander flüstern sah, ließ es, aus einer dunkeln Vorahndung, an nichts fehlen, die Pferde an sie los zu werden. Er sagte zum Junker: »Herr, die Rappen habe ich vor sechs Monaten für 25 Goldgülden gekauft; gebt mir 30, so sollt Ihr sie haben.« Zwei Ritter, die neben dem Junker standen, äußerten nicht undeutlich, daß die Pferde wohl so viel wert wären; doch der Junker meinte, daß er für den Schweißfuchs wohl, aber nicht für die Rappen, Geld ausgeben möchte, und machte Anstalten, aufzubrechen; worauf Kohlhaas sagte, er würde vielleicht das nächste Mal, wenn er wieder mit seinen Gaulen durchzöge, einen Handel mit ihm machen; sich dem Junker empfahl, und die Zügel seines Pferdes ergriff, um abzureiten. In diesem Augenblick trat der Schloßvogt aus dem Haufen vor, und sagte, er höre, daß er ohne einen Paßschein nicht reisen dürfe. Kohlhaas wandte sich und fragte den Junker, ob es denn mit diesem Umstand, der sein ganzes Gewerbe zerstöre, in der Tat seine Richtigkeit habe? Der Junker antwortete, mit einem verlegnen Gesicht, indem er abging: ja, Kohlhaas, den Paß mußt du lösen. Sprich mit dem Schloßvogt, und zieh deiner Wege. Kohlhaas versicherte ihn, daß es gar nicht seine Absicht sei, die Verordnungen, die wegen Ausführung der Pferde bestehen möchten, zu umgehen; versprach, bei seinem Durchzug durch Dresden, den Paß in der Geheimschreiberei zu lösen, und bat, ihn nur diesmal, da er von dieser Forderung durchaus nichts gewußt, ziehen zu lassen. Nun! sprach der Junker, da eben das Wetter wieder zu stürmen anfing, und seine dürren Glieder durchsauste: laßt den Schlucker laufen.

Kommt! sagte er zu den Rittern, kehrte sich um, und wollte nach dem Schlosse gehen. Der Schloßvogt sagte, zum Junker gewandt, daß er wenigstens ein Pfand, zur Sicherheit, daß er den Schein lösen würde, zurücklassen müsse. Der Junker blieb wieder unter dem Schloßtor stehen. Kohlhaas fragte, welchen Wert er denn, an Geld oder an Sachen, zum Pfande, wegen der Rappen, zurücklassen solle? Der Verwalter meinte, in den Bart murmelnd, er könne ja die Rappen selbst zurücklassen. Allerdings, sagte der Schloßvogt, das ist das Zweckmäßigste; ist der Paß gelöst, so kann er sie zu jeder Zeit wieder abholen. Kohlhaas, über eine so unverschämte Forderung betreten, sagte dem Junker, der sich die Wamsschöße frierend vor den Leib hielt, daß er die Rappen ja verkaufen wolle; doch dieser, da in demselben Augenblick ein Windstoß eine ganze Last von Regen und Hagel durchs Tor jagte, rief, um der Sache ein Ende zu machen: wenn er die Pferde nicht loslassen will, so schmeißt ihn wieder über den Schlagbaum zurück; und ging ab. Der Roßkamm, der wohl sah, daß er hier der Gewalttätigkeit weichen mußte, entschloß sich, die Forderung, weil doch nichts anders übrig blieb, zu erfüllen; spannte die Rappen aus, und führte sie in einen Stall, den ihm der Schloßvogt anwies. Er ließ einen Knecht bei ihnen zurück, versah ihn mit Geld, ermahnte ihn, die Pferde, bis zu seiner Zurückkunft, wohl in acht zu nehmen, und setzte seine Reise, mit dem Rest der Koppel, halb und halb ungewiß, ob nicht doch wohl, wegen aufkeimender Pferdezucht, ein solches Gebot, im Sächsischen, erschienen sein könne, nach Leipzig, wo er auf die Messe wollte, fort.

In Dresden, wo er, in einer der Vorstädte der Stadt, ein Haus mit einigen Ställen besaß, weil er von hier aus seinen Handel auf den kleineren Märkten des Landes zu bestreiten pflegte, begab er sich, gleich nach seiner Ankunft, in die Geheimschreiberei, wo er von den Räten, deren er einige kannte, erfuhr, was ihm allerdings

sein erster Glaube schon gesagt hatte, daß die Geschichte
von dem Paßschein ein Märchen sei. Kohlhaas, dem die
mißvergnügten Räte, auf sein Ansuchen, einen schrift-
lichen Schein über den Ungrund derselben gaben, lächelte
über den Witz des dürren Junkers, obschon er noch nicht
recht einsah, was er damit bezwecken mochte; und die
Koppel der Pferde, die er bei sich führte, einige Wochen
darauf, zu seiner Zufriedenheit, verkauft, kehrte er, ohne
irgend weiter ein bitteres Gefühl, als das der allgemeinen
Not der Welt, zur Tronkenburg zurück. Der Schloßvogt, dem er den Schein zeigte, ließ sich nicht weiter
darüber aus, und sagte, auf die Frage des Roßkamms, ob
er die Pferde jetzt wieder bekommen könne: er möchte
nur hinunter gehen und sie holen. Kohlhaas hatte aber
schon, da er über den Hof ging, den unangenehmen
Auftritt, zu erfahren, daß sein Knecht, ungebührlichen
Betragens halber, wie es hieß, wenige Tage nach dessen
Zurücklassung in der Tronkenburg, zerprügelt und weggejagt worden sei. Er fragte den Jungen, der ihm diese
Nachricht gab, was denn derselbe getan? und wer während dessen die Pferde besorgt hätte? worauf dieser aber
erwiderte, er wisse es nicht, und darauf dem Roßkamm,
dem das Herz schon von Ahnungen schwoll, den Stall, in
welchem sie standen, öffnete. Wie groß war aber sein
Erstaunen, als er, statt seiner zwei glatten und wohlgenährten Rappen, ein Paar dürre, abgehärmte Mähren
erblickte; Knochen, denen man, wie Riegeln, hätte
Sachen aufhängen können; Mähnen und Haare, ohne
Wartung und Pflege, zusammengeknetet: das wahre Bild
des Elends im Tierreiche! Kohlhaas, den die Pferde, mit
einer schwachen Bewegung, anwieherten, war auf das
äußerste entrüstet, und fragte, was seinen Gaulen widerfahren wäre? Der Junge, der bei ihm stand, antwortete,
daß ihnen weiter kein Unglück zugestoßen wäre, daß sie
auch das gehörige Futter bekommen hätten, daß sie aber,
da gerade Ernte gewesen sei, wegen Mangels an Zugvieh,
ein wenig auf den Feldern gebraucht worden wären.

Kohlhaas fluchte über diese schändliche und abgekartete Gewalttätigkeit, verbiß jedoch, im Gefühl seiner Ohnmacht, seinen Ingrimm, und machte schon, da doch nichts anderes übrig blieb, Anstalten, das Raubnest mit den Pferden nur wieder zu verlassen, als der Schloßvogt, von dem Wortwechsel herbeigerufen, erschien, und fragte, was es hier gäbe? Was es gibt? antwortete Kohlhaas. Wer hat dem Junker von Tronka und dessen Leuten die Erlaubnis gegeben, sich meiner bei ihm zurückgelassenen Rappen zur Feldarbeit zu bedienen? Er setzte hinzu, ob das wohl menschlich wäre? versuchte, die erschöpften Gaule durch einen Gertenstreich zu erregen, und zeigte ihm, daß sie sich nicht rührten. Der Schloßvogt, nachdem er ihn eine Weile trotzig angesehen hatte, versetzte: seht der Grobian! Ob der Flegel nicht Gott danken sollte, daß die Mähren überhaupt noch leben? Er fragte, wer sie, da der Knecht weggelaufen, hätte pflegen sollen? Ob es nicht billig gewesen wäre, daß die Pferde das Futter, das man ihnen gereicht habe, auf den Feldern abverdient hätten? Er schloß, daß er hier keine Flausen machen möchte, oder daß er die Hunde rufen, und sich durch sie Ruhe im Hofe zu verschaffen wissen würde. – Dem Roßhändler schlug das Herz gegen den Wams. Es drängte ihn, den nichtswürdigen Dickwanst in den Kot zu werfen, und den Fuß auf sein kupfernes Antlitz zu setzen. Doch sein Rechtgefühl, das einer Goldwaage glich, wankte noch; er war, vor der Schranke seiner eigenen Brust, noch nicht gewiß, ob eine Schuld seinen Gegner drücke; und während er, die Schimpfreden niederschluckend, zu den Pferden trat, und ihnen, in stiller Erwägung der Umstände, die Mähnen zurecht legte, fragte er mit gesenkter Stimme: um welches Versehens halber der Knecht denn aus der Burg entfernt worden sei? Der Schloßvogt erwiderte: weil der Schlingel trotzig im Hofe gewesen ist! Weil er sich gegen einen notwendigen Stallwechsel gesträubt, und verlangt hat, daß die Pferde zweier Jungherren, die auf die Tronken-

burg kamen, um seiner Mähren willen auf der freien
Straße übernachten sollten! – Kohlhaas hätte den Wert
der Pferde darum gegeben, wenn er den Knecht zur
Hand gehabt, und dessen Aussage mit der Aussage dieses
dickmäuligen Burgvogts hätte vergleichen können. Er
stand noch, und streifte den Rappen die Zoddeln aus,
und sann, was in seiner Lage zu tun sei, als sich die Szene
plötzlich änderte, und der Junker Wenzel von Tronka,
mit einem Schwarm von Rittern, Knechten und Hunden,
von der Hasenhetze kommend, in den Schloßplatz
sprengte. Der Schloßvogt, als er fragte, was vorgefallen
sei, nahm sogleich das Wort, und während die Hunde,
beim Anblick des Fremden, von der einen Seite, ein
Mordgeheul gegen ihn anstimmten, und die Ritter ihnen,
von der andern, zu schweigen geboten, zeigte er ihm,
unter der gehässigsten Entstellung der Sache, an, was
dieser Roßkamm, weil seine Rappen ein wenig gebraucht
worden wären, für eine Rebellion verführe. Er sagte, mit
Hohngelächter, daß er sich weigere, die Pferde als die
seinigen anzuerkennen. Kohlhaas rief: »das *sind* nicht
meine Pferde, gestrenger Herr! Das sind die *Pferde*
nicht, die dreißig Goldgülden wert waren! Ich will meine
wohlgenährten und gesunden Pferde wieder haben!« –
Der Junker, indem ihm eine flüchtige Blässe ins Gesicht
trat, stieg vom Pferde, und sagte: wenn der H... A...
die Pferde nicht wiedernehmen will, so mag er es bleiben
lassen. Komm, Günther! rief er – Hans! Kommt! indem
er sich den Staub mit der Hand von den Beinkleidern
schüttelte; und: schafft Wein! rief er noch, da er mit den
Rittern unter der Tür war; und ging ins Haus. Kohlhaas
sagte, daß er eher den Abdecker rufen, und die Pferde
auf den Schindanger schmeißen lassen, als sie so, wie sie
wären, in seinen Stall zu Kohlhaasenbrück führen wolle.
Er ließ die Gaule, ohne sich um sie zu bekümmern, auf
dem Platz stehen, schwang sich, indem er versicherte,
daß er sich Recht zu verschaffen wissen würde, auf
seinen Braunen, und ritt davon.

Spornstreichs auf dem Wege nach Dresden war er schon, als er, bei dem Gedanken an den Knecht, und an die Klage, die man auf der Burg gegen ihn führte, schrittweis zu reiten anfing, sein Pferd, ehe er noch tausend Schritt gemacht hatte, wieder wandte, und zur vorgängigen Vernehmung des Knechts, wie es ihm klug und gerecht schien, nach Kohlhaasenbrück einbog. Denn ein richtiges, mit der gebrechlichen Einrichtung der Welt schon bekanntes Gefühl machte ihn, trotz der erlittenen Beleidigungen, geneigt, falls nur wirklich dem Knecht, wie der Schloßvogt behauptete, eine Art von Schuld beizumessen sei, den Verlust der Pferde, als eine gerechte Folge davon, zu verschmerzen. Dagegen sagte ihm ein ebenso vortreffliches Gefühl, und dies Gefühl faßte tiefere und tiefere Wurzeln, in dem Maße, als er weiter ritt, und überall, wo er einkehrte, von den Ungerechtigkeiten hörte, die täglich auf der Tronkenburg gegen die Reisenden verübt wurden: daß wenn der ganze Vorfall, wie es allen Anschein habe, bloß abgekartet sein sollte, er mit seinen Kräften der Welt in der Pflicht verfallen sei, sich Genugtuung für die erlittene Kränkung, und Sicherheit für zukünftige seinen Mitbürgern zu verschaffen.

Sobald er, bei seiner Ankunft in Kohlhaasenbrück, Lisbeth, sein treues Weib, umarmt, und seine Kinder, die um seine Kniee frohlockten, geküßt hatte, fragte er gleich nach Herse, dem Großknecht: und ob man nichts von ihm gehört habe? Lisbeth sagte: ja liebster Michael, dieser Herse! Denke dir, daß dieser unselige Mensch, vor etwa vierzehn Tagen, auf das jämmerlichste zerschlagen, hier eintrifft; nein, so zerschlagen, daß er auch nicht frei atmen kann. Wir bringen ihn zu Bett, wo er heftig Blut speit, und vernehmen, auf unsre wiederholten Fragen, eine Geschichte, die keiner versteht. Wie er von dir mit Pferden, denen man den Durchgang nicht verstattet, auf der Tronkenburg zurückgelassen worden sei, wie man ihn, durch die schändlichsten Mißhandlungen, gezwungen habe, die Burg zu verlassen, und wie es ihm unmög-

lich gewesen wäre, die Pferde mitzunehmen. So? sagte
Kohlhaas, indem er den Mantel ablegte. Ist er denn
schon wieder hergestellt? – Bis auf das Blutspeien, antwortete sie, halb und halb. Ich wollte sogleich einen
Knecht nach der Tronkenburg schicken, um die Pflege
der Rosse, bis zu deiner Ankunft daselbst, besorgen zu
lassen. Denn da sich der Herse immer wahrhaftig gezeigt
hat, und so getreu uns, in der Tat, wie kein anderer, so
kam es mir nicht zu, in seine Aussage, von so viel
Merkmalen unterstützt, einen Zweifel zu setzen, und
etwa zu glauben, daß er der Pferde auf eine andere Art
verlustig gegangen wäre. Doch er beschwört mich, nie-
mandem zuzumuten, sich in diesem Raubneste zu zeigen, und die Tiere aufzugeben, wenn ich keinen Menschen dafür aufopfern wolle. – Liegt er denn noch im
Bette? fragte Kohlhaas, indem er sich von der Halsbinde
befreite. – Er geht, erwiderte sie, seit einigen Tagen
schon wieder im Hofe umher. Kurz, du wirst sehen, fuhr
sie fort, daß alles seine Richtigkeit hat, und daß diese
Begebenheit einer von den Freveln ist, die man sich seit
kurzem auf der Tronkenburg gegen die Fremden erlaubt.
– Das muß ich doch erst untersuchen, erwiderte Kohlhaas. Ruf ihn mir, Lisbeth, wenn er auf ist, doch her! Mit
diesen Worten setzte er sich in den Lehnstuhl; und die
Hausfrau, die sich über seine Gelassenheit sehr freute,
ging, und holte den Knecht.

Was hast du in der Tronkenburg gemacht? fragte
Kohlhaas, da Lisbeth mit ihm in das Zimmer trat. Ich bin
nicht eben wohl mit dir zufrieden. – Der Knecht, auf
dessen blassem Gesicht, bei diesen Worten, eine
Röte fleckig zeigte, schwieg eine Weile; und: da habt Ihr
recht, Herr! antwortete er; denn einen Schwefelfaden,
den ich durch Gottes Fügung bei mir trug, um das
Raubnest, aus dem ich verjagt worden war, in Brand zu
stecken, warf ich, als ich ein Kind darin jammern hörte,
in das Elbwasser, und dachte: mag es Gottes Blitz einäschern; ich wills nicht! – Kohlhaas sagte betroffen:

wodurch aber hast du dir die Verjagung aus der Tronkenburg zugezogen? Drauf Herse: durch einen schlechten Streich, Herr; und trocknete sich den Schweiß von
der Stirn: Geschehenes ist aber nicht zu ändern. Ich
wollte die Pferde nicht auf der Feldarbeit zu Grunde
richten lassen, und sagte, daß sie noch jung wären und
nicht gezogen hätten. – Kohlhaas erwiderte, indem er
seine Verwirrung zu verbergen suchte, daß er hierin
nicht ganz die Wahrheit gesagt, indem die Pferde schon
zu Anfange des verflossenen Frühjahrs ein wenig im
Geschirr gewesen wären. Du hättest dich auf der Burg,
fuhr er fort, wo du doch eine Art von Gast warest, schon
ein oder etliche Mal, wenn gerade, wegen schleuniger
Einführung der Ernte Not war, gefällig zeigen können. –
Das habe ich auch getan, Herr, sprach Herse. Ich dachte,
da sie mir grämliche Gesichter machten, es wird doch die
Rappen just nicht kosten. Am dritten Vormittag spannt
ich sie vor, und drei Fuhren Getreide führt ich ein.
Kohlhaas, dem das Herz emporquoll, schlug die Augen
zu Boden, und versetzte: davon hat man mir nichts
gesagt, Herse! – Herse versicherte ihn, daß es so sei.
Meine Ungefälligkeit, sprach er, bestand darin, daß ich
die Pferde, als sie zu Mittag kaum ausgefressen hatten,
nicht wieder ins Joch spannen wollte; und daß ich dem
Schloßvogt und dem Verwalter, als sie mir vorschlugen
frei Futter dafür anzunehmen, und das Geld, das Ihr mir
für Futterkosten zurückgelassen hattet, in den Sack zu
stecken, antwortete – ich würde ihnen sonst was tun;
mich umkehrte und wegging. – Um dieser Ungefälligkeit
aber, sagte Kohlhaas, bist du von der Tronkenburg nicht
weggejagt worden. – Behüte Gott, rief der Knecht, um
eine gottvergessene Missetat! Denn auf den Abend wurden die Pferde zweier Ritter, welche auf die Tronkenburg kamen, in den Stall geführt, und meine an die
Stalltüre angebunden. Und da ich dem Schloßvogt, der
sie daselbst einquartierte, die Rappen aus der Hand
nahm, und fragte, wo die Tiere jetzo bleiben sollten, so

zeigte er mir einen Schweinekoben an, der von Latten
und Brettern an der Schloßmauer auferbaut war. – Du
meinst, unterbrach ihn Kohlhaas, es war ein so schlech-
tes Behältnis für Pferde, daß es einem Schweinekoben
ähnlicher war, als einem Stall. – Es war ein Schweinekoben, Herr, antwortete Herse; wirklich und wahrhaftig
ein Schweinekoben, in welchem die Schweine aus- und
einliefen, und ich nicht aufrecht stehen konnte. – Vielleicht war sonst kein Unterkommen für die Rappen
aufzufinden, versetzte Kohlhaas; die Pferde der Ritter
gingen, auf eine gewisse Art, vor. – Der Platz, erwiderte
der Knecht, indem er die Stimme fallen ließ, war eng. Es
hauseten jetzt in allem sieben Ritter auf der Burg. Wenn
Ihr es gewesen wäret, Ihr hättet die Pferde ein wenig
zusammenrücken lassen. Ich sagte, ich wolle mir im
Dorf einen Stall zu mieten suchen; doch der Schloßvogt
versetzte, daß er die Pferde unter seinen Augen behalten
müsse, und daß ich mich nicht unterstehen solle, sie vom
Hofe wegzuführen. – Hm! sagte Kohlhaas. Was gabst du
darauf an? – Weil der Verwalter sprach, die beiden Gäste
würden bloß übernachten, und am andern Morgen weiter reiten, so führte ich die Pferde in den Schweinekoben
hinein. Aber der folgende Tag verfloß, ohne daß es
geschah; und als der dritte anbrach, hieß es, die Herren
würden noch einige Wochen auf der Burg verweilen. –
Am Ende wars nicht so schlimm, Herse, im Schweinekoben, sagte Kohlhaas, als es dir, da du zuerst die Nase
hineinstecktest, vorkam. – 's ist wahr, erwiderte jener.
Da ich den Ort ein bissel ausfegte, gings an. Ich gab der
Magd einen Groschen, daß sie die Schweine woanders
einstecke. Und den Tag über bewerkstelligte ich auch,
daß die Pferde aufrecht stehen konnten, indem ich die
Bretter oben, wenn der Morgen dämmerte, von den
Latten abnahm, und abends wieder auflegte. Sie guckten
nun, wie Gänse, aus dem Dach vor, und sahen sich nach
Kohlhaasenbrück, oder sonst, wo es besser ist, um. –
Nun denn, fragte Kohlhaas, warum also, in aller Welt,

jagte man dich fort? – Herr, ich sags Euch, versetzte der Knecht, weil man meiner los sein wollte. Weil sie die Pferde, so lange ich dabei war, nicht zu Grunde richten konnten. Überall schnitten sie mir, im Hofe und in der Gesindestube, widerwärtige Gesichter; und weil ich dachte, zieht ihr die Mäuler, daß sie verrenken, so brachen sie die Gelegenheit vom Zaune, und warfen mich vom Hofe herunter. – Aber die Veranlassung! rief Kohlhaas. Sie werden doch irgend eine Veranlassung gehabt haben! – O allerdings, antwortete Herse, und die allergerechteste. Ich nahm, am Abend des zweiten Tages, den ich im Schweinekoben zugebracht, die Pferde, die sich darin doch zugesudelt hatten, und wollte sie zur Schwemme reiten. Und da ich eben unter dem Schloßtore bin, und mich wenden will, hör ich den Vogt und den Verwalter, mit Knechten, Hunden und Prügeln, aus der Gesindestube, hinter mir herstürzen, und: halt, den Spitzbuben! rufen: halt, den Galgenstrick! als ob sie besessen wären. Der Torwächter tritt mir in den Weg; und da ich ihn und den rasenden Haufen, der auf mich anläuft, frage: was auch gibts? was es gibt? antwortet der Schloßvogt; und greift meinen beiden Rappen in den Zügel. Wo will Er hin mit den Pferden? fragt er, und packt mich an die Brust. Ich sage, wo ich hin will? Himmeldonner! Zur Schwemme will ich reiten. Denkt Er, daß ich –? Zur Schwemme? ruft der Schloßvogt. Ich will dich, Gauner, auf der Heerstraße, nach Kohlhaasenbrück schwimmen lehren! und schmeißt mich, mit einem hämischen Mordzug, er und der Verwalter, der mir das Bein gefaßt hat, vom Pferd herunter, daß ich mich, lang wie ich bin, in den Kot messe. Mord! Hagel! ruf ich, Sielzeug und Decken liegen, und ein Bündel Wäsche von mir, im Stall; doch er und die Knechte, indessen der Verwalter die Pferde wegführt, mit Füßen und Peitschen und Prügeln über mich her, daß ich halbtot hinter dem Schloßtor niedersinke. Und da ich sage: die Raubhunde! Wo führen sie mir die Pferde hin? und mich erhebe:

heraus aus dem Schloßhof! schreit der Vogt, und: hetz, Kaiser! hetz, Jäger! erschallt es, und: hetz, Spitz! und eine Koppel von mehr denn zwölf Hunden fällt über mich her. Drauf brech ich, war es eine Latte, ich weiß nicht was, vom Zaune, und drei Hunde tot streck ich neben mir nieder; doch da ich, von jämmerlichen Zerfleischungen gequält, weichen muß: Flüt! gellt eine Pfeife; die Hunde in den Hof, die Torflügel zusammen, der Riegel vor: und auf der Straße ohnmächtig sink ich nieder. – Kohlhaas sagte, bleich im Gesicht, mit erzwungener Schelmerei: hast du auch nicht entweichen wollen, Herse? Und da dieser, mit dunkler Röte, vor sich niedersah: gesteh mirs, sagte er; es gefiel dir im Schweinekoben nicht; du dachtest, im Stall zu Kohlhaasenbrück ists doch besser. – Himmelschlag! rief Herse: Sielzeug und Dekken ließ ich ja, und einen Bündel Wäsche, im Schweinekoben zurück. Würd ich drei Reichsgülden nicht zu mir gesteckt haben, die ich, im rotseidnen Halstuch, hinter der Krippe versteckt hatte? Blitz, Höll und Teufel! Wenn Ihr so sprecht, so möcht ich nur gleich den Schwefelfaden, den ich wegwarf, wieder anzünden! Nun, nun! sagte der Roßhändler; es war eben nicht böse gemeint! Was du gesagt hast, schau, Wort für Wort, ich glaub es dir; und das Abendmahl, wenn es zur Sprache kommt, will ich selbst nun darauf nehmen. Es tut mir leid, daß es dir in meinen Diensten nicht besser ergangen ist; geh, Herse, geh zu Bett, laß dir eine Flasche Wein geben, und tröste dich: dir soll Gerechtigkeit widerfahren! Und damit stand er auf, fertigte ein Verzeichnis der Sachen an, die der Großknecht im Schweinekoben zurückgelassen; spezifizierte den Wert derselben, fragte ihn auch, wie hoch er die Kurkosten anschlage; und ließ ihn, nachdem er ihm noch einmal die Hand gereicht, abtreten.

Hierauf erzählte er Lisbeth, seiner Frau, den ganzen Verlauf und inneren Zusammenhang der Geschichte, erklärte ihr, wie er entschlossen sei, die öffentliche Gerechtigkeit für sich aufzufordern, und hatte die

Freude, zu sehen, daß sie ihn, in diesem Vorsatz, aus voller Seele bestärkte. Denn sie sagte, daß noch mancher andre Reisende, vielleicht minder duldsam, als er, über jene Burg ziehen würde; daß es ein Werk Gottes wäre, Unordnungen, gleich diesen, Einhalt zu tun; und daß sie die Kosten, die ihm die Führung des Prozesses verursachen würde, schon beitreiben wolle. Kohlhaas nannte sie sein wackeres Weib, erfreute sich diesen und den folgenden Tag in ihrer und seiner Kinder Mitte, und brach, sobald es seine Geschäfte irgend zuließen, nach Dresden auf, um seine Klage vor Gericht zu bringen.

Hier verfaßte er, mit Hülfe eines Rechtsgelehrten, den er kannte, eine Beschwerde, in welcher er, nach einer umständlichen Schilderung des Frevels, den der Junker Wenzel von Tronka, an ihm sowohl, als an seinem Knecht Herse, verübt hatte, auf gesetzmäßige Bestrafung desselben, Wiederherstellung der Pferde in den vorigen Stand, und auf Ersatz des Schadens antrug, den er sowohl, als sein Knecht, dadurch erlitten hatten. Die Rechtssache war in der Tat klar. Der Umstand, daß die Pferde gesetzwidriger Weise festgehalten worden waren, warf ein entscheidendes Licht auf alles Übrige; und selbst wenn man hätte annehmen wollen, daß die Pferde durch einen bloßen Zufall erkrankt wären, so würde die Forderung des Roßkamms, sie ihm gesund wieder zuzustellen, noch gerecht gewesen sein. Es fehlte Kohlhaas auch, während er sich in der Residenz umsah, keineswegs an Freunden, die seine Sache lebhaft zu unterstützen versprachen; der ausgebreitete Handel, den er mit Pferden trieb, hatte ihm die Bekanntschaft, und die Redlichkeit, mit welcher er dabei zu Werke ging, ihm das Wohlwollen der bedeutendsten Männer des Landes verschafft. Er speisete bei seinem Advokaten, der selbst ein ansehnlicher Mann war, mehrere Mal heiter zu Tisch; legte eine Summe Geldes, zur Bestreitung der Prozeßkosten, bei ihm nieder; und kehrte, nach Verlauf einiger Wochen, völlig von demselben über den Ausgang seiner Rechtssa-

che beruhigt, zu Lisbeth, seinem Weibe, nach Kohlhaasenbrück zurück. Gleichwohl vergingen Monate, und
das Jahr war daran, abzuschließen, bevor er, von Sachsen
aus, auch nur eine Erklärung über die Klage, die er
daselbst anhängig gemacht hatte, geschweige denn die
Resolution selbst, erhielt. Er fragte, nachdem er mehrere
Male von neuem bei dem Tribunal eingekommen war,
seinen Rechtsgehülfen, in einem vertrauten Briefe, was
eine so übergroße Verzögerung verursache; und erfuhr,
daß die Klage, auf eine höhere Insinuation, bei dem
Dresdner Gerichtshofe, gänzlich niedergeschlagen worden sei. – Auf die befremdete Rückschrift des Roßkamms, worin dies seinen Grund habe, meldete ihm
jener: daß der Junker Wenzel von Tronka mit zwei
Jungherren, Hinz und Kunz von Tronka, verwandt sei,
deren einer, bei der Person des Herrn, Mundschenk, der
andre gar Kämmerer sei. – Er riet ihm noch, er möchte,
ohne weitere Bemühungen bei der Rechtsinstanz, seiner,
auf der Tronkenburg befindlichen, Pferde wieder habhaft zu werden suchen; gab ihm zu verstehen, daß der
Junker, der sich jetzt in der Hauptstadt aufhalte, seine
Leute angewiesen zu haben scheine, sie ihm auszuliefern;
und schloß mit dem Gesuch, ihn wenigstens, falls er sich
damit nicht beruhigen wolle, mit ferneren Aufträgen in
dieser Sache zu verschonen.

Kohlhaas befand sich um diese Zeit gerade in Brandenburg, wo der Stadthauptmann, Heinrich von Geusau,
unter dessen Regierungsbezirk Kohlhaasenbrück gehörte, eben beschäftigt war, aus einem beträchtlichen
Fonds, der der Stadt zugefallen war, mehrere wohltätige
Anstalten, für Kranke und Arme, einzurichten. Besonders war er bemüht, einen mineralischen Quell, der auf
einem Dorf in der Gegend sprang, und von dessen
Heilkräften man sich mehr, als die Zukunft nachher
bewährte, versprach, für den Gebrauch der Preßhaften
einzurichten; und da Kohlhaas ihm, wegen manchen
Verkehrs, in dem er, zur Zeit seines Aufenthalts am

Hofe, mit demselben gestanden hatte, bekannt war, so erlaubte er Hersen, dem Großknecht, dem ein Schmerz beim Atemholen über der Brust, seit jenem schlimmen Tage auf der Tronkenburg, zurückgeblieben war, die Wirkung der kleinen, mit Dach und Einfassung versehenen, Heilquelle zu versuchen. Es traf sich, daß der Stadthauptmann eben, am Rande des Kessels, in welchen Kohlhaas den Herse gelegt hatte, gegenwärtig war, um einige Anordnungen zu treffen, als jener, durch einen Boten, den ihm seine Frau nachschickte, den niederschlagenden Brief seines Rechtsgehülfen aus Dresden empfing. Der Stadthauptmann, der, während er mit dem Arzte sprach, bemerkte, daß Kohlhaas eine Träne auf den Brief, den er bekommen und eröffnet hatte, fallen ließ, näherte sich ihm, auf eine freundliche und herzliche Weise, und fragte ihn, was für ein Unfall ihn betroffen; und da der Roßhändler ihm, ohne ihm zu antworten, den Brief überreichte: so klopfte ihm dieser würdige Mann, dem die abscheuliche Ungerechtigkeit, die man auf der Tronkenburg an ihm verübt hatte, und an deren Folgen Herse eben, vielleicht auf die Lebenszeit, krank danieder lag, bekannt war, auf die Schulter, und sagte ihm: er solle nicht mutlos sein; er werde ihm zu seiner Genugtuung verhelfen! Am Abend, da sich der Roßkamm, seinem Befehl gemäß, zu ihm aufs Schloß begeben hatte, sagte er ihm, daß er nur eine Supplik, mit einer kurzen Darstellung des Vorfalls, an den Kurfürsten von Brandenburg aufsetzen, den Brief des Advokaten beilegen, und wegen der Gewalttätigkeit, die man sich, auf sächsischem Gebiet, gegen ihn erlaubt, den landesherrlichen Schutz aufrufen möchte. Er versprach ihm, die Bittschrift, unter einem anderen Paket, das schon bereit liege, in die Hände des Kurfürsten zu bringen, der seinethalb unfehlbar, wenn es die Verhältnisse zuließen, bei dem Kurfürsten von Sachsen einkommen würde; und mehr als eines solchen Schrittes bedürfe es nicht, um ihm bei dem Tribunal in Dresden, den Künsten des Junkers und seines Anhanges zum Trotz, Gerechtigkeit zu verschaffen. Kohlhaas, lebhaft erfreut, dankte dem Stadthauptmann, für diesen neuen Beweis seiner Gewogenheit, auf herzlichste; sagte, es tue ihm nur leid, daß er nicht, ohne irgend Schritte in Dresden zu tun, seine Sache gleich in Berlin anhängig gemacht habe; und nachdem er, in der Schreiberei des Stadtgerichts, die Beschwerde, ganz den Forderungen gemäß, verfaßt, und dem Stadthauptmann übergeben hatte, kehrte er, beruhigter über den Ausgang seiner Geschichte, als je, nach Kohlhaasenbrück zurück. Er hatte aber schon, in wenig Wochen, den Kummer, durch einen Gerichtsherrn, der in Geschäften des Stadthauptmanns nach Potsdam ging, zu erfahren, daß der Kurfürst die Supplik seinem Kanzler, dem Grafen Kallheim, übergeben habe, und daß dieser nicht unmittelbar, wie es zweckmäßig schien, bei dem Hofe zu Dresden, um Untersuchung und Bestrafung der Gewalttat, sondern um vorläufige, nähere Information bei dem Junker von Tronka eingekommen sei. Der Gerichtsherr, der, vor Kohlhaasens Wohnung, im Wagen haltend, den Auftrag zu haben schien, dem Roßhändler diese Eröffnung zu machen, konnte ihm auf die betroffene Frage: warum man also verfahren? keine befriedigende Auskunft geben. Er fügte nur noch hinzu: der Stadthauptmann ließe ihm sagen, er möchte sich in Geduld fassen; schien bedrängt, seine Reise fortzusetzen; und erst am Schluß der kurzen Unterredung erriet Kohlhaas, aus einigen hingeworfenen Worten, daß der Graf Kallheim mit dem Hause derer von Tronka verschwägert sei. – Kohlhaas, der keine Freude mehr, weder an seiner Pferdezucht, noch an Haus und Hof, kaum an Weib und Kind hatte, durchharrte, in trüber Ahndung der Zukunft, den nächsten Mond; und ganz seiner Erwartung gemäß kam, nach Verlauf dieser Zeit, Herse, dem das Bad einige Linderung verschafft hatte, von Brandenburg zurück, mit einem, ein größeres Reskript begleitenden, Schreiben des Stadthauptmanns, des Inhalts: es tue ihm leid, daß er

nichts in seiner Sache tun könne; er schicke ihm eine, an
ihn ergangene, Resolution der Staatskanzlei, und rate
ihm, die Pferde, die er in der Tronkenburg zurückgelassen, wieder abzuführen, und die Sache übrigens ruhen zu
lassen. – Die Resolution lautete: »er sei, nach dem
Bericht des Tribunals in Dresden, ein unnützer Queru-
lant; der Junker, bei dem er die Pferde zurückgelassen,
halte ihm dieselben, auf keine Weise, zurück; er möchte
nach der Burg schicken und sie holen, oder dem Junker
wenigstens wissen lassen, wohin er sie ihm senden solle;
die Staatskanzlei aber, auf jeden Fall, mit solchen Placke-
reien und Stänkereien verschonen.« Kohlhaas, dem es
nicht um die Pferde zu tun war – er hätte gleichen
Schmerz empfunden, wenn es ein Paar Hunde gegolten
hätte – Kohlhaas schäumte vor Wut, als er diesen Brief
empfing. Er sah, so oft sich ein Geräusch im Hofe hören
ließ, mit der widerwärtigsten Erwartung, die seine Brust
jemals bewegt hatte, nach dem Torwege, ob die Leute
des Jungherren erscheinen, und ihm, vielleicht gar mit
einer Entschuldigung, die Pferde, abgehungert und abgehärmt, wieder zustellen würden; der einzige Fall, in
welchem seine von der Welt wohlerzogene Seele, auf
nichts das ihrem Gefühl völlig entsprach gefaßt war. Er
hörte aber in kurzer Zeit schon, durch einen Bekannten,
der die Straße gereiset war, daß die Gaule auf der Tronkenburg, nach wie vor, den übrigen Pferden des Land-
junkers gleich, auf dem Felde gebraucht würden; und
mitten durch den Schmerz, die Welt in einer so ungeheuren Unordnung zu erblicken, zuckte die innerliche
Zufriedenheit empor, seine eigne Brust nunmehr in Ordnung zu sehen. Er lud einen Amtmann, seinen Nachbar,
zu sich, der längst mit dem Plan umgegangen war, seine
Besitzungen durch den Ankauf der, ihre Grenze berüh-
renden, Grundstücke zu vergrößern, und fragte ihn,
nachdem sich derselbe bei ihm niedergelassen, was er für
seine Besitzungen, im Brandenburgischen und im Sächsischen, Haus und Hof, in Pausch und Bogen, es sei

nagelfest oder nicht, geben wolle? Lisbeth, sein Weib,
erblaßte bei diesen Worten. Sie wandte sich, und hob ihr
Jüngstes auf, das hinter ihr auf dem Boden spielte,
Blicke, in welchem sich der Tod malte, bei den roten
Wangen des Knaben vorbei, der mit ihren Halsbändern
spielte, auf den Roßkamm, und ein Papier werfend, das
er in der Hand hielt. Der Amtmann fragte, indem er ihn
befremdet ansah, was ihn plötzlich auf so sonderbare
Gedanken bringe; worauf jener, mit so viel Heiterkeit,
als er erzwingen konnte, erwiderte: der Gedanke, seinen
Meierhof, an den Ufern der Havel, zu verkaufen, sei
nicht allzuneu; sie hätten beide schon oft über diesen
Gegenstand verhandelt; sein Haus in der Vorstadt in
Dresden sei, im Vergleich damit, ein bloßer Anhang, der
nicht in Erwägung komme; und kurz, wenn er ihm
seinen Willen tun, und beide Grundstücke übernehmen
wolle, so sei er bereit, den Kontrakt darüber mit ihm
abzuschließen. Er setzte, mit einem etwas erzwungenen
Scherz hinzu, Kohlhaasenbrück sei ja nicht die Welt; es
könne Zwecke geben, in Vergleich mit welchen, seinem
Hauswesen, als ein ordentlicher Vater, vorzustehen,
untergeordnet und nichtswürdig sei; und kurz, seine
Seele, müsse er ihm sagen, sei auf große Dinge gestellt,
von welchen er vielleicht bald hören werde. Der Amtmann, durch diese Worte beruhigt, sagte, auf eine lustige
Art, zur Frau, die das Kind einmal über das andere
küßte: er werde doch nicht gleich Bezahlung verlangen?
legte Hut und Stock, die er zwischen den Knien gehalten hatte, auf den Tisch, und nahm das Blatt, das der
Roßkamm in der Hand hielt, um es zu durchlesen.
Kohlhaas, indem er demselben näher rückte, erklärte
ihm, daß es ein von ihm aufgesetzter eventueller in vier
Wochen verfallener Kaufkontrakt sei; zeigte ihm, daß
darin nichts fehle, als die Unterschriften, und die Ein-
rückung der Summen, sowohl was den Kaufpreis selbst,
als auch den Reukauf, d. h. die Leistung betreffe, zu der
er sich, falls er binnen vier Wochen zurückträte, verste-

hen wolle; und forderte ihn noch einmal munter auf, ein Gebot zu tun, indem er ihm versicherte, daß er billig sein, und keine großen Umstände machen würde. Die Frau ging in der Stube auf und ab; ihre Brust flog, daß das Tuch, an welchem der Knabe gezupft hatte, ihr völlig von der Schulter herabzufallen drohte. Der Amtmann sagte, daß er ja den Wert der Besitzung in Dresden keineswegs beurteilen könne; worauf ihm Kohlhaas, Briefe, die bei ihrem Ankauf gewechselt worden waren, hinschiebend, antwortete: daß er sie zu 100 Goldgülden anschlage; obschon daraus hervorging, daß sie ihm fast um die Hälfte mehr gekostet hatte. Der Amtmann, der den Kaufkontrakt noch einmal überlas, und darin auch von seiner Seite, auf eine sonderbare Art, die Freiheit stipuliert fand, zurückzutreten, sagte, schon halb entschlossen: daß er ja die Gestütpferde, die in seinen Ställen wären, nicht brauchen könne; doch da Kohlhaas erwiderte, daß er die Pferde auch gar nicht loszuschlagen willens sei, und daß er auch einige Waffen, die in der Rüstkammer hingen, für sich behalten wolle, so – zögerte jener noch und zögerte, und wiederholte endlich ein Gebot, das er ihm vor kurzem schon einmal, halb im Scherz, halb im Ernst, nichtswürdig gegen den Wert der Besitzung, auf einem Spaziergange gemacht hatte. Kohlhaas schob ihm Tinte und Feder hin, um zu schreiben; und da der Amtmann, der seinen Sinnen nicht traute, ihn noch einmal gefragt hatte, ob es sein Ernst sei? und der Roßkamm ihm ein wenig empfindlich geantwortet hatte: ob er glaube, daß er bloß seinen Scherz mit ihm treibe? so nahm jener zwar, mit einem bedenklichen Gesicht, die Feder, und schrieb; dagegen durchstrich er den Punkt, in welchem von der Leistung, falls dem Verkäufer der Handel gereuen sollte, die Rede war; verpflichtete sich zu einem Darlehn von 100 Goldgülden, auf die Hypothek des Dresdenschen Grundstücks, das er auf keine Weise käuflich an sich bringen wollte; und ließ ihm, binnen zwei Monaten völlige Freiheit, von dem Handel wieder zurückzutreten. Der Roßkamm, von diesem Verfahren gerührt, schüttelte ihm mit vieler Herzlichkeit die Hand; und nachdem sie noch, welches eine Hauptbedingung war, übereingekommen waren, daß des Kaufpreises vierter Teil unfehlbar gleich bar, und der Rest, in drei Monaten, in der Hamburger Bank, gezahlt werden sollte, rief jener nach Wein, um sich eines so glücklich abgemachten Geschäfts zu erfreuen. Er sagte einer Magd, die mit den Flaschen hereintrat, Sternbald, der Knecht, solle ihm den Fuchs satteln; er müsse, gab er an, nach der Hauptstadt reiten, wo er Verrichtungen habe; und gab zu verstehen, daß er in kurzem, wenn er zurückkehre, sich offenherziger über das, was er jetzt noch für sich behalten müsse, auslassen würde. Hierauf, indem er die Gläser einschenkte, fragte er nach dem Polen und Türken, die gerade damals mit einander im Streit lagen; verwickelte den Amtmann in mancherlei politische Konjekturen darüber; trank ihm schlüßlich hierauf noch einmal das Gedeihen ihres Geschäfts zu, und entließ ihn. – Als der Amtmann das Zimmer verlassen hatte, fiel Lisbeth auf Knieen vor ihm nieder. Wenn du mich irgend, rief sie, mich und die Kinder, die ich dir geboren habe, in deinem Herzen trägst; wenn wir nicht im voraus schon, um welcher Ursach willen, weiß ich nicht, verstoßen sind: so sage mir, was diese entsetzlichen Anstalten zu bedeuten haben! Kohlhaas sagte: liebstes Weib, nichts, das dich noch, so wie die Sachen stehn, beunruhigen dürfte. Ich habe eine Resolution erhalten, in welcher man mir sagt, daß meine Klage gegen den Junker Wenzel von Tronka eine nichtsnutzige Stänkerei sei. Und weil hier ein Mißverständnis obwalten muß: so habe ich mich entschlossen meine Klage noch einmal, persönlich bei dem Landesherrn selbst, einzureichen. – Warum willst du dein Haus verkaufen? rief sie, indem sie mit einer verstörten Gebärde, aufstand. Der Roßkamm, indem er sie sanft an seine Brust drückte, erwiderte: weil ich in einem Lande, liebste Lisbeth, in welchem man mich, in

meinen Rechten, nicht schützen will, nicht bleiben mag.
Lieber ein Hund sein, wenn ich von Füßen getreten
werden soll, als ein Mensch! Ich bin gewiß, daß meine
Frau hierin so denkt, als ich. – Woher weißt du, fragte
jene wild, daß man dich in deinen Rechten nicht schützen wird? Wenn du dem Herrn bescheiden, wie es dir
zukommt, mit deiner Bittschrift nahst: woher weißt du,
daß sie beiseite geworfen, oder mit Verweigerung, dich
zu hören, beantwortet werden wird? – Wohlan, antwortete Kohlhaas, wenn meine Furcht hierin ungegründet
ist, so ist auch mein Haus noch nicht verkauft. Der Herr
selbst, weiß ich, ist gerecht; und wenn es mir nur gelingt,
durch die, die ihn umringen, bis an seine Person zu
kommen, so zweifle ich nicht, ich verschaffe mir Recht,
und kehre fröhlich, noch ehe die Woche verstreicht, zu
dir und meinen alten Geschäften zurück. Möcht ich
alsdann noch, setzt' er hinzu, indem er sie küßte, bis an
das Ende meines Lebens bei dir verharren! – Doch
ratsam ist es, fuhr er fort, daß ich mich auf jeden Fall
gefaßt mache; und daher wünschte ich, daß du dich, auf
einige Zeit, wenn es sein kann, entferntest, und mit den
Kindern zu deiner Muhme nach Schwerin gingst, die du
überdies längst hast besuchen wollen. – Wie? rief die
Hausfrau. Ich soll nach Schwerin gehen? Über die
Grenze mit den Kindern, zu meiner Muhme nach
Schwerin? Und das Entsetzen erstickte ihr die Sprache. –
Allerdings, antwortete Kohlhaas, und das, wenn es sein
kann, gleich, damit ich in den Schritten, die ich für meine
Sache tun will, durch keine Rücksichten gestört werde. –
»O! ich verstehe dich.« rief sie. »Du brauchst jetzt nichts
mehr, als Waffen und Pferde; alles andere kann nehmen,
wer will!« Und damit wandte sie sich, warf sich auf einen
Sessel nieder, und weinte. – Kohlhaas sagte betroffen:
liebste Lisbeth, was machst du? Gott hat mich mit Weib
und Kindern und Gütern gesegnet; soll ich heute zum
erstenmal wünschen, daß es anders wäre? – – – Er setzte
sich zu ihr, die ihm, bei diesen Worten, errötend um den

Hals gefallen war, freundlich nieder. – Sag mir an, sprach
er, indem er ihr die Locken von der Stirne strich: was soll
ich tun? Soll ich meine Sache aufgeben? Soll ich nach der
Tronkenburg gehen, und den Ritter bitten, daß er mir
die Pferde wieder gebe, mich aufschwingen, und sie dir
herreiten? – Lisbeth wagte nicht: ja! ja! ja! zu sagen –
sie schüttelte weinend mit dem Kopf, sie drückte ihn heftig
an sich, und überdeckte mit heißen Küssen seine Brust.
»Nun also!« rief Kohlhaas. »Wenn du fühlst, daß mir,
falls ich mein Gewerbe forttreiben soll, Recht werden
muß: so gönne mir auch die Freiheit, die mir nötig ist, es
mir zu verschaffen!« Und damit stand er auf, und sagte
dem Knecht, der ihm meldete, daß der Fuchs gesattelt
stünde: morgen müßten auch die Braunen eingeschirrt
werden, um seine Frau nach Schwerin zu führen. Lisbeth
sagte: sie habe einen Einfall! Sie erhob sich, wischte sich
die Tränen aus den Augen, und fragte ihn, der sich an
einem Pult niedergesetzt hatte: ob er ihr die Bittschrift
geben, und sie, statt seiner, nach Berlin gehen lassen
wolle, um sie dem Landesherrn zu überreichen. Kohlhaas, von dieser Wendung, um mehr als einer Ursach
willen, gerührt, zog sie auf seinen Schoß nieder, und
sprach: liebste Frau, das ist nicht wohl möglich! Der
Landesherr ist vielfach umringt, mancherlei Verdrieß-
lichkeiten ist der ausgesetzt, der ihm naht. Lisbeth versetzte, daß es in tausend Fällen einer Frau leichter sei, als
einem Mann, ihm zu nahen. Gib mir die Bittschrift,
wiederholte sie; und wenn du weiter nichts willst, als sie
in seinen Händen wissen, so verbürge ich mich dafür: er
soll sie bekommen! Kohlhaas, der von ihrem Mut
sowohl, als ihrer Klugheit, mancherlei Proben hatte,
fragte, wie sie es denn anzustellen denke; worauf sie,
indem sie verschämt vor sich niedersah, erwiderte: daß
der Kastellan des kurfürstlichen Schlosses, in früheren
Zeiten, da er zu Schwerin in Diensten gestanden, um sie
geworben habe; daß derselbe zwar jetzt verheiratet sei,
und mehrere Kinder habe; daß sie aber immer noch nicht

ganz vergessen wäre; – und kurz, daß er es ihr nur überlassen möchte, aus diesem und manchem andern Umstand, der zu beschreiben zu weitläufig wäre, Vorteil zu ziehen. Kohlhaas küßte sie mit vieler Freude, sagte, daß er ihren Vorschlag annähme, belehrte sie, daß es weiter nichts bedürfe, als einer Wohnung bei der Frau desselben, um den Landesherrn, im Schlosse selbst, anzutreten, gab ihr die Bittschrift, ließ die Braunen anspannen, und schickte sie mit Sternbald, seinem treuen Knecht, wohleingepackt ab.

Diese Reise war aber von allen erfolglosen Schritten, die er in seiner Sache getan hatte, der allerunglücklichste. Denn schon nach wenig Tagen zog Sternbald in den Hof wieder ein, Schritt vor Schritt den Wagen führend, in welchem die Frau, mit einer gefährlichen Quetschung an der Brust, ausgestreckt darnieder lag. Kohlhaas, der bleich an das Fuhrwerk trat, konnte nichts Zusammenhängendes über das, was dieses Unglück verursacht hatte, erfahren. Der Kastellan war, wie der Knecht sagte, nicht zu Hause gewesen; man war also genötigt worden, in einem Wirtshause, das in der Nähe des Schlosses lag, abzusteigen; dies Wirtshaus hatte Lisbeth am andern Morgen verlassen, und dem Knecht befohlen, bei den Pferden zurückzubleiben; und eher nicht, als am Abend, sei sie, in diesem Zustand, zurückgekommen. Es schien, sie hatte sich zu dreist an die Person des Landesherrn vorgedrängt, und, ohne Verschulden desselben, von dem bloßen rohen Eifer einer Wache, die ihn umringte, einen Stoß, mit dem Schaft einer Lanze, vor die Brust erhalten. Wenigstens berichteten die Leute so, die sie, in bewußtlosem Zustand, gegen Abend in den Gasthof brachten; denn sie selbst konnte, von aus dem Mund vorquellendem Blute gehindert, wenig sprechen. Die Bittschrift war ihr nachher durch einen Ritter abgenommen worden. Sternbald sagte, daß es sein Wille gewesen sei, sich gleich auf ein Pferd zu setzen, und ihm von diesem unglücklichen Vorfall Nachricht zu geben; doch sie habe, trotz der Vorstellungen des herbeigerufenen Wundarztes, darauf bestanden, ohne alle vorgängige Benachrichtigungen, zu ihrem Manne nach Kohlhaasenbrück abgeführt zu werden. Kohlhaase brachte sie, die von der Reise völlig zu Grunde gerichtet worden war, in ein Bett, wo sie, unter schmerzhaften Bemühungen, Atem zu holen, noch einige Tage lebte. Man versuchte vergebens, ihr das Bewußtsein wieder zu geben, um über das, was vorgefallen war, einige Aufschlüsse zu erhalten; sie lag, mit starrem, schon gebrochenen Auge, da, und antwortete nicht. Nur kurz vor ihrem Tode kehrte ihr noch einmal die Besinnung wieder. Denn da ein Geistlicher lutherischer Religion (zu welchem eben damals aufkeimenden Glauben sie sich nach dem Beispiel ihres Mannes, bekannt hatte) neben ihrem Bette stand, und ihr mit lauter und empfindlich-feierlicher Stimme, ein Kapitel aus der Bibel vorlas: so sah sie ihn plötzlich, mit einem finstern Ausdruck, an, nahm ihm, als ob ihr daraus nichts vorzulesen wäre, die Bibel aus der Hand, blätterte und blätterte, und schien etwas darin zu suchen; und zeigte dem Kohlhaas, der an ihrem Bette saß, mit dem Zeigefinger, den Vers: »Vergib deinen Feinden; tue wohl auch denen, die dich hassen.« – Sie drückte ihm dabei mit einem überaus seelenvollen Blick die Hand, und starb. – Kohlhaas dachte: »so möge mir Gott nie vergeben, wie ich dem Junker vergebe!« küßte sie, indem ihm häufig die Tränen flossen, drückte ihr die Augen zu, und verließ das Gemach. Er nahm die hundert Goldgülden, die ihm der Amtmann schon, für die Ställe in Dresden, zugefertigt hatte, und bestellte ein Leichenbegängnis, das weniger für sie, als für eine Fürstin, angeordnet schien: ein eichener Sarg, stark mit Metall beschlagen, Kissen von Seide, mit goldnen und silbernen Troddeln, und ein Grab von acht Ellen Tiefe, mit Feldsteinen gefüttert und Kalk. Er stand selbst, sein Jüngstes auf dem Arm, bei der Gruft, und sah der Arbeit zu. Als der Begräbnistag kam, ward die Leiche, weiß wie Schnee, in einen Saal aufgestellt, den er mit schwarzem Tuch hatte beschlagen lassen. Der Geistliche hatte eben eine rührende Rede an ihrer Bahre vollendet, als ihm die landesherrliche Resolution auf die Bittschrift zugestellt ward, welche die Abgeschiedene übergeben hatte, des Inhalts: er solle die Pferde von der Tronkenburg abholen, und bei Strafe, in das Gefängnis geworfen zu werden, nicht weiter in dieser Sache einkommen. Kohlhaas steckte den Brief ein, und ließ den Sarg auf den Wagen bringen. Sobald der Hügel geworfen, das Kreuz darauf gepflanzt, und die Gäste, die die Leiche bestattet hatten, entlassen waren, warf er sich noch einmal vor ihrem, nun verödeten Bette nieder, und übernahm sodann das Geschäft der Rache. Er setzte sich nieder und verfaßte einen Rechtsschluß, in welchem er den Junker Wenzel von Tronka, kraft der ihm angeborenen Macht, verdammte, die Rappen, die er ihm abgenommen, und auf den Feldern zu Grunde gerichtet, binnen drei Tagen nach Sicht, nach Kohlhaasenbrück zu führen, und in Person in seinen Ställen dick zu füttern. Diesen Schluß sandte er durch einen reitenden Boten an ihn ab, und instruierte denselben, flugs nach Übergabe des Papiers, wieder bei ihm in Kohlhaasenbrück zu sein. Da die drei Tage, ohne Überlieferung der Pferde, verflossen, so rief er Hersen; eröffnete ihm, was er dem Jungherrn, die Dickfütterung derselben anbetreffend, aufgegeben; fragte ihn zweierlei, ob er mit ihm nach der Tronkenburg reiten und den Jungherrn holen; auch, ob er über den Hergeholten, wenn er bei Erfüllung des Rechtsschlusses, in den Ställen von Kohlhaasenbrück, faul sei, die Peitsche führen wolle? und da Herse, so wie er ihn nur verstanden hatte: »Herr, heute noch!« aufjauchzte, und, indem er die Mütze in die Höhe warf, versicherte: einen Riemen, mit zehn Knoten, um ihm das Striegeln zu lehren, lasse er sich flechten! so verkaufte Kohlhaas das Haus, schickte die Kinder, in einen Wagen gepackt, über die Grenze; rief, bei Anbruch der Nacht, auch die übrigen Knechte zusammen, sieben an der Zahl, treu ihm jedweder, wie Gold; bewaffnete und beritt sie, und brach nach der Tronkenburg auf.

Er fiel auch, mit diesem kleinen Haufen, schon, beim Einbruch der dritten Nacht, den Zollwärter und Torwächter, die im Gespräch unter dem Tor standen, niederreitend, in die Burg, und während, unter plötzlicher Aufprasselung aller Baracken im Schloßraum, die sie mit Feuer bewarfen, Herse, über die Windeltreppe, in den Turm der Vogtei eilte, und den Schloßvogt und Verwalter, die, halb entkleidet, beim Spiel saßen, mit Hieben und Stichen überfiel, stürzte Kohlhaas zum Junker Wenzel ins Schloß. Der Engel des Gerichts fährt also vom Himmel herab; und der Junker, der eben, unter vielem Gelächter, dem Troß junger Freunde, der bei ihm war, den Rechtsschluß, den ihm der Roßkamm übermacht hatte, vorlas, hatte nicht sobald dessen Stimme im Schloßhof vernommen: als er den Herren schon, plötzlich leichenbleich: Brüder, rettet euch! zurief, und verschwand. Kohlhaas, der, beim Eintritt in den Saal, einen Junker Hans von Tronka, der ihm entgegen kam, bei der Brust faßte, und in den Winkel des Saals schleuderte, daß er sein Hirn an den Steinen verspützte, fragte, während die Knechte die anderen Ritter, die zu den Waffen gegriffen hatten, überwältigten, und zerstreuten: wo der Junker Wenzel von Tronka sei? Und da er, bei der Unwissenheit der betäubten Männer, die Türen zweier Gemächer, die in die Seitenflügel des Schlosses führten, mit einem Fußtritt sprengte, und in allen Richtungen, in denen er das weitläufige Gebäude durchkreuzte, niemanden fand, so stieg er fluchend in den Schloßhof hinab, um die Ausgänge besetzen zu lassen. Inzwischen war, vom Feuer der Baracken ergriffen, nun schon das Schloß, mit allen Seitengebäuden, starken Rauch gen Himmel qualmend, angegangen, und während Sternbald, mit drei geschäftigen Knechten, alles, was nicht niet- und nagelfest war, zusammenschleppten, und zwischen den Pferden, als gute Beute, umstürzten, flogen, unter dem Jubel

Hersens, aus den offenen Fenstern der Vogtei, die Leichen des Schloßvogts und Verwalters, mit Weib und Kindern herab. Kohlhaas, dem sich, als er die Treppe vom Schloß niederstieg, die alte, von der Gicht geplagte Haushälterin, die dem Junker die Wirtschaft führte, zu Füßen warf, fragte sie, indem er auf der Stufe stehen blieb: wo der Junker Wenzel von Tronka sei? und da sie ihm, mit schwacher, zitternder Stimme, zur Antwort gab: sie glaube, er habe sich in die Kapelle geflüchtet; so rief er zwei Knechte mit Fackeln, ließ, in Ermangelung der Schlüssel, den Eingang mit Brechstangen und Beilen eröffnen, kehrte Altäre und Bänke um, und fand gleichwohl, zu seinem grimmigen Schmerz, den Junker nicht. Es traf sich, daß ein junger, zum Gesinde der Tronkenburg gehöriger Knecht, in dem Augenblick, da Kohlhaas aus der Kapelle zurückkam, herbeieilte, um aus einem weitläufigen, steinernen Stall, den die Flamme bedrohte, die Streithengste des Junkers herauszuziehen. Kohlhaas, der, in eben diesem Augenblick, in einem kleinen, mit Stroh bedeckten Schuppen, seine beiden Rappen erblickte, fragte den Knecht: warum er die Rappen nicht rette? und da dieser, indem er den Schlüssel in die Stalltür steckte, antwortete: der Schuppen stehe ja schon in Flammen; so warf Kohlhaas den Schlüssel, nachdem er ihn mit Heftigkeit aus der Stalltüre gerissen, über die Mauer, trieb den Knecht, mit hageldichten, flachen Hieben der Klinge, in den brennenden Schuppen hinein, und zwang ihn, unter entsetzlichem Gelächter der Umstehenden, die Rappen zu retten. Gleichwohl, als der Knecht schreckenblaß, wenige Momente nachdem der Schuppen hinter ihm zusammenstürzte, mit den Pferden, die er an der Hand hielt, daraus hervortrat, fand er den Kohlhaas nicht mehr; und da er sich zu den Knechten auf den Schloßplatz begab, und den Roßhändler, der ihm mehreremal den Rücken zukehrte, fragte: was er mit den Tieren nun anfangen solle? – hob dieser plötzlich, mit einer fürchterlichen Gebärde, den Fuß, daß der Tritt, wenn er ihn getan hätte, sein Tod gewesen wäre: bestieg, ohne ihm zu antworten, seinen Braunen, setzte sich unter das Tor der Burg, und erharrte, inzwischen die Knechte ihr Wesen forttrieben, schweigend den Tag.

Als der Morgen anbrach, war das ganze Schloß, bis auf die Mauern, niedergebrannt, und niemand befand sich mehr darin, als Kohlhaas und seine sieben Knechte. Er stieg vom Pferde, und untersuchte noch einmal, beim hellen Schein der Sonne, den ganzen, in allen seinen Winkeln jetzt von ihr erleuchteten Platz, und da er sich, so schwer es ihm auch ward, überzeugen mußte, daß die Unternehmung auf die Burg fehlgeschlagen war, so schickte er, die Brust voll Schmerz und Jammer, Hersen mit einigen Knechten aus, um über die Richtung, die der Junker auf seiner Flucht genommen, Nachricht einzuziehen. Besonders beunruhigte ihn ein reiches Fräuleinstift, namens Erlabrunn, das an den Ufern der Mulde lag, und dessen Äbtissin, Antonia von Tronka, als eine fromme, wohltätige und heilige Frau, in der Gegend bekannt war; denn es schien dem unglücklichen Kohlhaas nur zu wahrscheinlich, daß der Junker sich, entblößt von aller Notdurft, wie er war, in dieses Stift geflüchtet hatte, indem die Äbtissin seine leibliche Tante und die Erzieherin seiner ersten Kindheit war. Kohlhaas, nachdem er sich von diesem Umstand unterrichtet hatte, bestieg den Turm der Vogtei, in dessen Innerem sich noch ein Zimmer, zur Bewohnung brauchbar, darbot, und verfaßte ein sogenanntes »Kohlhaasisches Mandat«, worin er das Land aufforderte, dem Junker Wenzel von Tronka, mit dem er in einem gerechten Krieg liege, keinen Vorschub zu tun, vielmehr jeden Bewohner, seine Verwandten und Freunde nicht ausgenommen, verpflichtete, denselben bei Strafe Leibes und des Lebens, und unvermeidlicher Einäscherung alles dessen, was ein Besitztum heißen mag, an ihn auszuliefern. Diese Erklärung streute er, durch Reisende und Fremde, in der Gegend aus; ja, er gab Waldmann, dem Knecht, eine Abschrift davon, mit

dem bestimmten Auftrage, sie in die Hände der Dame
Antonia nach Erlabrunn zu bringen. Hierauf besprach er
einige Tronkenburgische Knechte, die mit dem Junker
unzufrieden waren, und von der Aussicht auf Beute
gereizt, in seine Dienste zu treten wünschten; bewaffnete
sie, nach Art des Fußvolks, mit Armbrüsten und Dolchen, und lehrte sie, hinter den berittenen Knechten
aufsitzen; und nachdem er alles, was der Troß zusam-
mengeschleppt hatte, zu Geld gemacht und das Geld
unter denselben verteilt hatte, ruhete er einige Stunden,
unter dem Burgtor, von seinen jämmerlichen Geschäften
aus.

Gegen Mittag kam Herse und bestätigte ihm, was ihm
sein Herz, immer auf die trübsten Ahnungen gestellt,
schon gesagt hatte: nämlich, daß der Junker in dem Stift
zu Erlabrunn, bei der alten Dame Antonia von Tronka,
seiner Tante, befindlich sei. Es schien, er hatte sich,
durch eine Tür, die, an der hinteren Wand des Schlosses,
in die Luft hinausging, über eine schmale, steinerne
Treppe gerettet, die, unter einem kleinen Dach, zu einigen Kähnen in die Elbe hinablief. Wenigstens berichtete
Herse, daß er, in einem Elbdorf, zum Befremden der
Leute, die wegen des Brandes in der Tronkenburg versammelt gewesen, um Mitternacht, in einem Nachen,
ohne Steuer und Ruder, angekommen, und mit einem
Dorffuhrwerk nach Erlabrunn weiter gereiset sei. ———
Kohlhaas seufzte bei dieser Nachricht tief auf; er fragte,
ob die Pferde gefressen hätten? und da man ihm antwortete: ja: so ließ er den Haufen aufsitzen, und stand schon
in drei Stunden vor Erlabrunn. Eben, unter dem Gemur-
mel eines entfernten Gewitters am Horizont, mit Fak-
keln, die er sich vor dem Ort angesteckt, zog er mit
seiner Schar in den Klosterhof ein, und Waldmann, der
Knecht, der ihm entgegen trat, meldete ihm, daß das
Mandat richtig abgegeben sei, als er die Äbtissin und den
Stiftsvogt, in einem verstörten Wortwechsel, unter das
Portal des Klosters treten sah; und während jener, der

Stiftsvogt, ein kleiner, alter, schneeweißer Mann, grimmige Blicke auf Kohlhaas schießend, sich den Harnisch
anlegen ließ, und den Knechten, die ihn umringten, mit
dreister Stimme zurief, die Sturmglocke zu ziehn: trat
jene, die Stiftsfrau, das silberne Bildnis des Gekreuzigten
in der Hand, bleich, wie Linnenzeug, von der Rampe
herab, und warf sich mit allen ihren Jungfrauen, vor
Kohlhaasens Pferd nieder. Kohlhaas, während Herse
und Sternbald den Stiftsvogt, der kein Schwert in der
Hand hatte, überwältigten, und als Gefangenen zwischen die Pferde führten, fragte sie: wo der Junker
Wenzel von Tronka sei? und da sie, einen großen Ring
mit Schlüsseln von ihrem Gurt loslösend: in Wittenberg,
Kohlhaas, würdiger Mann! antwortete, und, mit beben-
der Stimme, hinzusetzte: fürchte Gott und tue kein
Unrecht! – so wandte Kohlhaas, in die Hölle unbefrie-
digter Rache zurückgeschleudert, das Pferd, und war im
Begriff: steckt an! zu rufen, als ein ungeheurer Wetter-
schlag, dicht neben ihm, zur Erde niederfiel. Kohlhaas,
indem er sein Pferd zu ihr zurückwandte, fragte sie: ob
sie sein Mandat erhalten? und da die Dame mit schwacher, kaum hörbarer Stimme, antwortete: eben jetzt! –
»Wann?« – Zwei Stunden, so wahr mit Gott helfe, nach
des Junkers, meines Vetters, bereits vollzogener Abreise!
– – – und Waldmann, der Knecht, zu dem Kohlhaas sich,
unter finsteren Blicken, umkehrte, stotternd diesen
Umstand bestätigte, indem er sagte, daß die Gewässer
der Mulde, vom Regen geschwellt, ihn verhindert hätten,
früher, als eben jetzt, einzutreffen: so sammelte sich
Kohlhaas; ein plötzlich furchtbarer Regenguß, der die
Fackeln verlöschend, auf das Pflaster des Platzes nieder-
rauschte, löste den Schmerz in seiner unglücklichen
Brust; er wandte, indem er kurz den Hut vor der Dame
rückte, sein Pferd, drückte ihm, mit den Worten: folgt
mir meine Brüder; der Junker ist in Wittenberg! die
Sporen ein, und verließ das Stift.

Er kehrte, da die Nacht einbrach, in einem Wirtshause

auf der Landstraße ein, wo er, wegen großer Ermüdung
der Pferde, einen Tag ausruhen mußte, und da er wohl
einsah, daß er mit einem Haufen von zehn Mann (denn
so stark war er jetzt), einem Platz wie Wittenberg war,
nicht trotzen konnte, so verfaßte er ein zweites Mandat,
worin er, nach einer kurzen Erzählung dessen, was ihm
im Lande begegnet, »jeden guten Christen«, wie er sich
ausdrückte, »unter Angelobung eines Handgelds und
anderer kriegerischen Vorteile«, aufforderte »seine Sache
gegen den Junker von Tronka, als dem allgemeinen Feind
aller Christen, zu ergreifen«. In einem anderen Mandat,
das bald darauf erschien, nannte er sich: »einen Reichs-
und Weltfreien, Gott allein unterworfenen Herrn«; eine
Schwärmerei krankhafter und mißgeschaffener Art, die
ihm gleichwohl, bei dem Klang seines Geldes und der
Aussicht auf Beute, unter dem Gesindel, das der Friede
mit Polen außer Brot gesetzt hatte, Zulauf in Menge
verschaffte: dergestalt, daß er in der Tat dreißig und
etliche Köpfe zählte, als er sich, zur Einäscherung von
Wittenberg, auf die rechte Seite der Elbe zurückbegab.
Er lagerte sich, mit Pferden und Knechten, unter dem
Dache einer alten verfallenen Ziegelscheune, in der Einsamkeit eines finstern Waldes, der damals diesen Platz
umschloß, und hatte nicht sobald durch Sternbald, den
er, mit dem Mandat, verkleidet in die Stadt schickte,
erfahren, daß das Mandat daselbst schon bekannt sei, als
er auch mit seinen Haufen schon, am heiligen Abend vor
Pfingsten, aufbrach, und den Platz, während die Bewohner im tiefsten Schlaf lagen, an mehreren Ecken zugleich,
in Brand steckte. Dabei klebte er, während die Knechte
in der Vorstadt plünderten, ein Blatt an den Türpfeiler
einer Kirche an, des Inhalts: »er, Kohlhaas, habe die
Stadt in Brand gesteckt, und werde sie, wenn man ihm
den Junker nicht ausliefere, dergestalt einäschern, daß
er«, wie er sich ausdrückte, »hinter keiner Wand werde
zu sehen brauchen, um ihn zu finden.« – Das Entsetzen
der Einwohner, über diesen unerhörten Frevel, war

unbeschreiblich; und die Flamme, die bei einer zum
Glück ziemlich ruhigen Sommernacht, zwar nicht mehr
als neunzehn Häuser, worunter gleichwohl eine Kirche
war, in den Grund gelegt hatte, war nicht sobald, gegen
Anbruch des Tages, einigermaßen gedämpft worden, als
der alte Landvogt, Otto von Gorgas, bereits ein Fähnlein
von funfzig Mann aussandte, um den entsetzlichen
Wüterich aufzuheben. Der Hauptmann aber, der es
führte, namens Gerstenberg, benahm sich so schlecht
dabei, daß die ganze Expedition Kohlhaasen, statt ihn zu
stürzen, vielmehr zu einem höchst gefährlichen kriegerischen Ruhm verhalf; denn da dieser Kriegsmann sich in
mehrere Abteilungen auflösete, um ihn, wie er meinte,
zu umzingeln und zu erdrücken, ward er von Kohlhaas,
der seinen Haufen zusammenhielt, auf vereinzelten
Punkten, angegriffen und geschlagen, dergestalt, daß
schon, am Abend des nächstfolgenden Tages, kein Mann
mehr von dem ganzen Haufen, auf den die Hoffnung des
Landes gerichtet war, gegen ihm im Felde stand. Kohlhaas, der durch diese Gefechte einige Leute eingebüßt
hatte, steckte die Stadt, am Morgen des nächsten Tages,
von neuem in Brand, und seine mörderischen Anstalten
waren so gut, daß wiederum eine Menge Häuser, und
fast alle Scheunen der Vorstadt, in die Asche gelegt
wurden. Dabei plackte er das bewußte Mandat wieder,
und zwar an die Ecken des Rathauses selbst, an, und
fügte eine Nachricht über das Schicksal des, von dem
Landvogt abgeschickten und von ihm zu Grunde gerichteten, Hauptmanns von Gerstenberg bei. Der Landvogt,
von diesem Trotz aufs äußerste entrüstet, setzte sich
selbst, mit mehreren Rittern, an die Spitze eines Haufens
von hundert und funfzig Mann. Er gab dem Junker
Wenzel von Tronka, auf seine schriftliche Bitte, eine
Wache, die ihn vor der Gewalttätigkeit des Volks, das
ihn platterdings aus der Stadt entfernt wissen wollte,
schützte; und nachdem er, auf allen Dörfern in der
Gegend, Wachen ausgestellt, auch die Ringmauer der

Stadt, um sie vor einem Überfall zu decken, mit Posten besetzt hatte, zog er, am Tage des heiligen Gervasius, selbst aus, um den Drachen, der das Land verwüstete, zu fangen. Diesen Haufen war der Roßkamm klug genug, zu vermeiden; und nachdem er den Landvogt, durch geschickte Märsche, fünf Meilen von der Stadt hinweggelockt, und vermittelst mehrerer Anstalten, die er traf, zu dem Wahn verleitet hatte, daß er sich, von der Übermacht gedrängt, ins Brandenburgische werfen würde: wandte er sich plötzlich, beim Einbruch der dritten Nacht, kehrte, in einem Gewaltritt, nach Wittenberg zurück, und steckte die Stadt zum drittenmal in Brand. Herse, der sich verkleidet in die Stadt schlich, führte dieses entsetzliche Kunststück aus; und die Feuersbrunst war, wegen eines scharf wehenden Nordwindes, so verderblich und um sich fressend, daß, in weniger als drei Stunden, zwei und vierzig Häuser, zwei Kirchen, mehrere Klöster und Schulen, und das Gebäude der kurfürstlichen Landvogtei selbst, in Schutt und Asche lagen. Der Landvogt, der seinen Gegner, beim Anbruch des Tages, im Brandenburgischen glaubte, fand, als er von dem, was vorgefallen, benachrichtigt, in bestürzten Märschen zurückkehrte, die Stadt in allgemeinem Aufruhr; das Volk hatte sich zu Tausenden vor dem, mit Balken und Pfählen verrammelten, Hause des Junkers gelagert, und forderte, mit rasendem Geschrei, seine Abführung aus der Stadt. Zwei Bürgermeister, namens Jenkens und Otto, die in Amtskleidern an der Spitze des ganzen Magistrats gegenwärtig waren, bewiesen vergebens, daß man platterdings die Rückkehr eines Eilboten abwarten müsse, den man wegen Erlaubnis den Junker nach Dresden bringen zu dürfen, wohin er selbst aus mancherlei Gründen abzugehen wünsche, an den Präsidenten der Staatskanzlei geschickt habe; der unvernünftige, mit Spießen und Stangen bewaffnete Haufen gab auf diese Worte nichts, und eben war man, unter Mißhandlung einiger zu kräftigen Maßregeln auffordernden Räte, im

Begriff das Haus worin der Junker war zu stürmen, und
der Erde gleich zu machen, als der Landvogt, Otto von
Gorgas, an der Spitze seines Reuterhaufens, in der Stadt
erschien. Diesem würdigen Herrn, der schon durch seine
bloße Gegenwart dem Volk Ehrfurcht und Gehorsam
einzuflößen gewohnt war, war es, gleichsam zum Ersatz
für die fehlgeschlagene Unternehmung, von welcher er
zurückkam, gelungen, dicht vor den Toren der Stadt drei
zersprengte Knechte von der Bande des Mordbrenners
aufzufangen; und da er, inzwischen die Kerle vor dem
Angesicht des Volks mit Ketten belastet wurden, den
Magistrat in einer klugen Anrede versicherte, den Kohlhaas selbst denke er in kurzem, indem er ihm auf die
Spur sei, gefesselt einzubringen: so glückte es ihm, durch
die Kraft aller dieser beschwichtigenden Umstände, die
Angst des versammelten Volks zu entwaffnen, und über
die Anwesenheit des Junkers, bis zur Zurückkunft des
Eilboten aus Dresden, einigermaßen zu beruhigen. Er
stieg, in Begleitung einiger Ritter, vom Pferde, und
verfügte sich, nach Wegräumung der Palisaden und
Pfähle, in das Haus, wo er den Junker, der aus einer
Ohnmacht in die andere fiel, unter den Händen zweier
Ärzte fand, die ihn mit Essenzen und Irritanzen wieder
ins Leben zurück zu bringen suchten; und da Herr Otto
von Gorgas wohl fühlte, daß dies der Augenblick nicht
war, wegen der Aufführung, die er sich zu Schulden
kommen lasse, Worte mit ihm zu wechseln: so sagte er
ihm bloß, mit einem Blick stiller Verachtung, daß er sich
ankleiden, und ihm, zu seiner eignen Sicherheit, in die
Gemächer der Ritterhaft folgen möchte. Als man dem
Junker ein Wams angelegt, und einen Helm aufgesetzt
hatte, und er, die Brust, wegen Mangels an Luft, noch
halb offen, am Arm des Landvogts und seines Schwa-
gers, des Grafen von Gerschau, auf der Straße erschien,
stiegen gotteslästerliche und entsetzliche Verwünschungen gegen ihn zum Himmel auf. Das Volk, von den
Landsknechten nur mühsam zurückgehalten, nannte ihn

einen Blutigel, einen elenden Landplager und Menschen-
quäler, den Fluch der Stadt Wittenberg, und das Verderben von Sachsen; und nach einem jämmerlichen Zuge
durch die in Trümmern liegende Stadt, während welchem er mehreremal, ohne ihn zu vermissen, den Helm
verlor, den ihm ein Ritter von hinten wieder aufsetzte,
erreichte man endlich das Gefängnis, wo er in einem
Turm, unter dem Schutz einer starken Wache, verschwand. Mittlerweile setzte die Rückkehr des Eilboten,
mit der kurfürstlichen Resolution, die Stadt in neue
Besorgnis. Denn die Landesregierung, bei welcher die
Bürgerschaft von Dresden, in einer dringenden Supplik,
unmittelbar eingekommen war, wollte, vor Überwältigung des Mordbrenners, von dem Aufenthalt des Junkers in der Residenz nichts wissen; vielmehr verpflichtete
sie den Landvogt, denselben da, wo er sei, weil er
irgendwo sein müsse, mit der Macht, die ihm zu Gebote
stehe, zu beschirmen: wogegen sie der guten Stadt Wittenberg zu ihrer Beruhigung meldete, daß bereits ein
Heerhaufen von fünfhundert Mann, unter Anführung
des Prinzen Friedrich von Meißen im Anzuge sei, um sie
vor den ferneren Belästigungen desselben zu beschützen.
Der Landvogt, der wohl einsah, daß eine Resolution
dieser Art, das Volk keinesweges beruhigen konnte:
denn nicht nur, daß mehrere kleinen Vorteile, die der
Roßhändler, an verschiedenen Punkten, vor der Stadt
erfochten, über die Stärke, zu der er herangewachsen,
äußerst unangenehme Gerüchte verbreiteten; der Krieg,
den er, in der Finsternis der Nacht, durch verkleidetes
Gesindel, mit Pech, Stroh und Schwefel führte, hätte,
unerhört und beispiellos, wie er war, selbst einen größeren Schutz, als mit welchem der Prinz von Meißen
heranrückte, unwirksam machen können: der Landvogt,
nach einer kurzen Überlegung, entschloß sich, die Resolution, die er empfangen, ganz und gar zu unterdrücken.
Er plackte bloß einen Brief, in welchem ihm der Prinz
von Meißen seine Ankunft meldete, an die Ecken der

Stadt an; ein verdeckter Wagen, der beim Anbruch des Tages, aus dem Hofe des Herrenzwingers kam, fuhr, von vier schwer bewaffneten Reutern begleitet, auf die Straße nach Leipzig hinaus, wobei die Reuter, auf eine unbestimmte Art verlauten ließen, daß es nach der Pleißenburg gehe; und da das Volk über den heillosen Junker, an dessen Dasein Feuer und Schwert gebunden, dergestalt beschwichtigt war, brach er selbst, mit einem Haufen von dreihundert Mann, auf, um sich mit dem Prinzen Friedrich von Meißen zu vereinigen. Inzwischen war Kohlhaas in der Tat, durch die sonderbare Stellung, die er in der Welt einnahm, auf hundert und neun Köpfe herangewachsen; und da er auch in Jassen einen Vorrat an Waffen aufgetrieben, und seine Schar, auf das vollständigste, damit ausgerüstet hatte: so faßte er, von dem doppelten Ungewitter, das auf ihn heranzog, benachrichtigt, den Entschluß, demselben, mit der Schnelligkeit des Sturmwinds, ehe es über ihn zusammenschlüge, zu begegnen. Demnach griff er schon, Tags darauf, den Prinzen von Meißen, in einem nächtlichen Überfall, bei Mühlberg an; bei welchem Gefechte er zwar, zu seinem großen Leidwesen, den Herse einbüßte, der gleich durch die ersten Schüsse an seiner Seite zusammenstürzte: durch diesen Verlust erbittert aber, in einem drei Stunden langen Kampfe, den Prinzen, unfähig sich in dem Flecken zu sammeln, so zurichtete, daß er beim Anbruch des Tages, mehrerer schweren Wunden, und einer gänzlichen Unordnung seines Haufens wegen, genötigt war, den Rückweg nach Dresden einzuschlagen. Durch diesen Vorteil tollkühn gemacht, wandte er sich, ehe derselbe noch davon unterrichtet sein konnte, zu dem Landvogt zurück, fiel ihn bei dem Dorfe Damerow, am hellen Mittag, auf freiem Felde an, und schlug sich, unter mörderischem Verlust zwar, aber mit gleichen Vorteilen, bis in die sinkende Nacht mit ihm herum. Ja, er würde den Landvogt, der sich in den Kirchhof zu Damerow geworfen hatte, am andern Morgen unfehlbar mit dem

Rest seines Haufens wieder angegriffen haben, wenn derselbe nicht durch Kundschafter von der Niederlage, die der Prinz bei Mühlberg erlitten, benachrichtigt worden wäre, und somit für ratsamer gehalten hätte, gleichfalls, bis auf einen besseren Zeitpunkt, nach Wittenberg zurückzukehren. Fünf Tage, nach Zersprengung dieser beiden Haufen, stand er vor Leipzig, und steckte die Stadt an drei Seiten in Brand. – Er nannte sich in dem Mandat, das er, bei dieser Gelegenheit, ausstreute, »einen Statthalter Michaels, des Erzengels, der gekommen sei, an allen, die in dieser Streitsache des Junkers Partei ergreifen würden, mit Feuer und Schwert, die Arglist, in welcher die ganze Welt versunken sei, zu bestrafen«. Dabei rief er, von dem Lützner Schloß aus, das er überrumpelt, und worin er sich festgesetzt hatte, das Volk auf, sich zur Errichtung einer besseren Ordnung der Dinge, an ihn anzuschließen; und das Mandat war, mit einer Art von Verrückung, unterzeichnet: »Gegeben auf dem Sitz unserer provisorischen Weltregierung, dem Erzschlosse zu Lützen.« Das Glück der Einwohner von Leipzig wollte, daß das Feuer, wegen eines anhaltenden Regens der vom Himmel fiel, nicht um sich griff, dergestalt, daß bei der Schnelligkeit der bestehenden Löschanstalten, nur einige Kramläden, die um die Pleißenburg lagen, in Flammen aufloderten. Gleichwohl war die Bestürzung in der Stadt, über das Dasein des rasenden Mordbrenners, und den Wahn, in welchem derselbe stand, daß der Junker in Leipzig sei, unaussprechlich; und da ein Haufen von hundert und achtzig Reisigen, den man gegen ihn ausschickte, zersprengt in die Stadt zurückkam: so blieb dem Magistrat, der den Reichtum der Stadt nicht aussetzen wollte, nichts anderes übrig, als die Tore gänzlich zu sperren, und die Bürgerschaft Tag und Nacht, außerhalb der Mauern, wachen zu lassen. Vergebens ließ der Magistrat, auf den Dörfern der umliegenden Gegend, Deklarationen anheften, mit der bestimmten Versicherung, daß der Junker

nicht in der Pleißenburg sei; der Roßkamm, in ähnlichen
Blättern, bestand darauf, daß er in der Pleißenburg sei,
und erklärte, daß, wenn derselbe nicht darin befindlich
wäre, er mindestens verfahren würde, als ob er darin
wäre, bis man ihm den Ort, mit Namen genannt, werde
angezeigt haben, worin er befindlich sei. Der Kurfürst,
durch einen Eilboten, von der Not, in welcher sich die
Stadt Leipzig befand, benachrichtigt, erklärte, daß er
bereits einen Heerhaufen von zweitausend Mann zusam-
menzöge, und sich selbst an dessen Spitze setzen würde,
um den Kohlhaas zu fangen. Er erteilte dem Herrn Otto
von Gorgas einen schweren Verweis, wegen der zweideutigen und unüberlegten List, die er angewendet, um
des Mordbrenners aus der Gegend von Wittenberg los-
zuwerden; und niemand beschreibt die Verwirrung, die
ganz Sachsen und insbesondere die Residenz ergriff, als
man daselbst erfuhr, daß, auf den Dörfern bei Leipzig,
man wußte nicht von wem, eine Deklaration an den
Kohlhaas angeschlagen worden sei, des Inhalts: »Wenzel, der Junker, befinde sich bei seinen Vettern Hinz
und Kunz, in Dresden.«

Unter diesen Umständen übernahm der Doktor Martin Luther das Geschäft, den Kohlhaas, durch die Kraft
beschwichtigender Worte, von dem Ansehn, das ihm
seine Stellung in der Welt gab, unterstützt, in den Damm
der menschlichen Ordnung zurückzudrücken, und auf
ein tüchtiges Element in der Brust des Mordbrenners
bauend, erließ er ein Plakat folgenden Inhalts an ihn, das
in allen Städten und Flecken des Kurfürstentums angeschlagen ward:

»Kohlhaas, der du dich gesandt zu sein vorgibst, das
Schwert der Gerechtigkeit zu handhaben, was unter-
fängst du dich, Vermessener, im Wahnsinn stockblin-
der Leidenschaft, du, den Ungerechtigkeit selbst, vom
Wirbel bis zur Sohle erfüllt? Weil der Landesherr dir,
dem du untertan bist, dein Recht verweigert hat, dein

Recht in dem Streit um ein nichtiges Gut, erhebst du
dich, Heilloser, mit Feuer und Schwert, und brichst,
wie der Wolf der Wüste, in die friedliche Gemeinheit,
die er beschirmt. Du, der die Menschen mit dieser
Angabe, voll Unwahrhaftigkeit und Arglist, verführt:
meinst du, Sünder, vor Gott dereinst, an dem Tage,
der in die Falten aller Herzen scheinen wird, damit
auszukommen? Wie kannst du sagen, daß dir dein
Recht verweigert worden ist, du, dessen grimmige
Brust, vom Kitzel schnöder Selbstrache gereizt, nach
den ersten, leichtfertigen Versuchen, die dir gescheitert, die Bemühung gänzlich aufgegeben hat, es dir zu
verschaffen? Ist eine Bank voll Gerichtsdienern und
Schergen, die einen Brief, der gebracht wird, unterschlagen, oder ein Erkenntnis, das sie abliefern sollen,
zurückhalten, deine Obrigkeit? Und muß ich dir sagen, Gottvergessener, daß deine Obrigkeit von deiner
Sache nichts weiß – was sag ich? daß der Landesherr,
gegen den du dich auflehnst, auch deinen Namen nicht
kennt, dergestalt, daß wenn dereinst du vor Gottes
Thron trittst, in der Meinung, ihn anzuklagen, er,
heiteren Antlitzes, wird sprechen können: diesem
Mann, Herr, tat ich kein Unrecht, denn sein Dasein ist
meiner Seele fremd? Das Schwert, wisse, das du
führst, ist das Schwert des Raubes und der Mordlust,
ein Rebell bist du und kein Krieger des gerechten
Gottes, und dein Ziel auf Erden ist Rad und Galgen,
und jenseits die Verdammnis, die über die Missetat
und die Gottlosigkeit verhängt ist.

Wittenberg, usw. *Martin Luther.*«

Kohlhaas wälzte eben, auf dem Schlosse zu Lützen,
einen neuen Plan, Leipzig einzuäschern, in seiner zerrissenen Brust herum: – denn auf die, in den Dörfern
angeschlagene Nachricht, daß der Junker Wenzel in
Dresden sei, gab er nichts, weil sie von niemand,
geschweige denn vom Magistrat, wie er verlangt hatte,

unterschrieben war: – als Sternbald und Waldmann das
Plakat, das, zur Nachtzeit, an den Torweg des Schlosses,
angeschlagen worden war, zu ihrer großen Bestürzung,
bemerkten. Vergebens hofften sie, durch mehrere Tage,
daß Kohlhaas, den sie nicht gern deshalb antreten wollten, es erblicken würde; finster und in sich gekehrt, in
der Abendstunde erschien er zwar, aber bloß, um seine
kurzen Befehle zu geben, und sah nichts: dergestalt, daß
sie an einem Morgen, da er ein paar Knechte, die in der
Gegend, wider seinen Willen, geplündert hatten, auf-
knüpfen lassen wollte, den Entschluß faßten, ihn darauf
aufmerksam zu machen. Eben kam er, während das Volk
von beiden Seiten schüchtern auswich, in dem Aufzuge,
der ihm, seit seinem letzten Mandat, gewöhnlich war,
von dem Richtplatz zurück: ein großes Cherubsschwert,
auf einem rotledernen Kissen, mit Quasten von Gold
verziert, ward ihm vorangetragen, und zwölf Knechte,
mit brennenden Fackeln folgten ihm: da traten die beiden
Männer, ihre Schwerter unter dem Arm, so, daß es ihn
befremden mußte, um den Pfeiler, an welchen das Plakat
angeheftet war, herum. Kohlhaas, als er, mit auf dem
Rücken zusammengelegten Händen, in Gedanken vertieft, unter das Portal kam, schlug die Augen auf und
stutzte; und da die Knechte, bei seinem Anblick, ehrerbietig auswichen: so trat er, indem er sie zerstreut ansah,
mit einigen raschen Schritten, an den Pfeiler heran. Aber
wer beschreibt, was in seiner Seele vorging, als er das
Blatt, dessen Inhalt ihn der Ungerechtigkeit zieh, daran
erblickte: unterzeichnet von dem teuersten und vereh-
rungswürdigsten Namen, den er kannte, von dem
Namen Martin Luthers! Eine dunkle Röte stieg in sein
Antlitz empor; er durchlas es, indem er den Helm
abnahm, zweimal von Anfang bis zu Ende; wandte sich,
mit ungewissen Blicken, mitten unter die Knechte
zurück, als ob er etwas sagen wollte, und sagte nichts;
löste das Blatt von der Wand los, durchlas es noch
einmal; und rief: Waldmann! laß mir mein Pferd satteln!

sodann: Sternbald! folge mir ins Schloß! und verschwand. Mehr als dieser wenigen Worte bedurfte es nicht, um ihn, in der ganzen Verderblichkeit, in der er dastand, plötzlich zu entwaffnen. Er warf sich in die Verkleidung eines thüringischen Landpächters; sagte Sternbald, daß ein Geschäft, von bedeutender Wichtigkeit, ihn nach Wittenberg zu reisen nötige; übergab ihm, in Gegenwart einiger der vorzüglichsten Knechte, die Anführung des in Lützen zurückbleibenden Haufens; und zog, unter der Versicherung, daß er in drei Tagen, binnen welcher Zeit kein Angriff zu fürchten sei, wieder zurück sein werde, nach Wittenberg ab.

Er kehrte, unter einem fremden Namen, in ein Wirtshaus ein, wo er, sobald die Nacht angebrochen war, in seinem Mantel, und mit einem Paar Pistolen versehen, die er in der Tronkenburg erbeutet hatte, zu Luthern ins Zimmer trat. Luther, der unter Schriften & Büchern an seinem Pulte saß, und den fremden, besonderen Mann die Tür öffnen und hinter sich verriegeln sah, fragte ihn: wer er sei? und was er wolle? und der Mann, der seinen Hut ehrerbietig in der Hand hielt, hatte nicht sobald, mit dem schüchternen Vorgefühl des Schreckens, den er verursachen würde, erwidert: daß er Michael Kohlhaas, der Roßhändler sei; als Luther schon: weiche fern hinweg! ausrief, und indem er, vom Pult erstehend, nach einer Klingel eilte, hinzusetzte: dein Odem ist Pest und deine Nähe Verderben! Kohlhaas, indem er, ohne sich vom Platz zu regen, sein Pistol zog, sagte: Hochwürdiger Herr, dies Pistol, wenn Ihr die Klingel rührt, streckt mich leblos zu Euren Füßen nieder! Setzt Euch und hört mich an; unter den Engeln, deren Psalmen Ihr aufschreibt, seid Ihr nicht sicherer, als bei mir. Luther, indem er sich niedersetzte, fragte: was willst du? Kohlhaas erwiderte: Eure Meinung von mir, daß ich ein ungerechter Mann sei, widerlegen! Ihr habt mir in Eurem Plakat gesagt, daß meine Obrigkeit von meiner Sache nichts weiß: wohlan, verschafft mir freies Geleit, so gehe

ich nach Dresden, und lege sie ihr vor. – »Heilloser und
entsetzlicher Mann!« rief Luther, durch diese Worte
verwirrt zugleich und beruhigt: »wer gab dir das Recht,
den Junker von Tronka, in Verfolg eigenmächtiger
Rechtsschlüsse, zu überfallen, und da du ihn auf seiner
Burg nicht fandst mit Feuer und Schwert die ganze
Gemeinschaft heimzusuchen, die ihn beschirmt?« Kohlhaas erwiderte: hochwürdiger Herr, niemand, fortan!
Eine Nachricht, die ich aus Dresden erhielt, hat mich
getäuscht, mich verführt! Der Krieg, den ich mit der
Gemeinheit der Menschen führe, ist eine Missetat,
sobald ich aus ihr nicht, wie Ihr mir die Versicherung
gegeben habt, verstoßen war! Verstoßen! rief Luther,
indem er ihn ansah. Welch eine Raserei der Gedanken
ergriff dich? Wer hätte dich aus der Gemeinschaft des
Staats, in welchem du lebtest, verstoßen? Ja, wo ist, so
lange Staaten bestehen, ein Fall, daß jemand, wer es auch
sei, daraus verstoßen worden wäre? – Verstoßen, antwortete Kohlhaas, indem er die Hand zusammen-
drückte, nenne ich den, dem der Schutz der Gesetze
versagt ist! Denn dieses Schutzes, zum Gedeihen meines
friedlichen Gewerbes, bedarf ich; ja, er ist es, dessenhalb
ich mich, mit dem Kreis dessen, was ich erworben, in
diese Gemeinschaft flüchte; und wer mir ihn versagt, der
stößt mich zu den Wilden der Einöde hinaus; er gibt mir,
wie wollt Ihr das leugnen, die Keule, die mich selbst
schützt, in die Hand. – Wer hat dir den Schutz der
Gesetze versagt? rief Luther. Schrieb ich dir nicht, daß
die Klage, die du eingereicht, dem Landesherrn, dem du
sie eingereicht, fremd ist? Wenn Staatsdiener hinter seinem Rücken Prozesse unterschlagen, oder sonst seines
geheiligten Namens, in seiner Unwissenheit, spotten:
wer anders als Gott darf ihn wegen der Wahl solcher
Diener zur Rechenschaft ziehen, und bist du, gottver-
dammter und entsetzlicher Mensch, befugt, ihn deshalb
zu richten? – Wohlan, versetzte Kohlhaas, wenn mich
der Landesherr nicht verstößt, so kehre ich auch wieder

in die Gemeinschaft, die er beschirmt, zurück. Verschafft mir, ich wiederhol es, freies Geleit nach Dresden: so lasse ich den Haufen, den ich im Schloß zu Lützen versammelt, auseinander gehen, und bringe die Klage, mit der ich abgewiesen worden bin, noch einmal bei dem Tribunal des Landes vor. – Luther, mit einem verdrießlichen Gesicht, warf die Papiere, die auf seinem Tisch lagen, übereinander, und schwieg. Die trotzige Stellung, die dieser seltsame Mensch im Staat einnahm, verdroß ihn; und den Rechtsschluß, den er, von Kohlhaasenbrück aus, an den Junker erlassen, erwägend, fragte er: was er denn von dem Tribunal zu Dresden verlange? Kohlhaas antwortete: Bestrafung des Junkers, den Gesetzen gemäß; Wiederherstellung der Pferde in den vorigen Stand; und Ersatz des Schadens, den ich sowohl, als mein bei Mühlberg gefallener Knecht Herse, durch die Gewalttat, die man uns verübte, erlitten. – Luther rief: Ersatz des Schadens! Summen zu Tausenden, bei Juden und Christen, auf Wechseln und Pfändern, hast du, zur Bestreitung deiner wilden Selbstrache, aufgenommen. Wirst du den Wert auch, auf der Rechnung, wenn es zur Nachfrage kommt, ansetzen? – Gott behüte! erwiderte Kohlhaas. Haus und Hof, und den Wohlstand, den ich besessen, fordere ich nicht zurück; so wenig als die Kosten des Begräbnisses meiner Frau! Hersens alte Mutter wird eine Berechnung der Heilkosten, und eine Spezifikation dessen, was ihr Sohn in der Tronkenburg eingebüßt, beibringen; und den Schaden, den ich wegen Nichtverkaufs der Rappen erlitten, mag die Regierung durch einen Sachverständigen abschätzen lassen. – Luther sagte: rasender, unbegreiflicher und entsetzlicher Mensch! und sah ihn an. Nachdem dein Schwert sich, an dem Junker, Rache, die grimmigste, genommen, die sich erdenken läßt: was treibt dich, auf ein Erkenntnis gegen ihn zu bestehen, dessen Schärfe, wenn es zuletzt fällt, ihn mit einem Gewicht von so geringer Erheblichkeit nur trifft? – Kohlhaas erwiderte,

indem ihm eine Träne über die Wangen rollte: hochwürdiger Herr! es hat mich meine Frau gekostet; Kohlhaas
will der Welt zeigen, daß sie in keinem ungerechten
Handel umgekommen ist. Fügt Euch in diesen Stücken
meinem Willen, und laßt den Gerichtshof sprechen; in
allem anderen, was sonst noch streitig sein mag, füge ich
mich Euch. – Luther sagte: schau her, was du forderst,
wenn anders die Umstände so sind, wie die öffentliche
Stimme hören läßt, ist gerecht; und hättest du den Streit,
bevor du eigenmächtig zur Selbstrache geschritten, zu
des Landesherrn Entscheidung zu bringen gewußt, so
wäre dir deine Forderung, zweifle ich nicht, Punkt vor
Punkt bewilligt worden. Doch hättest du nicht, alles
wohl erwogen, besser getan, du hättest, um deines Erlö-
sers willen, dem Junker vergeben, die Rappen, dürre und
abgehärmt, wie sie waren, bei der Hand genommen, dich
aufgesetzt, und zur Dickfütterung in deinen Stall nach
Kohlhaasenbrück heimgeritten? – Kohlhaas antwortete:
kann sein! indem er ans Fenster trat: kann sein, auch
nicht! Hätte ich gewußt, daß ich sie mit Blut aus dem
Herzen meiner lieben Frau würde auf die Beine bringen
müssen: kann sein, ich hätte getan, wie Ihr gesagt,
hochwürdiger Herr, und einen Scheffel Hafer nicht
gescheut! Doch, weil sie mir einmal so teuer zu stehen
gekommen sind, so habe es denn, meine ich, seinen Lauf:
laßt das Erkenntnis, wie es mir zukömmt, sprechen, und
den Junker mir die Rappen auffüttern. – – Luther sagte,
indem er, unter mancherlei Gedanken, wieder zu seinen
Papieren griff: er wolle mit dem Kurfürsten seinethalben
in Unterhandlung treten. Inzwischen möchte er sich, auf
dem Schlosse zu Lützen, still halten; wenn der Herr ihm
freies Geleit bewillige, so werde man es ihm auf dem
Wege öffentlicher Anplackung bekannt machen. – Zwar,
fuhr er fort, da Kohlhaas sich herabbog, um seine Hand
zu küssen: ob der Kurfürst Gnade für Recht ergehen
lassen wird, weiß ich nicht; denn einen Heerhaufen,
vernehm ich, zog er zusammen, und steht im Begriff,

dich im Schlosse zu Lützen aufzuheben: inzwischen, wie ich dir schon gesagt habe, an meinem Bemühen soll es nicht liegen. Und damit stand er auf, und machte Anstalt, ihn zu entlassen. Kohlhaas meinte, daß seine Fürsprache ihn über diesen Punkt völlig beruhige; worauf Luther ihn mit der Hand grüßte, jener aber plötzlich ein Knie vor ihm senkte und sprach: er habe noch eine Bitte auf seinem Herzen. Zu Pfingsten nämlich, wo er an den Tisch des Herrn zu gehen pflege, habe er die Kirche, dieser seiner kriegerischen Unternehmungen wegen, versäumt; ob er die Gewogenheit haben wolle, ohne weitere Vorbereitung, seine Beichte zu empfangen, und ihm, zur Auswechselung dagegen, die Wohltat des heiligen Sakraments zu erteilen? Luther, nach einer kurzen Besinnung, indem er ihn scharf ansah, sagte: ja, Kohlhaas, das will ich tun! Der Herr aber, dessen Leib du begehrst, vergab seinem Feind. – Willst du, setzte er, da jener ihn betreten ansah, hinzu, dem Junker, der dich beleidigt hat, gleichfalls vergeben: nach der Tronkenburg gehen, dich auf deine Rappen setzen, und sie zur Dickfütterung nach Kohlhaasenbrück heimreiten? – »Hochwürdiger Herr«, sagte Kohlhaas errötend, indem er seine Hand ergriff, – nun? – »der Herr auch vergab allen seinen Feinden nicht. Laßt mich den Kurfürsten, meinen beiden Herren, dem Schloßvogt und Verwalter, den Herren Hinz und Kunz, und wer mich sonst in dieser Sache gekränkt haben mag, vergeben: den Junker aber, wenn es sein kann, nötigen, daß er mir die Rappen wieder dick füttere.« – Bei diesen Worten kehrte ihm Luther, mit einem mißvergnügten Blick, den Rücken zu, und zog die Klingel. Kohlhaas, während, dadurch herbeigerufen, ein Famulus sich mit Licht in dem Vorsaal meldete, stand betreten, indem er sich die Augen trocknete, vom Boden auf; und da der Famulus vergebens, weil der Riegel vorgeschoben war, an der Türe wirkte, Luther aber sich wieder zu seinen Papieren niedergesetzt hatte: so machte Kohlhaas dem Mann die Türe auf. Luther, mit einem kurzen, auf den fremden Mann gerichteten Seitenblick, sagte dem Famulus: leuchte! worauf dieser, über den Besuch, den er erblickte, ein wenig befremdet, den Hausschlüssel von der Wand nahm, und sich, auf die Entfernung desselben wartend, unter die halboffene Tür des Zimmers zurückbegab. – Kohlhaas sprach, indem er seinen Hut bewegt zwischen beide Hände nahm: und so kann ich, hochwürdigster Herr, der Wohltat versöhnt zu werden, die ich mir von Euch erbat, nicht teilhaftig werden? Luther antwortete kurz: deinem Heiland, nein; dem Landesherrn, – das bleibt einem Versuch, wie ich dir versprach, vorbehalten! Und damit winkte er dem Famulus, das Geschäft, das er ihm aufgetragen, ohne weiteren Aufschub, abzumachen. Kohlhaas legte, mit dem Ausdruck schmerzlicher Empfindung, seine beiden Hände auf die Brust; folgte dem Mann, der ihm die Treppe hinunter leuchtete, und verschwand.

Am anderen Morgen erließ Luther ein Sendschreiben an den Kurfürsten von Sachsen, worin er, nach einem bitteren Seitenblick auf die seine Person umgebenden Herren Hinz und Kunz, Kämmerer und Mundschenk von Tronka, welche die Klage, wie allgemein bekannt war, untergeschlagen hatten, dem Herrn, mit der Freimütigkeit, die ihm eigen war, eröffnete, daß bei so ärgerlichen Umständen, nichts anderes zu tun übrig sei, als den Vorschlag des Roßhändlers anzunehmen, und ihm des Vorgefallenen wegen, zur Erneuerung seines Prozesses, Amnestie zu erteilen. Die öffentliche Meinung, bemerkte er, sei auf eine höchst gefährliche Weise, auf dieses Mannes Seite, dergestalt, daß selbst in dem dreimal von ihm eingeäscherten Wittenberg, eine Stimme zu seinem Vorteil spreche; und da er sein Anerbieten, falls er damit abgewiesen werden sollte, unfehlbar, unter gehässigen Bemerkungen, zur Wissenschaft des Volks bringen würde, so könne dasselbe leicht in dem Grade verführt werden, daß mit der Staatsgewalt gar nichts mehr gegen ihn auszurichten sei. Er schloß, daß man, in diesem außerordentlichen Fall, über die Bedenklichkeit, mit einem Staatsbürger, der die Waffen ergriffen, in Unterhandlung zu treten, hinweggehen müsse; daß derselbe in der Tat durch das Verfahren, das man gegen ihn beobachtet, auf gewisse Weise außer der Staatsverbindung gesetzt sei; und kurz, daß man ihn, um aus dem Handel zu kommen, mehr als eine fremde, in das Land gefallene Macht, wozu er sich auch, da er ein Ausländer sei, gewissermaßen qualifiziere, als einen Rebellen, der sich gegen den Thron auflehne, betrachten müsse. – Der Kurfürst erhielt diesen Brief eben, als der Prinz Christiern von Meißen, Generalissimus des Reichs, Oheim des bei Mühlberg geschlagenen und an seinen Wunden noch daniederliegenden Prinzen Friedrich von Meißen; der Großkanzler des Tribunals, Graf Wrede; Graf Kallheim, Präsident der Staatskanzlei; und die beiden Herren Hinz und Kunz von Tronka, dieser Kämmerer, jener Mundschenk, die Jugendfreunde und Vertrauten des Herrn, in dem Schlosse gegenwärtig waren. Der Kämmerer, Herr Kunz, der, in der Qualität eines Geheimenrats, des Herrn geheime Korrespondenz, mit der Befugnis, sich seines Namens und Wappens zu bedienen, besorgte, nahm zuerst das Wort, und nachdem er noch einmal weitläufig auseinander gelegt hatte, daß er die Klage, die der Roßhändler gegen den Junker, seinen Vetter, bei dem Tribunal eingereicht, nimmermehr durch eine eigenmächtige Verfügung niedergeschlagen haben würde, wenn er sie nicht, durch falsche Angaben verführt, für eine völlig grundlose und nichtsnutzige Plackerei gehalten hätte, kam er auf die gegenwärtige Lage der Dinge. Er bemerkte, daß, weder nach göttlichen noch menschlichen Gesetzen, der Roßkamm, um dieses Mißgriffs willen, befugt gewesen wäre, eine so ungeheure Selbstrache, als er sich erlaubt, auszuüben; schilderte den Glanz, der durch eine Verhandlung mit demselben, als einer rechtlichen Kriegsgewalt, auf sein gottverdammtes Haupt falle; und die Schmach, die dadurch auf die gehei-

ligte Person des Kurfürsten zurückspringe, schien ihm so
unerträglich, daß er, im Feuer der Beredsamkeit, lieber
das Äußerste erleben, den Rechtsschluß des rasenden
Rebellen erfüllt, und den Junker, seinen Vetter, zur
Dickfütterung der Rappen nach Kohlhaasenbrück abgeführt sehen, als den Vorschlag, den der Doktor Luther
gemacht, angenommen wissen wollte. Der Großkanzler
des Tribunals, Graf Wrede, äußerte, halb zu ihm gewandt, sein Bedauern, daß eine so zarte Sorgfalt, als er,
bei der Auflösung dieser allerdings mißlichen Sache, für
den Ruhm des Herrn zeige, ihn nicht, bei der ersten Veranlassung derselben, erfüllt hätte. Er stellte dem Kurfürsten sein Bedenken vor, die Staatsgewalt, zur Durch-
setzung einer offenbar unrechtlichen Maßregel, in
Anspruch zu nehmen; bemerkte, mit einem bedeutenden
Blick auf den Zulauf, den der Roßhändler fortdauernd
im Lande fand, daß der Faden der Freveltaten sich auf
diese Weise ins Unendliche fortzuspinnen drohe, und
erklärte, daß nur ein schlichtes Rechttun, indem man
unmittelbar und rücksichtslos den Fehltritt, den man
sich zu Schulden kommen lassen, wieder gut machte, ihn
abreißen und die Regierung glücklich aus diesem häßlichen Handel herausziehen könne. Der Prinz Christiern
von Meißen, auf die Frage des Herrn, was er davon
halte? äußerte, mit Verehrung gegen den Großkanzler
gewandt: die Denkungsart, die er an den Tag lege, erfülle
ihn zwar mit dem größesten Respekt; indem er aber dem
Kohlhaas zu seinem Recht verhelfen wolle, bedenke er
nicht, daß er Wittenberg und Leipzig, und das ganze
durch ihn mißhandelte Land, in seinem gerechten
Anspruch auf Schadenersatz, oder wenigstens Bestrafung, beeinträchtige. Die Ordnung des Staats sei, in
Beziehung auf diesen Mann, so verrückt, daß man sie
schwerlich durch einen Grundsatz, aus der Wissenschaft
des Rechts entlehnt, werde einrenken können. Daher
stimme er, nach der Meinung des Kämmerers, dafür, das
Mittel, das für solche Fälle eingesetzt sei, ins Spiel zu

ziehen: einen Kriegshaufen, von hinreichender Größe zusammenzuraffen, und den Roßhändler, der in Lützen aufgepflanzt sei, damit aufzuheben oder zu erdrücken. Der Kämmerer, indem er für ihn und den Kurfürsten Stühle von der Wand nahm, und auf eine verbindliche Weise ins Zimmer setzte, sagte: er freue sich, daß ein Mann von seiner Rechtschaffenheit und Einsicht mit ihm in dem Mittel, diese Sache zweideutiger Art beizulegen, übereinstimme. Der Prinz, indem er den Stuhl, ohne sich zu setzen, in der Hand hielt, und ihn ansah, versicherte ihn: daß er gar nicht Ursache hätte sich deshalb zu freuen, indem die damit verbundene Maßregel notwendig die wäre, einen Verhaftungsbefehl vorher gegen ihn zu erlassen, und wegen Mißbrauchs des landesherrlichen Namens den Prozeß zu machen. Denn wenn Notwendigkeit erfordere, den Schleier vor dem Thron der Gerechtigkeit niederzulassen, über eine Reihe von Freveltaten, die unabsehbar wie sie sich forterzeugt, vor den Schranken desselben zu erscheinen, nicht mehr Raum fänden, so gelte das nicht von der ersten, die sie veranlaßt; und allererst seine Anklage auf Leben und Tod könne den Staat zur Zermalmung des Roßhändlers bevollmächtigen, dessen Sache, wie bekannt, sehr gerecht sei, und dem man das Schwert, das er führe, selbst in die Hand gegeben. Der Kurfürst, den der Junker bei diesen Worten betroffen ansah, wandte sich, indem er über das ganze Gesicht rot ward, und trat ans Fenster. Der Graf Kallheim, nach einer verlegenen Pause von allen Seiten, sagte, daß man auf diese Weise aus dem Zauberkreise, in dem man befangen, nicht herauskäme. Mit demselben Rechte könne seinem Neffen, dem Prinzen Friedrich, der Prozeß gemacht werden; denn auch er hätte, auf dem Streifzug sonderbarer Art, den er gegen den Kohlhaas unternommen, seine Instruktion auf mancherlei Weise überschritten: dergestalt, daß wenn man nach der weitläufigen Schar derjenigen frage, die die Verlegenheit, in welcher man sich befinde, veranlaßt, er gleichfalls unter die Zahl derselben würde benannt, und von dem Landesherrn wegen dessen was bei Mühlberg vorgefallen, zur Rechenschaft gezogen werden müssen. Der Mundschenk, Herr Hinz von Tronka, während der Kurfürst mit ungewissen Blicken an seinen Tisch trat, nahm das Wort und sagte: er begriffe nicht, wie der Staatsbeschluß, der zu fassen sei, Männern von solcher Weisheit, als hier versammelt wären, entgehen könne. Der Roßhändler habe, seines Wissens, gegen bloß freies Geleit nach Dresden, und erneuerte Untersuchung seiner Sache, versprochen, den Haufen, mit dem er in das Land gefallen, auseinander gehen zu lassen. Daraus aber folge nicht, daß man ihm, wegen dieser frevelhaften Selbstrache, Amnestie erteilen müsse: zwei Rechtsbegriffe, die der Doktor Luther sowohl, als auch der Staatsrat zu verwechseln scheine. Wenn, fuhr er fort, indem er den Finger an die Nase legte, bei dem Tribunal zu Dresden, gleichviel wie, das Erkenntnis der Rappen wegen gefallen ist; so hindert nichts, den Kohlhaas auf den Grund seiner Mordbrennereien und Räubereien einzustecken: eine staatskluge Wendung, die die Vorteile der Ansichten beider Staatsmänner vereinigt, und des Beifalls der Welt und Nachwelt gewiß ist. – Der Kurfürst, da der Prinz sowohl als der Großkanzler dem Mundschenk, Herrn Hinz, auf diese Rede mit einem bloßen Blick antworteten, und die Verhandlung mithin geschlossen schien, sagte: daß er die verschiedenen Meinungen, die sie ihm vorgetragen, bis zur nächsten Sitzung des Staatsrats bei sich selbst überlegen würde. – Es schien, die Präliminar-Maßregel, deren der Prinz gedacht, hatte seinem für Freundschaft sehr empfänglichen Herzen die Lust benommen, den Heereszug gegen den Kohlhaas, zu welchem schon alles vorbereitet war, auszuführen. Wenigstens behielt er den Großkanzler, Grafen Wrede, dessen Meinung ihm die zweckmäßigste schien, bei sich zurück; und da dieser ihm Briefe vorzeigte, aus welchen hervorging, daß der Roßhändler in der Tat schon zu einer Stärke von vierhundert Mann herangewachsen sei; ja, bei der allgemeinen Unzufriedenheit, die wegen der Unziemlichkeiten des Kämmerers im Lande herrschte, in kurzem auf eine doppelte und dreifache Stärke rechnen könne: so entschloß sich der Kurfürst, ohne weiteren Anstand, den Rat, den ihm der Doktor Luther erteilt, anzunehmen. Dem gemäß übergab er dem Grafen Wrede die ganze Leitung der Kohlhaasischen Sache; und schon nach wenigen Tagen erschien ein Plakat, das wir, dem Hauptinhalt nach, folgendermaßen mitteilen:

»Wir etc. etc. Kurfürst von Sachsen, erteilen, in besonders gnädiger Rücksicht auf die an Uns ergangene Fürsprache des Doktors Martin Luther, dem Michael Kohlhaas, Roßhändler aus dem Brandenburgischen, unter der Bedingung, binnen drei Tagen nach Sicht die Waffen, die er ergriffen, niederzulegen, behufs einer erneuerten Untersuchung seiner Sache, freies Geleit nach Dresden; dergestalt zwar, daß, wenn derselbe, wie nicht zu erwarten, bei dem Tribunal zu Dresden mit seiner Klage, der Rappen wegen, abgewiesen werden sollte, gegen ihn, seines eigenmächtigen Unternehmens wegen, sich selbst Recht zu verschaffen, mit der ganzen Strenge des Gesetzes verfahren werden solle; im entgegengesetzten Fall aber, ihm mit seinem ganzen Haufen, Gnade für Recht bewilligt, und völlige Amnestie, seiner in Sachsen ausgeübten Gewalttätigkeiten wegen, zugestanden sein solle.«

Kohlhaas hatte nicht sobald, durch den Doktor Luther, ein Exemplar dieses in allen Plätzen des Landes angeschlagenen Plakats erhalten, als er, so bedingungsweise auch die darin geführte Sprache war, seinen ganzen Haufen schon, mit Geschenken, Danksagungen und zweckmäßigen Ermahnungen auseinander gehen ließ. Er legte alles, was er an Geld, Waffen und Gerätschaften erbeutet haben mochte, bei den Gerichten zu Lützen, als kurfürstliches Eigentum, nieder; und nachdem er den Waldmann mit Briefen, wegen Wiederkaufs seiner Meierei, wenn es möglich sei, an den Amtmann nach Kohlhaasenbrück, und den Sternbald zur Abholung seiner Kinder, die er wieder bei sich zu haben wünschte, nach Schwerin geschickt hatte, verließ er das Schloß zu Lützen, und ging, unerkannt, mit dem Rest seines kleinen Vermögens, das er in Papieren bei sich trug, nach Dresden.

Der Tag brach eben an, und die ganze Stadt schlief noch, als er an die Tür der kleinen, in der Pirnaischen Vorstadt gelegenen Besitzung, die ihm durch die Rechtschaffenheit des Amtmanns übrig geblieben war, anklopfte, und Thomas, dem alten, die Wirtschaft führenden Hausmann, der ihm mit Erstaunen und Bestürzung aufmachte, sagte: er möchte dem Prinzen von Meißen auf dem Gubernium melden, daß er, Kohlhaas der Roßhändler, da wäre. Der Prinz von Meißen, der auf diese Meldung für zweckmäßig hielt, augenblicklich sich selbst von dem Verhältnis, in welchem man mit diesem Mann stand, zu unterrichten, fand, als er mit einem Gefolge von Rittern und Troßknechten bald darauf erschien, in den Straßen, die zu Kohlhaasens Wohnung führten, schon eine unermeßliche Menschenmenge versammelt. Die Nachricht, daß der Würgengel da sei, der die Volksbedrücker mit Feuer und Schwert verfolgte, hatte ganz Dresden, Stadt und Vorstadt, auf die Beine gebracht; man mußte die Haustür vor dem Andrang des neugierigen Haufens verriegeln, und die Jungen kletterten an den Fenstern heran, um den Mordbrenner, der darin frühstückte, in Augenschein zu nehmen. Sobald der Prinz, mit Hülfe der ihm Platz machenden Wache, ins Haus gedrungen, und in Kohlhaasens Zimmer getreten war, fragte er diesen, welcher halb entkleidet an einem Tische stand: ob er Kohlhaas, der Roßhändler, wäre? worauf Kohlhaas, indem er eine Brieftasche mit mehreren über sein Verhältnis lautenden Papieren aus seinem Gurt nahm, und ihm ererbietig übereichte, antwortete: ja! und hinzusetzte: er finde sich nach Auflösung seines Kriegshaufens, der ihm erteilten landesherrlichen Freiheit gemäß, in Dresden ein, um seine Klage, der Rappen wegen, gegen den Junker Wenzel von Tronka vor Gericht zu bringen. Der Prinz, nach einem flüchtigen Blick, womit er ihn von Kopf zu Fuß überschaute, durchlief die in der Brieftasche befindlichen Papiere; ließ sich von ihm erklären, was es mit einem von dem Gericht zu Lützen ausgestellten Schein, den er darin fand, über die zu Gunsten des kurfürstlichen Schatzes gemachte Deposition für eine Bewandtnis habe; und nachdem er die Art des Mannes noch, durch Fragen mancherlei Gattung, nach seinen Kindern, seinem Vermögen und der Lebensart die er künftig zu führen denke, geprüft, und überall so, daß man wohl seinetwegen ruhig sein konnte, befunden hatte, gab er ihm die Briefschaften wieder, und sagte: daß seinem Prozeß nichts im Wege stünde, und daß er sich nur unmittelbar, um ihn einzuleiten, an den Großkanzler des Tribunals, Grafen Wrede, selbst wenden möchte. Inzwischen, sagte der Prinz, nach einer Pause, indem er ans Fenster trat, und mit großen Augen das Volk, das vor dem Hause versammelt war, überschaute: du wirst auf die ersten Tage eine Wache annehmen müssen, die dich, in deinem Hause sowohl, als wenn du ausgehst, schütze! -- Kohlhaas sah betroffen vor sich nieder, und schwieg. Der Prinz sagte: »gleichviel!« indem er das Fenster wieder verließ. »Was daraus entsteht, du hast es dir selbst beizumessen«; und damit wandte er sich wieder nach der Tür, in der Absicht, das Haus zu verlassen. Kohlhaas, der sich besonnen hatte, sprach: Gnädigster Herr! tut, was Ihr wollt! Gebt mir Euer Wort, die Wache, sobald ich es wünsche, wieder aufzuheben: so habe ich gegen diese Maßregel nichts einzuwenden! Der Prinz erwiderte: das bedürfe der Rede nicht; und nachdem er drei Landsknechten, die man ihm zu diesem Zweck vorstellte,

bedeutet hatte: daß der Mann, in dessen Hause sie
zurückblieben, frei wäre, und daß sie ihm bloß zu seinem
Schutz, wenn er ausginge, folgen sollten, grüßte er den
Roßhändler mit einer herablassenden Bewegung der
Hand, und entfernte sich.

Gegen Mittag begab sich Kohlhaas, von seinen drei
Landsknechten begleitet, unter dem Gefolge einer unabsehbaren Menge, die ihm aber auf keine Weise, weil sie
durch die Polizei gewarnt war, etwas zu Leide tat, zu
dem Großkanzler des Tribunals, Grafen Wrede. Der
Großkanzler, der ihn mit Milde und Freundlichkeit in
seinem Vorgemach empfing, unterhielt sich während
zwei ganzer Stunden mit ihm, und nachdem er sich den
ganzen Verlauf der Sache, von Anfang bis zu Ende, hatte
erzählen lassen, wies er ihn, zur unmittelbaren Abfas-
sung und Einreichung der Klage, an einen, bei dem
Gericht angestellten, berühmten Advokaten der Stadt.
Kohlhaas, ohne weiteren Verzug, verfügte sich in dessen
Wohnung; und nachdem die Klage, ganz der ersten
niedergeschlagenen gemäß, auf Bestrafung des Junkers
nach den Gesetzen, Wiederherstellung der Pferde in den
vorigen Stand, und Ersatz *seines* Schadens sowohl, als
auch dessen, den sein bei Mühlberg gefallener Knecht
Herse erlitten hatte, zu Gunsten der alten Mutter desselben, aufgesetzt war, begab er sich wieder, unter Begleitung des ihn immer noch angaffenden Volks, nach Hause
zurück, wohl entschlossen, es anders nicht, als nur wenn
notwendige Geschäfte ihn riefen, zu verlassen.

Inzwischen war auch der Junker seiner Haft in Wittenberg entlassen, und nach Herstellung von einer gefährlichen Rose, die seinen Fuß entzündet hatte, von dem
Landesgericht unter peremtorischen Bedingungen aufgefordert worden, sich zur Verantwortung auf die von dem
Roßhändler Kohlhaas gegen ihn eingereichte Klage,
wegen widerrechtlich abgenommener und zu Grunde
gerichteter Rappen, in Dresden zu stellen. Die Gebrüder
Kämmerer und Mundschenk von Tronka, Lehnsvettern

des Junkers, in deren Hause er abtrat, empfingen ihn mit der größesten Erbitterung und Verachtung; sie nannten ihn einen Elenden und Nichtswürdigen, der Schande und Schmach über die ganze Familie bringe, kündigten ihm an, daß er seinen Prozeß nunmehr unfehlbar verlieren würde, und forderten ihn auf, nur gleich zur Herbeischaffung der Rappen, zu deren Dickfütterung er, zum Hohngelächter der Welt, verdammt werden werde, Anstalt zu machen. Der Junker sagte, mit schwacher, zitternder Stimme: er sei der bejammernswürdigste Mensch von der Welt. Er verschwor sich, daß er von dem ganzen verwünschten Handel, der ihn ins Unglück stürze, nur wenig gewußt, und daß der Schloßvogt und der Verwalter an allem schuld wären, indem sie die Pferde, ohne sein entferntestes Wissen und Wollen, bei der Ernte gebraucht, und durch unmäßige Anstrengungen, zum Teil auf ihren eigenen Feldern, zu Grunde gerichtet hätten. Er setzte sich, indem er dies sagte, und bat ihn nicht durch Kränkungen und Beleidigungen in das Übel, von dem er nur soeben erst erstanden sei, mutwillig zurückzustürzen. Am andern Tage schrieben die Herren Hinz und Kunz, die in der Gegend der eingeäscherten Tronkenburg Güter besaßen, auf Ansuchen des Junkers, ihres Vetters, weil doch nichts anders übrig blieb, an ihre dort befindlichen Verwalter und Pächter, um Nachricht über die an jenem unglücklichen Tage abhanden gekommenen und seitdem gänzlich verschollenen Rappen einzuziehn. Aber alles, was sie bei der gänzlichen Verwüstung des Platzes, und der Niedermetzelung fast aller Einwohner, erfahren konnten, war, daß ein Knecht sie, von den flachen Hieben des Mordbrenners getrieben, aus dem brennenden Schuppen, in welchem sie standen, gerettet, nachher aber auf die Frage, wo er sie hinführen, und was er damit anfangen solle, von dem grimmigen Wüterich einen Fußtritt zur Antwort erhalten habe. Die alte, von der Gicht geplagte Haushälterin des Junkers, die sich nach Meißen geflüchtet hatte, versicherte demselben, auf eine schriftliche Anfrage, daß der Knecht sich, am Morgen jener entsetzlichen Nacht, mit den Pferden nach der brandenburgischen Grenze gewandt habe; doch alle Nachfragen, die man daselbst anstellte, waren vergeblich, und es schien dieser Nachricht ein Irrtum zum Grunde zu liegen, indem der Junker keinen Knecht hatte, der im Brandenburgischen, oder auch nur auf der Straße dorthin, zu Hause war. Männer aus Dresden, die wenige Tage nach dem Brande der Tronkenburg in Wilsdruf gewesen waren, sagten aus, daß um die benannte Zeit ein Knecht mit zwei an der Halfter gehenden Pferden dort angekommen, und die Tiere, weil sie sehr elend gewesen wären, und nicht weiter fort gekonnt hätten, im Kuhstall eines Schäfers, der sie wieder hätte aufbringen wollen, stehen gelassen hätte. Es schien mancherlei Gründe wegen sehr wahrscheinlich, daß dies die in Untersuchung stehenden Rappen waren; aber der Schäfer aus Wilsdruf hatte sie, wie Leute, die dorther kamen, versicherten, schon wieder, man wußte nicht an wen, verhandelt; und ein drittes Gerücht, dessen Urheber unentdeckt blieb, sagte gar aus, daß die Pferde bereits in Gott verschieden, und in der Knochengrube zu Wilsdruf begraben wären. Die Herren Hinz und Kunz, denen diese Wendung der Dinge, wie man leicht begreift, die erwünschteste war, indem sie dadurch, bei des Junkers ihres Vetters Ermangelung eigener Ställe, der Notwendigkeit, die Rappen in den ihrigen aufzufüttern, überhoben waren, wünschten gleichwohl, völliger Sicherheit wegen, diesen Umstand zu bewahrheiten. Herr Wenzel von Tronka erließ demnach, als Erb-, Lehns- und Gerichtsherr, ein Schreiben an die Gerichte zu Wilsdruf, worin er dieselben, nach einer weitläufigen Beschreibung der Rappen, die, wie er sagte, ihm anvertraut und durch einen Unfall abhanden gekommen wären, dienstfreundlichst ersuchte, den dermaligen Aufenthalt derselben zu erforschen, und den Eigner, wer er auch sei, aufzufordern und anzuhalten, sie, gegen reichliche Wiedererstattung aller Kosten, in den Ställen des Kämmerers, Herrn Kunz, zu Dresden abzuliefern. Dem gemäß erschien auch wirklich, wenige Tage darauf, der Mann an den sie der Schäfer aus Wilsdruf verhandelt hatte, und führte sie, dürr und wankend, an die Runge seines Karrens gebunden, auf den Markt der Stadt; das Unglück aber Herrn Wenzels, und noch mehr des ehrlichen Kohlhaas wollte, daß es der Abdecker aus Döbbeln war.

Sobald Herr Wenzel, in Gegenwart des Kämmerers, seines Vetters, durch ein unbestimmtes Gerücht vernommen hatte, daß ein Mann mit zwei schwarzen aus dem Brande der Tronkenburg entkommenen Pferden in der Stadt angelangt sei, begaben sich beide, in Begleitung einiger aus dem Hause zusammengerafften Knechte, auf den Schloßplatz, wo er stand, um sie demselben, falls es die dem Kohlhaas zugehörigen wären, gegen Erstattung der Kosten abzunehmen, und nach Hause zu führen. Aber wie wie betreten waren die Ritter, als sie bereits einen, von Augenblick zu Augenblick sich vergrößernden Haufen von Menschen, den das Schauspiel herbeigezogen, um den zweirädrigen Karren, an dem die Tiere befestigt waren, erblickten; unter unendlichem Gelächter einander zurufend, daß die Pferde schon, um derenthalben der Staat wanke, an den Schinder gekommen wären! Der Junker, der um den Karren herumgegangen war, und die jämmerlichen Tiere, die alle Augenblicke sterben zu wollen schienen, betrachtet hatte, sagte verlegen: das wären die Pferde nicht, die er dem Kohlhaas abgenommen; doch Herr Kunz, der Kämmerer, einen Blick sprachlosen Grimms voll auf ihn werfend, der, wenn er von Eisen gewesen wäre, ihn zerschmettert hätte, trat, indem er seinen Mantel, Orden und Kette entblößend, zurückschlug, zu dem Abdecker heran, und fragte ihn: ob das die Rappen wären, die der Schäfer von Wilsdruf an sich gebracht, und der Junker Wenzel von Tronka, dem sie gehörten, bei den Gerichten daselbst requiriert hätte? Der Abdecker, der, einen Eimer Wasser in der Hand, beschäftigt war, einen dicken, wohlbeleibten Gaul, der seinen Karren zog, zu tränken, sagte: »die schwarzen?« – Er streifte dem Gaul, nachdem er den Eimer niedergesetzt, das Gebiß aus dem Maul, und sagte: »die Rappen, die an die Runge gebunden wären, hätte ihm der Schweinehirte von Hainichen verkauft. Wo der sie her hätte, und ob sie von dem Wilsdrufer Schäfer kämen, das wisse er nicht. Ihm hätte«, sprach er, während er den Eimer wieder aufnahm, und zwischen Deichsel und Knie anstemmte: »ihm hätte der Gerichtsbote aus Wilsdruf gesagt, daß er sie nach Dresden in das Haus derer von Tronka bringen solle; aber der Junker, an den er gewiesen sei, heiße Kunz.« Bei diesen Worten wandte er sich mit dem Rest des Wassers, den der Gaul im Eimer übrig gelassen hatte, und schüttete ihn auf das Pflaster der Straße aus. Der Kämmerer, der, von den Blicken der hohnlachenden Menge umstellt, den Kerl, der mit empfindungslosem Eifer seine Geschäfte betrieb, nicht bewegen konnte, daß er ihn ansah, sagte: daß er der Kämmerer, Kunz von Tronka, wäre; die Rappen aber, die er an sich bringen solle, müßten dem Junker, seinem Vetter, gehören; von einem Knecht, der bei Gelegenheit des Brandes aus der Tronkenburg entwichen, an den Schäfer zu Wilsdruf gekommen, und ursprünglich zwei dem Roßhändler Kohlhaas zugehörige Pferde sein! Er fragte den Kerl, der mit gespreizten Beinen dastand, und sich die Hosen in die Höhe zog: ob er davon nichts wisse? Und ob sie der Schweinehirte von Hainichen nicht vielleicht, auf welchen Umstand alles ankomme, von dem Wilsdrufer Schäfer, oder von einem Dritten, der sie seinerseits von demselben gekauft, erstanden hätte? – Der Abdecker, der sich an den Wagen gestellt und sein Wasser abgeschlagen hatte, sagte: »er wäre mit den Rappen nach Dresden bestellt, um in dem Hause derer von Tronka sein Geld dafür zu empfangen. Was er da vorbrächte, verstände er nicht; und ob sie, vor dem Schweinehirten aus Hainichen, Peter oder Paul besessen hätte, oder der Schäfer aus Wilsdruf, gelte ihm, da sie nicht gestohlen wären, gleich.« Und damit ging er, die Peitsche quer über seinen breiten Rücken, nach einer Kneipe, die auf dem Platze lag, in der Absicht, hungrig wie er war, ein Frühstück einzunehmen. Der Kämmerer, der auf der Welt Gottes nicht wußte, was er mit Pferden, die der Schweinehirte von Hainichen an den Schinder in Döbeln verkauft, machen solle, falls es nicht diejenigen wären, auf welchen der Teufel durch Sachsen ritt, forderte den Junker auf, ein Wort zu sprechen; doch da dieser mit bleichen, bebenden Lippen erwiderte: das Ratsamste wäre, daß man die Rappen kaufe, sie möchten dem Kohlhaas gehören oder nicht: so trat der Kämmerer, Vater und Mutter, die ihn geboren, verfluchend, indem er sich den Mantel zurückschlug, gänzlich unwissend, was er zu tun oder zu lassen habe, aus dem Haufen des Volks zurück. Er rief den Freiherrn von Wenk, einen Bekannten, der über die Straße ritt, zu sich heran, und trotzig, den Platz nicht zu verlassen, eben weil das Gesindel höhnisch auf ihn einblickte, und mit vor dem Mund zusammengedrückten Schnupftüchern, nur auf seine Entfernung zu warten schien, um loszuplatzen, bat er ihn, bei dem Großkanzler, Grafen Wrede, abzusteigen, und durch dessen Vermittelung den Kohlhaas zur Besichtigung der Rappen herbeizuschaffen. Es traf sich, daß Kohlhaas eben, durch einen Gerichtsboten herbeigerufen, in dem Gemach des Großkanzlers, gewisser, die Deposition in Lützen betreffenden Erläuterungen wegen, die man von ihm bedurfte, gegenwärtig war, als der Freiherr, in der eben erwähnten Absicht, zu ihm ins Zimmer trat; und während der Großkanzler sich mit einem verdrießlichen Gesicht vom Sessel erhob, und den Roßhändler, dessen Person jenem unbekannt war, mit den Papieren, die er in der Hand hielt, zur Seite stehen ließ, stellte der Freiherr ihm die Verlegenheit, in welcher sich die Herren von Tronka befanden, vor. Der Abdek-

ker von Döbbeln sei, auf mangelhafte Requisition der
Wilsdrufer Gerichte, mit Pferden erschienen, deren
Zustand so heillos beschaffen wäre, daß der Junker Wenzel anstehen müsse, sie für die dem Kohlhaas gehörigen
anzuerkennen; dergestalt, daß, falls man sie gleichwohl
dem Abdecker abnehmen solle, um in den Ställen der
Ritter, zu ihrer Wiederherstellung, einen Versuch zu
machen, vorher eine Okular-Inspektion des Kohlhaas,
um den besagten Umstand außer Zweifel zu setzen,
notwendig sei. »Habt demnach die Güte, schloß er, den
Roßhändler durch eine Wache aus seinem Hause abholen
und auf den Markt, wo die Pferde stehen, hinführen zu
lassen.« Der Großkanzler, indem er sich eine Brille von
der Nase nahm, sagte: daß er in einem doppelten Irrtum
stünde; einmal, wenn er glaube, daß der in Rede stehende Umstand anders nicht, als durch eine Okular-Inspektion des Kohlhaas auszumitteln sei; und dann,
wenn er sich einbilde, er, der Kanzler, sei befugt, den
Kohlhaas durch eine Wache, wohin es dem Junker
beliebe, abführen zu lassen. Dabei stellte er ihm den
Roßhändler, der hinter ihm stand, vor, und bat ihn,
indem er sich niederließ und seine Brille wieder aufsetzte, sich in dieser Sache an ihn selbst zu wenden. –
Kohlhaas, der mit keiner Miene, was in seiner Seele
vorging, zu erkennen gab, sagte: daß er bereit wäre, ihm
zur Besichtigung der Rappen, die der Abdecker in die
Stadt gebracht, auf den Markt zu folgen. Er trat, während der Freiherr sich betroffen zu ihm umkehrte, wieder an den Tisch des Großkanzlers heran, und nachdem
er demselben noch, aus den Papieren seiner Brieftasche,
mehrere, die Deposition in Lützen betreffende Nachrichten gegeben hatte, beurlaubte er sich von ihm; der
Freiherr, der, über das ganze Gesicht rot, ans Fenster
getreten war, empfahl sich ihm gleichfalls; und beide
gingen, begleitet von den drei durch den Prinzen von
Meißen eingesetzten Landsknechten, unter dem Troß
einer Menge von Menschen, nach dem Schloßplatz hin.

Der Kämmerer, Herr Kunz, der inzwischen den Vorstellungen mehrerer Freunde, die sich um ihn eingefunden hatten, zum Trotz, seinen Platz, dem Abdecker von Döbbeln gegenüber, unter dem Volke behauptet hatte, trat, sobald der Freiherr mit dem Roßhändler erschien, an den letzteren heran, und fragte ihn, indem er sein Schwert, mit Stolz und Ansehen, unter dem Arm hielt: ob die Pferde, die hinter dem Wagen stünden, die seinigen wären? Der Roßhändler, nachdem er, mit einer bescheidenen Wendung gegen den die Frage an ihn richtenden Herrn, den er nicht kannte, den Hut gerückt hatte, trat, ohne ihm zu antworten, im Gefolge sämtlicher Ritter, an den Schinderkarren heran; und die Tiere, die, auf wankenden Beinen, die Häupter zur Erde gebeugt, dastanden, und von dem Heu, das ihnen der Abdecker vorgelegt hatte, nicht fraßen, flüchtig, aus einer Ferne von zwölf Schritt, in welcher er stehen blieb, betrachtet: gnädigster Herr! wandte er sich wieder zu dem Kämmerer zurück, der Abdecker hat ganz recht; die Pferde, die an seinen Karren gebunden sind, gehören mir! Und damit, indem er sich in dem ganzen Kreise der Herren umsah, rückte er den Hut noch einmal, und begab sich, von seiner Wache begleitet, wieder von dem Platz hinweg. Bei diesen Worten trat der Kämmerer, mit einem raschen, seinen Helmbusch erschütternden Schritt zu dem Abdecker heran, und warf ihm einen Beutel mit Geld zu; und während dieser sich, den Beutel in der Hand, mit einem bleiernen Kamm die Haare über die Stirn zurückkämmte, und das Geld betrachtete, befahl er einem Knecht, die Pferde abzulösen und nach Hause zu führen! Der Knecht, der auf den Ruf des Herrn, einen Kreis von Freunden und Verwandten, die er unter dem Volke besaß, verlassen hatte, trat auch, in der Tat, ein wenig rot im Gesicht, über eine große Mistpfütze, die sich zu ihren Füßen gebildet hatte, zu den Pferden heran; doch kaum hatte er ihre Halftern erfaßt, um sie loszubinden, als ihn Meister Himboldt, sein Vetter, schon beim

Arm ergriff, und mit den Worten: du rührst die Schind-
mähren nicht an! von dem Karren hinwegschleuderte. Er
setzte, indem er sich mit ungewissen Schritten über die
Mistpfütze wieder zu dem Kämmerer, der über diesen
Vorfall sprachlos dastand, zurück wandte, hinzu: daß er
sich einen Schinderknecht anschaffen müsse, um ihm
einen solchen Dienst zu leisten! Der Kämmerer, der, vor
Wut schäumend, den Meister auf einen Augenblick
betrachtet hatte, kehrte sich um, und rief über die Häupter der Ritter, die ihn umringten, hinweg, nach der
Wache; und sobald, auf die Bestellung des Freiherrn von
Wenk, ein Offizier mit einigen kurfürstlichen Trabanten,
aus dem Schloß erschienen war, forderte er denselben
unter einer kurzen Darstellung der schändlichen Aufhet-
zerei, die sich die Bürger der Stadt erlaubten, auf, den
Rädelsführer, Meister Himboldt, in Verhaft zu nehmen.
Er verklagte den Meister, indem er ihn bei der Brust
faßte: daß er seinen, die Rappen auf seinen Befehl losbin-
denden Knecht von dem Karren hinweggeschleudert und
mißhandelt hätte. Der Meister, indem er den Kämmerer
mit einer geschickten Wendung, die ihn befreiete, zu-
rückwies, sagte: gnädigster Herr! einem Burschen von
zwanzig Jahren bedeuten, was er zu tun hat, heißt nicht,
ihn verhetzen! Befragt ihn, ob er sich gegen Herkommen
und Schicklichkeit mit den Pferden, die an die Karre
gebunden sind, befassen will; will er es, nach dem, was
ich gesagt, tun: sei's! Meinethalb mag er sie jetzt ablu-
dern und häuten! Bei diesen Worten wandte sich der
Kämmerer zu dem Knecht herum, und fragte ihn: ob er
irgend Anstand nähme, seinen Befehl zu erfüllen, und
die Pferde, die dem Kohlhaas gehörten, loszubinden,
und nach Hause zu führen? und da dieser schüchtern,
indem er sich unter die Bürger mischte, erwiderte: die
Pferde müßten erst ehrlich gemacht werden, bevor man
ihm das zumute; so folgte ihm der Kämmerer von hinten, riß ihm den Hut ab, der mit seinem Hauszeichen
geschmückt war, zog, nachdem er den Hut mit Füßen

getreten, von Leder, und jagte den Knecht mit wütenden Hieben der Klinge augenblicklich vom Platz weg und aus seinen Diensten. Meister Himboldt rief: schmeißt den Mordwüterich doch gleich zu Boden! und während die Bürger, von diesem Auftritt empört, zusammentraten, und die Wache hinwegdrängten, warf er den Kämmerer von hinten nieder, riß ihm Mantel, Kragen und Helm ab, wand ihm das Schwert aus der Hand, und schleuderte es, in einem grimmigen Wurf, weit über den Platz hinweg. Vergebens rief der Junker Wenzel, indem er sich aus dem Tumult rettete, den Rittern zu, seinem Vetter beizuspringen; ehe sie noch einen Schritt dazu getan hatten, waren sie schon von dem Andrang des Volks zerstreut, dergestalt, daß der Kämmerer, der sich den Kopf beim Fallen verletzt hatte, der ganzen Wut der Menge preis gegeben war. Nichts, als die Erscheinung eines Trupps berittener Landsknechte, die zufällig über den Platz zogen, und die der Offizier der kurfürstlichen Trabanten zu seiner Unterstützung herbeirief, konnte den Kämmerer retten. Der Offizier, nachdem er den Haufen verjagt, ergriff den wütenden Meister, und während derselbe durch einige Reuter nach dem Gefängnis gebracht ward, hoben zwei Freunde den unglücklichen mit Blut bedeckten Kämmerer vom Boden auf, und führten ihn nach Hause. Einen so heillosen Ausgang nahm der wohlgemeinte und redliche Versuch, dem Roßhändler wegen des Unrechts, das man ihm zugefügt, Genugtuung zu verschaffen. Der Abdecker von Döbbeln, dessen Geschäft abgemacht war, und der sich nicht länger aufhalten wollte, band, da sich das Volk zu zerstreuen anfing, die Pferde an einen Laternenpfahl, wo sie, den ganzen Tag über, ohne daß sich jemand um sie bekümmerte, ein Spott der Straßenjungen und Tagediebe, stehen blieben; dergestalt, daß in Ermangelung aller Pflege und Wartung die Polizei sich ihrer annehmen mußte, und gegen Einbruch der Nacht den Abdecker von Dresden herbeirief, um sie, bis auf weitere Verfügung, auf der Schinderei vor der Stadt zu besorgen.

Dieser Vorfall, so wenig der Roßhändler ihn in der Tat verschuldet hatte, erweckte gleichwohl, auch bei den Gemäßigtern und Besseren, eine, dem Ausgang seiner Streitsache höchst gefährliche Stimmung im Lande. Man fand das Verhältnis desselben zum Staat ganz unerträglich, und in Privathäusern und auf öffentlichen Plätzen, erhob sich die Meinung, daß es besser sei, ein offenbares Unrecht an ihm zu verüben, und die ganze Sache von neuem niederzuschlagen, als ihm Gerechtigkeit, durch Gewalttaten ertrotzt, in einer so nichtigen Sache, zur bloßen Befriedigung seines rasenden Starrsinns, zukommen zu lassen. Zum völligen Verderben des armen Kohlhaas mußte der Großkanzler selbst, aus übergroßer Rechtlichkeit, und einem davon herrührenden Haß gegen die Familie von Tronka, beitragen, diese Stimmung zu befestigen und zu verbreiten. Es war höchst unwahrscheinlich, daß die Pferde, die der Abdecker von Dresden jetzt besorgte, jemals wieder in den Stand, wie sie aus dem Stall zu Kohlhaasenbrück gekommen waren, hergestellt werden würden; doch gesetzt, daß es durch Kunst und anhaltende Pflege möglich gewesen wäre: die Schmach, die zufolge der bestehenden Umstände, dadurch auf die Familie des Junkers fiel, war so groß, daß bei dem staatsbürgerlichen Gewicht, den sie, als eine der ersten und edelsten, im Lande hatte, nichts billiger und zweckmäßiger schien, als eine Vergütung der Pferde in Geld einzuleiten. Gleichwohl, auf einen Brief, in welchem der Präsident, Graf Kallheim, im Namen des Kämmerers, den seine Krankheit abhielt, dem Großkanzler, einige Tage darauf, diesen Vorschlag machte, erließ derselbe zwar ein Schreiben an den Kohlhaas, worin er ihn ermahnte, einen solchen Antrag, wenn er an ihn ergehen sollte, nicht von der Hand zu weisen; den Präsidenten selbst aber bat er, in einer kurzen, wenig verbindlichen Antwort, ihn mit Privataufträgen in dieser

Sache zu verschonen, und forderte den Kämmerer auf, sich an den Roßhändler selbst zu wenden, den er ihm als einen sehr billigen und bescheidenen Mann schilderte. Der Roßhändler, dessen Wille, durch den Vorfall, der sich auf dem Markt zugetragen, in der Tat gebrochen war, wartete auch nur, dem Rat des Großkanzlers gemäß, auf eine Eröffnung von Seiten des Junkers, oder seiner Angehörigen, um ihnen mit völliger Bereitwilligkeit und Vergebung alles Geschehenen, entgegenzukommen; doch eben diese Eröffnung war den stolzen Rittern zu tun empfindlich; und schwer erbittert über die Antwort, die sie von dem Großkanzler empfangen hatten, zeigten sie dieselbe dem Kurfürsten, der, am Morgen des nächstfolgenden Tages, den Kämmerer krank, wie er an seinen Wunden danieder lag, in seinem Zimmer besucht hatte. Der Kämmerer, mit einer, durch seinen Zustand, schwachen und rührenden Stimme, fragte ihn, ob er, nachdem er sein Leben daran gesetzt, um diese Sache, seinen Wünschen gemäß, beizulegen, auch noch seine Ehre dem Tadel der Welt aussetzen, und mit einer Bitte um Vergleich und Nachgiebigkeit, vor einem Manne erscheinen solle, der alle nur erdenkliche Schmach und Schande über ihn und seine Familie gebracht habe. Der Kurfürst, nachdem er den Brief gelesen hatte, fragte den Grafen Kallheim verlegen: ob das Tribunal nicht befugt sei, ohne weitere Rücksprache mit dem Kohlhaas, auf den Umstand, daß die Pferde nicht wieder herzustellen wären, zu fußen, und dem gemäß das Urteil, gleich, als ob sie tot wären, auf bloße Vergütigung derselben in Geld abzufassen? Der Graf antwortete: »gnädigster Herr, sie *sind* tot: sind in staatsrechtlicher Bedeutung tot, weil sie keinen Wert haben, und werden es physisch sein, bevor man sie, aus der Abdeckerei, in die Ställe der Ritter gebracht hat«; worauf der Kurfürst, indem er den Brief einsteckte, sagte, daß er mit dem Großkanzler selbst darüber sprechen wolle, den Kämmerer, der sich halb aufrichtete und seine Hand dankbar ergriff, beruhigte, und nachdem er ihm noch empfohlen hatte, für seine Gesundheit Sorge zu tragen, mit vieler Huld sich von seinem Sessel erhob, und das Zimmer verließ.

So standen die Sachen in Dresden, als sich über den armen Kohlhaas, noch ein anderes, bedeutenderes Gewitter, von Lützen her, zusammenzog, dessen Strahl die arglistigen Ritter geschickt genug waren, auf das unglückliche Haupt desselben herabzuleiten. Johann Nagelschmidt nämlich, einer von den durch den Roßhändler zusammengebrachten, und nach Erscheinung der kurfürstlichen Amnestie wieder abgedankten Knechten, hatte für gut befunden, wenige Wochen nachher, an der böhmischen Grenze, einen Teil dieses zu allen Schandtaten aufgelegten Gesindels von neuem zusammenzuraffen, und das Gewerbe, auf dessen Spur ihn Kohlhaas geführt hatte, auf seine eigne Hand fortzusetzen. Dieser nichtsnutzige Kerl nannte sich, teils um den Häschern von denen er verfolgt ward, Furcht einzuflößen, teils um das Landvolk, auf die gewohnte Weise, zur Teilnahme an seinen Spitzbübereien zu verleiten, einen Statthalter des Kohlhaas; sprengte mit einer seinem Herrn abgelernten Klugheit aus, daß die Amnestie an mehreren, in ihre Heimat ruhig zurückgekehrten Knechten nicht gehalten, ja der Kohlhaas selbst, mit himmelschreiender Wortbrüchigkeit, bei seiner Ankunft in Dresden eingesteckt, und einer Wache übergeben worden sei; dergestalt, daß in Plakaten, die den Kohlhaasischen ganz ähnlich waren, sein Mordbrennerhaufen als ein zur bloßen Ehre Gottes aufgestandener Kriegshaufen erschien, bestimmt, über die Befolgung der ihnen von dem Kurfürsten angelobten Amnestie zu wachen; alles, wie schon gesagt, keineswegs zur Ehre Gottes, noch aus Anhänglichkeit an den Kohlhaas, dessen Schicksal ihnen völlig gleichgültig war, sondern um unter dem Schutz solcher Vorspiegelungen desto ungestrafter und bequemer zu sengen und zu plündern. Die Ritter, sobald die ersten Nachrichten davon nach Dresden kamen, konnten ihre Freude über diesen, dem ganzen Handel eine andere Gestalt gebenden Vorfall nicht unterdrücken. Sie erinnerten mit weisen und mißvergnügten Seitenblicken an den Mißgriff, den man begangen, indem man dem Kohlhaas, ihren dringenden und wiederholten Warnungen zum Trotz, Amnestie erteilt, gleichsam als hätte man die Absicht gehabt Bösewichtern aller Art dadurch, zur Nachfolge auf seinem Wege, das Signal zu geben; und nicht zufrieden, dem Vorgeben des Nagelschmidt, zur bloßen Aufrechthaltung und Sicherheit seines unterdrückten Herrn die Waffen ergriffen zu haben, Glauben zu schenken, äußerten sie sogar die bestimmte Meinung, daß die ganze Erscheinung desselben nichts, als ein von dem Kohlhaas angezetteltes Unternehmen sei, um die Regierung in Furcht zu setzen, und den Fall des Rechtsspruchs, Punkt vor Punkt, seinem rasenden Eigensinn gemäß, durchzusetzen und zu beschleunigen. Ja, der Mundschenk, Herr Hinz, ging so weit, einigen Jagdjunkern und Hofherren, die sich nach der Tafel im Vorzimmer des Kurfürsten um ihn versammelt hatten, die Auflösung des Räuberhaufens in Lützen als eine verwünschte Spiegelfechterei darzustellen; und indem er sich über die Gerechtigkeitsliebe des Großkanzlers sehr lustig machte, erwies er aus mehreren witzig zusammengestellten Umständen, daß der Haufen, nach wie vor, noch in den Wäldern des Kurfürstentums vorhanden sei, und nur auf den Wink des Roßhändlers warte, um daraus von neuem mit Feuer und Schwert hervorzubrechen. Der Prinz Christiern von Meißen, über diese Wendung der Dinge, die seines Herrn Ruhm auf die empfindlichste Weise zu beflecken drohete, sehr mißvergnügt, begab sich sogleich zu demselben aufs Schloß; und das Interesse der Ritter, den Kohlhaas, wenn es möglich wäre, auf den Grund neuer Vergehungen zu stürzen, wohl durchschauend, bat er sich von demselben die Erlaubnis aus, unverzüglich ein Verhör über den Roßhändler anstellen zu dürfen. Der Roßhändler, nicht ohne Befremden, durch einen Häscher in das Gubernium abgeführt, erschien, den Heinrich und Leopold, seine beiden kleinen Knaben auf dem Arm; denn Sternbald, der Knecht, war Tags zuvor mit seinen fünf Kindern aus dem Mecklenburgischen, wo sie sich aufgehalten hatten, bei ihm angekommen, und Gedanken mancherlei Art, die zu entwickeln zu weitläufig sind, bestimmten ihn, die Jungen, die ihn bei seiner Entfernung unter dem Erguß kindischer Tränen darum baten, aufzuheben, und in das Verhör mitzunehmen. Der Prinz, nachdem er die Kinder, die Kohlhaas neben sich niedergesetzt hatte, wohlgefällig betrachtet und auf eine freundliche Weise nach ihrem Alter und Namen gefragt hatte, eröffnete ihm, was der Nagelschmidt, sein ehemaliger Knecht, sich in den Tälern des Erzgebirges für Freiheiten herausnehme; und indem er ihm die sogenannten Mandate desselben überreichte, forderte er ihn auf, dagegen vorzubringen, was er zu seiner Rechtfertigung vorzubringen wüßte. Der Roßhändler, so schwer er auch in der Tat über diese schändlichen und verräterischen Papiere erschrak, hatte gleichwohl, einem so rechtschaffenen Manne, als der Prinz war, gegenüber, wenig Mühe, die Grundlosigkeit der gegen ihn auf die Bahn gebrachten Beschuldigungen, befriedigend auseinander zu legen. Nicht nur, daß zufolge seiner Bemerkung er, so wie die Sachen standen, überhaupt noch zur Entscheidung seines, im besten Fortgang begriffenen Rechtsstreits, keiner Hilfe von Seiten eines Dritten bedürfte: aus einigen Briefschaften, die er bei sich trug, und die er dem Prinzen vorzeigte, ging sogar eine Unwahrscheinlichkeit ganz eigner Art hervor, daß das Herz des Nagelschmidts gestimmt sein sollte, ihm dergleichen Hilfe zu leisten, indem er den Kerl, wegen auf dem platten Lande verübter Notzucht und anderer Schelmereien, kurz vor Auflösung des Haufens in Lützen hatte hängen lassen wollen; dergestalt, daß nur die Erscheinung der kurfürstlichen Amnestie, indem sie das ganze Verhältnis aufhob, ihn gerettet hatte, und beide Tags darauf, als Todfeinde auseinander gegangen waren. Kohlhaas, auf seinen von dem Prinzen angenommenen Vorschlag, setzte sich nieder, und erließ ein Sendschreiben an den Nagelschmidt, worin er das Vorgeben desselben zur Aufrechterhaltung der an ihm und seinen Haufen gebrochenen Amnestie aufgestanden zu sein, für eine schändliche und ruchlose Erfindung erklärte; ihm sagte, daß er bei seiner Ankunft in Dresden weder eingesteckt, noch einer Wache übergeben, auch seine Rechtssache ganz so, wie er es wünsche, im Fortgange sei; und ihn wegen der, nach Publikation der Amnestie im Erzgebirge ausgeübten Mordbrennereien, zur Warnung des um ihn versammelten Gesindels, der ganzen Rache der Gesetze preis gab. Dabei wurden einige Fragmente der Kriminalverhandlung, die der Roßhändler auf dem Schlosse zu Lützen, in Bezug auf die oben erwähnten Schändlichkeiten, über ihn hatte anstellen lassen, zur Belehrung des Volks über diesen nichtsnutzigen, schon damals dem Galgen bestimmten, und, wie schon erwähnt, nur durch das Patent das der Kurfürst erließ, geretteten Kerl, angehängt. Dem gemäß beruhigte der Prinz den Kohlhaas über den Verdacht, den man ihm, durch die Umstände notgedrungen, in diesem Verhör habe äußern müssen; versicherte ihn, daß so lange *er* in Dresden wäre, die ihm erteilte Amnestie auf keine Weise gebrochen werden solle; reichte den Knaben noch einmal, indem er sie mit Obst, das auf seinem Tische stand, beschenkte, die Hand, grüßte den Kohlhaas und entließ ihn. Der Großkanzler, der gleichwohl die Gefahr, die über den Roßhändler schwebte, erkannte, tat sein Äußerstes, um die Sache desselben, bevor sie durch neue Ereignisse verwickelt und verworren würde, zu Ende zu bringen; das aber wünschten und bezweckten die staatsklugen Ritter eben, und statt, wie zuvor, mit stillschweigendem Eingeständnis der Schuld, ihren Widerstand auf ein bloß gemildertes Rechtserkenntnis einzuschränken, fingen sie jetzt an, in Wendungen arglistiger und rabulistischer Art, diese Schuld selbst gänzlich zu leugnen. Bald gaben sie vor, daß die Rappen des Kohlhaas, in Folge eines bloß eigenmächtigen Verfahrens des Schloß- vogts und Verwalters, von welchem der Junker nichts oder nur Unvollständiges gewußt, auf der Tronkenburg zurückgehalten worden seien; bald versicherten sie, daß die Tiere schon, bei ihrer Ankunft daselbst, an einem heftigen und gefährlichen Husten krank gewesen wären, und beriefen sich deshalb auf Zeugen, die sie herbeizu- schaffen sich anheischig machten; und als sie mit diesen Argumenten, nach weitläuftigen Untersuchungen und Auseinandersetzungen, aus dem Felde geschlagen waren, brachten sie gar ein kurfürstliches Edikt bei, worin, vor einem Zeitraum von zwölf Jahren, einer Viehseuche wegen, die Einführung der Pferde aus dem Brandenbur- gischen ins Sächsische, in der Tat verboten worden war: zum sonnenklaren Beleg nicht nur der Befugnis, sondern sogar der Verpflichtung des Junkers, die von dem Kohl- haas über die Grenze gebrachten Pferde anzuhalten. – Kohlhaas, der inzwischen von dem wackern Amtmann zu Kohlhaasenbrück seine Meierei, gegen eine geringe Vergütigung des dabei gehabten Schadens, käuflich wie- der erlangt hatte, wünschte, wie es scheint wegen gerichtlicher Abmachung dieses Geschäfts, Dresden auf einige Tage zu verlassen, und in diese seine Heimat zu reisen; ein Entschluß, an welchem gleichwohl, wie wir nicht zweifeln, weniger das besagte Geschäft, so drin- gend es auch in der Tat, wegen Bestellung der Winter- saat, sein mochte, als die Absicht unter so sonderbaren und bedenklichen Umständen seine Lage zu prüfen, Anteil hatte: zu welchem vielleicht auch noch Gründe anderer Art mitwirkten, die wir jedem, der in seiner Brust Bescheid weiß, zu erraten überlassen wollen. Demnach verfügte er sich, mit Zurücklassung der Wache, die ihm zugeordnet war, zum Großkanzler, und eröffnete ihm, die Briefe des Amtmanns in der Hand: daß er willens sei, falls man seiner, wie es den Anschein habe, bei dem Gericht nicht notwendig bedürfe, die Stadt zu verlassen, und auf einen Zeitraum von acht oder zwölf Tagen, binnen welcher Zeit er wieder zurück zu sein versprach, nach dem Brandenburgischen zu reisen. Der Großkanzler, indem er mit einem mißvergnügten und bedenklichen Gesichte zur Erde sah, versetzte: er müsse gestehen, daß seine Anwesenheit grade jetzt notwendiger sei als jemals, indem das Gericht wegen arglistiger und winkelziehender Einwendungen der Gegenpart, seiner Aussagen und Erörterungen, in tausenderlei nicht vorherzusehenden Fällen, bedürfe; doch da Kohlhaas ihn auf seinen, von dem Rechtsfall wohl unterrichteten Advokaten verwies, und mit bescheidener Zudringlichkeit, indem er sich auf acht Tage einzuschränken versprach, auf seine Bitte beharrte, so sagte der Großkanzler nach einer Pause kurz, indem er ihn entließ: »er hoffe, daß er sich deshalb Pässe, bei dem Prinzen Christiern von Meißen, ausbitten würde.« – – Kohlhaas, der sich auf das Gesicht des Großkanzlers gar wohl verstand, setzte sich, in seinem Entschluß nur bestärkt, auf der Stelle nieder, und bat, ohne irgend einen Grund anzugeben, den Prinzen von Meißen, als Chef des Guberniums, um Pässe auf acht Tage nach Kohlhaasenbrück, und zurück. Auf dieses Schreiben erhielt er eine, von dem Schloßhauptmann, Freiherrn Siegfried von Wenk, unterzeichnete Gubernial-Resolution, des Inhalts: »sein Gesuch um Pässe nach Kohlhaasenbrück werde des Kurfürsten Durchlaucht vorgelegt werden, auf dessen höchster Bewilligung, sobald sie eingine, ihm die Pässe zugeschickt werden würden.« Auf die Erkundigung Kohlhaasens bei seinem Advokaten, wie es zuginge, daß die Gubernial-Resolution von einem Freiherrn von Wenk, und nicht von dem Prinzen Christiern von Meißen, an den er sich gewendet, unterschrieben sei, erhielt er zur Antwort: daß der Prinz vor drei Tagen auf seine Güter gereist, und die Gubernialgeschäfte während seiner Abwesenheit dem Schloßhauptmann Freiherrn Siegfried von Wenk, einem Vetter des oben erwähnten Herren gleiches Namens, übergeben worden wären. – Kohlhaas, dem das Herz unter allen diesen Umständen unruhig zu klopfen anfing, harrte durch mehrere Tage auf die Entscheidung seiner, der Person des Landesherrn mit befremdender Weitläuftigkeit vorgelegten Bitte; doch es verging eine Woche, und es verging mehr, ohne daß weder diese Entscheidung einlief, noch auch das Rechtserkenntnis, so bestimmt man es ihm auch verkündigt hatte, bei dem Tribunal gefällt ward: dergestalt, daß er am zwölften Tage, fest entschlossen, die Gesinnung der Regierung gegen ihn, sie möge sein, welche man wolle, zur Sprache zu bringen, sich niedersetzte, und das Gubernium von neuem in einer dringenden Vorstellung um die erforderten Pässe bat. Aber wie betreten war er, als er am Abend des folgenden, gleichfalls ohne die erwartete Antwort verstrichenen Tages, mit einem Schritt, den er gedankenvoll, in Erwägung seiner Lage, und besonders der ihm von dem Doktor Luther ausgewirkten Amnestie, an das Fenster seines Hinterstübchens tat, in dem kleinen, auf dem Hofe befindlichen Nebengebäude, das er ihr zum Aufenthalte angewiesen hatte, die Wache nicht erblickte, die ihm bei seiner Ankunft der Prinz von Meißen eingesetzt hatte. Thomas, der alte Hausmann, den er herbeirief und fragte: was dies zu bedeuten habe? antwortete ihm seufzend: Herr! es ist nicht alles wie es sein soll; die Landsknechte, deren heute mehr sind wie gewöhnlich, haben sich bei Einbruch der Nacht um das ganze Haus verteilt; zwei stehen, mit Schild und Spieß, an der vordern Tür auf der Straße; zwei an der hintern im Garten: und noch zwei andere liegen im Vorsaal auf ein Bund Stroh, und sagen, daß sie daselbst schlafen würden. Kohlhaas, der seine Farbe verlor, wandte sich und versetzte: »es wäre gleichviel, wenn sie nur da wären; und er möchte den Landsknechten, sobald er auf den Flur käme, Licht hinsetzen, damit sie sehen könnten.« Nachdem er noch, unter dem Vor-

wande, ein Geschirr auszugießen, den vordern Fensterladen eröffnet, und sich von der Wahrheit des Umstands,
den ihm der Alte entdeckt, überzeugt hatte: denn eben
ward sogar in geräuschloser Ablösung die Wache erneu-
ert, an welche Maßregel bisher, so lange die Einrichtung
bestand, noch niemand gedacht hatte: so legte er sich,
wenig schlaflustig allerdings, zu Bette, und sein Entschluß war für den kommenden Tag sogleich gefaßt.
Denn nichts mißgönnte er der Regierung, mit der er zu
tun hatte, mehr, als den Schein der Gerechtigkeit, während sie in der Tat die Amnestie, die sie ihm angelobt
hatte, an ihm brach; und falls er wirklich ein Gefangener
sein sollte, wie es keinem Zweifel mehr unterworfen war,
wollte er derselben auch die bestimmte und unumwun-
dene Erklärung, daß es so sei, abnötigen. Demnach ließ
er, sobald der Morgen des nächsten Tages anbrach,
durch Sternbald, seinen Knecht, den Wagen anspannen
und vorführen, um wie er vorgab, zu dem Verwalter
nach Lockewitz zu fahren, der ihn, als ein alter Bekannter, einige Tage zuvor in Dresden gesprochen und eingeladen hatte, ihn einmal mit seinen Kindern zu besuchen.
Die Landsknechte, welche mit zusammengesteckten
Köpfen, die dadurch veranlaßten Bewegungen im Hause
wahrnahmen, schickten einen aus ihrer Mitte heimlich in
die Stadt, worauf binnen wenigen Minuten ein Gubernial-Offiziant an der Spitze mehrerer Häscher erschien,
und sich, als ob er daselbst ein Geschäft hätte, in das ge-
genüberliegende Haus begab. Kohlhaas der mit der An-
kleidung seiner Knaben beschäftigt, diese Bewegungen
gleichfalls bemerkte, und den Wagen absichtlich länger,
als eben nötig gewesen wäre, vor dem Hause halten ließ,
trat, sobald er die Anstalten der Polizei vollendet sah,
mit seinen Kindern, ohne darauf Rücksicht zu nehmen,
vor das Haus hinaus; und während er dem Troß der
Landsknechte, die unter der Tür standen, im Vorüberge-
hen sagte, daß sie nicht nötig hätten, ihm zu folgen, hob
er die Jungen in den Wagen und küßte und tröstete die

kleinen weinenden Mädchen, die, seiner Anordnung
gemäß, bei der Tochter des alten Hausmanns zurückbleiben sollten. Kaum hatte er selbst den Wagen bestiegen,
als der Gubernial-Offiziant mit seinem Gefolge von
Häschern, aus dem gegenüberliegenden Hause, zu ihm
herantrat, und ihn fragte: wohin er wolle? Auf die Antwort Kohlhaasens: »daß er zu seinem Freund, dem Amtmann nach Lockewitz fahren wolle, der ihn vor einigen
Tagen mit seinen beiden Knaben zu sich aufs Land
geladen«, antwortete der Gubernial-Offiziant: daß er in
diesem Fall einige Augenblicke warten müsse, indem
einige berittene Landsknechte, dem Befehl des Prinzen
von Meißen gemäß, ihn begleiten würden. Kohlhaas
fragte lächelnd von dem Wagen herab: »ob er glaube, daß
seine Person in dem Hause eines Freundes, der sich
erboten, ihn auf einen Tag an seiner Tafel zu bewirten,
nicht sicher sei?« Der Offiziant erwiderte auf eine heitere
und angenehme Art: daß die Gefahr allerdings nicht groß
sei; wobei er hinzusetzte: daß ihm die Knechte auch auf
keine Weise zur Last fallen sollten. Kohlhaas versetzte
ernsthaft: »daß ihm der Prinz von Meißen, bei seiner
Ankunft in Dresden, freigestellt, ob er sich der Wache
bedienen wolle oder nicht«; und da der Offiziant sich
über diesen Umstand wunderte, und sich mit vorsichti-
gen Wendungen auf den Gebrauch, während der ganzen
Zeit seiner Anwesenheit, berief: so erzählte der Roßhändler ihm den Vorfall, der die Einsetzung der Wache
in seinem Hause veranlaßt hatte. Der Offiziant versicherte ihn, daß die Befehle des Schloßhauptmanns, Freiherrn von Wenk, der in diesem Augenblick Chef der
Polizei sei, ihm die unausgesetzte Beschützung seiner
Person zur Pflicht mache; und bat ihn, falls er sich die
Begleitung nicht gefallen lassen wolle, selbst auf das
Gubernium zu gehen, um den Irrtum, der dabei obwalten müsse, zu berichtigen. Kohlhaas, mit einem spre-
chenden Blick, den er auf den Offizianten warf, sagte,
entschlossen die Sache zu beugen oder zu brechen: »daß

er dies tun wolle«; stieg mit klopfendem Herzen von dem Wagen, ließ die Kinder durch den Hausmann in den Flur tragen, und verfügte sich, während der Knecht mit dem Fuhrwerk vor dem Hause halten blieb, mit dem Offizianten und seiner Wache in das Gubernium. Es traf sich, daß der Schloßhauptmann, Freiherr Wenk eben mit der Besichtigung einer Bande, am Abend zuvor eingebrachter Nagelschmidtscher Knechte, die man in der Gegend von Leipzig aufgefangen hatte, beschäftigt war, und die Kerle über manche Dinge, die man gern von ihnen gehört hätte, von den Rittern, die bei ihm waren, befragt wurden, als der Roßhändler mit seiner Begleitung zu ihm in den Saal trat. Der Freiherr, sobald er den Roßhändler erblickte, ging, während die Ritter plötzlich still wurden, und mit dem Verhör der Knechte einhielten, auf ihn zu, und fragte ihn: was er wolle? und da der Roßkamm ihm auf ehrerbietige Weise sein Vorhaben, bei dem Verwalter in Lockewitz zu Mittag zu speisen, und den Wunsch, die Landsknechte deren er dabei nicht bedürfe zurücklassen zu dürfen, vorgetragen hatte, antwortete der Freiherr, die Farbe im Gesicht wechselnd, indem er eine andere Rede zu verschlucken schien: »er würde wohl tun, wenn er sich still in seinem Hause hielte, und den Schmaus bei dem Lockewitzer Amtmann vor der Hand noch aussetzte.« – Dabei wandte er sich, das ganze Gespräch zerschneidend, dem Offizianten zu, und sagte ihm: »daß es mit dem Befehl, den er ihm, in Bezug auf den Mann gegeben, sein Bewenden hätte, und daß derselbe anders nicht, als in Begleitung sechs berittener Landsknechte die Stadt verlassen dürfe.« – Kohlhaas fragte: ob er ein Gefangener wäre, und ob er glauben solle, daß die ihm feierlich, vor den Augen der ganzen Welt angelobte Amnestie gebrochen sei? worauf der Freiherr sich plötzlich glutrot im Gesichte zu ihm wandte, und, indem er dicht vor ihn trat, und ihm in das Auge sah, antwortete: ja! ja! ja! – ihm den Rücken zukehrte, ihn stehen ließ, und wieder zu den Nagel-

schmidtschen Knechten ging. Hierauf verließ Kohlhaas
den Saal, und ob er schon einsah, daß er sich das einzige
Rettungsmittel, das ihm übrig blieb, die Flucht, durch
die Schritte die er getan, sehr erschwert hatte, so lobte er
sein Verfahren gleichwohl, weil er sich nunmehr auch
seinerseits von der Verbindlichkeit den Artikeln der
Amnestie nachzukommen, befreit sah. Er ließ, da er zu
Hause kam, die Pferde ausspannen, und begab sich, in
Begleitung des Gubernial-Offizianten, sehr traurig und
erschüttert in sein Zimmer; und während dieser Mann
auf eine dem Roßhändler Ekel erregende Weise, versicherte, daß alles nur auf einem Mißverständnis beruhen
müsse, das sich in Kurzem lösen würde, verriegelten die
Häscher, auf seinen Wink, alle Ausgänge der Wohnung
die auf den Hof führten; wobei der Offiziant ihm versicherte, daß ihm der vordere Haupteingang nach wie vor,
zu seinem beliebigen Gebrauch offen stehe.

Inzwischen war der Nagelschmidt in den Wäldern des
Erzgebirgs, durch Häscher und Landsknechte von allen
Seiten so gedrängt worden, daß er bei dem gänzlichen
Mangel an Hülfsmitteln, eine Rolle der Art, wie er sie
übernommen, durchzuführen, auf den Gedanken verfiel,
den Kohlhaas in der Tat ins Interesse zu ziehen; und da
er von der Lage seines Rechtsstreits in Dresden durch
einen Reisenden, der die Straße zog, mit ziemlicher
Genauigkeit unterrichtet war: so glaubte er, der offenba-
ren Feindschaft, die unter ihnen bestand, zum Trotz, den
Roßhändler bewegen zu können, eine neue Verbindung
mit ihm einzugehen. Demnach schickte er einen Knecht,
mit einem, in kaum leserlichem Deutsch abgefaßten
Schreiben an ihn ab, des Inhalts: »Wenn er nach dem
Altenburgischen kommen, und die Anführung des Haufens, der sich daselbst, aus Resten des aufgelösten zusam-
mengefunden, wieder übernehmen wolle, so sei er erbö-
tig, ihm zur Flucht aus seiner Haft in Dresden mit
Pferden, Leuten und Geld an die Hand zu gehen; wobei
er ihm versprach, künftig gehorsamer und überhaupt

ordentlicher und besser zu sein, als vorher, und sich zum
Beweis seiner Treue und Anhänglichkeit anheischig
machte, selbst in die Gegend von Dresden zu kommen,
um seine Befreiung aus seinem Kerker zu bewirken.«
Nun hatte der, mit diesem Brief beauftragte Kerl das
Unglück, in einem Dorf dicht vor Dresden, in Krämpfen
häßlicher Art, denen er von Jugend auf unterworfen war,
niederzusinken; bei welcher Gelegenheit der Brief, den
er im Brustlatz trug, von Leuten, die ihm zu Hülfe
kamen, gefunden, er selbst aber, sobald er sich erholt,
arretiert, und durch eine Wache unter Begleitung vielen
Volks, auf das Gubernium transportiert ward. Sobald
der Schloßhauptmann von Wenk diesen Brief gelesen
hatte, verfügte er sich unverzüglich zum Kurfürsten aufs
Schloß, wo er die Herren Kunz und Hinz, welcher
ersterer von seinen Wunden wieder hergestellt war, und
den Präsidenten der Staatskanzelei, Grafen Kallheim,
gegenwärtig fand. Die Herren waren der Meinung, daß
der Kohlhaas ohne weiteres arretiert, und ihm, auf den
Grund geheimer Einverständnisse mit dem Nagelschmidt, der Prozeß gemacht werden müsse; indem sie
bewiesen, daß ein solcher Brief nicht, ohne daß frühere
auch von Seiten des Roßhändlers vorangegangen, und
ohne daß überhaupt eine frevelhafte und verbrecherische
Verbindung, zu Schmiedung neuer Greuel, unter ihnen
statt finden sollte, geschrieben sein könne. Der Kurfürst
weigerte sich standhaft, auf den Grund bloß dieses Briefes, dem Kohlhaas das freie Geleit, das er ihm angelobt,
zu brechen; er war vielmehr der Meinung, daß eine Art
von Wahrscheinlichkeit aus dem Briefe des Nagelschmidt hervorgehe, daß keine frühere Verbindung zwischen ihnen statt gefunden habe; und alles, wozu er sich,
um hierüber aufs Reine zu kommen, auf den Vorschlag
des Präsidenten, obschon nach großer Zögerung entschloß, war, den Brief durch den von dem Nagelschmidt
abgeschickten Knecht, gleichsam als ob derselbe nach
wie vor frei sei, an ihn abgeben zu lassen, und zu prüfen,

ob er ihn beantworten würde. Dem gemäß ward der
Knecht, den man in ein Gefängnis gesteckt hatte, am
andern Morgen auf das Gubernium geführt, wo der
Schloßhauptmann ihm den Brief wieder zustellte, und
ihn unter dem Versprechen, daß er frei sein, und die
Strafe die er verwirkt, ihm erlassen sein solle, aufforderte, das Schreiben, als sei nichts vorgefallen, dem
Roßhändler zu übergeben; zu welcher List schlechter
Art sich dieser Kerl auch ohne weiteres gebrauchen ließ,
und auf scheinbar geheimnisvolle Weise, unter dem Vorwand, daß er Krebse zu verkaufen habe, womit ihn der
Gubernial-Offiziant, auf dem Markte, versorgt hatte, zu
Kohlhaas ins Zimmer trat. Kohlhaas, der den Brief,
während die Kinder mit den Krebsen spielten, las, würde
den Gauner gewiß unter andern Umständen beim Kragen genommen, und den Landsknechten, die vor seiner
Tür standen, überliefert haben; doch da bei der Stimmung der Gemüter auch selbst dieser Schritt noch einer
gleichgültigen Auslegung fähig war, und er sich vollkommen überzeugt hatte, daß nichts auf der Welt ihn aus
dem Handel, in dem er verwickelt war, retten konnte: so
sah er dem Kerl, mit einem traurigen Blick, in sein ihm
wohlbekanntes Gesicht, fragte ihn, wo er wohnte, und
beschied ihn, in einigen Stunden, wieder zu sich, wo er
ihm, in Bezug auf seinen Herrn, seinen Beschluß eröffnen wolle. Er hieß dem Sternbald, der zufällig in die Tür
trat, dem Mann, der im Zimmer war, etliche Krebse
abkaufen; und nachdem dies Geschäft abgemacht war,
und beide sich ohne einander zu kennen, entfernt hatten,
setzte er sich nieder und schrieb einen Brief folgenden
Inhalts an den Nagelschmidt: »Zuvörderst daß er seinen
Vorschlag, die Oberanführung seines Haufens im Altenburgischen betreffend, annähme; daß er dem gemäß, zur
Befreiung aus der vorläufigen Haft, in welcher er, mit
seinen fünf Kindern gehalten werde, ihm einen Wagen
mit zwei Pferden nach der Neustadt bei Dresden schik-
ken solle; daß er auch, rascheren Fortkommens wegen,

noch eines Gespannes von zwei Pferden auf der Straße nach Wittenberg bedürfe, auf welchem Umweg er allein, aus Gründen, die anzugeben zu weitläufig wären, zu ihm kommen könne; daß er die Landsknechte, die ihn bewachten, zwar durch Bestechung gewinnen zu können glaube, für den Fall aber daß Gewalt nötig sei, ein paar beherzte, gescheute und wohlbewaffnete Knechte, in der Neustadt bei Dresden gegenwärtig wissen wolle; daß er ihm zur Bestreitung der mit allen diesen Anstalten verbundenen Kosten, eine Rolle von zwanzig Goldkronen durch den Knecht zuschicke, über deren Verwendung er sich, nach abgemachter Sache, mit ihm berechnen wolle; daß er sich übrigens, weil sie unnötig sei, seine eigne Anwesenheit bei seiner Befreiung in Dresden verbitte, ja ihm vielmehr den bestimmten Befehl erteile, zur einstweiligen Anführung der Bande, die nicht ohne Oberhaupt sein könne, im Altenburgischen zurückzubleiben.« – Diesen Brief, als der Knecht gegen Abend kam, überlieferte er ihm; beschenkte ihn selbst reichlich, und schärfte ihm ein, denselben wohl in acht zu nehmen. – Seine Absicht war mit seinen fünf Kindern nach Hamburg zu gehen, und sich von dort nach der Levante oder nach Ostindien, oder so weit der Himmel über andere Menschen, als die er kannte, blau war, einzuschiffen: denn die Dickfütterung der Rappen hatte seine, von Gram sehr gebeugte Seele auch unabhängig von dem Widerwillen, mit dem Nagelschmidt deshalb gemeinschaftliche Sache zu machen, aufgegeben. – Kaum hatte der Kerl diese Antwort dem Schloßhauptmann überbracht, als der Großkanzler abgesetzt, der Präsident, Graf Kallheim, an dessen Stelle, zum Chef des Tribunals ernannt, und Kohlhaas, durch einen Kabinettsbefehl des Kurfürsten arretiert, und schwer mit Ketten beladen in die Stadttürme gebracht ward. Man machte ihm auf den Grund dieses Briefes, der an alle Ecken der Stadt angeschlagen ward, den Prozeß; und da er vor den Schranken des Tribunals auf die Frage, ob er die Handschrift aner-

kenne, dem Rat, der sie ihm vorhielt, antwortete: »ja!«
zur Antwort aber auf die Frage, ob er zu seiner Verteidigung etwas vorzubringen wisse, indem er den Blick zur
Erde schlug, erwiderte, »nein!« so ward er verurteilt, mit
glühenden Zangen von Schinderknechten gekniffen,
gevierteilt, und sein Körper, zwischen Rad und Galgen,
verbrannt zu werden.

So standen die Sachen für den armen Kohlhaas in
Dresden, als der Kurfürst von Brandenburg zu seiner
Rettung aus den Händen der Übermacht und Willkür
auftrat, und ihn, in einer bei der kurfürstlichen Staatskanzlei daselbst eingereichten Note, als brandenburgischen Untertan reklamierte. Denn der wackere Stadthauptmann, Herr Heinrich von Geusau, hatte ihn, auf
einem Spaziergange an den Ufern der Spree, von der
Geschichte dieses sonderbaren und nicht verwerflichen
Mannes unterrichtet, bei welcher Gelegenheit er von den
Fragen des erstaunten Herrn gedrängt, nicht umhin
konnte, der Schuld zu erwähnen, die durch die Unziemlichkeiten seines Erzkanzlers, des Grafen Siegfried von
Kallheim, seine eigene Person drückte: worüber der
Kurfürst schwer entrüstet, den Erzkanzler, nachdem er
ihn zur Rede gestellt und befunden, daß die Verwandtschaft desselben mit dem Hause derer von Tronka an
allem schuld sei, ohne weiteres, mit mehreren Zeichen
seiner Ungnade entsetzte, und den Herrn Heinrich von
Geusau zum Erzkanzler ernannte.

Es traf sich aber, daß die Krone Polen grade damals,
indem sie mit dem Hause Sachsen, um welchen Gegen-
standes willen wir nicht, im Streit lag, den Kurfürsten von Brandenburg, in wiederholten und dringenden Vorstellungen anging, sich mit ihr in gemeinschaftli-
cher Sache gegen das Haus Sachsen zu verbinden; dergestalt, daß der Erzkanzler, Herr Geusau, der in solchen
Dingen nicht ungeschickt war, wohl hoffen durfte, den
Wunsch seines Herrn, dem Kohlhaas, es koste was es
wolle, Gerechtigkeit zu verschaffen, zu erfüllen, ohne

die Ruhe des Ganzen auf eine mißlichere Art, als die
Rücksicht auf einen einzelnen erlaubt, aufs Spiel zu
setzen. Demnach forderte der Erzkanzler nicht nur
wegen gänzlich willkürlichen, Gott und Menschen miß-
gefälligen Verfahrens, die unbedingte und ungesäumte
Auslieferung des Kohlhaas, um denselben, falls ihn eine
Schuld drücke, nach brandenburgischen Gesetzen, auf
Klageartikel, die der Dresdner Hof deshalb durch einen
Anwalt in Berlin anhängig machen könne, zu richten;
sondern er begehrte sogar selbst Pässe für einen Anwalt,
den der Kurfürst nach Dresden zu schicken willens sei,
um dem Kohlhaas, wegen der ihm auf sächsischem
Grund und Boden abgenommenen Rappen und anderer
himmelschreienden Mißhandlungen und Gewalttaten
halber, gegen den Junker Wenzel von Tronka, Recht zu
verschaffen. Der Kämmerer, Herr Kunz, der bei der
Veränderung der Staatsämter in Sachsen zum Präsidenten
der Staatskanzlei ernannt worden war, und der aus mancherlei Gründen den Berliner Hof, in der Bedrängnis
in der er sich befand, nicht verletzten wollte, antwortete im
Namen seines über die eingegangene Note sehr niedergeschlagenen Herrn: »daß man sich über die Unfreund-
schaftlichkeit und Unbilligkeit wundere, mit welcher
man dem Hofe zu Dresden das Recht abspräche, den
Kohlhaas wegen Verbrechen, die er im Lande begangen,
den Gesetzen gemäß zu richten, da doch weltbekannt
sei, daß derselbe ein beträchtliches Grundstück in der
Hauptstadt besitze, und sich selbst in der Qualität als
sächsischen Bürger gar nicht verleugne.« Doch da die
Krone Polen bereits zur Ausfechtung ihrer Ansprüche
einen Heerhaufen von fünftausend Mann an der Grenze
von Sachsen zusammenzog, und der Erzkanzler, Herr
Heinrich von Geusau, erklärte: »daß Kohlhaasenbrück,
der Ort, nach welchem der Roßhändler heiße, im Brandenburgischen liege, und daß man die Vollstreckung des
über ihn ausgesprochenen Todesurteils für eine Verletzung des Völkerrechts halten würde«: so rief der Kur-

fürst, auf den Rat des Kämmerers, Herrn Kunz selbst, der sich aus diesem Handel zurückzuziehen wünschte, den Prinzen Christiern von Meißen von seinen Gütern herbei, und entschloß sich, auf wenige Worte dieses verständigen Herrn, den Kohlhaas, der Forderung gemäß, an den Berliner Hof auszuliefern. Der Prinz, der obschon mit den Unziemlichkeiten die vorgefallen waren, wenig zufrieden, die Leitung der Kohlhaasischen Sache auf den Wunsch seines bedrängten Herrn, übernehmen mußte, fragte ihn, auf welchen Grund er nunmehr den Roßhändler bei dem Kammergericht zu Berlin verklagt wissen wolle; und da man sich auf den leidigen Brief desselben an den Nagelschmidt, wegen der zweideutigen und unklaren Umstände, unter welchen er geschrieben war, nicht berufen konnte, der früheren Plünderungen und Einäscherungen aber, wegen des Plakats, worin sie ihm vergeben worden waren, nicht erwähnen durfte: so beschloß der Kurfürst, der Majestät des Kaisers zu Wien einen Bericht über den bewaffneten Einfall des Kohlhaas in Sachsen vorzulegen, sich über den Bruch des von ihm eingesetzten öffentlichen Landfriedens zu beschweren, und sie, die allerdings durch keine Amnestie gebunden war, anzuliegen, den Kohlhaas bei dem Hofgericht zu Berlin deshalb durch einen Reichsankläger zur Rechenschaft zu ziehen. Acht Tage darauf ward der Roßkamm durch den Ritter Friedrich von Malzahn, den der Kurfürst von Brandenburg mit sechs Reutern nach Dresden geschickt hatte, geschlossen wie er war, auf einen Wagen geladen, und mit seinen fünf Kindern, die man auf seine Bitte aus Findel- und Waisenhäusern wieder zusammengesucht hatte, nach Berlin transportiert. Es traf sich, daß der Kurfürst von Sachsen auf die Einladung des Landdrosts, Grafen Aloysius von Kallheim, der damals an der Grenze von Sachsen beträchtliche Besitzungen hatte, in Gesellschaft des Kämmerers, Herrn Kunz, und seiner Gemahlin, der Dame Heloise, Tochter des Landdrosts und Schwester des Präsidenten, andrer glänzenden Herren und Damen, Jagdjunker und Hofherren, die dabei waren, nicht zu erwähnen, zu einem großen Hirschjagen, das man, um ihn zu erheitern, angestellt hatte, nach Dahme gereist war; dergestalt, daß unter dem Dach bewimpelter Zelte, die quer über die Straße auf einem Hügel erbaut waren, die ganze Gesellschaft vom Staub der Jagd noch bedeckt unter dem Schall einer heitern vom Stamm einer Eiche herschallenden Musik, von Pagen bedient und Edelknaben, an der Tafel saß, als der Roßhändler langsam mit seiner Reuterbedeckung die Straße von Dresden daher gezogen kam. Denn die Erkrankung eines der kleinen, zarten Kinder des Kohlhaas, hatte den Ritter von Malzahn, der ihn begleitete, genötigt, drei Tage lang in Herzberg zurückzubleiben; von welcher Maßregel er, dem Fürsten dem er diente deshalb allein verantwortlich, nicht nötig befunden hatte, der Regierung zu Dresden weitere Kenntnis zu geben. Der Kurfürst, der mit halboffener Brust, den Federhut, nach Art der Jäger, mit Tannenzweigen geschmückt, neben der Dame Heloise saß, die, in Zeiten früherer Jugend, seine erste Liebe gewesen war, sagte von der Anmut des Festes, das ihn umgaukelte, heiter gestimmt: »Lasset uns hingehen, und dem Unglücklichen, wer es auch sei, diesen Becher mit Wein reichen!« Die Dame Heloise, mit einem herzlichen Blick auf ihn, stand sogleich auf, und füllte, die ganze Tafel plündernd, ein silbernes Geschirr, das ihr ein Page reichte, mit Früchten, Kuchen und Brot an; und schon hatte, mit Erquickungen jeglicher Art, die ganze Gesellschaft wimmelnd das Zelt verlassen, als der Landdrost ihnen mit einem verlegenen Gesicht entgegen kam, und sie bat zurückzubleiben. Auf die betretene Frage des Kurfürsten was vorgefallen wäre, daß er so bestürzt sei? antwortete der Landdrost stotternd gegen den Kämmerer gewandt, daß der Kohlhaas im Wagen sei; auf welche jedermann unbegreifliche Nachricht, indem weltbekannt war, daß derselbe bereits vor sechs Tagen abgereist war, der Kämmerer, Herr Kunz, seinen Becher mit Wein nahm, und ihn, mit einer Rückwendung gegen das Zelt, in den Sand schüttete. Der Kurfürst setzte, über und über rot, den seinigen auf einen Teller, den ihm ein Edelknabe auf den Wink des Kämmerers zu diesem Zweck vorhielt; und während der Ritter Friedrich von Malzahn, unter ehrfurchtsvoller Begrüßung der Gesellschaft, die er nicht kannte, langsam durch die Zeltleinen, die über die Straße liefen, nach Dahme weiter zog, begaben sich die Herrschaften, auf die Einladung des Landdrosts, ohne weiter davon Notiz zu nehmen, ins Zelt zurück. Der Landdrost, sobald sich der Kurfürst niedergelassen hatte, schickte unter der Hand nach Dahme, um bei dem Magistrat daselbst die unmittelbare Weiterschaffung des Roßhändlers bewirken zu lassen; doch da der Ritter, wegen bereits zu weit vorgerückter Tageszeit, bestimmt in dem Ort übernachten zu wollen erklärte, so mußte man sich begnügen, ihn in einer dem Magistrat zugehörigen Meierei, die, in Gebüschen versteckt, auf der Seite lag, geräuschlos unterzubringen. Nun begab es sich, daß gegen Abend, da die Herrschaften vom Wein und vom Genuß eines üppigen Nachtisches zerstreut, den ganzen Vorfall wieder vergessen hatten, der Landdrost den Gedanken auf die Bahn brachte, sich noch einmal, eines Rudels Hirsche wegen, der sich hatte blicken lassen, auf den Anstand zu stellen; welchen Vorschlag die ganze Gesellschaft mit Freuden ergriff, und paarweise nachdem sie sich mit Büchsen versorgt, über Gräben und Hecken in die nahe Forst eilte: dergestalt, daß der Kurfürst und die Dame Heloise, die sich, um dem Schauspiel beizuwohnen, an seinen Arm hing, von einem Boten, den man ihnen zugeordnet hatte, unmittelbar, zu ihrem Erstaunen, durch den Hof des Hauses geführt wurden, in welchem Kohlhaas mit den brandenburgischen Reutern befindlich war. Die Dame als sie dies hörte, sagte: »kommt, gnädigster Herr, kommt!« und versteckte die Kette, die ihm vom Halse

herabhing, schäkernd in seinen seidenen Brustlatz: »laßt
uns ehe der Troß nachkömmt in die Meierei schleichen,
und den wunderlichen Mann, der darin übernachtet,
betrachten!« Der Kurfürst, indem er errötend ihre Hand
ergriff, sagte: Heloise! was fällt Euch ein? Doch da sie,
indem sie ihn betreten ansah, versetzte: »daß ihn ja in der
Jägertracht, die ihn decke, kein Mensch erkenne!« und
ihn fortzog; und in eben diesem Augenblick ein paar
Jagdjunker, die ihre Neugierde schon befriedigt hatten,
aus dem Hause heraustraten, versichernd, daß in der Tat,
vermöge einer Veranstaltung, die der Landdrost getroffen, weder der Ritter noch der Roßhändler wisse, welche
Gesellschaft in der Gegend von Dahme versammelt sei;
so drückte der Kurfürst sich den Hut lächelnd in die
Augen, und sagte: »Torheit, du regierst die Welt, und
dein Sitz ist ein schöner weiblicher Mund!« – Es traf sich
daß Kohlhaas eben mit dem Rücken gegen die Wand auf
einem Bund Stroh saß, und sein, ihm in Herzberg
erkranktes Kind mit Semmel und Milch fütterte, als die
Herrschaften, um ihn zu besuchen, in die Meierei traten;
und da die Dame ihn, um ein Gespräch einzuleiten,
fragte: wer er sei? und was dem Kinde fehle? auch was er
verbrochen und wohin man ihn unter solcher Bedeckung
abführe? so rückte er seine lederne Mütze vor ihr, und
gab ihr auf alle diese Fragen, indem er sein Geschäft
fortsetzte, unreichliche aber befriedigende Antwort. Der
Kurfürst, der hinter den Jagdjunkern stand, und eine
kleine bleierne Kapsel, die ihm an einem seidenen Faden
vom Hals herabhing, bemerkte, fragte ihn, da sich grade
nichts Besseres zur Unterhaltung darbot: was diese zu
bedeuten hätte und was darin befindlich wäre? Kohlhaas
erwiderte: »ja, gestrenger Herr, diese Kapsel!« – und
damit streifte er sie vom Nacken ab, öffnete sie und
nahm einen kleinen mit Mundlack versiegelten Zettel
heraus – »mit dieser Kapsel hat es eine wunderliche
Bewandtnis! Sieben Monden mögen es etwa sein, genau
am Tage nach dem Begräbnis meiner Frau; und von

Kohlhaasenbrück, wie Euch vielleicht bekannt sein wird, war ich aufgebrochen, um des Junkers von Tronka, der mir viel Unrecht zugefügt, habhaft zu werden, als um einer Verhandlung willen, die mir unbekannt ist, der Kurfürst von Sachsen und der Kurfürst von Brandenburg in Jüterbock, einem Marktflecken, durch den der Streifzug mich führte, eine Zusammenkunft hielten; und da sie sich gegen Abend ihren Wünschen gemäß vereinigt hatten, so gingen sie, in freundschaftlichem Gespräch, durch die Straßen der Stadt, um den Jahrmarkt, der eben darin fröhlich abgehalten ward, in Augenschein zu nehmen. Da trafen sie auf eine Zigeunerin, die, auf einem Schemel sitzend, dem Volk, das sie umringte, aus dem Kalender wahrsagte, und fragten sie scherzhafter Weise: ob sie ihnen nicht auch etwas, das ihnen lieb wäre, zu eröffnen hätte? Ich, der mit meinem Haufen eben in einem Wirtshause abgestiegen, und auf dem Platz, wo dieser Vorfall sich zutrug, gegenwärtig war, konnte hinter allem Volk, am Eingang einer Kirche, wo ich stand, nicht vernehmen, was die wunderliche Frau den Herren sagte; dergestalt, daß, da die Leute lachend einander zuflüsterten, sie teile nicht jedermann ihre Wissenschaft mit, und sich des Schauspiels wegen das sich bereitete, sehr bedrängten, ich, weniger neugierig, in der Tat, als um den Neugierigen Platz zu machen, auf eine Bank stieg, die hinter mir im Kircheneingange ausgehauen war. Kaum hatte ich von diesem Standpunkt aus, mit völliger Freiheit der Aussicht, die Herrschaften und das Weib, das auf dem Schemel vor ihnen saß und etwas aufzukritzeln schien, erblickt: da steht sie plötzlich auf ihre Krücken gelehnt, indem sie sich im Volk umsieht, auf; faßt mich, der nie ein Wort mit ihr wechselte, noch ihrer Wissenschaft Zeit seines Lebens begehrte, ins Auge; drängt sich durch den ganzen dichten Auflauf der Menschen zu mir heran und spricht: ›da! wenn es der Herr wissen will, so mag er dich danach fragen!‹ Und damit, gestrenger Herr, reichte sie mir mit ihren dürren knöchernen Händen diesen Zettel

dar. Und da ich betreten, während sich alles Volk zu mir
umwendet, spreche: Mütterchen, was auch verehrst du
mir da? antwortet sie, nach vielem unvernehmlichen
Zeug, worunter ich jedoch zu meinem großen Befremden meinen Namen höre: ›ein Amulett, Kohlhaas, der
Roßhändler; verwahr es wohl, es wird dir dereinst das
Leben retten!‹ und verschwindet. – Nun!« fuhr Kohlhaas
gutmütig fort: »die Wahrheit zu gestehen, hats mir in
Dresden, so scharf es herging, das Leben nicht gekostet;
und wie es mir in Berlin gehen wird, und ob ich auch
dort damit bestehen werde, soll die Zukunft lehren.« –
Bei diesen Worten setzte sich der Kurfürst auf eine Bank;
und ob er schon auf die betretne Frage der Dame: was
ihm fehle? antwortete: nichts, gar nichts! so fiel er doch
schon ohnmächtig auf den Boden nieder, ehe sie noch
Zeit hatte ihm beizuspringen, und in ihre Arme aufzunehmen. Der Ritter von Malzahn, der in eben diesem
Augenblick, eines Geschäfts halber, ins Zimmer trat,
sprach: heiliger Gott! was fehlt dem Herrn? Die Dame
rief: schafft Wasser her! Die Jagdjunker hoben ihn auf
und trugen ihn auf ein im Nebenzimmer befindliches
Bett; und die Bestürzung erreichte ihren Gipfel, als der
Kämmerer, den ein Page herbeirief, nach mehreren vergeblichen Bemühungen, ihn ins Leben zurückzubringen,
erklärte: er gebe alle Zeichen von sich, als ob ihn der
Schlag gerührt! Der Landdrost, während der Mundschenk einen reitenden Boten nach Luckau schickte, um
einen Arzt herbeizuholen, ließ ihn, da er die Augen
aufschlug, in einen Wagen bringen, und Schritt vor
Schritt nach seinem in der Gegend befindlichen Jagd-
schloß abführen; aber diese Reise zog ihm, nach seiner
Ankunft daselbst, zwei neue Ohnmachten zu: dergestalt
daß er sich erst spät am andern Morgen, bei der Ankunft
des Arztes aus Luckau, unter gleichwohl entscheidenden
Symptomen eines herannahenden Nervenfiebers, einigermaßen erholte. Sobald er seiner Sinne mächtig geworden war, richtete er sich halb im Bette auf, und seine

erste Frage war gleich: wo der Kohlhaas sei? Der Kämmerer, der seine Frage mißverstand, sagte, indem er seine
Hand ergriff: daß er sich dieses entsetzlichen Menschen
wegen beruhigen möchte, indem derselbe, seiner Bestim-
mung gemäß, nach jenem sonderbaren und unbegreiflichen Vorfall, in der Meierei zu Dahme, unter branden-
burgischer Bedeckung, zurückgeblieben wäre. Er fragte
ihn, unter der Versicherung seiner lebhaftesten Teilnahme und der Beteurung, daß er seiner Frau, wegen des
unverantwortlichen Leichtsinns, ihn mit diesem Mann
zusammenzubringen, die bittersten Vorwürfe gemacht
hätte: was ihn denn so wunderbar und ungeheuer in der
Unterredung mit demselben ergriffen hätte? Der Kurfürst sagte: er müsse ihm nur gestehen, daß der Anblick
eines nichtigen Zettels, den der Mann in einer bleiernen
Kapsel mit sich führe, schuld an dem ganzen unangenehmen Zufall sei, der ihm zugestoßen. Er setzte noch
mancherlei zur Erklärung dieses Umstands, das der
Kämmerer nicht verstand, hinzu; versicherte ihn plötzlich, indem er seine Hand zwischen die seinigen drückte,
daß ihm der Besitz dieses Zettels von der äußersten
Wichtigkeit sei; und bat ihn, unverzüglich aufzusitzen,
nach Dahme zu reiten, und ihm den Zettel, um welchen
Preis es immer sei, von demselben zu erhandeln. Der
Kämmerer, der Mühe hatte, seine Verlegenheit zu verbergen, versicherte ihn: daß, falls dieser Zettel einigen
Wert für ihn hätte, nichts auf der Welt notwendiger
wäre, als dem Kohlhaas diesen Umstand zu verschwei-
gen; indem, sobald derselbe durch eine unvorsichtige
Äußerung Kenntnis davon nähme, alle Reichtümer, die
er besäße, nicht hinreichen würden, ihn aus den Händen
dieses grimmigen, in seiner Rachsucht unersättlichen
Kerls zu erkaufen. Er fügte, um ihn zu beruhigen, hinzu,
daß man auf ein anderes Mittel denken müsse, und daß es
vielleicht durch List, vermöge eines Dritten ganz Unbe-
fangenen, indem der Bösewicht wahrscheinlich, an und
für sich, nicht sehr daran hänge, möglich sein würde,

sich den Besitz des Zettels, an dem ihm so viel gelegen sei, zu verschaffen. Der Kurfürst, indem er sich den Schweiß abtrocknete, fragte: ob man nicht unmittelbar zu diesem Zweck nach Dahme schicken, und den weiteren Transport des Roßhändlers, vorläufig, bis man des Blattes, auf welche Weise es sei, habhaft geworden, einstellen könne? Der Kämmerer, der seinen Sinnen nicht traute, versetzte: daß leider allen wahrscheinlichen Berechnungen zufolge, der Roßhändler Dahme bereits verlassen haben, und sich jenseits der Grenze, auf brandenburgischem Grund und Boden befinden müsse, wo das Unternehmen, die Fortschaffung desselben zu hemmen, oder wohl gar rückgängig zu machen, die unangenehmsten und weitläufigsten, ja solche Schwierigkeiten, die vielleicht gar nicht zu beseitigen wären, veranlassen würde. Er fragte ihn, da der Kurfürst sich schweigend, mit der Gebärde eines ganz Hoffnungslosen, auf das Kissen zurücklegte: was denn der Zettel enthalte? und durch welchen Zufall befremdlicher und unerklärlicher Art ihm, daß der Inhalt ihn betreffe, bekannt sei? Hierauf aber, unter zweideutigen Blicken auf den Kämmerer, dessen Willfährigkeit er in diesem Falle mißtraute, antwortete der Kurfürst nicht: starr, mit unruhig klopfendem Herzen lag er da, und sah auf die Spitze des Schnupftuchs nieder, das er gedankenvoll zwischen den Händen hielt; und bat ihn plötzlich, den Jagdjunker vom Stein, einen jungen, rüstigen und gewandten Herrn, dessen er sich öfter schon zu geheimen Geschäften bedient hatte, unter dem Vorwand, daß er ein anderweitiges Geschäft mit ihm abzumachen habe, ins Zimmer zu rufen. Den Jagdjunker, nachdem er ihm die Sache auseinandergelegt, und von der Wichtigkeit des Zettels, in dessen Besitz der Kohlhaas war, unterrichtet hatte, fragte er, ob er sich ein ewiges Recht auf seine Freundschaft erwerben, und ihm den Zettel, noch ehe derselbe Berlin erreicht, verschaffen wolle? und da der Junker, sobald er das Verhältnis nur, sonderbar wie es war, einigermaßen

überschaute, versicherte, daß er ihm mit allen seinen
Kräften zu Diensten stehe: so trug ihm der Kurfürst auf,
dem Kohlhaas nachzureiten, und ihm, da demselben mit
Geld wahrscheinlich nicht beizukommen sei, in einer mit
Klugheit angeordneten Unterredung, Freiheit und Leben
dafür anzubieten, ja ihm, wenn er darauf bestehe, unmittelbar, obschon mit Vorsicht, zur Flucht aus den Händen
der brandenburgischen Reuter, die ihn transportierten,
mit Pferden, Leuten und Geld an die Hand zu gehen.
Der Jagdjunker, nachdem er sich ein Blatt von der Hand
des Kurfürsten zur Beglaubigung ausgebeten, brach auch
sogleich mit einigen Knechten auf, und hatte, da er den
Odem der Pferde nicht sparte, das Glück, den Kohlhaas
auf einem Grenzdorf zu treffen, wo derselbe mit dem
Ritter von Malzahn und seinen fünf Kindern ein Mittags-
mahl, das im Freien vor der Tür eines Hauses angerichtet
war, zu sich nahm. Der Ritter von Malzahn, dem der
Junker sich als einen Fremden, der bei seiner Durchreise
den seltsamen Mann, den er mit sich führe, in Augenschein zu nehmen wünsche, vorstellte, nötigte ihn
sogleich auf zuvorkommende Art, indem er ihn mit dem
Kohlhaas bekannt machte, an der Tafel nieder; und da
der Ritter in Geschäften der Abreise an und zuging, die
Reuter aber an einem, auf des Hauses anderer Seite
befindlichen Tisch, ihre Mahlzeit hielten: so traf sich die
Gelegenheit bald, wo der Junker dem Roßhändler eröffnen konnte, wer er sei, und in welchen besonderen
Aufträgen er zu ihm komme. Der Roßhändler, der
bereits Rang und Namen dessen, der beim Anblick der in
Rede stehenden Kapsel, in der Meierei zu Dahme in
Ohnmacht gefallen war, kannte, und der zur Krönung
des Taumels, in welchen ihn diese Entdeckung versetzt
hatte, nichts bedurfte, als Einsicht in die Geheimnisse
des Zettels, den er, um mancherlei Gründe willen, entschlossen war, aus bloßer Neugierde nicht zu eröffnen:
der Roßhändler sagte, eingedenk der unedelmütigen und
unfürstlichen Behandlung, die er in Dresden, bei seiner

gänzlichen Bereitwilligkeit, alle nur möglichen Opfer zu bringen, hatte erfahren müssen: »daß er den Zettel behalten wolle.« Auf die Frage des Jagdjunkers: was ihn zu dieser sonderbaren Weigerung, da man ihm doch nichts Minderes, als Freiheit und Leben dafür anbiete, veranlasse? antwortete Kohlhaas: »Edler Herr! Wenn Euer Landesherr käme, und spräche, ich will mich, mit dem ganzen Troß derer, die mir das Szepter führen helfen, vernichten – vernichten, versteht Ihr, welches allerdings der größeste Wunsch ist, den meine Seele hegt: so würde ich ihm doch den Zettel noch, der ihm mehr wert ist, als das Dasein, verweigern und sprechen: du kannst mich auf das Schafott bringen, ich aber kann dir weh tun, und ich wills!« Und damit, im Antlitz den Tod, rief er einen Reuter herbei, unter der Aufforderung, ein gutes Stück Essen, das in der Schüssel übrig geblieben war, zu sich zu nehmen; und für den ganzen Rest der Stunde, die er im Flecken zubrachte, für den Junker, der an der Tafel saß, wie nicht vorhanden, wandte er sich erst wieder, als er den Wagen bestieg, mit einem Blick, der ihn abschiedlich grüßte, zu ihm zurück. – Der Zustand des Kurfürsten, als er diese Nachricht bekam, verschlimmerte sich in dem Grade, daß der Arzt, während drei verhängnisvoller Tage, seines Lebens wegen, das zu gleicher Zeit, von so vielen Seiten angegriffen ward, in der größesten Besorgnis war. Gleichwohl stellte er sich, durch die Kraft seiner natürlichen Gesundheit, nach dem Krankenlager einiger peinlich zugebrachten Wochen wieder her; dergestalt wenigstens, daß man ihn in einen Wagen bringen, und mit Kissen und Decken wohl versehen, nach Dresden zu seinen Regierungsgeschäften wieder zurückführen konnte. Sobald er in dieser Stadt angekommen war, ließ er den Prinzen Christiern von Meißen rufen, und fragte denselben: wie es mit der Abfertigung des Gerichtsrats Eibenmayer stünde, den man, als Anwalt in der Sache des Kohlhaas, nach Wien zu schicken gesonnen gewesen wäre, um kaiserlicher Majestät daselbst die Beschwerde

wegen gebrochenen, kaiserlichen Landfriedens, vorzulegen? Der Prinz antwortete ihm: daß derselbe, dem, bei
seiner Abreise nach Dahme hinterlassenen Befehl gemäß,
gleich nach Ankunft des Rechtsgelehrten Zäuner, den
der Kurfürst von Brandenburg als Anwalt nach Dresden
geschickt hätte, um die Klage desselben, gegen den Junker Wenzel von Tronka, der Rappen wegen, vor Gericht
zu bringen, nach Wien abgegangen wäre. Der Kurfürst,
indem er errötend an seinen Arbeitstisch trat, wunderte
sich über diese Eilfertigkeit, indem er seines Wissens
erklärt hätte, die definitive Abreise des Eibenmayer,
wegen vorher notwendiger Rücksprache mit dem Doktor Luther, der dem Kohlhaas die Amnestie ausgewirkt,
einem näheren und bestimmteren Befehl vorbehalten zu
wollen. Dabei warf er einige Briefschaften und Akten,
die auf dem Tisch lagen, mit dem Ausdruck zurückgehal-
tenen Unwillens über einander. Der Prinz, nach einer
Pause, in welcher er ihn mit großen Augen ansah, versetzte, daß es ihm leid täte, wenn er seine Zufriedenheit
in dieser Sache verfehlt habe; inzwischen könne er ihm
den Beschluß des Staatsrats vorzeigen, worin ihm die
Abschickung des Rechtsanwalts zu dem besagten Zeitpunkt, zur Pflicht gemacht worden wäre. Er setzte
hinzu, daß im Staatsrat von einer Rücksprache mit dem
Doktor Luther, auf keine Weise die Rede gewesen wäre;
daß es früherhin vielleicht zweckmäßig gewesen sein
möchte, diesen geistlichen Herrn, wegen der Verwendung, die er dem Kohlhaas angedeihen lassen, zu berücksichtigen, nicht aber jetzt mehr, nachdem man demselben die Amnestie vor den Augen der ganzen Welt gebrochen, ihn arretiert, und zur Verurteilung und Hinrichtung an die brandenburgischen Gerichte ausgeliefert
hätte. Der Kurfürst sagte: das Versehen, den Eibenmayer
abgeschickt zu haben, wäre auch in der Tat nicht groß;
inzwischen wünsche er, daß derselbe vorläufig, bis auf
weiteren Befehl, in seiner Eigenschaft als Ankläger zu
Wien nicht aufträte, und bat den Prinzen, deshalb das

Erforderliche unverzüglich durch einen Expressen, an ihn zu erlassen. Der Prinz antwortete: daß dieser Befehl leider um einen Tag zu spät käme, indem die Eibenmayer bereits nach einem Berichte, der eben heute eingelaufen, in seiner Qualität als Anwalt aufgetreten, und mit Einreichung der Klage bei der Wiener Staatskanzlei vorgegangen wäre. Er setzte auf die betroffene Frage des Kurfürsten: wie dies überall in so kurzer Zeit möglich sei? hinzu: daß bereits, seit der Abreise dieses Mannes drei Wochen verstrichen wären, und daß die Instruktion, die er erhalten, ihm eine ungesäumte Abmachung dieses Geschäfts, gleich nach seiner Ankunft in Wien zur Pflicht gemacht hätte. Eine Verzögerung, bemerkte der Prinz, würde in diesem Fall um so unschicklicher gewesen sein, da der brandenburgische Anwalt Zäuner, gegen den Junker Wenzel von Tronka mit dem trotzigsten Nachdruck verfahre, und bereits auf eine vorläufige Zurückziehung der Rappen, aus den Händen des Abdekkers, behufs ihrer künftigen Wiederherstellung, bei dem Gerichtshof angetragen, und auch aller Einwendungen der Gegenpart ungeachtet, durchgesetzt habe. Der Kurfürst, indem er die Klingel zog, sagte: »gleichviel! es hätte nichts zu bedeuten!« und nachdem er sich mit gleichgültigen Fragen: wie es sonst in Dresden stehe? und was in seiner Abwesenheit vorgefallen sei? zu dem Prinzen zurückgewandt hatte: grüßte er ihn, unfähig seinen innersten Zustand zu verbergen, mit der Hand, und entließ ihn. Er forderte ihm noch an demselben Tage schriftlich, unter dem Vorwande, daß er die Sache, ihrer politischen Wichtigkeit wegen, selbst bearbeiten wolle, die sämtlichen Kohlhaasischen Akten ab; und da ihm der Gedanke, denjenigen zu verderben, von dem er allein über die Geheimnisse des Zettels Auskunft erhalten konnte, unerträglich war: so verfaßte er einen eigenhändigen Brief an den Kaiser, worin er ihn auf herzliche und dringende Weise bat, aus wichtigen Gründen, die er ihm vielleicht in kurzer Zeit bestimmter auseinander legen würde, die Klage, die der Eibenmayer gegen den Kohlhaas eingereicht, vorläufig bis auf einen weiteren Beschluß, zurücknehmen zu dürfen. Der Kaiser, in einer durch die Staatskanzlei ausgefertigten Note, antwortete ihm: »daß der Wechsel, der plötzlich in seiner Brust vorgegangen zu sein scheine, ihn aufs äußerste befremde; daß der sächsischerseits an ihn erlassene Bericht, die Sache des Kohlhaas zu einer Angelegenheit gesamten heiligen römischen Reichs gemacht hätte; daß demgemäß er, der Kaiser, als Oberhaupt desselben, sich verpflichtet gesehen hätte, als Ankläger in dieser Sache bei dem Hause Brandenburg aufzutreten; dergestalt, daß da bereits der Hof-Assessor Franz Müller, in der Eigenschaft als Anwalt nach Berlin gegangen wäre, um den Kohlhaas daselbst, wegen Verletzung des öffentlichen Landfriedens, zur Rechenschaft zu ziehen, die Beschwerde nunmehr auf keine Weise zurückgenommen werden könne, und die Sache den Gesetzen gemäß, ihren weiteren Fortgang nehmen müsse.« Dieser Brief schlug den Kurfürsten völlig nieder; und da, zu seiner äußersten Betrübnis, in einiger Zeit Privatschreiben aus Berlin einliefen, in welchen die Einleitung des Prozesses bei dem Kammergericht gemeldet, und bemerkt ward, daß der Kohlhaas wahrscheinlich, aller Bemühungen des ihm zugeordneten Advokaten ungeachtet, auf dem Schafott enden werde: so beschloß dieser unglückliche Herr noch einen Versuch zu machen, und bat den Kurfürsten von Brandenburg, in einer eigenhändigen Zuschrift, um des Roßhändlers Leben. Er schützte vor, daß die Amnestie, die man diesem Manne angelobt, die Vollstreckung eines Todesurteils an demselben, füglicher Weise, nicht zulasse; versicherte ihn, daß es, trotz der scheinbaren Strenge, mit welcher man gegen ihn verfahren, nie seine Absicht gewesen wäre, ihn sterben zu lassen; und beschrieb ihm, wie trostlos er sein würde, wenn der Schutz, den man vorgegeben hätte, ihm von Berlin aus angedeihen lassen zu wollen, zuletzt, in einer unerwarteten Wendung, zu seinem größeren Nachteile ausschlüge, als wenn er in Dresden geblieben, und seine Sache nach sächsischen Gesetzen entschieden worden wäre. Der Kurfürst von Brandenburg, dem in dieser Angabe mancherlei zweideutig und unklar schien, antwortete ihm: »daß der Nachdruck, mit welchem der Anwalt kaiserlicher Majestät verführe, platterdings nicht erlaube, dem Wunsch, den er ihm geäußert, gemäß, von der strengen Vorschrift der Gesetze abzuweichen. Er bemerkte, daß die ihm vorgelegte Besorgnis in der Tat zu weit ginge, indem die Beschwerde, wegen der dem Kohlhaas in der Amnestie verziehenen Verbrechen ja nicht von ihm, der demselben die Amnestie erteilt, sondern von dem Reichsoberhaupt, das daran auf keine Weise gebunden sei, bei dem Kammergericht zu Berlin anhängig gemacht worden wäre. Dabei stellte er ihm vor, wie notwendig bei den fortdauernden Gewalttätigkeiten des Nagelschmidt, die sich sogar schon, mit unerhörter Dreistigkeit, bis aufs brandenburgische Gebiet erstreckten, die Statuierung eines abschreckenden Beispiels wäre, und bat ihn, falls er dies alles nicht berücksichtigen wolle, sich an des Kaisers Majestät selbst zu wenden, indem, wenn dem Kohlhaas zu Gunsten ein Machtspruch fallen sollte, dies allein auf eine Erklärung von dieser Seite her geschehen könne.« Der Kurfürst, aus Gram und Ärger über alle diese mißglückten Versuche, verfiel in eine neue Krankheit; und da der Kämmerer ihn an einem Morgen besuchte, zeigte er ihm die Briefe, die er, um dem Kohlhaas das Leben zu fristen, und somit wenigstens Zeit zu gewinnen, des Zettels, den er besäße, habhaft zu werden, an den Wiener und Berliner Hof erlassen. Der Kämmerer warf sich auf Knieen vor ihm nieder, und bat ihn, um alles was ihm heilig und teuer sei, ihm zu sagen, was dieser Zettel enthalte? Der Kurfürst sprach, er möchte das Zimmer verriegeln, und sich auf das Bett niedersetzen; und nachdem er seine Hand ergriffen, und mit einem Seufzer an sein Herz gedrückt hatte, begann er folgendergestalt: »Deine Frau hat dir, wie ich höre, schon erzählt, daß der Kurfürst von Brandenburg und ich, am dritten Tage der Zusammenkunft, die wir in Jüterbock hielten, auf eine Zigeunerin trafen; und da der Kurfürst, aufgeweckt wie er von Natur ist, beschloß, den Ruf dieser abenteuerlichen Frau, von deren Kunst, eben bei der Tafel, auf ungebührliche Weise die Rede gewesen war, durch einen Scherz im Angesicht alles Volks zu nichte zu machen: so trat er mit verschränkten Armen vor ihren Tisch, und forderte, der Weissagung wegen, die sie ihm machen sollte, ein Zeichen von ihr, das sich noch heute erproben ließe, vorschützend, daß er sonst nicht, und wäre sie auch die römische Sibylle selbst, an ihre Worte glauben könne. Die Frau, indem sie uns flüchtig von Kopf zu Fuß maß, sagte: das Zeichen würde sein, daß uns der große, gehörnte Rehbock, den der Sohn des Gärtners im Park erzog, auf dem Markt, worauf wir uns befanden, bevor wir ihn noch verlassen, entgegenkommen würde. Nun mußt du wissen, daß dieser, für die Dresdner Küche bestimmte Rehbock, in einem mit Latten hoch verzäunten Verschlage, den die Eichen des Parks beschatteten, hinter Schloß und Riegel aufbewahrt ward, dergestalt, daß, da überdies anderen kleineren Wildes und Geflügels wegen, der Park überhaupt und obenein der Garten, der zu ihm führte, in sorgfältigem Beschluß gehalten ward, schlechterdings nicht abzusehen war, wie uns das Tier, diesem sonderbaren Vorgeben gemäß, bis auf dem Platz, wo wir standen, entgegen kommen würde; gleichwohl schickte der Kurfürst aus Besorgnis vor einer dahinter steckenden Schelmerei, nach einer kurzen Abrede mit mir, entschlossen, auf unabänderliche Weise, alles was sie noch vorbringen würde, des Spaßes wegen, zu Schanden zu machen, ins Schloß, und befahl, daß der Rehbock augenblicklich getötet, und für die Tafel, an einem der nächsten Tage, zubereitet werden solle. Hierauf wandte er sich zu der Frau, vor welcher diese Sache laut verhandelt worden

war, zurück, und sagte: nun, wohlan! was hast du mir
für die Zukunft zu entdecken? Die Frau, indem sie in
seine Hand sah, sprach: Heil meinem Kurfürsten und
Herrn! Deine Gnaden wird lange regieren, das Haus, aus
dem du stammst, lange bestehen, und deine Nachkommen groß und herrlich werden und zu Macht gelangen,
vor allen Fürsten und Herren der Welt! Der Kurfürst,
nach einer Pause, in welcher er die Frau gedankenvoll
ansah, sagte halblaut, mit einem Schritte, den er zu mir
tat, daß es ihm jetzo fast leid täte, einen Boten abgeschickt zu haben, um die Weissagung zu nichte zu
machen; und während das Geld aus den Händen der
Ritter, die ihm folgten, der Frau haufenweis, unter vielem Jubel, in den Schoß regnete, fragte er sie, indem er
selbst in die Tasche griff, und ein Goldstück dazu legte:
ob der Gruß, den sie mir zu eröffnen hätte, auch von so
silbernem Klang wäre, als der seinige? Die Frau, nachdem sie einen Kasten, der ihr zur Seite stand, aufge-
macht, und das Geld, nach Sorte und Menge, weitläufig
und umständlich darin geordnet, und den Kasten wieder
verschlossen hatte, schützte ihre Hand vor die Sonne,
gleichsam als ob sie ihr lästig wäre, und sah mich an; und
da ich die Frage an sie wiederholte, und, auf scherzhafte
Weise, während sie meine Hand prüfte, zum Kurfürsten
sagte: *mir*, scheint es, hat sie nichts, das eben angenehm
wäre, zu verkündigen: so ergriff sie ihre Krücken, hob
sich langsam daran vom Schemel empor, und indem sie
sich, mit geheimnisvoll vorgehaltenen Händen, dicht zu
mir heran drängte, flüsterte sie mir vernehmlich ins Ohr:
nein! – So! sagt ich verwirrt, und trat einen Schritt vor
der Gestalt zurück, die sich, mit einem Blick, kalt und
leblos, wie aus marmornen Augen, auf den Schemel, der
hinter ihr stand, zurücksetzte: von welcher Seit her droht
meinem Hause Gefahr? Die Frau, indem sie eine Kohle
und ein Papier zur Hand nahm und ihre Knie kreuzte,
fragte: ob sie es mir aufschreiben solle? und da ich,
verlegen in der Tat, bloß weil mir, unter den bestehenden

Umständen, nichts anders übrig blieb, antwortete: ja! das tu! so versetzte sie: ›wohlan! dreierlei schreib ich dir auf: den Namen des letzten Regenten deines Hauses, die Jahreszahl, da er sein Reich verlieren, und den Namen dessen, der es, durch die Gewalt der Waffen, an sich reißen wird.‹ Dies, vor den Augen allen Volks abgemacht, erhebt sie sich, verklebt den Zettel mit Lack, den sie in ihrem welken Munde befeuchtet, und drückt einen bleiernen, an ihrem Mittelfinger befindlichen Siegelring darauf. Und da ich den Zettel, neugierig, wie du leicht begreifst, mehr als Worte sagen können, erfassen will, spricht sie: ›mit nichten, Hoheit!‹ und wendet sich und hebt ihrer Krücken eine empor: ›von jenem Mann dort, der, mit dem Federhut, auf der Bank steht, hinter allem Volk, am Kircheneingang, lösest du, wenn es dir beliebt, den Zettel ein!‹ Und damit, ehe ich noch recht begriffen, was sie sagt, auf dem Platz, vor Erstaunen sprachlos, läßt sie mich stehen; und während sie den Kasten, der hinter ihr stand, zusammenschlug, und über den Rücken warf, mischt sie sich, ohne daß ich weiter bemerken konnte, was sie tut, unter den Haufen des uns umringenden Volks. Nun trat, zu meinem in der Tat herzlichen Trost, in eben diesem Augenblick der Ritter auf, den der Kurfürst ins Schloß geschickt hatte, und meldete ihm, mit lachendem Munde, daß der Rehbock getötet, und durch zwei Jäger, vor seinen Augen, in die Küche geschleppt worden sei. Der Kurfürst, indem er seinen Arm munter in den meinigen legte, in der Absicht, mich von dem Platz hinwegzuführen, sagte: nun, wohlan! so war die Prophezeiung eine alltägliche Gaunerei, und Zeit und Gold, die sie uns gekostet nicht wert! Aber wie groß war unser Erstaunen, da sich, noch während dieser Worte, ein Geschrei rings auf dem Platze erhob, und aller Augen sich einem großen, vom Schloßhof herantrabenden Schlächterhund zuwandten, der in der Küche den Rehbock als gute Beute beim Nacken erfaßt, und das Tier drei Schritte vor uns, verfolgt von Knechten und Mägden, auf den Boden fallen ließ: dergestalt, daß in der Tat die Prophezeiung des Weibes, zum Unterpfand alles dessen, was sie vorgebracht, erfüllt, und der Rehbock uns bis auf den Markt, obschon allerdings tot, entgegen gekommen war. Der Blitz, der an einem Wintertag vom Himmel fällt, kann nicht vernichtender treffen, als mich dieser Anblick, und meine erste Bemühung, sobald ich der Gesellschaft in der ich mich befand, überhoben, war gleich, den Mann mit dem Federhut, den mir das Weib bezeichnet hatte, auszumitteln; doch keiner meiner Leute, unausgesetzt während drei Tage auf Kundschaft geschickt, war im Stande mir auch nur auf die entfernteste Weise Nachricht davon zu geben: und jetzt, Freund Kunz, vor wenig Wochen, in der Meierei zu Dahme, habe ich den Mann mit meinen eigenen Augen gesehn.« – Und damit ließ er die Hand des Kämmerers fahren; und während er sich den Schweiß abtrocknete, sank er wieder auf das Lager zurück. Der Kämmerer, der es für vergebliche Mühe hielt, mit seiner Ansicht von diesem Vorfall die Ansicht, die der Kurfürst davon hatte, zu durchkreuzen und zu berichtigen, bat ihn, doch irgend ein Mittel zu versuchen, des Zettels habhaft zu werden, und den Kerl nachher seinem Schicksal zu überlassen; doch der Kurfürst antwortete, daß er platterdings kein Mittel dazu sähe, obschon der Gedanke, ihn entbehren zu müssen, oder wohl gar die Wissenschaft davon mit diesem Menschen untergehen zu sehen, ihn dem Jammer und der Verzweiflung nahe brächte. Auf die Frage des Freundes: ob er denn Versuche gemacht, die Person der Zigeunerin selbst auszuforschen? erwiderte der Kurfürst, daß das Gubernium, auf einen Befehl, den er unter einem falschen Vorwand an dasselbe erlassen, diesem Weibe vergebens, bis auf den heutigen Tag, in allen Plätzen des Kurfürstentums nachspüre: wobei er, aus Gründen, die er jedoch näher zu entwickeln sich weigerte, überhaupt zweifelte, daß sie in Sachsen auszumitteln sei. Nun traf es sich, daß der Kämmerer, mehrerer beträchtlicher

Güter wegen, die seiner Frau aus der Hinterlassenschaft des abgesetzten und bald darauf verstorbenen Erzkanzlers, Grafen Kallheim, in der Neumark zugefallen waren, nach Berlin reisen wollte; dergestalt, daß, da er den Kurfürsten in der Tat liebte, er ihn nach einer kurzen Überlegung fragte: ob er ihm in dieser Sache freie Hand lassen wolle? und da dieser, indem er seine Hand herzlich an seine Brust drückte, antwortete: »denke, du seist ich, und schaff mir den Zettel!« so beschleunigte der Kämmerer, nachdem er seine Geschäfte abgegeben, um einige Tage seine Abreise, und fuhr, mit Zurücklassung seiner Frau, bloß von einigen Bedienten begleitet, nach Berlin ab.

Kohlhaas, der inzwischen, wie schon gesagt, in Berlin angekommen, und, auf einen Spezialbefehl des Kurfürsten, in ein ritterliches Gefängnis gebracht worden war, das ihn mit seinen fünf Kindern, so bequem als es sich tun ließ, empfing, war gleich nach Erscheinung des kaiserlichen Anwalts aus Wien, auf den Grund wegen Verletzung des öffentlichen, kaiserlichen Landfriedens, vor den Schranken des Kammergerichts zur Rechenschaft gezogen worden; und ob er schon in seiner Verantwortung einwandte, daß er wegen seines bewaffneten Einfalls in Sachsen, und der dabei verübten Gewalttätigkeiten, kraft des mit dem Kurfürsten von Sachsen zu Lützen abgeschlossenen Vergleichs, nicht belangt werden könne: so erfuhr er doch, zu seiner Belehrung, daß des Kaisers Majestät, deren Anwalt hier die Beschwerde führe, darauf keine Rücksicht nehmen könne: ließ sich auch sehr bald, da man ihm die Sache auseinander setzte und erklärte, wie ihm dagegen von Dresden her, in seiner Sache gegen den Junker Wenzel von Tronka, völlige Genugtuung widerfahren werde, die Sache gefallen. Demnach traf es sich, daß grade am Tage der Ankunft des Kämmerers, das Gesetz über ihn sprach, und er verurteilt ward mit dem Schwerte vom Leben zum Tode gebracht zu werden; ein Urteil, an dessen Vollstreckung gleichwohl, bei der verwickelten Lage der Dinge, seiner Milde ungeachtet, niemand glaubte, ja, das die ganze Stadt, bei dem Wohlwollen das der Kurfürst für den Kohlhaas trug, unfehlbar durch ein Machtwort desselben, in eine bloße, vielleicht beschwerliche und langwierige Gefängnisstrafe verwandelt zu sehen hoffte. Der Kämmerer, der gleichwohl einsah, daß keine Zeit zu verlieren sein möchte, falls der Auftrag, den ihm sein Herr gegeben, in Erfüllung gehen sollte, fing sein Geschäft damit an, sich dem Kohlhaas, am Morgen eines Tages, da derselbe in harmloser Betrachtung der Vorübergehenden, am Fenster seines Gefängnisses stand, in seiner gewöhnlichen Hoftracht, genau und umständlich zu zeigen; und da er, aus einer plötzlichen Bewegung seines Kopfes, schloß, daß der Roßhändler ihn bemerkt hatte, und besonders, mit großem Vergnügen, einen unwillkürlichen Griff desselben mit der Hand auf die Gegend der Brust, wo die Kapsel lag, wahrnahm: so hielt er das, was in der Seele desselben in diesem Augenblick vorgegangen war, für eine hinlängliche Vorbereitung, um in dem Versuch, des Zettels habhaft zu werden, einen Schritt weiter vorzurücken. Er bestellte ein altes, auf Krücken herumwandelndes Trödelweib zu sich, das er in den Straßen von Berlin, unter einem Troß andern, mit Lumpen handelnden Gesindels bemerkt hatte, und das ihm, dem Alter und der Tracht nach, ziemlich mit dem, das ihm der Kurfürst beschrieben hatte, übereinzustimmen schien; und in der Voraussetzung, der Kohlhaas werde sich die Züge derjenigen, die ihm in einer flüchtigen Erscheinung den Zettel überreicht hatte, nicht eben tief eingeprägt haben, beschloß er, das gedachte Weib statt ihrer unterzuschieben, und bei Kohlhaas, wenn es sich tun ließe, die Rolle, als ob sie die Zigeunerin wäre, spielen zu lassen. Dem gemäß, um sie dazu in Stand zu setzen, unterrichtete er sie umständlich von allem, was zwischen dem Kurfürsten und der gedachten Zigeunerin in Jüterbock vorgefallen war, wobei er, weil er nicht

wußte, wie weit das Weib in ihren Eröffnungen gegen
den Kohlhaas gegangen war, nicht vergaß, ihr besonders
die drei geheimnisvollen, in dem Zettel enthaltenen Artikel einzuschärfen; und nachdem er ihr auseinanderge-
setzt hatte, was sie, auf abgerissene und unverständliche
Weise, fallen lassen müsse, gewisser Anstalten wegen,
die man getroffen, sei es durch List oder durch Gewalt,
des Zettels, der dem sächsischen Hofe von der äußersten
Wichtigkeit sei, habhaft zu werden, trug er ihr auf, dem
Kohlhaas den Zettel, unter dem Vorwand, daß derselbe
bei ihm nicht mehr sicher sei, zur Aufbewahrung während einiger verhängnisvollen Tage, abzufordern. Das
Trödelweib übernahm auch sogleich gegen die Verhei-
ßung einer beträchtlichen Belohnung, wovon der Kämmerer ihr auf ihre Forderung einen Teil im voraus bezah-
len mußte, die Ausführung des besagten Geschäfts; und
da die Mutter des bei Mühlberg gefallenen Knechts
Herse, den Kohlhaas, mit Erlaubnis der Regierung,
zuweilen besuchte, diese Frau ihr aber seit einigen Monden her, bekannt war: so gelang es ihr, an einem der
nächsten Tage, vermittelst einer kleinen Gabe an den
Kerkermeister, sich bei dem Roßkamm Eingang zu verschaffen. – Kohlhaas aber, als diese Frau zu ihm eintrat,
meinte, an einem Siegelring, den sie an der Hand trug,
und einer ihr vom Hals herabhangenden Korallenkette,
die bekannte alte Zigeunerin selbst wieder zu erkennen,
die ihm in Jüterbock den Zettel überreicht hatte; und wie
denn die Wahrscheinlichkeit nicht immer auf Seiten der
Wahrheit ist, so traf es sich, daß hier etwas geschehen
war, das wir zwar berichten: die Freiheit aber, daran zu
zweifeln, demjenigen, dem es wohlgefällt, zugestehen
müssen: der Kämmerer hatte den ungeheuersten Mißgriff
begangen, und in dem alten Trödelweib, das er in den
Straßen von Berlin aufgriff, um die Zigeunerin nachzu-
ahmen, die geheimnisreiche Zigeunerin selbst getroffen,
die er nachgeahmt wissen wollte. Wenigstens berichtete
das Weib, indem sie, auf ihre Krücken gestützt, die

Wangen der Kinder streichelte, die sich, betroffen von ihrem wunderlichen Anblick, an den Vater lehnten: daß sie schon seit geraumer Zeit aus dem Sächsischen ins Brandenburgische zurückgekehrt sei, und sich, auf eine, in den Straßen von Berlin unvorsichtig gewagte Frage des Kämmerers, nach der Zigeunerin, die im Frühjahr des verflossenen Jahres, in Jüterbock gewesen, sogleich an ihn gedrängt, und, unter einem falschen Namen, zu dem Geschäfte, das er besorgt wissen wollte, angetragen habe. Der Roßhändler, der eine sonderbare Ähnlichkeit zwischen ihr und seinem verstorbenen Weibe Lisbeth bemerkte, dergestalt, daß er sie hätte fragen können, ob sie ihre Großmutter sei: denn nicht nur, daß die Züge ihres Gesichts, ihre Hände, auch in ihrem knöchernen Bau noch schön, und besonders der Gebrauch, den sie davon im Reden machte, ihn aufs lebhafteste an sie erinnerten: auch ein Mal, womit seiner Frauen Hals bezeichnet war, bemerkte er an dem ihrigen – der Roßhändler nötigte sie, unter Gedanken, die sich seltsam in ihm kreuzten, auf einen Stuhl nieder, und fragte, was sie in aller Welt in Geschäften des Kämmerers zu ihm führe? Die Frau, während der alte Hund des Kohlhaas ihre Kniee umschnüffelte, und von ihrer Hand gekraut, mit dem Schwanz wedelte, antwortete: »der Auftrag, den ihr der Kämmerer gegeben, wäre, ihm zu eröffnen, auf welche drei dem sächsischen Hofe wichtigen Fragen der Zettel geheimnisvolle Antwort enthalte; ihn vor einem Abgesandten, der sich in Berlin befinde, um seiner habhaft zu werden, zu warnen: und ihm den Zettel, unter dem Vorwande, daß er an seiner Brust, wo er ihn trage, nicht mehr sicher sei, abzufordern. Die Absicht aber, in der sie komme, sei, ihm zu sagen, daß die Drohung ihn durch Arglist oder Gewalttätigkeit um den Zettel zu bringen, abgeschmackt, und ein leeres Trugbild sei; daß er unter dem Schutz des Kurfürsten von Brandenburg, in dessen Verwahrsam er sich befinde, nicht das Mindeste für denselben zu befürchten habe; ja, daß das Blatt bei

ihm weit sicherer sei, als bei ihr, und daß er sich wohl
hüten möchte, sich durch Ablieferung desselben, an wen
und unter welchem Vorwand es auch sei, darum bringen
zu lassen. – Gleichwohl schloß sie, daß sie es für klug
hielte, von dem Zettel den Gebrauch zu machen, zu
welchem sie ihm denselben auf dem Jahrmarkt zu Jüterbock eingehändigt, dem Antrag, den man ihm auf der
Grenze durch den Junker vom Stein gemacht, Gehör zu
geben, und den Zettel, der ihm selbst weiter nichts
nutzen könne, für Freiheit und Leben an den Kurfürsten
von Sachsen auszuliefern.« Kohlhaas, der über die Macht
jauchzte, die ihm gegeben war, seines Feindes Ferse, in
dem Augenblick, da sie ihn in den Staub trat, tödlich zu
verwunden, antwortete: nicht um die Welt, Mütterchen,
nicht um die Welt! und drückte der Alten Hand, und
wollte nur wissen, was für Antworten auf die ungeheuren Fragen im Zettel enthalten wären? Die Frau, inzwischen sie das Jüngste, das sich zu ihren Füßen niederge-
kauert hatte, auf den Schoß nahm, sprach: »nicht um die
Welt, Kohlhaas, der Roßhändler; aber um diesen hüb-
schen, kleinen, blonden Jungen!« und damit lachte sie
ihn an, herzte und küßte ihn, der sie mit großen Augen
ansah, und reichte ihm, mit ihren dürren Händen, einen
Apfel, den sie in ihrer Tasche trug, dar. Kohlhaas sagte
verwirrt: daß die Kinder selbst, wenn sie groß wären,
ihn, um seines Verfahrens loben würden, und daß er, für
sie und ihre Enkel nichts Heilsameres tun könne, als den
Zettel behalten. Zudem fragte er, wer ihn, nach der
Erfahrung, die er gemacht, vor einem neuen Betrug
sicher stelle, und ob er nicht zuletzt, unnützer Weise,
den Zettel, wie jüngst den Kriegshaufen, den er in Lützen zusammengebracht, an den Kurfürsten aufopfern
würde? »Wer mir sein Wort einmal gebrochen,« sprach
er, »mit dem wechsle ich keins mehr; und nur deine
Forderung, bestimmt und unzweideutig, trennt mich,
gutes Mütterchen, von dem Blatt, durch welches mir für
alles, was ich erlitten, auf so wunderbare Weise Genug-

tuung geworden ist.« Die Frau, indem sie das Kind auf
den Boden setzte, sagte: daß er in mancherlei Hinsicht
recht hätte, und daß er tun und lassen könnte, was er
wollte! Und damit nahm sie ihre Krücken wieder zur
Hand, und wollte gehn. Kohlhaas wiederholte seine
Frage, den Inhalt des wunderbaren Zettels betreffend; er
wünschte, da sie flüchtig antwortete: »daß er ihn ja
eröffnen könne, obschon es eine bloße Neugierde wäre,«
noch über tausend andere Dinge, bevor sie ihn verließe,
Aufschluß zu erhalten; wer sie eigentlich sei, woher sie
zu der Wissenschaft, die ihr inwohne, komme, warum
sie dem Kurfürsten, für den er doch geschrieben, den
Zettel verweigert, und grade ihm, unter so vielen tausend
Menschen, der ihrer Wissenschaft nie begehrt, das Wun-
derblatt überreicht habe? – – Nun traf es sich, daß in eben
diesem Augenblick ein Geräusch hörbar ward, das einige
Polizei-Offizianten, die die Treppe heraufstiegen, verur-
sachten; dergestalt, daß das Weib, von plötzlicher Besorgnis, in diesen Gemächern von ihnen betroffen zu
werden, ergriffen, antwortete: »auf Wiedersehen Kohlhaas, auf Wiedersehen! Es soll dir, wenn wir uns wieder-
treffen, an Kenntnis über dies alles nicht fehlen!« Und
damit, indem sie sich gegen die Tür wandte, rief sie: »lebt
wohl, Kinderchen, lebt wohl!« küßte das kleine Geschlecht nach der Reihe, und ging ab.

Inzwischen hatte der Kurfürst von Sachsen, seinen
jammervollen Gedanken preisgegeben, zwei Astrologen,
namens Oldenholm und Olearius, welche damals in
Sachsen in großem Ansehen standen, herbeigerufen, und
wegen des Inhalts des geheimnisvollen, ihm und dem
ganzen Geschlecht seiner Nachkommen so wichtigen
Zettels zu Rate gezogen; und da die Männer, nach einer,
mehrere Tage lang im Schloßturm zu Dresden fortge-
setzten, tiefsinnigen Untersuchung, nicht einig werden
konnten, ob die Prophezeiung sich auf späte Jahrhun-
derte oder aber auf die jetzige Zeit beziehe, und vielleicht
die Krone Polen, mit welcher die Verhältnisse immer

noch sehr kriegerisch waren, damit gemeint sei: so wurde durch solchen gelehrten Streit, statt sie zu zerstreuen, die Unruhe, um nicht zu sagen, Verzweiflung, in welcher sich dieser unglückliche Herr befand, nur geschärft, und zuletzt bis auf einen Grad, der seiner Seele ganz unerträglich war, vermehrt. Dazu kam, daß der Kämmerer um diese Zeit seiner Frau, die im Begriff stand, ihm nach Berlin zu folgen, auftrug, dem Kurfürsten, bevor sie abreiste, auf eine geschickte Art beizubringen, wie mißlich es nach einem verunglückten Versuch, den er mit einem Weibe gemacht, das sich seitdem nicht wieder habe blicken lassen, mit der Hoffnung aussehe, des Zettels in dessen Besitz der Kohlhaas sei, habhaft zu werden, indem das über ihn gefällte Todesurteil, nunmehr, nach einer umständlichen Prüfung der Akten, von dem Kurfürsten von Brandenburg unterzeichnet, und der Hinrichtungstag bereits auf den Montag nach Palmarum festgesetzt sei; auf welche Nachricht der Kurfürst sich, das Herz von Kummer und Reue zerrissen, gleich einem ganz Verlorenen, in seinem Zimmer verschloß, während zwei Tage, des Lebens satt, keine Speise zu sich nahm, und am dritten plötzlich, unter der kurzen Anzeige an das Gubernium, daß er zu dem Fürsten von Dessau auf die Jagd reise, aus Dresden verschwand. Wohin er eigentlich ging, und ob er sich nach Dessau wandte, lassen wir dahin gestellt sein, indem die Chroniken, aus deren Vergleichung wir Bericht erstatten, an dieser Stelle, auf befremdende Weise, einander widersprechen und aufheben. Gewiß ist, daß der Fürst von Dessau, unfähig zu jagen, um diese Zeit krank in Braunschweig, bei seinem Oheim, dem Herzog Heinrich, lag, und daß die Dame Heloise, am Abend des folgenden Tages, in Gesellschaft eines Grafen von Königstein, den sie für ihren Vetter ausgab, bei dem Kämmerer Herrn Kunz, ihrem Gemahl, in Berlin eintraf. – Inzwischen war dem Kohlhaas, auf Befehl des Kurfürsten, das Todesurteil vorgelesen, die Ketten abgenommen, und die über sein Vermögen lautenden Papiere, die ihm in Dresden abgesprochen worden waren, wieder zugestellt worden; und da die Räte, die das Gericht an ihn abgeordnet hatte, ihn fragten, wie er es mit dem, was er besitze, nach seinem Tode gehalten wissen wolle: so verfertigte er, mit Hülfe eines Notars, zu seiner Kinder Gunsten ein Testament, und setzte den Amtmann zu Kohlhaasenbrück, seinen wackern Freund, zum Vormund derselben ein. Demnach glich nichts der Ruhe und Zufriedenheit seiner letzten Tage; denn auf eine sonderbare Spezial-Verordnung des Kurfürsten war bald darauf auch noch der Zwinger, in welchem er sich befand, eröffnet, und allen seinen Freunden, deren er sehr viele in der Stadt besaß, bei Tag und Nacht freier Zutritt zu ihm verstattet worden. Ja, er hatte noch die Genugtuung, den Theologen Jakob Freising, als einen Abgesandten Doktor Luthers, mit einem eigenhändigen, ohne Zweifel sehr merkwürdigen Brief, der aber verloren gegangen ist, in sein Gefängnis treten zu sehen, und von diesem geistlichen Herrn in Gegenwart zweier brandenburgischen Dechanten, die ihm an die Hand gingen, die Wohltat der heiligen Kommunion zu empfangen. Hierauf erschien nun, unter einer allgemeinen Bewegung der Stadt, die sich immer noch nicht entwöhnen konnte, auf ein Machtwort, das ihn rettete, zu hoffen, der verhängisvolle Montag nach Palmarum, an welchem er die Welt, wegen des allzuraschen Versuchs, sich selbst in ihr Recht verschaffen zu wollen, versöhnen sollte. Eben trat er, in Begleitung einer starken Wache, seine beiden Knaben auf dem Arm (denn diese Vergünstigung hatte er sich ausdrücklich vor den Schranken des Gerichts ausgebeten), von dem Theologen Jakob Freising geführt, aus dem Tor seines Gefängnisses, als unter einem wehmütigen Gewimmel von Bekannten, die ihm die Hände drückten, und von ihm Abschied nahmen, der Kastellan des kurfürstlichen Schlosses, verstört im Gesicht, zu ihm herantrat, und ihm ein Blatt gab, das ihm, wie er sagte, ein altes Weib für ihn einge-

händigt. Kohlhaas, während er den Mann der ihm nur
wenig bekannt war, befremdet ansah, eröffnete das Blatt,
dessen Siegelring ihn, im Mundlack ausgedrückt, sogleich an die bekannte Zigeunerin erinnerte. Aber wer
beschreibt das Erstaunen, das ihn ergriff, als er folgende
Nachricht darin fand: »Kohlhaas, der Kurfürst von Sachsen ist in Berlin; auf den Richtplatz schon ist er vorangegangen, und wird, wenn dir daran liegt, an einem Hut,
mit blauen und weißen Federbüschen kenntlich sein. Die
Absicht, in der er kömmt, brauche ich dir nicht zu sagen;
er will die Kapsel, sobald du verscharrt bist, ausgraben,
und den Zettel, der darin befindlich ist, eröffnen lassen. –
Deine Elisabeth.« – Kohlhaas, indem er sich auf das
äußerste bestürzt zu dem Kastellan umwandte, fragte
ihn: ob er das wunderbare Weib, das ihm den Zettel
übergeben, kenne? Doch da der Kastellan antwortete:
»Kohlhaas, das Weib« – – und in Mitten der Rede auf
sonderbare Weise stockte, so konnte er, von dem Zuge,
der in diesem Augenblick wieder antrat, fortgerissen,
nicht vernehmen, was der Mann, der an allen Gliedern
zu zittern schien, vorbrachte. – Als er auf dem Richtplatz
ankam, fand er den Kurfürsten von Brandenburg mit
seinem Gefolge, worunter sich auch der Erzkanzler,
Herr Heinrich von Geusau, befand, unter einer unermeßlichen Menschenmenge, daselbst zu Pferde halten:
ihm zur Rechten der kaiserliche Anwalt Franz Müller,
eine Abschrift des Todesurteils in der Hand; ihm zur
Linken, mit dem Konklusum des Dresdner Hofgerichts,
sein eigener Anwalt, der Rechtsgelehrte Anton Zäuner;
ein Herold in der Mitte des halboffenen Kreises, den das
Volk schloß, mit einem Bündel Sachen, und den beiden,
von Wohlsein glänzenden, die Erde mit ihren Hufen
stampfenden Rappen. Denn der Erzkanzler, Herr Heinrich, hatte die Klage, die er, im Namen seines Herrn, in
Dresden anhängig gemacht, Punkt für Punkt, und ohne
die mindeste Einschränkung gegen den Junker Wenzel
von Tronka, durchgesetzt: dergestalt, daß die Pferde,

nachdem man sie durch Schwingung einer Fahne über ihre Häupter, ehrlich gemacht, und aus den Händen des Abdeckers, der sie ernährt, zurückgezogen hatte, von den Leuten des Junkers dickgefüttert, und in Gegenwart einer eigens dazu niedergesetzten Kommission, dem Anwalt, auf dem Markt zu Dresden, übergeben worden waren. Demnach sprach der Kurfürst, als Kohlhaas von der Wache begleitet, auf dem Hügel zu ihm heranschritt: Nun, Kohlhaas, heut ist der Tag, an dem dir dein Recht geschieht! Schau her, hier liefere ich dir alles, was du auf der Tronkenburg gewaltsamer Weise eingebüßt, und was ich, als dein Landesherr, dir wieder zu verschaffen, schuldig war, zurück: Rappen, Halstuch, Reichsgulden, Wäsche, bis auf die Kurkosten sogar für deinen bei Mühlberg gefallenen Knecht Herse. Bist du mit mir zufrieden? – Kohlhaas, während er das, ihm auf den Wink des Erzkanzlers eingehändigte Konklusum, mit großen, funkelnden Augen überlas, setzte die beiden Kinder, die er auf dem Arm trug, neben sich auf den Boden nieder; und da er auch einen Artikel darin fand, in welchem der Junker Wenzel zu zweijähriger Gefängnis-strafe verurteilt ward: so ließ er sich, aus der Ferne, ganz überwältigt von Gefühlen, mit kreuzweis auf die Brust gelegten Händen, vor dem Kurfürsten nieder. Er versi-cherte freudig dem Erzkanzler, indem er aufstand, und die Hand auf seinen Schoß legte, daß sein höchster Wunsch auf Erden erfüllt sei; trat an die Pferde heran, musterte sie, und klopfte ihren feisten Hals; und erklärte dem Kanzler, indem er wieder zu ihm zurückkam, hei-ter: »daß er sie seinen beiden Söhnen Heinrich und Leopold schenke!« Der Kanzler, Herr Heinrich von Geusau, vom Pferde herab mild zu ihm gewandt, ver-sprach ihm, in des Kurfürsten Namen, daß sein letz-ter Wille heilig gehalten werden solle: und forderte ihn auf, auch über die übrigen im Bündel befindlichen Sachen, nach seinem Gutdünken zu schalten. Hierauf rief Kohlhaas die alte Mutter Hersens, die er auf dem

Platz wahrgenommen hatte, aus dem Haufen des Volks
hervor, und indem er ihr die Sachen übergab, sprach er:
»da, Mütterchen; das gehört dir!« – die Summe, die, als
Schadenersatz für ihn, bei dem im Bündel liegenden
Gelde befindlich war, als ein Geschenk noch, zur Pflege
und Erquickung ihrer alten Tage, hinzufügend. – – Der
Kurfürst rief: »nun, Kohlhaas, der Roßhändler, du, dem
solchergestalt Genugtuung geworden, mache dich bereit,
kaiserlicher Majestät, deren Anwalt hier steht, wegen des
Bruchs ihres Landfriedens, deinerseits Genugtuung zu
geben!« Kohlhaas, indem er seinen Hut abnahm, und auf
die Erde warf, sagte: daß er bereit dazu wäre! übergab
die Kinder, nachdem er sie noch einmal vom Boden
erhoben, und an seine Brust gedrückt hatte, dem Amtmann von Kohlhaasenbrück, und trat, während dieser sie
unter stillen Tränen, vom Platz hinwegführte, an den
Block. Eben knüpfte er sich das Tuch vom Hals ab und
öffnete seinen Brustlatz: als er, mit einem flüchtigen
Blick auf den Kreis, den das Volk bildete, in geringer
Entfernung von sich, zwischen zwei Rittern, die ihn mit
ihren Leibern halb deckten, den wohlbekannten Mann
mit blauen und weißen Federbüschen wahrnahm. Kohlhaas löste sich, indem er mit einem plötzlichen, die
Wache, die ihn umringte, befremdenden Schritt, dicht
vor ihn trat, die Kapsel von der Brust; er nahm den Zettel
heraus, entsiegelte ihn, und überlas ihn: und das Auge
unverwandt auf den Mann mit blauen und weißen Federbüschen gerichtet, der bereits süßen Hoffnungen Raum
zu geben anfing, steckte er ihn in den Mund und verschlang ihn. Der Mann mit blauen und weißen Federbüschen sank, bei diesem Anblick, ohnmächtig, in Krämpfen nieder. Kohlhaas aber, während die bestürzten
Begleiter desselben sich herabbeugten, und ihn vom
Boden aufhoben, wandte sich zu dem Schafott, wo sein
Haupt unter dem Beil des Scharfrichters fiel. Hier endigt
die Geschichte vom Kohlhaas. Man legte die Leiche
unter einer allgemeinen Klage des Volks in einen Sarg;

und während die Träger sie aufhoben, um sie anständig auf den Kirchhof der Vorstadt zu begraben, rief der Kurfürst die Söhne des Abgeschiedenen herbei und schlug sie, mit der Erklärung an den Erzkanzler, daß sie in seiner Pagenschule erzogen werden sollten, zu Rittern. Der Kurfürst von Sachsen kam bald darauf, zerrissen an Leib und Seele, nach Dresden zurück, wo man das Weitere in der Geschichte nachlesen muß. Vom Kohlhaas aber haben noch im vergangenen Jahrhundert, im Mecklenburgischen, einige frohe und rüstige Nachkommen gelebt.

# Die Marquise von O...

(Nach einer wahren Begebenheit, deren Schauplatz vom Norden nach dem Süden verlegt worden)

In M..., einer bedeutenden Stadt im oberen Italien, ließ die verwitwete Marquise von O..., eine Dame von vortrefflichem Ruf, und Mutter von mehreren wohlerzogenen Kindern, durch die Zeitungen bekannt machen: daß sie, ohne ihr Wissen, in andre Umstände gekommen sei, daß der Vater zu dem Kinde, das sie gebären würde, sich melden solle; und daß sie, aus Familienrücksichten, entschlossen wäre, ihn zu heiraten. Die Dame, die einen so sonderbaren, den Spott der Welt reizenden Schritt, beim Drang unabänderlicher Umstände, mit solcher Sicherheit tat, war die Tochter des Herrn von G..., Kommandanten der Zitadelle bei M... Sie hatte, vor ungefähr drei Jahren, ihren Gemahl, den Marquis von O..., dem sie auf das innigste und zärtlichste zugetan war, auf einer Reise verloren, die er, in Geschäften der Familie, nach Paris gemacht hatte. Auf Frau von G...s, ihrer würdigen Mutter, Wunsch, hatte sie, nach seinem Tode, den Landsitz verlassen, den sie bisher bei V... bewohnt hatte, und war, mit ihren beiden Kindern, in das Kommandantenhaus, zu ihrem Vater, zurückgekehrt. Hier hatte sie die nächsten Jahre mit Kunst, Lektüre, mit Erziehung, und ihrer Eltern Pflege beschäftigt, in der größten Eingezogenheit zugebracht: bis der ... Krieg plötzlich die Gegend umher mit den Truppen fast aller Mächte und auch mit russischen erfüllte. Der Obrist von G..., welcher den Platz zu verteidigen Order hatte, forderte seine Gemahlin und seine Tochter auf, sich auf das Landgut, entweder der letzteren, oder seines Sohnes, das bei V... lag, zurückzuziehen. Doch ehe sich die Abschätzung noch, hier der Bedrängnisse, denen man in der Festung, dort der

Greuel, denen man auf dem platten Lande ausgesetzt sein
konnte, auf der Waage der weiblichen Überlegung entschieden hatte: war die Zitadelle von den russischen
Truppen schon berennt, und aufgefordert, sich zu ergeben. Der Obrist erklärte gegen seine Familie, daß er sich
nunmehr verhalten würde, als ob sie nicht vorhanden
wäre; und antwortete mit Kugeln und Granaten. Der
Feind, seinerseits, bombardierte die Zitadelle. Er steckte
die Magazine in Brand, eroberte ein Außenwerk, und als
der Kommandant, nach einer nochmaligen Aufforderung, mit der Übergabe zauderte, so ordnete er einen
nächtlichen Überfall an, und eroberte die Festung mit
Sturm.

Eben als die russischen Truppen, unter einem heftigen
Haubitzenspiel, von außen eindrangen, fing der linke
Flügel des Kommandantenhauses Feuer und nötigte die
Frauen, ihn zu verlassen. Die Obristin, indem sie der
Tochter, die mit den Kindern die Treppe hinabfloh,
nacheilte, rief, daß man zusammenbleiben, und sich in
die unteren Gewölbe flüchten möchte; doch eine Gra-
nate, die, eben in diesem Augenblicke, in dem Hause
zerplatzte, vollendete die gänzliche Verwirrung in demselben. Die Marquise kam, mit ihren beiden Kindern, auf
den Vorplatz des Schlosses, wo die Schüsse schon, im
heftigsten Kampf, durch die Nacht blitzten, und sie,
besinnungslos, wohin sie sich wenden solle, wieder in
das brennende Gebäude zurückjagten. Hier, unglücklicher Weise, begegnete ihr, da sie eben durch die Hinter-
tür entschlüpfen wollte, ein Trupp feindlicher Scharf-
schützen, der, bei ihrem Anblick, plötzlich still ward,
die Gewehre über die Schultern hing, und sie, unter
abscheulichen Gebärden, mit sich fortführte. Vergebens
rief die Marquise, von der entsetzlichen, sich unter einander selbst bekämpfenden, Rotte bald hier, bald dorthin
gezerrt, ihre zitternden, durch die Pforte zurückfliehen-
den Frauen, zu Hülfe. Man schleppte sie in den hinteren
Schloßhof, wie sie eben, unter den schändlichsten Miß-

handlungen, zu Boden sinken wollte, als, von dem
Zetergeschrei der Dame herbeigerufen, ein russischer
Offizier erschien, und die Hunde, die nach solchem
Raub lüstern waren, mit wütenden Hieben zerstreute.
Der Marquise schien er ein Engel des Himmels zu sein.
Er stieß noch dem letzten viehischen Mordknecht, der
ihren schlanken Leib umfaßt hielt, mit dem Griff des
Degens ins Gesicht, daß er, mit aus dem Mund vorquellendem Blut, zurücktaumelte; bot dann der Dame, unter
einer verbindlichen, französischen Anrede den Arm, und
führte sie, die von allen solchen Auftritten sprachlos war,
in den anderen, von der Flamme noch nicht ergriffenen,
Flügel des Palastes, wo sie auch völlig bewußtlos niedersank. Hier – traf er, da bald darauf ihre erschrockenen
Frauen erschienen, Anstalten, einen Arzt zu rufen; versicherte, indem er sich den Hut aufsetzte, daß sie sich bald
erholen würde; und kehrte in den Kampf zurück.

Der Platz war in kurzer Zeit völlig erobert, und der
Kommandant, der sich nur noch wehrte, weil man ihm
keinen Pardon geben wollte, zog sich eben mit sinkenden
Kräften nach dem Portal des Hauses zurück, als der
russische Offizier, sehr erhitzt im Gesicht, aus demselben hervortrat, und ihm zurief, sich zu ergeben. Der
Kommandant antwortete, daß er auf diese Aufforderung
nur gewartet habe, reichte ihm seinen Degen dar, und bat
sich die Erlaubnis aus, sich ins Schloß begeben, und nach
seiner Familie umsehen zu dürfen. Der russische Offizier, der, nach der Rolle zu urteilen, die er spielte, einer
der Anführer des Sturms zu sein schien, gab ihm, unter
Begleitung einer Wache, diese Freiheit; setzte sich, mit
einiger Eilfertigkeit, an die Spitze eines Detachements,
entschied, wo er noch zweifelhaft sein mochte, den
Kampf, und bemannte schleunigst die festen Punkte des
Forts. Bald darauf kehrte er auf den Waffenplatz zurück,
gab Befehl, der Flamme, welche wütend um sich zu
greifen anfing, Einhalt zu tun, und leistete selbst hierbei
Wunder der Anstrengung, als man seine Befehle nicht

mit dem gehörigen Eifer befolgte. Bald kletterte er, den Schlauch in der Hand, mitten unter brennenden Giebeln umher, und regierte den Wasserstrahl; bald steckte er, die Naturen der Asiaten mit Schaudern erfüllend, in den Arsenälen, und wälzte Pulverfässer und gefüllte Bomben heraus. Der Kommandant, der inzwischen in das Haus getreten war, geriet auf die Nachricht von dem Unfall, der die Marquise betroffen hatte, in die äußerste Bestürzung. Die Marquise, die sich schon völlig, ohne Beihülfe des Arztes, wie der russische Offizier vorher gesagt hatte, aus ihrer Ohnmacht wieder erholt hatte, und bei der Freude, alle die Ihrigen gesund und wohl zu sehen, nur noch, um die übermäßige Sorge derselben zu beschwichtigen, das Bett hütete, versicherte ihn, daß sie keinen andern Wunsch habe, als aufstehen zu dürfen, um ihrem Retter ihre Dankbarkeit zu bezeugen. Sie wußte schon, daß er der Graf F …, Obristleutnant vom t …n Jägerkorps, und Ritter eines Verdienst- und mehrerer anderen Orden war. Sie bat ihren Vater, ihn inständigst zu ersuchen, daß er die Zitadelle nicht verlasse, ohne sich einen Augenblick im Schloß gezeigt zu haben. Der Kommandant, der das Gefühl seiner Tochter ehrte, kehrte auch ungesäumt in das Fort zurück, und trug ihm, da er unter unaufhörlichen Kriegsanordnungen umherschweifte, und keine bessere Gelegenheit zu finden war, auf den Wällen, wo er eben die zerschossenen Rotten revidierte, den Wunsch seiner gerührten Tochter vor. Der Graf versicherte ihn, daß er nur auf den Augenblick warte, den er seinen Geschäften würde abmüßigen können, um ihr seine Ehrerbietigkeit zu bezeugen. Er wollte noch hören, wie sich die Frau Marquise befinde? als ihn die Rapporte mehrer Offiziere schon wieder in das Gewühl des Krieges zurückrissen. Als der Tag anbrach, erschien der Befehlshaber der russischen Truppen, und besichtigte das Fort. Er bezeugte dem Kommandanten seine Hochachtung, bedauerte, daß das Glück seinen Mut nicht besser unterstützt habe, und gab ihm, auf sein

Ehrenwort, die Freiheit, sich hinzubegeben, wohin er
wolle. Der Kommandant versicherte ihn seiner Dankbarkeit, und äußerte, wie viel er, an diesem Tage, den
Russen überhaupt, und besonders dem jungen Grafen
F…, Obristlieutenant vom t…n Jägerkorps, schuldig
geworden sei. Der General fragte, was vorgefallen sei;
und als man ihn von dem frevelhaften Anschlag auf die
Tochter desselben unterrichtete, zeigte er sich auf das
äußerste entrüstet. Er rief den Grafen F… bei Namen
vor. Nachdem er ihm zuvörderst wegen seines eignen
edelmütigen Verhaltens eine kurze Lobrede gehalten
hatte: wobei der Graf über das ganze Gesicht rot ward;
schloß er, daß er die Schandkerle, die den Namen des
Kaisers brandmarkten, niederschießen lassen wolle; und
befahl ihm, zu sagen, wer sie seien? Der Graf F…
antwortete, in einer verwirrten Rede, daß er nicht im
Stande sei, ihre Namen anzugeben, indem es ihm, bei
dem schwachen Schimmer der Reverberen im Schloßhof,
unmöglich gewesen wäre, ihre Gesichter zu erkennen.
Der General, welcher gehört hatte, daß damals schon das
Schloß in Flammen stand, wunderte sich darüber; er
bemerkte, wie man wohl bekannte Leute in der Nacht an
ihren Stimmen erkennen könnte; und gab ihm, da er mit
einem verlegenen Gesicht die Achseln zuckte, auf, der
Sache auf das allereifrigste und strengste nachzuspüren.
In diesem Augenblick berichtete jemand, der sich aus
dem hintern Kreise hervordrängte, daß einer von den,
durch den Grafen F… verwundeten, Frevlern, da er in
dem Korridor niedergesunken, von den Leuten des
Kommandanten in ein Behältnis geschleppt worden, und
darin noch befindlich sei. Der General ließ diesen hierauf
durch eine Wache herbeiführen, ein kurzes Verhör über
ihn halten; und die ganze Rotte, nachdem jener sie
genannt hatte, fünf an der Zahl zusammen, erschießen.
Dies abgemacht, gab der General, nach Zurücklassung
einer kleinen Besatzung, Befehl zum allgemeinen Aufbruch der übrigen Truppen; die Offiziere zerstreuten

sich eiligst zu ihren Korps; der Graf trat, durch die
Verwirrung der Auseinander-Eilenden, zum Kommandanten, und bedauerte, daß er sich der Frau Marquise,
unter diesen Umständen, gehorsamst empfehlen müsse:
und in weniger, als einer Stunde, war das ganze Fort von
Russen wieder leer.

Die Familie dachte nun darauf, wie sie in der Zukunft
eine Gelegenheit finden würde, dem Grafen irgend eine
Äußerung ihrer Dankbarkeit zu geben; doch wie groß
war ihr Schrecken, als sie erfuhr, daß derselbe noch am
Tage seines Aufbruchs aus dem Fort, in einem Gefecht
mit den feindlichen Truppen, seinen Tod gefunden habe.
Der Kurier, der diese Nachricht nach M... brachte,
hatte ihn mit eignen Augen, tödlich durch die Brust
geschossen, nach P... tragen sehen, wo er, wie man
sichere Nachricht hatte, in dem Augenblick, da ihn die
Träger von den Schultern nehmen wollten, verblichen
war. Der Kommandant, der sich selbst auf das Posthaus
verfügte, und sich nach den näheren Umständen dieses
Vorfalls erkundigte, erfuhr noch, daß er auf dem
Schlachtfeld, in dem Moment, da ihn der Schuß traf,
gerufen habe: »Julietta! Diese Kugel rächt dich!« und
nachher seine Lippen auf immer geschlossen hätte. Die
Marquise war untröstlich, daß sie die Gelegenheit hatte
vorbeigehen lassen, sich zu seinen Füßen zu werfen. Sie
machte sich die lebhaftesten Vorwürfe, daß sie ihn, bei
seiner, vielleicht aus Bescheidenheit, wie sie meinte,
herrührenden Weigerung, im Schlosse zu erscheinen,
nicht selbst aufgesucht habe; bedauerte die Unglückliche, ihre Namensschwester, an die er noch im Tode
gedacht hatte; bemühte sich vergebens, ihren Aufenthalt
zu erforschen, um sie von diesem unglücklichen und
rührenden Vorfall zu unterrichten; und mehrere Monden
vergingen, ehe sie selbst ihn vergessen konnte.

Die Familie mußte nun das Kommandantenhaus räumen, um dem russischen Befehlshaber darin Platz zu
machen. Man überlegte anfangs, ob man sich nicht auf

die Güter des Kommandanten begeben sollte, wozu die
Marquise einen großen Hang hatte; doch da der Obrist
das Landleben nicht liebte, so bezog die Familie ein Haus
in der Stadt, und richtete sich dasselbe zu einer immer-
während Wohnung ein. Alles kehrte nun in die alte
Ordnung der Dinge zurück. Die Marquise knüpfte den
lange unterbrochenen Unterricht ihrer Kinder wieder an,
und suchte, für die Feierstunden, ihre Staffelei und
Bücher hervor: als sie sich, sonst die Göttin der Gesundheit selbst, von wiederholten Unpäßlichkeiten befallen
fühlte, die sie ganze Wochen lang, für die Gesellschaft
untauglich machten. Sie litt an Übelkeiten, Schwindeln
und Ohnmachten, und wußte nicht, was sie aus diesem
sonderbaren Zustand machen solle. Eines Morgens, da
die Familie beim Tee saß, und der Vater sich, auf einen
Augenblick, aus dem Zimmer entfernt hatte, sagte die
Marquise, aus einer langen Gedankenlosigkeit erwa-
chend, zu ihrer Mutter: wenn mir eine Frau sagte, daß sie
ein Gefühl hätte, ebenso, wie ich jetzt, da ich die Tasse
ergriff, so würde ich bei mir denken, daß sie in gesegneten Leibesumständen wäre. Frau von G . . . sagte, sie
verstände sie nicht. Die Marquise erklärte sich noch
einmal, daß sie eben jetzt eine Sensation gehabt hätte,
wie damals, als sie mit ihrer zweiten Tochter schwanger
war. Frau von G . . . sagte, sie würde vielleicht den
Phantasus gebären, und lachte. Morpheus wenigstens,
versetzte die Marquise, oder einer der Träume aus seinem Gefolge, würde sein Vater sein; und scherzte gleichfalls. Doch der Obrist kam, das Gespräch ward abgebro-
chen, und der ganze Gegenstand, da die Marquise sich in
einigen Tagen wieder erholte, vergessen.

Bald darauf ward der Familie, eben zu einer Zeit, da
sich auch der Forstmeister von G . . ., des Kommandanten Sohn, in dem Hause eingefunden hatte, der sonderbare Schrecken, durch einen Kammerdiener, der ins
Zimmer trat, den Grafen F . . . anmelden zu hören. Der
Graf F . . .! sagte der Vater und die Tochter zugleich; und

das Erstaunen machte alle sprachlos. Der Kammerdiener versicherte, daß er recht gesehen und gehört habe, und daß der Graf schon im Vorzimmer stehe, und warte. Der Kommandant sprang sogleich selbst auf, ihm zu öffnen, worauf er, schön, wie ein junger Gott, ein wenig bleich im Gesicht, eintrat. Nachdem die Szene unbegreiflicher Verwunderung vorüber war, und der Graf, auf die Anschuldigung der Eltern, daß er ja tot sei, versichert hatte, daß er lebe; wandte er sich, mit vieler Rührung im Gesicht, zur Tochter, und seine erste Frage war gleich, wie sie sich befinde? Die Marquise versicherte, sehr wohl, und wollte nur wissen, wie *er* ins Leben erstanden sei? Doch *er*, auf seinem Gegenstand beharrend, erwiderte: daß sie ihm nicht die Wahrheit sage; auf ihrem Antlitz drücke sich eine seltsame Mattigkeit aus; ihn müsse alles trügen, oder sie sei unpäßlich, und leide. Die Marquise, durch die Herzlichkeit, womit er dies vorbrachte, gut gestimmt, versetzte: nun ja; diese Mattigkeit, wenn er wolle, könne für die Spur einer Kränklichkeit gelten, an welcher sie vor einigen Wochen gelitten hätte; sie fürchte inzwischen nicht, daß diese weiter von Folgen sein würde. Worauf er, mit einer aufflammenden Freude, erwiderte: er auch nicht! und hinzusetzte, ob sie ihn heiraten wolle? Die Marquise wußte nicht, was sie von dieser Aufführung denken solle. Sie sah, über und über rot, ihre Mutter, und diese, mit Verlegenheit, den Sohn und den Vater an; während der Graf vor die Marquise trat, und indem er ihre Hand nahm, als ob er sie küssen wollte, wiederholte: ob sie ihn verstanden hätte? Der Kommandant sagte: ob er nicht Platz nehmen wolle; und setzte ihm, auf eine verbindliche, obschon etwas ernsthafte, Art einen Stuhl hin. Die Obristin sprach: in der Tat, wir werden glauben, daß Sie ein Geist sind, bis Sie uns werden eröffnet haben, wie Sie aus dem Grabe, in welches man Sie zu P... gelegt hatte, erstanden sind. Der Graf setzte sich, indem er die Hand der Dame fahren ließ, nieder, und sagte, daß er, durch die

Umstände gezwungen, sich sehr kurz fassen müsse; daß
er, tödlich durch die Brust geschossen, nach P...
gebracht worden wäre; daß er mehrere Monate daselbst
an seinem Leben verzweifelt hätte; daß während dessen
die Frau Marquise sein einziger Gedanke gewesen wäre;
daß er die Lust und den Schmerz nicht beschreiben
könnte, die sich in dieser Vorstellung umarmt hätten;
daß er endlich, nach seiner Wiederherstellung, wieder
zur Armee gegangen wäre; daß er daselbst die lebhafteste
Unruhe empfunden hätte; daß er mehrere Male die Feder
ergriffen, um in einem Briefe, an den Herrn Obristen
und die Frau Marquise, seinem Herzen Luft zu machen;
daß er plötzlich mit Depeschen nach Neapel geschickt
worden wäre; daß er nicht wisse, ob er nicht von dort
weiter nach Konstantinopel werde abgeordnet werden;
daß er vielleicht gar nach St. Petersburg werde gehen
müssen; daß ihm inzwischen unmöglich wäre, länger zu
leben, ohne über eine notwendige Forderung seiner Seele
ins Reine zu sein; daß er dem Drang bei seiner Durchreise durch M..., einige Schritte zu diesem Zweck zu
tun, nicht habe widerstehen können; kurz, daß er den
Wunsch hege, mit der Hand der Frau Marquise beglückt
zu werden, und daß er auf das ehrfurchtsvollste, instän-
digste und dringendste bitte, sich ihm hierüber gütig zu
erklären. – Der Kommandant, nach einer langen Pause,
erwiderte: daß ihm dieser Antrag zwar, wenn er, wie er
nicht zweifle, ernsthaft gemeint sei, sehr schmeichelhaft
wäre. Bei dem Tode ihres Gemahls, des Marquis von
O..., hätte sich seine Tochter aber entschlossen, in
keine zweite Vermählung einzugehen. Da ihr jedoch
kürzlich von ihm eine so große Verbindlichkeit auferlegt
worden sei: so wäre es nicht unmöglich, daß ihr Entschluß dadurch, seinen Wünschen gemäß, eine Abände-
rung erleide; er bitte sich inzwischen die Erlaubnis für sie
aus, darüber im Stillen während einiger Zeit nachdenken
zu dürfen. Der Graf versicherte, daß diese gütige Erklärung zwar alle seine Hoffnungen befriedige; daß sie ihn,

unter anderen Umständen, auch völlig beglücken würde; daß er die ganze Unschicklichkeit fühle, sich mit derselben nicht zu beruhigen: daß dringende Verhältnisse jedoch, über welche er sich näher auszulassen nicht im Stande sei, ihm eine bestimmtere Erklärung äußerst wünschenswert machten; daß die Pferde, die ihn nach Neapel tragen sollten, vor seinem Wagen stünden; und daß er inständigst bitte, wenn irgend etwas in diesem Hause günstig für ihn spreche, – wobei er die Marquise ansah – ihn nicht, ohne eine gütige Äußerung darüber, abreisen zu lassen. Der Obrist, durch diese Aufführung ein wenig betreten, antwortete, daß die Dankbarkeit, die die Marquise für ihn empfände, ihn zwar zu großen Voraussetzungen berechtige: doch nicht zu so großen; sie werde bei einem Schritte, bei welchem es das Glück ihres Lebens gelte, nicht ohne die gehörige Klugheit verfahren. Es wäre unerläßlich, daß seiner Tochter, bevor sie sich erkläre, das Glück seiner näheren Bekanntschaft würde. Er lade ihn ein, nach Vollendung seiner Geschäftsreise, nach M... zurückzukehren, und auf einige Zeit der Gast seines Hauses zu sein. Wenn alsdann die Frau Marquise hoffen könne, durch ihn glücklich zu werden, so werde auch er, eher aber nicht, mit Freuden vernehmen, daß sie ihm eine bestimmte Antwort gegeben habe. Der Graf äußerte, indem ihm eine Röte ins Gesicht stieg, daß er seinen ungeduldigen Wünschen, während seiner ganzen Reise, dies Schicksal vorausgesagt habe; daß er sich inzwischen dadurch in die äußerste Bekümmernis gestürzt sehe; daß ihm, bei der ungünstigen Rolle, die er eben jetzt zu spielen gezwungen sei, eine nähere Bekanntschaft nicht anders als vorteilhaft sein könne; daß er für seinen Ruf, wenn anders diese zweideutigste aller Eigenschaften in Erwägung gezogen werden solle, einstehen zu dürfen glaube; daß die einzige nichtswürdige Handlung, die er in seinem Leben begangen hätte, der Welt unbekannt, und er schon im Begriff sei, sie wieder gut zu machen; daß er, mit einem Wort,

ein ehrlicher Mann sei, und die Versicherung anzunehmen bitte, daß diese Versicherung wahrhaftig sei. – Der
Kommandant erwiderte, indem er ein wenig, obschon
ohne Ironie, lächelte, daß er alle diese Äußerungen
unterschreibe. Noch hätte er keines jungen Mannes
Bekanntschaft gemacht, der, in so kurzer Zeit, so viele
vortreffliche Eigenschaften des Charakters entwickelt
hätte. Er glaube fast, daß eine kurze Bedenkzeit die
Unschlüssigkeit, die noch obwalte, heben würde; bevor
er jedoch Rücksprache genommen hätte, mit seiner
sowohl, als des Herrn Grafen Familie, könne keine
andere Erklärung, als die gegebene, erfolgen. Hierauf
äußerte der Graf, daß er ohne Eltern und frei sei. Sein
Onkel sei der General K..., für dessen Einwilligung er
stehe. Er setzte hinzu, daß er Herr eines ansehnlichen
Vermögens wäre, und sich würde entschließen können,
Italien zu seinem Vaterlande zu machen. – Der Kommandant machte ihm eine verbindliche Verbeugung,
erklärte seinen Willen noch einmal; und bat ihn, bis nach
vollendeter Reise, von dieser Sache abzubrechen. Der
Graf, nach einer kurzen Pause, in welcher er alle Merk-
male der größten Unruhe gegeben hatte, sagte, indem er
sich zur Mutter wandte, daß er sein Äußerstes getan
hätte, um dieser Geschäftsreise auszuweichen; daß die
Schritte, die er deshalb beim General en Chef, und dem
General K..., seinem Onkel, gewagt hätte, die entscheidendsten gewesen wären, die sich hätten tun lassen; daß
man aber geglaubt hätte, ihn dadurch aus einer Schwermut aufzurütteln, die ihm von seiner Krankheit noch
zurückgeblieben wäre; und daß er sich jetzt völlig
dadurch ins Elend gestürzt sehe. – Die Familie wußte
nicht, was sie zu dieser Äußerung sagen sollte. Der Graf
fuhr fort, indem er sich die Stirn rieb, daß wenn irgend
Hoffnung wäre, dem Ziele seiner Wünsche dadurch
näher zu kommen, er seine Reise auf einen Tag, auch
wohl noch etwas darüber, aussetzen würde, um es zu
versuchen. – Hierbei sah er, nach der Reihe, den Kom-

mandanten, die Marquise und die Mutter an. Der Kommandant blickte mißvergnügt vor sich nieder, und antwortete ihm nicht. Die Obristin sagte: gehn Sie, gehn Sie, Herr Graf; reisen Sie nach Neapel; schenken Sie uns, wenn Sie wiederkehren, auf einige Zeit das Glück Ihrer Gegenwart; so wird sich das Übrige finden. – Der Graf saß einen Augenblick, und schien zu suchen, was er zu tun habe. Drauf, indem er sich erhob, und seinen Stuhl wegsetzte: da er die Hoffnungen, sprach er, mit denen er in dies Haus getreten sei, als übereilt erkennen müsse, und die Familie, wie er nicht mißbillige, auf eine nähere Bekanntschaft bestehe: so werde er seine Depeschen, zu einer anderweitigen Expedition, nach Z..., in das Hauptquartier, zurückschicken, und das gütige Anerbieten, der Gast dieses Hauses zu sein, auf einige Wochen annehmen. Worauf er noch, den Stuhl in der Hand, an der Wand stehend, einen Augenblick verharrte, und den Kommandanten ansah. Der Kommandant versetzte, daß es ihm äußerst leid tun würde, wenn die Leidenschaft, die er zu seiner Tochter gefaßt zu haben scheine, ihm Unannehmlichkeiten von der ernsthaftesten Art zuzöge: daß er indessen wissen müsse, was er zu tun und zu lassen habe, die Depeschen abschicken, und die für ihn bestimmten Zimmer, beziehen möchte. Man sah ihn bei diesen Worten sich entfärben, der Mutter ehrerbietig die Hand küssen, sich gegen die Übrigen verneigen und sich entfernen.

Als er das Zimmer verlassen hatte, wußte die Familie nicht, was sie aus dieser Erscheinung machen solle. Die Mutter sagte, es wäre wohl nicht möglich, daß er Depeschen, mit denen er nach Neapel ginge, nach Z... zurückschicken wolle, bloß, weil es ihm nicht gelungen wäre, auf seiner Durchreise durch M..., in einer fünf Minuten langen Unterredung, von einer ihm ganz unbekannten Dame ein Jawort zu erhalten. Der Forstmeister äußerte, daß eine so leichtsinnige Tat ja mit nichts Geringerem, als Festungsarrest, bestraft werden würde!

Und Kassation obenein, setzte der Kommandant hinzu.
Es habe aber damit keine Gefahr, fuhr er fort. Es sei ein
bloßer Schreckschuß beim Sturm; er werde sich wohl
noch, ehe er die Depeschen abgeschickt, wieder besin-
nen. Die Mutter, als sie von dieser Gefahr unterrichtet
ward, äußerte die lebhafteste Besorgnis, daß er sie
abschicken werde. Sein heftiger, auf einen Punkt hintrei-
bender Wille, meinte sie, scheine ihr gerade einer solchen
Tat fähig. Sie bat den Forstmeister auf das dringendste,
ihm sogleich nachzugehen, und ihn von einer so
unglückdrohenden Handlung abzuhalten. Der Forstmeister erwiderte, daß ein solcher Schritt gerade das Gegenteil bewirken, und ihn nur in der Hoffnung, durch seine
Kriegslist zu siegen, bestärken würde. Die Marquise war
derselben Meinung, obschon sie versicherte, daß ohne
ihn die Absendung der Depeschen unfehlbar erfolgen
würde, indem er lieber werde unglücklich werden, als
sich eine Blöße geben wollen. Alle kamen darin überein,
daß sein Betragen sehr sonderbar sei, und daß er Damen-
herzen durch Anlauf, wie Festungen, zu erobern gewohnt scheine. In diesem Augenblick bemerkte der
Kommandant den angespannten Wagen des Grafen vor
seiner Tür. Er rief die Familie ans Fenster, und fragte
einen eben eintretenden Bedienten, erstaunt, ob der Graf
noch im Hause sei? Der Bediente antwortete, daß er
unten, in der Domestikenstube, in Gesellschaft eines
Adjutanten, Briefe schreibe und Pakete versiegle. Der
Kommandant, der seine Bestürzung unterdrückte, eilte
mit dem Forstmeister hinunter, und fragte den Grafen,
da er ihn auf dazu nicht schicklichen Tischen seine
Geschäfte betreiben sah, ob er nicht in seine Zimmer
treten wolle? Und ob er sonst irgend etwas befehle? Der
Graf erwiderte, indem er mit Eilfertigkeit fortschrieb,
daß er untertänigst danke, und daß sein Geschäft abgemacht sei; fragte noch, indem er den Brief zusiegelte,
nach der Uhr; und wünschte dem Adjutanten, nachdem
er ihm das ganze Portefeuille übergeben hatte, eine

glückliche Reise. Der Kommandant, der seinen Augen nicht traute, sagte, indem der Adjutant zum Hause hinausging: Herr Graf, wenn Sie nicht sehr wichtige Gründe haben – Entscheidende! fiel ihm der Graf ins Wort; begleitete den Adjutanten zum Wagen, und öffnete ihm die Tür. In diesem Fall würde ich wenigstens, fuhr der Kommandant fort, die Depeschen – Es ist nicht möglich, antwortete der Graf, indem er den Adjutanten in den Sitz hob. Die Depeschen gelten nichts in Neapel ohne mich. Ich habe auch daran gedacht. Fahr zu! – Und die Briefe Ihres Herrn Onkels? rief der Adjutant, sich aus der Tür hervorbeugend. Treffen mich, erwiderte der Graf, in M ... Fahr zu, sagte der Adjutant, und rollte mit dem Wagen dahin.

Hierauf fragte der Graf F..., indem er sich zum Kommandanten wandte, ob er ihm gefälligst sein Zimmer anweisen lassen wolle? Er würde gleich selbst die Ehre haben, antwortete der verwirrte Obrist; rief seinen und des Grafen Leuten, das Gepäck desselben aufzunehmen: und führte ihn in die für fremden Besuch bestimmten Gemächer des Hauses, wo er sich ihm mit einem trocknen Gesicht empfahl. Der Graf kleidete sich um; verließ das Haus, um sich bei dem Gouverneur des Platzes zu melden, und für den ganzen weiteren Rest des Tages im Hause unsichtbar, kehrte er erst kurz vor der Abendtafel dahin zurück.

Inzwischen war die Familie in der lebhaftesten Unruhe. Der Forstmeister erzählte, wie bestimmt, auf einige Vorstellungen des Kommandanten, des Grafen Antworten ausgefallen wären; meinte, daß sein Verhalten einem völlig überlegten Schritt ähnlich sehe; und fragte, in aller Welt, nach den Ursachen einer so auf Kurierpferden gehenden Bewerbung. Der Kommandant sagte, daß er von der Sache nichts verstehe, und forderte die Familie auf, davon weiter nicht in seiner Gegenwart zu sprechen. Die Mutter sah alle Augenblicke aus dem Fenster, ob er nicht kommen, seine leichtsinnige Tat bereuen, und wieder gut machen werde. Endlich, da es finster ward, setzte sie sich zur Marquise nieder, welche, mit vieler Emsigkeit, an einem Tisch arbeitete, und das Gespräch zu vermeiden schien. Sie fragte sie halblaut, während der Vater auf und niederging, ob sie begreife, was aus dieser Sache werden solle? Die Marquise antwortete, mit einem schüchtern nach dem Kommandanten gewandten Blick: wenn der Vater bewirkt hätte, daß er nach Neapel gereist wäre, so wäre alles gut. Nach Neapel! rief der Kommandant, der dies gehört hatte. Sollt ich den Priester holen lassen? Oder hätt ich ihn schließen lassen und arretieren, und mit Bewachung nach Neapel schicken sollen? – Nein, antwortete die Marquise, aber lebhafte und eindringliche Vorstellungen tun ihre Wirkung; und sah, ein wenig unwillig, wieder auf ihre Arbeit nieder. – Endlich gegen die Nacht erschien der Graf. Man erwartete nur, nach den ersten Höflichkeitsbezeugungen, daß dieser Gegenstand zur Sprache kommen würde, um ihn mit vereinter Kraft zu bestürmen, den Schritt, den er gewagt hatte, wenn es noch möglich sei, wieder zurückzunehmen. Doch vergebens, während der ganzen Abendtafel, erharrte man diesen Augenblick. Geflissentlich alles, was darauf führen konnte, vermeidend, unterhielt er den Kommandanten vom Kriege, und den Forstmeister von der Jagd. Als er des Gefechts bei P..., in welchem er verwundet worden war, erwähnte, verwickelte ihn die Mutter bei der Geschichte seiner Krankheit, fragte ihn, wie es ihm an diesem kleinen Orte ergangen sei, und ob er die gehörigen Bequemlichkeiten gefunden hätte. Hierauf erzählte er mehrere, durch seine Leidenschaft zur Marquise interessanten, Züge: wie sie beständig, während seiner Krankheit, an seinem Bette gesessen hätte; wie er die Vorstellung von ihr, in der Hitze des Wundfiebers, immer mit der Vorstellung eines Schwans verwechselt hätte, den er, als Knabe, auf seines Onkels Gütern gesehen; daß ihm besonders eine Erinnerung rührend gewesen wäre, da er diesen Schwan einst mit Kot beworfen, worauf dieser still untergetaucht, und rein aus der Flut wieder emporgekommen sei; daß sie immer auf feurigen Fluten umhergeschwommen wäre, und er Thinka gerufen hätte, welches der Name jenes Schwans gewesen, daß er aber nicht im Stande gewesen wäre, sie an sich zu locken, indem sie ihre Freude gehabt hätte, bloß am Rudern und In-die-Brust-sich-werfen; versicherte plötzlich, blutrot im Gesicht, daß er sie außerordentlich liebe: sah wieder auf seinen Teller nieder, und schwieg. Man mußte endlich von der Tafel aufstehen; und da der Graf, nach einem kurzen Gespräch mit der Mutter, sich sogleich gegen die Gesellschaft verneigte, und wieder in sein Zimmer zurückzog: so standen die Mitglieder derselben wieder, und wußten nicht, was sie denken sollten. Der Kommandant meinte: man müsse der Sache ihren Lauf lassen. Er rechne wahrscheinlich auf seine Verwandten bei diesem Schritte. Infame Kassation stünde sonst darauf. Frau von G ... fragte ihre Tochter, was sie denn von ihm halte? Und ob sie sich wohl zu irgend einer Äußerung, die ein Unglück vermiede, würde verstehen können? Die Marquise antwortete: Liebste Mutter! Das ist nicht möglich. Es tut mir leid, daß meine Dankbarkeit auf eine so harte Probe gestellt wird. Doch es war mein Entschluß, mich nicht wieder zu vermählen; ich mag mein Glück nicht, und nicht so unüberlegt, auf ein zweites Spiel setzen. Der Forstmeister bemerkte, daß wenn dies ihr fester Wille wäre, auch *diese* Erklärung ihm Nutzen schaffen könne, und daß es fast notwendig scheine, ihm irgend *eine* bestimmte zu geben. Die Obristin versetzte, daß da dieser junge Mann, den so viele außerordentliche Eigenschaften empföhlen, seinen Aufenthalt in Italien nehmen zu wollen, erklärt habe, sein Antrag, nach ihrer Meinung, einige Rücksicht, und der Entschluß der Marquise Prüfung verdiene. Der Forstmeister, indem er sich bei ihr niederließ, fragte, wie er ihr denn, was seine Person anbetreffe, gefalle? Die Marquise antwortete, mit einiger

Verlegenheit: er gefällt und mißfällt mir; und berief sich
auf das Gefühl der anderen. Die Obristin sagte: wenn er
von Neapel zurückkehrt, und die Erkundigungen, die
wir inzwischen über ihn einziehen könnten, dem
Gesamteindruck, den du von ihm empfangen hast, nicht
widersprächen: wie würdest du dich, falls er alsdann
seinen Antrag wiederholte, erklären? In diesem Fall,
versetzte die Marquise, würd ich – da in der Tat seine
Wünsche so lebhaft scheinen, diese Wünsche – sie
stockte, und ihre Augen glänzten, indem sie dies sagte –
um der Verbindlichkeit willen, die ich ihm schuldig bin,
erfüllen. Die Mutter, die eine zweite Vermählung ihrer
Tochter immer gewünscht hatte, hatte Mühe, ihre
Freude über diese Erklärung zu verbergen, und sann,
was sich wohl daraus machen lasse. Der Forstmeister
sagte, indem er unruhig vom Sitz wieder aufstand, daß
wenn die Marquise irgend an die Möglichkeit denke, ihn
einst mit ihrer Hand zu erfreuen, jetzt gleich notwendig
ein Schritt dazu geschehen müsse, um den Folgen seiner
rasenden Tat vorzubeugen. Die Mutter war derselben
Meinung, und behauptete, daß zuletzt das Wagstück
nicht allzugroß wäre, indem bei so vielen vortrefflichen
Eigenschaften, die er in jener Nacht, da das Fort von den
Russen erstürmt ward, entwickelte, kaum zu fürchten
sei, daß sein übriger Lebenswandel ihnen nicht entspre-
chen sollte. Die Marquise sah, mit dem Ausdruck der
lebhaftesten Unruhe, vor sich nieder. Man könnte ihm
ja, fuhr die Mutter fort, indem sie ihre Hand ergriff, etwa
eine Erklärung, daß du, bis zu seiner Rückkehr von
Neapel, in keine andere Verbindung eingehen wollest,
zukommen lassen. Die Marquise sagte: *diese* Erklärung,
liebste Mutter, kann ich ihm geben; ich fürchte nur, daß
sie ihn nicht beruhigen, und uns verwickeln wird. Das sei
meine Sorge! erwiderte die Mutter, mit lebhafter Freude;
und sah sich nach dem Kommandanten um. Lorenzo!
fragte sie, was meinst du? und machte Anstalten, sich
vom Sitz zu erheben. Der Kommandant, der alles gehört

hatte, stand am Fenster, sah auf die Straße hinaus, und sagte nichts. Der Forstmeister versicherte, daß er, mit dieser unschädlichen Erklärung, den Grafen aus dem Hause zu schaffen, sich anheischig mache. Nun so macht! macht! macht! rief der Vater, indem er sich umkehrte: ich muß mich diesem Russen schon zum zweitenmal ergeben! – Hierauf sprang die Mutter auf, küßte ihn und die Tochter, und fragte, indem der Vater über ihre Geschäftigkeit lächelte, wie man dem Grafen jetzt diese Erklärung augenblicklich hinterbringen solle? Man beschloß, auf den Vorschlag des Forstmeisters, ihn bitten zu lassen, sich, falls er noch nicht entkleidet sei, gefälligst auf einen Augenblick zur Familie zu verfügen. Er werde gleich die Ehre haben zu erscheinen! ließ der Graf antworten, und kaum war der Kammerdiener mit dieser Meldung zurück, als er schon selbst, mit Schritten, die die Freude beflügelte, ins Zimmer trat, und zu den Füßen der Marquise, in der allerlebhaftesten Rührung niedersank. Der Kommandant wollte etwas sagen: doch er, indem er aufstand, versetzte, er wisse genug! küßte ihm und der Mutter die Hand, umarmte den Bruder, und bat nur um die Gefälligkeit, ihm sogleich zu einem Reisewagen zu verhelfen. Die Marquise, obschon von diesem Auftritt bewegt, sagte doch: ich fürchte nicht, Herr Graf, daß Ihre rasche Hoffnung Sie zu weit – Nichts! Nichts! versetzte der Graf; es ist nichts geschehen, wenn die Erkundigungen, die Sie über mich einziehen mögen, dem Gefühl widersprechen, das mich zu Ihnen in dies Zimmer zurückberief. Hierauf umarmte der Kommandant ihn auf das herzlichste, der Forstmeister bot ihm sogleich seinen eigenen Reisewagen an, ein Jäger flog auf die Post, Kurierpferde auf Prämien zu bestellen, und Freude war bei dieser Abreise, wie noch niemals bei einem Empfang. Er hoffe, sagte der Graf, die Depeschen in B ... einzuholen, von wo er jetzt einen näheren Weg nach Neapel, als über M ... einschlagen würde; in Neapel würde er sein Möglichstes tun, die fernere Geschäftsreise nach Konstantinopel abzulehnen; und da er, auf den äußersten Fall, entschlossen wäre, sich krank anzugeben, so versicherte er, daß wenn nicht unvermeidliche Hindernisse ihn abhielten, er in Zeit von vier bis sechs Wochen unfehlbar wieder in M... sein würde. Hierauf meldete sein Jäger, daß der Wagen angespannt, und alles zur Abreise bereit sei. Der Graf nahm seinen Hut, trat vor die Marquise, und ergriff ihre Hand. Nun denn, sprach er, Julietta, so bin ich einigermaßen beruhigt; und legte seine Hand in die ihrige; obschon es mein sehnlichster Wunsch war, mich noch vor meiner Abreise mit Ihnen zu vermählen. Vermählen! riefen alle Mitglieder der Familie aus. Vermählen, wiederholte der Graf, küßte der Marquise die Hand, und versicherte, da diese fragte, ob er von Sinnen sei: es würde ein Tag kommen, wo sie ihn verstehen würde! Die Familie wollte auf ihn böse werden; doch er nahm gleich auf das wärmste von allen Abschied, bat sie, über diese Äußerung nicht weiter nachzudenken, und reiste ab.

Mehrere Wochen, in welchen die Familie, mit sehr verschiedenen Empfindungen, auf den Ausgang dieser sonderbaren Sache gespannt war, verstrichen. Der Kommandant empfing vom General K..., dem Onkel des Grafen, eine höfliche Zuschrift; der Graf selbst schrieb aus Neapel; die Erkundigungen, die man über ihn einzog, sprachen ziemlich zu seinem Vorteil; kurz, man hielt die Verlobung schon für so gut, wie abgemacht: als sich die Kränklichkeiten der Marquise, mit größerer Lebhaftigkeit, als jemals, wieder einstellten. Sie bemerkte eine unbegreifliche Veränderung ihrer Gestalt. Sie entdeckte sich mit völliger Freimütigkeit ihrer Mutter, und sagte, sie wisse nicht, was sie von ihrem Zustand denken solle. Die Mutter, welche so sonderbare Zufälle für die Gesundheit ihrer Tochter äußerst besorgt machten, verlangte, daß sie einen Arzt zu Rate ziehe. Die Marquise, die durch ihre Natur zu siegen hoffte, sträubte sich dagegen; sie brachte mehrere Tage noch, ohne dem

Rat der Mutter zu folgen, unter den empfindlichsten
Leiden zu: bis Gefühle, immer wiederkehrend und von
so wunderbarer Art, sie in die lebhafteste Unruhe stürzten. Sie ließ einen Arzt rufen, der das Vertrauen ihres
Vaters besaß, nötigte ihn, da gerade die Mutter abwesend
war, auf den Diwan nieder, und eröffnete ihm, nach
einer kurzen Einleitung, scherzend, was sie von sich
glaube. Der Arzt warf einen forschenden Blick auf sie;
schwieg noch, nachdem er eine genaue Untersuchung
vollendet hatte, eine Zeitlang: und antwortete dann mit
einer sehr ernsthaften Miene, daß die Frau Marquise
ganz richtig urteile. Nachdem er sich auf die Frage der
Dame, wie er dies verstehe, ganz deutlich erklärt, und
mit einem Lächeln, das er nicht unterdrücken konnte,
gesagt hatte, daß sie ganz gesund sei, und keinen Arzt
brauche, zog die Marquise, und sah ihn sehr streng von
der Seite an, die Klingel, und bat ihn, sich zu entfernen.
Sie äußerte halblaut, als ob er der Rede nicht wert wäre,
vor sich nieder murmelnd: daß sie nicht Lust hätte, mit
ihm über Gegenstände dieser Art zu scherzen. Der Doktor erwiderte empfindlich: er müsse wünschen, daß sie
immer zum Scherz so wenig aufgelegt gewesen wäre, wie
jetzt; nahm Stock und Hut, und machte Anstalten, sich
sogleich zu empfehlen. Die Marquise versicherte, daß sie
von diesen Beleidigungen ihren Vater unterrichten
würde. Der Arzt antwortete, daß er seine Aussage vor
Gericht beschwören könne: öffnete die Tür, verneigte
sich, und wollte das Zimmer verlassen. Die Marquise
fragte, da er noch einen Handschuh, den er hatte fallen
lassen, von der Erde aufnahm: und die Möglichkeit
davon, Herr Doktor? Der Doktor erwiderte, daß er ihr
die letzten Gründe der Dinge nicht werde zu erklären
brauchen; verneigte sich ihr noch einmal, und ging ab.

Die Marquise stand, wie vom Donner gerührt. Sie
raffte sich auf, und wollte zu ihrem Vater eilen; doch der
sonderbare Ernst des Mannes, von dem sie sich beleidigt
sah, lähmte alle ihre Glieder. Sie warf sich in der größten

Bewegung auf den Diwan nieder. Sie durchlief, gegen
sich selbst mißtrauisch, alle Momente des verflossenen
Jahres, und hielt sich für verrückt, wenn sie an den
letzten dachte. Endlich erschien die Mutter; und auf die
bestürzte Frage, warum sie so unruhig sei? erzählte ihr
die Tochter, was ihr der Arzt soeben eröffnet hatte. Frau
von G... nannte ihn einen Unverschämten und Nichtswürdigen, und bestärkte die Tochter in dem Entschluß,
diese Beleidigung dem Vater zu entdecken. Die Marquise
versicherte, daß es sein völliger Ernst gewesen sei, und
daß er entschlossen scheine, dem Vater ins Gesicht seine
rasende Behauptung zu wiederholen. Frau von G...
fragte, nicht wenig erschrocken, ob sie denn an die
Möglichkeit eines solchen Zustandes glaube? Eher, antwortete die Marquise, daß die Gräber befruchtet werden,
und sich dem Schoße der Leichen eine Geburt entwik-
keln wird! Nun, du liebes wunderliches Weib, sagte die
Obristin, indem sie sie fest an sich drückte: was beunruhigt dich denn? Wenn dein Bewußtsein dich rein spricht:
wie kann dich ein Urteil, und wäre es das einer ganzen
Konsulta von Ärzten, nur kümmern? Ob das seinige aus
Irrtum, ob es aus Bosheit entsprang: gilt es dir nicht
völlig gleichviel? Doch schicklich ist es, daß wir es dem
Vater entdecken. – O Gott! sagte die Marquise, mit einer
konvulsivischen Bewegung: wie kann ich mich beruhigen. Hab ich nicht mein eignes, innerliches, mir nur
allzuwohlbekanntes Gefühl gegen mich? Würd ich nicht,
wenn ich in einer andern meine Empfindung wüßte, von
ihr selbst urteilen, daß es damit seine Richtigkeit habe?
Es ist entsetzlich, versetzte die Obristin. Bosheit! Irrtum! fuhr die Marquise fort. Was kann dieser Mann, der
uns bis auf den heutigen Tag schätzenswürdig erschien,
für Gründe haben, mich auf eine so mutwillige und
niederträchtige Art zu kränken? Mich, die ihn nie beleidigt hatte? Die ihn mit Vertrauen, und dem Vorgefühl
zukünftiger Dankbarkeit, empfing? Bei der er, wie seine
ersten Worte zeugten, mit dem reinen und unverfälsch-

ten Willen erschien, zu helfen, nicht Schmerzen, grimmi-
gere, als ich empfand, erst zu erregen? Und wenn ich in
der Notwendigkeit der Wahl, fuhr sie fort, während die
Mutter sie unverwandt ansah, an einen Irrtum glauben
wollte: ist es wohl möglich, daß ein Arzt, auch nur von
mittelmäßiger Geschicklichkeit, in solchem Falle irre? –
Die Obristin sagte ein wenig spitz: und gleichwohl muß
es doch notwendig eins oder das andere gewesen sein. Ja!
versetzte die Marquise, meine teuerste Mutter, indem sie
ihr, mit dem Ausdruck der gekränkten Würde, hochrot
im Gesicht glühend, die Hand küßte: das muß es! Es!
Obschon die Umstände so außerordentlich sind, daß es mir
mir erlaubt ist, daran zu zweifeln. Ich schwöre, weil es
doch einer Versicherung bedarf, daß mein Bewußtsein,
gleich dem meiner Kinder ist; nicht reiner, Verehrungswürdigste, kann das Ihrige sein. Gleichwohl bitte ich Sie,
mir eine Hebamme rufen zu lassen, damit ich mich von
dem, was ist, überzeuge, und gleichviel alsdann, *was* es
sei, beruhige. Eine Hebamme! rief Frau von G ... mit
Entwürdigung. Ein reines Bewußtsein, und eine Hebamme! Und die Sprache ging ihr aus. Eine Hebamme,
meine teuerste Mutter, wiederholte die Marquise, indem sie sich auf Knieen vor ihr niederließ; und das
augenblicklich, wenn ich nicht wahnsinnig werden soll.
O sehr gern, versetzte die Obristin; nur bitte ich, das
Wochenlager nicht in meinem Hause zu halten. Und
damit stand sie auf, und wollte das Zimmer verlassen.
Die Marquise, ihr mit ausgebreiteten Armen folgend, fiel
ganz auf das Gesicht nieder, und umfaßte ihre Kniee.
Wenn irgend ein unsträfliches Leben, rief sie, mit der
Beredsamkeit des Schmerzes, ein Leben, nach Ihrem
Muster geführt, mir ein Recht auf Ihre Achtung gibt,
wenn irgend ein mütterliches Gefühl auch nur, so lange
meine Schuld nicht sonnenklar entschieden ist, in Ihrem
Busen für mich spricht: so verlassen Sie mich in diesen
entsetzlichen Augenblicken nicht. – Was ist es, das dich
beunruhigt? fragte die Mutter. Ist es weiter nichts, als der

Ausspruch des Arztes? Weiter nichts, als dein innerliches
Gefühl? Nichts weiter, meine Mutter, versetzte die Marquise, und legte ihre Hand auf die Brust. Nichts,
Julietta? fuhr die Mutter fort. Besinne dich. Ein Fehltritt,
so unsäglich er mich schmerzen würde, er ließe sich, und
ich müßte ihn zuletzt verzeihn; doch wenn du, um einem
mütterlichen Verweis auszuweichen, ein Märchen von
der Umwälzung der Weltordnung ersinnen, und gotteslästerliche Schwüre häufen könntest, um es meinem, dir
nur allzugerngläubigen, Herzen aufzubürden: so wäre
das schändlich; ich würde dir niemals wieder gut werden.
– Möge das Reich der Erlösung einst so offen vor mir
liegen, wie meine Seele vor Ihnen, rief die Marquise. Ich
verschwieg Ihnen nichts, meine Mutter. – Diese Äußerung, voll Pathos getan, erschütterte die Mutter. O
Himmel! rief sie: mein liebenswürdiges Kind! Wie rührst
du mich! Und hob sie auf, und küßte sie, und drückte sie
an ihre Brust. Was denn, in aller Welt, fürchtest du?
Komm, du bist sehr krank. Sie wollte sie in ein Bett
führen. Doch die Marquise, welcher die Tränen häufig
flossen, versicherte, daß sie sehr gesund wäre, und daß
ihr gar nichts fehle, außer jenem sonderbaren und unbegreiflichen Zustand. – Zustand! rief die Mutter wieder;
welch ein Zustand? Wenn dein Gedächtnis über die
Vergangenheit so sicher ist, welch ein Wahnsinn der
Furcht ergriff dich? Kann ein innerliches Gefühl denn,
das doch nur dunkel sich regt, nicht trügen? Nein! Nein!
sagte die Marquise, es trügt mich nicht! Und wenn Sie
die Hebamme rufen lassen wollen, so werden Sie hören,
daß das Entsetzliche, mich Vernichtende, wahr ist. –
Komm, meine liebste Tochter, sagte Frau von G..., die
für ihren Verstand zu fürchten anfing. Komm, folge mir,
und lege dich zu Bett. Was meintest du, daß dir der Arzt
gesagt hat? Wie dein Gesicht glüht! Wie du an allen
Gliedern so zitterst! Was war es schon, das dir der Arzt
gesagt hat? Und damit zog sie die Marquise, ungläubig
nunmehr an den ganzen Auftritt, den sie ihr erzählt

hatte, mit sich fort. – Die Marquise sagte: Liebe! Vortreffliche! indem sie mit weinenden Augen lächelte. Ich bin meiner Sinne mächtig. Der Arzt hat mir gesagt, daß ich in gesegneten Leibesumständen bin. Lassen Sie die Hebamme rufen: und sobald sie sagt, daß es nicht wahr ist, bin ich wieder ruhig. Gut, gut! erwiderte die Obristin, die ihre Angst unterdrückte. Sie soll gleich kommen; sie soll gleich, wenn du dich von ihr willst auslachen lassen, erscheinen, und dir sagen, daß du eine Träumerin, und nicht recht klug bist. Und damit zog sie die Klingel, und schickte augenblicklich einen ihrer Leute, der die Hebamme rufe.

Die Marquise lag noch, mit unruhig sich hebender Brust, in den Armen ihrer Mutter, als diese Frau erschien, und die Obristin ihr, an welcher seltsamen Vorstellung ihre Tochter krank liege, eröffnete. Die Frau Marquise schwöre, daß sie sich tugendhaft verhalten habe, und gleichwohl halte sie, von einer unbegreiflichen Empfindung getäuscht, für nötig, daß eine sachverständige Frau ihren Zustand untersuche. Die Hebamme, während sie sich von demselben unterrichtete, sprach von jungem Blut und der Arglist der Welt; äußerte, als sie ihr Geschäft vollendet hatte, dergleichen Fälle wären ihr schon vorgekommen; die jungen Witwen, die in ihre Lage kämen, meinten alle auf wüsten Inseln gelebt zu haben; beruhigte inzwischen die Frau Marquise, und versicherte sie, daß sich der muntere Korsar, der zur Nachtzeit gelandet, schon finden würde. Bei diesen Worten fiel die Marquise in Ohnmacht. Die Obristin, die ihr mütterliches Gefühl nicht überwältigen konnte, brachte sie zwar, mit Hülfe der Hebamme, wieder ins Leben zurück. Doch die Entrüstung siegte, da sie erwacht war. Julietta! rief die Mutter mit dem lebhaftesten Schmerz. Willst du dich mir entdecken, willst du den Vater mir nennen? Und schien noch zur Versöhnung geneigt. Doch als die Marquise sagte, daß sie wahnsinnig werden würde, sprach die Mutter, indem sie sich vom

Diwan erhob: geh! geh! du bist nichtswürdig! Verflucht sei die Stunde, da ich dich gebar! und verließ das Zimmer.

Die Marquise, der das Tageslicht von neuem schwinden wollte, zog die Geburtshelferin vor sich nieder, und legte ihr Haupt heftig zitternd an ihre Brust. Sie fragte, mit gebrochener Stimme, wie denn die Natur auf ihren Wegen walte? Und ob die Möglichkeit einer unwissentlichen Empfängnis sei? – Die Hebamme lächelte, machte ihr das Tuch los, und sagte, das würde ja doch der Frau Marquise Fall nicht sein. Nein, nein, antwortete die Marquise, sie habe wissentlich empfangen, sie wolle nur im allgemeinen wissen, ob diese Erscheinung im Reiche der Natur sei? Die Hebamme versetzte, daß dies, außer der heiligen Jungfrau, noch keinem Weibe auf Erden zugestoßen wäre. Die Marquise zitterte immer heftiger. Sie glaubte, daß sie augenblicklich niederkommen würde, und bat die Geburtshelferin, indem sie sich mit krampfhafter Beängstigung an sie schloß, sie nicht zu verlassen. Die Hebamme beruhigte sie. Sie versicherte, daß das Wochenbett noch beträchtlich entfernt wäre, gab ihr auch die Mittel an, wie man, in solchen Fällen, dem Leumund der Welt ausweichen könne, und meinte, es würde noch alles gut werden. Doch da diese Trostgründe der unglücklichen Dame völlig wie Messerstiche durch die Brust fuhren, so sammelte sie sich, sagte, sie befände sich besser, und bat ihre Gesellschafterin sich zu entfernen.

Kaum war die Hebamme aus dem Zimmer, als ihr ein Schreiben von der Mutter gebracht ward, in welchem diese sich so ausließ: »Herr von G... wünsche, unter den obwaltenden Umständen, daß sie sein Haus verlasse. Er sende ihr hierbei die über ihr Vermögen lautenden Papiere, und hoffe daß ihm Gott den Jammer ersparen werde, sie wieder zu sehen.« – Der Brief war inzwischen von Tränen benetzt; und in einem Winkel stand ein verwischtes Wort: diktiert. – Der Marquise stürzte der

Schmerz aus den Augen. Sie ging, heftig über den Irrtum ihrer Eltern weinend, und über die Ungerechtigkeit, zu welcher diese vortrefflichen Menschen verführt wurden, nach den Gemächern ihrer Mutter. Es hieß, sie sei bei ihrem Vater; sie wankte nach den Gemächern ihres Vaters. Sie sank, als sie die Türe verschlossen fand, mit jammernder Stimme, alle Heiligen zu Zeugen ihrer Unschuld anrufend, vor derselben nieder. Sie mochte wohl schon einige Minuten hier gelegen haben, als der Forstmeister daraus hervortrat, und zu ihr mit flammen- dem Gesicht sagte: sie höre daß der Kommandant sie nicht sehen wolle. Die Marquise rief: mein liebster Bru- der! unter vielem Schluchzen; drängte sich ins Zimmer, und rief: mein teuerster Vater! und streckte die Arme nach ihm aus. Der Kommandant wandte ihr, bei ihrem Anblick, den Rücken zu, und eilte in sein Schlafgemach. Er rief, als sie ihn dahin verfolgte, hinweg! und wollte die Türe zuwerfen; doch da sie, unter Jammern und Flehen, daß er sie schließe, verhinderte, so gab er plötzlich nach und eilte, während die Marquise zu ihm hineintrat, nach der hintern Wand. Sie warf sich ihm, der ihr den Rücken zugekehrt hatte, eben zu Füßen, und umfaßte zitternd seine Kniee, als ein Pistol, das er ergriffen hatte, in dem Augenblick, da er es von der Wand herabriß, losging, und der Schuß schmetternd in die Decke fuhr. Herr meines Lebens! rief die Marquise, erhob sich leichenblaß von ihren Knieen, und eilte aus seinen Gemächern wie- der hinweg. Man soll sogleich anspannen, sagte sie, indem sie in die ihrigen trat; setzte sich, matt bis in den Tod, auf einen Sessel nieder, zog ihre Kinder eilfertig an, und ließ die Sachen einpacken. Sie hatte eben ihr Klein- stes zwischen den Knieen, und schlug ihm noch ein Tuch um, um nunmehr, da alles zur Abreise bereit war, in den Wagen zu steigen: als der Forstmeister eintrat, und auf Befehl des Kommandanten die Zurücklassung und Über- lieferung der Kinder von ihr forderte. Dieser Kinder? fragte sie; und stand auf. Sag deinem unmenschlichen

Vater, daß er kommen, und mich niederschießen, nicht
aber mir meine Kinder entreißen könne! Und hob, mit
dem ganzen Stolz der Unschuld gerüstet, ihre Kinder
auf, trug sie ohne daß der Bruder gewagt hätte, sie
anzuhalten, in den Wagen, und fuhr ab.

Durch diese schöne Anstrengung mit sich selbst
bekannt gemacht, hob sie sich plötzlich, wie an ihrer
eigenen Hand, aus der ganzen Tiefe, in welche das
Schicksal sie herabgestürzt hatte, empor. Der Aufruhr,
der ihre Brust zerriß, legte sich, als sie im Freien war, sie
küßte häufig die Kinder, diese ihre liebe Beute, und mit
großer Selbstzufriedenheit gedachte sie, welch einen Sieg
sie, durch die Kraft ihres schuldfreien Bewußtseins, über
ihren Bruder davon getragen hatte. Ihr Verstand, stark
genug, in ihrer sonderbaren Lage nicht zu reißen, gab
sich ganz unter der großen, heiligen und unerklärlichen
Einrichtung der Welt gefangen. Sie sah die Unmöglich-
keit ein, ihre Familie von ihrer Unschuld zu überzeugen,
begriff, daß sie sich darüber trösten müsse, falls sie nicht
untergehen wolle, und wenige Tage nur waren nach ihrer
Ankunft in V . . . verflossen, als der Schmerz ganz und
gar dem heldenmütigen Vorsatz Platz machte, sich mit
Stolz gegen die Anfälle der Welt zu rüsten. Sie beschloß,
sich ganz in ihr Innerstes zurückzuziehen, sich, mit
ausschließendem Eifer, der Erziehung ihrer beiden Kinder zu widmen, und des Geschenks, das ihr Gott mit
dem dritten gemacht hatte, mit voller mütterlichen Liebe
zu pflegen. Sie machte Anstalten, in wenig Wochen,
sobald sie ihre Niederkunft überstanden haben würde,
ihren schönen, aber durch die lange Abwesenheit ein
wenig verfallenen Landsitz wieder herzustellen; saß in
der Gartenlaube, und dachte, während sie kleine Mützen, und Strümpfe für kleine Beine strickte, wie sie die
Zimmer bequem verteilen würde; auch, welches sie mit
Büchern füllen, und in welchem die Staffelei am schicklichsten stehen würde. Und so war der Zeitpunkt, da der
Graf F . . . von Neapel wiederkehren sollte, noch nicht

abgelaufen, als sie schon völlig mit dem Schicksal, in ewig klösterlicher Eingezogenheit zu leben, vertraut war. Der Türsteher erhielt Befehl, keinen Menschen im Hause vorzulassen. Nur der Gedanke war ihr unerträglich, daß dem jungen Wesen, das sie in der größten Unschuld und Reinheit empfangen hatte, und dessen Ursprung, eben weil er geheimnisvoller war, auch göttlicher zu sein schien, als der anderer Menschen, ein Schandfleck in der bürgerlichen Gesellschaft ankleben sollte. Ein sonderbares Mittel war ihr eingefallen, den Vater zu entdecken: ein Mittel, bei dem sie, als sie es zuerst dachte, das Strickzeug selbst vor Schrecken aus der Hand fallen ließ. Durch ganze Nächte, in unruhiger Schlaflosigkeit durchwacht, ward es gedreht und gewendet um sich an seine ihr innerstes Gefühl verletzende, Natur zu gewöhnen. Immer noch sträubte sich sie, mit dem Menschen, der sie so hintergangen hatte, in irgend ein Verhältnis zu treten: indem sie sehr richtig schloß, daß derselbe doch, ohne alle Rettung, zum Auswurf seiner Gattung gehören müsse, und, auf welchem Platz der Welt man ihn auch denken wolle, nur aus dem zertretensten und unflätigsten Schlamm derselben, hervorgegangen sein könne. Doch da das Gefühl ihrer Selbständigkeit immer lebhafter in ihr ward, und sie bedachte, daß der Stein seinen Wert behält, er mag auch eingefaßt sein, wie man wolle, so griff sie eines Morgens, da sich das junge Leben wieder in ihr regte, ein Herz, und ließ jene sonderbare Aufforderung in die Intelligenzblätter von M ... rücken, die man am Eingang dieser Erzählung gelesen hat.

Der Graf F ..., den unvermeidliche Geschäfte in Neapel aufhielten, hatte inzwischen zum zweitenmal an die Marquise geschrieben, und sie aufgefordert, es möchten fremde Umstände eintreten, welche da wollten, ihrer, ihm gegebenen, stillschweigenden Erklärung getreu zu bleiben. Sobald es ihm geglückt war, seine fernere Geschäftsreise nach Konstantinopel abzulehnen, und es seine übrigen Verhältnisse gestatteten, ging er augenblicklich von Neapel ab, und kam auch richtig, nur wenige Tage nach der von ihm bestimmten Frist, in M... an. Der Kommandant empfing ihn mit einem verlegenen Gesicht, sagte, daß ein notwendiges Geschäft ihn aus dem Hause nötige, und forderte den Forstmeister auf, ihn inzwischen zu unterhalten. Der Forstmeister zog ihn auf sein Zimmer, und fragte ihn, nach einer kurzen Begrüßung, ob er schon wisse, was sich während seiner Abwesenheit in dem Hause des Kommandanten zugetragen habe. Der Graf antwortete, mit einer flüchtigen Blässe: nein. Hierauf unterrichtete ihn der Forstmeister von der Schande, die die Marquise über die Familie gebracht hatte, und gab ihm die Geschichtserzählung dessen, was unsre Leser soeben erfahren haben. Der Graf schlug sich mit der Hand vor die Stirn. Warum legte man mir so viele Hindernissen in den Weg! rief er in der Vergessenheit seiner. Wenn die Vermählung erfolgt wäre: so wäre alle Schmach und jedes Unglück uns erspart! Der Forstmeister fragte, indem er ihn anglotzte, ob er rasend genug wäre, zu wünschen, mit dieser Nichtswürdigen vermählt zu sein? Der Graf erwiderte, daß sie mehr wert wäre, als die ganze Welt, die sie verachtete; daß ihre Erklärung über ihre Unschuld vollkommnen Glauben bei ihm fände; und daß er noch heute nach V... gehen, und seinen Antrag bei ihr wiederholen würde. Er ergriff auch sogleich seinen Hut, empfahl sich dem Forstmeister, der ihn für seiner Sinne völlig beraubt hielt, und ging ab.

Er bestig ein Pferd und sprengte nach V... hinaus. Als er am Tore abgestiegen war, und in den Vorplatz treten wollte, sagte ihm der Türsteher, daß die Frau Marquise keinen Menschen spräche. Der Graf fragte, ob diese, für Fremde getroffene, Maßregel auch einem Freund des Hauses gälte; worauf jener antwortete, daß er von keiner Ausnahme wisse, und bald darauf, auf eine zweideutige Art hinzusetzte: ob er vielleicht der Graf

F ... wäre? Der Graf erwiderte, nach einem forschenden Blick, nein; und äußerte, zu seinem Bedienten gewandt, doch so, daß jener es hören konnte, er werde, unter solchen Umständen, in einem Gasthofe absteigen, und sich bei der Frau Marquise schriftlich anmelden. Sobald er inzwischen dem Türsteher aus den Augen war, bog er um eine Ecke, und umschlich die Mauer eines weitläufigen Gartens, der sich hinter dem Hause ausbreitete. Er trat durch eine Pforte, die er offen fand, in den Garten, durchstrich die Gänge desselben, und wollte eben die hintere Rampe hinaufsteigen, als er, in einer Laube, die zur Seite lag, die Marquise, in ihrer lieblichen und geheimnisvollen Gestalt, an einem kleinen Tischchen emsig arbeiten sah. Er näherte sich ihr so, daß sie ihn nicht früher erblicken konnte, als bis er am Eingang der Laube, drei kleine Schritte von ihren Füßen, stand. Der Graf F ...! sagte die Marquise, als sie die Augen aufschlug, und die Röte der Überraschung überflog ihr Gesicht. Der Graf lächelte, blieb noch eine Zeitlang, ohne sich im Eingang zu rühren, stehen; setzte sich dann, mit so bescheidener Zudringlichkeit, als sie nicht zu erschrecken nötig war, neben ihr nieder, und schlug, ehe sie noch, in ihrer sonderbaren Lage, einen Entschluß gefaßt hatte, seinen Arm sanft um ihren lieben Leib. Von wo, Herr Graf, ist es möglich, fragte die Marquise – und sah schüchtern vor sich auf die Erde nieder. Der Graf sagte: von M ..., und drückte sie ganz leise an sich; durch eine hintere Pforte, die ich offen fand. Ich glaubte auf Ihre Verzeihung rechnen zu dürfen, und trat ein. Hat man Ihnen denn in M ... nicht gesagt –? – fragte sie, und rührte noch kein Glied in seinen Armen. Alles, geliebte Frau, versetzte der Graf; doch von Ihrer Unschuld völlig überzeugt – Wie! rief die Marquise, indem sie aufstand, und sich loswickelte; und Sie kommen gleichwohl? – Der Welt zum Trotz, fuhr er fort, indem er sie festhielt, und Ihrer Familie zum Trotz, und dieser lieblichen Erscheinung sogar zum Trotz; wobei er einen glühenden Kuß

auf ihre Brust drückte. – Hinweg! rief die Marquise – So
überzeugt, sagte er, Julietta, als ob ich allwissend wäre,
als ob meine Seele in deiner Brust wohnte – Die Marquise
rief: Lassen Sie mich! Ich komme, schloß er – und ließ sie
nicht – meinen Antrag zu wiederholen, und das Los der
Seligen, wenn Sie mich erhören wollen, von Ihrer Hand
zu empfangen. Lassen Sie mich augenblicklich! rief die
Marquise; ich befehls Ihnen! riß sich gewaltsam aus
seinen Armen, und entfloh. Geliebte! Vortreffliche! flüsterte er, indem er wieder aufstand, und ihr folgte. – Sie
hören! rief die Marquise, und wandte sich, und wich ihm
aus. Ein einziges, heimliches, geflüstertes –! sagte der
Graf, und griff hastig nach ihrem glatten, ihm entschlüp-
fenden Arm. – Ich *will nichts* wissen, versetzte die
Marquise, stieß ihn heftig vor die Brust zurück, eilte auf
die Rampe, und verschwand.

Er war schon halb auf die Rampe gekommen, um sich,
es koste, was es wolle, bei ihr Gehör zu verschaffen, als
die Tür vor ihm zuflog, und der Riegel heftig, mit
verstörter Beeiferung, vor seinen Schritten zurasselte.
Unschlüssig, einen Augenblick, was unter solchen
Umständen zu tun sei, stand er, und überlegte, ob er
durch ein, zur Seite offen stehendes Fenster einsteigen,
und seinen Zweck, bis er ihn erreicht, verfolgen solle;
doch so schwer es ihm auch in jedem Sinne war, umzukehren, diesmal schien es die Notwendigkeit zu erfordern, und grimmig erbittert über sich, daß er sie aus
seinen Armen gelassen hatte, schlich er die Rampe hinab,
und verließ den Garten, um seine Pferde aufzusuchen. Er
fühlte daß der Versuch, sich an ihrem Busen zu erklären,
für immer fehlgeschlagen sei, und ritt schrittweis, indem
er einen Brief überlegte, den er jetzt zu schreiben verdammt war, nach M... zurück. Abends, da er sich, in
der übelsten Laune von der Welt, bei einer öffentlichen
Tafel eingefunden hatte, traf er den Forstmeister an, der
ihn auch sogleich befragte, ob er seinen Antrag in V...
glücklich angebracht habe? Der Graf antwortete kurz:

nein! und war sehr gestimmt, ihn mit einer bitteren
Wendung abzufertigen; doch um der Höflichkeit ein
Genüge zu tun, setzte er nach einer Weile hinzu: er habe
sich entschlossen, sich schriftlich an sie zu wenden, und
werde damit in kurzem ins Reine sein. Der Forstmeister
sagte: er sehe mit Bedauern, daß seine Leidenschaft für
die Marquise ihn seiner Sinne beraube. Er müsse ihm
inzwischen versichern, daß sie bereits auf dem Wege sei,
eine andere Wahl zu treffen; klingelte nach den neuesten
Zeitungen, und gab ihm das Blatt, in welchem die Aufforderung derselben an den Vater ihres Kindes einge-
rückt war. Der Graf durchlief, indem ihm das Blut ins
Gesicht schoß, die Schrift. Ein Wechsel von Gefühlen
durchkreuzte ihn. Der Forstmeister fragte, ob er nicht
glaube, daß die Person, die die Frau Marquise suche, sich
finden werde? – Unzweifelhaft! versetzte der Graf,
indessen er mit ganzer Seele über dem Papier lag, und
den Sinn desselben gierig verschlang. Darauf nachdem er
einen Augenblick, während er das Blatt zusammenlegte,
an das Fenster getreten war, sagte er: nun ist es gut! nun
weiß ich, was ich zu tun habe! kehrte sich sodann um;
und fragte den Forstmeister noch, auf eine verbindliche
Art, ob man ihn bald wiedersehen werde; empfahl sich
ihm, und ging, völlig ausgesöhnt mit seinem Schicksal,
fort. –

Inzwischen waren in dem Hause des Kommandanten
die lebhaftesten Auftritte vorgefallen. Die Obristin war
über die zerstörende Heftigkeit ihres Gatten und über
die Schwäche, mit welcher sie sich, bei der tyrannischen
Verstoßung der Tochter, von ihm hatte unterjochen
lassen, äußerst erbittert. Sie war, als der Schuß in des
Kommandanten Schlafgemach fiel, und die Tochter aus
demselben hervorstürzte, in eine Ohnmacht gesunken,
aus der sie sich zwar bald wieder erholte; doch der
Kommandant hatte, in dem Augenblick ihres Erwa-
chens, weiter nichts gesagt, als, es täte ihm leid, daß
sie diesen Schrecken umsonst gehabt, und das abge-

schossene Pistol auf einen Tisch geworfen. Nachher, da
von der Abforderung der Kinder die Rede war, wagte
sie schüchtern, zu erklären, daß man zu einem solchen Schritt kein Recht habe; sie bat mit einer, durch
die gehabte Anwandlung, schwachen und rührenden
Stimme, heftige Auftritte im Hause zu vermeiden; doch
der Kommandant erwiderte weiter nichts, als, indem er
sich zum Forstmeister wandte, vor Wut schäumend: geh!
und schaff sie mir! Als der zweite Brief des Grafen F...
ankam, hatte der Kommandant befohlen, daß er nach
V... zur Marquise herausgeschickt werden solle, welche
ihn, wie man nachher durch den Boten erfuhr, bei Seite
gelegt, und gesagt hatte, es wäre gut. Die Obristin, der in
der ganzen Begebenheit so vieles, und besonders die
Geneigtheit der Marquise, eine neue, ihr ganz gleichgültige Vermählung einzugehen, dunkel war, suchte vergebens, diesen Umstand zur Sprache zu bringen. Der
Kommandant bat immer, auf eine Art, die einem Befehle
gleich sah, zu schweigen; versicherte, indem er einst, bei
einer solchen Gelegenheit, ein Porträt herabnahm, das
noch von ihr an der Wand hing, daß er sein Gedächtnis
ihrer ganz zu vertilgen wünsche; und meinte, er hätte
keine Tochter mehr. Drauf erschien der sonderbare Aufruf der Marquise in den Zeitungen. Die Obristin, die auf
das lebhafteste darüber betroffen war, ging mit dem
Zeitungsblatt, das sie von dem Kommandanten erhalten
hatte, in sein Zimmer, wo sie ihn an einem Tisch arbei-
tend fand, und fragte ihn, was er in aller Welt davon
halte? Der Kommandant sagte, indem er fortschrieb:
o! sie ist unschuldig. Wie! rief Frau von G..., mit
dem alleräußersten Erstaunen: unschuldig? Sie hat es
im Schlaf getan, sagte der Kommandant, ohne aufzusehen. Im Schlafe! versetzte Frau von G... Und ein so
ungeheurer Vorfall wäre –? Die Närrin! rief der Kommandant, schob die Papiere über einander, und ging
weg.

Am nächsten Zeitungstage las die Obristin, da beide

beim Frühstück saßen, in einem Intelligenzblatt, das
eben ganz feucht von der Presse kam, folgende Antwort:
»Wenn die Frau Marquise von O... sich, am
3ten... 11 Uhr morgens, im Hause des Herrn von
G..., ihres Vaters, einfinden will: so wird sich
derjenige, den sie sucht, ihr daselbst zu Füßen
werfen.« –

Der Obristin verging, ehe sie noch auf die Hälfte
dieses unerhörten Artikels gekommen war, die Sprache;
sie überflog das Ende, und reichte das Blatt dem Kommandanten dar. Der Obrist durchlas das Blatt dreimal,
als ob er seinen eignen Augen nicht traute. Nun sage mir,
um des Himmels willen, Lorenzo, rief die Obristin, was
hältst du davon? O die Schändliche! versetzte der Kommandant, und stand auf; o die verschmitzte Heuchlerin!
Zehnmal die Schamlosigkeit einer Hündin, mit zehnfa-
cher List des Fuchses gepaart, reichen noch an die ihrige
nicht! Solch eine Miene! Zwei solche Augen! Ein Cherub
hat sie nicht treuer! – und jammerte und konnte sich
nicht beruhigen. Aber was in aller Welt, fragte die Obristin, wenn es eine List ist, kann sie damit bezwecken? –
Was sie damit bezweckt? Ihre nichtswürdige Betrügerei,
mit Gewalt will sie sie durchsetzen, erwiderte der
Obrist. Auswendig gelernt ist sie schon, die Fabel, die sie
uns beide, sie und er, am Dritten 11 Uhr morgens hier
aufbürden wollen. Mein liebes Töchterchen, soll ich
sagen, das wußte ich nicht, wer konnte das denken,
vergib mir, nimm meinen Segen, und sei wieder gut.
Aber die Kugel dem, der am Dritten morgens über meine
Schwelle tritt! Es müßte denn schicklicher sein, ihn mir
durch Bediente aus dem Hause zu schaffen. – Frau von
G... sagte, nach einer nochmaligen Überlesung des
Zeitungsblattes, daß wenn sie, von zwei unbegreiflichen
Dingen, einem, Glauben beimessen solle, sie lieber an ein
unerhörtes Spiel des Schicksals, als an diese Niederträch-
tigkeit ihrer sonst so vortrefflichen Tochter glauben
wolle. Doch ehe sie noch vollendet hatte, rief der Kom-

mandant schon: tu mir den Gefallen und schweig! und verließ das Zimmer. Es ist mir verhaßt, wenn ich nur davon höre.

Wenige Tage nachher erhielt der Kommandant, in Beziehung auf diesen Zeitungsartikel, einen Brief von der Marquise, in welchem sie ihn, da ihr die Gnade versagt wäre, in seinem Hause erscheinen zu dürfen, auf eine ehrfurchtsvolle und rührende Art bat, denjenigen, der sich am Dritten morgens bei ihm zeigen würde, gefälligst zu ihr nach V... hinauszuschicken. Die Obristin war gerade gegenwärtig, als der Kommandant diesen Brief empfing; und da sie auf seinem Gesicht deutlich bemerkte, daß er in seiner Empfindung irre geworden war: denn welch ein Motiv jetzt, falls es eine Betrügerei war, sollte er ihr unterlegen, da sie auf seine Verzeihung gar keine Ansprüche zu machen schien? so rückte sie, dadurch dreist gemacht, mit einem Plan hervor, den sie schon lange, in ihrer von Zweifeln bewegten Brust, mit sich herum getragen hatte. Sie sagte, während der Obrist noch, mit einer nichtssagenden Miene, in das Papier hineinsah: sie habe einen Einfall. Ob er ihr erlauben wolle, auf einen oder zwei Tage, nach V... hinauszufahren? Sie werde die Marquise, falls sie wirklich denjenigen, der ihr durch die Zeitungen, als ein Unbekannter, geantwortet, schon kenne, in eine Lage zu versetzen wissen, in welcher sich ihre Seele verraten müßte, und wenn sie die abgefeimteste Verräterin wäre. Der Kommandant erwiderte, indem er, mit einer plötzlich heftigen Bewegung, den Brief zerriß: sie wisse, daß er mit ihr nichts zu schaffen haben wolle, und er verbiete ihr, in irgend eine Gemeinschaft mit ihr zu treten. Er siegelte die zerrissenen Stücke ein, schrieb eine Adresse an die Marquise, und gab sie dem Boten, als Antwort, zurück. Die Obristin, durch diesen hartnäckigen Eigensinn, der alle Möglichkeit der Aufklärung vernichtete, heimlich erbittert, beschloß ihren Plan jetzt, gegen seinen Willen, auszuführen. Sie nahm einen von den Jägern des Kom-

mandanten, und fuhr am nächstfolgenden Morgen, da
ihr Gemahl noch im Bette lag, mit demselben nach V . . .
hinaus. Als sie am Tore des Landsitzes angekommen
war, sagte ihr der Türsteher, daß niemand bei der Frau
Marquise vorgelassen würde. Frau von G . . . antwortete,
daß sie von dieser Maßregel unterrichtet wäre, daß er
aber gleichwohl nur gehen, und die Obristin von G . . .
bei ihr anmelden möchte. Worauf dieser versetzte, daß
dies zu nichts helfen würde, indem die Frau Marquise
keinen Menschen auf der Welt spräche. Frau von G . . .
antwortete, daß sie von ihr gesprochen werden würde,
indem sie ihre Mutter wäre, und daß er nur nicht länger
säumen, und sein Geschäft verrichten möchte. Kaum
aber war noch der Türsteher zu diesem, wie er meinte,
gleichwohl vergeblichen Versuche ins Haus gegangen, als
man schon die Marquise daraus hervortreten, nach dem
Tore eilen, und sich auf Knieen vor dem Wagen der
Obristin niederstürzen sah. Frau von G . . . stieg, von
ihrem Jäger unterstützt, aus, und hob die Marquise,
nicht ohne einige Bewegung, vom Boden auf. Die Marquise drückte sich, von Gefühlen überwältigt, tief auf
ihre Hand hinab, und führte sie, indem ihr die Tränen
häufig flossen, ehrfurchtsvoll in die Zimmer ihres Hauses. Meine teuerste Mutter! rief sie, nachdem sie ihr den
Diwan angewiesen hatte, und noch vor ihr stehen blieb,
und sich die Augen trocknete: welch ein glücklicher
Zufall ist es, dem ich Ihre, mir unschätzbare Erscheinung
verdanke? Frau von G . . . sagte, indem sie ihre Tochter
vertraulich faßte, sie müsse ihr nur sagen, daß sie
komme, sie wegen der Härte, mit welcher sie aus dem
väterlichen Hause verstoßen worden sei, um Verzeihung
zu bitten. Verzeihung! fiel ihr die Marquise ins Wort,
und wollte ihre Hände küssen. Doch diese, indem sie
den Handkuß vermied, fuhr fort: denn nicht nur, daß
die, in den letzten öffentlichen Blättern eingerückte,
Antwort auf die bewußte Bekanntmachung, mir sowohl
als dem Vater, die Überzeugung von deiner Unschuld

gegeben hat; so muß ich dir auch eröffnen, daß er sich
selbst schon, zu unserm großen und freudigen Erstaunen, gestern im Hause gezeigt hat. Wer hat sich –? fragte
die Marquise, und setzte sich bei ihrer Mutter nieder; –
welcher er selbst hat sich gezeigt –? und Erwartung
spannte jede ihrer Mienen. Er, erwiderte Frau von G...,
der Verfasser jener Antwort, er persönlich selbst, an
welchen dein Aufruf gerichtet war. – Nun denn, sagte
die Marquise, mit unruhig arbeitender Brust: wer ist es?
Und noch einmal: wer ist es? – Das, erwiderte Frau von
G..., möchte ich dich erraten lassen. Denn denke, daß
sich gestern, da wir beim Tee sitzen, und eben das
sonderbare Zeitungsblatt lesen, ein Mensch, von unsrer
genauesten Bekanntschaft, mit Gebärden der Verzweiflung ins Zimmer stürzt, und deinem Vater, und bald
darauf auch mir, zu Füßen fällt. Wir, unwissend, was wir
davon denken sollen, fordern ihn auf, zu reden. Darauf
spricht er: sein Gewissen lasse ihn keine Ruhe; er sei der
Schändliche, der die Frau Marquise betrogen, er müsse
wissen, wie man sein Verbrechen beurteile, und wenn
Rache über ihn verhängt werden solle, so komme er, sich
ihr selbst darzubieten. Aber wer? wer? wer? versetzte die
Marquise. Wie gesagt, fuhr Frau von G... fort, ein
junger, sonst wohlerzogener Mensch, dem wir eine solche Nichtswürdigkeit niemals zugetraut hätten. Doch
erschrecken wirst du nicht, meine Tochter, wenn du
erfährst, daß er von niedrigem Stande, und von allen
Forderungen, die man sonst an deinen Gemahl machen
dürfte, entblößt ist. Gleichviel, meine vortreffliche Mutter, sagte die Marquise, er kann nicht ganz unwürdig
sein, da er sich Ihnen früher als mir, zu Füßen geworfen
hat. Aber, wer? wer? Sagen Sie mir nur: wer? Nun denn,
versetzte die Mutter, es ist Leopardo, der Jäger, den sich
der Vater jüngst aus Tirol verschrieb, und den ich, wenn
du ihn wahrnahmst, schon mitgebracht habe, um ihn dir
als Bräutigam vorzustellen. Leopardo, der Jäger! rief die
Marquise, und drückte ihre Hand, mit dem Ausdruck

der Verzweiflung, vor die Stirn. Was erschreckt dich?
fragte die Obristin. Hast du Gründe, daran zu zweifeln?
– Wie? Wo? Wann? fragte die Marquise verwirrt. Das,
antwortete jene, will er nur dir anvertrauen. Scham und
Liebe, meinte er, machten es ihm unmöglich, sich einer
andern hierüber zu erklären, als dir. Doch wenn du
willst, so öffnen wir das Vorzimmer, wo er, mit klopfendem Herzen, auf den Ausgang wartet; und du magst
sehen, ob du ihm sein Geheimnis, indessen ich abtrete,
entlockst. – Gott, mein Vater! rief die Marquise; ich war
einst in der Mittagshitze eingeschlummert, und sah ihn
von meinem Diwan gehen, als ich erwachte! – Und damit
legte sie ihre kleinen Hände vor ihr in Scham erglühendes
Gesicht. Bei diesen Worten sank die Mutter auf Knieen
vor ihr nieder. O meine Tochter! rief sie; o du Vortreffliche! und schlug die Arme um sie. Und o ich Nichtswürdige! und verbarg das Antlitz in ihren Schoß. Die Marquise fragte bestürzt: was ist Ihnen, meine Mutter? Denn
begreife, fuhr diese fort, o du Reinere als Engel sind, daß
von allem, was ich dir sagte, nichts wahr ist; daß meine
verderbte Seele an solche Unschuld nicht, als von der du
umstrahlt bist, glauben konnte, und daß ich dieser
schändlichen List erst bedurfte, um mich davon zu überzeugen. Meine teuerste Mutter, rief die Marquise, und
neigte sich voll froher Rührung zu ihr herab, und wollte
sie aufheben. Jene versetzte darauf: nein, eher nicht von
deinen Füßen weich ich, bis du mir sagst, ob du mir die
Niedrigkeit meines Verhaltens, du Herrliche, Überirdi-
sche, verzeihen kannst. Ich Ihnen verzeihen, meine Mutter! Stehen Sie auf, rief die Marquise, ich beschwöre Sie –
Du hörst, sagte Frau von G..., ich will wissen, ob du
mich noch lieben, und so aufrichtig verehren kannst, als
sonst? Meine angebetete Mutter! rief die Marquise, und
legte sich gleichfalls auf Knieen vor ihr nieder; Ehrfurcht
und Liebe sind nie aus meinem Herzen gewichen. Wer
konnte mir, unter so unerhörten Umständen, Vertrauen
schenken? Wie glücklich bin ich, daß Sie von meiner

Unsträflichkeit überzeugt sind! Nun denn, versetzte
Frau von G..., indem sie, von ihrer Tochter unterstützt, aufstand: so will ich dich auf Händen tragen,
mein liebstes Kind. Du sollst bei mir dein Wochenlager
halten; und wären die Verhältnisse so, daß ich einen
jungen Fürsten von dir erwartete, mit größerer Zärtlich-
keit nicht und Würdigkeit könnt ich dein pflegen. Die
Tage meines Lebens nicht mehr von deiner Seite weich
ich. Ich biete der ganzen Welt Trotz; ich *will* keine andre
Ehre mehr, als deine Schande; wenn du mir nur wieder
gut wirst, und der Härte nicht, mit welcher ich dich
verstieß, mehr gedenkst. Die Marquise suchte sie mit
Liebkosungen und Beschwörungen ohne Ende zu trösten; doch der Abend kam heran, und Mitternacht
schlug, ehe es ihr gelang. Am folgenden Tage, da sich der
Affekt der alten Dame, der ihr während der Nacht eine
Fieberhitze zugezogen hatte, ein wenig gelegt hatte,
fuhren Mutter und Tochter und Enkel, wie im Triumph,
wieder nach M... zurück. Sie waren äußerst vergnügt
auf der Reise, scherzten über Leopardo, den Jäger, der
vorn auf dem Bock saß; und die Mutter sagte zur Marquise, sie bemerke, daß sie rot würde, so oft sie seinen
breiten Rücken ansähe. Die Marquise antwortete, mit
einer Regung, die halb ein Seufzer, halb ein Lächeln war:
wer weiß, wer zuletzt noch am Dritten 11 Uhr morgens
bei uns erscheint! – Drauf, je mehr man sich M...
näherte, je ernsthafter stimmten sich wieder die Gemüter, in der Vorahndung entscheidender Auftritte, die
ihnen noch bevorstanden. Frau von G..., die sich von
ihren Plänen nichts merken ließ, führte ihre Tochter, da
sie vor dem Hause ausgestiegen waren, wieder in ihre
alten Zimmer ein; sagte, sie möchte es sich nur bequem
machen, sie würde gleich wieder bei ihr sein, und
schlüpfte ab. Nach einer Stunde kam sie mit einem ganz
erhitzten Gesicht wieder. Nein, solch ein Thomas!
sprach sie mit heimlich vergnügter Seele; solch ein
ungläubiger Thomas! Hab ich nicht eine Seigerstunde

gebraucht, ihn zu überzeugen. Aber nun sitzt er, und
weint. Wer? fragte die Marquise. Er, antwortete die
Mutter. Wer sonst, als wer die größte Ursache dazu hat.
Der Vater doch nicht? rief die Marquise. Wie ein Kind,
erwiderte die Mutter; daß ich, wenn ich mir nicht selbst
hätte die Tränen aus den Augen wischen müssen, gelacht
hätte, so wie ich nur aus der Türe heraus war. Und das
wegen meiner? fragte die Marquise, und stand auf; und
ich sollte hier –? Nicht von der Stelle! sagte Frau von
G ... Warum diktierte er mir den Brief! Hier sucht er
*dich* auf, wenn er *mich*, so lange ich lebe, wiederfinden
will. Meine teuerste Mutter, flehte die Marquise – Uner-
bittlich! fiel ihr die Obristin ins Wort. Warum griff er
nach der Pistole. – Aber ich beschwöre Sie – Du *sollst*
nicht, versetzte Frau von G ..., indem sie die Tochter
wieder auf ihren Sessel niederdrückte. Und wenn er nicht
heut vor Abend noch kommt, zieh ich morgen mit dir
weiter. Die Marquise nannte dies Verfahren hart und
ungerecht. Doch die Mutter erwiderte: Beruhige dich –
denn eben hörte sie jemand von weitem heranschluch-
zen: er kömmt schon! Wo? fragte die Marquise, und
horchte. Ist wer hier draußen vor der Tür; dies heftige –?
Allerdings, versetzte Frau von G ... Er will, daß wir ihm
die Türe öffnen. Lassen Sie mich! rief die Marquise, und
riß sich vom Stuhl empor. Doch: wenn du mir gut bist,
Julietta, versetzte die Obristin, so bleib; und in dem
Augenblick trat auch der Kommandant schon, das Tuch
vor das Gesicht haltend, ein. Die Mutter stellte sich breit
vor ihre Tochter, und kehrte ihm den Rücken zu. Mein
teuerster Vater! rief die Marquise, und streckte ihre Arme
nach ihm aus. Nicht von der Stelle, sagte Frau von G ...,
du hörst! Der Kommandant stand in der Stube und
weinte. Er soll dir abbitten, fuhr Frau von G ... fort.
Warum ist er so heftig! Und warum ist er so hartnäckig!
Ich liebe ihn, aber dich auch; ich ehre ihn, aber dich
auch. Und muß ich eine Wahl treffen, so bist du vortrefflicher, als er, und ich bleibe bei dir. Der Kommandant

beugte sich ganz krumm, und heulte, daß die Wände
erschallten. Aber mein Gott! rief die Marquise, gab der
Mutter plötzlich nach, und nahm ihr Tuch, ihre eigenen
Tränen fließen zu lassen. Frau von G ... sagte: – er kann
nur nicht sprechen! und wich ein wenig zur Seite aus.
Hierauf erhob sich die Marquise, umarmte den Kommandanten, und bat ihn, sich zu beruhigen. Sie weinte
selbst heftig. Sie fragte ihn, ob er sich nicht setzen wolle?
sie wollte ihn auf einen Sessel niederziehen; sie schob
ihm einen Sessel hin, damit er sich darauf setze: doch er
antwortete nicht; er war nicht von der Stelle zu bringen;
er setzte sich auch nicht, und stand bloß, das Gesicht tief
zur Erde gebeugt, und weinte. Die Marquise sagte,
indem sie ihn aufrecht hielt, halb zur Mutter gewandt: er
werde krank werden; die Mutter selbst schien, da er sich
ganz konvulsivisch gebärdete, ihre Standhaftigkeit verlieren zu wollen. Doch da der Kommandant sich endlich,
auf die wiederholten Anforderungen der Tochter, niedergesetzt hatte, und diese ihm, mit unendlichen Liebkosungen, zu Füßen gesunken war: so nahm sie wieder das
Wort, sagte, es geschehe ihm ganz recht, er werde nun
wohl zur Vernunft kommen, entfernte sich aus dem
Zimmer, und ließ sie allein.

Sobald sie draußen war, wischte sie sich selbst die
Tränen ab, dachte, ob ihm die heftige Erschütterung, in
welche sie ihn versetzt hatte, nicht doch gefährlich sein
könnte, und ob es wohl ratsam sei, einen Arzt rufen zu
lassen? Sie kochte ihm für den Abend alles, was sie nur
Stärkendes und Beruhigendes aufzutreiben wußte, in der
Küche zusammen, bereitete und wärmte ihm das Bett,
um ihn sogleich hineinzulegen, sobald er nur, an der
Hand der Tochter, erscheinen würde, und schlich, da er
immer noch nicht kam, und schon die Abendtafel ge-
deckt war, dem Zimmer der Marquise zu, um doch zu
hören, was sich zutrage? Sie vernahm, da sie mit sanft an
die Tür gelegtem Ohr horchte, ein leises, eben verhallen-
des Gelispel, das, wie es ihr schien, von der Marquise

kam; und, wie sie durchs Schlüsselloch bemerkte, saß sie auch auf des Kommandanten Schoß, was er sonst in seinem Leben nicht zugegeben hatte. Drauf endlich öffnete sie die Tür, und sah nun – und das Herz quoll ihr vor Freuden empor: die Tochter still, mit zurückgebeugtem Nacken, die Augen fest geschlossen, in des Vaters Armen liegen; indessen dieser, auf dem Lehnstuhl sitzend, lange, heiße und lechzende Küsse, das große Auge voll glänzender Tränen, auf ihren Mund drückte: gerade wie ein Verliebter! Die Tochter sprach nicht, er sprach nicht; mit über sie gebeugtem Antlitz saß er, wie über das Mädchen seiner ersten Liebe, und legte ihr den Mund zurecht, und küßte sie. Die Mutter fühlte sich, wie eine Selige; ungesehen, wie sie hinter seinem Stuhle stand, säumte sie, die Lust der himmelfrohen Versöhnung, die ihrem Hause wieder geworden war, zu stören. Sie nahte sich dem Vater endlich, und sah ihn, da er eben wieder mit Fingern und Lippen in unsäglicher Lust über den Mund seiner Tochter beschäftigt war, sich um den Stuhl herumbeugend, von der Seite an. Der Kommandant schlug, bei ihrem Anblick, das Gesicht schon wieder ganz kraus nieder, und wollte etwas sagen; doch sie rief: o was für ein Gesicht ist das! küßte es jetzt auch ihrerseits in Ordnung, und machte der Rührung durch Scherzen ein Ende. Sie lud und führte beide, die wie Brautleute gingen, zur Abendtafel, an welcher der Kommandant zwar sehr heiter war, aber noch von Zeit zu Zeit schluchzte, wenig aß und sprach, auf den Teller niedersah, und mit der Hand seiner Tochter spielte.

Nun galt es, beim Anbruch des nächsten Tages, die Frage: wer nur, in aller Welt, morgen um 11 Uhr sich zeigen würde; denn morgen war der gefürchtete Dritte. Vater und Mutter, und auch der Bruder, der sich mit seiner Versöhnung eingefunden hatte, stimmten unbedingt, falls die Person nur von einiger Erträglichkeit sein würde, für Vermählung; alles, was nur immer möglich war, sollte geschehen, um die Lage der Marquise glück-

lich zu machen. Sollten die Verhältnisse derselben jedoch
so beschaffen sein, daß sie selbst dann, wenn man ihnen
durch Begünstigungen zu Hülfe käme, zu weit hinter
den Verhältnissen der Marquise zurückblieben, so wi-
dersetzten sich die Eltern der Heirat; sie beschlossen,
die Marquise nach wie vor bei sich zu behalten, und das
Kind zu adoptieren. Die Marquise hingegen schien willens, in jedem Falle, wenn die Person nur nicht ruchlos
wäre, ihr gegebenes Wort in Erfüllung zu bringen, und
dem Kinde, es koste was es wolle, einen Vater zu verschaffen. Am Abend fragte die Mutter, wie es denn mit
dem Empfang der Person gehalten werden solle? Der
Kommandant meinte, daß es am schicklichsten sein
würde, wenn man die Marquise um 11 Uhr allein ließe.
Die Marquise hingegen bestand darauf, daß beide Eltern,
und auch der Bruder, gegenwärtig sein möchten, indem
sie keine Art des Geheimnisses mit dieser Person zu
teilen haben wolle. Auch meinte sie, daß dieser Wunsch
sogar in der Antwort derselben, dadurch, daß sie das
Haus des Kommandanten zur Zusammenkunft vorge-
schlagen, ausgedrückt scheine; ein Umstand, um des-
sentwillen ihr gerade diese Antwort, wie sie frei gestehen
müsse, sehr gefallen habe. Die Mutter bemerkte die
Unschicklichkeit der Rollen, die der Vater und der Bruder dabei zu spielen haben würden, bat die Tochter, die
Entfernung der Männer zuzulassen, wogegen sie in ihren
Wunsch willigen, und bei dem Empfang der Person
gegenwärtig sein wolle. Nach einer kurzen Besinnung
der Tochter ward dieser letzte Vorschlag endlich angenommen. Drauf nun erschien, nach einer, unter den
gespanntesten Erwartungen zugebrachten, Nacht der Morgen des gefürchteten Dritten. Als die Glocke eilf Uhr
schlug, saßen beide Frauen, festlich, wie zur Verlobung
angekleidet, im Besuchzimmer; das Herz klopfte ihnen,
daß man es gehört haben würde, wenn das Geräusch des
Tages geschwiegen hätte. Der eilfte Glockenschlag
summte noch, als Leopardo, der Jäger, eintrat, den der

Vater aus Tirol verschrieben hatte. Die Weiber erblaßten
bei diesem Anblick. Der Graf F..., sprach er, ist vorgefahren, und läßt sich anmelden. Der Graf F...! riefen
beide zugleich, von einer Art der Bestürzung in die andre
geworfen. Die Marquise rief: Verschließt die Türen! Wir
sind für ihn nicht zu Hause; stand auf, das Zimmer gleich
selbst zu verriegeln, und wollte eben den Jäger, der ihr
im Wege stand, hinausdrängen, als der Graf schon, in
genau demselben Kriegsrock, mit Orden und Waffen,
wie er sie bei der Eroberung des Forts getragen hatte, zu
ihr eintrat. Die Marquise glaubte vor Verwirrung in die
Erde zu sinken; sie griff nach einem Tuch, das sie auf
dem Stuhl hatte liegen lassen, und wollte eben in ein
Seitenzimmer entfliehn; doch Frau von G..., indem sie
die Hand derselben ergriff, rief: Julietta –! und wie
erstickt von Gedanken, ging ihr die Sprache aus. Sie
heftete die Augen fest auf den Grafen und wiederholte:
ich bitte dich, Julietta! indem sie nach sich zog: wen
erwarten wir denn –? Die Marquise rief, indem sie sich
plötzlich wandte: nun? doch ihn nicht –? und schlug mit
einem Blick funkelnd, wie ein Wetterstrahl, auf ihn ein,
indessen Blässe des Todes ihr Antlitz überflog. Der Graf
hatte ein Knie vor ihr gesenkt; die rechte Hand lag auf
seinem Herzen, das Haupt sanft auf seine Brust gebeugt,
lag er, und blickte hochglühend vor sich nieder, und
schwieg. Wen sonst, rief die Obristin mit beklemmter
Stimme, wen sonst, wir Sinnberaubten, als ihn –? Die
Marquise stand starr über ihm, und sagte: ich werde
wahnsinnig werden, meine Mutter! Du Törin, erwiderte
die Mutter, zog sie zu sich, und flüsterte ihr etwas in das
Ohr. Die Marquise wandte sich, und stürzte, beide
Hände vor das Gesicht, auf das Sofa nieder. Die Mutter
rief: Unglückliche! Was fehlt dir? Was ist geschehn,
worauf du nicht vorbereitet warst? – Der Graf wich nicht
von der Seite der Obristin; er faßte, immer noch auf
seinen Knieen liegend, den äußersten Saum ihres Kleides,
und küßte ihn. Liebe! Gnädige! Verehrungswürdigste!

flüsterte er: eine Träne rollte ihm die Wangen herab. Die Obristin sagte: stehn Sie auf, Herr Graf, stehn Sie auf! Trösten Sie jene; so sind wir alle versöhnt, so ist alles vergeben und vergessen. Der Graf erhob sich weinend. Er ließ sich von neuem vor der Marquise nieder, er faßte leise ihre Hand, als ob sie von Gold wäre, und der Duft der seinigen sie trüben könnte. Doch diese –: gehn Sie! gehn Sie! gehn Sie! rief sie, indem sie aufstand; auf einen Lasterhaften war ich gefaßt, aber auf keinen – – – Teufel! öffnete, indem sie ihm dabei, gleich einem Pestvergifteten, auswich, die Tür des Zimmers, und sagte: ruft den Obristen! Julietta! rief die Obristin mit Erstaunen. Die Marquise blickte, mit tötender Wildheit, bald auf den Grafen, bald auf die Mutter ein; ihre Brust flog, ihr Antlitz loderte: eine Furie blickt nicht schrecklicher. Der Obrist und der Forstmeister kamen. Diesem Mann, Vater, sprach sie, als jene noch unter dem Eingang waren, kann ich mich nicht vermählen! griff in ein Gefäß mit Weihwasser, das an der hinteren Tür befestigt war, besprengte, in einem großen Wurf, Vater und Mutter und Bruder damit, und verschwand.

Der Kommandant, von dieser seltsamen Erscheinung betroffen, fragte, was vorgefallen sei; und erblaßte, da er, in diesem entscheidenden Augenblick, den Grafen F... im Zimmer erblickte. Die Mutter nahm den Grafen bei der Hand und sagte: frage nicht; dieser junge Mann bereut von Herzen alles, was geschehen ist; gib deinen Segen, gib, gib: so wird sich alles noch glücklich endigen. Der Graf stand wie vernichtet. Der Kommandant legte seine Hand auf ihn; seine Augenwimpern zuckten, seine Lippen waren weiß, wie Kreide. Möge der Fluch des Himmels von diesen Scheiteln weichen! rief er: wann gedenken Sie zu heiraten? – Morgen, antwortete die Mutter für ihn, denn er konnte kein Wort hervorbringen, morgen oder heute, wie du willst; dem Herrn Grafen, der so viel schöne Beeiferung gezeigt hat, sein Vergehen wieder gut zu machen, wird immer die nächste

Stunde die liebste sein. – So habe ich das Vergnügen, Sie morgen um 11 Uhr in der Augustinerkirche zu finden! sagte der Kommandant; verneigte sich gegen ihn, rief Frau und Sohn ab, um sich in das Zimmer der Marquise zu verfügen, und ließ ihn stehen.

Man bemühte sich vergebens, von der Marquise den Grund ihres sonderbaren Betragens zu erfahren; sie lag im heftigsten Fieber, wollte durchaus von Vermählung nichts wissen, und bat, sie allein zu lassen. Auf die Frage: warum sie denn ihren Entschluß plötzlich geändert habe? und was ihr den Grafen gehässiger mache, als einen andern? sah sie den Vater mit großen Augen zerstreut an, und antwortete nichts. Die Obristin sprach: ob sie vergessen habe, daß sie Mutter sei? worauf sie erwiderte, daß sie, in diesem Falle, mehr an sich, als ihr Kind, denken müsse, und nochmals, indem sie alle Engel und Heiligen zu Zeugen anrief, versicherte, daß sie nicht heiraten würde. Der Vater, der sie offenbar in einem überreizten Gemützzustande sah, erklärte, daß sie ihr Wort halten müsse; verließ sie, und ordnete alles, nach gehöriger schriftlicher Rücksprache mit dem Grafen, zur Vermählung an. Er legte demselben einen Heiratskontrakt vor, in welchem dieser auf alle Rechte eines Gemahls Verzicht tat, dagegen sich zu allen Pflichten, die man von ihm fordern würde, verstehen sollte. Der Graf sandte das Blatt, ganz von Tränen durchfeuchtet, mit seiner Unterschrift zurück. Als der Kommandant am andern Morgen der Marquise dieses Papier überreichte, hatten sich ihre Geister ein wenig beruhigt. Sie durchlas es, noch im Bette sitzend, mehrere Male, legte es sinnend zusammen, öffnete es, und durchlas es wieder; und erklärte hierauf, daß sie sich um 11 Uhr in der Augustinerkirche einfinden würde. Sie stand auf, zog sich, ohne ein Wort zu sprechen, an, stieg, als die Glocke schlug, mit allen Ihrigen in den Wagen, und fuhr dahin ab.

Erst an dem Portal der Kirche war es dem Grafen erlaubt, sich an die Familie anzuschließen. Die Marquise sah, während der Feierlichkeit, starr auf das Altarbild; nicht ein flüchtiger Blick ward dem Manne zuteil, mit welchem sie die Ringe wechselte. Der Graf bot ihr, als die Trauung vorüber war, den Arm; doch sobald sie wieder aus der Kirche heraus waren, verneigte sich die Gräfin vor ihm: der Kommandant fragte, ob er die Ehre haben würde, ihn zuweilen in den Gemächern seiner Tochter zu sehen, worauf der Graf etwas stammelte, das niemand verstand, den Hut vor der Gesellschaft abnahm, und verschwand. Er bezog eine Wohnung in M..., in welcher er mehrere Monate zubrachte, ohne auch nur den Fuß in des Kommandanten Haus zu setzen, bei welchem die Gräfin zurückgeblieben war. Nur seinem zarten, würdigen und völlig musterhaften Betragen überall, wo er mit der Familie in irgend eine Berührung kam, hatte er es zu verdanken, daß er, nach der nunmehr erfolgten Entbindung der Gräfin von einem jungen Sohne, zur Taufe desselben eingeladen ward. Die Gräfin, die, mit Teppichen bedeckt, auf dem Wochenbette saß, sah ihn nur auf einen Augenblick, da er unter die Tür trat, und sie von weitem ehrfurchtsvoll grüßte. Er warf unter den Geschenken, womit die Gäste den Neugebornen bewillkommten, zwei Papiere auf die Wiege desselben, deren eines, wie sich nach seiner Entfernung auswies, eine Schenkung von 20 000 Rubel an den Knaben, und das andere ein Testament war, in dem er die Mutter, falls er stürbe, zur Erbin seines ganzen Vermögens einsetzte. Von diesem Tage an ward er, auf Veranstaltung der Frau von G..., öfter eingeladen; das Haus stand seinem Eintritt offen, es verging bald kein Abend, da er sich nicht darin gezeigt hätte. Er fing, da sein Gefühl ihm sagte, daß ihm von allen Seiten, um der gebrechlichen Einrichtung der Welt willen, verziehen sei, seine Bewerbung um die Gräfin, seine Gemahlin, von neuem an, erhielt, nach Verlauf eines Jahres, ein zweites Jawort von ihr, und auch eine zweite Hochzeit ward gefeiert, froher, als die erste, nach deren Abschluß die ganze Familie nach

V... hinauszog. Eine ganze Reihe von jungen Russen
folgte jetzt noch dem ersten; und da der Graf, in einer
glücklichen Stunde, seine Frau einst fragte, warum sie,
an jenem fürchterlichen Dritten, da sie auf jeden Lasterhaften gefaßt schien, vor ihm, gleich einem Teufel, geflo-
hen wäre, antwortete sie, indem sie ihm um den Hals
fiel: er würde ihr damals nicht wie ein Teufel erschienen
sein, wenn er ihr nicht, bei seiner ersten Erscheinung,
wie ein Engel vorgekommen wäre.

# Das Erdbeben in Chili

In St. Jago, der Hauptstadt des Königreichs Chili, stand gerade in dem Augenblicke der großen Erderschütterung vom Jahre 1647, bei welcher viele tausend Menschen ihren Untergang fanden, ein junger, auf ein Verbrechen angeklagter Spanier, namens *Jeronimo Rugera*, an einem Pfeiler des Gefängnisses, in welches man ihn eingesperrt hatte, und wollte sich erhenken. *Don Henrico Asteron*, einer der reichsten Edelleute der Stadt, hatte ihn ungefähr ein Jahr zuvor aus seinem Hause, wo er als Lehrer angestellt war, entfernt, weil er sich mit *Donna Josephe*, seiner einzigen Tocher, in einem zärtlichen Einverständnis befunden hatte. Eine geheime Bestellung, die dem alten Don, nachdem er die Tochter nachdrücklich gewarnt hatte, durch die hämische Aufmerksamkeit seines stolzen Sohnes verraten worden war, entrüstete ihn dergestalt, daß er sie in dem Karmeliterkloster unsrer lieben Frauen vom Berge daselbst unterbrachte.

Durch einen glücklichen Zufall hatte Jeronimo hier die Verbindung von neuem anzuknüpfen gewußt, und in einer verschwiegenen Nacht den Klostergarten zum Schauplatze seines vollen Glückes gemacht. Es war am Fronleichnamsfeste, und die feierliche Prozession der Nonnen, welchen die Novizen folgten, nahm eben ihren Anfang, als die unglückliche Josephe, bei dem Anklange der Glocken, in Mutterwehen auf den Stufen der Kathedrale niedersank.

Dieser Vorfall machte außerordentliches Aufsehn; man brachte die junge Sünderin, ohne Rücksicht auf ihren Zustand, sogleich in ein Gefängnis, und kaum war sie aus den Wochen erstanden, als ihr schon, auf Befehl des Erzbischofs, der geschärfteste Prozeß gemacht ward. Man sprach in der Stadt mit einer so großen Erbitterung von diesem Skandal, und die Zungen fielen so scharf über das ganze Kloster her, in welchem er sich zugetragen hatte, daß weder die Fürbitte der Familie Asteron, noch auch sogar der Wunsch der Äbtissin selbst, welche das junge Mädchen wegen ihres sonst untadelhaften Betragens lieb gewonnen hatte, die Strenge, mit welcher das klösterliche Gesetz sie bedrohte, mildern konnte. Alles, was geschehen konnte, war, daß der Feuertod, zu dem sie verurteilt wurde, zur großen Entrüstung der Matronen und Jungfrauen von St. Jago, durch einen Machtspruch des Vizekönigs, in eine Enthauptung verwandelt ward.

Man vermietete in den Straßen, durch welche der Hinrichtungszug gehen sollte, die Fenster, man trug die Dächer der Häuser ab, und die frommen Töchter der Stadt luden ihre Freundinnen ein, um dem Schauspiele, das der göttlichen Rache gegeben wurde, an ihrer schwesterlichen Seite beizuwohnen.

Jeronimo, der inzwischen auch in ein Gefängnis gesetzt worden war, wollte die Besinnung verlieren, als er diese ungeheure Wendung der Dinge erfuhr. Vergebens sann er auf Rettung: überall, wohin ihn auch der Fittig der vermessensten Gedanken trug, stieß er auf Riegel und Mauern, und ein Versuch, die Gitterfenster zu durchfeilen, zog ihm, da er entdeckt ward, eine nur noch engere Einsperrung zu. Er warf sich vor dem Bildnisse der heiligen Mutter Gottes nieder, und betete mit unendlicher Inbrunst zu ihr, als der einzigen, von der ihm jetzt noch Rettung kommen könnte.

Doch der gefürchtete Tag erschien, und mit ihm in seiner Brust die Überzeugung von der völligen Hoffnungslosigkeit seiner Lage. Die Glocken, welche Josephen zum Richtplatze begleiteten, ertönten, und Verzweiflung bemächtigte sich seiner Seele. Das Leben schien ihm verhaßt, und er beschloß, sich durch einen Strick, den ihm der Zufall gelassen hatte, den Tod zu geben. Eben stand er, wie schon gesagt, an einem Wandpfeiler, und befestigte den Strick, der ihn dieser jammervollen Welt entreißen sollte, an eine Eisenklammer, die

an dem Gesimse derselben eingefugt war; als plötzlich
der größte Teil der Stadt, mit einem Gekrache, als ob das
Firmament einstürzte, versank, und alles, was Leben
atmete, unter seinen Trümmern begrub. Jeronimo
Rugera war starr vor Entsetzen; und gleich als ob sein
ganzes Bewußtsein zerschmettert worden wäre, hielt er
sich jetzt an dem Pfeiler, an welchem er hatte sterben
wollen, um nicht umzufallen. Der Boden wankte unter
seinen Füßen, alle Wände des Gefängnisses rissen, der
ganze Bau neigte sich, nach der Straße zu einzustürzen,
und nur der, seinem langsamen Fall begegnende, Fall des
gegenüberstehenden Gebäudes verhinderte, durch eine
zufällige Wölbung, die gänzliche Zubodenstreckung desselben. Zitternd, mit sträubenden Haaren, und Knieen,
die unter ihm brechen wollten, glitt Jeronimo über den
schiefgesenkten Fußboden hinweg, der Öffnung zu, die
der Zusammenschlag beider Häuser in die vordere Wand
des Gefängnisses eingerissen hatte.

Kaum befand er sich im Freien, als die ganze, schon
erschütterte Straße auf eine zweite Bewegung der Erde
völlig zusammenfiel. Besinnungslos, wie er sich aus diesem allgemeinen Verderben retten würde, eilte er, über
Schutt und Gebälk hinweg, indessen der Tod von allen
Seiten Angriffe auf ihn machte, nach einem der nächsten
Tore der Stadt. Hier stürzte noch ein Haus zusammen,
und jagte ihn, die Trümmer weit umherschleudernd, in
eine Nebenstraße; hier leckte die Flamme schon, in
Dampfwolken blitzend, aus allen Giebeln, und trieb ihn
schreckenvoll in eine andere; hier wälzte sich, aus seinem Gestade gehoben, der Mapochofluß auf ihn heran,
und riß ihn brüllend in eine dritte. Hier lag ein Haufen
Erschlagener, hier ächzte noch eine Stimme unter dem
Schutte, hier schrieen Leute von brennenden Dächern
herab, hier kämpften Menschen und Tiere mit den Wellen, hier war ein mutiger Retter bemüht, zu helfen; hier
stand ein anderer, bleich wie der Tod, und streckte
sprachlos zitternde Hände zum Himmel. Als Jeronimo

das Tor erreicht, und einen Hügel jenseits desselben bestiegen hatte, sank er ohnmächtig auf demselben nieder.

Er mochte wohl eine Viertelstunde in der tiefsten Bewußtlosigkeit gelegen haben, als er endlich wieder erwachte, und sich, mit nach der Stadt gekehrtem Rükken, halb auf dem Erdboden erhob. Er befühlte sich Stirn und Brust, unwissend, was er aus seinem Zustande machen sollte, und ein unsägliches Wonnegefühl ergriff ihn, als ein Westwind, vom Meere her, sein wiederkehrendes Leben anwehte, und sein Auge sich nach allen Richtungen über die blühende Gegend von St. Jago hinwandte. Nur die verstörten Menschenhaufen, die sich überall blicken ließen, beklemmten sein Herz; er begriff nicht, was ihn und sie hiehergeführt haben konnte, und erst, da er sich umkehrte, und die Stadt hinter sich versunken sah, erinnerte er sich des schrecklichen Augenblicks, den er erlebt hatte. Er senkte sich so tief, daß seine Stirn den Boden berührte, Gott für seine wunderbare Errettung zu danken; und gleich, als ob der eine entsetzliche Eindruck, der sich seinem Gemüt eingeprägt hatte, alle früheren daraus verdrängt hätte, weinte er vor Lust, daß er sich des lieblichen Lebens, voll bunter Erscheinungen, noch erfreue.

Drauf, als er eines Ringes an seiner Hand gewahrte, erinnerte er sich plötzlich auch Josephens; und mit ihr seines Gefängnisses, der Glocken, die er dort gehört hatte, und des Augenblicks, der dem Einsturze desselben vorangegangen war. Tiefe Schwermut erfüllte wieder seine Brust; sein Gebet fing ihn zu reuen an, und fürchterlich schien ihm das Wesen, das über den Wolken waltet. Er mischte sich unter das Volk, das überall, mit Rettung des Eigentums beschäftigt, aus den Toren stürzte, und wagte schüchtern nach der Tochter Asterons, und ob die Hinrichtung an ihr vollzogen worden sei, zu fragen; doch niemand war, der ihm umständliche Auskunft gab. Eine Frau, die auf einem fast zur Erde gedrückten Nacken eine ungeheure Last von Gerätschaf-

ten und zwei Kinder, an der Brust hängend, trug, sagte
im Vorbeigehen, als ob sie es selbst angesehen hätte: daß
sie enthauptet worden sei. Jeronimo kehrte sich um; und
da er, wenn er die Zeit berechnete, selbst an ihrer Vollendung nicht zweifeln konnte, so setzte er sich in einem
einsamen Walde nieder, und überließ sich seinem vollen
Schmerz. Er wünschte, daß die zerstörende Gewalt der
Natur von neuem über ihn einbrechen möchte. Er begriff
nicht, warum er dem Tode, den seine jammervolle Seele
suchte, in jenen Augenblicken, da er ihm freiwillig von
allen Seiten rettend erschien, entflohen sei. Er nahm sich
fest vor, nicht zu wanken, wenn auch jetzt die Eichen
entwurzelt werden, und ihre Wipfel über ihn zusammen-
stürzen sollten. Darauf nun, da er sich ausgeweint hatte,
und ihm, mitten unter den heißesten Tränen, die Hoffnung wieder erschienen war, stand er auf, und durch-
streifte nach allen Richtungen das Feld. Jeden Berggipfel,
auf dem sich die Menschen versammelt hatten, besuchte
er; auf allen Wegen, wo sich der Strom der Flucht noch
bewegte, begegnete er ihnen; wo nur irgend ein weibli-
ches Gewand im Winde flatterte, da trug ihn sein zitternder Fuß hin: doch keines deckte die geliebte Tochter
Asterons. Die Sonne neigte sich, und mit ihr seine Hoffnung schon wieder zum Untergange, als er den Rand
eines Felsens betrat, und sich ihm die Aussicht in ein
weites, nur von wenig Menschen besuchtes Tal eröffnete.
Er durchlief, unschlüssig, was er tun sollte, die einzelnen
Gruppen derselben, und wollte sich schon wieder wenden, als er plötzlich an einer Quelle, die die Schlucht
bewässerte, ein junges Weib erblickte, beschäftigt, ein
Kind in seinen Fluten zu reinigen. Und das Herz hüpfte
ihm bei diesem Anblick: er sprang voll Ahndung über die
Gesteine herab, und rief: O Mutter Gottes, du Heilige!
und erkannte Josephen, als sie sich bei dem Geräusche
schüchtern umsah. Mit welcher Seligkeit umarmten sie
sich, die Unglücklichen, die ein Wunder des Himmels
gerettet hatte!

Josephe war, auf ihrem Gang zum Tode, dem Richtplatze schon ganz nahe gewesen, als durch den krachen-
den Einsturz der Gebäude plötzlich der ganze Hinrichtungszug auseinander gesprengt ward. Ihre ersten entset-
zensvollen Schritte trugen sie hierauf dem nächsten Tore
zu; doch die Besinnung kehrte ihr bald wieder, und sie
wandte sich, um nach dem Kloster zu eilen, wo ihr
kleiner, hülfloser Knabe zurückgeblieben war. Sie fand
das ganze Kloster schon in Flammen, und die Äbtissin,
die ihr in jenen Augenblicken, die ihre letzten sein
sollten, Sorge für den Säugling angelobt hatte, schrie
eben, vor den Pforten stehend, nach Hülfe, um ihn zu
retten. Josephe stürzte sich, unerschrocken durch den
Dampf, der ihr entgegenqualmte, in das von allen Seiten
schon zusammenfallende Gebäude, und gleich, als ob
alle Engel des Himmels sie umschirmten, trat sie mit ihm
unbeschädigt wieder aus dem Portal hervor. Sie wollte
der Äbtissin, welche die Hände über ihr Haupt zusammenschlug, eben in die Arme sinken, als diese, mit fast
allen ihren Klosterfrauen, von einem herabfallenden Giebel des Hauses, auf eine schmähliche Art erschlagen
ward. Josephe bebte bei diesem entsetzlichen Anblicke
zurück; sie drückte der Äbtissin flüchtig die Augen zu,
und floh, ganz von Schrecken erfüllt, den teuern Knaben, den ihr der Himmel wieder geschenkt hatte, dem
Verderben zu entreißen.

Sie hatte noch wenig Schritte getan, als ihr auch schon
die Leiche des Erzbischofs begegnete, die man soeben
zerschmettert aus dem Schutt der Kathedrale hervorge-
zogen hatte. Der Palast des Vizekönigs war versunken,
der Gerichtshof, in welchem ihr das Urteil gesprochen
worden war, stand in Flammen, und an die Stelle, wo
sich ihr väterliches Haus befunden hatte, war ein See
getreten, und kochte rötliche Dämpfe aus. Josephe raffte
alle ihre Kräfte zusammen, sich zu halten. Sie schritt, den
Jammer von ihrer Brust entfernend, mutig mit ihrer
Beute von Straße zu Straße, und war schon dem Tore

nah, als sie auch das Gefängnis, in welchem Jeronimo geseufzt hatte, in Trümmern sah. Bei diesem Anblicke wankte sie, und wollte besinnungslos an einer Ecke niedersinken; doch in demselben Augenblick jagte sie der Sturz eines Gebäudes hinter ihr, das die Erschütterungen schon ganz aufgelöst hatten, durch das Entsetzen gestärkt, wieder auf; sie küßte das Kind, drückte sich die Tränen aus den Augen, und erreichte, nicht mehr auf die Greuel, die sie umringten, achtend, das Tor. Als sie sich im Freien sah, schloß sie bald, daß nicht jeder, der ein zertrümmertes Gebäude bewohnt hatte, unter ihm notwendig müsse zerschmettert worden sein.

An dem nächsten Scheidewege stand sie still, und harrte, ob nicht einer, der ihr, nach dem kleinen Philipp, der liebste auf der Welt war, noch erscheinen würde. Sie ging, weil niemand kam, und das Gewühl der Menschen anwuchs, weiter, und kehrte sich wieder um, und harrte wieder; und schlich, viel Tränen vergießend, in ein dunkles, von Pinien beschattetes Tal, um seiner Seele, die sie entflohen glaubte, nachzubeten; und fand ihn hier, diesen Geliebten, im Tale, und Seligkeit, als ob es das Tal von Eden gewesen wäre.

Dies alles erzählte sie jetzt voll Rührung dem Jeronimo, und reichte ihm, da sie vollendet hatte, den Knaben zum Küssen dar. – Jeronimo nahm ihn, und hätschelte ihn in unsäglicher Vaterfreude, und verschloß ihm, da er das fremde Antlitz anweinte, mit Liebkosungen ohne Ende den Mund. Indessen war die schönste Nacht herabgestiegen, voll wundermilden Duftes, so silberglänzend und still, wie nur ein Dichter davon träumen mag. Überall, längs der Talquelle, hatten sich, im Schimmer des Mondscheins, Menschen niedergelassen, und bereiteten sich sanfte Lager von Moos und Laub, um von einem so qualvollen Tage auszuruhen. Und weil die Armen immer noch jammerten; dieser, daß er sein Haus, jener, daß er Weib und Kind, und der dritte, daß er alles verloren habe: so schlichen Jeronimo und Josephe in ein dichteres Gebüsch, um durch das heimliche Gejauchz ihrer Seelen niemand zu betrüben. Sie fanden einen prachtvollen Granatapfelbaum, der seine Zweige, voll duftender Früchte, weit ausbreitete; und die Nachtigall flötete im Wipfel ihr wollüstiges Lied. Hier ließ sich Jeronimo am Stamme nieder, und Josephe in seinem, Philipp in Josephens Schoß, saßen sie, von seinem Mantel bedeckt, und ruhten. Der Baumschatten zog, mit seinen verstreuten Lichtern, über sie hinweg, und der Mond erblaßte schon wieder vor der Morgenröte, ehe sie einschliefen. Denn Unendliches hatten sie zu schwatzen vom Klostergarten und den Gefängnissen, und was sie um einander gelitten hätten; und waren sehr gerührt, wenn sie dachten, wie viel Elend über die Welt kommen mußte, damit sie glücklich würden!

Sie beschlossen, sobald die Erderschütterungen aufgehört haben würden, nach La Conception zu gehen, wo Josephe eine vertraute Freundin hatte, sich mit einem kleinen Vorschuß, den sie von ihr zu erhalten hoffte, von dort nach Spanien einzuschiffen, wo Jeronimos mütterliche Verwandten wohnten, und daselbst ihr glückliches Leben zu beschließen. Hierauf, unter vielen Küssen, schliefen sie ein.

Als sie erwachten, stand die Sonne schon hoch am Himmel, und sie bemerkten in ihrer Nähe mehrere Familien, beschäftigt, sich am Feuer ein kleines Morgenbrot zu bereiten. Jeronimo dachte eben auch, wie er Nahrung für die Seinigen herbeischaffen sollte, als ein junger wohlgekleideter Mann, mit einem Kinde auf dem Arm, zu Josephen trat, und sie mit Bescheidenheit fragte: ob sie diesem armen Wurme, dessen Mutter dort unter den Bäumen beschädigt liege, nicht auf kurze Zeit ihre Brust reichen wolle? Josephe war ein wenig verwirrt, als sie in ihm einen Bekannten erblickte; doch da er, indem er ihre Verwirrung falsch deutete, fortfuhr: es ist nur auf wenige Augenblicke, Donna Josephe, und dieses Kind hat, seit jener Stunde, die uns alle unglücklich gemacht hat, nichts genossen; so sagte sie: »ich schwieg – aus einem andern Grunde, Don Fernando; in diesen schrecklichen Zeiten weigert sich niemand, von dem, was er besitzen mag, mitzuteilen«: und nahm den kleinen Fremdling, indem sie ihr eigenes Kind dem Vater gab, und legte ihn an ihre Brust. Don Fernando war sehr dankbar für diese Güte, und fragte: ob sie sich nicht mit ihm zu jener Gesellschaft verfügen wollten, wo eben jetzt beim Feuer ein kleines Frühstück bereitet werde? Josephe antwortete, daß sie dies Anerbieten mit Vergnügen annehmen würde, und folgte ihm, da auch Jeronimo nichts einzuwenden hatte, zu seiner Familie, wo sie auf das innigste und zärtlichste von Don Fernandos beiden Schwägerinnen, die sie als sehr würdige junge Damen kannte, empfangen ward.

Donna Elvire, Don Fernandos Gemahlin, welche schwer an den Füßen verwundet auf der Erde lag, zog Josephen, da sie ihren abgehärmten Knaben an der Brust derselben sah, mit vieler Freundlichkeit zu sich nieder. Auch Don Pedro, sein Schwiegervater, der an der Schulter verwundet war, nickte ihr liebreich mit dem Haupte zu. –

In Jeronimos und Josephens Brust regten sich Gedanken von seltsamer Art. Wenn sie sich mit so vieler Vertraulichkeit und Güte behandelt sahen, so wußten sie nicht, was sie von der Vergangenheit denken sollten, vom Richtplatze, von dem Gefängnisse, und der Glocke; und ob sie bloß davon geträumt hätten? Es war, als ob die Gemüter, seit dem fürchterlichen Schlage, der sie durchdröhnt hatte, alle versöhnt wären. Sie konnten in der Erinnerung gar nicht weiter, als bis auf ihn, zurückgehen. Nur Donna Elisabeth, welche bei einer Freundin, auf das Schauspiel des gestrigen Morgens, eingeladen worden war, die Einladung aber nicht angenommen hatte, ruhte zuweilen mit träumerischem Blicke auf Josephen; doch der Bericht, der über irgend ein neues gräßliches Unglück erstattet ward, riß ihre, der Gegenwart kaum entflohene Seele schon wieder in dieselbe zurück.

Man erzählte, wie die Stadt gleich nach der ersten Haupterschütterung von Weibern ganz voll gewesen, die vor den Augen aller Männer niedergekommen seien; wie die Mönche darin, mit dem Kruzifix in der Hand, umhergelaufen wären, und geschrieen hätten: das Ende der Welt sei da! wie man einer Wache, die auf Befehl des Vizekönigs verlangte, eine Kirche zu räumen, geantwortet hätte: es gäbe keinen Vizekönig von Chili mehr! wie der Vizekönig in den schrecklichsten Augenblicken hätte müssen Galgen aufrichten lassen, um der Dieberei Einhalt zu tun; und wie ein Unschuldiger, der sich von hinten durch ein brennendes Haus gerettet, von dem Besitzer aus Übereilung ergriffen, und sogleich auch aufgeknüpft worden wäre.

Donna Elvire, bei deren Verletzungen Josephe viel beschäftigt war, hatte in einem Augenblick, da gerade die Erzählungen sich am lebhaftesten kreuzten, Gelegenheit genommen, sie zu fragen: wie es denn ihr an diesem fürchterlichen Tag ergangen sei? Und da Josephe ihr, mit beklemmtem Herzen, einige Hauptzüge davon angab, so ward ihr die Wollust, Tränen in die Augen dieser Dame treten zu sehen; Donna Elvire ergriff ihre Hand, und drückte sie, und winkte ihr, zu schweigen. Josephe dünkte sich unter den Seligen. Ein Gefühl, das sie nicht unterdrücken konnte, nannte den verfloßnen Tag, so viel Elend er auch über die Welt gebracht hatte, eine Wohltat, wie der Himmel noch keine über sie verhängt hatte. Und in der Tat schien, mitten in diesen gräßlichen Augenblicken, in welchen alle irdischen Güter der Menschen zu Grunde gingen, und die ganze Natur verschüttet zu werden drohte, der menschliche Geist selbst, wie eine schöne Blume, aufzugehn. Auf den Feldern, so weit das Auge reichte, sah man Menschen von allen Ständen durcheinander liegen, Fürsten und Bettler, Matronen und Bäuerinnen, Staatsbeamte und Tagelöhner, Kloster-

herren und Klosterfrauen: einander bemitleiden, sich
wechselseitig Hülfe reichen, von dem, was sie zur Erhaltung ihres Lebens gerettet haben mochten, freudig mitteilen, als ob das allgemeine Unglück alles, was ihm
entronnen war, zu *einer* Familie gemacht hätte.

Statt der nichtssagenden Unterhaltungen, zu welchen
sonst die Welt an den Teetischen den Stoff hergegeben
hatte, erzählte man jetzt Beispiele von ungeheuern
Taten: Menschen, die man sonst in der Gesellschaft
wenig geachtet hatte, hatten Römergröße gezeigt; Beispiele zu Haufen von Unerschrockenheit, von freudiger
Verachtung der Gefahr, von Selbstverleugnung und der
göttlichen Aufopferung, von ungesäumter Wegwerfung
des Lebens, als ob es, dem nichtswürdigsten Gute gleich,
auf dem nächsten Schritte schon wiedergefunden würde.
Ja, da nicht einer war, für den nicht an diesem Tage etwas
Rührendes geschehen wäre, oder der nicht selbst etwas
Großmütiges getan hätte, so war der Schmerz in jeder
Menschenbrust mit so viel süßer Lust vermischt, daß
sich, wie sie meinte, gar nicht angeben ließ, ob die
Summe des allgemeinen Wohlseins nicht von der einen
Seite um ebenso viel gewachsen war, als sie von der
anderen abgenommen hatte.

Jeronimo nahm Josephen, nachdem sich beide in diesen Betrachtungen stillschweigend erschöpft hatten,
beim Arm, und führte sie mit unaussprechlicher Heiterkeit unter den schattigen Lauben des Granatwaldes auf
und nieder. Er sagte ihr, daß er, bei dieser Stimmung der
Gemüter und dem Umsturz aller Verhältnisse, seinen
Entschluß, sich nach Europa einzuschiffen, aufgebe; daß
er vor dem Vizekönig, der sich seiner Sache immer
günstig gezeigt, falls er noch am Leben sei, einen Fußfall
wagen würde; und daß er Hoffnung habe (wobei er ihr
einen Kuß aufdrückte), mit ihr in Chili zurückzubleiben.
Josephe antwortete, daß ähnliche Gedanken in ihr aufge-
stiegen wären; daß auch sie nicht mehr, falls ihr Vater
nur noch am Leben sei, ihn zu versöhnen zweifle; daß sie

aber statt des Fußfalles lieber nach La Conception zu gehen, und von dort aus schriftlich das Versöhnungsgeschäft mit dem Vizekönig zu betreiben rate, wo man auf jeden Fall in der Nähe des Hafens wäre, und für den besten, wenn das Geschäft die erwünschte Wendung nähme, ja leicht wieder nach St. Jago zurückkehren könnte. Nach einer kurzen Überlegung gab Jeronimo der Klugheit dieser Maßregel seinen Beifall, führte sie noch ein wenig, die heitern Momente der Zukunft überfliegend, in den Gängen umher, und kehrte mit ihr zur Gesellschaft zurück.

Inzwischen war der Nachmittag herangekommen, und die Gemüter der herumschwärmenden Flüchtlinge hatten sich, da die Erdstöße nachließen, nur kaum wieder ein wenig beruhigt, als sich schon die Nachricht verbreitete, daß in der Dominikanerkirche, der einzigen, welche das Erdbeben verschont hatte, eine feierliche Messe von dem Prälaten des Klosters selbst gelesen werden würde, den Himmel um Verhütung fernerer Unglücks anzuflehen.

Das Volk brach schon aus allen Gegenden auf, und eilte in Strömen zur Stadt. In Don Fernandos Gesellschaft ward die Frage aufgeworfen, ob man nicht auch an dieser Feierlichkeit Teil nehmen, und sich dem allgemeinen Zuge anschließen solle? Donna Elisabeth erinnerte, mit einiger Beklemmung, was für ein Unheil gestern in der Kirche vorgefallen sei; daß solche Dankfeste ja wiederholt werden würden, und daß man sich der Empfindung alsdann, weil die Gefahr schon mehr vorüber wäre, mit desto größerer Heiterkeit und Ruhe überlassen könnte. Josephe äußerte, indem sie mit einiger Begeisterung sogleich aufstand, daß sie den Drang, ihr Antlitz vor dem Schöpfer in den Staub zu legen, niemals lebhafter empfunden habe, als eben jetzt, wo er seine unbegreifliche und erhabene Macht so entwicke. Donna Elvire erklärte sich mit Lebhaftigkeit für Josephens Meinung. Sie bestand darauf, daß man die Messe hören sollte, und rief Don Fernando auf, die Gesellschaft zu führen, worauf sich alles, Donna Elisabeth auch, von den Sitzen erhob. Da man jedoch letztere, mit heftig arbeitender Brust, die kleinen Anstalten zum Aufbruche zaudernd betreiben sah, und sie, auf die Frage: was ihr fehle? antwortete: sie wisse nicht, welch eine unglückliche Ahndung in ihr sei? so beruhigte sie Donna Elvire, und forderte sie auf, bei ihr und ihrem kranken Vater zurückzubleiben. Josephe sagte: so werden Sie mir wohl, Donna Elisabeth, diesen kleinen Liebling abnehmen, der sich schon wieder, wie Sie sehen, bei mir eingefunden hat. Sehr gern, antwortete Donna Elisabeth, und machte Anstalten ihn zu ergreifen; doch da dieser über das Unrecht, das ihm geschah, kläglich schrie, und auf keine Art darein willigte, so sagte Josephe lächelnd, daß sie ihn nur behalten wolle, und küßte ihn wieder still. Hierauf bot Don Fernando, dem die ganze Würdigkeit und Anmut ihres Betragens sehr gefiel, ihr den Arm; Jeronimo, welcher den kleinen Philipp trug, führte Donna Constanzen; die übrigen Mitglieder, die sich bei der Gesellschaft eingefunden hatten, folgten; und in dieser Ordnung ging der Zug nach der Stadt.

Sie waren kaum funfzig Schritte gegangen, als man Donna Elisabeth welche inzwischen heftig und heimlich mit Donna Elvire gesprochen hatte: Don Fernando! rufen hörte, und dem Zuge mit unruhigen Tritten nacheilen sah. Don Fernando hielt, und kehrte sich um; harrte ihrer, ohne Josephen loszulassen, und fragte, da sie, gleich als ob sie auf sein Entgegenkommen wartete, in einiger Ferne stehen blieb: was sie wolle? Donna Elisabeth näherte sich ihm hierauf, obschon, wie es schien, mit Widerwillen, und raunte ihm, doch so, daß Josephe es nicht hören konnte, einige Worte ins Ohr. Nun? fragte Don Fernando: und das Unglück, das daraus entstehen kann? Donna Elisabeth fuhr fort, ihm mit verstörtem Gesicht ins Ohr zu zischeln. Don Fernando stieg eine Röte des Unwillens ins Gesicht; er antwortete:

es wäre gut! Donna Elvire möchte sich beruhigen; und
führte seine Dame weiter. –

Als sie in der Kirche der Dominikaner ankamen, ließ
sich die Orgel schon mit musikalischer Pracht hören,
und eine unermeßliche Menschenmenge wogte darin.
Das Gedränge erstreckte sich bis weit vor den Portalen
auf den Vorplatz der Kirche hinaus, und an den Wänden
hoch, in den Rahmen der Gemälde, hingen Knaben, und
hielten mit erwartungsvollen Blicken ihre Mützen in der
Hand. Von allen Kronleuchtern strahlte es herab, die
Pfeiler warfen, bei der einbrechenden Dämmerung,
geheimnisvolle Schatten, die große von gefärbtem Glas
gearbeitete Rose in der Kirche äußerstem Hintergrunde
glühte, wie die Abendsonne selbst, die sie erleuchtete,
und Stille herrschte, da die Orgel jetzt schwieg, in der
ganzen Versammlung, als hätte keiner einen Laut in der
Brust. Niemals schlug aus einem christlichen Dom eine
solche Flamme der Inbrunst gen Himmel, wie heute aus
dem Dominikanerdom zu St. Jago; und keine menschliche Brust gab wärmere Glut dazu her, als Jeronimos und
Josephens!

Die Feierlichkeit fing mit einer Predigt an, die der
ältesten Chorherren einer, mit dem Festschmuck angetan, von der Kanzel hielt. Er begann gleich mit Lob,
Preis und Dank, seine zitternden, vom Chorhemde weit
umflossenen Hände hoch gen Himmel erhebend, daß
noch Menschen seien, auf diesem, in Trümmer zerfallen-
den Teile der Welt, fähig, zu Gott empor zu stammeln.
Er schilderte, was auf den Wink des Allmächtigen
geschehen war; das Weltgericht kann nicht entsetzlicher
sein; und als er das gestrige Erdbeben gleichwohl, auf
einen Riß, den der Dom erhalten hatte, hinzeigend,
einen bloßen Vorboten davon nannte, lief ein Schauder
über die ganze Versammlung. Hierauf kam er, im Flusse
priesterlicher Beredsamkeit, auf das Sittenverderbnis der
Stadt; Greuel, wie Sodom und Gomorrha sie nicht
sahen, straft' er an ihr; und nur der unendlichen Lang-

mut Gottes schrieb er es zu, daß sie noch nicht gänzlich vom Erdboden vertilgt worden sei.

Aber wie dem Dolche gleich fuhr es durch die von dieser Predigt schon ganz zerrissenen Herzen unserer beiden Unglücklichen, als der Chorherr bei dieser Gelegenheit umständlich des Frevels erwähnte, der in dem Klostergarten der Karmeliterinnen verübt worden war; die Schonung, die er bei der Welt gefunden hatte, gottlos nannte, und in einer von Verwünschungen erfüllten Seitenwendung, die Seelen der Täter, wörtlich genannt, allen Fürsten der Hölle übergab! Donna Constanze rief, indem sie an Jeronimos Armen zuckte: Don Fernando! Doch dieser antwortete so nachdrücklich und doch so heimlich, wie sich beides verbinden ließ: »Sie schweigen, Donna, Sie rühren auch den Augapfel nicht, und tun, als ob Sie in eine Ohnmacht versänken; worauf wir die Kirche verlassen.« Doch, ehe die Donna Constanze diese sinnreiche zur Rettung erfundene Maßregel noch ausgeführt hatte, rief schon eine Stimme, des Chorherrn Predigt laut unterbrechend, aus: Weichet fern hinweg, ihr Bürger von St. Jago, hier stehen diese gottlosen Menschen! Und als eine andere Stimme schreckenvoll, indessen sich ein weiter Kreis des Entsetzens um sie bildete, fragte: wo? hier! versetzte ein Dritter, und zog, heiliger Ruchlosigkeit voll, Josephen bei den Haaren nieder, daß sie mit Don Fernandos Sohne zu Boden getaumelt wäre, wenn dieser sie nicht gehalten hätte. »Seid ihr wahnsinnig?« rief der Jüngling, und schlug den Arm um Josephen: »ich bin Don Fernando Ormez, Sohn des Kommandanten der Stadt, den ihr alle kennt.« Don Fernando Ormez? rief, dicht vor ihn hingestellt, ein Schuhflicker, der für Josephen gearbeitet hatte, und diese wenigstens so genau kannte, als ihre kleinen Füße. Wer ist der Vater zu diesem Kinde? wandte er sich mit frechem Trotz zur Tochter Asterons. Don Fernando erblaßte bei dieser Frage. Er sah bald den Jeronimo schüchtern an, bald überflog er die Versammlung, ob nicht einer sei, der ihn kenne? Josephe rief, von entsetzlichen Verhältnissen gedrängt: dies ist nicht mein Kind, Meister Pedrillo, wie Er glaubt; indem sie, in unendlicher Angst der Seele, auf Don Fernando blickte: dieser junge Herr ist Don Fernando Ormez, Sohn des Kommandanten der Stadt, den ihr alle kennt! Der Schuster fragte: wer von euch, ihr Bürger, kennt diesen jungen Mann? Und mehrere der Umstehenden wiederholten: wer kennt den Jeronimo Rugera? Der trete vor! Nun traf es sich, daß in demselben Augenblicke der kleine Juan, durch den Tumult erschreckt, von Josephens Brust weg Don Fernando in die Arme strebte. Hierauf: Er *ist* der Vater! schrie eine Stimme; und: er *ist* Jeronimo Rugera! eine andere; und: sie *sind* die gotteslästerlichen Menschen! eine dritte; und: steinigt sie! steinigt sie! die ganze im Tempel Jesu versammelte Christenheit! Drauf jetzt Jeronimo: Halt! Ihr Unmenschlichen! Wenn ihr den Jeronimo Rugera sucht: hier ist er! Befreit jenen Mann, welcher unschuldig ist! –

Der wütende Haufen, durch die Äußerung Jeronimos verwirrt, stutzte; mehrere Hände ließen Don Fernando los; und da in demselben Augenblick ein Marine-Offizier von bedeutendem Rang herbeieilte, und, indem er sich durch den Tumult drängte, fragte: Don Fernando Ormez! Was ist Euch widerfahren? so antwortete dieser, nun völlig befreit, mit wahrer heldenmütiger Besonnenheit: »Ja, sehen Sie, Don Alonzo, die Mordknechte! Ich wäre verloren gewesen, wenn dieser würdige Mann sich nicht, die rasende Menge zu beruhigen, für Jeronimo Rugera ausgegeben hätte. Verhaften Sie ihn, wenn Sie die Güte haben wollen, nebst dieser jungen Dame, zu ihrer beiderseitigen Sicherheit; und diesen Nichtswürdigen«, indem er Meister Pedrillo ergriff, »der den ganzen Aufruhr angezettelt hat!« Der Schuster rief: Don Alonzo Onoreja, ich frage Euch auf Euer Gewissen, ist dieses Mädchen nicht Josephe Asteron? Da nun Don Alonzo, welcher Josephen sehr genau kannte, mit der Antwort zauderte, und mehrere Stimmen, dadurch von neuem zur

Wut entflammt, riefen: sie ists, sie ists! und: bringt sie zu
Tode! so setzte Josephe den kleinen Philipp, den Jeronimo bisher getragen hatte, samt dem kleinen Juan, auf
Don Fernandos Arm, und sprach: gehn Sie, Don Fernando, retten Sie Ihre beiden Kinder, und überlassen Sie
uns unserm Schicksale!

Don Fernando nahm die beiden Kinder und sagte: er
wolle eher umkommen, als zugeben, daß seiner Gesellschaft etwas zu Leide geschehe. Er bot Josephen, nachdem er sich den Degen des Marine-Offiziers ausgebeten
hatte, den Arm, und forderte das hintere Paar auf, ihm
zu folgen. Sie kamen auch wirklich, indem man ihnen,
bei solchen Anstalten, mit hinlänglicher Ehrerbietigkeit
Platz machte, aus der Kirche heraus, und glaubten sich
gerettet. Doch kaum waren sie auf den von Menschen
gleichfalls erfüllten Vorplatz derselben getreten, als eine
Stimme aus dem rasenden Haufen, der sie verfolgt hatte,
rief: dies ist Jeronimo Rugera, ihr Bürger, denn ich bin
sein eigner Vater! und ihn an Donna Constanzens Seite
mit einem ungeheuren Keulenschlage zu Boden streckte.
Jesus Maria! rief Donna Constanze, und floh zu ihrem
Schwager; doch: Klostermetze! erscholl es schon, mit
einem zweiten Keulenschlage, von einer andern Seite,
der sie leblos neben Jeronimo niederwarf. Ungeheuer!
rief ein Unbekannter: dies war Donna Constanze Xares!
Warum belogen sie uns! antwortete der Schuster; sucht
die rechte auf, und bringt sie um! Don Fernando, als er
Constanzens Leichnam erblickte, glühte vor Zorn; er
zog und schwang das Schwert, und hieb, daß er ihn
gespalten hätte, den fanatischen Mordknecht, der diese
Greuel veranlaßte, wenn derselbe nicht, durch eine Wendung, dem wütenden Schlag entwichen wäre. Doch da er
die Menge, die auf ihn eindrang, nicht überwältigen
konnte: leben Sie wohl, Don Fernando mit den Kindern!
rief Josephe – und: hier mordet mich, ihr blutdürstenden
Tiger! und stürzte sich freiwillig unter sie, um dem
Kampf ein Ende zu machen. Meister Pedrillo schlug sie

mit der Keule nieder. Darauf ganz mit ihrem Blute besprützt: schickt ihr den Bastard zur Hölle nach! rief er, und drang, mit noch ungesättigter Mordlust, von neuem vor.

Don Fernando, dieser göttliche Held, stand jetzt, den Rücken an die Kirche gelehnt; in der Linken hielt er die Kinder, in der Rechten das Schwert. Mit jedem Hiebe wetterstrahlte er einen zu Boden; ein Löwe wehrt sich nicht besser. Sieben Bluthunde lagen tot vor ihm, der Fürst der satanischen Rotte selbst war verwundet. Doch Meister Pedrillo ruhte nicht eher, als bis er der Kinder eines bei den Beinen von seiner Brust gerissen, und, hochher im Kreise geschwungen, an eines Kirchpfeilers Ecke zerschmettert hatte. Hierauf ward es still, und alles entfernte sich. Don Fernando, als er seinen kleinen Juan vor sich liegen sah, mit aus dem Hirne vorquellenden Mark, hob, voll namenlosen Schmerzes, seine Augen gen Himmel.

Der Marine-Offizier fand sich wieder bei ihm ein, suchte ihn zu trösten, und versicherte ihn, daß seine Untätigkeit bei diesem Unglück, obschon durch mehrere Umstände gerechtfertigt, ihn reue; doch Don Fernando sagte, daß ihm nichts vorzuwerfen sei, und bat ihn nur, die Leichname jetzt fortschaffen zu helfen. Man trug sie alle, bei der Finsternis der einbrechenden Nacht, in Don Alonzos Wohnung, wohin Don Fernando ihnen, viel über das Antlitz des kleinen Philipp weinend, folgte. Er übernachtete auch bei Don Alonzo, und säumte lange, unter falschen Vorspiegelungen, seine Gemahlin von dem ganzen Umfang des Unglücks zu unterrichten; einmal, weil sie krank war, und dann, weil er auch nicht wußte, wie sie sein Verhalten bei dieser Begebenheit beurteilen würde; doch kurze Zeit nachher, durch einen Besuch zufällig von allem, was geschehen war, benachrichtigt, weinte diese treffliche Dame im Stillen ihren mütterlichen Schmerz aus, und fiel ihm mit dem Rest einer erglänzenden Träne eines Morgens um den Hals und küßte ihn. Don Fernando und Donna Elvire nahmen hierauf den kleinen Fremdling zum Pflegesohn an; und wenn Don Fernando Philippen mit Juan verglich, und wie er beide erworben hatte, so war es ihm fast, als müßt er sich freuen.

# Die Verlobung in St. Domingo

Zu Port au Prince, auf dem französischen Anteil der
Insel St. Domingo, lebte, zu Anfange dieses Jahrhunderts, als die Schwarzen die Weißen ermordeten, auf der
Pflanzung des Herrn Guillaume von Villeneuve, ein
fürchterlicher alter Neger, namens Congo Hoango.
Dieser von der Goldküste von Afrika herstammende
Mensch, der in seiner Jugend von treuer und rechtschaffener Gemütsart schien, war von seinem Herrn, weil er
ihm einst auf einer Überfahrt nach Cuba das Leben
gerettet hatte, mit unendlichen Wohltaten überhäuft
worden. Nicht nur, daß Herr Guillaume ihm auf der
Stelle seine Freiheit schenkte, und ihm, bei seiner Rückkehr nach St. Domingo, Haus und Hof anwies; er
machte ihn sogar, einige Jahre darauf, gegen die
Gewohnheit des Landes, zum Aufseher seiner beträchtlichen Besitzung, und legte ihm, weil er nicht wieder
heiraten wollte, an Weibes Statt eine alte Mulattin,
namens Babekan, aus seiner Pflanzung bei, mit welcher
er durch seine erste verstorbene Frau weitläufig verwandt war. Ja, als der Neger sein sechzigstes Jahr
erreicht hatte, setzte er ihn mit einem ansehnlichen
Gehalt in den Ruhestand und krönte seine Wohltaten
noch damit, daß er ihm in seinem Vermächtnis sogar ein
Legat auswarf; und doch konnten alle diese Beweise von
Dankbarkeit Herrn Villeneuve vor der Wut dieses grimmigen Menschen nicht schützen. Congo Hoango war,
bei dem allgemeinen Taumel der Rache, der auf die
unbesonnenen Schritte des National-Konvents in diesen
Pflanzungen aufloderte, einer der ersten, der die Büchse
ergriff, und, eingedenk der Tyrannei, die ihn seinem
Vaterlande entrissen hatte, seinem Herrn die Kugel
durch den Kopf jagte. Er steckte das Haus, worein die
Gemahlin desselben mit ihren drei Kindern und den
übrigen Weißen der Niederlassung sich geflüchtet hatte,

in Brand, verwüstete die ganze Pflanzung, worauf die
Erben, die in Port au Prince wohnten, hätten Anspruch
machen können, und zog, als sämtliche zur Besitzung
gehörige Etablissements der Erde gleich gemacht waren,
mit den Negern, die er versammelt und bewaffnet hatte,
in der Nachbarschaft umher, um seinen Mitbrüdern in
dem Kampfe gegen die Weißen beizustehen. Bald lauerte
er den Reisenden auf, die in bewaffneten Haufen das
Land durchkreuzten; bald fiel er am hellen Tage die in
ihren Niederlassungen verschanzten Pflanzer selbst an,
und ließ alles, was er darin vorfand, über die Klinge
springen. Ja, er forderte, in seiner unmenschlichen Rachsucht, sogar die alte Babekan mit ihrer Tochter, einer
jungen funfzehnjährigen Mestize, namens Toni, auf, an
diesem grimmigen Kriege, bei dem er sich ganz ver-
jüngte, Anteil zu nehmen; und weil das Hauptgebäude
der Pflanzung, das er jetzt bewohnte, einsam an der
Landstraße lag und sich häufig, während seiner Abwesenheit, weiße oder kreolische Flüchtlinge einfanden,
welche darin Nahrung oder ein Unterkommen suchten,
so unterrichtete er die Weiber, diese weißen Hunde, wie
er sie nannte, mit Unterstützungen und Gefälligkeiten
bis zu seiner Wiederkehr hinzuhalten. Babekan, welche
in Folge einer grausamen Strafe, die sie in ihrer Jugend
erhalten hatte, an der Schwindsucht litt, pflegte in solchen Fällen die junge Toni, die, wegen ihrer ins Gelbli-
che gehenden Gesichtsfarbe, zu dieser gräßlichen List
besonders brauchbar war, mit ihren besten Kleidern
auszuputzen; sie ermunterte dieselbe, den Fremden
keine Liebkosung zu versagen, bis auf die letzte, die ihr
bei Todesstrafe verboten war: und wenn Congo Hoango
mit seinem Negertrupp von den Streifereien, die er in der
Gegend gemacht hatte, wiederkehrte, war unmittelbarer
Tod das Los der Armen, die sich durch diese Künste
hatten täuschen lassen.

Nun weiß jedermann, daß im Jahr 1803, als der General Dessalines mit 30 000 Negern gegen Port au Prince

vorrückte, alles, was die weiße Farbe trug, sich in diesen Platz warf, um ihn zu verteidigen. Denn er war der letzte Stützpunkt der französischen Macht auf dieser Insel, und wenn er fiel, waren alle Weißen, die sich darauf befanden, sämtlich ohne Rettung verloren. Demnach traf es sich, daß gerade in der Abwesenheit des alten Hoango, der mit den Schwarzen, die er um sich hatte, aufgebrochen war, um dem General Dessalines mitten durch die französischen Posten einen Transport von Pulver und Blei zuzuführen, in der Finsternis einer stürmischen und regnigten Nacht, jemand an die hintere Tür seines Hauses klopfte. Die alte Babekan, welche schon im Bette lag, erhob sich, öffnete, einen bloßen Rock um die Hüften geworfen, das Fenster, und fragte, wer da sei? »Bei Maria und allen Heiligen«, sagte der Fremde leise, indem er sich unter das Fenster stellte: »beantwortet mir, ehe ich Euch dies entdecke, eine Frage!« Und damit streckte er, durch die Dunkelheit der Nacht, seine Hand aus, um die Hand der Alten zu ergreifen, und fragte: »seid Ihr eine Negerin?« Babekan sagte: nun, Ihr seid gewiß ein Weißer, daß Ihr dieser stockfinstern Nacht lieber ins Antlitz schaut, als einer Negerin! Kommt herein, setzte sie hinzu, und fürchtet nichts; hier wohnt eine Mulattin, und die einzige, die sich außer mir noch im Hause befindet, ist meine Tochter, eine Mestize! Und damit machte sie das Fenster zu, als wollte sie hinabsteigen und ihm die Tür öffnen; schlich aber, unter dem Vorwand, daß sie den Schlüssel nicht sogleich finden könne, mit einigen Kleidern, die sie schnell aus dem Schrank zusammenraffte, in die Kammer hinauf und weckte ihre Tochter. »Toni!« sprach sie: »Toni!« – Was gibts, Mutter? – »Geschwind!« sprach sie. »Aufgestanden und dich angezogen! Hier sind Kleider, weiße Wäsche und Strümpfe! Ein Weißer, der verfolgt wird, ist vor der Tür und begehrt eingelassen zu werden!« – Toni fragte: ein Weißer? indem sie sich halb im Bett aufrichtete. Sie nahm die Kleider, welche die Alte in der Hand hielt, und sprach:

ist er auch allein, Mutter? Und haben wir, wenn wir ihn
einlassen, nichts zu befürchten? – »Nichts, nichts!« versetzte die Alte, indem sie Licht anmachte: »er ist ohne
Waffen und allein, und Furcht, daß wir über ihn herfallen möchten, zittert in allen seinen Gebeinen!« Und
damit, während Toni aufstand und sich Rock und
Strümpfe anzog, zündete sie die große Laterne an, die in
dem Winkel des Zimmers stand, band dem Mädchen
geschwind das Haar, nach der Landesart, über dem Kopf
zusammen, bedeckte sie, nachdem sie ihr den Latz zuge-
schnürt hatte, mit einem Hut, gab ihr die Laterne in die
Hand und befahl ihr, auf den Hof hinab zu gehen und
den Fremden herein zu holen.

Inzwischen war auf das Gebell einiger Hofhunde ein
Knabe, namens Nanky, den Hoango auf unehelichem
Wege mit einer Negerin erzeugt hatte, und der mit
seinem Bruder Seppy in den Nebengebäuden schlief,
erwacht; und da er beim Schein des Mondes einen einzelnen Mann auf der hinteren Treppe des Hauses stehen
sah: so eilte er sogleich, wie er in solchen Fällen angewiesen war, nach dem Hoftor, durch welches derselbe her-
eingekommen war, um es zu verschließen. Der Fremde,
der nicht begriff, was diese Anstalten zu bedeuten hatten, fragte den Knaben, den er mit Entsetzen, als er ihn
nahe stand, für einen Negerknaben erkannte: wer in
dieser Niederlassung wohne? und schon war er auf die
Antwort desselben: »daß die Besitzung, seit dem Tode
Herrn Villeneuves dem Neger Hoango anheim gefallen,«
im Begriff, den Jungen niederzuwerfen, ihm den Schlüssel der Hofpforte, den er in der Hand hielt, zu entreißen
und das weite Feld zu suchen, als Toni, die Laterne in
der Hand, vor das Haus hinaus trat. »Geschwind!«
sprach sie, indem sie seine Hand ergriff und ihn nach der
Tür zog: »hier herein!« Sie trug Sorge, indem sie dies
sagte, das Licht so zu stellen, daß der volle Strahl davon
auf ihr Gesicht fiel. – Wer bist du? rief der Fremde
sträubend, indem er, um mehr als einer Ursache willen

betroffen, ihre junge liebliche Gestalt betrachtete. Wer wohnt in diesem Hause, in welchem ich, wie du vorgibst, meine Rettung finden soll? – »Niemand, bei dem Licht der Sonne«, sprach das Mädchen, »als meine Mutter und ich!« und bestrebte und beeiferte sich, ihn mit sich fortzureißen. Was, niemand! rief der Fremde, indem er, mit einem Schritt rückwärts, seine Hand losriß: hat mir dieser Knabe nicht eben gesagt, daß ein Neger, namens Hoango, darin befindlich sei? – »Ich sage, nein!« sprach das Mädchen, indem sie, mit einem Ausdruck von Unwillen, mit dem Fuß stampfte; »und wenn gleich einem Wüterich, der diesen Namen führt, das Haus gehört: abwesend ist er in diesem Augenblick und auf zehn Meilen davon entfernt!« Und damit zog sie den Fremden mit ihren beiden Händen in das Haus hinein, befahl dem Knaben, keinem Menschen zu sagen, wer angekommen sei, ergriff, nachdem sie die Tür erreicht, des Fremden Hand und führte ihn die Treppe hinauf, nach dem Zimmer ihrer Mutter.

»Nun«, sagte die Alte, welche das ganze Gespräch, von dem Fenster herab, mit angehört und bei dem Schein des Lichts bemerkt hatte, daß er ein Offizier war: »was bedeutet der Degen, den Ihr so schlagfertig unter Eurem Arme tragt? Wir haben Euch«, setzte sie hinzu, indem sie sich die Brille aufdrückte, »mit Gefahr unseres Lebens eine Zuflucht in unserm Hause gestattet; seid Ihr herein gekommen, um diese Wohltat, nach der Sitte Eurer Landsleute, mit Verräterei zu vergelten?« – Behüte der Himmel! erwiderte der Fremde, der dicht vor ihren Sessel getreten war. Er ergriff die Hand der Alten, drückte sie an sein Herz, und indem er, nach einigen im Zimmer schüchtern umhergeworfenen Blicken, den Degen, den er an der Hüfte trug, abschnallte, sprach er: Ihr seht den elendesten der Menschen, aber keinen undankbaren und schlechten vor Euch! – »Wer seid Ihr?« fragte die Alte; und damit schob sie ihm mit dem Fuß einen Stuhl hin, und befahl dem Mädchen, in die Küche

zu gehen, und ihm, so gut es sich in der Eil tun ließ, ein
Abendbrot zu bereiten. Der Fremde erwiderte: ich bin
ein Offizier von der französischen Macht, obschon, wie
Ihr wohl selbst urteilt, kein Franzose; mein Vaterland ist
die Schweiz und mein Name Gustav von der Ried. Ach,
hätte ich es niemals verlassen und gegen dies unselige
Eiland vertauscht! Ich komme von Fort Dauphin, wo,
wie Ihr wißt, alle Weißen ermordet worden sind, und
meine Absicht ist, Port au Prince zu erreichen, bevor es
dem General Dessalines noch gelungen ist, es mit den
Truppen, die er anführt, einzuschließen und zu belagern.
– »Von Fort Dauphin!« rief die Alte. »Und es ist Euch
mit Eurer Gesichtsfarbe geglückt, diesen ungeheuren
Weg, mitten durch ein in Empörung begriffenes Moh-
renland, zurückzulegen?« Gott und alle Heiligen, erwiderte der Fremde, haben mich beschützt! – Und ich bin
nicht allein, gutes Mütterchen; in meinem Gefolge, das
ich zurückgelassen, befindet sich ein ehrwürdiger alter
Greis, mein Oheim, mit seiner Gemahlin und fünf Kindern; mehrere Bediente und Mägde, die zur Familie
gehören, nicht zu erwähnen; ein Troß von zwölf Menschen, den ich, mit Hülfe zweier elenden Maulesel, in
unsäglich mühevollen Nachtwanderungen, da wir uns
bei Tage auf der Heerstraße nicht zeigen dürfen, mit mir
fortführen muß. »Ei, mein Himmel!« rief die Alte,
indem sie, unter mitleidigem Kopfschütteln, eine Prise
Tabak nahm. »Wo befindet sich denn in diesem Augenblick Eure Reisegesellschaft?« – Euch, versetzte der
Fremde, nachdem er sich ein wenig besonnen hatte:
Euch kann ich mich anvertrauen; aus der Farbe Eures
Gesichts schimmert mir ein Strahl von der meinigen
entgegen. Die Familie befindet sich, daß Ihr es wißt, eine
Meile von hier, zunächst dem Möwenweiher, in der
Wildnis der angrenzenden Gebirgswaldung: Hunger und
Durst zwangen uns vorgestern, diese Zuflucht aufzusu-
chen. Vergebens schickten wir in der verflossenen Nacht
unsere Bedienten aus, um ein wenig Brot und Wein bei

den Einwohnern des Landes aufzutreiben; Furcht, ergriffen und getötet zu werden, hielt sie ab, die entscheidenden Schritte deshalb zu tun, dergestalt, daß ich mich selbst heute mit Gefahr meines Lebens habe aufmachen müssen, um mein Glück zu versuchen. Der Himmel, wenn mich nicht alles trügt, fuhr er fort, indem er die Hand der Alten drückte, hat mich mitleidigen Menschen zugeführt, die jene grausame und unerhörte Erbitterung, welche alle Einwohner dieser Insel ergriffen hat, nicht teilen. Habt die Gefälligkeit, mir für reichlichen Lohn einige Körbe mit Lebensmitteln und Erfrischungen anzufüllen; wir haben nur noch fünf Tagereisen bis Port au Prince, und wenn ihr uns die Mittel verschafft, diese Stadt zu erreichen, so werden wir euch ewig als die Retter unseres Lebens ansehen. – »Ja, diese rasende Erbitterung«, heuchelte die Alte. »Ist es nicht, als ob die Hände *eines* Körpers, oder die Zähne *eines* Mundes gegen einander wüten wollten, weil das *eine* Glied nicht geschaffen ist, wie das andere? Was kann ich, deren Vater aus St. Jago, von der Insel Cuba war, für den Schimmer von Licht, der auf meinem Antlitz, wenn es Tag wird, erdämmert? Und was kann meine Tochter, die in Europa empfangen und geboren ist, dafür, daß der volle Tag jenes Weltteils von dem ihrigen widerscheint?« – Wie? rief der Fremde. Ihr, die Ihr nach Eurer ganzen Gesichtsbildung eine Mulattin, und mithin afrikanischen Ursprungs seid, Ihr wäret samt der lieblichen jungen Mestize, die mir das Haus aufmachte, mit uns Europäern in *einer* Verdammnis? – »Beim Himmel!« erwiderte die Alte, indem sie die Brille von der Nase nahm; »meint Ihr, daß das kleine Eigentum, das wir uns in mühseligen und jammervollen Jahren durch die Arbeit unserer Hände erworben haben, dies grimmige, aus der Hölle stammende Räubergesindel nicht reizt? Wenn wir uns nicht durch List und den ganzen Inbegriff jener Künste, die die Notwehr dem Schwachen in die Hände gibt, vor ihrer Verfolgung zu sichern wüßten: der Schatten von

Verwandtschaft, der über unsere Gesichter ausgebreitet ist, der, könnt Ihr sicher glauben, tut es nicht!« – Es ist nicht möglich! rief der Fremde; und wer auf dieser Insel verfolgt euch? »Der Besitzer dieses Hauses«, antwortete die Alte: »der Neger Congo Hoango! Seit dem Tode Herrn Guillaumes, des vormaligen Eigentümers dieser Pflanzung, der durch seine grimmige Hand beim Ausbruch der Empörung fiel, sind wir, die wir ihm als Verwandte die Wirtschaft führen, seiner ganzen Willkür und Gewalttätigkeit preis gegeben. Jedes Stück Brot, jeden Labetrunk den wir aus Menschlichkeit einem oder dem andern der weißen Flüchtlinge, die hier zuweilen die Straße vorüberziehen, gewähren, rechnet er uns mit Schimpfwörtern und Mißhandlungen an; und nichts wünscht er mehr, als die Rache der Schwarzen über uns weiße und kreolische Halbhunde, wie er uns nennt, hereinhetzen zu können, teils um unserer überhaupt, die wir seine Wildheit gegen die Weißen tadeln, los zu werden, teils, um das kleine Eigentum, das wir hinterlassen würden, in Besitz zu nehmen.» – Ihr Unglücklichen! sagte der Fremde; ihr Bejammernswürdigen! – Und wo befindet sich in diesem Augenblick dieser Wüterich? »Bei dem Heere des Generals Dessalines«, antwortete die Alte, »dem er, mit den übrigen Schwarzen, die zu dieser Pflanzung gehören, einen Transport von Pulver und Blei zuführt, dessen der General bedürftig war. Wir erwarten ihn, falls er nicht auf neue Unternehmungen auszieht, in zehn oder zwölf Tagen zurück; und wenn er alsdann, was Gott verhüten wolle, erführe, daß wir einem Weißen, der nach Port au Prince wandert, Schutz und Obdach gegeben, während er aus allen Kräften an dem Geschäft Teil nimmt, das ganze Geschlecht derselben von der Insel zu vertilgen, wir wären alle, das könnt Ihr glauben, Kinder des Todes.« Der Himmel, der Menschlichkeit und Mitleiden liebt, antwortete der Fremde, wird Euch in dem, was Ihr einem Unglücklichen tut, beschützen! – Und weil Ihr Euch, setzte er, indem er der

Alten näher rückte, hinzu, einmal in diesem Falle des
Negers Unwillen zugezogen haben würdet, und der
Gehorsam, wenn Ihr auch dazu zurückkehren wolltet,
Euch fürderhin zu nichts helfen würde; könnt Ihr Euch
wohl, für jede Belohnung, die Ihr nur verlangen mögt,
entschließen, meinem Oheim und seiner Familie, die
durch die Reise aufs äußerste angegriffen sind, auf einen
oder zwei Tage in Eurem Hause Obdach zu geben, damit
sie sich ein wenig erholten? – »Junger Herr!« sprach die
Alte betroffen, »was verlangt Ihr da? Wie ist es, in einem
Hause, das an der Landstraße liegt, möglich, einen Troß
von solcher Größe, als der Eurige ist, zu beherbergen,
ohne daß er den Einwohnern des Landes verraten
würde?« – Warum nicht? versetzte der Fremde dringend:
wenn ich sogleich selbst an den Möwenweiher hinaus-
ginge, und die Gesellschaft, noch vor Anbruch des
Tages, in die Niederlassung einführte; wenn man alles,
Herrschaft und Dienerschaft, in einem und demselben
Gemach des Hauses unterbrächte, und, für den schlimmsten Fall, etwa noch die Vorsicht gebrauchte, Türen und
Fenster desselben sorgfältig zu verschließen? – Die Alte
erwiderte, nachdem sie den Vorschlag während einiger
Zeit erwogen hatte: »daß, wenn er, in der heutigen
Nacht, unternehmen wollte, den Troß aus seiner Berg-
schlucht in die Niederlassung einzuführen, er, bei der
Rückkehr von dort, unfehlbar auf einen Trupp bewaff-
neter Neger stoßen würde, der, durch einige vorange-
schickte Schützen, auf der Heerstraße angesagt worden
wäre.« – Wohlan! versetzte der Fremde: so begnügen wir
uns, für diesen Augenblick, den Unglücklichen einen
Korb mit Lebensmitteln zuzusenden, und sparen das
Geschäft, sie in die Niederlassung einzuführen, für die
nächstfolgende Nacht auf. Wollt Ihr, gutes Mütterchen,
das tun? – »Nun«, sprach die Alte, unter vielfachen
Küssen, die von den Lippen des Fremden auf ihre knö-
cherne Hand niederregneten: »um des Europäers, meiner
Tochter Vater willen, will ich euch, seinen bedrängten

Landsleuten, diese Gefälligkeit erweisen. Setzt Euch
beim Anbruch des morgenden Tages hin, und ladet die
Eurigen in einem Schreiben ein, sich zu mir in die
Niederlassung zu verfügen; der Knabe, den Ihr im Hofe
gesehen, mag ihnen das Schreiben mit einigem Mundvor-
rat überbringen, die Nacht über zu ihrer Sicherheit in
den Bergen verweilen, und dem Trosse beim Anbruch
des nächstfolgenden Tages, wenn die Einladung angenommen wird, auf seinem Wege hierher zum Führer
dienen.«

Inzwischen war Toni mit einem Mahl, das sie in der
Küche bereitet hatte, wiedergekehrt, und fragte die Alte
mit einem Blick auf den Fremden, schäkernd, indem sie
den Tisch deckte: Nun, Mutter, sagt an! Hat sich der
Herr von dem Schreck, der ihn vor der Tür ergriff,
erholt? Hat er sich überzeugt, daß weder Gift noch
Dolch auf ihn warten, und daß der Neger Hoango nicht
zu Hause ist? Die Mutter sagte mit einem Seufzer: »mein
Kind, der Gebrannte scheut, nach dem Sprichwort, das
Feuer. Der Herr würde töricht gehandelt haben, wenn er
sich früher in das Haus hineingewagt hätte, als bis er sich
von dem Volksstamm, zu welchen seine Bewohner gehören, überzeugt hatte.« Das Mädchen stellte sich vor die
Mutter, und erzählte ihr: wie sie die Laterne so gehalten,
daß ihr der volle Strahl davon ins Gesicht gefallen wäre.
Aber seine Einbildung, sprach sie, war ganz von Mohren
und Negern erfüllt; und wenn ihm eine Dame von Paris
oder Marseille die Türe geöffnet hätte, er würde sie für
eine Negerin gehalten haben. Der Fremde, indem er den
Arm sanft um ihren Leib schlug, sagte verlegen: daß der
Hut, den sie aufgehabt, ihn verhindert hätte, ihr ins
Gesicht zu schaun. Hätte ich dir, fuhr er fort, indem er
sie lebhaft an seine Brust drückte, ins Auge sehen können, so wie ich es jetzt kann: so hätte ich, auch wenn
alles Übrige an dir schwarz gewesen wäre, aus einem
vergifteten Becher mit dir trinken wollen. Die Mutter
nötigte ihn, der bei diesen Worten rot geworden war,

sich zu setzen, worauf Toni sich neben ihm an der Tafel niederließ, und mit aufgestützten Armen, während der Fremde aß, in sein Antlitz sah. Der Fremde fragte sie: wie alt sie wäre? und wie ihre Vaterstadt hieße? worauf die Mutter das Wort nahm und ihm sagte: »daß Toni vor funfzehn Jahren auf einer Reise, welche sie mit der Frau des Herrn Villeneuve, ihres vormaligen Prinzipals, nach Europa gemacht hätte, in Paris von ihr empfangen und geboren worden wäre. Sie setzte hinzu, daß der Neger Komar, den sie nachher geheiratet, sie zwar an Kindes Statt angenommen hätte, daß ihr Vater aber eigentlich ein reicher Marseiller Kaufmann, namens Bertrand wäre, von dem sie auch Toni Bertrand hieße.« – Toni fragte ihn: ob er einen solchen Herrn in Frankreich kenne? Der Fremde erwiderte: nein! das Land wäre groß, und während des kurzen Aufenthalts, den er bei seiner Einschiffung nach Westindien darin genommen, sei ihm keine Person dieses Namens vorgekommen. Die Alte versetzte, daß Herr Bertrand auch, nach ziemlich sicheren Nachrichten, die sie eingezogen, nicht mehr in Frankreich befindlich sei. Sein ehrgeiziges und aufstrebendes Gemüt, sprach sie, gefiel sich in dem Kreis bürgerlicher Tätigkeit nicht; er mischte sich beim Ausbruch der Revolution in die öffentlichen Geschäfte, und ging im Jahr 1795 mit einer französischen Gesandtschaft an den türkischen Hof, von wo er, meines Wissens, bis diesen Augenblick noch nicht zurückgekehrt ist. Der Fremde sagte lächelnd zu Toni, indem er ihre Hand faßte: daß sie ja in diesem Falle ein vornehmes und reiches Mädchen wäre. Er munterte sie auf, diese Vorteile geltend zu machen, und meinte, daß sie Hoffnung hätte, noch einmal an der Hand ihres Vaters in glänzendere Verhältnisse, als in denen sie jetzt lebte, eingeführt zu werden! »Schwerlich«, versetzte die Alte mit unterdrückter Empfindlichkeit. »Herr Bertrand leugnete mir, während meiner Schwangerschaft zu Paris, aus Scham vor einer jungen reichen Braut, die er heiraten wollte, die Vaterschaft

zu diesem Kinde vor Gericht ab. Ich werde den Eidschwur, den er die Frechheit hatte, mir ins Gesicht zu
leisten, niemals vergessen, ein Gallenfieber war die Folge
davon, und bald darauf noch sechzig Peitschenhiebe, die
mir Herr Villeneuve geben ließ, und in deren Folge ich
noch bis auf diesen Tag an der Schwindsucht leide.« – –
Toni, welche den Kopf gedankenvoll auf ihre Hand
gelegt hatte, fragte den Fremden: wer er denn wäre? wo
er herkäme und wo er hinginge? worauf dieser nach einer
kurzen Verlegenheit, worin ihn die erbitterte Rede der
Alten versetzt hatte, erwiderte: daß er mit Herrn Strömlis, seines Oheims Familie, die er, unter dem Schutze
zweier jungen Vettern, in der Bergwaldung am Möwenweiher zurückgelassen, vom Fort Dauphin käme. Er
erzählte, auf des Mädchens Bitte, mehrere Züge der in
dieser Stadt ausgebrochenen Empörung; wie zur Zeit der
Mitternacht, da alles geschlafen, auf ein verräterisch
gegebenes Zeichen, das Gemetzel der Schwarzen gegen
die Weißen losgegangen wäre; wie der Chef der Negern,
ein Sergeant bei dem französischen Pionierkorps, die
Bosheit gehabt, sogleich alle Schiffe im Hafen in Brand
zu stecken, um den Weißen die Flucht nach Europa
abzuschneiden; wie die Familie kaum Zeit gehabt, sich
mit einigen Habseligkeiten vor die Tore der Stadt zu
retten, und wie ihr, bei dem gleichzeitigen Auflodern der
Empörung in allen Küstenplätzen, nichts übrig geblieben
wäre, als mit Hülfe zweier Maulesel, die sie aufgetrieben,
den Weg quer durch das ganze Land nach Port au Prince
einzuschlagen, das allein noch, von einem starken französischen Heere beschützt, der überhand nehmenden
Macht der Negern in diesem Augenblick Widerstand
leiste. – Toni fragte: wodurch sich denn die Weißen
daselbst so verhaßt gemacht hätten? – Der Fremde erwiderte betroffen: durch das allgemeine Verhältnis, das sie,
als Herren der Insel, zu den Schwarzen hatten, und das
ich, die Wahrheit zu gestehen, mich nicht unterfangen
will, in Schutz zu nehmen; das aber schon seit vielen

Jahrhunderten auf diese Weise bestand! Der Wahnsinn
der Freiheit, der alle diese Pflanzungen ergriffen hat,
trieb die Negern und Kreolen, die Ketten, die sie drückten, zu brechen, und an den Weißen wegen vielfacher
und tadelnswürdiger Mißhandlungen, die sie von einigen
schlechten Mitgliedern derselben erlitten, Rache zu nehmen. – Besonders, fuhr er nach einem kurzen Stillschweigen fort, war mir die Tat eines jungen Mädchens
schauderhaft merkwürdig. Dieses Mädchen, vom Stamm
der Negern, lag gerade zur Zeit, da die Empörung aufloderte, an dem gelben Fieber krank, das zur Verdoppelung des Elends in der Stadt ausgebrochen war. Sie hatte
drei Jahre zuvor einem Pflanzer vom Geschlecht der
Weißen als Sklavin gedient, der sie aus Empfindlichkeit,
weil sie sich seinen Wünschen nicht willfährig gezeigt
hatte, hart behandelt und nachher an einen kreolischen
Pflanzer verkauft hatte. Da nun das Mädchen an dem
Tage des allgemeinen Aufruhrs erfuhr, daß sich der
Pflanzer, ihr ehemaliger Herr, vor der Wut der Negern,
die ihn verfolgten, in einen nahegelegenen Holzstall
geflüchtet hatte: so schickte sie, jener Mißhandlungen
eingedenk, beim Anbruch der Dämmerung, ihren Bruder zu ihm, mit der Einladung, bei ihr zu übernachten.
Der Unglückliche, der weder wußte, daß das Mädchen
unpäßlich war, noch an welcher Krankheit sie litt, kam
und schloß sie voll Dankbarkeit, da er sich gerettet
glaubte, in seine Arme: doch kaum hatte er eine halbe
Stunde unter Liebkosungen und Zärtlichkeiten in ihrem
Bette zugebracht, als sie sich plötzlich mit dem Ausdruck
wilder und kalter Wut, darin erhob und sprach: eine
Pestkranke, die den Tod in der Brust trägt, hast du
geküßt: geh und gib das gelbe Fieber allen denen, die dir
gleichen! – Der Offizier, während die Alte mit lauten
Worten ihren Abscheu hierüber zu erkennen gab, fragte
Toni: ob *sie* wohl einer solchen Tat fähig wäre? Nein!
sagte Toni, indem sie verwirrt vor sich niedersah. Der
Fremde, indem er das Tuch auf dem Tische legte, ver-

setzte: daß, nach dem Gefühl seiner Seele, keine Tyrannei, die die Weißen je verübt, einen Verrat, so niederträchtig und abscheulich, rechtfertigen könnte. Die Rache des Himmels, meinte er, indem er sich mit einem leidenschaftlichen Ausdruck erhob, würde dadurch entwaffnet: die Engel selbst, dadurch empört, stellten sich auf Seiten derer, die Unrecht hätten, und nähmen, zur Aufrechthaltung menschlicher und göttlicher Ordnung, ihre Sache! Er trat bei diesen Worten auf einen Augenblick an das Fenster, und sah in die Nacht hinaus, die mit stürmischen Wolken über den Mond und die Sterne vorüber zog; und da es ihm schien, als ob Mutter und Tochter einander ansähen, obschon er auf keine Weise merkte, daß sie sich Winke zugeworfen hätten: so übernahm ihn ein widerwärtiges und verdrießliches Gefühl; er wandte sich und bat, daß man ihm das Zimmer anweisen möchte, wo er schlafen könne.

Die Mutter bemerkte, indem sie nach der Wanduhr sah, daß es überdies nahe an Mitternacht sei, nahm ein Licht in die Hand, und forderte den Fremden auf, ihr zu folgen. Sie führte ihn durch einen langen Gang in das für ihn bestimmte Zimmer; Toni trug den Überrock des Fremden und mehrere andere Sachen, die er abgelegt hatte; die Mutter zeigte ihm ein von Polstern bequem aufgestapeltes Bett, worin er schlafen sollte, und nachdem sie Toni noch befohlen hatte, dem Herrn ein Fußbad zu bereiten, wünschte sie ihm eine gute Nacht und empfahl sich. Der Fremde stellte seinen Degen in den Winkel und legte ein Paar Pistolen, die er im Gürtel trug, auf den Tisch. Er sah sich, während Toni das Bett vorschob und ein weißes Tuch darüber breitete, im Zimmer um; und da er gar bald, aus der Pracht und dem Geschmack, die darin herrschten, schloß, daß es dem vormaligen Besitzer der Pflanzung angehört haben müsse: so legte sich ein Gefühl der Unruhe wie ein Geier um sein Herz, und er wünschte sich, hungrig und durstig, wie er gekommen war, wieder in die Waldung zu den Seinigen zurück. Das Mädchen hatte mittlerweile, aus der nahbelegenen Küche, ein Gefäß mit warmem Wasser, von wohlriechenden Kräutern duftend, herein-geholt, und forderte den Offizier, der sich in das Fenster gelehnt hatte, auf, sich darin zu erquicken. Der Offizier ließ sich, während er sich schweigend von der Halsbinde und der Weste befreite, auf den Stuhl nieder; er schickte sich an, sich die Füße zu entblößen, und während das Mädchen, auf ihre Kniee vor ihm hingekauert, die klei-nen Vorkehrungen zum Bade besorgte, betrachtete er ihre einnehmende Gestalt. Ihr Haar, in dunkeln Locken schwellend, war ihr, als sie niederknieete, auf ihre jungen Brüste herabgerollt; ein Zug von ausnehmender Anmut spielte um ihre Lippen und über ihre langen, über die gesenkten Augen hervorragenden Augenwimpern; er hätte, bis auf die Farbe, die ihm anstößig war, schwören mögen, daß er nie etwas Schöneres gesehen. Dabei fiel ihm eine entfernte Ähnlichkeit, er wußte noch selbst nicht recht mit wem, auf, die er schon bei seinem Eintritt in das Haus bemerkt hatte, und die seine Seele für sie in Anspruch nahm. Er ergriff sie, als sie in den Geschäften, die sie betrieb, aufstand, bei der Hand, und da er gar richtig schloß, daß es nur ein Mittel gab, zu erprüfen, ob das Mädchen ein Herz habe oder nicht, so zog er sie auf seinen Schoß nieder und fragte sie: »ob sie schon einem Bräutigam verlobt wäre?« Nein! lispelte das Mädchen, indem sie ihre großen schwarzen Augen in lieblicher Verschämtheit zur Erde schlug. Sie setzte, ohne sich auf seinem Schoß zu rühren, hinzu: Konelly, der junge Neger aus der Nachbarschaft, hätte zwar vor drei Mona-ten um sie angehalten; sie hätte ihn aber, weil sie noch zu jung wäre, ausgeschlagen. Der Fremde, der, mit seinen beiden Händen, ihren schlanken Leib umfaßt hielt, sagte: »in seinem Vaterlande wäre, nach einem daselbst herrschenden Sprichwort, ein Mädchen von vierzehn Jahren und sieben Wochen bejahrt genug, um zu heira-ten.« Er fragte, während sie ein kleines, goldenes Kreuz,

das er auf der Brust trug, betrachtete: »wie alt sie wäre?«
– Funfzehn Jahre, erwiderte Toni. »Nun also!« sprach
der Fremde. – »Fehlt es ihm denn an Vermögen, um sich
häuslich, wie du es wünschest, mit dir niederzulassen?«
Toni, ohne die Augen zu ihm aufzuschlagen, erwiderte:
o nein! – Vielmehr, sprach sie, indem sie das Kreuz, das
sie in der Hand hielt, fahren ließ: Konelly ist, seit der
letzten Wendung der Dinge, ein reicher Mann geworden;
seinem Vater ist die ganze Niederlassung, die sonst dem
Pflanzer, seinem Herrn, gehörte, zugefallen. – »Warum
lehntest du denn seinen Antrag ab?« fragte der Fremde.
Er streichelte ihr freundlich das Haar von der Stirn und
sprach: »gefiel er dir etwa nicht?« Das Mädchen, indem
sie kurz mit dem Kopf schüttelte, lachte; und auf die
Frage des Fremden, ihr scherzend ins Ohr geflüstert: ob
es vielleicht ein Weißer sein müsse, der ihre Gunst davon
tragen solle? legte sie sich plötzlich, nach einem flüchtigen, träumerischen Bedenken, unter einem überaus reizenden Erröten, das über ihr verbranntes Gesicht aufloderte, an seine Brust. Der Fremde, von ihrer Anmut und
Lieblichkeit gerührt, nannte sie sein liebes Mädchen, und
schloß sie, wie durch göttliche Hand von jeder Sorge
erlöst, in seine Arme. Es war ihm unmöglich zu glauben,
daß alle diese Bewegungen, die er an ihr wahrnahm, der
bloße elende Ausdruck einer kalten und gräßlichen Verräterei sein sollten. Die Gedanken, die ihn beunruhigt
hatten, wichen, wie ein Heer schauerlicher Vögel, von
ihm; er schalt sich, ihr Herz nur einen Augenblick
verkannt zu haben, und während er sie auf seinen Knien
schaukelte, und den süßen Atem einsog, den sie ihm
heraufsandte, drückte er, gleichsam zum Zeichen der
Aussöhnung und Vergebung, einen Kuß auf ihre Stirn.
Inzwischen hatte sich das Mädchen, unter einem sonderbar plötzlichen Aufhorchen, als ob jemand von dem
Gange her der Tür nahte, emporgerichtet; sie rückte sich
gedankenvoll und träumerisch das Tuch, das sich über
ihrer Brust verschoben hatte, zurecht; und erst als sie

sah, daß sie von einem Irrtum getäuscht worden war, wandte sie sich mit einigem Ausdruck von Heiterkeit wieder zu dem Fremden zurück und erinnerte ihn: daß sich das Wasser, wenn er nicht bald Gebrauch davon machte, abkälten würde. – Nun? sagte sie betreten, da der Fremde schwieg und sie gedankenvoll betrachtete: was seht Ihr mich so aufmerksam an? Sie suchte, indem sie sich mit ihrem Latz beschäftigte, die Verlegenheit, die sie ergriffen, zu verbergen, und rief lachend: wunderlicher Herr, was fällt Euch in meinem Anblick so auf? Der Fremde, der sich mit der Hand über die Stirn gefahren war, sagte, einen Seufzer unterdrückend, indem er sie von seinem Schoß herunterhob: »eine wunderbare Ähnlichkeit zwischen dir und einer Freundin!« – Toni, welche sichtbar bemerkte, daß sich seine Heiterkeit zerstreut hatte, nahm ihn freundlich und teilnehmend bei der Hand, und fragte: mit welcher? worauf jener, nach einer kurzen Besinnung das Wort nahm und sprach: »Ihr Name war Mariane Congreve und ihre Vaterstadt Straßburg. Ich hatte sie in dieser Stadt, wo ihr Vater Kaufmann war, kurz vor dem Ausbruch der Revolution kennen gelernt, und war glücklich genug gewesen, ihr Jawort und vorläufig auch ihrer Mutter Zustimmung zu erhalten. Ach, es war die treuste Seele unter der Sonne; und die schrecklichen und rührenden Umstände, unter denen ich sie verlor, werden mir, wenn ich dich ansehe, so gegenwärtig, daß ich mich vor Wehmut der Tränen nicht enthalten kann.« Wie? sagte Toni, indem sie sich herzlich und innig an ihn drückte: sie lebt nicht mehr? – »Sie starb«, antwortete der Fremde, »und ich lernte den Inbegriff aller Güte und Vortrefflichkeit erst mit ihrem Tode kennen. Gott weiß«, fuhr er fort, indem er sein Haupt schmerzlich an ihre Schulter lehnte, »wie ich die Unbesonnenheit so weit treiben konnte, mir eines Abends an einem öffentlichen Ort Äußerungen über das eben errichtete furchtbare Revolutionstribunal zu erlauben. Man verklagte, man suchte mich; ja, in Ermange-

lung meiner, der glücklich genug gewesen war, sich in
die Vorstadt zu retten, lief die Rotte meiner rasenden
Verfolger, die ein Opfer haben mußte, nach der Wohnung meiner Braut, und durch ihre wahrhaftige Versicherung, daß sie nicht wisse, wo ich sei, erbittert,
schleppte man dieselbe, unter dem Vorwand, daß sie mit
mir im Einverständnis sei, mit unerhörter Leichtfertig-
keit statt meiner auf den Richtplatz. Kaum war mir diese
entsetzliche Nachricht hinterbracht worden, als ich
sogleich aus dem Schlupfwinkel, in welchen ich mich
geflüchtet hatte, hervortrat, und indem ich, die Menge
durchbrechend, nach dem Richtplatz eilte, laut ausrief:
Hier, ihr Unmenschlichen, hier bin ich! Doch sie, die
schon auf dem Gerüste der Guillotine stand, antwortete
auf die Frage einiger Richter, denen ich unglücklicher
Weise fremd sein mußte, indem sie sich mit einem Blick,
der mir unauslöschlich in die Seele geprägt ist, von mir
abwandte: diesen Menschen kenne ich nicht! – worauf
unter Trommeln und Lärmen, von den ungeduldigen
Blutmenschen angezettelt, das Eisen, wenige Augenblicke nachher, herabfiel, und ihr Haupt von seinem
Rumpfe trennte. – Wie ich gerettet worden bin, das weiß
ich nicht; ich befand mich, eine Viertelstunde darauf, in
der Wohnung eines Freundes, wo ich aus einer Ohnmacht in die andere fiel, und halbwahnwitzig gegen
Abend auf einen Wagen geladen und über den Rhein
geschafft wurde.« – Bei diesen Worten trat der Fremde,
indem er das Mädchen losließ, an das Fenster; und da
diese sah, daß er sein Gesicht sehr gerührt in ein Tuch
drückte: so übernahm sie, von manchen Seiten geweckt,
ein menschliches Gefühl; sie folgte ihm mit einer plötzlichen Bewegung, fiel ihm um den Hals, und mischte ihre
Tränen mit den seinigen.

Was weiter erfolgte, brauchen wir nicht zu melden,
weil es jeder, der an diese Stelle kommt, von selbst liest.
Der Fremde, als er sich wieder gesammlet hatte, wußte
nicht, wohin ihn die Tat, die er begangen, führen würde;

inzwischen sah er so viel ein, daß er gerettet, und in dem Hause, in welchem er sich befand, für ihn nichts von dem Mädchen zu befürchten war. Er versuchte, da er sie mit verschränkten Armen auf dem Bett weinen sah, alles nur Mögliche, um sie zu beruhigen. Er nahm sich das kleine goldene Kreuz, ein Geschenk der treuen Mariane, seiner abgeschiedenen Braut, von der Brust; und, indem er sich unter unendlichen Liebkosungen über sie neigte, hing er es ihr als ein Brautgeschenk, wie er es nannte, um den Hals. Er setzte sich, da sie in Tränen zerfloß und auf seine Worte nicht hörte, auf den Rand des Bettes nieder, und sagte ihr, indem er ihre Hand bald streichelte, bald küßte: daß er bei ihrer Mutter am Morgen des nächsten Tages um sie anhalten wolle. Er beschrieb ihr, welch ein kleines Eigentum, frei und unabhängig, er an den Ufern der Aar besitze; eine Wohnung, bequem und geräumig genug, sie und auch ihre Mutter, wenn ihr Alter die Reise zulasse, darin aufzunehmen; Felder, Gärten, Wiesen und Weinberge; und einen alten ehrwürdigen Vater, der sie dankbar und liebreich daselbst, weil sie seinen Sohn gerettet, empfangen würde. Er schloß sie, da ihre Tränen in unendlichen Ergießungen auf das Bettkissen niederflossen, in seine Arme, und fragte sie, von Rührung selber ergriffen: was er ihr zu Leide getan und ob sie ihm nicht vergeben könne? Er schwor ihr, daß die Liebe für sie nie aus seinem Herzen weichen würde, und daß nur, im Taumel wunderbar verwirrter Sinne, eine Mischung von Begierde und Angst, die sie ihm eingeflößt, ihn zu einer solchen Tat habe verführen können. Er erinnerte sie zuletzt, daß die Morgensterne funkelten, und daß, wenn sie länger im Bette verweilte, die Mutter kommen und sie darin überraschen würde; er forderte sie, ihrer Gesundheit wegen, auf, sich zu erheben und noch einige Stunden auf ihrem eignen Lager auszuruhen; er fragte sie, durch ihren Zustand in die entsetzlichsten Besorgnisse gestürzt, ob er sie vielleicht in seinen Armen aufheben und in ihre Kammer tragen solle; doch da sie auf

alles, was er vorbrachte, nicht antwortete, und, ihr
Haupt stilljammernd, ohne sich zu rühren, in ihre Arme
gedrückt, auf den verwirrten Kissen des Bettes dalag: so
blieb ihm zuletzt, hell wie der Tag schon durch beide
Fenster schimmerte, nichts übrig, als sie, ohne weitere
Rücksprache, aufzuheben; er trug sie, die wie eine Leb-
lose von seiner Schulter niederhing, die Treppe hinauf in
ihre Kammer, und nachdem er sie auf ihr Bette niedergelegt, und ihr unter tausend Liebkosungen noch einmal
alles, was er ihr schon gesagt, wiederholt hatte, nannte er
sie noch einmal seine liebe Braut, drückte einen Kuß auf
ihre Wangen, und eilte in sein Zimmer zurück.

Sobald der Tag völlig angebrochen war, begab sich die
alte Babekan zu ihrer Tochter hinauf, und eröffnete ihr,
indem sie sich an ihr Bett niedersetzte, welch einen Plan
sie mit dem Fremden sowohl, als seiner Reisegesellschaft
vorhabe. Sie meinte, daß, da der Neger Congo Hoango
erst in zwei Tagen wiederkehre, alles darauf ankäme, den
Fremden während dieser Zeit in dem Hause hinzuhalten,
ohne die Familie seiner Angehörigen, deren Gegenwart,
ihrer Menge wegen, gefährlich werden könnte, darin
zuzulassen. Zu diesem Zweck, sprach sie, habe sie
erdacht, dem Fremden vorzuspiegeln, daß, einer soeben
eingelaufenen Nachricht zufolge, der General Dessalines
sich mit seinem Heer in diese Gegend wenden werde,
und daß man mithin, wegen allzugroßer Gefahr, erst am
dritten Tage, wenn er vorüber wäre, würde möglich
machen können, die Familie, seinem Wunsche gemäß, in
dem Hause aufzunehmen. Die Gesellschaft selbst, schloß
sie, müsse inzwischen, damit sie nicht weiter reise, mit
Lebensmitteln versorgt, und gleichfalls, um sich ihrer
späterhin zu bemächtigen, in dem Wahn, daß sie eine
Zuflucht in dem Hause finden werde, hingehalten werden. Sie bemerkte, daß die Sache wichtig sei, indem die
Familie wahrscheinlich beträchtliche Habseligkeiten mit
sich führe; und forderte die Tochter auf, sie aus allen
Kräften in dem Vorhaben, das sie ihr angegeben, zu

unterstützen. Toni, halb im Bette aufgerichtet, indem die Röte des Unwillens ihr Gesicht überflog, versetzte: »daß es schändlich und niederträchtig wäre, das Gastrecht an Personen, die man in das Haus gelockt, also zu verletzen. Sie meinte, daß ein Verfolgter, der sich ihrem Schutz anvertraut, doppelt sicher bei ihnen sein sollte; und versicherte, daß, wenn sie den blutigen Anschlag, den sie ihr geäußert, nicht aufgäbe, sie auf der Stelle hingehen und dem Fremden anzeigen würde, welch eine Mördergrube das Haus sei, in welchem er geglaubt habe, seine Rettung zu finden.« Toni! sagte die Mutter, indem sie die Arme in die Seite stemmte, und dieselbe mit großen Augen ansah. – »Gewiß!« erwiderte Toni, indem sie die Stimme senkte. »Was hat uns dieser Jüngling, der von Geburt gar nicht einmal ein Franzose, sondern, wie wir gesehen haben, ein Schweizer ist, zu Leide getan, daß wir, nach Art der Räuber, über ihn herfallen, ihn töten und ausplündern wollen? Gelten die Beschwerden, die man hier gegen die Pflanzer führt, auch in der Gegend der Insel, aus welcher er herkömmt? Zeigt nicht vielmehr alles, daß er der edelste und vortrefflichste Mensch ist, und gewiß das Unrecht, das die Schwarzen seiner Gattung vorwerfen mögen, auf keine Weise teilt?« – Die Alte, während sie den sonderbaren Ausdruck des Mädchens betrachtete, sagte bloß mit bebenden Lippen: daß sie erstaune. Sie fragte, was der junge Portugiese verschuldet, den man unter dem Torweg kürzlich mit Keulen zu Boden geworfen habe? Sie fragte, was die beiden Holländer verbrochen, die vor drei Wochen durch die Kugeln der Neger im Hofe gefallen wären? Sie wollte wissen, was man den drei Franzosen und so vielen andern einzelnen Flüchtlingen, vom Geschlecht der Weißen, zur Last gelegt habe, die mit Büchsen, Spießen und Dolchen, seit dem Ausbruch der Empörung, im Hause hingerichtet worden wären? »Beim Licht der Sonne«, sagte die Tochter, indem sie wild aufstand, »du hast sehr Unrecht, mich an diese Greueltaten zu erinnern! Die

Unmenschlichkeiten, an denen ihr mich Teil zu nehmen
zwingt, empörten längst mein innerstes Gefühl: und um
mir Gottes Rache wegen alles, was vorgefallen, zu versöhnen, so schwöre ich dir, daß ich eher zehnfachen
Todes sterben, als zugeben werde, daß diesem Jüngling,
so lange er sich in unserm Hause befindet, auch nur ein
Haar gekrümmt werde.« – Wohlan, sagte die Alte, mit
einem plötzlichen Ausdruck von Nachgiebigkeit: so mag
der Fremde reisen! Aber wenn Congo Hoango zurück-
kömmt, setzte sie hinzu, indem sie um das Zimmer zu
verlassen, aufstand, und erfährt, daß ein Weißer in
unserm Hause übernachtet hat, so magst du das Mitleiden, das dich bewog, ihn gegen das ausdrückliche Gebot
wieder abziehen zu lassen, verantworten.

Auf diese Äußerung, bei welcher, trotz aller scheinbaren Milde, der Ingrimm der Alten heimlich hervorbrach,
blieb das Mädchen in nicht geringer Bestürzung im Zimmer zurück. Sie kannte den Haß der Alten gegen die
Weißen zu gut, als daß sie hätte glauben können, sie
werde eine solche Gelegenheit, ihn zu sättigen, unge-
nutzt vorüber gehen lassen. Furcht, daß sie sogleich in
die benachbarten Pflanzungen schicken und die Neger
zur Überwältigung des Fremden herbeirufen möchte,
bewog sie, sich anzukleiden und ihr unverzüglich in das
untere Wohnzimmer zu folgen. Sie stellte sich, während
diese verstört den Speiseschrank, bei welchem sie ein
Geschäft zu haben schien, verließ, und sich an einen
Spinnrocken niedersetzte, vor das an die Tür geschlagene
Mandat, in welchem allen Schwarzen bei Lebensstrafe
verboten war, den Weißen Schutz und Obdach zu geben;
und gleichsam als ob sie, von Schrecken ergriffen, das
Unrecht, das sie begangen, einsähe, wandte sie sich
plötzlich, und fiel der Mutter, die sie, wie sie wohl
wußte, von hinten beobachtet hatte, zu Füßen. Sie bat,
die Kniee derselben umklammernd, ihr die rasenden
Äußerungen, die sie sich zu Gunsten des Fremden
erlaubt, zu vergeben; entschuldigte sich mit dem

Zustand, halb träumend, halb wachend, in welchem sie von ihr mit den Vorschlägen zu seiner Überlistung, da sie noch im Bette gelegen, überrascht worden sei, und meinte, daß sie ihn ganz und gar der Rache der bestehenden Landesgesetze, die seine Vernichtung einmal beschlossen, preis gäbe. Die Alte, nach einer Pause, in der sie das Mädchen unverwandt betrachtete, sagte: »Beim Himmel, diese deine Erklärung rettet ihm für heute das Leben! Denn die Speise, da du ihn in deinen Schutz zu nehmen drohtest, war schon vergiftet, die ihn der Gewalt Congo Hoangos, seinem Befehl gemäß, wenigstens tot überliefert haben würde.« Und damit stand sie auf und schüttete einen Topf mit Milch, der auf dem Tisch stand, aus dem Fenster. Toni, welche ihren Sinnen nicht traute, starrte, von Entsetzen ergriffen, die Mutter an. Die Alte, während sie sich wieder niedersetzte, und das Mädchen, das noch immer auf den Knien dalag, vom Boden aufhob, fragte: »was denn im Lauf einer einzigen Nacht ihre Gedanken so plötzlich umgewandelt hätte? Ob sie gestern, nachdem sie ihm das Bad bereitet, noch lange bei ihm gewesen wäre? Und ob sie viel mit dem Fremden gesprochen hätte?« Doch Toni, deren Brust flog, antwortete hierauf nicht, oder nichts Bestimmtes; das Auge zu Boden geschlagen, stand sie, indem sie sich den Kopf hielt, und berief sich auf einen Traum; ein Blick jedoch auf die Brust ihrer unglücklichen Mutter, sprach sie, indem sie sich rasch bückte und ihre Hand küßte, rufe ihr die ganze Unmenschlichkeit der Gattung, zu der dieser Fremde gehöre, wieder ins Gedächtnis zurück: und beteuerte, indem sie sich umkehrte und das Gesicht in ihre Schürze drückte, daß, sobald der Neger Hoango eingetroffen wäre, sie sehen würde, was sie an ihr für eine Tochter habe.

Babekan saß noch in Gedanken versenkt, und erwog, woher wohl die sonderbare Leidenschaftlichkeit des Mädchens entspringe: als der Fremde mit einem in seinem Schlafgemach geschriebenen Zettel, worin er die

Familie einlud, einige Tage in der Pflanzung des Negers
Hoango zuzubringen, in das Zimmer trat. Er grüßte sehr
heiter und freundlich die Mutter und die Tochter, und
bat, indem er der Alten den Zettel übergab: daß man
sogleich in die Waldung schicken und für die Gesellschaft, dem ihm gegebenen Versprechen gemäß, Sorge
tragen möchte. Babekan stand auf und sagte, mit einem
Ausdruck von Unruhe, indem sie den Zettel in den
Wandschrank legte: »Herr, wir müssen Euch bitten,
Euch sogleich in Euer Schlafzimmer zurück zu verfügen.
Die Straße ist voll von einzelnen Negertrupps, die vorüberziehen und uns anmelden, daß sich der General
Dessalines mit seinem Heer in diese Gegend wenden
werde. Dies Haus, das jedem offen steht, gewährt Euch
keine Sicherheit, falls Ihr Euch nicht in Eurem, auf den
Hof hinausgehenden, Schlafgemach verbergt, und die
Türen sowohl, als auch die Fensterladen, auf das sorgfäl-
tigste verschließt.« – Wie? sagte der Fremde betroffen:
der General Dessalines – »Fragt nicht!« unterbrach ihn
die Alte, indem sie mit einem Stock dreimal auf den
Fußboden klopfte: »in Eurem Schlafgemach, wohin ich
Euch folgen werde, will ich Euch alles erklären.« Der
Fremde von der Alten mit ängstlichen Gebärden aus dem
Zimmer gedrängt, wandte sich noch einmal unter der
Tür und rief: aber wird man der Familie, die meiner
harrt, nicht wenigstens einen Boten zusenden müssen,
der sie –? »Es wird alles besorgt werden«, fiel ihm die
Alte ein, während, durch ihr Klopfen gerufen, der
Bastardknabe, den wir schon kennen, hereinkam; und
damit befahl sie Toni, die, dem Fremden den Rücken
zukehrend, vor dem Spiegel getreten war, einen Korb mit
Lebensmitteln, der in dem Winkel stand, aufzunehmen;
und Mutter, Tochter, der Fremde und der Knabe begaben sich in das Schlafzimmer hinauf.

Hier erzählte die Alte, indem sie sich auf gemächliche
Weise auf den Sessel niederließ, wie man die ganze Nacht
über auf den, den Horizont abschneidenden Bergen, die

Feuer des Generals Dessalines schimmern gesehen: ein
Umstand, der in der Tat gegründet war, obschon sich bis
diesen Augenblick noch kein einziger Neger von seinem
Heer, das südwestlich gegen Port au Prince anrückte, in
dieser Gegend gezeigt hatte. Es gelang ihr, den Fremden
dadurch in einen Wirbel von Unruhe zu stürzen, den sie
jedoch nachher wieder durch die Versicherung, daß sie
alles Mögliche, selbst in dem schlimmen Fall, daß sie
Einquartierung bekäme, zu seiner Rettung beitragen
würde, zu stillen wußte. Sie nahm, auf die wiederholte
inständige Erinnerung desselben, unter diesen Umständen seiner Familie wenigstens mit Lebensmitteln beizuspringen, der Tochter den Korb aus der Hand, und
indem sie ihn dem Knaben gab, sagte sie ihm: er solle an
den Möwenweiher, in die nahgelegnen Waldberge hinaus
gehen, und ihn der daselbst befindlichen Familie des
fremden Offiziers überbringen. »Der Offizier selbst«,
solle er hinzusetzen, »befinde sich wohl; Freunde der
Weißen, die selbst viel der Partei wegen, die sie ergriffen,
von den Schwarzen leiden müßten, hätten ihn in ihrem
Hause mitleidig aufgenommen.« Sie schloß, daß sobald
die Landstraße nur von den bewaffneten Negerhaufen,
die man erwartete, befreit wäre, man sogleich Anstalten
treffen würde, auch ihr, der Familie, ein Unterkommen
in diesem Hause zu verschaffen. – Hast du verstanden?
fragte sie, da sie geendet hatte. Der Knabe, indem er den
Korb auf seinen Kopf setzte, antwortete: daß er den ihm
beschriebenen Möwenweiher, an dem er zuweilen mit
seinen Kameraden zu fischen pflege, gar wohl kenne,
und daß er alles, wie man es ihm aufgetragen, an die
daselbst übernachtende Familie des fremden Herrn
bestellen würde. Der Fremde zog sich, auf die Frage der
Alten: ob er noch etwas hinzuzusetzen hätte? noch einen
Ring vom Finger, und händigte ihn den Knaben ein, mit
dem Auftrag, ihn zum Zeichen, daß es mit den über-
brachten Meldungen seine Richtigkeit habe, dem Oberhaupt der Familie, Herrn Strömli, zu übergeben. Hierauf

traf die Mutter mehrere, die Sicherheit des Fremden, wie sie sagte, abzweckende Veranstaltungen; befahl Toni, die Fensterladen zu verschließen, und zündete selbst, um die Nacht, die dadurch in dem Zimmer herrschend geworden war, zu zerstreuen, an einem auf dem Kaminsims befindlichen Feuerzeug, nicht ohne Mühseligkeit, indem der Zunder nicht fangen wollte, ein Licht an. Der Fremde benutzte diesen Augenblick, um den Arm sanft um Tonis Leib zu legen, und ihr ins Ohr zu flüstern: wie sie geschlafen? und: ob er die Mutter nicht von dem, was vorgefallen, unterrichten solle? doch auf die erste Frage antwortete Toni nicht, und auf die andere versetzte sie, indem sie sich aus seinem Arm loswand: nein, wenn Ihr mich liebt, kein Wort! Sie unterdrückte die Angst, die alle diese lügenhaften Anstalten in ihr erweckten; und unter dem Vorwand, dem Fremden ein Frühstück zu bereiten, stürzte sie eilig in das untere Wohnzimmer herab.

Sie nahm aus dem Schrank der Mutter den Brief, worin der Fremde in seiner Unschuld die Familie eingeladen hatte, dem Knaben in die Niederlassung zu folgen: und auf gut Glück hin, ob die Mutter ihn vermissen würde, entschlossen, im schlimmsten Falle den Tod mit ihm zu leiden, flog sie damit dem schon auf der Landstraße wandernden Knaben nach. Denn sie sah den Jüngling, vor Gott und ihrem Herzen, nicht mehr als einen bloßen Gast, dem sie Schutz und Obdach gegeben, sondern als ihren Verlobten und Gemahl an, und war willens, sobald nur seine Partei im Hause stark genug sein würde, dies der Mutter, auf deren Bestürzung sie unter diesen Umständen rechnete, ohne Rückhalt zu erklären. »Nanky«, sprach sie, da sie den Knaben atemlos und eilfertig auf der Landstraße erreicht hatte: »die Mutter hat ihren Plan, die Familie Herrn Strömlis anbetreffend, umgeändert. Nimm diesen Brief! Er lautet an Herrn Strömli, das alte Oberhaupt der Familie, und enthält die Einladung, einige Tage mit allem, was zu ihm gehört, in unserer Niederlassung zu verweilen. – Sei klug und trage selbst alles Mögliche dazu bei, diesen Entschluß zur Reife zu bringen; Congo Hoango, der Neger, wird, wenn er wiederkömmt, es dir lohnen!« Gut, gut, Base Toni, antwortete der Knabe. Er fragte, indem er den Brief sorgsam eingewickelt in seine Tasche steckte: und ich soll dem Zuge, auf seinem Wege hierher, zum Führer dienen? »Allerdings«, versetzte Toni; »das versteht sich, weil sie die Gegend nicht kennen, von selbst. Doch wirst du, möglicher Truppenmärsche wegen, die auf der Landstraße statt finden könnten, die Wanderung eher nicht, als um Mitternacht antreten; aber dann dieselbe auch so beschleunigen, daß du vor der Dämmerung des Tages hier eintriffst. – Kann man sich auf dich verlassen?« fragte sie. Verlaßt euch auf Nanky! antwortete der Knabe; ich weiß, warum ihr diese weißen Flüchtlinge in die Pflanzung lockt, und der Neger Hoango soll mit mir zufrieden sein!

Hierauf trug Toni dem Fremden das Frühstück auf; und nachdem es wieder abgenommen war, begaben sich Mutter und Tochter, ihrer häuslichen Geschäfte wegen, in das vordere Wohnzimmer zurück. Es konnte nicht fehlen, daß die Mutter einige Zeit darauf an den Schrank trat, und, wie es natürlich war, den Brief vermißte. Sie legte die Hand, ungläubig gegen ihr Gedächtnis, einen Augenblick an den Kopf, und fragte Toni: wo sie den Brief, den ihr der Fremde gegeben, wohl hingelegt haben könne? Toni antwortete nach einer kurzen Pause, in der sie auf den Boden niedersah: daß ihn der Fremde ja, ihres Wissens, wieder eingesteckt und oben im Zimmer, in ihrer beider Gegenwart, zerrissen habe! Die Mutter schaute das Mädchen mit großen Augen an; sie meinte, sich bestimmt zu erinnern, daß sie den Brief aus seiner Hand empfangen und in den Schrank gelegt habe; doch da sie ihn nach vielem vergeblichen Suchen darin nicht fand, und ihrem Gedächtnis, mehrerer ähnlichen Vorfälle wegen, mißtraute: so blieb ihr zuletzt nichts übrig,

als der Meinung, die ihr die Tochter geäußert, Glauben
zu schenken. Inzwischen konnte sie ihr lebhaftes Miß-
vergnügen über diesen Umstand nicht unterdrücken,
und meinte, daß der Brief dem Neger Hoango, um die
Familie in die Pflanzung hereinzubringen, von der größten Wichtigkeit gewesen sein würde. Am Mittag und
Abend, da Toni den Fremden mit Speisen bediente,
nahm sie, zu seiner Unterhaltung an der Tischecke sitzend, mehreremal Gelegenheit, ihn nach dem Briefe zu
fragen; doch Toni war geschickt genug, das Gespräch, so
oft es auf diesen gefährlichen Punkt kam, abzulenken
oder zu verwirren; dergestalt, daß die Mutter durch die
Erklärungen des Fremden über das eigentliche Schicksal
des Briefes auf keine Weise ins Reine kam. So verfloß der
Tag; die Mutter verschloß nach dem Abendessen aus
Vorsicht, wie sie sagte, des Fremden Zimmer; und nachdem sie noch mit Toni überlegt hatte, durch welche List
sie sich von neuem, am folgenden Tage, in den Besitz
eines solchen Briefes setzen könne, begab sie sich zur
Ruhe, und befahl dem Mädchen gleichfalls, zu Bette zu
gehen.

Sobald Toni, die diesen Augenblick mit Sehnsucht
erwartet hatte, ihre Schlafkammer erreicht und sich überzeugt hatte, daß die Mutter entschlummert war, stellte
sie das Bildnis der heiligen Jungfrau, das neben ihrem
Bette hing, auf einen Sessel, und ließ sich mit verschränkten Händen auf Knieen davor nieder. Sie flehte den
Erlöser, ihren göttlichen Sohn, in einem Gebet voll
unendlicher Inbrunst, um Mut und Standhaftigkeit an,
dem Jüngling, dem sie sich zu eigen gegeben, das
Geständnis der Verbrechen, die ihren jungen Busen
beschwerten, abzulegen. Sie gelobte, diesem, was es
ihrem Herzen auch kosten würde, nichts, auch nicht die
Absicht, erbarmungslos und entsetzlich, in der sie ihn
gestern in das Haus gelockt, zu verbergen; doch um der
Schritte willen, die sie bereits zu seiner Rettung getan,
wünschte sie, daß er ihr vergeben, und sie als sein treues

Weib mit sich nach Europa führen möchte. Durch dies Gebet wunderbar gestärkt, ergriff sie, indem sie aufstand, den Hauptschlüssel, der alle Gemächer des Hauses schloß, und schritt damit langsam, ohne Licht, über den schmalen Gang, der das Gebäude durchschnitt, dem Schlafgemach des Fremden zu. Sie öffnete das Zimmer leise und trat vor sein Bett, wo er in tiefem Schlaf versenkt ruhte. Der Mond beschien sein blühendes Antlitz, und der Nachtwind, der durch die geöffneten Fenster eindrang, spielte mit dem Haar auf seiner Stirn. Sie neigte sich sanft über ihn und rief ihn, seinen süßen Atem einsaugend, beim Namen; aber ein tiefer Traum, von dem sie der Gegenstand zu sein schien, beschäftigte ihn: wenigstens hörte sie, zu wiederholten Malen, von seinen glühenden, zitternden Lippen das geflüsterte Wort: Toni! Wehmut, die nicht zu beschreiben ist, ergriff sie; sie konnte sich nicht entschließen, ihn aus den Himmeln lieblicher Einbildung in die Tiefe einer gemeinen und elenden Wirklichkeit herabzureißen; und in der Gewißheit, daß er ja früh oder spät von selbst erwachen müsse, kniete sie an seinem Bette nieder und überdeckte seine teure Hand mit Küssen.

Aber wer beschreibt das Entsetzen, das wenige Augenblicke darauf ihren Busen ergriff, als sie plötzlich, im Innern des Hofraums, ein Geräusch von Menschen, Pferden und Waffen hörte, und darunter ganz deutlich die Stimme des Negers Congo Hoango erkannte, der unvermuteter Weise mit seinem ganzen Troß aus dem Lager des Generals Dessalines zurückgekehrt war. Sie stürzte, den Mondschein, der sie zu verraten drohte, sorgsam vermeidend, hinter die Vorhänge des Fenster, und hörte auch schon die Mutter, welche dem Neger von allem, was während dessen vorgefallen war, auch von der Anwesenheit des europäischen Flüchtlings im Hause, Nachricht gab. Der Neger befahl den Seinigen, mit gedämpfter Stimme, im Hofe still zu sein. Er fragte die Alte, wo der Fremde in diesem Augenblick befindlich

sei? worauf diese ihm das Zimmer bezeichnete, und
sogleich auch Gelegenheit nahm, ihn von dem sonderbaren und auffallenden Gespräch, das sie, den Flüchtling
betreffend, mit der Tochter gehabt hatte, zu unterrichten. Sie versicherte dem Neger, daß das Mädchen eine
Verräterin, und der ganze Anschlag, desselben habhaft
zu werden, in Gefahr sei, zu scheitern. Wenigstens sei
die Spitzbübin, wie sie bemerkt, heimlich beim Einbruch
der Nacht in sein Bette geschlichen, wo sie noch bis
diesen Augenblick in guter Ruhe befindlich sei; und
wahrscheinlich, wenn der Fremde nicht schon entflohen
sei, werde derselbe eben jetzt gewarnt, und die Mittel,
wie seine Flucht zu bewerkstelligen sei, mit ihm verabre-
det. Der Neger, der die Treue des Mädchens schon in
ähnlichen Fällen erprobt hatte, antwortete: es wäre wohl
nicht möglich? Und: Kelly! rief er wütend, und: Omra!
Nehmt eure Büchsen! Und damit, ohne weiter ein Wort
zu sagen, stieg er, im Gefolge aller seiner Neger, die
Treppe hinauf, und begab sich in das Zimmer des
Fremden.

Toni, vor deren Augen sich, während weniger Minuten, dieser ganze Auftritt abgespielt hatte, stand, gelähmt
an allen Gliedern, als ob sie ein Wetterstrahl getroffen
hätte, da. Sie dachte einen Augenblick daran, den Fremden zu wecken; doch teils war, wegen Besetzung des
Hofraums, keine Flucht für ihn möglich, teils auch sah
sie voraus, daß er zu den Waffen greifen, und somit bei
der Überlegenheit der Neger, Zubodenstreckung unmittelbar sein Los sein würde. Ja, die entsetzlichste Rücksicht, die sie zu nehmen genötigt war, war diese, daß der
Unglückliche sie selbst, wenn er sie in dieser Stunde bei
seinem Bette fände, für eine Verräterin halten, und, statt
auf ihren Rat zu hören, in der Raserei eines so heillosen
Wahns, dem Neger Hoango völlig besinnungslos in die
Arme laufen würde. In dieser unaussprechlichen Angst
fiel ihr ein Strick in die Augen, welcher, der Himmel
weiß durch welchen Zufall, an dem Riegel der Wand

hing. Gott selbst, meinte sie, indem sie ihn herabriß, hätte ihn zu ihrer und des Freundes Rettung dahin geführt. Sie umschlang den Jüngling, vielfache Knoten schürzend, an Händen und Füßen damit; und nachdem sie, ohne darauf zu achten, daß er sich rührte und sträubte, die Enden angezogen und an das Gestell des Bettes festgebunden hatte: drückte sie, froh, des Augenblicks mächtig geworden zu sein, einen Kuß auf seine Lippen, und eilte, dem Neger Hoango, der schon auf der Treppe klirrte, entgegen.

Der Neger, der dem Bericht der Alten, Toni anbetreffend, immer noch keinen Glauben schenkte, stand, als er sie aus dem bezeichneten Zimmer hervortreten sah, bestürzt und verwirrt, im Korridor mit seinem Troß von Fackeln und Bewaffneten still. Er rief: »die Treulose! die Bundbrüchige!« und indem er sich zu Babekan wandte, welche einige Schritte vorwärts gegen die Tür des Fremden getan hatte, fragte er: »ist der Fremde entflohn?« Babekan, welche die Tür, ohne hineinzusehen, offen gefunden hatte, rief, indem sie als eine Wütende zurückkehrte: Die Gaunerin! Sie hat ihn entwischen lassen! Eilt, und besetzt die Ausgänge, ehe er das weite Feld erreicht!« »Was gibts?« fragte Toni, indem sie mit dem Ausdruck des Erstaunens den Alten und die Neger, die ihn umringten, ansah. Was es gibt? erwiderte Huango; und damit ergriff er sie bei der Brust und schleppte sie nach dem Zimmer hin. »Seid ihr rasend?« rief Toni, indem sie den Alten, der bei dem sich ihm darbietenden Anblick erstarrte, von sich stieß: »da liegt der Fremde, von mir in seinem Bette festgebunden; und, beim Himmel, es ist nicht die schlechteste Tat, die ich in meinem Leben getan!« Bei diesen Worten kehrte sie ihm den Rücken zu, und setzte sich, als ob sie weinte, an einen Tisch nieder. Der Alte wandte sich gegen die in Verwirrung zur Seite stehende Mutter und sprach: o Babekan, mit welchem Märchen hast du mich getäuscht? »Dem Himmel sei Dank«, antwortete die Mutter, indem sie die

Stricke, mit welchen der Fremde gebunden war, verlegen untersuchte; »der Fremde ist da, obschon ich von dem Zusammenhang nichts begreife.« Der Neger trat, das Schwert in die Scheide steckend, an das Bett und fragte den Fremden: wer er sei? woher er komme und wohin er reise? Doch da dieser, unter krampfhaften Anstrengungen sich loszuwinden, nichts hervorbrachte, als, auf jämmerlich schmerzhafte Weise: o Toni! o Toni! – so nahm die Mutter das Wort und bedeutete ihm, daß er ein Schweizer sei, namens Gustav von der Ried, und daß er mit seiner ganzen Familie europäischer Hunde, welche in diesem Augenblick in den Berghöhlen am Möwenweiher versteckt sei, von dem Küstenplatz Fort Dauphin komme. Hoango, der das Mädchen, den Kopf schwermütig auf ihre Hände gestützt, dasitzen sah, trat zu ihr und nannte sie sein liebes Mädchen; klopfte ihr die Wangen, und forderte sie auf, ihm den übereilten Verdacht, den er ihr geäußert, zu vergeben. Die Alte, die gleichfalls vor das Mädchen hingetreten war, stemmte die Arme kopfschüttelnd in die Seite und fragte: weshalb sie denn den Fremden, der doch von der Gefahr, in der er sich befunden, gar nichts gewußt, mit Stricken in dem Bette festgebunden habe? Toni, vor Schmerz und Wut in der Tat weinend, antwortete, plötzlich zur Mutter gekehrt: »weil du keine Augen und Ohren hast! Weil er die Gefahr, in der er schwebte, gar wohl begriff! Weil er entfliehen wollte; weil er mich gebeten hatte, ihm zu seiner Flucht behülflich zu sein; weil er einen Anschlag auf dein eigenes Leben gemacht hatte, und sein Vorhaben bei Anbruch des Tages ohne Zweifel, wenn ich ihn nicht schlafend gebunden hätte, in Ausführung gebracht haben würde.« Der Alte liebkoste und beruhigte das Mädchen, und befahl Babekan, von dieser Sache zu schweigen. Er rief ein paar Schützen mit Büchsen vor, um das Gesetz, dem der Fremdling verfallen war, augenblicklich an demselben zu vollstrecken; aber Babekan flüsterte ihm heimlich zu: »nein, ums Himmels willen, Hoango!«

– Sie nahm ihn auf die Seite und bedeutete ihm: »Der Fremde müsse, bevor er hingerichtet werde, eine Einladung aufsetzen, um vermittelst derselben die Familie, deren Bekämpfung im Walde manchen Gefahren ausgesetzt sei, in die Pflanzung zu locken.« – Hoango, in Erwägung, daß die Familie wahrscheinlich nicht unbewaffnet sein werde, gab diesem Vorschlage seinen Beifall; er stellte, weil es zu spät war, den Brief verabredetermaßen schreiben zu lassen, zwei Wachen bei dem weißen Flüchtling aus; und nachdem er noch, der Sicherheit wegen, die Stricke untersucht, auch, weil er sie zu locker befand, ein paar Leute herbeigerufen hatte, um sie noch enger zusammenzuziehen, verließ er mit seinem ganzen Troß das Zimmer, und alles nach und nach begab sich zur Ruh.

Aber Toni, welche nur scheinbar dem Alten, der ihr noch einmal die Hand gereicht, gute Nacht gesagt und sich zu Bette gelegt hatte, stand, sobald sie alles im Hause still sah, wieder auf, schlich sich durch eine Hinterpforte des Hauses auf das freie Feld hinaus, und lief, die wildeste Verzweiflung im Herzen, auf dem, die Landstraße durchkreuzenden, Wege der Gegend zu, von welcher die Familie Herrn Strömlis herankommen mußte. Denn die Blicke voll Verachtung, die der Fremde von seinem Bette aus auf sie geworfen hatte, waren ihr empfindlich, wie Messerstiche, durchs Herz gegangen; es mischte sich ein Gefühl heißer Bitterkeit in ihre Liebe zu ihm, und sie frohlockte bei dem Gedanken, in dieser zu seiner Rettung angeordneten Unternehmung zu sterben. Sie stellte sich, in der Besorgnis, die Familie zu verfehlen, an den Stamm einer Pinie, bei welcher, falls die Einladung angenommen worden war, die Gesellschaft vorüberziehen mußte, und kaum war auch, der Verabredung gemäß, der erste Strahl der Dämmerung am Horizont angebrochen, als Nankys, des Knaben, Stimme, der dem Trosse zum Führer diente, schon fernher unter den Bäumen des Waldes hörbar ward.

Der Zug bestand aus Herrn Strömli und seiner Gemahlin, welche letztere auf einem Maulesel ritt; fünf Kindern desselben, deren zwei, Adelbert und Gottfried, Jünglinge von 18 und 17 Jahren, neben dem Maulesel hergingen; drei Dienern und zwei Mägden, wovon die eine, einen Säugling an der Brust, auf dem andern Maulesel ritt; in allem aus zwölf Personen. Er bewegte sich langsam über die den Weg durchflechtenden Kienwurzeln, dem Stamm der Pinie zu: wo Toni, so geräuschlos, als niemand zu erschrecken nötig war, aus dem Schatten des Baums hervortrat, und dem Zuge zurief: Halt! Der Knabe kannte sie sogleich; und auf ihre Frage: wo Herr Strömli sei? während Männer, Weiber und Kinder sie umringten, stellte dieser sie freudig dem alten Oberhaupt der Familie, Herrn Strömli, vor. »Edler Herr!« sagte Toni, indem sie die Begrüßungen desselben mit fester Stimme unterbrach: »der Neger Hoango ist, auf überraschende Weise, mit seinem ganzen Troß in die Niederlassung zurück gekommen. Ihr könnt jetzt, ohne die größeste Lebensgefahr, nicht darin einkehren; ja, euer Vetter, der zu seinem Unglück eine Aufnahme darin fand, ist verloren, wenn ihr nicht zu den Waffen greift, und mir, zu seiner Befreiung aus der Haft, in welcher ihn der Neger Hoango gefangen hält, in die Pflanzung folgt!« Gott im Himmel! riefen, von Schrecken erfaßt, alle Mitglieder der Familie; und die Mutter, die krank und von der Reise erschöpft war, fiel von dem Maultier ohnmächtig auf den Boden nieder. Toni, während, auf den Ruf Herrn Strömlis die Mägde herbeieilten, um ihrer Frau zu helfen, führte, von den Jünglingen mit Fragen bestürmt, Herrn Strömli und die übrigen Männer, auf Furcht vor dem Knaben Nanky, auf die Seite. Sie erzählte den Männern, ihre Tränen vor Scham und Reue nicht zurückhaltend, alles, was vorgefallen; wie die Verhältnisse, in dem Augenblick, da der Jüngling, eingetroffen, im Hause bestanden; wie das Gespräch, das sie unter vier Augen mit ihm gehabt, dieselben auf ganz unbegreifliche Weise verändert; was sie bei der Ankunft des Negers, fast wahnsinnig vor Angst, getan, und wie sie nun Tod und Leben daran setzen wolle, ihn aus der Gefangenschaft, worin sie ihn selbst gestürzt, wieder zu befreien. Meine Waffen! rief Herr Strömli, indem er zu dem Maultier seiner Frau eilte und seine Büchse herabnahm. Er sagte, während auch Adelbert und Gottfried, seine rüstigen Söhne, und die drei wackern Diener sich bewaffneten: Vetter Gustav hat mehr als einem von uns das Leben gerettet; jetzt ist es an uns, ihm den gleichen Dienst zu tun; und damit hob er seine Frau, welche sich erholt hatte, wieder auf das Maultier, ließ dem Knaben Nanky, aus Vorsicht, als eine Art von Geißel, die Hände binden; schickte den ganzen Troß, Weiber und Kinder, unter dem bloßen Schutz seines dreizehnjährigen, gleichfalls bewaffneten Sohnes, Ferdinand, an den Möwenweiher zurück; und nachdem er noch Toni, welche selbst einen Helm und einen Spieß genommen hatte, über die Stärke der Neger und ihre Verteilung im Hofraume ausgefragt und ihr versprochen hatte, Hoangos sowohl, als ihrer Mutter, so viel es sich tun ließ, bei dieser Unternehmung zu schonen: stellte er sich mutig, und auf Gott vertrauend, an die Spitze seines kleinen Haufens, und brach, von Toni geführt, in die Niederlassung auf.

Toni, sobald der Haufen durch die hintere Pforte eingeschlichen war, zeigte Herrn Strömli das Zimmer, in welchem Hoango und Babekan ruhten; und während Herr Strömli geräuschlos mit seinen Leuten in das offne Haus eintrat, und sich sämtlicher zusammengesetzter Gewehre der Neger bemächtigte, schlich sie zur Seite ab in den Stall, in welchem der fünfjährige Halbbruder des Nanky, Seppy, schlief. Denn Nanky und Seppy, Bastardkinder des alten Hoango, waren diesem, besonders der letzte, dessen Mutter kürzlich gestorben war, sehr teuer; und da, selbst in dem Fall, daß man den gefangenen Jüngling befreite, der Rückzug an den Möwenweiher und die Flucht von dort nach Port au

Prince, der sie sich anzuschließen gedachte, noch mancherlei Schwierigkeiten ausgesetzt war: so schloß sie
nicht unrichtig, daß der Besitz beider Knaben, als einer
Art von Unterpfand, dem Zuge, bei etwaniger Verfolgung der Negern, von großem Vorteil sein würde. Es
gelang ihr, den Knaben ungesehen aus seinem Bette zu
heben, und in ihren Armen, halb schlafend, halb
wachend, in das Hauptgebäude hinüberzutragen. Inzwischen war Herr Strömli, so heimlich, als es sich tun ließ,
mit seinem Haufen in Hoangos Stubentüre eingetreten;
aber statt ihn und Babekan, wie er glaubte, im Bette zu
finden, standen, durch das Geräusch geweckt, beide,
obschon halbnackt und hülflos, in der Mitte des Zimmers da. Herr Strömli, indem er seine Büchse in die
Hand nahm, rief: sie sollten sich ergeben, oder sie wären
des Todes! doch Hoango, statt aller Antwort, riß ein
Pistol von der Wand und platzte es, Herrn Strömli am
Kopf streifend, unter die Menge los. Herrn Strömlis
Haufen, auf dies Signal, fiel wütend über ihn her;
Hoango, nach einem zweiten Schuß, der einem Diener
die Schulter durchbohrte, ward durch einen Säbelhieb an
der Hand verwundet, und beide, Babekan und er, wurden niedergeworfen und mit Stricken am Gestell eines
großen Tisches fest gebunden. Mittlerweile waren, durch
die Schüsse geweckt, die Neger des Hoango, zwanzig
und mehr an der Zahl, aus ihren Ställen hervorgestürzt,
und drangen, da sie die alte Babekan im Hause schreien
hörten, wütend gegen dasselbe vor, um ihre Waffen
wieder zu erobern. Vergebens postierte Herr Strömli,
dessen Wunde von keiner Bedeutung war, seine Leute an
die Fenster des Hauses, und ließ, um die Kerle im Zaum
zu halten, mit Büchsen unter sie feuern; sie achteten
zweier Toten nicht, die schon auf dem Hofe umher
lagen, und waren im Begriff, Äxte und Brechstangen zu
holen, um die Haustür, welche Herr Strömli verriegelt
hatte, einzusprengen, als Toni, zitternd und bebend, den
Knaben Seppy auf dem Arm, in Hoangos Zimmer trat.

Herr Strömli, dem diese Erscheinung äußerst erwünscht war, riß ihr den Knaben vom Arm; er wandte sich, indem er seinen Hirschfänger zog, zu Hoango, und schwor, daß er den Jungen augenblicklich töten würde, wenn er den Negern nicht zuriefe, von ihrem Vorhaben abzustehen. Hoango, dessen Kraft durch den Hieb über die drei Finger der Hand gebrochen war, und der sein eignes Leben, im Fall einer Weigerung, ausgesetzt haben würde, erwiderte nach einigen Bedenken, indem er sich vom Boden aufheben ließ: »daß er dies tun wolle«; er stellte sich, von Herrn Strömli geführt, an das Fenster, und mit einem Schnupftuch, das er in die linke Hand nahm, über den Hof hinauswinkend, rief er den Negern zu: »daß sie die Tür, indem es, sein Leben zu retten, keiner Hülfe bedürfe, unberührt lassen sollten und in ihre Ställe zurückkehren möchten!« Hierauf beruhigte sich der Kampf ein wenig; Hoango schickte, auf Verlangen Herrn Strömlis, einen im Hause eingefangenen Neger, mit der Wiederholung dieses Befehls, zu dem im Hofe noch verweilenden und sich beratschlagenden Haufen hinab; und da die Schwarzen, so wenig sie auch von der Sache begriffen, den Worten dieses förmlichen Botschafters Folge leisten mußten, so gaben sie ihren Anschlag, zu dessen Ausführung schon alles in Bereitschaft war, auf, und verfügten sich nach und nach, obschon murrend und schimpfend, in ihre Ställe zurück. Herr Strömli, indem er dem Knaben Seppy vor den Augen Hoangos die Hände binden ließ, sagte diesem: »daß seine Absicht keine andere sei, als den Offizier, seinen Vetter aus der in der Pflanzung über ihn verhängten Haft zu befreien, und daß, wenn seiner Flucht nach Port au Prince keine Hindernisse in den Weg gelegt würden, weder für sein, Hoangos, noch für seiner Kinder Leben, die er ihm wiedergeben würde, etwas zu befürchten sein würde. Babekan, welcher Toni sich näherte und zum Abschied in einer Rührung, die sie nicht unterdrücken konnte, die Hand geben wollte, stieß diese heftig von sich. Sie nannte sie eine Niederträchtige und Verräterin, und meinte, indem sie sich am Gestell des Tisches, an dem sie lag, umkehrte: die Rache Gottes würde sie, noch ehe sie ihrer Schandtat froh geworden, ereilen. Toni antwortete: »ich habe euch nicht verraten; ich bin eine Weiße, und dem Jüngling, den ihr gefangen haltet, verlobt; ich gehöre zu dem Geschlecht derer, mit denen ihr im offenen Kriege liegt, und werde vor Gott, daß ich mich auf ihre Seite stellte, zu verantworten wissen.« Hierauf gab Herr Strömli dem Neger Hoango, den er zur Sicherheit wieder hatte fesseln und an die Pfosten der Tür festbinden lassen, eine Wache; er ließ den Diener, der, mit zersplittertem Schulterknochen, ohnmächtig am Boden lag, aufheben und wegtragen; und nachdem er dem Hoango noch gesagt hatte, daß er beide Kinder, den Nanky sowohl als den Seppy, nach Verlauf einiger Tage, in Sainte Lüze, wo die ersten französischen Vorposten stünden, abholen lassen könne, nahm er Toni, die, von mancherlei Gefühlen bestürmt, sich nicht enthalten konnte zu weinen, bei der Hand, und führte sie, unter den Flüchen Babekans und des alten Hoango, aus dem Schlafzimmer fort.

Inzwischen waren Adelbert und Gottfried, Herrn Strömlis Söhne, schon nach Beendigung des ersten, an den Fenstern gefochtenen Hauptkampfs, auf Befehl des Vaters, in das Zimmer ihres Vetters Gustav geeilt, und waren glücklich genug gewesen, die beiden Schwarzen, die diesen bewachten, nach einem hartnäckigen Widerstand zu überwältigen. Der eine lag tot im Zimmer; der andere hatte sich mit einer schweren Schußwunde bis auf den Korridor hinausgeschleppt. Die Brüder, deren einer, der Ältere, dabei selbst, obschon nur leicht, am Schenkel verwundet worden war, banden den teuren lieben Vetter los: sie umarmten und küßten ihn, und forderten ihn jauchzend, indem sie ihm Gewehr und Waffen gaben, auf, ihnen nach dem vorderen Zimmer, in welchem, da der Sieg entschieden, Herr Strömli wahrscheinlich alles schon zum Rückzug anordne, zu folgen. Aber Vetter Gustav, halb im Bette aufgerichtet, drückte ihnen freundlich die Hand; im übrigen war er still und zerstreut, und statt die Pistolen, die sie ihm darreichten, zu ergreifen, hob er die Rechte, und strich sich, mit einem unaussprechlichen Ausdruck von Gram, damit über die Stirn. Die Jünglinge, die sich bei ihm niedergesetzt hatten, fragten: was ihm fehle? und schon, da er sie mit seinem Arm umschloß, und sich mit dem Kopf schweigend an die Schulter des Jüngern lehnte, wollte Adelbert sich erheben, um ihm im Wahn, daß ihn eine Ohnmacht anwandle, einen Trunk Wasser herbeizuholen: als Toni, den Knaben Seppy auf dem Arm, an der Hand Herrn Strömlis, in das Zimmer trat. Gustav wechselte bei diesem Anblick die Farbe; er hielt sich, indem er aufstand, als ob er umsinken wollte, an den Leibern der Freunde fest; und ehe die Jünglinge noch wußten, was er mit dem Pistol, das er ihnen jetzt aus der Hand nahm, anfangen wollte: drückte er dasselbe schon, knirschend vor Wut, gegen Toni ab. Der Schuß war ihr mitten durch die Brust gegangen; und da sie, mit einem gebrochenen Laut des Schmerzes, noch einige Schritte gegen ihn tat, und sodann, indem sie den Knaben an Herrn Strömli gab, vor ihm niedersank: schleuderte er das Pistol über sie, stieß sie mit dem Fuß von sich, und warf sich, indem er sie eine Hure nannte, wieder auf das Bette nieder. »Du ungeheurer Mensch!« riefen Herr Strömli und seine beiden Söhne. Die Jünglinge warfen sich über das Mädchen, und riefen, indem sie es aufhoben, einen der alten Diener herbei, der dem Zuge schon in manchen ähnlichen, verzweiflungsvollen Fällen die Hülfe eines Arztes geleistet hatte; aber das Mädchen, das sich mit der Hand krampfhaft die Wunde hielt, drückte die Freunde hinweg, und: »sagt ihm –!« stammelte sie röchelnd, auf ihn, der sie erschossen, hindeutend, und wiederholte: »sagt ihm – –!« Was sollen wir ihm sagen? fragte Herr Strömli, da der Tod ihr die Sprache raubte. Adelbert und Gott-

fried standen auf und riefen dem unbegreiflich gräßlichen
Mörder zu: ob er wisse, daß das Mädchen seine Retterin
sei; daß sie ihn liebe und daß es ihre Absicht gewesen sei,
mit ihm, dem sie alles, Eltern und Eigentum, aufgeopfert, nach Port au Prince zu entfliehen? – Sie donnerten
ihm: Gustav! in die Ohren, und fragten ihn: ob er nichts
höre? und schüttelten ihn und griffen ihm in die Haare,
da er unempfindlich, und ohne auf sie zu achten, auf dem
Bette lag. Gustav richtete sich auf. Er warf einen Blick
auf das in seinem Blut sich wälzende Mädchen; und die
Wut, die diese Tat veranlaßt hatte, machte, auf natürliche
Weise, einem Gefühl gemeinen Mitleidens Platz. Herr
Strömli, heiße Tränen auf sein Schnupftuch niederwei-
nend, fragte: warum, Elender, hast du das getan? Vetter
Gustav, der von dem Bette aufgestanden war, und das
Mädchen, indem er sich den Schweiß von der Stirn
abwischte, betrachtete, antwortete: daß sie ihn schändli-
cher Weise zur Nachtzeit gebunden, und dem Neger
Hoango übergeben habe. »Ach!« rief Toni, und streckte,
mit einem unbeschreiblichen Blick, ihre Hand nach ihm
aus: »dich, liebsten Freund, band ich, weil – –!« Aber sie
konnte nicht reden und ihn auch mit der Hand nicht
erreichen; sie fiel, mit einer plötzlichen Erschlaffung der
Kraft, wieder auf den Schoß Herrn Strömlis zurück.
Weshalb? fragte Gustav blaß, indem er zu ihr nieder-
kniete. Herr Strömli, nach einer langen, nur durch das
Röcheln Tonis unterbrochenen Pause, in welcher man
vergebens auf eine Antwort von ihr gehofft hatte, nahm
das Wort und sprach: weil, nach der Ankunft Hoangos,
dich, Unglücklichen, zu retten, kein anderes Mittel war;
weil sie den Kampf, den du unfehlbar eingegangen
wärest, vermeiden, weil sie Zeit gewinnen wollte, bis
wir, die wir schon vermöge ihrer Veranstaltung herbeieilten, deine Befreiung mit den Waffen in der Hand
erzwingen konnten. Gustav legte die Hände vor sein
Gesicht. Oh! rief er, ohne aufzusehen, und meinte, die
Erde versänke unter seinen Füßen: ist das, was ihr mir

sagt, wahr? Er legte seine Arme um ihren Leib und sah ihr mit jammervoll zerrissenem Herzen ins Gesicht. »Ach«, rief Toni, und dies waren ihre letzten Worte: »du hättest mir nicht mißtrauen sollen!« Und damit hauchte sie ihre schöne Seele aus. Gustav raufte sich die Haare. Gewiß! sagte er, da ihn die Vettern von der Leiche wegrissen: ich hätte dir nicht mißtrauen sollen; denn du warst mir durch einen Eidschwur verlobt, obschon wir keine Worte darüber gewechselt hatten! Herr Strömli drückte jammernd den Latz, der des Mädchens Brust umschloß, nieder. Er ermunterte den Diener, der mit einigen unvollkommenen Rettungswerkzeugen neben ihm stand, die Kugel, die, wie er meinte, in dem Brustknochen stecken müsse, auszuziehen; aber alle Bemühung, wie gesagt, war vergebens, sie war von dem Blei ganz durchbohrt, und ihre Seele schon zu besseren Sternen entflohn. – Inzwischen war Gustav ans Fenster getreten; und während Herr Strömli und seine Söhne unter stillen Tränen beratschlagten, was mit der Leiche anzufangen sei, und ob man nicht die Mutter herbeirufen solle: jagte Gustav sich die Kugel, womit das andere Pistol geladen war, durchs Hirn. Diese neue Schreckenstat raubte den Verwandten völlig alle Besinnung. Die Hülfe wandte sich jetzt auf ihn; aber des Ärmsten Schädel war ganz zerschmettert, und hing, da er sich das Pistol in den Mund gesetzt hatte, zum Teil an den Wänden umher. Herr Strömli war der erste, der sich wieder sammelte. Denn da der Tag schon ganz hell durch die Fenster schien, und auch Nachrichten einliefen, daß die Neger sich schon wieder auf dem Hofe zeigten: so blieb nichts übrig, als ungesäumt an den Rückzug zu denken. Man legte die beiden Leichen, die man nicht der mutwilligen Gewalt der Neger überlassen wollte, auf ein Brett, und nachdem die Büchsen von neuem geladen waren, brach der traurige Zug nach dem Möwenweiher auf. Herr Strömli, den Knaben Seppy auf dem Arm, ging voran; ihm folgten die beiden stärksten Diener, welche

auf ihren Schultern die Leichen trugen; der Verwundete
schwankte an einem Stabe hinterher; und Adelbert und
Gottfried gingen mit gespannten Büchsen dem langsam
fortschreitenden Leichenzuge zur Seite. Die Neger, da
sie den Haufen so schwach erblickten, traten mit Spießen
und Gabeln aus ihren Wohnungen hervor, und schienen
Miene zu machen, angreifen zu wollen; aber Hoango,
den man die Vorsicht beobachtet hatte, loszubinden, trat
auf die Treppe des Hauses hinaus, und winkte den
Negern, zu ruhen. »In Sainte Lüze!« rief er Herrn
Strömli zu, der schon mit den Leichen unter dem Torweg war. »In Sainte Lüze!« antwortete dieser: worauf
der Zug, ohne verfolgt zu werden, auf das Feld hinaus-
kam und die Waldung erreichte. Am Möwenweiher, wo
man die Familie fand, grub man, unter vielen Tränen,
den Leichen ein Grab; und nachdem man noch die
Ringe, die sie an der Hand trugen, gewechselt hatte,
senkte man sie unter stillen Gebeten in die Wohnungen
des ewigen Friedens ein. Herr Strömli war glücklich
genug, mit seiner Frau und seinen Kindern, fünf Tage
darauf, Sainte Lüze zu erreichen, wo er die beiden
Negerknaben, seinem Versprechen gemäß, zurückließ.
Er traf kurz vor Anfang der Belagerung in Port au Prince
ein, wo er noch auf den Wällen für die Sache der Weißen
focht; und als die Stadt nach einer hartnäckigen Gegen-
wehr an den General Dessalines überging, rettete er sich
mit dem französischen Heer auf die englische Flotte, von
wo die Familie nach Europa überschiffte, und ohne
weitere Unfälle ihr Vaterland, die Schweiz, erreichte.
Herr Strömli kaufte sich daselbst mit dem Rest seines
kleinen Vermögens, in der Gegend des Rigi, an; und
noch im Jahr 1807 war unter den Büschen seines Gartens
das Denkmal zu sehen, das er Gustav, seinem Vetter,
und der Verlobten desselben, der treuen Toni, hatte
setzen lassen.

# Das Bettelweib von Locarno

Am Fuße der Alpen, bei Locarno im oberen Italien, befand sich ein altes, einem Marchese gehöriges Schloß, das man jetzt, wenn man vom St. Gotthard kommt, in Schutt und Trümmern liegen sieht: ein Schloß mit hohen und weitläufigen Zimmern, in deren einem einst, auf Stroh, das man ihr unterschüttete, eine alte kranke Frau, die sich bettelnd vor der Tür eingefunden hatte, von der Hausfrau aus Mitleiden gebettet worden war. Der Marchese, der, bei der Rückkehr von der Jagd, zufällig in das Zimmer trat, wo er seine Büchse abzusetzen pflegte, befahl der Frau unwillig, aus dem Winkel, in welchem sie lag, aufzustehen, und sich hinter den Ofen zu verfügen. Die Frau, da sie sich erhob, glitschte mit der Krücke auf dem glatten Boden aus, und beschädigte sich, auf eine gefährliche Weise, das Kreuz; dergestalt, daß sie zwar noch mit unsäglicher Mühe aufstand und quer, wie es vorgeschrieben war, über das Zimmer ging, hinter den Ofen aber, unter Stöhnen und Ächzen, niedersank und verschied.

Mehrere Jahre nachher, da der Marchese, durch Krieg und Mißwachs, in bedenkliche Vermögensumstände geraten war, fand sich ein florentinischer Ritter bei ihm ein, der das Schloß, seiner schönen Lage wegen, von ihm kaufen wollte. Der Marchese, dem viel an dem Handel gelegen war, gab seiner Frau auf, den Fremden in dem obenerwähnten, leerstehenden Zimmer, das sehr schön und prächtig eingerichtet war, unterzubringen. Aber wie betreten war das Ehepaar, als der Ritter mitten in der Nacht, verstört und bleich, zu ihnen herunter kam, hoch und teuer versichernd, daß es in dem Zimmer spuke, indem etwas, das dem Blick unsichtbar gewesen, mit einem Geräusch, als ob es auf Stroh gelegen, im Zimmerwinkel aufgestanden, mit vernehmlichen Schritten, langsam und gebrechlich, quer über das Zimmer gegangen, und hinter dem Ofen, unter Stöhnen und Ächzen, niedergesunken sei.

Der Marchese erschrocken, er wußte selbst nicht recht warum, lachte den Ritter mit erkünstelter Heiterkeit aus, und sagte, er wolle sogleich aufstehen, und die Nacht zu seiner Beruhigung, mit ihm in dem Zimmer zubringen. Doch der Ritter bat um die Gefälligkeit, ihm zu erlauben, daß er auf einem Lehnstuhl, in seinem Schlafzimmer übernachte, und als der Morgen kam, ließ er anspannen, empfahl sich und reiste ab.

Dieser Vorfall, der außerordentliches Aufsehen machte, schreckte auf eine dem Marchese höchst unangenehme Weise, mehrere Käufer ab; dergestalt, daß, da sich unter seinem eigenen Hausgesinde, befremdend und unbegreiflich, das Gerücht erhob, daß es in dem Zimmer, zur Mitternachtsstunde, umgehe, er, um es mit einem entscheidenden Verfahren niederzuschlagen, beschloß, die Sache in der nächsten Nacht selbst zu untersuchen. Demnach ließ er, beim Einbruch der Dämmerung, sein Bett, in dem besagten Zimmer aufschlagen, und erharrte, ohne zu schlafen, die Mitternacht. Aber wie erschüttert war er, als er in der Tat, mit dem Schlage der Geisterstunde, das unbegreifliche Geräusch wahrnahm; es war, als ob ein Mensch sich von Stroh, das unter ihm knisterte, erhob, quer über das Zimmer ging, und hinter dem Ofen, unter Geseufz und Geröchel niedersank. Die Marquise, am andern Morgen, da er herunter kam, fragte ihn, wie die Untersuchung abgelaufen; und da er sich, mit scheuen und ungewissen Blicken, umsah, und, nachdem er die Tür verriegelt, versicherte, daß es mit dem Spuk seine Richtigkeit habe: so erschrak sie, wie sie in ihrem Leben nicht getan, und bat ihn, bevor er die Sache verlauten ließe, sie noch einmal, in ihrer Gesellschaft, einer kaltblütigen Prüfung zu unterwerfen. Sie hörten aber, samt einem treuen Bedienten, den sie mitgenommen hatten, in der Tat, in der nächsten Nacht, dasselbe unbegreifliche, gespensterartige Geräusch; und nur der dringende Wunsch, das Schloß, es koste was es wolle, los zu werden, vermochte sie, das Entsetzen, das sie ergriff, in Gegenwart ihres Dieners zu unterdrücken, und dem Vorfall irgend eine gleichgültige und zufällige Ursache, die sich entdecken lassen müsse, umterzuschieben. Am Abend des dritten Tages, da beide, um der Sache auf den Grund zu kommen, mit Herzklopfen wieder die Treppe zu dem Fremdenzimmer bestiegen, fand sich zufällig der Haushund, den man von der Kette losgelassen hatte, vor der Tür desselben ein; dergestalt, daß beide, ohne sich bestimmt zu erklären, vielleicht in der unwillkürlichen Absicht, außer sich selbst noch etwas Drittes, Lebendiges, bei sich zu haben, den Hund mit sich in das Zimmer nahmen. Das Ehepaar, zwei Lichter auf dem Tisch, die Marquise unausgezogen, der Marchese Degen und Pistolen, die er aus dem Schrank genommen, neben sich, setzen sich, gegen eilf Uhr, jeder auf sein Bett; und während sie sich mit Gesprächen, so gut sie vermögen, zu unterhalten suchen, legt sich der Hund, Kopf und Beine zusammen gekauert, in der Mitte des Zimmers nieder und schläft ein. Drauf, in dem Augenblick der Mitternacht, läßt sich das entsetzliche Geräusch wieder hören; jemand, den kein Mensch mit Augen sehen kann, hebt sich, auf Krücken, im Zimmerwinkel empor; man hört das Stroh, das unter ihm rauscht; und mit dem ersten Schritt: tapp! tapp! erwacht der Hund, hebt sich plötzlich, die Ohren spitzend, vom Boden empor, und knurrend und bellend, grad als ob ein Mensch auf ihn eingeschritten käme, rückwärts gegen den Ofen weicht er aus. Bei diesem Anblick stürzt die Marquise, mit sträubenden Haaren, aus dem Zimmer; und während der Marquis, der den Degen ergriffen: wer da? ruft, und da ihm niemand antwortet, gleich einem Rasenden, nach allen Richtungen die Luft durchhaut, läßt sie anspannen, entschlossen, augenblicklich, nach der Stadt abzufahren. Aber ehe sie noch einige Sachen zusammengepackt und aus dem Tore

herausgerasselt, sieht sie schon das Schloß ringsum in
Flammen aufgehen. Der Marchese, von Entsetzen über-
reizt, hatte eine Kerze genommen, und dasselbe, überall
mit Holz getäfelt wie es war, an allen vier Ecken, müde
seines Lebens, angesteckt. Vergebens schickte sie Leute
hinein, den Unglücklichen zu retten; er war auf die
elendiglichste Weise bereits umgekommen, und noch
jetzt liegen, von den Landleuten zusammengetragen,
seine weißen Gebeine in dem Winkel des Zimmers, von
welchem er das Bettelweib von Locarno hatte aufstehen
heißen.

# Der Findling

*Antonio Piachi*, ein wohlhabender Güterhändler in Rom,
war genötigt, in seinen Handelsgeschäften zuweilen
große Reisen zu machen. Er pflegte dann gewöhnlich
*Elvire*, seine junge Frau, unter dem Schutz ihrer Verwandten, daselbst zurückzulassen. Eine dieser Reisen
führte ihn mit seinem Sohn *Paolo*, einem eilfjährigen
Knaben, den ihm seine erste Frau geboren hatte, nach
Ragusa. Es traf sich, daß hier eben eine pestartige
Krankheit ausgebrochen war, welche die Stadt und
Gegend umher in großes Schrecken setzte. Piachi, dem
die Nachricht davon erst auf der Reise zu Ohren gekommen war, hielt in der Vorstadt an, um sich nach der
Natur derselben zu erkundigen. Doch da er hörte, daß
das Übel von Tage zu Tage bedenklicher werde, und daß
man damit umgehe, die Tore zu sperren; so überwand
die Sorge für seinen Sohn alle kaufmännischen Interessen: er nahm Pferde und reisete wieder ab.

Er bemerkte, da er im Freien war, einen Knaben neben
seinem Wagen, der, nach Art der Flehenden, die Hände
zu ihm ausstreckte und in großer Gemütsbewegung zu
sein schien. Piachi ließ halten; und auf die Frage: was er
wolle? antwortete der Knabe in seiner Unschuld: er sei
angesteckt; die Häscher verfolgten ihn, um ihn ins Kran-
kenhaus zu bringen, wo sein Vater und seine Mutter
schon gestorben wären; er bitte um aller Heiligen willen,
ihn mitzunehmen, und nicht in der Stadt umkommen zu
lassen. Dabei faßte er des Alten Hand, drückte und
küßte sie und weinte darauf nieder. Piachi wollte in der
ersten Regung des Entsetzens, den Jungen weit von sich
schleudern; doch da dieser, in eben diesem Augenblick,
seine Farbe veränderte und ohnmächtig auf den Boden
niedersank, so regte sich des guten Alten Mitleid: er stieg
mit seinem Sohn aus, legte den Jungen in den Wagen,

und fuhr mit ihm fort, obschon er auf der Welt nicht
wußte, was er mit demselben anfangen sollte.

Er unterhandelte noch, in der ersten Station, mit den
Wirtsleuten, über die Art und Weise, wie er ·seiner
wieder los werden könne: als er schon auf Befehl der
Polizei, welche davon Wind bekommen hatte, arretiert
und unter einer Bedeckung, er, sein Sohn und Nicolo, so
hieß der kranke Knabe, wieder nach Ragusa zurück
transportiert ward. Alle Vorstellungen von Seiten Pia-
chis, über die Grausamkeit dieser Maßregel, halfen zu
nichts; in Ragusa angekommen, wurden nunmehr alle
drei, unter Aufsicht eines Häschers, nach dem Kranken-
hause abgeführt, wo er zwar, Piachi, gesund blieb, und
Nicolo, der Knabe, sich von dem Übel wieder erholte:
sein Sohn aber, der eilfjährige Paolo, von demselben
angesteckt ward, und in drei Tagen starb.

Die Tore wurden nun wieder geöffnet und Piachi,
nachdem er seinen Sohn begraben hatte, erhielt von der
Polizei Erlaubnis, zu reisen. Er bestieg eben, sehr von
Schmerz bewegt, den Wagen und nahm, bei dem
Anblick des Platzes, der neben ihm leer blieb, sein
Schnupftuch heraus, um seine Tränen fließen zu lassen:
als Nicolo, mit der Mütze in der Hand, an seinen Wagen
trat und ihm eine glückliche Reise wünschte. Piachi
beugte sich aus dem Schlage heraus und fragte ihn, mit
einer von heftigem Schluchzen unterbrochenen Stimme:
ob er mit ihm reisen wollte? Der Junge, sobald er den
Alten nur verstanden hatte, nickte und sprach: o ja! sehr
gern; und da die Vorsteher des Krankenhauses, auf die
Frage des Güterhändlers: ob es dem Jungen wohl erlaubt
wäre, einzusteigen? lächelten und versicherten: daß er
Gottes Sohn wäre und niemand ihn vermissen würde; so
hob ihn Piachi, in einer großen Bewegung, in den
Wagen, und nahm ihn, an seines Sohnes Statt, mit sich
nach Rom.

Auf der Straße, vor den Toren der Stadt, sah sich der
Landmäkler den Jungen erst recht an. Er war von einer

besondern, etwas starren Schönheit, seine schwarzen
Haare hingen ihm, in schlichten Spitzen, von der Stirn
herab, ein Gesicht beschattend, das, ernst und klug,
seine Mienen niemals veränderte. Der Alte tat mehrere
Fragen an ihn, worauf jener aber nur kurz antwortete:
ungesprächig und in sich gekehrt saß er, die Hände in die
Hosen gesteckt, im Winkel da, und sah sich, mit gedankenvoll scheuen Blicken, die Gegenstände an, die an dem
Wagen vorüberflogen. Von Zeit zu Zeit holte er sich, mit
stillen und geräuschlosen Bewegungen, eine Handvoll
Nüsse aus der Tasche, die er bei sich trug, und während
Piachi sich die Tränen vom Auge wischte, nahm er sie
zwischen die Zähne und knackte sie auf.

In Rom stellte ihn Piachi, unter einer kurzen Erzählung des Vorfalls, Elviren, seiner jungen trefflichen
Gemahlin vor, welche sich zwar nicht enthalten konnte,
bei dem Gedanken an Paolo, ihren kleinen Stiefsohn, den
sie sehr geliebt hatte, herzlich zu weinen; gleichwohl
aber den Nicolo, so fremd und steif er auch vor ihr stand,
an ihre Brust drückte, ihm das Bette, worin jener
geschlafen hatte, zum Lager anwies, und sämtliche Kleider desselben zum Geschenk machte. Piachi schickte ihn
in die Schule, wo er Schreiben, Lesen und Rechnen
lernte, und da er, auf eine leicht begreifliche Weise, den
Jungen in dem Maße lieb gewonnen, als er ihm teuer zu
stehen gekommen war, so adoptierte er ihn, mit Einwilligung der guten Elvire, welche von dem Alten keine
Kinder mehr zu erhalten hoffen konnte, schon nach
wenigen Wochen, als seinen Sohn. Er dankte späterhin
einen Kommis ab, mit dem er, aus mancherlei Gründen,
unzufrieden war, und hatte, da er den Nicolo, statt
seiner, in dem Kontor anstellte, die Freude zu sehn, daß
derselbe die weitläuftigen Geschäfte, in welchen er verwickelt war, auf das tätigste und vorteilhafteste verwal-
tete. Nichts hatte der Vater, der ein geschworner Feind
aller Bigotterie war, an ihm auszusetzen, als den Umgang
mit den Mönchen des Karmeliterklosters, die dem jun-

gen Mann, wegen des beträchtlichen Vermögens das ihm
einst, aus der Hinterlassenschaft des Alten, zufallen
sollte, mit großer Gunst zugetan waren; und nichts
ihrerseits die Mutter, als einen früh, wie es ihr schien, in
der Brust desselben sich regenden Hang für das weibliche
Geschlecht. Denn schon in seinem funfzehnten Jahre,
war er, bei Gelegenheit dieser Mönchsbesuche, die Beute
der Verführung einer gewissen *Xaviera Tartini*, Beischläferin ihres Bischofs, geworden, und ob er gleich,
durch die strenge Forderung des Alten genötigt, diese
Verbindung zerriß, so hatte Elvire doch mancherlei
Gründe zu glauben, daß seine Enthaltsamkeit auf diesem
gefährlichen Felde nicht eben groß war. Doch da Nicolo
sich, in seinem zwanzigsten Jahre, mit *Constanza Parquet*, einer jungen liebenswürdigen Genueserin, Elvirens
Nichte, die unter ihrer Aufsicht in Rom erzogen wurde,
vermählte, so schien wenigstens das letzte Übel damit an
der Quelle verstopft; beide Eltern vereinigten sich in der
Zufriedenheit mit ihm, und um ihm davon einen Beweis
zu geben, ward ihm eine glänzende Ausstattung zuteil,
wobei sie ihm einen beträchtlichen Teil ihres schönen
und weitläuftigen Wohnhauses einräumten. Kurz, als
Piachi sein sechzigstes Jahr erreicht hatte, tat er das
Letzte und Äußerste, was er für ihn tun konnte: er
überließ ihm, auf gerichtliche Weise, mit Ausnahme
eines kleinen Kapitals, das er sich vorbehielt, das ganze
Vermögen, das seinem Güterhandel zum Grunde lag,
und zog sich, mit seiner treuen, trefflichen Elvire, die
wenige Wünsche in der Welt hatte, in den Ruhestand
zurück.

Elvire hatte einen stillen Zug von Traurigkeit im
Gemüt, der ihr aus einem rührenden Vorfall, aus der
Geschichte ihrer Kindheit, zurückgeblieben war. Phi-
lippo Parquet, ihr Vater, ein bemittelter Tuchfärber in
Genua, bewohnte ein Haus, das, wie es sein Handwerk
erforderte, mit der hinteren Seite hart an den, mit Qua-
dersteinen eingefaßten, Rand des Meeres stieß; große,

am Giebel eingefugte Balken, an welchen die gefärbten
Tücher aufgehängt wurden, liefen, mehrere Ellen weit,
über die See hinaus. Einst, in einer unglücklichen Nacht,
da Feuer das Haus ergriff, und gleich, als ob es von Pech
und Schwefel erbaut wäre, zu gleicher Zeit in allen
Gemächern, aus welchen es zusammengesetzt war,
emporknitterte, flüchtete sich, überall von Flammen
geschreckt, die dreizehnjährige Elvire von Treppe zu
Treppe, und befand sich, sie wußte selbst nicht wie, auf
einem dieser Balken. Das arme Kind wußte, zwischen
Himmel und Erde schwebend, gar nicht, wie es sich
retten sollte; hinter ihr der brennende Giebel, dessen
Glut, vom Winde gepeitscht, schon den Balken angefres-
sen hatte, und unter ihr die weite, öde, entsetzliche See.
Schon wollte sie sich allen Heiligen empfehlen und unter
zwei Übeln das kleinere wählend, in die Fluten hinab-
springen; als plötzlich ein junger Genueser, vom
Geschlecht der Patrizier, am Eingang erschien, seinen
Mantel über den Balken warf, sie umfaßte, und sich, mit
eben so viel Mut als Gewandtheit, an einem der feuchten
Tücher, die von dem Balken niederhingen, in die See mit
ihr herabließ. Hier griffen Gondeln, die auf dem Hafen
schwammen, sie auf, und brachten sie, unter vielem
Jauchzen des Volks, ans Ufer; doch es fand sich, daß der
junge Held, schon beim Durchgang durch das Haus,
durch einen vom Gesims desselben herabfallenden Stein,
eine schwere Wunde am Kopf empfangen hatte, die ihn
auch bald, seiner Sinne nicht mächtig, am Boden niederstreckte. Der Marquis, sein Vater, in dessen Hotel er
gebracht ward, rief, da seine Wiederherstellung sich in
die Länge zog, Ärzte aus allen Gegenden Italiens herbei,
die ihn zu verschiedenen Malen trepanierten und ihm
mehrere Knochen aus dem Gehirn nahmen; doch alle
Kunst war, durch eine unbegreifliche Schickung des
Himmels, vergeblich: er erstand nur selten an der Hand
Elvirens, die seine Mutter zu seiner Pflege herbeigerufen
hatte, und nach einem dreijährigen höchst schmerzenvol-

len Krankenlager, während dessen das Mädchen nicht von seiner Seite wich, reichte er ihr noch einmal freundlich die Hand und verschied.

Piachi, der mit dem Hause dieses Herrn in Handelsverbindungen stand, und Elviren eben dort, da sie ihn pflegte, kennen gelernt und zwei Jahre darauf geheiratet hatte, hütete sich sehr, seinen Namen vor ihr zu nennen, oder sie sonst an ihn zu erinnern, weil er wußte, daß es ihr schönes und empfindliches Gemüt auf das heftigste bewegte. Die mindeste Veranlassung, die sie auch nur von fern an die Zeit erinnerte, da der Jüngling für sie litt und starb, rührte sie immer bis zu Tränen, und alsdann gab es keinen Trost und keine Beruhigung für sie; sie brach, wo sie auch sein mochte, auf, und keiner folgte ihr, weil man schon erprobt hatte, daß jedes andere Mittel vergeblich war, als sie still für sich, in der Einsamkeit, ihren Schmerz ausweinen zu lassen. Niemand, außer Piachi, kannte die Ursache dieser sonderbaren und häufigen Erschütterungen, denn niemals, so lange sie lebte, war ein Wort, jene Begebenheit betreffend, über ihre Lippen gekommen. Man war gewohnt, sie auf Rechnung eines überreizten Nervensystems zu setzen, das ihr aus einem hitzigen Fieber, in welches sie gleich nach ihrer Verheiratung verfiel, zurückgeblieben war, und somit allen Nachforschungen über die Veranlassung derselben ein Ende zu machen.

Einstmals war Nicolo, mit jener Xaviera Tartini, mit welcher er, trotz des Verbots des Vaters, die Verbindung nie ganz aufgegeben hatte, heimlich, und ohne Vorwissen seiner Gemahlin, unter der Vorspiegelung, daß er bei einem Freund eingeladen sei, auf dem Karneval gewesen und kam, in der Maske eines genuesischen Ritters, die er zufällig gewählt hatte, spät in der Nacht, da schon alles schlief, in sein Haus zurück. Es traf sich, daß dem Alten plötzlich eine Unpäßlichkeit zugestoßen war, und Elvire, um ihm zu helfen, in Ermangelung der Mägde, aufgestanden, und in den Speisesaal gegangen war, um ihm eine Flasche mit Essig zu holen. Eben hatte sie einen Schrank, der in dem Winkel stand, geöffnet, und suchte, auf der Kante eines Stuhles stehend, unter den Gläsern und Caravinen umher: als Nicolo die Tür sacht öffnete, und mit einem Licht, das er sich auf dem Flur angesteckt hatte, mit Federhut, Mantel und Degen, durch den Saal ging. Harmlos, ohne Elviren zu sehen, trat er an die Tür, die in sein Schlafgemach führte, und bemerkte eben mit Bestürzung, daß sie verschlossen war: als Elvire hinter ihm, mit Flaschen und Gläsern, die sie in der Hand hielt, wie durch einen unsichtbaren Blitz getroffen, bei seinem Anblick von dem Schemel, auf welchem sie stand, auf das Getäfel des Bodens niederfiel. Nicolo, von Schrecken bleich, wandte sich um und wollte der Unglücklichen beispringen; doch da das Geräusch, das sie gemacht hatte, notwendig den Alten herbeiziehen mußte, so unterdrückte die Besorgnis, einen Verweis von ihm zu erhalten, alle andere Rücksichten: er riß ihr, mit verstörter Beeiferung, ein Bund Schlüssel von der Hüfte, das sie bei sich trug, und einen gefunden, der paßte, warf er den Bund in den Saal zurück und verschwand. Bald darauf, da Piachi, krank wie er war, aus dem Bette gesprungen war, und sie aufgehoben hatte, und auch Bediente und Mägde, von ihm zusammengeklingelt, mit Licht erschienen waren, kam auch Nicolo in seinem Schlafrock, und fragte, was vorgefallen sei; doch da Elvire, starr vor Entsetzen, wie ihre Zunge war, nicht sprechen konnte, und außer ihr nur er selbst noch Auskunft auf diese Frage geben konnte, so blieb der Zusammenhang der Sache in ein ewiges Geheimnis gehüllt; man trug Elviren, die an allen Gliedern zitterte, zu Bett, wo sie mehrere Tage lang an einem heftigen Fieber darniederlag, gleichwohl aber durch die natürliche Kraft ihrer Gesundheit den Zufall überwand, und bis auf eine sonderbare Schwermut, die ihr zurückblieb, sich ziemlich wieder erholte.

So verfloß ein Jahr, als Constanze, Nicolos Gemahlin, niederkam, und samt dem Kinde, das sie geboren hatte,

in den Wochen starb. Dieser Vorfall, bedauernswürdig
an sich, weil ein tugendhaftes und wohlerzogenes Wesen
verloren ging, war es doppelt, weil er den beiden Leiden-
schaften Nicolos, seiner Bigotterie und seinem Hange zu
den Weibern, wieder Tor und Tür öffnete. Ganze Tage
lang trieb er sich wieder, unter dem Vorwand, sich zu
trösten, in den Zellen der Karmelitermönche umher, und
gleichwohl wußte man, daß er während der Lebzeiten
seiner Frau, nur mit geringer Liebe und Treue an ihr
gehangen hatte. Ja, Constanze war noch nicht unter der
Erde, als Elvire schon zur Abendzeit, in Geschäften des
bevorstehenden Begräbnisses in sein Zimmer tretend, ein
Mädchen bei ihm fand, das, geschürzt und geschminkt,
ihr als die Zofe der Xaviera Tartini nur zu wohl bekannt
war. Elvire schlug bei diesem Anblick die Augen nieder,
kehrte sich, ohne ein Wort zu sagen, um, und verließ das
Zimmer; weder Piachi, noch sonst jemand, erfuhr ein
Wort von diesem Vorfall, sie begnügte sich, mit betrüb-
tem Herzen bei der Leiche Constanzens, die den Nicolo
sehr geliebt hatte, niederzuknieen und zu weinen. Zufällig aber traf es sich, daß Piachi, der in der Stadt gewesen
war, beim Eintritt in sein Haus dem Mädchen begegnete,
und da er wohl merkte, was sie hier zu schaffen gehabt
hatte, sie heftig anging und ihr halb mit List, halb mit
Gewalt, den Brief, den sie bei sich trug, abgewann. Er
ging auf sein Zimmer, um ihn zu lesen, und fand, was er
vorausgesehen hatte, eine dringende Bitte Nicolos an
Xaviera, ihm, behufs einer Zusammenkunft, nach der er
sich sehne, gefälligst Ort und Stunde zu bestimmen.
Piachi setzte sich nieder und antwortete, mit verstellter
Schrift, im Namen Xavieras: »gleich, noch vor Nacht, in
der Magdalenenkirche.« – siegelte diesen Zettel mit
einem fremden Wappen zu, und ließ ihn, gleich als ob er
von der Dame käme, in Nicolos Zimmer abgeben. Die
List glückte vollkommen; Nicolo nahm augenblicklich
seinen Mantel, und begab sich in Vergessenheit Constanzens, die im Sarg ausgestellt war, aus dem Hause. Hier-

auf bestellte Piachi, tief entwürdigt, das feierliche, für
den kommenden Tag festgesetzte Leichenbegräbnis ab,
ließ die Leiche, so wie sie ausgesetzt war, von einigen
Trägern aufheben, und bloß von Elviren, ihm und einigen Verwandten begleitet, ganz in der Stille in dem
Gewölbe der Magdalenenkirche, das für sie bereitet war,
beisetzen. Nicolo, der in dem Mantel gehüllt, unter den
Hallen der Kirche stand, und zu seinem Erstaunen einen
ihm wohlbekannten Leichenzug herannahen sah, fragte
den Alten, der dem Sarge folgte: was dies bedeute? und
wen man heranträge? Doch dieser, das Gebetbuch in der
Hand, ohne das Haupt zu erheben, antwortete bloß:
Xaviera Tartini: – worauf die Leiche, als ob Nicolo gar
nicht gegenwärtig wäre, noch einmal entdeckelt, durch
die Anwesenden gesegnet, und alsdann versenkt und in
dem Gewölbe verschlossen ward.

Dieser Vorfall, der ihn tief beschämte, erweckte in der
Brust des Unglücklichen einen brennenden Haß gegen
Elviren; denn ihr glaubte er den Schimpf, den ihm der
Alte vor allem Volk angetan hatte, zu verdanken zu
haben. Mehrere Tage lang sprach Piachi kein Wort mit
ihm; und da er gleichwohl, wegen der Hinterlassenschaft
Constanzens, seiner Geneigtheit und Gefälligkeit be-
durfte: so sah er sich genötigt, an einem Abend des
Alten Hand zu ergreifen und ihm mit der Miene der
Reue, unverzüglich und auf immerdar, die Verabschie-
dung der Xaviera anzugeloben. Aber dies Versprechen
war er wenig gesonnen zu halten; vielmehr schärfte der
Widerstand, den man ihm entgegen setzte, nur seinen
Trotz, und übte ihn in der Kunst, die Aufmerksamkeit
des redlichen Alten zu umgehen. Zugleich war ihm
Elvire niemals schöner vorgekommen, als in dem Augenblick, da sie, zu seiner Vernichtung, das Zimmer, in
welchem sich das Mädchen befand, öffnete und wieder
schloß. Der Unwille, der sich mit sanfter Glut auf ihren
Wangen entzündete, goß einen unendlichen Reiz über
ihr mildes, von Affekten nur selten bewegtes Antlitz; es

schien ihm unglaublich, daß sie, bei soviel Lockungen dazu, nicht selbst zuweilen auf dem Wege wandeln sollte, dessen Blumen zu brechen er eben so schmählich von ihr gestraft worden war. Er glühte vor Begierde, ihr, falls dies der Fall sein sollte, bei dem Alten denselben Dienst zu erweisen, als sie ihm, und bedurfte und suchte nichts, als die Gelegenheit, diesen Vorsatz ins Werk zu richten.

Einst ging er, zu einer Zeit, da gerade Piachi außer dem Hause war, an Elvirens Zimmer vorbei, und hörte, zu seinem Befremden, daß man darin sprach. Von raschen, heimtückischen Hoffnungen durchzuckt, beugte er sich mit Augen und Ohren gegen das Schloß nieder, und – Himmel! was erblickte er? Da lag sie, in der Stellung der Verzückung, zu jemandes Füßen, und ob er gleich die Person nicht erkennen konnte, so vernahm er doch ganz deutlich, recht mit dem Akzent der Liebe ausgesprochen, das geflüsterte Wort: Colino. Er legte sich mit klopfendem Herzen in das Fenster des Korridors, von wo aus er, ohne seine Absicht zu verraten, den Eingang des Zimmers beobachten konnte; und schon glaubte er, bei einem Geräusch, das sich ganz leise am Riegel erhob, den unschätzbaren Augenblick, da er die Scheinheilige entlarven könne, gekommen: als, statt des Unbekannten den er erwartete, Elvire selbst, ohne irgend eine Begleitung, mit einem ganz gleichgültigen und ruhigen Blick, den sie aus der Ferne auf ihn warf, aus dem Zimmer hervortrat. Sie hatte ein Stück selbstgewebter Leinwand unter dem Arm; und nachdem sie das Gemach, mit einem Schlüssel, den sie sich von der Hüfte nahm, verschlossen hatte, stieg sie ganz ruhig, die Hand ans Geländer gelehnt, die Treppe hinab. Diese Verstellung, diese scheinbare Gleichgültigkeit, schien ihm der Gipfel der Frechheit und Arglist, und kaum war sie ihm aus dem Gesicht, als er schon lief, einen Hauptschlüssel herbeizuholen, und nachdem er die Umringung, mit scheuen Blicken, ein wenig geprüft hatte, heimlich die

Tür des Gemachs öffnete. Aber wie erstaunte er, als er alles leer fand, und in allen vier Winkeln, die er durchspähte, nichts, das einem Menschen auch nur ähnlich war, entdeckte: außer dem Bild eines jungen Ritters in Lebensgröße, das in einer Nische der Wand, hinter einem rotseidenen Vorhang, von einem besondern Lichte bestrahlt, aufgestellt war. Nicolo erschrak, er wußte selbst nicht warum: und eine Menge Gedanken fuhren ihm, den großen Augen des Bildes, das ihn starr ansah, gegenüber, durch die Brust: doch ehe er sie noch gesammelt und geordnet hatte, ergriff ihn schon Furcht, von Elviren entdeckt und gestraft zu werden; er schloß, in nicht geringer Verwirrung, die Tür wieder zu, und entfernte sich.

Je mehr er über diesen sonderbaren Vorfall nachdachte, je wichtiger ward ihm das Bild, das er entdeckt hatte, und je peinlicher und brennender ward die Neugierde in ihm, zu wissen, wer damit gemeint sei. Denn er hatte sie, im ganzen Umriß ihrer Stellung auf Knieen liegen gesehen, und es war nur zu gewiß, daß derjenige, vor dem dies geschehen war, die Gestalt des jungen Ritters auf der Leinwand war. In der Unruhe des Gemüts, die sich seiner bemeisterte, ging er zu Xaviera Tartini, und erzählte ihr die wunderbare Begebenheit, die er erlebt hatte. Diese, die in dem Interesse, Elviren zu stürzen, mit ihm zusammentraf, indem alle Schwierigkeiten, die sie in ihrem Umgang fanden, von ihr herrührten, äußerte den Wunsch, das Bild, das in dem Zimmer derselben aufgestellt war, einmal zu sehen. Denn einer ausgebreiteten Bekanntschaft unter den Edelleuten Italiens konnte sie sich rühmen, und falls derjenige, der hier in Rede stand, nur irgend einmal in Rom gewesen und von einiger Bedeutung war, so durfte sie hoffen, ihn zu kennen. Es fügte sich auch bald, daß die beiden Eheleute Piachi, da sie einen Verwandten besuchen wollten, an einem Sonntag auf das Land reiseten, und kaum wußte Nicolo auf diese Weise das Feld rein, als er schon zu

Xavieren eilte, und diese mit einer kleinen Tochter, die sie von dem Kardinal hatte, unter dem Vorwande, Gemälde und Stickereien zu besehen, als eine fremde Dame in Elvirens Zimmer führte. Doch wie betroffen war Nicolo, als die kleine Klara (so hieß die Tochter), sobald er nur den Vorhang erhoben hatte, ausrief: »Gott, mein Vater! Signor Nicolo, wer ist das anders, als Sie?« – Xaviera verstummte. Das Bild, in der Tat, je länger sie es ansah, hatte eine auffallende Ähnlichkeit mit ihm: besonders wenn sie sich ihn, wie ihrem Gedächtnis gar wohl möglich war, in dem ritterlichen Aufzug dachte, in welchem er, vor wenigen Monaten, heimlich mit ihr auf dem Karneval gewesen war. Nicolo versuchte ein plötzliches Erröten, das sich über seine Wangen ergoß, wegzuspotten; er sagte, indem er die Kleine küßte: wahrhaftig, liebste Klara, das Bild gleicht mir, wie du demjenigen, der sich deinen Vater glaubt! – Doch Xaviera, in deren Brust das bittere Gefühl der Eifersucht rege geworden war, warf einen Blick auf ihn; sie sagte, indem sie vor den Spiegel trat, zuletzt sei es gleichgültig, wer die Person sei; empfahl sich ihm ziemlich kalt und verließ das Zimmer.

Nicolo verfiel, sobald Xaviera sich entfernt hatte, in die lebhafteste Bewegung über diesen Auftritt. Er erinnerte sich, mit vieler Freude, der sonderbaren und lebhaften Erschütterung, in welche er, durch die phantastische Erscheinung jener Nacht, Elviren versetzt hatte. Der Gedanke, die Leidenschaft dieser, als ein Muster der Tugend umwandelnden Frau erweckt zu haben, schmeichelte ihn fast eben so sehr, als die Begierde, sich an ihr zu rächen; und da sich ihm die Aussicht eröffnete, mit einem und demselben Schlage beide, das eine Gelüst, wie das andere, zu befriedigen, so erwartete er mit vieler Ungeduld Elvirens Wiederkunft, und die Stunde, da ein Blick in ihr Auge seine schwankende Überzeugung krönen würde. Nichts störte ihn in dem Taumel, der ihn ergriffen hatte, als die bestimmte Erinnerung, daß Elvire das Bild, vor dem sie auf Knieen lag, damals, als er sie durch das Schlüsselloch belauschte: Colino, genannt hatte; doch auch in dem Klang dieses, im Lande nicht eben gebräuchlichen Namens, lag mancherlei, das sein Herz, er wußte nicht warum, in süße Träume wiegte, und in der Alternative, einem von beiden Sinnen, seinem Auge oder seinem Ohr zu mißtrauen, neigte er sich, wie natürlich, zu demjenigen hinüber, der seiner Begierde am lebhaftesten schmeichelte.

Inzwischen kam Elvire erst nach Verlauf mehrerer Tage von dem Lande zurück, und da sie aus dem Hause des Vetters, den sie besucht hatte, eine junge Verwandte mitbrachte, die sich in Rom umzusehen wünschte, so warf sie, mit Artigkeiten gegen diese beschäftigt, auf Nicolo, der sie sehr freundlich aus dem Wagen hob, nur einen flüchtigen nichtsbedeutenden Blick. Mehrere Wochen, der Gastfreundin, die man bewirtete, aufgeopfert, vergingen in einer dem Hause ungewöhnlichen Unruhe; man besuchte, in- und außerhalb der Stadt, was einem Mädchen, jung und lebensfroh, wie sie war, merkwürdig sein mochte; und Nicolo, seiner Geschäfte im Kontor halber, zu allen diesen kleinen Fahrten nicht eingeladen, fiel wieder, in Bezug auf Elviren, in die übelste Laune zurück. Er begann wieder, mit den bittersten und quälendsten Gefühlen, an den Unbekannten zurück zu denken, den sie in heimlicher Ergebung vergötterte; und dies Gefühl zerriß besonders am Abend der längst mit Sehnsucht erharrten Abreise jener jungen Verwandten sein verwildertes Herz, da Elvire, statt nun mit ihm zu sprechen, schweigend, während der ganzen Stunde, mit einer kleinen, weiblichen Arbeit beschäftigt, am Speisetisch saß. Es traf sich, daß Piachi, wenige Tage zuvor, nach einer Schachtel mit kleinen, elfenbeinernen Buchstaben gefragt hatte, vermittelst welcher Nicolo in seiner Kindheit unterrichtet worden, und die dem Alten nun, weil sie niemand mehr brauchte, in den Sinn gekommen war, an ein kleines Kind in der Nachbar-

schaft zu verschenken. Die Magd, der man aufgegeben
hatte, sie, unter vielen anderen, alten Sachen, aufzusuchen, hatte inzwischen nicht mehr gefunden, als die
sechs, die den Namen: *Nicolo* ausmachen; wahrscheinlich weil die andern, ihrer geringeren Beziehung auf den
Knaben wegen, minder in Acht genommen und, bei
welcher Gelegenheit es sei, verschleudert worden waren.
Da nun Nicolo die Lettern, welche seit mehreren Tagen
auf dem Tisch lagen, in die Hand nahm, und während er,
mit dem Arm auf die Platte gestützt, in trüben Gedanken
brütete, damit spielte, fand er – zufällig, in der Tat,
selbst, denn er erstaunte darüber, wie er noch in seinem
Leben nicht getan – die Verbindung heraus, welche den
Namen: *Colino* bildet. Nicolo, dem diese logogriphische
Eigenschaft seines Namens fremd war, warf, von rasenden Hoffnungen von neuem getroffen, einen ungewissen
und scheuen Blick auf die ihm zur Seite sitzende Elvire.
Die Übereinstimmung, die sich zwischen beiden Wör-
tern angeordnet fand, schien ihm mehr als ein bloßer
Zufall, er erwog, in unterdrückter Freude, den Umfang
dieser sonderbaren Entdeckung, und harrte, die Hände
vom Tisch genommen, mit klopfendem Herzen des
Augenblicks, da Elvire aufsehen und den Namen, der
offen da lag, erblicken würde. Die Erwartung, in der er
stand, täuschte ihn auch keineswegs; denn kaum hatte
Elvire, in einem müßigen Moment, die Aufstellung der
Buchstaben bemerkt, und harmlos und gedankenlos,
weil sie ein wenig kurzsichtig war, sich näher darüber
hingebeugt, um sie zu lesen: als sie schon Nicolos Antlitz, der in scheinbarer Gleichgültigkeit darauf niedersah,
mit einem sonderbar beklommenen Blick überflog, ihre
Arbeit, mit einer Wehmut, die man nicht beschreiben
kann, wieder aufnahm, und, unbemerkt wie sie sich
glaubte, eine Träne nach der anderen, unter sanftem
Erröten, auf ihren Schoß fallen ließ. Nicolo, der alle
diese innerlichen Bewegungen, ohne sie anzusehen,
beobachtete, zweifelte gar nicht mehr, daß sie unter

dieser Versetzung der Buchstaben nur seinen eignen Namen verberge. Er sah sie die Buchstaben mit einemmal sanft übereinander schieben, und seine wilden Hoffnungen erreichten den Gipfel der Zuversicht, als sie aufstand, ihre Handarbeit weglegte und in ihr Schlafzimmer verschwand. Schon wollte er aufstehen und ihr dahin folgen: als Piachi eintrat, und von einer Hausmagd, auf die Frage, wo Elvire sei? zur Antwort erhielt: »daß sie sich nicht wohl befinde und sich auf das Bett gelegt habe.« Piachi, ohne eben große Bestürzung zu zeigen, wandte sich um, und ging, um zu sehen, was sie mache; und da er nach einer Viertelstunde, mit der Nachricht, daß sie nicht zu Tische kommen würde, wiederkehrte und weiter kein Wort darüber verlor: so glaubte Nicolo den Schlüssel zu allen rätselhaften Auftritten dieser Art, die er erlebt hatte, gefunden zu haben.

Am andern Morgen, da er, in seiner schändlichen Freude, beschäftigt war, den Nutzen, den er aus dieser Entdeckung zu ziehen hoffte, zu überlegen, erhielt er ein Billet von Xavieren, worin sie ihn bat, zu ihr zu kommen, indem sie ihm, Elviren betreffend, etwas, das ihm interessant sein würde, zu eröffnen hätte. Xaviera stand, durch den Bischof, der sie unterhielt, in der engsten Verbindung mit den Mönchen des Karmeliterklosters; und da seine Mutter in diesem Kloster zur Beichte ging, so zweifelte er nicht, daß es jener möglich gewesen wäre, über die geheime Geschichte ihrer Empfindungen Nachrichten, die seine unnatürlichen Hoffnungen bestätigen konnten, einzuziehen. Aber wie unangenehm, nach einer sonderbaren schalkhaften Begrüßung Xavierens, ward er aus der Wiege genommen, als sie ihn lächelnd auf den Diwan, auf welchem sie saß, niederzog, und ihm sagte: sie müsse ihm nur eröffnen, daß der Gegenstand von Elvirens Liebe ein, schon seit zwölf Jahren, im Grabe schlummernder Toter sei. – Aloysius, Marquis von Montferrat, dem ein Oheim zu Paris, bei dem er erzogen worden war, den Zunamen *Collin*, späterhin in Italien

scherzhafter Weise in *Colino* umgewandelt, gegeben
hatte, war das Original des Bildes, das er in der Nische,
hinter dem rotseidenen Vorhang, in Elvirens Zimmer
entdeckt hatte; der junge, genuesische Ritter, der sie, in
ihrer Kindheit, auf so edelmütige Weise aus dem Feuer
gerettet und an den Wunden, die er dabei empfangen
hatte, gestorben war. – Sie setzte hinzu, daß sie ihn nur
bitte, von diesem Geheimnis weiter keinen Gebrauch zu
machen, indem es ihr, unter dem Siegel der äußersten
Verschwiegenheit, von einer Person, die selbst kein
eigentliches Recht darüber habe, im Karmeliterkloster
anvertraut worden sei. Nicolo versicherte, indem Blässe
und Röte auf seinem Gesicht wechselten, daß sie nichts
zu befürchten habe; und gänzlich außer Stand, wie er
war, Xaveriens schelmischen Blicken gegenüber, die
Verlegenheit, in welche ihn diese Eröffnung gestürzt
hatte, zu verbergen, schützte er ein Geschäft vor, das ihn
abrufe, nahm, unter einem häßlichen Zucken seiner
Oberlippe, seinen Hut, empfahl sich und ging ab.

Beschämung, Wollust und Rache vereinigten sich
jetzt, um die abscheulichste Tat, die je verübt worden ist,
auszubrüten. Er fühlte wohl, daß Elvirens reiner Seele
nur durch einen Betrug beizukommen sei; und kaum
hatte ihm Piachi, der auf einige Tage aufs Land ging, das
Feld geräumt, als er auch schon Anstalten traf, den
satanischen Plan, den er sich ausgedacht hatte, ins Werk
zu richten. Er besorgte sich genau denselben Anzug
wieder, in welchem er, vor wenig Monaten, da er zur
Nachtzeit heimlich vom Karneval zurückkehrte, Elviren
erschienen war; und Mantel, Kollett und Federhut,
genuesischen Zuschnitts, genau so, wie sie das Bild trug,
umgeworfen, schlich er sich, kurz vor dem Schlafenge-
hen, in Elvirens Zimmer, hing ein schwarzes Tuch über
das in der Nische stehende Bild, und wartete, einen Stab
in der Hand, ganz in der Stellung des gemalten jungen
Patriziers, Elvirens Vergötterung ab. Er hatte auch, im
Scharfsinn seiner schändlichen Leidenschaft, ganz richtig

gerechnet; denn kaum hatte Elvire, die bald darauf eintrat, nach einer stillen und ruhigen Entkleidung, wie sie gewöhnlich zu tun pflegte, den seidnen Vorhang, der die Nische bedeckte, eröffnet und ihn erblickt: als sie schon: Colino! Mein Geliebter! rief und ohnmächtig auf das Getäfel des Bodens niedersank. Nicolo trat aus der Nische hervor; er stand einen Augenblick, im Anschauen ihrer Reize versunken, und betrachtete ihre zarte, unter dem Kuß des Todes plötzlich erblassende Gestalt: hob sie aber bald, da keine Zeit zu verlieren war, in seinen Armen auf, und trug sie, indem er das schwarze Tuch von dem Bild herabriß, auf das im Winkel des Zimmers stehende Bett. Dies abgetan, ging er, die Tür zu verriegeln, fand aber, daß sie schon verschlossen war; und sicher, daß sie auch nach Wiederkehr ihrer verstörten Sinne, seiner phantastischen, dem Ansehen nach überirdischen Erscheinung keinen Widerstand leisten würde, kehrte er jetzt zu dem Lager zurück, bemüht, sie mit heißen Küssen auf Brust und Lippen aufzuwecken. Aber die Nemesis, die dem Frevel auf dem Fuß folgt, wollte, daß Piachi, den der Elende noch auf mehrere Tage entfernt glaubte, unvermutet, in eben dieser Stunde, in seine Wohnung zurückkehren mußte; leise, da er Elviren schon schlafen glaubte, schlich er durch den Korridor heran, und da er immer den Schlüssel bei sich trug, so gelang es ihm, plötzlich, ohne daß irgend ein Geräusch ihn angekündigt hätte, in das Zimmer einzutreten. Nicolo stand wie vom Donner gerührt; er warf sich, da seine Büberei auf keine Weise zu bemänteln war, dem Alten zu Füßen, und bat ihn, unter der Beteurung, den Blick nie wieder zu seiner Frau zu erheben, um Vergebung. Und in der Tat war der Alte auch geneigt, die Sache still abzumachen; sprachlos, wie ihn einige Worte Elvirens gemacht hatten, die sich von seinen Armen umfaßt, mit einem entsetzlichen Blick, den sie auf den Elenden warf, erholt hatte, nahm er bloß, indem er die Vorhänge des Bettes, auf welchem sie ruhte, zuzog, die

Peitsche von der Wand, öffnete ihm die Tür und zeigte
ihm den Weg, den er unmittelbar wandern sollte. Doch
dieser, eines Tartüffe völlig würdig, sah nicht sobald, daß
auf diesem Wege nichts auszurichten war, als er plötzlich
vom Fußboden erstand und erklärte: an ihm, dem Alten,
sei es, das Haus zu räumen, denn er durch vollgültige
Dokumente eingesetzt, sei der Besitzer und werde sein
Recht, gegen wen immer auf der Welt es sei, zu behaupten wissen! – Piachi traute seinen Sinnen nicht; durch
diese unerhörte Frechheit wie entwaffnet, legte er die
Peitsche weg, nahm Hut und Stock, lief augenblicklich
zu seinem alten Rechtsfreund, dem Doktor Valerio,
klingelte eine Magd heraus, die ihm öffnete, und fiel, da
er sein Zimmer erreicht hatte, bewußtlos, noch ehe er ein
Wort vorgebracht hatte, an seinem Bette nieder. Der
Doktor, der ihn und späterhin auch Elviren in seinem
Hause aufnahm, eilte gleich am andern Morgen, die
Festsetzung des höllischen Bösewichts, der mancherlei
Vorteile für sich hatte, auszuwirken; doch während Piachi seine machtlosen Hebel ansetzte, ihn aus den Besitzungen, die ihm einmal zugeschrieben waren, wieder zu
verdrängen, flog jener schon mit einer Verschreibung
über den ganzen Inbegriff derselben, zu den Karmeliter-
mönchen, seinen Freunden, und forderte sie auf, ihn
gegen den alten Narren, er ihn daraus vertreiben wolle,
zu beschützen. Kurz, da er Xavieren, welche der Bischof
los zu sein wünschte, zu heiraten willigte, siegte die
Bosheit, und die Regierung erließ, auf Vermittelung
dieses geistlichen Herrn, ein Dekret, in welchem Nicolo
in den Besitz bestätigt und dem Piachi aufgegeben ward,
ihn nicht darin zu belästigen.

Piachi hatte gerade Tags zuvor die unglückliche Elvire
begraben, die an den Folgen eines hitzigen Fiebers, das
ihr jener Vorfall zugezogen hatte, gestorben war. Durch
diesen doppelten Schmerz gereizt, ging er, das Dekret in
der Tasche, in das Haus, und stark, wie die Wut ihn
machte, warf er den von Natur schwächeren Nicolo

nieder und drückte ihm das Gehirn an der Wand ein. Die Leute die im Hause waren, bemerkten ihn nicht eher, als bis die Tat geschehen war; sie fanden ihn noch, da er den Nicolo zwischen den Knien hielt, und ihm das Dekret in den Mund stopfte. Dies abgemacht, stand er, indem er alle seine Waffen abgab, auf; ward ins Gefängnis gesetzt, verhört und verurteilt, mit dem Strange vom Leben zum Tode gebracht zu werden.

In dem Kirchenstaat herrscht ein Gesetz, nach welchem kein Verbrecher zum Tode geführt werden kann, bevor er die Absolution empfangen. Piachi, als ihm der Stab gebrochen war, verweigerte sich hartnäckig der Absolution. Nachdem man vergebens alles, was die Religion an die Hand gab, versucht hatte, ihm die Strafwürdigkeit seiner Handlung fühlbar zu machen, hoffte man, ihn durch den Anblick des Todes, der seiner wartete, in das Gefühl der Reue hineinzuschrecken, und führte ihn nach dem Galgen hinaus. Hier stand ein Priester und schilderte ihm, mit der Lunge der letzten Posaune, alle Schrecknisse der Hölle, in die seine Seele hinabzufahren im Begriff war; dort ein anderer, den Leib des Herrn, das heilige Entsühnungsmittel in der Hand, und pries ihm die Wohnungen des ewigen Friedens. – »Willst du der Wohltat der Erlösung teilhaftig werden?« fragten ihn beide. »Willst du das Abendmahl empfangen?« – Nein, antwortete Piachi. – »Warum nicht?« – Ich will nicht selig sein. Ich will in den untersten Grund der Hölle hinabfahren. Ich will den Nicolo, der nicht im Himmel sein wird, wiederfinden, und meine Rache, die ich hier nur unvollständig befriedigen konnte, wieder aufnehmen! – Und damit bestieg er die Leiter und forderte den Nachrichter auf, sein Amt zu tun. Kurz, man sah sich genötigt, mit der Hinrichtung einzuhalten, und den Unglücklichen, den das Gesetz in Schutz nahm, wieder in das Gefängnis zurückzuführen. Drei hinter einander folgende Tage machte man dieselben Versuche und immer mit demselben Erfolg. Als er am dritten Tage wieder, ohne an den Galgen geknüpft zu werden, die Leiter herabsteigen mußte: hob er, mit einer grimmigen Gebärde, die Hände empor, das unmenschliche Gesetz verfluchend, das ihn nicht zur Hölle fahren lassen wolle. Er rief die ganze Schar der Teufel herbei, ihn zu holen, verschwor sich, sein einziger Wunsch sei, gerichtet und verdammt zu werden, und versicherte, er würde noch dem ersten, besten Priester an den Hals kommen, um des Nicolo in der Hölle wieder habhaft zu werden! – Als man dem Papst dies meldete, befahl er, ihn ohne Absolution hinzurichten; kein Priester begleitete ihn, man knüpfte ihn, ganz in der Stille, auf dem Platz del popolo auf.

# Der Zweikampf

Herzog Wilhelm von Breysach, der, seit seiner heimlichen Verbindung mit einer Gräfin, namens Katharina von Heersbruck, aus dem Hause Alt-Hüningen, die unter seinem Range zu sein schien, mit seinem Halbbruder, dem Grafen Jakob dem Rotbart, in Feindschaft lebte, kam gegen Ende des vierzehnten Jahrhunderts, da die Nacht des heiligen Remigius zu dämmern begann, von einer in Worms mit dem deutschen Kaiser abgehaltenen Zusammenkunft zurück, worin er sich von diesem Herrn, in Ermangelung ehelicher Kinder, die ihm gestorben waren, die Legitimation eines, mit seiner Gemahlin vor der Ehe erzeugten, natürlichen Sohnes, des Grafen Philipp von Hüningen, ausgewirkt hatte. Freudiger, als während des ganzen Laufs seiner Regierung in die Zukunft blickend, hatte er schon den Park, der hinter seinem Schlosse lag, erreicht: als plötzlich ein Pfeilschuß aus dem Dunkel der Gebüsche hervorbrach, und ihm, dicht unter dem Brustknochen, den Leib durchbohrte. Herr Friedrich von Trota, sein Kämmerer, brachte ihn, über diesen Vorfall äußerst betroffen, mit Hülfe einiger andern Ritter, in das Schloß, wo er nur noch, in den Armen seiner bestürzten Gemahlin, die Kraft hatte, einer Versammlung von Reichsvasallen, die schleunigst, auf Veranstaltung der letztern, zusammenberufen worden war, die kaiserliche Legitimationsakte vorzulesen; und nachdem, nicht ohne lebhaften Widerstand, indem, in Folge des Gesetzes, die Krone an seinen Halbbruder, den Grafen Jakob den Rotbart, fiel, die Vasallen seinen letzten bestimmten Willen erfüllt, und unter dem Vorbehalt, die Genehmigung des Kaisers einzuholen, den Grafen Philipp als Thronerben, die Mutter aber, wegen Minderjährigkeit desselben, als Vormünderin und Regentin anerkannt hatten: legte er sich nieder und starb.

Die Herzogin bestieg nun, ohne weiteres, unter einer
bloßen Anzeige, die sie, durch einige Abgeordnete, an
ihren Schwager, den Grafen Jakob den Rotbart, tun ließ,
den Thron; und was mehrere Ritter des Hofes, welche
die abgeschlossene Gemütsart des letzteren zu durch-
schauen meinten, vorausgesagt hatten, das traf, wenigstens dem äußeren Anschein nach, ein: Jakob der Rotbart verschmerzte, in kluger Erwägung der obwaltenden
Umstände, das Unrecht, das ihm sein Bruder zugefügt
hatte; zum mindesten enthielt er sich aller und jeder
Schritte, den letzten Willen des Herzogs umzustoßen,
und wünschte seinem jungen Neffen zu dem Thron, den
er erlangt hatte, von Herzen Glück. Er beschrieb den
Abgeordneten, die er sehr heiter und freundlich an seine
Tafel zog, wie er seit dem Tode seiner Gemahlin, die ihm
ein königliches Vermögen hinterlassen, frei und unabhängig auf seiner Burg lebe; wie er die Weiber der
angrenzenden Edelleute, seinen eignen Wein, und, in
Gesellschaft munterer Freunde, die Jagd liebe, und wie
ein Kreuzzug nach Palästina, auf welchem er die Sünden
einer raschen Jugend, auch leider, wie er zugab, im Alter
noch wachsend, abzubüßen dachte, die ganze Unternehmung sei, auf die er noch, am Schluß seines Lebens,
hinaussehe. Vergebens machten ihm seine beiden Söhne,
welche in der bestimmten Hoffnung der Thronfolge
erzogen worden waren, wegen der Unempfindlichkeit
und Gleichgültigkeit mit welcher er, auf ganz unerwartete Weise, in diese unheilbare Kränkung ihrer Ansprüche willigte, die bittersten Vorwürfe: er wies sie, die
noch unbärtig waren, mit kurzen und spöttischen
Machtsprüchen zur Ruhe, nötigte sie, ihm am Tage des
feierlichen Leichenbegängnisses, in die Stadt zu folgen,
und daselbst, an seiner Seite, den alten Herzog, ihren
Oheim, wie es sich gebühre, zur Gruft zu bestatten; und
nachdem er im Thronsaal des herzoglichen Palastes, dem
jungen Prinzen, seinem Neffen, in Gegenwart der
Regentin Mutter, gleich allen andern Großen des Hofes,

die Huldigung geleistet hatte, kehrte er unter Ablehnung aller Ämter und Würden, welche die letztere ihm antrug, begleitet von den Segnungen des, ihn um seine Großmut und Mäßigung doppelt verehrenden Volks, wieder auf seine Burg zurück.

Die Herzogin schritt nun, nach dieser unverhofft glücklichen Beseitigung der ersten Interessen, zur Erfüllung ihrer zweiten Regentenpflicht, nämlich, wegen der Mörder ihres Gemahls, deren man im Park eine ganze Schar wahrgenommen haben wollte, Untersuchungen anzustellen, und prüfte zu diesem Zweck selbst, mit Herrn Godwin von Herrthal, ihrem Kanzler, den Pfeil, der seinem Leben ein Ende gemacht hatte. Inzwischen fand man an demselben nichts, das den Eigentümer hätte verraten können, außer etwa, daß er, auf befremdende Weise, zierlich und prächtig gearbeitet war. Starke, krause und glänzende Federn steckten in einem Stiel, der, schlank und kräftig, von dunkelm Nußbaumholz, gedrechselt war; die Bekleidung des vorderen Endes war von glänzendem Messing, und nur die äußerste Spitze selbst, scharf wie die Gräte eines Fisches, war von Stahl. Der Pfeil schien für die Rüstkammer eines vornehmen und reichen Mannes verfertigt zu sein, der entweder in Fehden verwickelt, oder ein großer Liebhaber von der Jagd war; und da man aus einer, dem Knopf eingegrabenen, Jahrszahl ersah, daß dies erst vor kurzem geschehen sein konnte: so schickte die Herzogin, auf Anraten des Kanzlers, den Pfeil, mit dem Kronsiegel versehen, in alle Werkstätten von Deutschland umher, um den Meister, der ihn gedrechselt hatte, aufzufinden, und, falls dies gelang, von demselben den Namen dessen zu erfahren, auf dessen Bestellung er gedrechselt worden war.

Fünf Monden darauf lief an Herrn Godwin, den Kanzler, dem die Herzogin die ganze Untersuchung der Sache übergeben hatte, die Erklärung von einem Pfeilmacher aus Straßburg ein, daß er ein Schock solcher Pfeile, samt dem dazu gehörigen Köcher, vor drei Jahren für

den Grafen Jakob den Rotbart verfertigt habe. Der
Kanzler, über diese Erklärung äußerst betroffen, hielt
dieselbe mehrere Wochen lang in seinem Geheimschrank
zurück; zum Teil kannte er, wie er meinte, trotz der
freien und ausschweifenden Lebensweise des Grafen,
den Edelmut desselben zu gut, als daß er ihn einer so
abscheulichen Tat, als die Ermordung eines Bruders
war, hätte für fähig halten sollen; zum Teil auch, trotz
vieler andern guten Eigenschaften, die Gerechtigkeit der
Regentin zu wenig, als daß er, in einer Sache, die das
Leben ihres schlimmsten Feindes galt, nicht mit der
größten Vorsicht hätte verfahren sollen. Inzwischen
stellte er, unter der Hand, in der Richtung dieser sonderbaren Anzeige, Untersuchungen an, und da er durch die
Beamten der Stadtvogtei zufällig ausmittelte, daß der
Graf, der seine Burg sonst nie oder nur höchst selten zu
verlassen pflegte, in der Nacht der Ermordung des Herzogs daraus abwesend gewesen war: so hielt er es für
seine Pflicht, das Geheimnis fallen zu lassen, und die
Herzogin, in einer der nächsten Sitzungen des Staatsrats,
von dem befremdenden und seltsamen Verdacht, der
durch diese beiden Klagpunkte auf ihren Schwager, den
Grafen Jakob den Rotbart fiel, umständlich zu unterrichten.

Die Herzogin, die sich glücklich pries, mit dem Grafen, ihrem Schwager, auf einem so freundschaftlichen
Fuß zu stehen, und nichts mehr fürchtete, als seine
Empfindlichkeit durch unüberlegte Schritte zu reizen,
gab inzwischen, zum Befremden des Kanzlers, bei dieser
zweideutigen Eröffnung nicht das mindeste Zeichen der
Freude von sich; vielmehr, als sie die Papiere zweimal
mit Aufmerksamkeit überlesen hatte, äußerte sie lebhaft
ihr Mißfallen, daß man eine Sache, die so ungewiß und
bedenklich sei, öffentlich im Staatsrat zur Sprache
bringe. Sie war der Meinung, daß ein Irrtum oder eine
Verleumdung dabei statt finden müsse, und befahl, von
der Anzeige schlechthin bei den Gerichten keinen

Gebrauch zu machen. Ja, bei der außerordentlichen, fast schwärmerischen Volksverehrung, deren der Graf, nach einer natürlichen Wendung der Dinge, seit seiner Ausschließung vom Throne genoß, schien ihr auch schon dieser bloße Vortrag im Staatsrat äußerst gefährlich; und da sie voraus sah, daß ein Stadtgeschwätz darüber zu seinen Ohren kommen würde, so schickte sie, von einem wahrhaft edelmütigen Schreiben begleitet, die beiden Klagpunkte, die sie das Spiel eines sonderbaren Mißverständnisses nannte, samt dem, worauf sie sich stützen sollten, zu ihm hinaus, mit der bestimmten Bitte, sie, die im voraus von seiner Unschuld überzeugt sei, mit aller Widerlegung derselben zu verschonen.

Der Graf der eben mit einer Gesellschaft von Freunden bei der Tafel saß, stand, als der Ritter mit der Botschaft der Herzogin, zu ihm eintrat, verbindlich von seinem Sessel auf; aber kaum, während die Freunde den feierlichen Mann, der sich nicht niederlassen wollte, betrachteten, hatte er in der Wölbung des Fensters den Brief überlesen: als er die Farbe wechselte, und die Papiere mit den Worten den Freunden übergab: Brüder, seht! welch eine schändliche Anklage, auf den Mord meines Bruders, wider mich zusammengeschmiedet worden ist! Er nahm dem Ritter, mit einem funkelnden Blick, den Pfeil aus der Hand, und setzte, die Vernichtung seiner Seele verbergend, inzwischen die Freunde sich unruhig um ihn versammelten, hinzu: daß in der Tat das Geschoß sein gehöre und auch der Umstand, daß er in der Nacht des heiligen Remigius aus seinem Schloß abwesend gewesen, gegründet sei! Die Freunde fluchten über diese hämische und niederträchtige Arglistigkeit; sie schoben den Verdacht des Mordes auf die verruchten Ankläger selbst zurück, und schon waren sie im Begriff, gegen den Abgeordneten, der die Herzogin, seine Frau, in Schutz nahm, beleidigend zu werden: als der Graf, der die Papiere noch einmal überlesen hatte, indem er plötzlich unter sie trat, ausrief: ruhig, meine Freunde! – und

damit nahm er sein Schwert, das im Winkel stand, und
übergab es dem Ritter mit den Worten: daß er sein
Gefangener sei! Auf die betroffene Frage des Ritters: ob
er recht gehört, und ob er in der Tat die beiden Klagpunkte, die der Kanzler aufgesetzt, anerkenne? antwortete der Graf: ja! ja! ja! – Inzwischen hoffe er der
Notwendigkeit überhoben zu sein, den Beweis wegen
seiner Unschuld anders, als vor den Schranken eines
förmlich von der Herzogin niedergesetzten Gerichts zu
führen. Vergebens bewiesen die Ritter, mit dieser Äußerung höchst unzufrieden, daß er in diesem Fall wenigstens keinem andern, als dem Kaiser, von dem Zusammenhang der Sache Rechenschaft zu geben brauche; der
Graf, der sich in einer sonderbar plötzlichen Wendung
der Gesinnung, auf die Gerechtigkeit der Regentin
berief, bestand darauf, sich vor dem Landestribunal zu
stellen, und schon, indem er sich aus ihren Armen losriß,
rief er, aus dem Fenster hinaus, nach seinen Pferden,
willens, wie er sagte, dem Abgeordneten unmittelbar in die
Ritterhaft zu folgen: als die Waffengefährten ihm gewaltsam, mit einem Vorschlag, den er endlich annehmen
mußte, in den Weg traten. Sie setzten in ihrer Gesamt-
zahl ein Schreiben an die Herzogin auf, forderten als ein
Recht, das jedem Ritter in solchem Fall zustehe, freies
Geleit für ihn, und boten ihr zur Sicherheit, daß er sich
dem von ihr errichteten Tribunal stellen, auch allem, was
dasselbe über ihn verhängen möchte, unterwerfen
würde, eine Bürgschaft von 20 000 Mark Silbers an.

Die Herzogin, auf diese unerwartete und ihr unbegreifliche Erklärung, hielt es, bei den abscheulichen
Gerüchten, die bereits über die Veranlassung der Klage,
im Volk herrschten, für das Ratsamste, mit gänzlichem
Zurücktreten ihrer eignen Person, dem Kaiser die ganze
Streitsache vorzulegen. Sie schickte ihm, auf den Rat des
Kanzlers, sämtliche über den Vorfall lautende Akten-
stücke zu, und bat, in seiner Eigenschaft als Reichsoberhaupt ihr die Untersuchung in einer Sache abzunehmen,

in der sie selber als Partei befangen sei. Der Kaiser, der sich wegen Verhandlungen mit der Eidgenossenschaft grade damals in Basel aufhielt, willigte in diesen Wunsch; er setzte daselbst ein Gericht von drei Grafen, zwölf Rittern und zwei Gerichtsassessoren nieder; und nachdem er dem Grafen Jakob dem Rotbart, dem Antrag seiner Freunde gemäß, gegen die dargebotene Bürgschaft von 20 000 Mark Silbers freies Geleit zugestanden hatte, forderte er ihn auf, sich dem erwähnten Gericht zu stellen, und demselben über die beiden Punkte: wie der Pfeil, der, nach seinem eignen Geständnis, sein gehöre, in die Hände des Mörders gekommen? auch: an welchem dritten Ort er sich in der Nacht des heiligen Remigius aufgehalten habe, Red und Antwort zu geben.

Es war am Montag nach Trinitatis, als der Graf Jakob der Rotbart, mit einem glänzenden Gefolge von Rittern, der an ihn ergangenen Aufforderung gemäß, in Basel vor den Schranken des Gerichts erschien, und sich daselbst, mit Übergehung der ersten, ihm, wie er vorgab, gänzlich unauflöslichen Frage, in Bezug auf die zweite, welche für den Streitpunkt entscheidend war, folgendermaßen faßte: »Edle Herren!« und damit stützte er seine Hände auf das Geländer, und schaute aus seinen kleinen blitzenden Augen, von rötlichen Augenwimpern überschattet, die Versammlung an. »Ihr beschuldigt mich, der von seiner Gleichgültigkeit gegen Krone und Szepter Proben genug gegeben hat, der abscheulichsten Handlung, die begangen werden kann, der Ermordung meines, mir in der Tat wenig geneigten, aber darum nicht minder teuren Bruders; und als einen der Gründe, worauf ihr eure Anklage stützt, führt ihr an, daß ich in der Nacht des heiligen Remigius, da jener Frevel verübt ward, gegen eine durch viele Jahre beobachtete Gewohnheit, aus meinem Schlosse abwesend war. Nun ist mir gar wohl bekannt, was ein Ritter, der Ehre solcher Damen, deren Gunst ihm heimlich zuteil wird, schuldig ist; und wahrlich! hätte der Himmel nicht, aus heiterer Luft, dies

sonderbare Verhängnis über mein Haupt zusammenge-
führt: so würde das Geheimnis, das in meiner Brust
schläft, mit mir gestorben, zu Staub verwest, und erst auf
den Posaunenruf des Engels, der die Gräber sprengt, vor
Gott mit mir erstanden sein. Die Frage aber, die kaiserliche Majestät durch euren Mund an mein Gewissen richtet, macht, wie ihr wohl selbst einseht, alle Rücksichten
und alle Bedenklichkeiten zu Schanden; und weil ihr
denn wissen wollt, warum es weder wahrscheinlich,
noch auch selbst möglich sei, daß ich an dem Mord
meines Bruders, es sei nun persönlich oder mittelbar,
Teil genommen, so vernehmt, daß ich in der Nacht des
heiligen Remigius, also zur Zeit, da er verübt worden,
heimlich bei der schönen, in Liebe mir ergebenen Tochter des Landdrosts Winfried von Breda, Frau Wittib
Littegarde von Auerstein war.«

Nun muß man wissen, daß Frau Wittib Littegarde von
Auerstein, so wie die schönste, so auch, bis auf den
Augenblick dieser schmählichen Anklage, die unbeschol-
tenste und makelloseste Frau des Landes war. Sie lebte,
seit dem Tode des Schloßhauptmanns von Auerstein,
ihres Gemahls, den sie wenige Monden nach ihrer Vermählung an einem ansteckenden Fieber verloren hatte,
still und eingezogen auf der Burg ihres Vaters; und nur
auf den Wunsch dieses alten Herrn, der sie gern wieder
vermählt zu sehen wünschte, ergab sie sich darin, dann
und wann bei den Jagdfesten und Banketten zu erscheinen, welche von der Ritterschaft der umliegenden
Gegend, und hauptsächlich von Herrn Jakob dem Rotbart, angestellt wurden. Viele Grafen und Herren, aus
den edelsten und begütertsten Geschlechtern des Landes,
fanden sich mit ihren Werbungen, bei solchen Gelegen-
heiten um sie ein, und unter diesen war ihr Herr Friedrich von Trota, der Kämmerer, der ihr einst auf der Jagd
gegen den Anlauf eines verwundeten Ebers tüchtiger
Weise das Leben gerettet hatte, der Teuerste und Liebste;
inzwischen hatte sie sich aus Besorgnis, ihren beiden, auf

die Hinterlassenschaft ihres Vermögens rechnenden Brüdern dadurch zu mißfallen, aller Ermahnungen ihres
Vaters ungeachtet, noch nicht entschließen können, ihm
ihre Hand zu geben. Ja, als Rudolf, der Ältere von
beiden sich mit einem reichen Fräulein aus der Nachbarschaft vermählte, und ihm, nach einer dreijährigen kin-
derlosen Ehe, zur großen Freude der Familie, ein
Stammhalter geboren ward: so nahm sie, durch manche
deutliche und undeutliche Erklärung bewogen, von
Herrn Friedrich, ihrem Freunde, in einem unter vielen
Tränen abgefaßten Schreiben, förmlich Abschied, und
willigte, um die Einigkeit des Hauses zu erhalten, in den
Vorschlag ihres Bruders, den Platz als Äbtissin in einem
Frauenstift einzunehmen, das unfern ihrer väterlichen
Burg an den Ufern des Rheins lag.

Grade um die Zeit, da bei dem Erzbischof von Straßburg dieser Plan betrieben ward, und die Sache im
Begriff war zur Ausführung zu kommen, war es, als der
Landdrost, Herr Winfried von Breda, durch das von
dem Kaiser eingesetzte Gericht, die Anzeige von der
Schande seiner Tochter Littegarde, und die Aufforderung erhielt, dieselbe zur Verantwortung gegen die von
dem Grafen Jakob wider sie angebrachte Beschuldigung
nach Basel zu befördern. Man bezeichnete ihm, im Verlauf des Schreibens, genau die Stunde und den Ort, in
welchem der Graf, seinem Vorgeben gemäß, bei Frau
Littegarde seinen Besuch heimlich abgestattet haben
wollte, und schickte ihm sogar einen, von ihrem verstorbenen Gemahl herrührenden Ring mit, den er beim
Abschied, zum Andenken an die verflossene Nacht, aus
ihrer Hand empfangen zu haben versicherte. Nun litt
Herr Winfried eben, am Tage der Ankunft dieses Schreibens, an einer schweren und schmerzvollen Unpäßlichkeit des Alters; er wankte, in einem äußerst gereizten
Zustande, an der Hand seiner Tochter im Zimmer
umher, das Ziel schon ins Auge fassend, das allem was
Leben atmet gesteckt ist; dergestalt, daß ihn, bei Überle-

sung dieser fürchterlichen Anzeige, der Schlag augenblicklich rührte, und er, indem er das Blatt fallen ließ, mit gelähmten Gliedern auf den Fußboden niederschlug. Die Brüder, die gegenwärtig waren, hoben ihn bestürzt vom Boden auf, und riefen einen Arzt herbei, der zu seiner Pflege, in den Nebengebäuden wohnte; aber alle Mühe, ihn wieder ins Leben zurück zu bringen, war umsonst: er gab, während Frau Littegarde besinnungslos in dem Schoß ihrer Frauen lag, seinen Geist auf, und diese, da sie erwachte, hatte auch nicht den letzten bittersüßen Trost, ihm ein Wort zur Verteidigung ihrer Ehre in die Ewigkeit mitgegeben zu haben. Das Schrekken der beiden Brüder über diesen heillosen Vorfall, und ihre Wut über die der Schwester angeschuldigte und leider nur zu wahrscheinliche Schandtat, die ihn veranlaßt hatte, war unbeschreiblich. Denn sie wußten nur zu wohl, daß Graf Jakob der Rotbart ihr in der Tat, während des ganzen vergangenen Sommers, angelegentlich den Hof gemacht hatte; mehrere Turniere und Bankette waren bloß ihr zu Ehren von ihm angestellt, und sie, auf eine schon damals sehr anstößige Weise, vor allen andern Frauen, die er zur Gesellschaft zog, von ihm ausgezeichnet worden. Ja, sie erinnerten sich, daß Littegarde, grade um die Zeit des besagten Remigiustages, eben diesen von ihrem Gemahl herstammenden Ring, der sich jetzt, auf sonderbare Weise in den Händen des Grafen Jakob wieder fand, auf einem Spaziergang verloren zu haben vorgegeben hatte; dergestalt, daß sie nicht einen Augenblick an der Wahrhaftigkeit der Aussage, die der Graf vor Gericht gegen sie abgeleistet hatte, zweifelten. Vergebens – inzwischen unter den Klagen des Hofgesindes die väterliche Leiche weggetragen ward – umklammerte sie, nur um einen Augenblick Gehör bittend, die Kniee ihrer Brüder; Rudolf, vor Entrüstung flammend, fragte sie, indem er sich zu ihr wandte: ob sie einen Zeugen für die Nichtigkeit der Beschuldigung für sich aufstellen könne? und da sie unter Zittern und Beben erwiderte:

daß sie sich leider auf nichts, als die Unsträflichkeit ihres
Lebenswandels berufen könne, indem ihre Zofe grade
wegen eines Besuchs, den sie in der bewußten Nacht bei
ihren Eltern abgestattet, aus ihrem Schlafzimmer abwesend gewesen sei: so stieß Rudolf sie mit Füßen von sich,
riß ein Schwert das an der Wand hing, aus der Scheide,
und befahl ihr, in mißgeschaffner Leidenschaft tobend,
indem er Hunde und Knechte herbeirief, augenblicklich
das Haus und die Burg zu verlassen. Littegarde stand
bleich wie Kreide, vom Boden auf; sie bat, indem sie
seinen Mißhandlungen schweigend auswich, ihr wenigstens zur Anordnung der erforderten Abreise die nötige
Zeit zu lassen; doch Rudolf antwortete weiter nichts, als,
vor Wut schäumend: hinaus, aus dem Schloß! dergestalt,
daß da er auf seine eigne Frau, die ihm mit der Bitte um
Schonung und Menschlichkeit, in den Weg trat, nicht
hörte, und sie, durch einen Stoß mit dem Griff des
Schwerts, der ihr das Blut fließen machte, rasend auf die
Seite warf, die unglückliche Littegarde, mehr tot als
lebendig, das Zimmer verließ: sie wankte, von den Blik-
ken der gemeinen Menge umstellt, über den Hofraum
der Schloßpforte zu, wo Rudolf ihr ein Bündel mit
Wäsche, wozu er einiges Geld legte, hinausreichen ließ,
und selbst hinter ihr, unter Flüchen und Verwünschungen, die Torflügel verschloß.

Dieser plötzliche Sturz, von der Höhe eines heiteren
und fast ungetrübten Glücks, in die Tiefe eines unabsehbaren und gänzlich hülflosen Elends, war mehr als das
arme Weib ertragen konnte. Unwissend, wohin sie sich
wenden solle, wankte sie, gestützt am Geländer, den
Felsenpfad hinab, um sich wenigstens für die einbre-
chende Nacht ein Unterkommen zu verschaffen; doch
ehe sie noch den Eingang des Dörfchens, das verstreut im
Tale lag, erreicht hatte, sank sie schon ihrer Kräfte
beraubt, auf den Fußboden nieder. Sie mochte, allen
Erdenleiden entrückt, wohl eine Stunde so gelegen
haben, und völlige Finsternis deckte schon die Gegend,

als sie, umringt von mehreren mitleidigen Einwohnern
des Orts, erwachte. Denn ein Knabe, der am Felsenab-
hang spielte, hatte sie daselbst bemerkt, und in dem
Hause seiner Eltern von einer so sonderbaren und auffallenden Erscheinung Bericht abgestattet; worauf diese,
die von Littegarden mancherlei Wohltaten empfangen
hatten, äußerst bestürzt sie in einer so trostlosen Lage zu
wissen, sogleich aufbrachen, um ihr mit Hülfe, so gut es
in ihren Kräften stand, beizuspringen. Sie erholte sich
durch die Bemühungen dieser Leute gar bald, und
gewann auch, bei dem Anblick der Burg, die hinter ihr
verschlossen war, ihre Besinnung wieder; sie weigerte
sich aber das Anerbieten zweier Weiber, sie wieder auf
das Schloß hinauf zu führen, anzunehmen, und bat nur
um die Gefälligkeit, ihr sogleich einen Führer herbei zu
schaffen, um ihre Wanderung fortzusetzen. Vergebens
stellten ihr die Leute vor, daß sie in ihrem Zustande keine
Reise antreten könne; Littegarde bestand unter dem Vorwand, daß ihr Leben in Gefahr sei, darauf, augenblicklich die Grenzen des Burggebiets zu verlassen; ja, sie
machte, da sich der Haufen um sie, ohne ihr zu helfen,
immer vergrößerte, Anstalten, sich mit Gewalt los zu
reißen, und sich allein, trotz der Dunkelheit der herein-
brechenden Nacht, auf den Weg zu begeben; dergestalt
daß die Leute notgedrungen, aus Furcht, von der Herrschaft, falls ihr ein Unglück zustieße, dafür in Anspruch
genommen zu werden, in ihren Wunsch willigten, und
ihr ein Fuhrwerk herbeischafften, das mit ihr, auf die
wiederholt an sie gerichtete Frage, wohin sie sich denn
eigentlich wenden wolle, nach Basel fuhr.

Aber schon vor dem Dorfe änderte sie, nach einer
aufmerksamern Erwägung der Umstände, ihren Entschluß, und befahl ihrem Führer umzukehren, und sie
nach der, nur wenige Meilen entfernten Trotenburg zu
fahren. Denn sie fühlte wohl, daß sie ohne Beistand,
gegen einen solchen Gegner, als der Graf Jakob der
Rotbart war, vor dem Gericht zu Basel nichts ausrichten

würde; und niemand schien ihr des Vertrauens, zur Verteidigung ihrer Ehre aufgerufen zu werden, würdiger, als ihr wackerer, ihr in Liebe, wie sie wohl wußte, immer noch ergebener Freund, der treffliche Kämmerer Herr Friedrich von Trota. Es mochte ohngefähr Mitternacht sein, und die Lichter im Schlosse schimmerten noch, als sie äußerst ermüdet von der Reise, mit ihrem Fuhrwerk daselbst ankam. Sie schickte einen Diener des Hauses, der ihr entgegen kam, hinauf, um der Familie ihre Ankunft anmelden zu lassen; doch ehe dieser noch seinen Auftrag vollführt hatte, traten auch schon Fräulein Bertha und Kunigunde, Herrn Friedrichs Schwestern, vor die Tür hinaus, die zufällig, in Geschäften des Haushalts, im untern Vorsaal waren. Die Freundinnen hoben Littegarden, die ihnen gar wohl bekannt war, unter freudigen Begrüßungen vom Wagen, und führten sie, obschon nicht ohne einige Beklemmung, zu ihrem Bruder hinauf, der in Akten, womit ihn ein Prozeß überschüttete, versenkt, an einem Tische saß. Aber wer beschreibt das Erstaunen Herrn Friedrichs, als er auf das Geräusch, das sich hinter ihm erhob, sein Antlitz wandte, und Frau Littegarden, bleich und entstellt, ein wahres Bild der Verzweiflung, vor ihm auf Knieen nieder sinken sah. »Meine teuerste Littegarde!« rief er, indem er aufstand, und sie vom Fußboden erhob: »was ist Euch widerfahren?« Littegarde, nachdem sie sich auf einen Sessel niedergelassen hatte, erzählte ihm, was vorgefallen; welch eine verruchte Anzeige der Graf Jakob der Rotbart, um sich von dem Verdacht, wegen Ermordung des Herzogs, zu reinigen, vor dem Gericht zu Basel in Bezug auf sie, vorgebracht habe; wie die Nachricht davon ihrem alten, eben an einer Unpäßlichkeit leidenden Vater augenblicklich den Nervenschlag zugezogen, an welchem er auch, wenige Minuten darauf, in den Armen seiner Söhne verschieden sei; und wie diese in Entrüstung darüber rasend, ohne auf das, was sie zu ihrer Verteidigung vorbringen könne, zu hören, sie mit

den entsetzlichsten Mißhandlungen überhäuft, und zuletzt, gleich einer Verbrecherin, aus dem Hause gejagt
hatten. Sie bat Herrn Friedrich, sie unter einer schicklichen Begleitung nach Basel zu befördern, und ihr
daselbst einen Rechtsgehülfen anzuweisen, der ihr, bei
ihrer Erscheinung vor dem vom Kaiser eingesetzten
Gericht, mit klugem und besonnenen Rat, gegen jene
schändliche Beschuldigung, zur Seite stehen könne. Sie
versicherte, daß ihr aus dem Munde eines Parthers oder
Persers, den sie nie mit Augen gesehen, eine solche
Behauptung nicht hätte unerwarteter kommen können,
als aus dem Munde des Grafen Jakobs des Rotbarts,
indem ihr derselbe seines schlechten Rufs sowohl, als
seiner äußeren Bildung wegen, immer in der tiefsten
Seele verhaßt gewesen sei, und sie die Artigkeiten, die er
sich, bei den Festgelagen des vergangenen Sommers,
zuweilen die Freiheit genommen ihr zu sagen, stets mit
der größten Kälte und Verachtung abgewiesen habe.
»Genug, meine teuerste Littegarde!« rief Herr Friedrich,
indem er mit edlem Eifer ihre Hand nahm, und an seine
Lippen drückte: »verliert kein Wort zur Verteidigung
und Rechtfertigung Eurer Unschuld! In meiner Brust
spricht eine Stimme für Euch, weit lebhafter und über-
zeugender, als alle Versicherungen, ja selbst als alle
Rechtsgründe und Beweise, die Ihr vielleicht aus der
Verbindung der Umstände und Begebenheiten, vor dem
Gericht zu Basel für Euch aufzubringen vermögt. Nehmt
mich, weil Eure ungerechten und ungroßmütigen Brüder Euch verlassen, als Euren Freund und Bruder an,
und gönnt mir den Ruhm, Euer Anwalt in dieser Sache
zu sein; ich will den Glanz Eurer Ehre vor dem Gericht
zu Basel und vor dem Urteil der ganzen Welt wiederher-
stellen!« Damit führte er Littegarden, deren Tränen vor
Dankbarkeit und Rührung, bei so edelmütigen Äußerungen heftig flossen, zu Frau Helenen, seiner Mutter hinauf, die sich bereits in ihr Schlafzimmer zurückgezogen
hatte; er stellte sie dieser würdigen alten Dame, die ihr

mit besonderer Liebe zugetan war, als eine Gastfreundin
vor, die sich, wegen eines Zwistes, der in ihrer Familie
ausgebrochen, entschlossen habe, ihren Aufenthalt während einiger Zeit auf seiner Burg zu nehmen; man räumte
ihr noch in derselben Nacht einen ganzen Flügel des
weitläufigen Schlosses ein, erfüllte, aus dem Vorrat der
Schwestern, die Schränke, die sich darin befanden, reichlich mit Kleidern und Wäsche für sie, wies ihr auch, ganz
ihrem Range gemäß, eine anständige ja prächtige Dienerschaft an: und schon am dritten Tage befand sich Herr
Friedrich von Trota, ohne sich über die Art und Weise,
wie er seinen Beweis vor Gericht zu führen gedachte,
auszulassen, mit einem zahlreichen Gefolge von Reisigen
und Knappen auf der Straße nach Basel.

Inzwischen war, von den Herren von Breda, Littegardens Brüdern, ein Schreiben, den auf der Burg statt
gehabten Vorfall anbetreffend, bei dem Gericht zu Basel
eingelaufen, worin sie das arme Weib, sei es nun, daß sie
dieselbe wirklich für schuldig hielten, oder daß sie sonst
Gründe haben mochten, sie zu verderben, ganz und gar,
als eine überwiesene Verbrecherin, der Verfolgung der
Gesetze preis gaben. Wenigstens nannten sie die Verstoßung derselben aus der Burg, unedelmütiger und
unwahrhaftiger Weise, eine freiwillige Entweichung; sie
beschrieben, wie sie sogleich, ohne irgend etwas zur
Verteidigung ihrer Unschuld aufbringen zu können, auf
einige entrüstete Äußerungen, die ihnen entfahren
wären, das Schloß verlassen habe; und waren, bei der
Vergeblichkeit aller Nachforschungen, die sie beteue-
ten, ihrethalb angestellt zu haben, der Meinung, daß sie
jetzt wahrscheinlich, an der Seite eines dritten Abenteu-
rers, in der Welt umirre, um das Maß ihrer Schande zu
erfüllen. Dabei trugen sie, zur Ehrenrettung der durch
sie beleidigten Familie, darauf an, ihren Namen aus der
Geschlechtstafel des Bredaschen Hauses auszustreichen,
und begehrten, unter weitläufigen Rechtsdeduktionen,
sie, zur Strafe wegen so unerhörter Vergehungen, aller

Ansprüche auf die Verlassenschaft des edlen Vaters, den ihre Schande ins Grab gestürzt, für verlustig zu erklären. Nun waren die Richter zu Basel zwar weit entfernt, diesem Antrag, der ohnehin gar nicht vor ihr Forum gehörte, zu willfahren; da inzwischen der Graf Jakob, beim Empfang dieser Nachricht, von seiner Teilnahme an dem Schicksal Littegardens die unzweideutigsten und entscheidendsten Beweise gab, und heimlich, wie man erfuhr, Reuter ausschickte, um sie aufzusuchen und ihr einen Aufenthalt auf seiner Burg anzubieten: so setzte das Gericht in die Wahrhaftigkeit seiner Aussage keinen Zweifel mehr, und beschloß die Klage die wegen Ermordung des Herzogs über ihn schwebte, sofort aufzuheben. Ja, diese Teilnahme, die er der Unglücklichen in diesem Augenblick der Not schenkte, wirkte selbst höchst vorteilhaft auf die Meinung des in seinem Wohlwollen für ihn sehr wankenden Volks; man entschuldigte jetzt, was man früherhin schwer gemißbilligt hatte, die Preisgebung einer ihm in Liebe ergebenen Frau, vor der Verachtung aller Welt, und fand, daß ihm unter so außerordentlichen und ungeheuren Umständen, da es ihm nichts Geringeres, als Leben und Ehre galt, nichts übrig geblieben sei, als rücksichtslose Aufdeckung des Abenteuers, das sich in der Nacht des heiligen Remigius zugetragen hatte. Demnach ward, auf ausdrücklichen Befehl des Kaisers, der Graf Jakob der Rotbart von neuem vor Gericht geladen, um feierlich, bei offnen Türen, von dem Verdacht, zur Ermordung des Herzogs mitgewirkt zu haben, freigesprochen zu werden. Eben hatte der Herold, unter den Hallen des weitläufigen Gerichtssaals, das Schreiben der Herren von Breda abgelesen, und das Gericht machte sich bereit, dem Schluß des Kaisers gemäß, in Bezug auf den ihm zur Seite stehenden Angeklagten, zu einer förmlichen Ehrenerklärung zu schreiten: als Herr Friedrich von Trota vor die Schranken trat, und sich, auf das allgemeine Recht jedes unparteiischen Zuschauers gestützt, den Brief auf einen Augenblick zur

Durchsicht ausbat. Man willigte, während die Augen alles Volks auf ihn gerichtet waren, in seinen Wunsch; aber kaum hatte Herr Friedrich aus den Händen des Herolds das Schreiben erhalten, als er es, nach einem flüchtig hinein geworfenen Blick, von oben bis unten zerriß, und die Stücken, samt seinem Handschuh, die er zusammen wickelte, mit der Erklärung dem Grafen Jakob dem Rotbart ins Gesicht warf: daß er ein schändlicher und niederträchtiger Verleumder, und er entschlossen sei, die Schuldlosigkeit Frau Littegardens an dem Frevel, den er ihr vorgeworfen, auf Tod und Leben, vor aller Welt, im Gottesurteil zu beweisen! – Graf Jakob der Rotbart, nachdem er, blaß im Gesicht, den Handschuh aufgenommen, sagte: »so gewiß als Gott gerecht, im Urteil der Waffen, entscheidet, so gewiß werde ich dir die Wahrhaftigkeit dessen, was ich, Frau Littegarden betreffend, notgedrungen verlautbart, im ehrlichen ritterlichen Zweikampf beweisen! Erstattet, edle Herren«, sprach er, indem er sich zu den Richtern wandte, »kaiserlicher Majestät Bericht von dem Einspruch, welchen Herr Friedrich getan, und ersucht sie, uns Stunde und Ort zu bestimmen, wo wir uns, mit dem Schwert in der Hand, zur Entscheidung dieser Streitsache begegnen können!« Dem gemäß schickten die Richter, unter Aufhebung der Session, eine Deputation, mit dem Bericht über diesen Vorfall an den Kaiser ab; und da dieser durch das Auftreten Herrn Friedrichs, als Verteidiger Littegardens, nicht wenig in seinem Glauben an die Unschuld des Grafen irre geworden war: so rief er, wie es die Ehrengesetze erforderten, Frau Littegarden, zur Beiwohnung des Zweikampfs, nach Basel, und setzte zur Aufklärung des sonderbaren Geheimnisses, das über dieser Sache schwebte, den Tag der heiligen Margarethe als die Zeit, und den Schloßplatz zu Basel als den Ort an, wo beide, Herr Friedrich von Trota und der Graf Jakob der Rotbart, in Gegenwart Frau Littegardens einander treffen sollten.

Eben ging, diesem Schluß gemäß, die Mittagssonne
des Margarethentages über die Türme der Stadt Basel,
und eine unermeßliche Menschenmenge, für welche man
Bänke und Gerüste zusammen gezimmert hatte, war auf
dem Schloßplatz versammelt, als auf den dreifachen Ruf
des vor dem Altan der Kampfrichter stehenden Herolds,
beide, von Kopf zu Fuß in schimmerndes Erz gerüstet,
Herr Friedrich und der Graf Jakob, zur Ausfechtung
ihrer Sache, in die Schranken traten. Fast die ganze
Ritterschaft von Schwaben und der Schweiz war auf der
Rampe des im Hintergrund befindlichen Schlosses
gegenwärtig; und auf dem Balkon desselben saß, von
seinem Hofgesinde umgeben, der Kaiser selbst, nebst
seiner Gemahlin, und den Prinzen und Prinzessinnen,
seinen Söhnen und Töchtern. Kurz vor Beginn des
Kampfes, während die Richter Licht und Schatten zwischen den Kämpfern teilten, traten Frau Helena und ihre
beiden Töchter Bertha und Kunigunde, welche Littegarden nach Basel begleitet hatten, noch einmal an die
Pforten des Platzes, und baten die Wächter, die daselbst
standen, um die Erlaubnis, eintreten, und mit Frau Littegarden, welche, einem uralten Gebrauch gemäß, auf
einem Gerüst innerhalb der Schranken saß, ein Wort
sprechen zu dürfen. Denn obschon der Lebenswandel
dieser Dame die vollkommenste Achtung und ein ganz
uneingeschränktes Vertrauen in die Wahrhaftigkeit ihrer
Versicherungen zu erfordern schien, so stürzte doch der
Ring, den der Graf Jakob aufzuweisen hatte, und noch
mehr der Umstand, daß Littegarde ihre Kammerzofe, die
einzige, die ihr hätte zum Zeugnis dienen können, in der
Nacht des heiligen Remigius beurlaubt hatte, ihre Gemüter in die lebhafteste Besorgnis; sie beschlossen die
Sicherheit des Bewußtseins, das der Angeklagten
inwohnte, im Drang dieses entscheidenden Augenblicks,
noch einmal zu prüfen, und ihr die Vergeblichkeit, ja
Gotteslästerlichkeit des Unternehmens, falls wirklich
eine Schuld ihre Seele drückte, auseinander zu setzen,

sich durch den heiligen Ausspruch der Waffen, der die
Wahrheit unfehlbar ans Licht bringen würde, davon
reinigen zu wollen. Und in der Tat hatte Littegarde alle
Ursache, den Schritt, den Herr Friedrich jetzt für sie tat,
wohl zu überlegen; der Scheiterhaufen wartete ihrer
sowohl, als ihres Freundes, des Ritters von Trota, falls
Gott sich im eisernen Urteil nicht für ihn, sondern für
den Grafen Jakob den Rotbart, und für die Wahrheit der
Aussage entschied, die derselbe vor Gericht gegen sie
abgeleistet hatte. Frau Littegarde, als sie Herrn Friedrichs Mutter und Schwestern zur Seite eintreten sah,
stand, mit dem ihr eigenen Ausdruck von Würde, der
durch den Schmerz, welcher über ihr Wesen verbreitet
war, noch rührender ward, von ihrem Sessel auf, und
fragte sie, indem sie ihnen entgegen ging: was sie in
einem so verhängnisvollen Augenblick zu ihr führe?
»Mein liebes Töchterchen«, sprach Frau Helena, indem
sie dieselbe auf die Seite führte: »wollt Ihr einer Mutter,
die keinen Trost im öden Alter, als den Besitz ihres
Sohnes hat, den Kummer ersparen, ihn an seinem Grabe
beweinen zu müssen; Euch, ehe noch der Zweikampf
beginnt, reichlich beschenkt und ausgestattet, auf einen
Wagen setzen, und eins von unsern Gütern, das jenseits
des Rheins liegt, und Euch anständig und freundlich
empfangen wird, von uns zum Geschenk annehmen?«
Littegarde, nachdem sie ihr, mit einer Blässe, die ihr über
das Antlitz flog, einen Augenblick starr ins Gesicht
gesehen hatte, bog, sobald sie die Bedeutung dieser
Worte in ihrem ganzen Umfang verstanden hatte, ein
Knie vor ihr. Verehrungswürdigste und vortreffliche
Frau! sprach sie; kommt die Besorgnis, daß Gott sich, in
dieser entscheidenden Stunde, gegen die Unschuld meiner Brust erklären werde, aus dem Herzen Eures edlen
Sohnes? – »Weshalb?« fragte Frau Helena. – Weil ich ihn
in diesem Falle beschwöre das Schwert, das keine ver-
trauensvolle Hand führt, lieber nicht zu zücken, und die
Schranken, unter welchem schicklichen Vorwand es sei,

seinem Gegner zu räumen: mich aber, ohne dem Gefühl
des Mitleids, von dem ich nichts annehmen kann, ein
unzeitiges Gehör zu geben, meinem Schicksal, das ich in
Gottes Hand stelle, zu überlassen! – »Nein!« sagte Frau
Helena verwirrt; »mein Sohn weiß von nichts! Es würde
ihm, der vor Gericht sein Wort gegeben hat, Eure Sache
zu verfechten, wenig anstehen, Euch jetzt, da die Stunde
der Entscheidung schlägt, einen solchen Antrag zu
machen. Im festen Glauben an Eure Unschuld steht er,
wie Ihr seht, bereits zum Kampf gerüstet, dem Grafen
Eurem Gegner gegenüber; es war ein Vorschlag, den wir
uns, meine Töchter und ich, in der Bedrängnis des
Augenblicks, zur Berücksichtigung aller Vorteile und
Vermeidung alles Unglücks ausgedacht haben.« – Nun,
sagte Frau Littegarde, indem sie die Hand der alten
Dame, unter einem heißen Kuß, mit ihren Tränen
befeuchtete: so laßt ihn sein Wort lösen! Keine Schuld
befleckt mein Gewissen; und ginge er ohne Helm und
Harnisch in den Kampf, Gott und alle seine Engel
beschirmen ihn! Und damit stand sie vom Boden auf,
und führte Frau Helena und ihre Töchter auf einige,
innerhalb des Gerüstes befindliche Sitze, die hinter dem,
mit roten Tuch beschlagenen Sessel, auf dem sie sich
selbst niederließ, aufgestellt waren.

Hierauf blies der Herold, auf den Wink des Kaisers,
zum Kampf, und beide Ritter, Schild und Schwert in der
Hand, gingen auf einander los. Herr Friedrich verwundete gleich auf den ersten Hieb den Grafen; er verletzte
ihn mit der Spitze seines, nicht eben langen Schwertes da,
wo zwischen Arm und Hand die Gelenke der Rüstung in
einander griffen; aber der Graf, der, durch die Empfindung geschreckt, zurücksprang, und die Wunde untersuchte, fand, daß, obschon das Blut heftig floß, doch nur
die Haut obenhin geritzt war: dergestalt, daß er auf das
Murren der auf der Rampe befindlichen Ritter, über die
Unschicklichkeit dieser Aufführung, wieder vordrang,
und den Kampf, mit erneuerten Kräften, einem völlig

Gesunden gleich, wieder fortsetzte. Jetzt wogte zwischen beiden Kämpfern der Streit, wie zwei Sturmwinde einander begegnen, wie zwei Gewitterwolken, ihre Blitze einander zusendend, sich treffen, und, ohne sich zu vermischen, unter dem Gekrach häufiger Donner, getürmt um einander herumschweben. Herr Friedrich stand, Schild und Schwert vorstreckend, auf dem Boden, als ob er darin Wurzel fassen wollte, da; bis an die Sporen grub er sich, bis an die Knöchel und Waden, in dem, von seinem Pflaster befreiten, absichtlich aufgelokkerten, Erdreich ein, die tückischen Stöße des Grafen, der, klein und behend, gleichsam von allen Seiten zugleich angriff, von seiner Brust und seinem Haupt abwehrend. Schon hatte der Kampf, die Augenblicke der Ruhe, zu welcher Entatmung beide Parteien zwang, mitgerechnet, fast eine Stunde gedauert: als sich von neuem ein Murren unter den auf dem Gerüst befindlichen Zuschauern erhob. Es schien, es galt diesmal nicht den Grafen Jakob, der es an Eifer, den Kampf zu Ende zu bringen, nicht fehlen ließ, sondern Herrn Friedrichs Einpfählung auf einem und demselben Fleck, und seine seltsame, dem Anschein nach fast eingeschüchterte, wenigstens starrsinnige Enthaltung alles eignen Angriffs. Herr Friedrich, obschon sein Verfahren auf guten Gründen beruhen mochte, fühlte dennoch zu leise, als daß er es nicht sogleich gegen die Forderung derer, die in diesem Augenblick über seine Ehre entschieden, hätte aufopfern sollen; er trat mit einem mutigen Schritt aus dem, sich von Anfang herein gewählten Standpunkt, und der Art natürlicher Verschanzung, die sich um seinen Fußtritt gebildet hatte, hervor, über das Haupt seines Gegners, dessen Kräfte schon zu sinken anfingen, mehrere derbe und ungeschwächte Streiche, die derselbe jedoch unter geschickten Seitenbewegungen mit seinem Schild aufzufangen wußte, danieder schmetternd. Aber schon in den ersten Momenten dieses dergestalt veränderten Kampfs, hatte Herr Friedrich ein Unglück, das

die Anwesenheit höherer, über den Kampf waltender
Mächte nicht eben anzudeuten schien; er stürzte, den
Fußtritt in seinen Sporen verwickelnd, stolpernd
abwärts, und während er, unter der Last des Helms und
des Harnisches, die seine oberen Teile beschwerten, mit
in dem Staub vorgestützter Hand, in die Kniee sank,
stieß ihm Graf Jakob der Rotbart, nicht eben auf die
edelmütigste und ritterlichste Weise, das Schwert in die
dadurch bloßgegebene Seite. Herr Friedrich sprang, mit
einem Laut des augenblicklichen Schmerzes, von der
Erde empor. Er drückte sich zwar den Helm in die
Augen, und machte, das Antlitz rasch seinem Gegner
wieder zuwendend, Anstalten, den Kampf fortzusetzen:
aber während er sich, mit vor Schmerz krummgebeug-
tem Leibe auf seinen Degen stützte, und Dunkelheit
seine Augen umfloß: stieß ihm der Graf seinen Flamm-
berg noch zweimal, dicht unter dem Herzen, in die
Brust; worauf er, von seiner Rüstung umrasselt, zu
Boden schmetterte, und Schwert und Schild neben sich
niederfallen ließ. Der Graf setzte ihm, nachdem er die
Waffen über die Seite geschleudert, unter einem dreifachen Tusch der Trompeten, den Fuß auf die Brust; und
inzwischen alle Zuschauer, der Kaiser selbst an der
Spitze, unter dumpfen Ausrufungen des Schreckens und
Mitleidens, von ihren Sitzen aufstanden: stürzte sich
Frau Helena, im Gefolge ihrer beiden Töchter, über
ihren teuern, sich in Staub und Blut wälzenden Sohn. »O
mein Friedrich!« rief sie, an seinem Haupt jammernd
niederkniend; während Frau Littegarde ohnmächtig
und besinnungslos, durch zwei Häscher, von dem Boden
des Gerüstes, auf welchen sie herab gesunken war, aufgehoben und in ein Gefängnis getragen ward. »Und o die
Verruchte«, setzte sie hinzu, »die Verworfene, die, das
Bewußtsein der Schuld im Busen, hierher zu treten, und
den Arm des treusten und edelmütigsten Freundes zu
bewaffnen wagt, um ihr ein Gottesurteil, in einem ungerechten Zweikampf zu erstreiten!« Und damit hob sie

den geliebten Sohn, inzwischen die Töchter ihn von seinem Harnisch befreiten, wehklagend vom Boden auf, und suchte ihm das Blut, das aus seiner edlen Brust vordrang, zu stillen. Aber Häscher traten auf Befehl des Kaisers herbei, die auch ihn, als einen dem Gesetz Verfallenen, in Verwahrsam nahmen; man legte ihn, unter Beihülfe einiger Ärzte, auf eine Bahre, und trug ihn, unter der Begleitung einer großen Volksmenge gleichfalls in ein Gefängnis, wohin Frau Helena jedoch und ihre Töchter, die Erlaubnis bekamen, ihm, bis an seinen Tod, an dem niemand zweifelte, folgen zu dürfen.

Es zeigte sich aber gar bald, daß Herrn Friedrichs Wunden, so lebensgefährliche und zarte Teile sie auch berührten, durch eine besondere Fügung des Himmels nicht tödlich waren; vielmehr konnten die Ärzte, die man ihm zugeordnet hatte, schon wenige Tage darauf die bestimmte Versicherung an die Familie geben, daß er am Leben erhalten werden würde, ja, daß er, bei der Stärke seiner Natur, binnen wenigen Wochen, ohne irgend eine Verstümmlung an seinem Körper zu erleiden, wieder hergestellt sein würde. Sobald ihm seine Besinnung, deren ihn der Schmerz während langer Zeit beraubte, wiederkehrte, war seine an die Mutter gerichtete Frage unaufhörlich: was Frau Littegarde mache? Er konnte sich der Tränen nicht enthalten, wenn er sich dieselbe in der Öde des Gefängnisses, der entsetzlichsten Verzweiflung zum Raube hingegeben dachte, und forderte die Schwestern, indem er ihnen liebkosend das Kinn streichelte, auf, sie zu besuchen und sie zu trösten. Frau Helena, über diese Äußerung betroffen, bat ihn, diese Schändliche und Niederträchtige zu vergessen; sie meinte, daß das Verbrechen, dessen der Graf Jakob vor Gericht Erwähnung getan, und das nun durch den Ausgang des Zweikampfs ans Tageslicht gekommen, verziehen werden könne, nicht aber die Schamlosigkeit und Frechheit, mit dem Bewußtsein dieser Schuld, ohne Rücksicht auf den edelsten Freund, den sie dadurch ins

Verderben stürze, das geheiligte Urteil Gottes, gleich
einer Unschuldigen, für sich aufzurufen. Ach, meine
Mutter, sprach der Kämmerer, wo ist der Sterbliche, und
wäre die Weisheit aller Zeiten sein, der es wagen darf,
den geheimnisvollen Spruch, den Gott in diesem Zweikampf getan hat, auszulegen? »Wie?« rief Frau Helena:
»blieb der Sinn dieses göttlichen Spruchs dir dunkel?
Hast du nicht, auf eine nur leider zu bestimmte und
unzweideutige Weise, dem Schwert deines Gegners im
Kampf unterlegen?« – Sei es! versetzte Herr Friedrich:
auf einen Augenblick unterlag ich ihm. Aber ward ich
durch den Grafen überwunden? Leb ich nicht? Blühe ich
nicht, wie unter dem Hauch des Himmels, wunderbar
wieder empor, vielleicht in wenig Tagen schon mit der
Kraft doppelt und dreifach ausgerüstet, den Kampf, in
dem ich durch einen nichtigen Zufall gestört ward, von
neuem wieder aufzunehmen? – »Törichter Mensch!« rief
die Mutter. »Und weißt du nicht, daß ein Gesetz besteht,
nach welchem ein Kampf, der einmal nach dem Ausspruch der Kampfrichter abgeschlossen ist, nicht wieder
zur Ausfechtung derselben Sache vor den Schranken des
göttlichen Gerichts aufgenommen werden darf?« –
Gleichviel! versetzte der Kämmerer unwillig. Was kümmern mich diese willkürlichen Gesetze der Menschen?
Kann ein Kampf, der nicht bis an den Tod eines der
beiden Kämpfer fortgeführt worden ist, nach jeder ver-
nünftigen Schätzung der Verhältnisse für abgeschlossen
gehalten werden? und dürfte ich nicht, falls mir ihn
wieder aufzunehmen gestattet wäre, hoffen, den Unfall,
der mich betroffen, wieder herzustellen, und mir mit
dem Schwert einen ganz andern Spruch Gottes zu
erkämpfen, als den, der jetzt beschränkter und kurzsich-
tiger Weise dafür angenommen wird? »Gleichwohl«,
entgegnete die Mutter bedenklich, »sind diese Gesetze,
um welche du dich nicht zu bekümmern vorgibst, die
waltenden und herrschenden; sie üben, verständig oder
nicht, die Kraft göttlicher Satzungen aus, und überliefern

dich und sie, wie ein verabscheuungswürdiges Frevel-
paar, der ganzen Strenge der peinlichen Gerichtsbar-
keit. « – Ach, rief Herr Friedrich; das eben ist es, was
mich Jammervollen in Verzweiflung stürzt! Der Stab ist,
einer Überwiesenen gleich, über sie gebrochen; und ich,
der ihre Tugend und Unschuld vor der Welt erweisen
wollte, bin es, der dies Elend über sie gebracht: ein
heilloser Fehltritt in die Riemen meiner Sporen, durch
den Gott mich vielleicht, ganz unabhängig von ihrer
Sache, der Sünden meiner eignen Brust wegen, strafen
wollte, gibt ihre blühenden Glieder der Flamme und ihr
Andenken ewiger Schande preis! – – Bei diesen Worten
stieg ihm die Träne heißen männlichen Schmerzes ins
Auge; er kehrte sich, indem er ein Tuch ergriff, der
Wand zu, und Frau Helena und ihre Töchter knieten in
stiller Rührung an seinem Bett nieder, und mischten,
indem sie seine Hand küßten, ihre Tränen mit den
seinigen. Inzwischen war der Turmwächter, mit Speisen
für ihn und die Seinigen, in sein Zimmer getreten, und da
Herr Friedrich ihn fragte, wie sich Frau Littegarde
befinde: vernahm er in abgerissenen und nachlässigen
Worten desselben, daß sie auf einem Bündel Stroh liege,
und noch seit dem Tage, da sie eingesetzt worden, kein
Wort von sich gegeben habe. Herr Friedrich ward durch
diese Nachricht in die äußerste Besorgnis gestürzt; er
trug ihm auf, der Dame, zu ihrer Beruhigung zu sagen,
daß er, durch eine sonderbare Schickung des Himmels,
in seiner völligen Besserung begriffen sei, und bat sich
von ihr die Erlaubnis aus, sie nach Wiederherstellung
seiner Gesundheit, mit Genehmigung des Schloßvogts,
einmal in ihrem Gefängnis besuchen zu dürfen. Doch die
Antwort, die der Turmwächter von ihr, nach mehrmali-
gem Rütteln derselben am Arm, da sie wie eine Wahnsin-
nige, ohne zu hören und zu sehen, auf dem Stroh lag,
empfangen zu haben, vorgab, war: nein, sie wolle, so
lange sie auf Erden sei, keinen Menschen mehr sehen; –
ja, man erfuhr, daß sie noch an demselben Tage dem

Schloßvogt, in einer eigenhändigen Zuschrift, befohlen
hatte, niemanden, wer es auch sei, den Kämmerer von
Trota aber am allerwenigsten, zu ihr zu lassen; dergestalt, daß Herr Friedrich, von der heftigsten Bekümmernis über ihren Zustand getrieben, an einem Tage, an
welchem er seine Kraft besonders lebhaft wiederkehren
fühlte, mit Erlaubnis des Schloßvogts aufbrach, und sich,
ihrer Verzeihung gewiß, ohne bei ihr angemeldet worden
zu sein, in Begleitung seiner Mutter und beiden Schwestern, nach ihrem Zimmer verfügte.

Aber wer beschreibt das Entsetzen der unglücklichen
Littegarde, als sie sich, bei dem an der Tür entstehenden
Geräusch, mit halb offner Brust und aufgelöstem Haar,
von dem Stroh, das ihr untergeschüttet war, erhob und
statt des Turmwächters, den sie erwartete, den Kämmerer, ihren edlen und vortrefflichen Freund, mit manchen
Spuren der ausgestandenen Leiden, eine wehmütige und
rührende Erscheinung, an Berthas und Kunigundens
Arm bei sich eintreten sah. »Hinweg!« rief sie, indem sie
sich mit dem Ausdruck der Verzweiflung rückwärts auf
die Decken ihres Lagers zurückwarf, und die Hände vor
ihr Antlitz drückte: »wenn dir ein Funken von Mitleid
im Busen glimmt, hinweg!« – Wie, meine teuerste Littegarde? versetzte Herr Friedrich. Er stellte sich ihr,
gestützt auf seine Mutter, zur Seite und neigte sich in
unaussprechlicher Rührung über sie, um ihre Hand zu
ergreifen. »Hinweg!« rief sie, mehrere Schritt weit auf
Knien vor ihm auf dem Stroh zurückbebend: »wenn ich
nicht wahnsinnig werden soll, so berühre mich nicht! Du
bist mir ein Greuel; loderndes Feuer ist mir minder
schrecklich, als du!« – Ich dir ein Greuel? versetzte Herr
Friedrich betroffen. Womit, meine edelmütige Littegarde, hat dein Friedrich diesen Empfang verdient? – Bei
diesen Worten setzte ihm Kunigunde, auf den Wink der
Mutter, einen Stuhl hin, und lud ihn, schwach wie er
war, ein, sich darauf zu setzen. »O Jesus!« rief jene,
indem sie sich, in der entsetzlichsten Angst, das Antlitz

ganz auf den Boden gestreckt, vor ihm niederwarf:
»räume das Zimmer, mein Geliebter, und verlaß mich!
Ich umfasse in heißer Inbrunst deine Kniee, ich wasche
deine Füße mit meinen Tränen, ich flehe dich, wie ein
Wurm vor dir im Staube gekrümmt, um die einzige
Erbarmung an: räume, mein Herr und Gebieter, räume
mir das Zimmer, räume es augenblicklich und verlaß
mich!« – Herr Friedrich stand durch und durch erschüttert vor ihr da. Ist dir mein Anblick so unerfreulich
Littegarde? fragte er, indem er ernst auf sie nieder-
schaute. »Entsetzlich, unerträglich, vernichtend!« antwortete Littegarde, ihr Gesicht mit verzweiflungsvoll
vorgestützten Händen, ganz zwischen die Sohlen seiner
Füße bergend. »Die Hölle, mit allen Schauern und
Schrecknissen, ist süßer mir und anzuschauen lieblicher,
als der Frühling deines mir in Huld und Liebe zugekehr-
ten Angesichts!« – Gott im Himmel! rief der Kämmerer;
was soll ich von dieser Zerknirschung deiner Seele denken? Sprach das Gottesurteil, Unglückliche, die Wahrheit, und bist du des Verbrechens, dessen dich der Graf
vor Gericht gezogen hat, bist du dessen schuldig? –
»Schuldig, überwiesen, verworfen, in Zeitlichkeit und
Ewigkeit verdammt und verurteilt!« rief Littegarde,
indem sie sich den Busen, wie eine Rasende zerschlug:
»Gott ist wahrhaftig und untrüglich; geh, meine Sinne
reißen, und meine Kraft bricht. Laß mich mit meinem
Jammer und meiner Verzweiflung allein!« – Bei diesen
Worten fiel Herr Friedrich in Ohnmacht; und während
Littegarde sich mit einem Schleier das Haupt verhüllte,
und sich, wie in gänzlicher Verabschiedung von der
Welt, auf ihr Lager zurücklegte, stürzten Bertha und
Kunigunde jammernd über ihren entseelten Bruder, um
ihn wieder ins Leben zurück zu rufen. »O sei verflucht!«
rief Frau Helena, da der Kämmerer wieder die Augen
aufschlug: »verflucht zu ewiger Reue diesseits des Grabes, und jenseits desselben zu ewiger Verdammnis: nicht
wegen der Schuld, die du jetzt eingestehst, sondern

wegen der Unbarmherzigkeit und Unmenschlichkeit, sie
eher nicht, als bis du meinen schuldlosen Sohn mit dir ins
Verderben herabgerissen, einzugestehn! Ich Törin!« fuhr
sie fort, indem sie sich verachtungsvoll von ihr
abwandte, »hätte ich doch einen Wort, das mir, noch
kurz vor Eröffnung des Gottesgerichts, der Prior des
hiesigen Augustinerklosters anvertraut, bei dem der
Graf, in frommer Vorbereitung zu der entscheidenden
Stunde, die ihm bevorstand, zur Beichte gewesen, Glauben geschenkt! Ihm hat er, auf die heilige Hostie, die
Wahrhaftigkeit der Angabe, die er vor Gericht in Bezug
auf die Elende, niedergelegt, beschworen; die Gartenpforte hat er ihm bezeichnet, an welcher sie ihn, der
Verabredung gemäß, beim Einbruch der Nacht erwartet
und empfangen, das Zimmer ihm, ein Seitengemach des
unbewohnten Schloßturms, beschrieben, worin sie ihn,
von den Wächtern unbemerkt, eingeführt, das Lager,
von Polstern bequem und prächtig unter einem Thron-
himmel aufgestapelt, worauf sie sich, in schamloser
Schwelgerei, heimlich mit ihm gebettet! Ein Eidschwur
in einer solchen Stunde getan, enthält keine Lüge: und
hätte ich, Verblendete, meinem Sohn, auch nur noch in
dem Augenblick des ausbrechenden Zweikampfs, eine
Anzeige davon gemacht: so würde ich ihm die Augen
geöffnet haben, und er vor dem Abgrund an welchem er
stand, zurückgebebt sein. – Aber komm!« rief Frau
Helena, indem sie Herrn Friedrich sanft umschloß, und
ihm einen Kuß auf die Stirne drückte: »Entrüstung, die
sie der Worte würdigt, ehrt sie; unsern Rücken mag sie
erschaun, und vernichtet durch die Vorwürfe, womit wir
sie verschonen, verzweifeln!« – Der Elende! versetzte
Littegarde, indem sie sich gereizt durch diese Worte
emporrichtete. Sie stützte ihr Haupt schmerzvoll auf ihre
Kniee, und indem sie heiße Tränen auf ihr Tuch nieder-
weinte, sprach sie: Ich erinnere mich, daß meine Brüder
und ich, drei Tage vor jener Nacht des heiligen Remigius, auf seinem Schlosse waren; er hatte, wie er oft zu

tun pflegte, ein Fest mir zu Ehren veranstaltet, und mein
Vater, der den Reiz meiner aufblühenden Jugend gern
gefeiert sah, mich bewogen, die Einladung, in Begleitung
meiner Brüder, anzunehmen. Spät, nach Beendigung des
Tanzes, da ich mein Schlafzimmer besteige, finde ich
einen Zettel auf meinem Tisch liegen, der, von unbekannter Hand geschrieben und ohne Namensunter-
schrift, eine förmliche Liebeserklärung enthielt. Es traf
sich, daß meine beiden Brüder grade wegen Verabredung
unserer Abreise, die auf den kommenden Tag festgesetzt
war, in dem Zimmer gegenwärtig waren; und da ich
keine Art des Geheimnisses vor ihnen zu haben gewohnt
war, so zeigte ich ihnen, von sprachlosem Erstaunen
ergriffen, den sonderbaren Fund, den ich soeben
gemacht hatte. Diese, welche sogleich des Grafen Hand
erkannten, schäumten vor Wut, und der ältere war willens, sich augenblicks mit dem Papier in sein Gemach zu
verfügen; doch der jüngere stellte ihm vor, wie bedenklich dieser Schritt sei, da der Graf die Klugheit gehabt,
den Zettel nicht zu unterschreiben; worauf beide in der
tiefsten Entwürdigung über eine so beleidigende Aufführ-
rung, sich noch in derselben Nacht mit mir in den Wagen
setzten, und mit dem Entschluß, seine Burg nie wieder
mit/ihrer Gegenwart zu beehren, auf das Schloß ihres
Vaters zurück kehrten. – Dies ist die einzige Gemeinschaft, setzte sie hinzu, die ich jemals mit diesem Nichtswürdigen und Niederträchtigen gehabt! – »Wie?« sagte
der Kämmerer, indem er ihr sein tränenvolles Gesicht
zukehrte: »diese Worte waren Musik meinem Ohr! –
Wiederhole sie mir!« sprach er nach einer Pause, indem
er sich auf Knieen vor ihr niederließ, und seine Hände
faltete: »Hast du mich, um jenes Elenden willen, nicht
verraten, und bist du rein von der Schuld, deren er dich
vor Gericht gezogen?« Lieber! flüsterte Littegarde,
indem sie seine Hand an ihre Lippen drückte – »Bist
dus?« rief der Kämmerer: »bist dus?« – Wie die Brust
eines neugebornen Kindes, wie das Gewissen eines aus

der Beichte kommenden Menschen, wie die Leiche einer,
in der Sakristei, unter der Einkleidung, verschiedenen
Nonne! – »O Gott, der Allmächtige!« rief Herr Friedrich, ihre Kniee umfassend: »habe Dank! Deine Worte
geben mir das Leben wieder; der Tod schreckt mich
nicht mehr, und die Ewigkeit, soeben noch wie ein Meer
unabsehbaren Elends vor mir ausgebreitet, geht wieder,
wie ein Reich voll tausend glänziger Sonnen, vor mir
auf!« – Du Unglücklicher, sagte Littegarde, indem sie
sich zurück zog: wie kannst du dem, was dir mein Mund
sagt, Glauben schenken? – »Warum nicht?« fragte Herr
Friedrich glühend. – Wahnsinniger! Rasender! rief Littegarde; hat das geheiligte Urteil Gottes nicht gegen mich
entschieden? Hast du dem Grafen nicht in jenem verhängnisvollen Zweikampf unterlegen, und er nicht die
Wahrhaftigkeit dessen, was er vor Gericht gegen mich
angebracht, ausgekämpft? – »O meine teuerste Littegarde«, rief der Kämmerer: »bewahre deine Sinne vor
Verzweiflung! türme das Gefühl, das in deiner Brust
lebt, wie einen Felsen empor: halte dich daran und
wanke nicht, und wenn Erd und Himmel unter dir und
über dir zu Grunde gingen! Laß uns, von zwei Gedanken, die die Sinne verwirren, den verständlicheren und
begreiflicheren denken, und ehe du dich schuldig
glaubst, lieber glauben, daß ich in dem Zweikampf, den
ich für dich gefochten, siegte! – Gott, Herr meines
Lebens«, setzte er in diesem Augenblick hinzu, indem er
seine Hände vor sein Antlitz legte, »bewahre meine Seele
selbst vor Verwirrung! Ich meine, so wahr ich selig
werden will, vom Schwert meines Gegners nicht überwunden worden zu sein, da ich schon unter den Staub
seines Fußtritts hingeworfen, wieder ins Dasein erstanden bin. Wo liegt die Verpflichtung der höchsten göttlichen Weisheit, die Wahrheit im Augenblick der glau-
bensvollen Anrufung selbst, anzuzeigen und auszuspre-
chen? O Littegarde«, beschloß er, indem er ihre Hand
zwischen die seinigen drückte: »im Leben laß uns auf den

Tod, und im Tode auf die Ewigkeit hinaus sehen, und des festen, unerschütterlichen Glaubens sein: deine Unschuld wird, und wird durch den Zweikampf, den ich für dich gefochten, zum heitern, hellen Licht der Sonne gebracht werden!« – Bei diesen Worten trat der Schloßvogt ein; und da er Frau Helena, welche weinend an einem Tisch saß, erinnerte, daß so viele Gemütsbewegungen ihrem Sohne schädlich werden könnten: so kehrte Herr Friedrich, auf das Zureden der Seinigen, nicht ohne das Bewußtsein, einigen Trost gegeben und empfangen zu haben, wieder in sein Gefängnis zurück.

Inzwischen war, vor dem zu Basel von dem Kaiser eingesetzten Tribunal, gegen Herrn Friedrich von Trota sowohl, als seine Freundin, Frau Littegarde von Auerstein, die Klage wegen sündhaft angerufenen göttlichen Schiedsurteils eingeleitet, und beide, dem bestehenden Gesetz gemäß, verurteilt worden, auf dem Platz des Zweikampfs selbst, den schmählichen Tod der Flammen zu erleiden. Man schickte eine Deputation von Räten ab, um es den Gefangenen anzukündigen, und das Urteil würde auch, gleich nach Wiederherstellung des Kämmerers an ihnen vollstreckt worden sein, wenn es des Kaisers geheime Absicht nicht gewesen wäre, den Grafen Jakob den Rotbart, gegen den er eine Art von Mißtrauen nicht unterdrücken konnte, dabei gegenwärtig zu sehen. Aber dieser lag, auf eine in der Tat sonderbare und merkwürdige Weise, an der kleinen, dem Anschein nach unbedeutenden Wunde, die er, zu Anfang des Zweikampfs, von Herrn Friedrich erhalten hatte, noch immer krank; ein äußerst verderbter Zustand seiner Säfte verhinderte, von Tage zu Tage, und von Woche zu Woche, die Heilung derselben, und die ganze Kunst der Ärzte, die man nach und nach aus Schwaben und der Schweiz herbeirief, vermochte nicht, sie zu schließen. Ja, ein ätzender der ganzen damaligen Heilkunst unbekannter Eiter, fraß auf eine krebsartige Weise, bis auf den Knochen herab im ganzen System seiner Hand um sich, dergestalt, daß man zum Entsetzen aller seiner Freunde genötigt gewesen war, ihm die ganze schadhafte Hand, und späterhin, da auch hierdurch dem Eiterfraß kein Ziel gesetzt ward, den Arm selbst abzunehmen. Aber auch dies, als eine Radikalkur gepriesene Heilmittel vergrößerte nur, wie man heutzutage leicht eingesehen haben würde, statt ihm abzuhelfen, das Übel; und die Ärzte, da sich sein ganzer Körper nach und nach in Eiterung und Fäulnis auflöste, erklärten, daß keine Rettung für ihn sei, und er noch, vor Abschluß der laufenden Woche, sterben müsse. Vergebens forderte ihn der Prior des Augustinerklosters, der in dieser unerwarteten Wendung der Dinge die furchtbare Hand Gottes zu erblicken glaubte, auf, im Bezug auf den zwischen ihm und der Herzogin Regentin bestehenden Streit, die Wahrheit einzugestehen; der Graf nahm, durch und durch erschüttert, noch einmal das heilige Sakrament auf die Wahrhaftigkeit seiner Aussage, und gab, unter allen Zeichen der entsetzlichsten Angst, falls er Frau Littegarden verleumderischer Weise angeklagt hätte, seine Seele der ewigen Verdammnis preis. Nun hatte man, trotz der Sittenlosigkeit seines Lebenswandels, doppelte Gründe, an die innerliche Redlichkeit dieser Versicherung zu glauben: einmal, weil der Kranke in der Tat von einer gewissen Frömmigkeit war, die einen falschen Eidschwur, in solchem Augenblick getan, nicht zu gestatten schien, und dann, weil sich aus einem Verhör, das über den Turmwächter des Schlosses derer von Breda angestellt worden war, welchen er, behufs eines heimlichen Eintritts in die Burg, bestochen zu haben vorgegeben hatte, bestimmt ergab, daß dieser Umstand gegründet, und der Graf wirklich in der Nacht des heiligen Remigius, im Innern des Bredaschen Schlosses gewesen war. Demnach blieb dem Prior fast nichts übrig, als an eine Täuschung des Grafen selbst, durch eine dritte ihm unbekannte Person zu glauben; und noch hatte der Unglückliche, der, bei der Nachricht von der wunderbaren Wiederherstellung des

Kämmerers, selbst auf diesen schrecklichen Gedanken
geriet, das Ende seines Lebens nicht erreicht, als sich
dieser Glaube schon zu seiner Verzweiflung vollkommen
bestätigte. Man muß nämlich wissen, daß der Graf schon
lange, ehe seine Begierde sich auf Frau Littegarden
stellte, mit Rosalien, ihrer Kammerzofe, auf einem
nichtswürdigen Fuß lebte; fast bei jedem Besuch, den
ihre Herrschaft auf seinem Schlosse abstattete, pflegte er
dies Mädchen, welches ein leichtfertiges und sittenloses
Geschöpft war, zur Nachtzeit auf sein Zimmer zu ziehen. Da nun Littegarde, bei dem letzten Aufenthalt, den
sie mit ihren Brüdern auf seiner Burg nahm, jenen zärtlichen Brief, worin er ihr seine Leidenschaft erklärte, von
ihm empfing: so erweckte dies die Empfindlichkeit und
Eifersucht dieses seit mehreren Monden schon von ihm
vernachlässigten Mädchens; sie ließ, bei der bald darauf
erfolgten Abreise Littegardens, welche sie begleiten
mußte, im Namen derselben einen Zettel an den Grafen
zurück, worin sie ihm meldete, daß die Entrüstung ihrer
Brüder über den Schritt, den er getan, ihr zwar keine
unmittelbare Zusammenkunft gestattete: ihn aber einlud,
sie zu diesem Zweck, in der Nacht des heiligen Remigius, in den Gemächern ihrer väterlichen Burg zu besuchen. Jener, voll Freude über das Glück seiner Unternehmung, fertigte sogleich einen zweiten Brief an Littegarden ab, worin er ihr seine bestimmte Ankunft in der
besagten Nacht meldete, und sie nur bat, ihm, zur
Vermeidung aller Irrung, einen treuen Führer, der ihn
nach ihren Zimmern geleiten könne, entgegen zu schik-
ken; und da die Zofe, in jeder Art der Ränke geübt, auf
eine solche Anzeige rechnete, so glückte es ihr, dies
Schreiben aufzufangen, und ihm in einer zweiten falschen Antwort zu sagen, daß sie ihn selbst an der Gartenpforte erwarten würde. Darauf, am Abend vor der
verabredeten Nacht, bat sie sich unter dem Vorwand,
daß ihre Schwester krank sei, und daß sie dieselbe besuchen wolle, von Littegarden einen Urlaub aufs Land aus;

sie verließ auch, da sie denselben erhielt, wirklich, spät
am Nachmittag, mit einem Bündel Wäsche den sie unter
dem Arm trug, das Schloß, und begab sich, vor aller
Augen nach der Gegend, wo jene Frau wohnte, auf den
Weg. Statt aber diese Reise zu vollenden, fand sie sich bei
Einbruch der Nacht, unter dem Vorgeben, daß ein
Gewitter heranziehe, wieder auf der Burg ein, und mit-
telte sich, um ihre Herrschaft, wie sie sagte, nicht zu
stören, indem es ihre Absicht sei in der Frühe des
kommenden Morgens ihre Wanderung anzutreten, ein
Nachtlager in einem der leerstehenden Zimmer des verödeten und wenig besuchten Schloßturms aus. Der Graf,
der sich bei dem Turmwächter durch Geld den Eingang
in die Burg zu verschaffen wußte, und in der Stunde der
Mitternacht, der Verabredung gemäß, von einer ver-
schleierten Person an der Gartenpforte empfangen ward,
ahndete, wie man leicht begreift, nichts von dem ihm
gespielten Betrug; das Mädchen drückte ihm flüchtig
einen Kuß auf den Mund, und führte ihn, über mehrere
Treppen und Gänge des verödeten Seitenflügels, in eines
der prächtigsten Gemächer des Schlosses selbst, dessen
Fenster vorher sorgsam von ihr verschlossen worden
waren. Hier, nachdem sie seine Hand haltend, auf
geheimnisvolle Weise an den Türen umhergehorcht, und
ihm, mit flüsternder Stimme, unter dem Vorgeben, daß
das Schlafzimmer des Bruders ganz in der Nähe sei,
Schweigen geboten hatte, ließ sie sich mit ihm auf dem
zur Seite stehenden Ruhebette nieder; der Graf, durch
ihre Gestalt und Bildung getäuscht, schwamm im Taumel des Vergnügens, in seinem Alter noch eine solche
Eroberung gemacht zu haben; und als sie ihn beim ersten
Dämmerlicht des Morgens entließ, und ihm zum Andenken an die verflossene Nacht einen Ring, den Littegarde
von ihrem Gemahl empfangen und den sie ihr am Abend
zuvor zu diesem Zweck entwendet hatte, an den Finger
steckte, versprach er ihr, sobald er zu Hause angelangt
sein würde, zum Gegengeschenk einen anderen, der ihm

am Hochzeitstage von seiner verstorbenen Gemahlin
verehrt worden war. Drei Tage darauf hielt er auch
Wort, und schickte diesen Ring, den Rosalie wieder
geschickt genug war aufzufangen, heimlich auf die Burg;
ließ aber, wahrscheinlich aus Furcht, daß dies Abenteuer
ihn zu weit führen könne, weiter nichts von sich hören,
und wich, unter mancherlei Vorwänden, einer zweiten
Zusammenkunft aus. Späterhin war das Mädchen eines
Diebstahls wegen, wovon der Verdacht mit ziemlicher
Gewißheit auf ihr ruhte, verabschiedet und in das Haus
ihrer Eltern, welche am Rhein wohnten, zurückgeschickt
worden, und da, nach Verlauf von neun Monaten, die
Folgen ihres ausschweifenden Lebens sichtbar wurden,
und die Mutter sie mit großer Strenge verhörte, gab sie
den Grafen Jakob den Rotbart, unter Entdeckung der
ganzen geheimen Geschichte, die sie mit ihm gespielt
hatte, als den Vater ihres Kindes an. Glücklicherweise
hatte sie den Ring, der ihr von dem Grafen übersendet
worden war, aus Furcht, für eine Diebin gehalten zu
werden, nur sehr schüchtern zum Verkauf ausbieten
können, auch in der Tat, seines großen Werts wegen,
niemand gefunden, der ihn zu erstehen Lust gezeigt
hätte: dergestalt, daß die Wahrhaftigkeit ihrer Aussage
nicht in Zweifel gezogen werden konnte, und die Eltern,
auf dies augenscheinliche Zeugnis gestützt, klagbar,
wegen Unterhaltung des Kindes, bei den Gerichten
gegen den Grafen Jakob einkamen. Die Gerichte, welche
von dem sonderbaren Rechtsstreit, der in Basel anhängig
gemacht worden war, schon gehört hatten, beeilten sich,
diese Entdeckung, die für den Ausgang desselben von
der größten Wichtigkeit war, zur Kenntnis des Tribunals
zu bringen; und da eben ein Ratsherr in öffentlichen
Geschäften nach dieser Stadt abging, so gaben sie ihm,
zur Auflösung des fürchterlichen Rätsels, das ganz
Schwaben und die Schweiz beschäftigte, einen Brief mit
der gerichtlichen Aussage des Mädchens, dem sie den
Ring beifügten, für den Grafen Jakob den Rotbart mit.

Es war eben an dem zur Hinrichtung Herrn Friedrichs und Littegardens bestimmten Tage, welche der Kaiser, unbekannt mit den Zweifeln, die sich in der Brust des Grafen selbst erhoben hatten, nicht mehr aufschieben zu dürfen glaubte, als der Ratsherr zu dem Kranken, der sich in jammervoller Verzweiflung auf seinem Lager wälzte, mit diesem Schreiben ins Zimmer trat. »Es ist genug!« rief dieser, da er den Brief überlesen, und den Ring empfangen hatte: »ich bin das Licht der Sonne zu schauen, müde! Verschafft mir«, wandte er sich zum Prior, »eine Bahre, und führt mich Elenden, dessen Kraft zu Staub versinkt, auf den Richtplatz hinaus: ich will nicht, ohne eine Tat der Gerechtigkeit verübt zu haben, sterben!« Der Prior, durch diesen Vorfall tief erschüttert, ließ ihn sogleich, wie er begehrte, durch vier Knechte auf ein Traggestell heben; und zugleich mit einer unermeßlichen Menschenmenge, welche das Glockengeläut um den Scheiterhaufen, auf welchen Herr Friedrich und Littegarde bereits festgebunden waren, versammelte, kam er, mit dem Unglücklichen, der ein Kruzifix in der Hand hielt, daselbst an. »Halt!« rief der Prior, indem er die Bahre, dem Altan des Kaisers gegenüber, niedersetzen ließ: »bevor ihr das Feuer an jenen Scheiterhaufen legt, vernehmt ein Wort, das euch der Mund dieses Sünders zu eröffnen hat!« – Wie? rief der Kaiser, indem er sich leichenblaß von seinem Sitz erhob, hat das geheiligte Urteil Gottes nicht für die Gerechtigkeit seiner Sache entschieden, und ist es, nach dem was vorgefallen, auch nur zu denken erlaubt, daß Littegarde an dem Frevel, dessen er sie gezogen, unschuldig sei? – Bei diesen Worten stieg er betroffen vom Altan herab; und mehr denn tausend Ritter, denen alles Volk, über Bänke und Schranken herab, folgte, drängten sich um das Lager des Kranken zusammen. »Unschuldig«, versetzte dieser, indem er sich gestützt auf den Prior, halb darauf emporrichtete: »wie es der Spruch des höchsten Gottes, an jenem verhängnisvollen Tage, vor den Augen aller ver-

sammelten Bürger von Basel entschieden hat! Denn er,
von drei Wunden, jede tödlich, getroffen, blüht, wie ihr
seht, in Kraft und Lebensfülle; indessen ein Hieb von
seiner Hand, der kaum die äußerste Hülle meines Lebens
zu berühren schien, in langsam fürchterlicher Fortwir-
kung den Kern desselben selbst getroffen, und meine
Kraft, wie der Sturmwind eine Eiche, gefällt hat. Aber
hier, falls ein Ungläubiger noch Zweifel nähren sollte,
sind die Beweise: Rosalie, ihre Kammerzofe, war es, die
mich in jener Nacht des heiligen Remigius empfing,
während ich Elender in der Verblendung meiner Sinne,
sie selbst, die meine Anträge stets mit Verachtung
zurückgewiesen hat, in meinen Armen zu halten
meinte!« Der Kaiser stand erstarrt wie zu Stein, bei
diesen Worten da. Er schickte, indem er sich nach dem
Scheiterhaufen umkehrte, einen Ritter ab, mit dem
Befehl, selbst die Leiter zu besteigen, und den Kämmerer
sowohl als die Dame, welche letztere bereits in den
Armen ihrer Mutter in Ohnmacht lag, loszubinden und
zu ihm heranzuführen. »Nun, jedes Haar auf eurem
Haupt bewacht ein Engel!« rief er, da Littegarde, mit
halb offner Brust und entfesselten Haaren, an der Hand
Herrn Friedrichs, ihres Freundes, dessen Kniee selbst,
unter dem Gefühl dieser wunderbaren Rettung, wank-
ten, durch den Kreis des in Ehrfurcht und Erstaunen
ausweichenden Volks, zu ihm herantrat. Er küßte beiden, die vor ihm niederknieten, die Stirn; und nachdem
er sich den Hermelin, den seine Gemahlin trug, erbeten,
und ihn Littegarden um die Schultern gehängt hatte,
nahm er, vor den Augen aller versammelten Ritter, ihren
Arm, in der Absicht, sie selbst in die Gemächer seines
kaiserlichen Schlosses zu führen. Er wandte sich, während der Kämmerer gleichfalls statt des Sünderkleids, das
ihn deckte, mit Federhut und ritterlichem Mantel
geschmückt ward, gegen den auf der Bahre jammervoll
sich wälzenden Grafen zurück, und von einem Gefühl
des Mitleidens bewegt, da derselbe sich doch in den

Zweikampf, der ihn zu Grunde gerichtet, nicht eben auf
frevelhafte und gotteslästerliche Weise eingelassen hatte,
fragte er den ihm zur Seite stehenden Arzt: ob keine
Rettung für den Unglücklichen sei? – »Vergebens!« antwortete Jakob der Rotbart, indem er sich, unter schrecklichen Zuckungen, auf den Schoß seines Arztes stützte:
»und ich habe den Tod, den ich erleide, verdient. Denn
wißt, weil mich doch der Arm der weltlichen Gerechtigkeit nicht mehr ereilen wird, ich bin der Mörder meines
Bruders, des edeln Herzogs Wilhelm von Breysach: der
Bösewicht, der ihn mit dem Pfeil aus meiner Rüstkammer nieder warf, war sechs Wochen vorher, zu dieser
Tat, die mir die Krone verschaffen sollte, von mir gedun-
gen!« – Bei dieser Erklärung sank er auf die Bahre zurück
und hauchte seine schwarze Seele aus. »Ha, die Ahndung
meines Gemahls, des Herzogs, selbst!« rief die an der
Seite des Kaisers stehende Regentin, die sich gleichfalls
vom Altan des Schlosses herab, im Gefolge der Kaiserin,
auf den Schloßplatz begeben hatte: »mir noch im Augenblick des Todes, mit gebrochenen Worten, die ich gleichwohl damals nur unvollkommen verstand, kund getan!«
– Der Kaiser versetzte in Entrüstung: so soll der Arm der
Gerechtigkeit noch deine Leiche ereilen! nehmt ihn, rief
er, indem er sich umkehrte, den Häschern zu, und
übergebt ihn gleich, gerichtet wie er ist, den Henkern: er
möge, zur Brandmarkung seines Andenkens, auf jenem
Scheiterhaufen verderben, auf welchem wir eben, um
seinetwillen, im Begriff waren, zwei Unschuldige zu
opfern! Und damit, während die Leiche des Elenden in
rötlichen Flammen aufprasselnd, vom Hauche des Nordwindes in alle Lüfte verstreut und verweht ward, führte
er Frau Littegarden, im Gefolge aller seiner Ritter, auf
das Schloß. Er setzte sie, durch einen kaiserlichen
Schluß, wieder in ihr väterliches Erbe ein, von welchem
die Brüder in ihrer unedelmütigen Habsucht schon
Besitz genommen hatten; und schon nach drei Wochen
ward, auf dem Schlosse zu Breysach, die Hochzeit der

beiden trefflichen Brautleute gefeiert, bei welcher die
Herzogin Regentin, über die ganze Wendung, die die
Sache genommen hatte, sehr erfreut, Littegarden einen
großen Teil der Besitzungen des Grafen, die dem Gesetz
verfielen, zum Brautgeschenk machte. Der Kaiser aber
hing Herrn Friedrich, nach der Trauung, eine Gnaden-
kette um den Hals; und sobald er, nach Vollendung
seiner Geschäfte mit der Schweiz, wieder in Worms
angekommen war, ließ er in die Statuten des geheiligten
göttlichen Zweikampfs, überall wo vorausgesetzt wird,
daß die Schuld dadurch unmittelbar ans Tageslicht
komme, die Worte einrücken: »wenn es Gottes Wille
ist.«

# Die heilige Cäcilie

oder
## die Gewalt der Musik

(Eine Legende)

Um das Ende des sechzehnten Jahrhunderts, als die Bilderstürmerei in den Niederlanden wütete, trafen drei Brüder, junge in Wittenberg studierende Leute, mit einem vierten, der in Antwerpen als Prädikant angestellt war, in der Stadt Aachen zusammen. Sie wollten daselbst eine Erbschaft erheben, die ihnen von Seiten eines alten, ihnen allen unbekannten Oheims zugefallen war, und kehrten, weil niemand in dem Ort war, an den sie sich hätten wenden können, in einem Gasthof ein. Nach Verlauf einiger Tage, die sie damit zugebracht hatten, den Prädikanten über die merkwürdigen Auftritte, die in den Niederlanden vorgefallen waren, anzuhören, traf es sich, daß von den Nonnen im Kloster der heiligen Cäcilie, das damals vor den Toren dieser Stadt lag, der Fronleichnamstag festlich begangen werden sollte; dergestalt, daß die vier Brüder, von Schwärmerei, Jugend und dem Beispiel der Niederländer erhitzt, beschlossen, auch der Stadt Aachen das Schauspiel einer Bilderstürmerei zu geben. Der Prädikant, der dergleichen Unternehmungen mehr als einmal schon geleitet hatte, versammelte, am Abend zuvor, eine Anzahl junger, der neuen Lehre ergebener Kaufmannssöhne und Studenten, welche, in dem Gasthofe, bei Wein und Speisen, unter Verwünschungen des Papsttums, die Nacht zubrachten; und, da der Tag über die Zinnen der Stadt aufgegangen, versahen sie sich mit Äxten und Zerstörungswerkzeugen aller Art, um ihr ausgelassenes Geschäft zu beginnen. Sie verabredeten frohlockend ein Zeichen, auf welches sie damit anfangen wollten, die Fensterscheiben, mit biblischen Geschichten bemalt, einzuwerfen; und eines großen Anhangs, den sie unter dem Volk finden würden, gewiß, verfügten sie sich, entschlossen keinen Stein auf dem andern zu lassen, in der Stunde, da die Glocken läuteten, in den Dom. Die Äbtissin, die, schon beim Anbruch des Tages, durch einen Freund von der Gefahr, in welcher das Kloster schwebte, benachrichtigt worden war, schickte vergebens, zu wiederholten Malen, zu dem kaiserlichen Offizier, der in der Stadt kommandierte, und bat sich, zum Schutz des Klosters, eine Wache aus; der Offizier, der selbst ein Feind des Papsttums, und als solcher, wenigstens unter der Hand, der neuen Lehre zugetan war, wußte ihr unter dem staatsklugen Vorgeben, daß sie Geister sähe, und für ihr Kloster auch nicht der Schatten einer Gefahr vorhanden sei, die Wache zu verweigern. Inzwischen brach die Stunde an, da die Feierlichkeiten beginnen sollten, und die Nonnen schickten sich, unter Angst und Beten, und jammervoller Erwartung der Dinge, die da kommen sollten, zur Messe an. Niemand beschützte sie, als ein alter, siebenzigjähriger Klostervogt, der sich, mit einigen bewaffneten Troßknechten, am Eingang der Kirche aufstellte. In den Nonnenklöstern führen, auf das Spiel jeder Art der Instrumente geübt, die Nonnen, wie bekannt, ihre Musiken selber auf; oft mit einer Präzision, einem Verstand und einer Empfindung, die man in männlichen Orchestern (vielleicht wegen der weiblichen Geschlechtsart dieser geheimnisvollen Kunst) vermißt. Nun fügte es sich, zur Verdoppelung der Bedrängnis, daß die Kapellmeisterin, Schwester Antonia, welche die Musik auf dem Orchester zu dirigieren pflegte, wenige Tage zuvor, an einem Nervenfieber heftig erkrankte; dergestalt, daß abgesehen von den vier gotteslästerlichen Brüdern, die man bereits, in Mänteln gehüllt, unter den Pfeilern der Kirche erblickte, das Kloster auch, wegen Aufführung eines schicklichen Musikwerks, in der lebhaftesten Verlegenheit war. Die Äbtissin, die am Abend des vorhergehenden Tages befohlen hatte, daß eine uralte von einem unbekannten

Meister herrührende, italienische Messe aufgeführt werden möchte, mit welcher die Kapelle mehrmals schon,
einer besondern Heiligkeit und Herrlichkeit wegen, mit
welcher sie gedichtet war, die größesten Wirkungen hervorgebracht hatte, schickte, mehr als jemals auf ihren
Willen beharrend, noch einmal zur Schwester Antonia
herab, um zu hören, wie sich dieselbe befinde; die
Nonne aber, die dies Geschäft übernahm, kam mit der
Nachricht zurück, daß die Schwester in gänzlich
bewußtlosem Zustande daniederliege, und daß an ihre
Direktionsführung, bei der vorhabenden Musik, auf
keine Weise zu denken sei. Inzwischen waren in dem
Dom, in welchem sich nach und nach mehr denn hundert, mit Beilen und Brechstangen versehene Frevler,
von allen Ständen und Altern, eingefunden hatten, bereits
die bedenklichsten Auftritte vorgefallen; man hatte
einige Troßknechte, die an den Portälen standen, auf die
unanständigste Weise geneckt, und sich die frechsten und
unverschämtesten Äußerungen gegen die Nonnen
erlaubt, die sich hin und wieder, in frommen Geschäften,
einzeln in den Hallen blicken ließen: dergestalt, daß der
Klostervogt sich in die Sakristei verfügte, und die Äbtissin auf Knieen beschwor, das Fest einzustellen und sich
in die Stadt, unter den Schutz des Kommandanten zu
begeben. Aber die Äbtissin bestand unerschütterlich darauf, daß das zur Ehre des höchsten Gottes angeordnete
Fest begangen werden müsse; sie erinnerte den Klostervogt an seine Pflicht, die Messe und den feierlichen
Umgang, der in dem Dom gehalten werden würde, mit
Leib und Leben zu beschirmen; und befahl, weil eben die
Glocke schlug, den Nonnen, die sie, unter Zittern und
Beben umringten, ein Oratorium, gleichviel welches und
von welchem Wert es sei, zu nehmen, und mit dessen
Aufführung sofort den Anfang zu machen.

Eben schickten sich die Nonnen auf dem Altan der
Orgel dazu an; die Partitur eines Musikwerks, das
man schon häufig gegeben hatte, ward verteilt, Geigen,

Hoboen und Bässe geprüft und gestimmt: als Schwester
Antonia plötzlich, frisch und gesund, ein wenig bleich
im Gesicht, von der Treppe her erschien; sie trug die
Partitur der uralten, italienischen Messe, auf deren Aufführung die Äbtissin so dringend bestanden hatte, unter
dem Arm. Auf die erstaunte Frage der Nonnen: »wo sie
herkomme? und wie sie sich plötzlich so erholt habe?«
antwortete sie: gleichviel, Freundinnen, gleichviel! ver-
teilte die Partitur, die sie bei sich trug, und setzte sich
selbst, von Begeisterung glühend, an die Orgel, um die
Direktion des vortrefflichen Musikstücks zu übernehmen. Demnach kam es, wie ein wunderbarer, himmli-
scher Trost, in die Herzen der frommen Frauen; sie
stellten sich augenblicklich mit ihren Instrumenten an die
Pulte; die Beklemmung selbst, in der sie sich befanden,
kam hinzu, um ihre Seelen, wie auf Schwingen, durch
alle Himmel des Wohlklangs zu führen; das Oratorium
ward mit der höchsten und herrlichsten musikalischen
Pracht ausgeführt; es regte sich, während der ganzen
Darstellung, kein Odem in den Hallen und Bänken;
besonders bei dem salve regina und noch mehr bei dem
gloria in excelsis, war es, als ob die ganze Bevölkerung
der Kirche tot sei: dergestalt, daß den vier gottverdamm-
ten Brüdern und ihrem Anhang zum Trotz, auch der
Staub auf dem Estrich nicht verweht ward, und das
Kloster noch bis an den Schluß des dreißigjährigen Krieges bestanden hat, wo man es, vermöge eines Artikels im
westfälischen Frieden, gleichwohl säkularisierte.

Sechs Jahre darauf, da diese Begebenheit längst vergessen war, kam die Mutter dieser vier Jünglinge aus dem
Haag an, und stellte, unter dem betrübten Vorgeben, daß
dieselben gänzlich verschollen wären, bei dem Magistrat
zu Aachen, wegen der Straße, die sie von hier aus
genommen haben mochten, gerichtliche Untersuchungen an. Die letzten Nachrichten, die man von ihnen in
den Niederlanden, wo sie eigentlich zu Hause gehörten,
gehabt hatte, waren, wie sie meldete, ein vor dem ange-

gebenen Zeitraum, am Vorabend eines Fronleichnamsfestes, geschriebener Brief des Prädikanten, an seinen
Freund, einen Schullehrer in Antwerpen, worin er demselben, mit vieler Heiterkeit oder vielmehr Ausgelassen-
heit, von einer gegen das Kloster der heiligen Cäcilie
entworfenen Unternehmung, über welche sich die Mutter jedoch nicht näher auslassen wollte, auf vier dichtge-
drängten Seiten vorläufige Anzeige machte. Nach mancherlei vergeblichen Bemühungen, die Personen, welche
diese bekümmerte Frau suchte, auszumitteln, erinnerte
man sich endlich, daß sich schon seit einer Reihe von
Jahren, welche ohngefähr auf die Angabe paßte, vier
junge Leute, deren Vaterland und Herkunft unbekannt
sei, in dem durch des Kaisers Vorsorge unlängst gestifte-
ten Irrenhause der Stadt befanden. Da dieselben jedoch
an der Ausschweifung einer religiösen Idee krank lagen,
und ihre Aufführung, wie das Gericht dunkel gehört zu
haben meinte, äußerst trübselig und melancholisch war;
so paßte dies so wenig auf den, der Mutter nur leider zu
wohl bekannten Gemütsstand ihrer Söhne, als daß sie auf
diese Anzeige, besonders da es fast herauskam, als ob die
Leute katholisch wären, viel hätte geben sollen. Gleichwohl, durch mancherlei Kennzeichen, womit man sie
beschrieb, seltsam getroffen, begab sie sich eines Tages,
in Begleitung eines Gerichtsboten, in das Irrenhaus, und
bat die Vorsteher um die Gefälligkeit, ihr zu den vier
unglücklichen, sinnverwirrten Männern, die man daselbst aufbewahre, einen prüfenden Zutritt zu gestatten. Aber wer beschreibt das Entsetzen der armen Frau,
als sie gleich auf den ersten Blick, so wie sie in die Tür
trat, ihre Söhne erkannte: sie saßen, in langen, schwarzen Talaren, um einen Tisch, auf welchem ein Kruzifix
stand, und schienen, mit gefalteten Händen schweigend
auf die Platte gestützt, dasselbe anzubeten. Auf die Frage
der Frau, die ihrer Kräfte beraubt, auf einen Stuhl niedergesunken war: was sie daselbst machten? antworteten
ihr die Vorsteher: »daß sie bloß in der Verherrlichung

des Heilands begriffen wären, von dem sie, nach ihrem Vorgeben, besser als andre, einzusehen glaubten, daß er der wahrhaftige Sohn des alleinigen Gottes sei.« Sie setzten hinzu: »daß die Jünglinge, seit nun schon sechs Jahren, dies geisterartige Leben führten; daß sie wenig schliefen und wenig genössen; daß kein Laut über ihre Lippen käme; daß sie sich bloß in der Stunde der Mitternacht einmal von ihren Sitzen erhöben; und daß sie alsdann, mit einer Stimme, welche die Fenster des Hauses bersten machte, das gloria in excelsis intonierten.« Die Vorsteher schlossen mit der Versicherung: daß die jungen Männer dabei körperlich vollkommen gesund wären; daß man ihnen sogar eine gewisse, obschon sehr ernste und feierliche, Heiterkeit nicht absprechen könnte; daß sie, wenn man sie für verrückt erklärte, mitleidig die Achseln zuckten, und daß sie schon mehr als einmal geäußert hätten: »wenn die gute Stadt Aachen wüßte, was sie, so würde dieselbe ihre Geschäfte bei Seite legen, und sich gleichfalls, zur Absingung des gloria, um das Kruzifix des Herrn niederlassen.«

Die Frau, die den schauderhaften Anblick dieser Unglücklichen nicht ertragen konnte und sich bald darauf, auf wankenden Knieen, wieder hatte zu Hause führen lassen, begab sich, um über die Veranlassung dieser ungeheuren Begebenheit Auskunft zu erhalten, am Morgen des folgenden Tages, zu Herrn Veit Gotthelf, berühmten Tuchhändler der Stadt; denn dieses Mannes erwähnte der von dem Prädikanten geschriebene Brief, und es ging daraus hervor, daß derselbe an dem Projekt, das Kloster der heiligen Cäcilie am Tage des Fronleichnamsfestes zu zerstören, eifrigen Anteil genommen habe. Veit Gotthelf, der Tuchhändler, der sich inzwischen verheiratet, mehrere Kinder gezeugt, und die beträchtliche Handlung seines Vaters übernommen hatte, empfing die Fremde sehr liebreich: und da er erfuhr, welch ein Anliegen sie zu ihm führe, so verriegelte er die Tür, und ließ sich, nachdem er sie auf einen Stuhl niedergenötigt hatte, folgendermaßen vernehmen: »Meine liebe Frau! Wenn Ihr mich, der mit Euren Söhnen vor sechs Jahren in genauer Verbindung gestanden, in keine Untersuchung deshalb verwickeln wollt, so will ich Euch offenherzig und ohne Rückhalt gestehen: ja, wir haben den Vorsatz gehabt, dessen der Brief erwähnt! Wodurch diese Tat, zu deren Ausführung alles, auf das Genaueste, mit wahrhaft gottlosem Scharfsinn, angeordnet war, gescheitert ist, ist mir unbegreiflich; der Himmel selbst scheint das Kloster der frommen Frauen in seinen heiligen Schutz genommen zu haben. Denn wißt, daß sich Eure Söhne bereits, zur Einleitung entscheidenderer Auftritte, mehrere mutwillige, den Gottesdienst störende Possen erlaubt hatten: mehr denn dreihundert, mit Beilen und Pechkränzen versehene Bösewichter, aus den Mauern unserer damals irregeleiteten Stadt, erwarteten nichts als das Zeichen, das der Prädikant geben sollte, um den Dom der Erde gleich zu machen. Dagegen, bei Anhebung der Musik, nehmen Eure Söhne plötzlich, in gleichzeitiger Bewegung, und auf eine uns auffallende Weise, die Hüte ab; sie legen, nach und nach, wie in tiefer unaussprechlicher Rührung, die Hände vor ihr herabgebeugtes Gesicht, und der Prädikant, indem er sich, nach einer erschütternden Pause, plötzlich umwendet, ruft uns allen mit lauter fürchterlicher Stimme zu: gleichfalls unsere Häupter zu entblößen! Vergebens fordern ihn einige Genossen flüsternd, indem sie ihn mit ihren Armen leichtfertig anstoßen, auf, das zur Bilderstürmerei verabredete Zeichen zu geben: der Prädikant, statt zu antworten, läßt sich, mit kreuzweis auf die Brust gelegten Händen, auf Knieen nieder und murmelt, samt den Brüdern, die Stirn inbrünstig in den Staub herab gedrückt, die ganze Reihe noch kurz vorher von ihm verspotteter Gebete ab. Durch diesen Anblick tief im Innersten verwirrt, steht der Haufen der jämmerlichen Schwärmer, seiner Anführer beraubt, in Unschlüssigkeit und Untätigkeit, bis an den Schluß des, vom Altan

wunderbar herabrauschenden Oratoriums da; und da,
auf Befehl des Kommandanten, in eben diesem Augenblick mehrere Arretierungen verfügt, und einige Frevler,
die sich Unordnungen erlaubt hatten, von einer Wache
aufgegriffen und abgeführt wurden, so bleibt der elenden
Schar nichts übrig, als sich schleunigst, unter dem Schutz
der gedrängt aufbrechenden Volksmenge, aus dem Got-
teshause zu entfernen. Am Abend, da ich in dem Gasthofe vergebens mehrere Mal nach Euren Söhnen, welche
nicht wiedergekehrt waren, gefragt hatte, gehe ich, in der
entsetzlichsten Unruhe, mit einigen Freunden wieder
nach dem Kloster hinaus, um mich bei den Türstehern,
welche der kaiserlichen Wache hülfreich an die Hand
gegangen waren, nach ihnen zu erkundigen. Aber wie
schildere ich Euch mein Entsetzen, edle Frau, da ich
diese vier Männer nach wie vor, mit gefalteten Händen,
den Boden mit Brust und Scheiteln küssend, als ob sie zu
Stein erstarrt wären, heißer Inbrunst voll vor dem Altar
der Kirche daniedergestreckt liegen sehe! Umsonst forderte sie der Klostervogt, der in eben diesem Augenblick
herbeikommt, indem er sie am Mantel zupft und an den
Armen rüttelt, auf, den Dom, in welchem es schon ganz
finster werde, und kein Mensch mehr gegenwärtig sei, zu
verlassen: sie hören, auf träumerische Weise halb aufste-
hend, nicht eher auf ihn, als bis er sie durch seine
Knechte unter den Arm nehmen, und vor das Portal
hinaus führen läßt: wo sie uns endlich, obschon unter
Seufzern und häufigem herzzerreißenden Umsehen nach
der Kathedrale, die hinter uns im Glanz der Sonne
prächtig funkelte, nach der Stadt folgen. Die Freunde
und ich, wir fragen sie, zu wiederholten Malen, zärtlich
und liebreich auf dem Rückwege, was ihnen in aller Welt
Schreckliches, fähig, ihr innerstes Gemüt dergestalt
umzukehren, zugestoßen sei; sie drücken uns, indem sie
uns freundlich ansehen, die Hände, schauen gedankenvoll auf den Boden nieder und wischen sich – ach! von
Zeit zu Zeit, mit einem Ausdruck, der mir noch jetzt das

Herz spaltet, die Tränen aus den Augen. Drauf, in ihre
Wohnungen angekommen, binden sie sich ein Kreuz,
sinnreich und zierlich von Birkenreisern zusammen, und
setzen es, einem kleinen Hügel von Wachs eingedrückt,
zwischen zwei Lichtern, womit die Magd erscheint, auf
dem großen Tisch in des Zimmers Mitte nieder, und
während die Freunde, deren Schar sich von Stunde zu
Stunde vergrößert, händeringend zur Seite stehen, und in
zerstreuten Gruppen, sprachlos vor Jammer, ihrem stillen, gespensterartigen Treiben zusehen: lassen sie sich,
gleich als ob ihre Sinne vor jeder andern Erscheinung
verschlossen wären, um den Tisch nieder, und schicken
sich still, mit gefalteten Händen, zur Anbetung an.
Weder des Essens begehren sie, das ihnen, zur Bewirtung
der Genossen, ihrem am Morgen gegebenen Befehl
gemäß, die Magd bringt, noch späterhin, da die Nacht
sinkt, des Lagers, das sie ihnen, weil sie müde scheinen,
im Nebengemach aufgestapelt hat; die Freunde, um die
Entrüstung des Wirts, den diese Aufführung befremdet,
nicht zu reizen, müssen sich an einen, zur Seite üppig
gedeckten Tisch niederlassen, und die, für eine zahlrei-
che Gesellschaft zubereiteten Speisen, mit dem Salz ihrer
bitterlichen Tränen gebeizt, einnehmen. Jetzt plötzlich
schlägt die Stunde der Mitternacht; Eure vier Söhne,
nachdem sie einen Augenblick gegen den dumpfen Klang
der Glocke aufgehorcht, heben sich plötzlich in gleichzeitiger Bewegung, von ihren Sitzen empor; und während
wir, mit niedergelegten Tischtüchern, zu ihnen hinüber-
schauen, ängstlicher Erwartung voll, was auf so seltsa-
mes und befremdendes Beginnen erfolgen werde: fangen
sie, mit einer entsetzlichen und gräßlichen Stimme, das
gloria in excelsis zu intonieren an. So mögen sich Leo-
parden und Wölfe anhören lassen, wenn sie zur eisigen
Winterzeit, das Firmament anbrüllen: die Pfeiler des
Hauses, versichere ich Euch, erschütterten, und die Fenster, von ihrer Lungen sichtbarem Atem getroffen, droh-
ten klirrend, als ob man Hände voll schweren Sandes

gegen ihre Flächen würfe, zusammen zu brechen. Bei
diesem grausenhaften Auftritt stürzen wir besinnungslos, mit sträubenden Haaren auseinander; wir zerstreuen
uns, Mäntel und Hüte zurücklassend, durch die umliegenden Straßen, welche in kurzer Zeit, statt unsrer, von
mehr denn hundert, aus dem Schlaf geschreckter Menschen, angefüllt waren; das Volk drängt sich, die Haus-
türe sprengend, über die Stiege dem Saale zu, um die
Quelle dieses schauderhaften und empörenden Gebrülls,
das, wie von den Lippen ewig verdammter Sünder, aus
dem tiefsten Grund der flammenvollen Hölle, jammervoll um Erbarmung zu Gottes Ohren heraufdrang, aufzusuchen. Endlich, mit dem Schlage der Glocke Eins,
ohne auf das Zürnen des Wirts, noch auf die erschütterten Ausrufungen des sie umringenden Volks gehört zu
haben, schließen sie den Mund; sie wischen sich mit
einem Tuch den Schweiß von der Stirn, der ihnen, in
großen Tropfen, auf Kinn und Brust niederträuft; und
breiten ihre Mäntel aus, und legen sich, um eine Stunde
von so qualvollen Geschäften auszuruhen, auf das Getäfel des Bodens nieder. Der Wirt, der sie gewähren läßt,
schlägt, sobald er sie schlummern sieht, ein Kreuz über
sie; und froh, des Elends für den Augenblick erledigt zu
sein, bewegt er, unter der Versicherung, der Morgen
werde eine heilsame Veränderung herbeiführen, den
Männerhaufen, der gegenwärtig ist, und der geheimnisvoll mit einander murmelt, das Zimmer zu verlassen.
Aber leider! schon mit dem ersten Schrei des Hahns,
stehen die Unglücklichen wieder auf, um dem auf dem
Tisch befindlichen Kreuz gegenüber, dasselbe öde,
gespensterartige Klosterleben, das nur Erschöpfung sie
auf einen Augenblick auszusetzen zwang, wieder anzufangen. Sie nehmen von dem Wirt, dessen Herz ihr
jammervoller Anblick schmelzt, keine Ermahnung,
keine Hülfe an; sie bitten ihn, die Freunde liebreich
abzuweisen, die sich sonst regelmäßig am Morgen jedes
Tages bei ihnen zu versammeln pflegten; sie begehren

nichts von ihm, als Wasser und Brot, und eine Streu, wenn es sein kann, für die Nacht: dergestalt, daß dieser Mann, der sonst viel Geld von ihrer Heiterkeit zog, sich genötigt sah, den ganzen Vorfall den Gerichten anzuzeigen und sie zu bitten, ihm diese vier Menschen, in welchen ohne Zweifel der böse Geist walten müsse, aus dem Hause zu schaffen. Worauf sie, auf Befehl des Magistrats, in ärztliche Untersuchung genommen, und, da man sie verrückt befand, wie Ihr wißt, in die Gemächer des Irrenhauses untergebracht wurden, das die Milde des letzt verstorbenen Kaisers, zum Besten der Unglücklichen dieser Art, innerhalb der Mauern unserer Stadt gegründet hat.« Dies und noch Mehreres sagte Veit Gotthelf, der Tuchhändler, das wir hier, weil wir zur Einsicht in den inneren Zusammenhang der Sache genug gesagt zu haben meinen, unterdrücken; und forderte die Frau nochmals auf, ihn auf keine Weise, falls es zu gerichtlichen Nachforschungen über diese Begebenheit kommen sollte, darin zu verstricken.

Drei Tage darauf, da die Frau, durch diesen Bericht tief im Innersten erschüttert, am Arm einer Freundin nach dem Kloster hinausgegangen war, in der wehmütigen Absicht, auf einem Spaziergang, weil eben das Wetter schön war, den entsetzlichen Schauplatz in Augenschein zu nehmen, auf welchem Gott ihre Söhne wie durch unsichtbare Blitze zu Grunde gerichtet hatte: fanden die Weiber den Dom, weil eben gebaut wurde, am Eingang durch Planken versperrt, und konnten, wenn sie sich mühsam erhoben, durch die Öffnungen der Bretter hindurch von dem Inneren nichts, als die prächtig funkelnde Rose im Hintergrund der Kirche wahrnehmen. Viele hundert Arbeiter, welche fröhliche Lieder sangen, waren auf schlanken, vielfach verschlungenen Gerüsten beschäftigt, die Türme noch um ein gutes Dritteil zu erhöhen, und die Dächer und Zinnen derselben, welche bis jetzt nur mit Schiefer bedeckt gewesen waren, mit starkem, hellen, im Strahl der Sonne glänzigen Kupfer zu

belegen. Dabei stand ein Gewitter, dunkelschwarz, mit
vergoldeten Rändern, im Hintergrunde des Baus; dasselbe hatte schon über die Gegend von Aachen ausge-
donnert, und nachdem es noch einige kraftlose Blitze,
gegen die Richtung, wo der Dom stand, geschleudert
hatte, sank es, zu Dünsten aufgelöst, mißvergnügt murmelnd in Osten herab. Es traf sich, daß da die Frauen
von der Treppe des weitläufigen klösterlichen Wohnge-
bäudes herab, in mancherlei Gedanken vertieft, dies
doppelte Schauspiel betrachteten, eine Klosterschwester,
welche vorüberging, zufällig erfuhr, wer die unter dem
Portal stehende Frau sei; dergestalt, daß die Äbtissin, die
von einem, den Fronleichnamstag betreffenden Brief,
den dieselbe bei sich trug, gehört hatte, unmittelbar
darauf die Schwester zu ihr herabschickte, und die nie-
derländische Frau ersuchen ließ, zu ihr herauf zu kommen. Die Niederländerin, obschon einen Augenblick
dadurch betroffen, schickte sich nichts desto weniger
ehrfurchtsvoll an, dem Befehl, den man ihr angekündigt
hatte, zu gehorchen; und während die Freundin, auf die
Einladung der Nonne, in ein dicht an dem Eingang
befindliches Nebenzimmer abtrat, öffnete man der
Fremden, welche die Treppe hinaufsteigen mußte, die
Flügeltüren des schön gebildeten Söllers selbst. Daselbst
fand sie die Äbtissin, welches eine edle Frau, von stillem
königlichen Ansehn war, auf einem Sessel sitzen, den
Fuß auf einem Schemel gestützt, der auf Drachenklauen
ruhte; ihr zur Seite, auf einem Pulte, lag die Partitur
einer Musik. Die Äbtissin, nachdem sie befohlen hatte,
der Fremden einen Stuhl hinzusetzen, entdeckte ihr, daß
sie bereits durch den Bürgermeister von ihrer Ankunft in
der Stadt gehört; und nachdem sie sich, auf menschenfreundliche Weise, nach dem Befinden ihrer unglücklichen Söhne erkundigt, auch sie ermuntert hatte, sich
über das Schicksal, das dieselben betroffen, weil es einmal nicht zu ändern sei, möglichst zu fassen: eröffnete sie
ihr den Wunsch, den Brief zu sehen, den der Prädikant

an seinen Freund, den Schullehrer in Antwerpen geschrieben hatte. Die Frau, welche Erfahrung genug
besaß, einzusehen, von welchen Folgen dieser Schritt
sein konnte, fühlte sich dadurch auf einen Augenblick in
Verlegenheit gestürzt; da jedoch das ehrwürdige Antlitz
der Dame unbedingtes Vertrauen erforderte, und auf
keine Weise schicklich war, zu glauben, daß ihre Absicht
sein könne, von dem Inhalt desselben einen öffentlichen
Gebrauch zu machen; so nahm sie, nach einer kurzen
Besinnung, den Brief aus ihrem Busen, und reichte ihn,
unter einem heißen Kuß auf ihre Hand, der fürstlichen
Dame dar. Die Frau, während die Äbtissin den Brief
überlas, warf nunmehr einen Blick auf die nachlässig
über dem Pult aufgeschlagene Partitur; und da sie, durch
den Bericht des Tuchhändlers, auf den Gedanken
gekommen war, es könne wohl die Gewalt der Töne
gewesen sein, die, an jenem schauerlichen Tage, das
Gemüt ihrer armen Söhne zerstört und verwirrt habe: so
fragte sie die Klosterschwester, die hinter ihrem Stuhle
stand, indem sie sich zu ihr umkehrte, schüchtern: »ob
dies das Musikwerk wäre, das vor sechs Jahren, am
Morgen jenes merkwürdigen Fronleichnamsfestes, in der
Kathedrale aufgeführt worden sei?« Auf die Antwort der
jungen Klosterschwester: ja! sie erinnere sich davon
gehört zu haben, und es pflege seitdem, wenn man es
nicht brauche, im Zimmer der hochwürdigsten Frau zu
liegen: stand, lebhaft erschüttert, die Frau auf, und stellte
sich, von mancherlei Gedanken durchkreuzt, vor den
Pult. Sie betrachtete die unbekannten zauberischen Zeichen, womit sich ein fürchterlicher Geist geheimnisvoll
den Kreis abzustecken schien, und meinte, in die Erde zu
sinken, da sie grade dem gloria in excelsis aufgeschlagen
fand. Es war ihr, als ob das ganze Schrecken der Ton-
kunst, das ihre Söhne verderbt hatte, über ihrem Haupte
rauschend daherzöge; sie glaubte, bei dem bloßen
Anblick ihre Sinne zu verlieren, und nachdem sie schnell,
mit einer unendlichen Regung von Demut und Unter-

werfung unter die göttliche Allmacht, das Blatt an ihre Lippen gedrückt hatte, setzte sie sich wieder auf ihren Stuhl zurück. Inzwischen hatte die Äbtissin den Brief ausgelesen und sagte, indem sie ihn zusammen faltete: »Gott selbst hat das Kloster, an jenem wunderbaren Tage, gegen den Übermut Eurer schwer verirrten Söhne beschirmt. Welcher Mittel er sich dabei bedient, kann Euch, die Ihr eine Protestantin seid, gleichgültig sein: Ihr würdet auch das, was ich Euch darüber sagen könnte, schwerlich begreifen. Denn vernehmt, daß schlechterdings niemand weiß, wer eigentlich das Werk, das Ihr dort aufgeschlagen findet, im Drang der schreckenvollen Stunde, da die Bilderstürmerei über uns hereinbrechen sollte, ruhig auf dem Sitz der Orgel dirigiert habe. Durch ein Zeugnis, das am Morgen des folgenden Tages, in Gegenwart des Klostervogts und mehrerer anderen Männer aufgenommen und im Archiv niedergelegt ward, ist erwiesen, daß Schwester Antonia, die einzige, die das Werk dirigieren konnte, während des ganzen Zeitraums seiner Aufführung, krank, bewußtlos, ihrer Glieder schlechthin unmächtig, im Winkel ihrer Klosterzelle darniedergelegen habe; eine Klosterschwester, die ihr als leibliche Verwandte zur Pflege ihres Körpers beigeordnet war, ist während des ganzen Vormittags, da das Fronleichnamsfest in der Kathedrale gefeiert worden, nicht von ihrem Bette gewichen. Ja, Schwester Antonia würde ohnfehlbar selbst den Umstand, daß sie es nicht gewesen sei, die, auf so seltsame und befremdende Weise, auf dem Altan der Orgel erschien, bestätigt und bewahrheitet haben: wenn ihr gänzlich sinnberaubter Zustand erlaubt hätte, sie darum zu befragen, und die Kranke nicht noch am Abend desselben Tages, an dem Nervenfieber, an dem sie danieder lag, und welches früherhin gar nicht lebensgefährlich schien, verschieden wäre. Auch hat der Erzbischof von Trier, an den dieser Vorfall berichtet ward, bereits das Wort ausgesprochen, das ihn allein erklärt, nämlich, ›daß die heilige Cäcilie selbst dieses zu

gleicher Zeit schreckliche und herrliche Wunder voll-
bracht habe«; und von dem Papst habe ich soeben ein
Breve erhalten, wodurch er dies bestätigt.« Und damit
gab sie der Frau den Brief, den sie sich bloß von ihr
erbeten hatte, um über das, was sie schon wußte, nähere
Auskunft zu erhalten, unter dem Versprechen, daß sie
davon keinen Gebrauch machen würde, zurück; und
nachdem sie dieselbe noch gefragt hatte, ob zur Wiederherstellung ihrer Söhne Hoffnung sei, und ob sie ihr
vielleicht mit irgend etwas, Geld oder eine andere Unterstützung, zu diesem Zweck dienen könne, welches die
Frau, indem sie ihr den Rock küßte, weinend verneinte:
grüßte sie dieselbe freundlich mit der Hand und entließ
sie.

Hier endigt diese Legende. Die Frau, deren Anwesenheit in Aachen gänzlich nutzlos war, ging mit Zurücklassung eines kleinen Kapitals, das sie zum Besten ihrer
armen Söhne bei den Gerichten niederlegte, nach dem
Haag zurück, wo sie ein Jahr darauf, durch diesen Vorfall tief bewegt, in den Schoß der katholischen Kirche
zurückkehrte: die Söhne aber starben, im späten Alter,
eines heitern und vergnügten Todes, nachdem sie noch
einmal, ihrer Gewohnheit gemäß, das gloria in excelsis
abgesungen hatten.

# Sämtliche Anekdoten

## Tagesbegebenheit

Dem Kapitän v. Bürger, vom ehemaligen Regiment Tauentzien, sagte der, auf der neuen Promenade erschlagene Arbeitsmann Brietz: der Baum, unter dem sie beide ständen, wäre auch wohl zu klein für zwei, und er könnte sich wohl unter einen andern stellen. Der Kapitän Bürger, der ein stiller und bescheidener Mann ist, stellte sich wirklich unter einen andern: worauf der ꝛc. Brietz unmittelbar darauf vom Blitz getroffen und getötet ward.

## Franzosen-Billigkeit

### (wert in Erz gegraben zu werden)

Zu dem französischen General *Hulin* kam, während des Kriegs, ein ... Bürger, und gab, behufs einer kriegsrechtlichen Beschlagnehmung, zu des Feindes Besten, eine Anzahl, im Pontonhof liegender, Stämme an. Der General, der sich eben anzog, sagte: Nein, mein Freund; diese Stämme können wir nicht nehmen. – »Warum nicht?« fragte der Bürger. »Es ist königliches Eigentum.« – Eben darum, sprach der General, indem er ihn flüchtig ansah. Der König von Preußen braucht dergleichen Stämme, um solche Schurken daran hängen zu lassen, wie er. –

## Der verlegene Magistrat

### Eine Anekdote

Ein H . . . r Stadtsoldat hatte vor nicht gar langer Zeit, ohne Erlaubnis seines Offiziers, die Stadtwache verlassen. Nach einem uralten Gesetz steht auf ein Verbrechen dieser Art, das sonst der Streifereien des Adels wegen, von großer Wichtigkeit war, eigentlich der Tod. Gleichwohl, ohne das Gesetz, mit bestimmten Worten aufzuheben, ist davon seit vielen hundert Jahren kein Gebrauch mehr gemacht worden: dergestalt, daß statt auf die Todesstrafe zu erkennen, derjenige, der sich dessen schuldig macht, nach einem feststehenden Gebrauch, zu einer bloßen Geldstrafe, die er an die Stadtkasse zu erlegen hat, verurteilt wird. Der besagte Kerl aber, der keine Lust haben mochte, das Geld zu entrichten, erklärte, zur großen Bestürzung des Magistrats: daß er, weil es ihm einmal zukomme, dem Gesetz gemäß, sterben wolle. Der Magistrat, der ein Mißverständnis vermutete, schickte einen Deputierten an den Kerl ab, und ließ ihm bedeuten, um wieviel vorteilhafter es für ihn wäre, einige Gulden Geld zu erlegen, als arkebusiert zu werden. Doch der Kerl blieb dabei, daß er seines Lebens müde sei, und daß er sterben wolle: dergestalt, daß dem Magistrat, der kein Blut vergießen wollte, nichts übrig blieb, als dem Schelm die Geldstrafe zu erlassen, und noch froh war, als er erklärte, daß er, bei so bewandten Umständen am Leben bleiben wolle.                    rz.

## Der Griffel Gottes

In Polen war eine Gräfin von P . . ., eine bejahrte Dame, die ein sehr bösartiges Leben führte, und besonders ihre Untergebenen, durch ihren Geiz und ihre Grausamkeit, bis auf das Blut quälte. Diese Dame, als sie starb, vermachte einem Kloster, das ihr die Absolution erteilt hatte, ihr Vermögen; wofür ihr das Kloster, auf dem Gottesacker, einen kostbaren, aus Erz gegossenen, Leichenstein setzen ließ, auf welchem dieses Umstandes, mit vielem Gepränge, Erwähnung geschehen war. Tags darauf schlug der Blitz, das Erz schmelzend, über den Leichenstein ein, und ließ nichts, als eine Anzahl von Buchstaben stehen, die, zusammen gelesen, also lauteten: *sie ist gerichtet!* – Der Vorfall (die Schriftgelehrten mögen ihn erklären) ist gegründet; der Leichenstein existiert noch, und es leben Männer in dieser Stadt, die ihn samt der besagten Inschrift gesehen.

## Anekdote aus dem letzten preußischen Kriege

In einem bei Jena liegenden Dorf, erzählte mir, auf einer Reise nach Frankfurt, der Gastwirt, daß sich mehrere Stunden nach der Schlacht, um die Zeit, da das Dorf schon ganz von der Armee des Prinzen von Hohenlohe verlassen und von Franzosen, die es für besetzt gehalten, umringt gewesen wäre, ein einzelner preußischer Reiter darin gezeigt hätte; und versicherte mir, daß wenn alle Soldaten, die an diesem Tage mitgefochten, so tapfer gewesen wären, wie dieser, die Franzosen hätten geschlagen werden müssen, wären sie auch noch dreimal stärker gewesen, als sie in der Tat waren. Dieser Kerl, sprach der Wirt, sprengte, ganz von Staub bedeckt, vor meinen Gasthof, und rief: »Herr Wirt!« und da ich frage: was gibts? »ein Glas Branntewein!« antwortet er, indem er sein Schwert in die Scheide wirft: »mich dürstet.« Gott im Himmel! sag ich: will er machen, Freund, daß er wegkömmt? Die Franzosen sind ja dicht vor dem Dorf! »Ei, was!« spricht er, indem er dem Pferde den Zügel über den Hals legt. »Ich habe den ganzen Tag nichts genossen!« Nun er ist, glaub ich, vom Satan besessen –!

He! Liese! rief ich, und schaff ihm eine Flasche Danziger
herbei, und sage: da! und will ihm die ganze Flasche in
die Hand drücken, damit er nur reite. »Ach, was!«
spricht er, indem er die Flasche wegstößt, und sich den
Hut abnimmt: »wo soll ich mit dem Quark hin?« Und:
»schenk er ein!« spricht er, indem er sich den Schweiß
von der Stirn abtrocknet: »denn ich habe keine Zeit!«
Nun er ist ein Kind des Todes, sag ich. Da! sag ich, und
schenk ihm ein; da! trink er und reit er! Wohl mags ihm
bekommen: »Noch eins!« spricht der Kerl; während die
Schüsse schon von allen Seiten ins Dorf prasseln. Ich
sage: noch eins? Plagt ihn –! »Noch eins!« spricht er, und
streckt mir das Glas hin – »Und gut gemessen«, spricht
er, indem er sich den Bart wischt, und sich vom Pferde
herab schneuzt: »denn es wird bar bezahlt!« Ei, mein
Seel, so wollt ich doch, daß ihn –! Da! sag ich, und
schenk ihm noch, wie er verlangt, ein zweites, und
schenk ihm, da er getrunken, noch ein drittes ein, und
frage: ist er nun zufrieden? »Ach!« – schüttelt sich der
Kerl. »Der Schnaps ist gut! – Na!« spricht er, und setzt
sich den Hut auf: »was bin ich schuldig?« Nichts! nichts!
versetz ich. Pack er sich, ins Teufelsnamen; die Franzosen ziehen augenblicklich ins Dorf! »Na!« sagt er, indem
er in seinen Stiefel greift: »so solls ihm Gott lohnen«,
und holt, aus dem Stiefel, einen Pfeifenstummel hervor,
und spricht, nachdem er den Kopf ausgeblasen: »schaff
er mir Feuer!« Feuer? sag ich: plagt ihn –? »Feuer, ja!«
spricht er: »denn ich will mir eine Pfeife Tabak anma-
chen.« Ei, den Kerl reiten Legionen –! He, Liese, ruf ich
das Mädchen! und während der Kerl sich die Pfeife
stopft, schafft das Mensch ihm Feuer. »Na!« sagt der
Kerl, die Pfeife, die er sich angeschmaucht, im Maul:
»nun sollen doch die Franzosen die Schwerenot krie-
gen!« Und damit, indem er sich den Hut in die Augen
drückt, und zum Zügel greift, wendet er das Pferd und
zieht von Leder. Ein Mordkerl! sag ich; ein verfluchter,
verwetterter Galgenstrick! Will er sich ins Henkers

Namen scheren, wo er hingehört? Drei Chasseurs – sieht er nicht? halten ja schon vor dem Tor? »Ei was!« spricht er, indem er ausspuckt; und faßt die drei Kerls blitzend ins Auge. »Wenn ihrer zehen wären, ich fürcht mich nicht.« Und in dem Augenblick reiten auch die drei Franzosen schon ins Dorf. »Bassa Manelka!« ruft der Kerl, und gibt seinem Pferde die Sporen und sprengt auf sie ein; sprengt, so wahr Gott lebt, auf sie ein, und greift sie, als ob er das ganze Hohenlohische Korps hinter sich hätte, an; dergestalt, daß, da die Chasseurs, ungewiß, ob nicht noch mehr Deutsche im Dorf sein mögen, einen Augenblick, wider ihre Gewohnheit, stutzen, er, mein Seel, ehe man noch eine Hand umkehrt, alle drei vom Sattel haut, die Pferde, die auf dem Platz herumlaufen, aufgreift, damit bei mir vorbeisprengt, und: »Bassa Teremtetem!« ruft, und: »Sieht er wohl, Herr Wirt?« und »Adies!« und »auf Wiedersehn!« und: »hoho! hoho! hoho!« – – So einen Kerl, sprach der Wirt, habe ich zeit meines Lebens nicht gesehen.

# Mutwille des Himmels

## Eine Anekdote

Der in Frankfurt an der Oder, wo er ein Infanterieregiment besaß, verstorbene General Dieringshofen, ein Mann von strengem und rechtschaffenem Charakter, aber dabei von manchen Eigentümlichkeiten und Wunderlichkeiten, äußerte, als er, in spätem Alter, an einer langwierigen Krankheit, auf den Tod darniederlag, seinen Widerwillen, unter die Hände der Leichenwäscherinnen zu fallen. Er befahl bestimmt, daß niemand, ohne Ausnahme, seinen Leib berühren solle; daß er ganz und gar in dem Zustand, in welchem er sterben würde, mit Nachtmütze, Hosen und Schlafrock, wie er sie trage, in den Sarg gelegt und begraben sein wolle; und bat den

damaligen Feldprediger seines Regiments, Herrn P...,
welcher der Freund seines Hauses war, die Sorge für die
Vollstreckung dieses seines letzten Willens zu übernehmen. Der Feldprediger P... versprach es ihm: er verpflichtete sich, um jedem Zufall vorzubeugen, bis zu
seiner Bestattung, von dem Augenblick an, da er verschieden sein würde, nicht von seiner Seite zu weichen.
Darauf nach Verlauf mehrerer Wochen, kömmt, bei der
ersten Frühe des Tages, der Kammerdiener in das Haus
des Feldpredigers, der noch schläft, und meldet ihm, daß
der General um die Stunde der Mitternacht schon, sanft
und ruhig, wie es vorauszusehen war, gestorben sei. Der
Feldprediger P... zieht sich, seinem Versprechen
getreu, sogleich an, und begibt sich in die Wohnung des
Generals. Was aber findet er? – Die Leiche des Generals
schon eingeseift auf einem Schemel sitzen: der Kammerdiener, der von dem Befehl nichts gewußt, hatte einen
Barbier herbeigerufen, um ihm vorläufig zum Behuf
einer schicklichen Ausstellung, den Bart abzunehmen.
Was sollte der Feldprediger unter so wunderlichen
Umständen machen? Er schalt den Kammerdiener aus,
daß er ihn nicht früher herbei gerufen hatte; schickte den
Barbier, der den Herrn bei der Nase gefaßt hielt, hinweg,
und ließ ihn, weil doch nichts anders übrig blieb, eingeseift und mit halbem Bart, wie er ihn vorfand, in den Sarg
legen und begraben.

## Charité-Vorfall

Der von einem Kutscher kürzlich übergefahrne Mann,
namens Beyer, hat bereits dreimal in seinem Leben ein
ähnliches Schicksal gehabt; dergestalt, daß bei der Untersuchung, die der Geheimerat Herr K., in der Charité mit
ihm vornahm, die lächerlichsten Mißverständnisse vor-
fielen. Der Geheimerat, der zuvörderst seine beiden
Beine, welche krumm und schief und mit Blut bedeckt

waren, bemerkte, fragte ihn: ob er an diesen Gliedern
verletzt wäre? worauf der Mann jedoch erwiderte: nein!
die Beine wären ihm schon vor fünf Jahr, durch einen
andern Doktor, abgefahren worden. Hierauf bemerkte
ein Arzt, der dem Geheimenrat zur Seite stand, daß sein
linkes Auge geplatzt war; als man ihn jedoch fragte: ob
ihn das Rad hier getroffen hätte? antwortete er: nein! das
Auge hätte ihm ein Doktor bereits vor vierzehn Jahren
ausgefahren. Endlich, zum Erstaunen aller Anwesenden,
fand sich, daß ihm die linke Rippenhälfte, in jämmerli-
cher Verstümmelung, ganz auf den Rücken gedreht war;
als aber der Geheimerat ihn fragte: ob ihn des Doktors
Wagen hier beschädigt hätte? antwortete er: nein! die
Rippen wären ihm schon vor sieben Jahren durch einen
Doktorwagen zusammen gefahren worden. – Bis sich
endlich zeigte, daß ihm durch die letztere Überfahrt der
linke Ohrknorpel ins Gehörorgan hineingefahren war. –
Der Berichterstatter hat den Mann selbst über diesen
Vorfall vernommen, und selbst die Todkranken, die in
dem Saale auf den Betten herumlagen, mußten, über die
spaßhafte und indolente Weise, wie er dies vorbrachte,
lachen. – Übrigens bessert er sich; und falls er sich vor
den Doktoren, wenn er auf der Straße geht, in acht
nimmt, kann er noch lange leben.

## Der Branntweinsäufer und die Berliner Glocken

### Eine Anekdote

Ein Soldat vom ehemaligen Regiment Lichnowsky, ein
heilloser und unverbesserlicher Säufer, versprach nach
unendlichen Schlägen, die er deshalb bekam, daß er seine
Aufführung bessern und sich des Branntweins enthalten
wolle. Er hielt auch, in der Tat, Wort, während drei
Tage: ward aber am vierten wieder besoffen in einem
Rennstein gefunden, und, von einem Unteroffizier, in

Arrest gebracht. Im Verhör befragte man ihn, warum er, seines Vorsatzes uneingedenk, sich von neuem dem Laster des Trunks ergeben habe? »Herr Hauptmann!« antwortete er; »es ist nicht meine Schuld. Ich ging in Geschäften eines Kaufmanns, mit einer Kiste Färbholz, über den Lustgarten; da läuteten vom Dom herab die Glocken: ›*Pom*meranzen! *Pom*meranzen! *Pom*meranzen!‹ Läut, Teufel, läut, sprach ich, und gedachte meines Vorsatzes und trank nichts. In der Königsstraße, wo ich die Kiste abgeben sollte, steh ich einen Augenblick, um mich auszuruhen, vor dem Rathaus still: da bimmelt es vom Turm herab: ›Kümmel! Kümmel! Kümmel! – Kümmel! Kümmel! Kümmel!‹ Ich sage, zum Turm: bimmle du, daß die Wolken reißen – und gedenke, mein Seel, gedenke meines Vorsatzes, ob ich gleich durstig war, und trinke nichts. Drauf führt mich der Teufel, auf dem Rückweg, über den Spittelmarkt; und da ich eben vor einer Kneipe, wo mehr denn dreißig Gäste beisammen waren, stehe, geht es, vom Spittelturm herab: ›Anisette! Anisette! Anisette!‹ Was kostet das Glas, frag ich? Der Wirt spricht: Sechs Pfennige. Geb er her, sag ich – und was weiter aus mir geworden ist, das weiß ich nicht.«

xyz.


## Anekdote aus dem letzten Kriege

Den ungeheuersten Witz, der vielleicht, so lange die Erde steht, über Menschenlippen gekommen ist, hat, im Lauf des letztverflossenen Krieges, ein Tambour gemacht; ein Tambour meines Wissens von dem damaligen Regiment von Puttkamer; ein Mensch, zu dem, wie man gleich hören wird, weder die griechische noch römische Geschichte ein Gegenstück liefert. Dieser hatte, nach Zersprengung der preußischen Armee bei Jena, ein Gewehr aufgetrieben, mit welchem er, auf seine eigne Hand, den Krieg fortsetzte; dergestalt, daß da er, auf der

Landstraße, alles, was ihm an Franzosen in den Schuß kam, niederstreckte und ausplünderte, er von einem Haufen französischer Gensdarmen, die ihn aufspürten, ergriffen, nach der Stadt geschleppt, und, wie es ihm zukam, verurteilt ward, erschossen zu werden. Als er den Platz, wo die Exekution vor sich gehen sollte, betreten hatte, und wohl sah, daß alles, was er zu seiner Rechtfertigung vorbrachte, vergebens war, bat er sich von dem Obristen, der das Detaschement kommandierte, eine Gnade aus; und da der Obrist, inzwischen die Offiziere, die ihn umringten, in gespannter Erwartung zusammentraten, ihn fragte: was er wolle? zog er sich die Hosen ab und sprach: sie möchten ihn in den ... schießen, damit das F... kein L... bekäme. – Wobei man noch die Shakespearesche Eigenschaft bemerken muß, daß der Tambour mit seinem Witz, aus seiner Sphäre als Trommelschläger nicht herausging.            x.

## Anekdote

Bach, als seine Frau starb, sollte zum Begräbnis Anstalten machen. Der arme Mann war aber gewohnt, alles durch seine Frau besorgen zu lassen; dergestalt, daß da ein alter Bedienter kam, und ihm für Trauerflor, den er einkaufen wollte, Geld abforderte, er unter stillen Tränen, den Kopf auf einen Tisch gestützt, antwortete: »sagts meiner Frau.« –

## Französisches Exerzitium

### *das man nachmachen sollte*

Ein französischer Artilleriekapitän, der, beim Beginn einer Schlacht, eine Batterie, bestimmt, das feindliche Geschütz in Respekt zu halten oder zugrund zu richten, placieren will, stellt sich zuvörderst in der Mitte des

ausgewählten Platzes, es sei nun ein Kirchhof, ein sanfter
Hügel oder die Spitze eines Gehölzes, auf: er drückt
sich, während er den Degen zieht, den Hut in die Augen,
und inzwischen die Karren, im Regen der feindlichen
Kanonenkugeln, von allen Seiten rasselnd, um ihr Werk
zu beginnen, abprotzen, faßt er mit der geballten Linken,
die Führer der verschiedenen Geschütze (die Feuerwer-
ker) bei der Brust, und mit der Spitze des Degens auf
einen Punkt des Erdbodens hinzeigend, spricht er: »hier
stirbst du!« wobei er ihn ansieht – und zu einem anderen:
»hier du!« – und zu einem dritten und vierten und allen
folgenden: »hier du! hier du! hier du!« – und zu dem
letzten: »hier du!« – – Diese Instruktion an die Artilleri-
sten, bestimmt und unverklausuliert, an dem Ort wo die
Batterie aufgefahren wird zu sterben, soll, wie man sagt,
in der Schlacht, wenn sie gut ausgeführt wird, die außer-
ordentlichste Wirkung tun.                                    Vx.

## Rätsel

Ein junger Doktor der Rechte und eine Stiftsdame, von
denen kein Mensch wußte, daß sie mit einander in Verhältnis standen, befanden sich einst bei dem Kommandanten der Stadt, in einer zahlreichen und ansehnlichen
Gesellschaft. Die Dame, jung und schön, trug, wie es zu
derselben Zeit Mode war, ein kleines schwarzes Schön-
pflästerchen im Gesicht, und zwar dicht über der Lippe,
auf der rechten Seite des Mundes. Irgend ein Zufall
veranlaßte, daß die Gesellschaft sich auf einem Augenblick aus dem Zimmer entfernte, dergestalt, daß nur der
Doktor und die besagte Dame darin zurückblieben. Als
die Gesellschaft zurückkehrte, fand sich, zum allgemeinen Befremden derselben, daß der Doktor das Schön-
pflästerchen im Gesicht trug; und zwar gleichfalls über
der Lippe, aber auf der linken Seite des Mundes. –

(Die Auflösung im folgenden Stück)

## Korrespondenz-Nachricht

Herr Unzelmann, der, seit einiger Zeit, in Königsberg Gastrollen gibt, soll zwar, welches das Entscheidende ist, dem Publiko daselbst sehr gefallen: mit den Kritikern aber (wie man auch aus der Königsberger Zeitung ersieht) und mit der Direktion viel zu schaffen haben. Man erzählt, daß ihm die Direktion verboten, zu improvisieren. Herr Unzelmann der jede Widerspenstigkeit haßt, fügte sich diesem Befehl: als aber ein Pferd, das man, bei der Darstellung eines Stücks, auf die Bühne gebracht hatte, inmitten der Bretter, zur großen Bestürzung des Publikums, Mist fallen ließ: wandte er sich plötzlich, indem er die Rede unterbrach, zu dem Pferde und sprach: »Hat dir die Direktion nicht verboten, zu improvisieren?« – Worüber selbst die Direktion, wie man versichert, gelacht haben soll.

## Anekdote

Ein Kapuziner begleitete einen Schwaben bei sehr regnichtem Wetter zum Galgen. Der Verurteilte klagte unterwegs mehrmal zu Gott, daß er, bei so schlechtem und unfreundlichem Wetter, einen so sauren Gang tun müsse. Der Kapuziner wollte ihn christlich trösten und sagte: du Lump, was klagst du viel, du brauchst doch bloß hinzugehen, ich aber muß, bei diesem Wetter, wieder zurück, denselben Weg. – Wer es empfunden hat, wie öde einem, auch selbst an einem schönen Tage, der Rückweg vom Richtplatz wird, der wird den Ausspruch des Kapuziners nicht so dumm finden.

## Anekdote

Zwei berühmte englische Baxer, der eine aus Portsmouth
gebürtig, der andere aus Plymouth, die seit vielen Jahren
von einander gehört hatten, ohne sich zu sehen,
beschlossen, da sie in London zusammentrafen, zur Entscheidung der Frage, wem von ihnen der Siegerruhm
gebühre, einen öffentlichen Wettkampf zu halten. Demnach stellten sich beide, im Angesicht des Volks, mit
geballten Fäusten, im Garten einer Kneipe, gegeneinan-
der; und als der Plymouther den Portsmouther, in wenig
Augenblicken, dergestalt auf die Brust traf, daß er Blut
spie, rief dieser, indem er sich den Mund abwischte:
brav! – Als aber bald darauf, da sie sich wieder gestellt
hatten, der Portsmouther den Plymouther, mit der Faust
der geballten Rechten, dergestalt auf den Leib traf, daß
dieser, indem er die Augen verkehrte, umfiel, rief der
letztere: das ist auch nicht übel –! Worauf das Volk, das
im Kreise herumstand, laut aufjauchzte, und, während
der Plymouther, der an den Gedärmen verletzt worden
war, tot weggetragen ward, dem Portsmouther den
Siegsruhm zuerkannte. – Der Portsmouther soll aber
auch Tags darauf am Blutsturz gestorben sein.

## Anekdote

Ein mecklenburgischer Landmann, namens Jonas, war
seiner Leibesstärke wegen, im ganzen Lande bekannt.

Ein Thüringer, der in die Gegend geriet, und von
jenem mit Ruhm sprechen hörte, nahm sichs vor sich mit
ihm zu versuchen.

Als der Thüringer vor das Haus kam, sah er vom
Pferde über die Mauer hinweg auf dem Hofe einen Mann
Holz spalten und fragte diesen: ob hier der starke Jonas
wohne? erhielt aber keine Antwort.

So stieg er vom Pferde, öffnete die Pforte, führte das Pferd herein, und band es an die Mauer.

Hier eröffnete der Thüringer seine Absicht, sich mit dem starken Jonas zu messen.

Jonas ergriff den Thüringer, warf ihn sofort über die Mauer zurück, und nahm seine Arbeit wieder vor.

Nach einer halben Stunde rief der Thüringer, jenseits der Mauer: Jonas! – Nun was gibts? antwortete dieser.

Lieber Jonas, sagte der Thüringer: sei so gut und schmeiß mir einmal auch mein Pferd wieder herüber! Z.


## Sonderbare Geschichte, die sich, zu meiner Zeit, in Italien zutrug

Am Hofe der Prinzessin von St. C... zu Neapel, befand sich, im Jahr 1788, als Gesellschafterin oder eigentlich als Sängerin eine junge Römerin, namens Franzeska N..., Tochter eines armen invaliden Seeoffiziers, ein schönes und geistreiches Mädchen, das die Prinzessin von St. C..., wegen eines Dienstes, den ihr der Vater geleistet, von früher Jugend an, zu sich genommen und in ihrem Hause erzogen hatte. Auf einer Reise, welche die Prinzessin in die Bäder zu Messina, und von hieraus, von der Witterung und dem Gefühl einer erneuerten Gesundheit aufgemuntert, auf den Gipfel des Ätna machte, hatte das junge unerfahrne Mädchen das Unglück, von einem Kavalier, dem Vicomte von P..., einem alten Bekannten aus Paris, der sich dem Zuge anschloß, auf das abscheulichste und unverantwortlichste betrogen zu werden; dergestalt, daß ihr, wenige Monden darauf, bei ihrer Rückkehr nach Neapel, nichts übrig blieb, als sich der Prinzessin, ihrer zweiten Mutter, zu Füßen zu werfen, und ihr unter Tränen den Zustand, in dem sie sich befand, zu entdecken. Die Prinzessin, welche die junge Sünderin sehr liebte, machte ihr zwar wegen der

Schande, die sie über ihren Hof gebracht hatte, die heftigsten Vorwürfe; doch da sie ewige Besserung und klösterliche Eingezogenheit und Enthaltsamkeit, für ihr ganzes künftiges Leben, angelobte, und der Gedanke, das Haus ihrer Gönnerin und Wohltäterin verlassen zu müssen, ihr gänzlich unerträglich war, so wandte sich das menschenfreundliche, zur Verzeihung ohnehin in solchen Fällen geneigte Gemüt der Prinzessin: sie hob die Unglückliche vom Boden auf, und die Frage war nur, wie man der Schmach, die über sie hereinzubrechen drohte, vorbeugen könne? In Fällen dieser Art fehlt es den Frauen, wie bekannt, niemals an Witz und der erforderlichen Erfindung; und wenige Tage verflossen: so ersann die Prinzessin selbst zur Ehrenrettung ihrer Freundin folgenden kleinen Roman.

Zuvörderst erhielt sie abends, in ihrem Hotel, da sie beim Spiel saß, vor den Augen mehrerer, zu einem Souper eingeladenen Gäste einen Brief: sie erbricht und überliest ihn, und indem sie sich zur Signora Franzeska wendet: »Signora«, spricht sie, »Graf Scharfeneck, der junge Deutsche, der Sie vor zwei Jahren in Rom gesehen, hält aus Venedig, wo er den Winter zubringt, um Ihre Hand an. – Da!« setzt sie hinzu, indem sie wieder zu den Karten greift, »lesen Sie selbst: es ist ein edler und würdiger Kavalier, vor dessen Antrag Sie sich nicht zu schämen brauchen.« Signora Franzeska steht errötend auf; sie empfängt den Brief, überfliegt ihn, und, indem sie die Hand der Prinzessin küßt: »Gnädigste«, spricht sie: »da der Graf in diesem Schreiben erklärt, daß er Italien zu seinem Vaterlande machen kann, so nehme ich ihn, von Ihrer Hand, als meinen Gatten an!« – Hierauf geht das Schreiben unter Glückwünschungen von Hand zu Hand; jedermann erkundigt sich nach der Person des Freiers, den niemand kennt, und Signora Franzeska gilt, von diesem Augenblick an, für die Braut des Grafen Scharfeneck. Drauf, an dem zur Ankunft des Bräutigams bestimmten Tage, an welchem nach seinem Wunsche

auch sogleich die Hochzeit sein soll, fährt ein Reisewagen mit vier Pferden vor: es ist der Graf Scharfeneck! Die
ganze Gesellschaft, die, zur Feier dieses Tages, in dem
Zimmer der Prinzessin versammelt war, eilt voll Neugierde an die Fenster, man sieht ihn, jung und schön wie
ein junger Gott, aussteigen – inzwischen verbreitet sich
sogleich, durch einen vorangeschickten Kammerdiener,
das Gerücht, daß der Graf krank sei, und in einem
Nebenzimmer habe abtreten müssen. Auf diese unangenehme Meldung wendet sich die Prinzessin betreten zur
Braut; und beide begeben sich nach einem kurzen
Gespräch, in das Zimmer des Grafen, wohin ihnen nach
Verlauf von etwa einer Stunde der Priester folgt. Inzwischen wird die Gesellschaft durch den Hauskavalier der
Prinzessin zur Tafel geladen; es verbreitet sich, während
sie auf das kostbarste und ausgesuchteste bewirtet wird,
durch diesen die Nachricht, daß der junge Graf, als ein
echter, deutscher Herr, weniger krank, als vielmehr nur
ein Sonderling sei, der die Gesellschaft bei Festlichkeiten
dieser Art nicht liebe; bis spät, um 11 Uhr in der Nacht,
die Prinzessin, Signora Franzeska an der Hand, auftritt,
und den versammelten Gästen mit der Äußerung, daß die
Trauung bereits vollzogen sei, die Frau Gräfin von
Scharfeneck vorstellt. Man erhebt sich, man erstaunt und
freut sich, man jubelt und fragt: doch alles, was man von
der Prinzessin und der Gräfin erfährt, ist, daß der Graf
wohlauf sei; daß er sich auch in kurzem sämtlichen
Herrschaften, die hier die Güte gehabt, sich zu versammeln, zeigen würde; daß dringende Geschäfte jedoch ihn
nötigten, mit der Frühe des nächsten Morgens nach
Venedig, wo ihm ein Onkel gestorben sei und er eine
Erbschaft zu erheben habe, zurückzukehren. Hierauf,
unter wiederholten Glückwünschungen und Umarmun-
gen der Braut, entfernt sich die Gesellschaft; und mit
dem Anbruch des Tages fährt, im Angesicht der ganzen
Dienerschaft, der Graf in seinem Reisewagen mit vier
Pferden wieder ab. – Sechs Wochen darauf erhalten die

Prinzessin und die Gräfin, in einem schwarz versiegelten Briefe, die Nachricht, daß der Graf Scharfeneck in dem Hafen von Venedig ertrunken sei. Es heißt, daß er, nach einem scharfen Ritt, die Unbesonnenheit begangen, sich zu baden; daß ihn der Schlag auf der Stelle gerührt, und sein Körper noch bis diesen Augenblick im Meere nicht gefunden sei. – Alles, was zu dem Hause der Prinzessin gehört, versammelt sich, auf diese schreckliche Post, zur Teilnahme und Kondolation; die Prinzessin zeigt den unseligen Brief, die Gräfin, die ohne Bewußtsein in ihren Armen liegt, jammert und ist untröstlich –; hat jedoch nach einigen Tagen Kraft genug, nach Venedig abzureisen, um die ihr dort zugefallene Erbschaft in Besitz zu nehmen. – Kurz, nach Verfluß von ungefähr neun Monaten (denn so lange dauerte der Prozeß) kehrt sie zurück; und zeigt einen allerliebsten kleinen Grafen Scharfeneck, mit welchem sie der Himmel daselbst gesegnet hatte. Ein Deutscher, der eine große genealogische Kenntnis seines Vaterlands hatte, entdeckte das Geheimnis, das dieser Intrige zum Grunde lag, und schickte dem jungen Grafen, in einer zierlichen Handzeichnung, sein Wappen zu, welches die Ecke einer Bank darstellte, unter welcher ein Kind lag. Die Dame hielt sich gleichwohl, unter dem Namen einer Gräfin Scharfeneck, noch mehrere Jahre in Neapel auf; bis der Vicomte von P..., im Jahr 1793, zum zweitenmale nach Italien kam, und sich, auf Veranlassung der Prinzessin, entschloß, sie zu heiraten. – Im Jahr 1802 kehrten beide nach Frankreich zurück.  mz.

# Neujahrswunsch eines Feuerwerkers an seinen Hauptmann, aus dem Siebenjährigen Kriege

Hochwohlgeborner Herr,
Hochzuehrender, Hochgebietender, Vester und
Strenger Herr Hauptmann!

Sintemal und alldieweil und gleichwie, wenn die unge-
stüme Wasserflut und deren schäumende Wellen einer
ganzen Stadt Untergang und Verwüstung drohen, und
dann der zitternde Bürger mit Rettungswerkzeugen
herzu eilet und rennt, um wo möglich den rauschenden,
brausenden und erzürnten Fluten Einhalt zu tun: so und
nicht anders eile ich Ew. Hochwohlgeboren bei dem
jetzigen Jahreswechsel von der Unverbesserlichkeit meiner, Ihnen gewidmeten Ergebenheit bereitwilligst und
dienstbeflissentlichst zu versichern und zu überzeugen
und dabei meinem Hochgeehrten Herrn Hauptmann ein
ganzes Arsenal voll aller zur Glückseligkeit des menschlichen Lebens erforderlichen Bedürfnisse anzuwünschen.
– Es müsse meinem Hochgeehrtesten Herrn Hauptmann
weder an Pulver der edlen Gesundheit, noch an den
Kugeln eines immerwährenden Vergnügens, weder an
Bomben der Zufriedenheit, weder an Karkassen der
Gemütsruhe, noch an der Lunte eines langen Lebens
ermangeln. Es müssen die Feinde unsrer Ruhe, die pan-
durenmäßigen Sorgen, sich nimmer der Zitadelle Ihres
Herzens nähern; ja, es müsse Ihnen gelingen, die Tran-
cheen ihrer Kränkungen vor der Redoute Ihrer Lustemp-
findungen zu öffnen. Das Glacis Ihres Wohlergehns sei
bis in das späteste Alter mit den Palisaden des Segens
verwahrt, und die Sturmleitern des Kummers müssen
vergebens an das Ravelin Ihrer Freude gelegt werden. Es
müssen Ew. Hochwohlgeboren alle, bei dem beschwerli-
chen Marsch dieses Lebens vorkommende, Defiléen
ohne Verlust und Schaden passieren, und fehle es zu
keiner Zeit, weder der Kavallerie Ihrer Wünsche, noch

der Infanterie Ihrer Hoffnungen, noch der reitenden Artillerie Ihrer Projekte an dem Proviant und den Munitionen eines glücklichen Erfolgs. Übrigens ermangle ich auch nicht, das Gewehr meiner mit scharfen Patronen geladenen Dankbarkeit zu der Salve Ihres gütigen Wohlwollens loszuschießen, und mit ganzen Pelotons der Erkenntlichkeit durch zu chargieren. Ich verabscheue die Handgriffe der Falschheit, ich mache den Pfanndeckel der Verstellung ab, und dringe mit aufgepflanztem Bajonett meiner ergebensten Bitte in das Bataillon Quarré Ihrer Freundschaft ein, um dieselbe zu forcieren, daß sie mir den Wahlplatz Ihrer Gewogenheit überlassen müsse, wo ich mich zu maintenieren suchen werde, bis die unvermeidliche Mine des Todes ihren Effekt tut, und mich, nicht in die Luft sprengen, wohl aber in die dunkle Kasematte des Grabes einquartieren wird. Bis dahin verharre ich meines

Hochzuehrenden Herrn Hauptmanns
respektmäßiger Diener N. N.

## Der neuere (glücklichere) Werther

Zu L . . e in Frankreich war ein junger Kaufmannsdiener, Charles C . . ., der die Frau seines Prinzipals, eines reichen aber bejahrten Kaufmanns, namens D . . ., heimlich liebte. Tugendhaft und rechtschaffen, wie er die Frau kannte, machte er nicht den mindesten Versuch, ihre Gegenliebe zu erhalten: um so weniger, da er durch manche Bande der Dankbarkeit und Ehrfurcht an seinen Prinzipal geknüpft war. Die Frau, welche mit seinem Zustande, der seiner Gesundheit nachteilig zu werden drohte, Mitleiden hatte, forderte ihren Mann, unter mancherlei Vorwand auf, ihn aus dem Hause zu entfernen; der Mann schob eine Reise, zu welcher er ihn bestimmt hatte, von Tage zu Tage auf, und erklärte endlich ganz und gar, daß er ihn in seinem Kontor nicht entbehren könne. Einst machte Herr D..., mit seiner Frau, eine Reise zu einem Freunde, aufs Land; er ließ den jungen C..., um die Geschäfte der Handlung zu führen, im Hause zurück. Abends, da schon alles schläft, macht sich der junge Mann, von welchen Empfindungen getrieben, weiß ich nicht, auf, um noch einen Spaziergang durch den Garten zu machen. Er kömmt bei dem Schlafzimmer der teuern Frau vorbei, er steht still, er legt die Hand an die Klinke, er öffnet das Zimmer: das Herz schwillt ihm bei dem Anblick des Bettes, in welchem sie zu ruhen pflegt, empor, und kurz, er begeht, nach manchen Kämpfen mit sich selbst, die Torheit, weil es doch niemand sieht, und zieht sich aus und legt sich hinein. Nachts, da er schon mehrere Stunden, sanft und ruhig, geschlafen, kommt, aus irgend einem besonderen Grunde, der, hier anzugeben, gleichgültig ist, das Ehepaar unerwartet nach Hause zurück; und da der alte Herr mit seiner Frau ins Schlafzimmer tritt, finden sie den jungen C..., der sich, von dem Geräusch, das sie verursachen, aufgeschreckt, halb im Bette, erhebt. Scham und Verwirrung, bei diesem Anblick, ergreifen ihn; und während das Ehepaar betroffen umkehrt, und wieder in das Nebenzimmer, aus dem sie gekommen waren, verschwindet, steht er auf, und zieht sich an; er schleicht, seines Lebens müde, in sein Zimmer, schreibt einen kurzen Brief, in welchem er den Vorfall erklärt, an die Frau, und schießt sich mit einem Pistol, das an der Wand hängt, in die Brust. Hier scheint die Geschichte seines Lebens aus; und gleichwohl (sonderbar genug) fängt sie hier erst allererst an. Denn statt ihn, den Jüngling, auf den er gemünzt war, zu töten, zog der Schuß dem alten Herrn, der in dem Nebenzimmer befindlich war, den Schlagfluß zu: Herr D... verschied wenige Stunden darauf, ohne daß die Kunst aller Ärzte, die man herbeigerufen, imstande gewesen wäre, ihn zu retten. Fünf Tage nachher, da Herr D... schon längst begraben war,

erwachte der junge C..., dem der Schuß, aber nicht
lebensgefährlich, durch die Lunge gegangen war: und
wer beschreibt wohl – wie soll ich sagen, seinen Schmerz
oder seine Freude? als er erfuhr, was vorgefallen war,
und sich in den Armen der lieben Frau befand, um
derentwillen er sich den Tod hatte geben wollen! Nach
Verlauf eines Jahres heiratete ihn die Frau; und beide
lebten noch im Jahr 1801, wo ihre Familie bereits, wie
ein Bekannter erzählt, aus 13 Kindern bestand.


## Mutterliebe

Zu St. Omer im nördlichen Frankreich ereignete sich im
Jahr 1803 ein merkwürdiger Vorfall. Daselbst fiel ein
großer toller Hund, der schon mehrere Menschen
beschädigt hatte, über zwei, unter einer Haustür spie-
lende, Kinder her. Eben zerreißt er das jüngste, das sich,
unter seinen Klauen, im Blute wälzt; da erscheint, aus
einer Nebenstraße, mit einem Eimer Wasser, den sie auf
dem Kopf trägt, die Mutter. Diese, während der Hund
die Kinder losläßt, und auf sie zuspringt, setzt den Eimer
neben sich nieder; und außerstand zu fliehen, entschlossen, das Untier mindestens mit sich zu verderben,
umklammert sie, mit Gliedern, gestählt von Wut und
Rache, den Hund: sie erdrosselt ihn, und fällt, von
grimmigen Bissen zerfleischt, ohnmächtig neben ihm
nieder. Die Frau begrub noch ihre Kinder und ward, in
wenig Tagen, da sie an der Tollwut starb, selbst zu ihnen
ins Grab gelegt.

## Unwahrscheinliche Wahrhaftigkeiten

»Drei Geschichten«, sagte ein alter Offizier in einer Gesellschaft, »sind von der Art, daß ich ihnen zwar selbst vollkommenen Glauben beimesse, gleichwohl aber Gefahr liefe, für einen Windbeutel gehalten zu werden, wenn ich sie erzählen wollte. Denn die Leute fordern, als erste Bedingung, von der Wahrheit, daß sie wahrscheinlich sei; und doch ist die Wahrscheinlichkeit, wie die Erfahrung lehrt, nicht immer auf Seiten der Wahrheit.«

Erzählen Sie, riefen einige Mitglieder, erzählen Sie! – denn man kannte den Offizier als einen heitern und schätzenswürdigen Mann, der sich der Lüge niemals schuldig machte.

Der Offizier sagte lachend, er wolle der Gesellschaft den Gefallen tun; erklärte aber noch einmal im voraus, daß er auf den Glauben derselben, in diesem besonderen Fall, keinen Anspruch mache.

Die Gesellschaft dagegen sagte ihm denselben im voraus zu; sie forderte ihn nur auf, zu reden, und horchte.

»Auf einem Marsch 1792 in der Rheinkampagne«, begann der Offizier, »bemerkte ich, nach einem Gefecht, das wir mit dem Feinde gehabt hatten, einen Soldaten, der stramm, mit Gewehr und Gepäck, in Reih und Glied ging, obschon er einen Schuß mitten durch die Brust hatte; wenigstens sah man das Loch vorn im Riemen der Patrontasche, wo die Kugel eingeschlagen hatte, und hinten ein anderes im Rock, wo sie wieder herausgegangen war. Die Offiziere, die ihren Augen bei diesem seltsamen Anblick nicht trauten, forderten ihn zu wiederholten Malen auf, hinter die Front zu treten und sich verbinden zu lassen; aber der Mensch versicherte, daß er gar keine Schmerzen habe, und bat, ihn, um dieses Prellschusses willen, wie er es nannte, nicht von dem Regiment zu entfernen. Abends, da wir ins Lager gerückt waren, untersuchte der herbeigerufene Chirurgus seine Wunde; und fand, daß die Kugel vom Brustknochen, den sie nicht Kraft genug gehabt, zu durchschlagen, zurückgeprellt, zwischen der Ribbe und der Haut, welche auf elastische Weise nachgegeben, um den ganzen Leib herumgeglitscht, und hinten, da sie sich am Ende des Rückgrats gestoßen, zu ihrer ersten senkrechten Richtung zurückgekehrt, und aus der Haut wieder hervorgebrochen war. Auch zog diese kleine Fleischwunde dem Kranken nichts als ein Wundfieber zu: und wenige Tage verflossen, so stand er wieder in Reih und Glied.«

Wie? fragten einige Mitglieder der Gesellschaft betroffen, und glaubten, sie hätten nicht recht gehört.

Die Kugel? Um den ganzen Leib herum? Im Kreise? – – Die Gesellschaft hatte Mühe, ein Gelächter zu unterdrücken.

»Das war die erste Geschichte«, sagte der Offizier, indem er eine Prise Tabak nahm, und schwieg.

Beim Himmel! platzte ein Landedelmann los: da haben Sie recht; diese Geschichte ist von der Art, daß man sie nicht glaubt!

»Eilf Jahre darauf«, sprach der Offizier, »im Jahre 1803, befand ich mich, mit einem Freunde, in dem Flecken Königstein in Sachsen, in dessen Nähe, wie bekannt, etwa auf eine halbe Stunde, am Rande des äußerst steilen, vielleicht dreihundert Fuß hohen, Elbufers, ein beträchtlicher Steinbruch ist. Die Arbeiter pflegen, bei großen Blöcken, wenn sie mit Werkzeugen nicht mehr hinzu kommen können, feste Körper, besonders Pfeifenstiele, in den Riß zu werfen, und überlassen der, keilförmig wirkenden, Gewalt dieser kleinen Körper das Geschäft, den Block völlig von dem Felsen abzulösen. Es traf sich, daß, eben um diese Zeit, ein ungeheurer, mehrere tausend Kubikfuß messender, Block zum Fall auf die Fläche des Elbufers, in dem Steinbruch, bereit war; und da dieser Augenblick, wegen des sonderbar im Gebirge widerhallenden Donners, und mancher andern, aus der Erschütterung des Erdreichs hervorgehender Erscheinungen, die man nicht berechnen kann, merkwürdig ist: so begaben, unter vielen andern Einwohnern der Stadt, auch wir uns, mein Freund und ich, täglich abends nach dem Steinbruch hinaus, um den Moment, da der Block fallen würde, zu erhaschen. Der Block fiel aber in der Mittagsstunde, da wir eben, im Gasthof zu Königstein, an der Tafel saßen; und erst um 5 Uhr gegen Abend hatten wir Zeit, hinaus zu spazieren, und uns nach den Umständen, unter denen er gefallen war, zu erkundigen. Was aber war die Wirkung dieses seines Falls gewesen? Zuvörderst muß man wissen, daß, zwischen der Felswand des Steinbruchs und dem Bette der Elbe, noch ein beträchtlicher, etwa 50 Fuß in der Breite haltender Erdstrich befindlich war; dergestalt, daß der Block (welches hier wichtig ist) nicht unmittelbar ins Wasser der Elbe, sondern auf die sandige Fläche dieses Erdstrichs gefallen war. Ein Elbkahn, meine Herren, das war die Wirkung dieses Falls gewesen, war, durch den Druck der Luft, der dadurch verursacht worden, aufs Trockne gesetzt worden; ein Kahn, der, etwa 60 Fuß lang und 30 breit, schwer mit Holz beladen, am andern, entgegengesetzten, Ufer der Elbe lag: diese Augen haben ihn im Sande – was sag ich? sie haben, am anderen Tage, noch die Arbeiter gesehen, welche, mit Hebeln und Walzen, bemüht waren, ihn wieder flott zu machen, und ihn, vom Ufer herab, wieder ins Wasser zu schaffen. Es ist wahrscheinlich, daß die ganze Elbe (die Oberfläche derselben) einen Augenblick ausgetreten, auf das andere flache Ufer übergeschwappt und den Kahn, als einen festen Körper, daselbst zurückgelassen; etwa wie, auf dem Rande eines flachen Gefäßes, ein Stück Holz zurückbleibt, wenn das Wasser, auf welchem es schwimmt, erschüttert wird.«

Und der Block, fragte die Gesellschaft, fiel nicht ins Wasser der Elbe?

Der Offizier wiederholte: nein!

Seltsam! rief die Gesellschaft.

Der Landedelmann meinte, daß er die Geschichten, die seinen Satz belegen sollten, gut zu wählen wüßte.

»Die dritte Geschichte«, fuhr der Offizier fort, »trug sich zu, im Freiheitskriege der Niederländer, bei der Belagerung von Antwerpen durch den Herzog von Parma. Der Herzog hatte die Schelde, vermittelst einer Schiffsbrücke, gesperrt, und die Antwerpner arbeiteten ihrerseits, unter Anleitung eines geschickten Italieners, daran, dieselbe durch Brander, die sie gegen die Brücke losließen, in die Luft zu sprengen. In dem Augenblick, meine Herren, da die Fahrzeuge die Schelde herab, gegen die Brücke, anschwimmen, steht, das merken Sie wohl, ein Fahnenjunker, auf dem linken Ufer der Schelde, dicht neben dem Herzog von Parma; jetzt, verstehen Sie, jetzt geschieht die Explosion: und der Junker, Haut und Haar, samt Fahne und Gepäck, und ohne daß ihm das mindeste auf dieser Reise zugestoßen, steht auf dem rechten. Und die Schelde ist hier, wie Sie wissen werden, einen kleinen Kanonenschuß breit.«

»Haben Sie verstanden?«

Himmel, Tod und Teufel! rief der Landedelmann.

Dixi! sprach der Offizier, nahm Stock und Hut und ging weg.

Herr Hauptmann! riefen die andern lachend: Herr Hauptmann! – Sie wollten wenigstens die Quelle dieser abenteuerlichen Geschichte, die er für wahr ausgab, wissen.

Lassen Sie ihn, sprach ein Mitglied der Gesellschaft; die Geschichte steht in dem Anhang zu Schillers Geschichte vom Abfall der vereinigten Niederlande; und der Verfasser bemerkt ausdrücklich, daß ein Dichter von diesem Faktum keinen Gebrauch machen könne, der Geschichtschreiber aber, wegen der Unverwerflichkeit der Quellen und der Übereinstimmung der Zeugnisse, genötigt sei, dasselbe aufzunehmen.                    vx.

## Sonderbarer Rechtsfall in England

Man weiß, daß in England jeder Beklagte zwölf Geschworne von seinem Stande zu Richtern hat, deren Ausspruch einstimmig sein muß, und die, damit die Entscheidung sich nicht zu sehr in die Länge verziehe, ohne Essen und Trinken so lange eingeschlossen bleiben, bis sie eines Sinnes sind. Zwei Gentlemen, die einige Meilen von London lebten, hatten in Gegenwart von Zeugen einen sehr lebhaften Streit miteinander; der eine drohte dem andern, und setzte hinzu, daß ehe vier und zwanzig Stunden vergingen, ihn sein Betragen reuen solle. Gegen Abend wurde dieser Edelmann erschossen gefunden; der Verdacht fiel natürlich auf den, der die Drohungen gegen ihn ausgestoßen hatte. Man brachte ihn zu gefänglicher Haft, das Gericht.wurde gehalten, es fanden sich noch mehrere Beweise, und 11 Beisitzer verdammten ihn zum Tode; allein der zwölfte bestand hartnäckig darauf, nicht einzuwilligen, weil er ihn für unschuldig hielte.

Seine Kollegen baten ihn, Gründe anzuführen, warum er dies glaubte; allein er ließ sich nicht darauf ein, und beharrte bei seiner Meinung. Es war schon spät in der Nacht, und der Hunger plagte die Richter heftig; einer stand endlich auf, und meinte, daß es besser sei, einen Schuldigen loszusprechen, als 11 Unschuldige verhungern zu lassen; man fertigte also die Begnadigung aus, führte aber auch zugleich die Umstände an, die das Gericht dazu gezwungen hätten. Das ganze Publikum war wider den einzigen Starrkopf; die Sache kam sogar vor den König, der ihn zu sprechen verlangte; der Edelmann erschien, und nachdem er sich vom Könige das Wort geben lassen, daß seine Aufrichtigkeit nicht von nachteiligen Folgen für ihn sein sollte, so erzählte er dem Monarchen, daß, als er im Dunkeln von der Jagd gekommen, und sein Gewehr losgeschossen, es unglücklicher Weise diesen Edelmann, der hinter einem Busche gestan-

den, getötet habe. Da ich, fuhr er fort, weder Zeugen
meiner Tat, noch meiner Unschuld hatte, so beschloß
ich, Stillschweigen zu beobachten; aber als ich hörte, daß
man einen Unschuldigen anklagte, so wandte ich alles an,
um einer von den Geschwornen zu werden; fest entschlossen, eher zu verhungern, als den Beklagten
umkommen zu lassen. Der König hielt sein Wort, und
der Edelmann bekam seine Begnadigung.

## Fabeln

### Die Hunde und der Vogel

Zwei ehrliche Hühnerhunde, die, in der Schule des Hungers zu Schlauköpfen gemacht, alles griffen, was sich auf der Erde blicken ließ, stießen auf einen Vogel. Der Vogel, verlegen, weil er sich nicht in seinem Element befand, wich hüpfend bald hier, bald dorthin aus, und seine Gegner triumphierten schon; doch bald darauf, zu hitzig gedrängt, regte er die Flügel und schwang sich in die Luft: da standen sie, wie Austern, die Helden der Triften, und klemmten den Schwanz ein, und gafften ihm nach.

———

Witz, wenn du dich in die Luft erhebst: wie stehen die Weisen und blicken dir nach!

### Die Fabel ohne Moral

Wenn ich dich nur hätte, sagte der Mensch zu einem Pferde, das mit Sattel und Gebiß vor ihm stand, und ihn nicht aufsitzen lassen wollte; wenn ich dich nur hätte, wie du zuerst, das unerzogene Kind der Natur, aus den Wäldern kamst! Ich wollte dich schon führen, leicht, wie ein Vogel, dahin, über Berg und Tal, wie es mich gut dünkte; und dir und mir sollte dabei wohl sein. Aber da haben sie dir Künste gelehrt, Künste, von welchen ich, nackt, wie ich vor dir stehe, nichts weiß; und ich müßte zu dir in die Reitbahn hinein (wovor mich doch Gott bewahre) wenn wir uns verständigen wollten.   H. v. K.

# Über das Marionettentheater

Als ich den Winter 1801 in M... zubrachte, traf ich daselbst eines Abends, in einem öffentlichen Garten, den Herrn C. an, der seit kurzem, in dieser Stadt, als erster Tänzer der Oper, angestellt war, und bei dem Publiko außerordentliches Glück machte.

Ich sagte ihm, daß ich erstaunt gewesen wäre, ihn schon mehrere Male in einem Marionettentheater zu finden, das auf dem Markte zusammengezimmert worden war, und den Pöbel, durch kleine dramatische Burlesken, mit Gesang und Tanz durchwebt, belustigte.

Er versicherte mir, daß ihm die Pantomimik dieser Puppen viel Vergnügen machte, und ließ nicht undeutlich merken, daß ein Tänzer, der sich ausbilden wolle, mancherlei von ihnen lernen könne.

Da die Äußerung mir, durch die Art, wie er sie vorbrachte, mehr, als ein bloßer Einfall schien, so ließ ich mich bei ihm nieder, um ihn über die Gründe, auf die er eine so sonderbare Behauptung stützen könne, näher zu vernehmen.

Er fragte mich, ob ich nicht, in der Tat, einige Bewegungen der Puppen, besonders der kleineren, im Tanz sehr graziös gefunden hatte.

Diesen Umstand konnt ich nicht leugnen. Eine Gruppe von vier Bauern, die nach einem raschen Takt die Ronde tanzte, hätte von Teniers nicht hübscher gemalt werden können.

Ich erkundigte mich nach dem Mechanismus dieser Figuren, und wie es möglich wäre, die einzelnen Glieder derselben und ihre Punkte, ohne Myriaden von Fäden an den Fingern zu haben, so zu regieren, als es der Rhythmus der Bewegungen, oder der Tanz, erfordere?

Er antwortete, daß ich mir nicht vorstellen müsse, als ob jedes Glied einzeln, während der verschiedenen

Momente des Tanzes, von dem Maschinisten gestellt und gezogen würde.

Jede Bewegung, sagte er, hätte einen Schwerpunkt; es wäre genug, diesen, in dem Innern der Figur, zu regieren; die Glieder, welche nichts als Pendel wären, folgten, ohne irgend ein Zutun, auf eine mechanische Weise von selbst.

Er setzte hinzu, daß diese Bewegung sehr einfach wäre; daß jedesmal, wenn der Schwerpunkt in einer *graden Linie* bewegt wird, die Glieder schon *Kurven* beschrieben; und daß oft, auf eine bloß zufällige Weise erschüttert, das Ganze schon in eine Art von rhythmische Bewegung käme, die dem Tanz ähnlich wäre.

Diese Bemerkung schien mir zuerst einiges Licht über das Vergnügen zu werfen, das er in dem Theater der Marionetten zu finden vorgegeben hatte. Inzwischen ahndete ich bei weitem die Folgerungen noch nicht, die er späterhin daraus ziehen würde.

Ich fragte ihn, ob er glaubte, daß der Maschinist, der diese Puppen regierte, selbst ein Tänzer sein, oder wenigstens einen Begriff vom Schönen im Tanz haben müsse?

Er erwiderte, daß wenn ein Geschäft, von seiner mechanischen Seite, leicht sei, daraus noch nicht folge, daß es ganz ohne Empfindung betrieben werden könne.

Die Linie, die der Schwerpunkt zu beschreiben hat, wäre zwar sehr einfach, und, wie er glaube, in den meisten Fällen, gerad. In Fällen, wo sie krumm sei, scheine das Gesetz ihrer Krümmung wenigstens von der ersten oder höchstens zweiten Ordnung; und auch in diesem letzten Fall nur elliptisch, welche Form der Bewegung den Spitzen des menschlichen Körpers (wegen der Gelenke) überhaupt die natürliche sei, und also dem Maschinisten keine große Kunst koste, zu verzeichnen.

Dagegen wäre diese Linie wieder, von einer andern

Seite, etwas sehr Geheimnisvolles. Denn sie wäre nichts anders, als der *Weg der Seele des Tänzers*; und er zweifle, daß sie anders gefunden werden könne, als dadurch, daß sich der Maschinist in den Schwerpunkt der Marionette versetzt, d. h. mit andern Worten, *tanzt*.

Ich erwiderte, daß man mir das Geschäft desselben als etwas ziemlich Geistloses vorgestellt hätte: etwa was das Drehen einer Kurbel sei, die eine Leier spielt.

Keineswegs, antwortete er. Vielmehr verhalten sich die Bewegungen seiner Finger zur Bewegung der daran befestigten Puppen ziemlich künstlich, etwa wie Zahlen zu ihren Logarithmen oder die Asymptote zur Hyperbel.

Inzwischen glaube er, daß auch dieser letzte Bruch von Geist, von dem er gesprochen, aus den Marionetten entfernt werden, daß ihr Tanz gänzlich ins Reich mechanischer Kräfte hinüberspielt, und vermittelst einer Kurbel, so wie ich es mir gedacht, hervorgebracht werden könne.

Ich äußerte meine Verwunderung zu sehen, welcher Aufmerksamkeit er diese, für den Haufen erfundene, Spielart einer schönen Kunst würdige. Nicht bloß, daß er sie einer höheren Entwickelung für fähig halte: er scheine sich sogar selbst damit zu beschäftigen.

Er lächelte, und sagte, er getraue sich zu behaupten, daß wenn ihm ein Mechanikus, nach den Forderungen, die er an ihn zu machen dächte, eine Marionette bauen wollte, er vermittelst derselben einen Tanz darstellen würde, den weder er, noch irgend ein anderer geschickter Tänzer seiner Zeit, Vestris selbst nicht ausgenommen, zu erreichen imstande wäre.

Haben Sie, fragte er, da ich den Blick schweigend zur Erde schlug: haben Sie von jenen mechanischen Beinen gehört, welche englische Künstler für Unglückliche verfertigen, die ihre Schenkel verloren haben?

Ich sagte, nein: dergleichen wäre mir nie vor Augen gekommen.

Es tut mir leid, erwiderte er; denn wenn ich Ihnen
sage, daß diese Unglücklichen damit tanzen, so fürchte
ich fast, Sie werden es mir nicht glauben. – Was sag ich,
tanzen? Der Kreis ihrer Bewegungen ist zwar be-
schränkt; doch diejenigen, die ihnen zu Gebote stehen,
vollziehen sich mit einer Ruhe, Leichtigkeit und Anmut,
die jedes denkende Gemüt in Erstaunen setzen.

Ich äußerte, scherzend, daß er ja, auf diese Weise,
seinen Mann gefunden habe. Denn derjenige Künstler,
der einen so merkwürdigen Schenkel zu bauen imstande
sei, würde ihm unzweifelhaft auch eine ganze Marionette, seinen Forderungen gemäß, zusammensetzen
können.

Wie, fragte ich, da er seinerseits ein wenig betreten zur
Erde sah: wie sind denn diese Forderungen, die Sie an die
Kunstfertigkeit desselben zu machen gedenken, be-
stellt?

Nichts, antwortete er, was sich nicht auch schon hier
fände; Ebenmaß, Beweglichkeit, Leichtigkeit – nur alles
in einem höheren Grade; und besonders eine naturgemä-
ßere Anordnung der Schwerpunkte.

Und der Vorteil, den diese Puppe vor lebendigen
Tänzern voraus haben würde?

Der Vorteil? Zuvörderst ein negativer, mein vortreffli-
cher Freund, nämlich dieser, daß sie sich niemals *zierte*. –
Denn Ziererei erscheint, wie Sie wissen, wenn sich die
Seele (vis motrix) in irgend einem andern Punkte befindet, als in dem Schwerpunkt der Bewegung. Da der
Maschinist nun schlechthin, vermittelst des Drahtes oder
Fadens, keinen andern Punkt in seiner Gewalt hat, als
diesen: so sind alle übrigen Glieder, was sie sein sollen,
tot, reine Pendel, und folgen dem bloßen Gesetz der
Schwere; eine vortreffliche Eigenschaft, die man vergebens bei dem größesten Teil unsrer Tänzer sucht.

Sehen Sie nur die P . . . an, fuhr er fort, wenn sie die
Daphne spielt, und sich, verfolgt vom Apoll, nach ihm
umsieht; die Seele sitzt ihr in den Wirbeln des Kreuzes;

sie beugt sich, als ob sie brechen wollte, wie eine Najade aus der Schule Bernins. Sehen Sie den jungen F... an, wenn er, als Paris, unter den drei Göttinnen steht, und der Venus den Apfel überreicht: die Seele sitzt ihm gar (es ist ein Schrecken, es zu sehen) im Ellenbogen.

Solche Mißgriffe, setzte er abbrechend hinzu, sind unvermeidlich, seitdem wir von dem Baum der Erkenntnis gegessen haben. Doch das Paradies ist verriegelt und der Cherub hinter uns; wir müssen die Reise um die Welt machen, und sehen, ob es vielleicht von hinten irgendwo wieder offen ist.

Ich lachte. – Allerdings, dachte ich, kann der Geist nicht irren, da, wo keiner vorhanden ist. Doch ich bemerkte, daß er noch mehr auf dem Herzen hatte, und bat ihn, fortzufahren.

Zudem, sprach er, haben diese Puppen den Vorteil, daß sie *antigrav* sind. Von der Trägheit der Materie, dieser dem Tanze entgegenstrebendsten aller Eigenschaften, wissen sie nichts: weil die Kraft, die sie in die Lüfte erhebt, größer ist, als jene, die sie an der Erde fesselt. Was würde unsre gute G... darum geben, wenn sie sechzig Pfund leichter wäre, oder ein Gewicht von dieser Größe ihr bei ihren Entrechats und Pirouetten, zu Hülfe käme? Die Puppen brauchen den Boden nur, wie die Elfen, um ihn zu *streifen*, und den Schwung der Glieder, durch die augenblickliche Hemmung neu zu beleben; wir brauchen ihn, um darauf zu *ruhen*, und uns von der Anstrengung des Tanzes zu erholen: ein Moment, der offenbar selber kein Tanz ist, und mit dem sich weiter nichts anfangen läßt, als ihn möglichst verschwinden zu machen.

Ich sagte, daß, so geschickt er auch die Sache seiner Paradoxe führe, er mich doch nimmermehr glauben machen würde, daß in einem mechanischen Gliedermann mehr Anmut enthalten sein könne, als in dem Bau des menschlichen Körpers.

Er versetzte, daß es dem Menschen schlechthin

unmöglich wäre, den Gliedermann darin auch nur zu erreichen. Nur ein Gott könne sich, auf diesem Felde, mit der Materie messen; und hier sei der Punkt, wo die beiden Enden der ringförmigen Welt in einander griffen.

Ich erstaunte immer mehr, und wußte nicht, was ich zu so sonderbaren Behauptungen sagen sollte.

Es scheine, versetzte er, indem er eine Prise Tabak nahm, daß ich das dritte Kapitel vom ersten Buch Moses nicht mit Aufmerksamkeit gelesen; und wer diese erste Periode aller menschlichen Bildung nicht kennt, mit dem könne man nicht füglich über die folgenden, um wie viel weniger über die letzte, sprechen.

Ich sagte, daß ich gar wohl wüßte, welche Unordnungen, in der natürlichen Grazie des Menschen, das Bewußtsein anrichtet. Ein junger Mann von meiner Bekanntschaft hätte, durch eine bloße Bemerkung, gleichsam vor meinen Augen, seine Unschuld verloren, und das Paradies derselben, trotz aller ersinnlichen Bemühungen, nachher niemals wieder gefunden. – Doch, welche Folgerungen, setzte ich hinzu, können Sie daraus ziehen?

Er fragte mich, welch einen Vorfall ich meine?

Ich badete mich, erzählte ich, vor etwa drei Jahren, mit einem jungen Mann, über dessen Bildung damals eine wunderbare Anmut verbreitet war. Er mochte ohngefähr in seinem sechszehnten Jahre stehn, und nur ganz von fern ließen sich, von der Gunst der Frauen herbeigerufen, die ersten Spuren von Eitelkeit erblicken. Es traf sich, daß wir grade kurz zuvor in Paris den Jüngling gesehen hatten, der sich einen Splitter aus dem Fuße zieht; der Abguß der Statue ist bekannt und befindet sich in den meisten deutschen Sammlungen. Ein Blick, den er in dem Augenblick, da er den Fuß auf den Schemel setzte, um ihn abzutrocknen, in einen großen Spiegel warf, erinnerte ihn daran; er lächelte und sagte mir, welch eine Entdeckung er gemacht habe. In der Tat hatte

ich, in eben diesem Augenblick, dieselbe gemacht; doch
sei es, um die Sicherheit der Grazie, die ihm beiwohnte,
zu prüfen, sei es, um seiner Eitelkeit ein wenig heilsam
zu begegnen: ich lachte und erwiderte – er sähe wohl
Geister! Er errötete, und hob den Fuß zum zweitenmal,
um es mir zu zeigen; doch der Versuch, wie sich leicht
hätte voraussehn lassen, mißglückte. Er hob verwirrt den
Fuß zum dritten und vierten, er hob ihn wohl noch
zehnmal: umsonst! er war außerstand, dieselbe Bewegung wieder hervorzubringen – was sag ich? die Bewegungen, die er machte, hatten ein so komisches Element,
daß ich Mühe hatte, das Gelächter zurückzuhalten: –

Von diesem Tage, gleichsam von diesem Augenblick
an, ging eine unbegreifliche Veränderung mit dem jungen
Menschen vor. Er fing an, tagelang vor dem Spiegel zu
stehen; und immer ein Reiz nach dem anderen verließ
ihn. Eine unsichtbare und unbegreifliche Gewalt schien
sich, wie ein eisernes Netz, um das freie Spiel seiner
Gebärden zu legen, und als ein Jahr verflossen war, war
keine Spur mehr von der Lieblichkeit in ihm zu entdek-
ken, die die Augen der Menschen sonst, die ihn umringten, ergötzt hatte. Noch jetzt lebt jemand, der ein Zeuge
jenes sonderbaren und unglücklichen Vorfalls war, und
ihn, Wort für Wort, wie ich ihn erzählt, bestätigen
könnte. –

Bei dieser Gelegenheit, sagte Herr C ... freundlich,
muß ich Ihnen eine andere Geschichte erzählen, von der
Sie leicht begreifen werden, wie sie hierher gehört.

Ich befand mich, auf meiner Reise nach Rußland, auf
einem Landgut des Herrn v. G ..., eines livländischen
Edelmanns, dessen Söhne sich eben damals stark im
Fechten übten. Besonders der ältere, der eben von der
Universität zurückgekommen war, machte den Virtuo-
sen und bot mir, da ich eines Morgens auf seinem
Zimmer war, ein Rapier an. Wir fochten; doch es traf
sich, daß ich ihm überlegen war; Leidenschaft kam dazu,
ihn zu verwirren; fast jeder Stoß, den ich führte, traf,

und sein Rapier flog zuletzt in den Winkel. Halb scherzend, halb empfindlich, sagte er, indem er das Rapier aufhob, daß er seinen Meister gefunden habe: doch alles auf der Welt finde den seinen, und fortan wolle er mich zu dem meinigen führen. Die Brüder lachten laut auf, und riefen: Fort! fort! In den Holzstall herab! und damit nahmen sie mich bei der Hand und führten mich zu einem Bären, den Herr v. G . . ., ihr Vater, auf dem Hofe auferziehen ließ.

Der Bär stand, als ich erstaunt vor ihn trat, auf den Hinterfüßen, mit dem Rücken an einem Pfahl gelehnt, an welchem er angeschlossen war, die rechte Tatze schlagfertig erhoben, und sah mir ins Auge: das war seine Fechterpositur. Ich wußte nicht, ob ich träumte, da ich mich einem solchen Gegner gegenüber sah; doch: stoßen Sie! stoßen Sie! sagte Herr v. G . . ., und versuchen Sie, ob Sie ihm eins beibringen können! Ich fiel, da ich mich ein wenig von meinem Erstaunen erholt hatte, mit dem Rapier auf ihn aus; der Bär machte eine ganz kurze Bewegung mit der Tatze und parierte den Stoß. Ich versuchte ihn durch Finten zu verführen; der Bär rührte sich nicht. Ich fiel wieder, mit einer augenblicklichen Gewandtheit, auf ihn aus, eines Menschen Brust würde ich ohnfehlbar getroffen haben: der Bär machte eine ganz kurze Bewegung mit der Tatze und parierte den Stoß. Jetzt war ich fast in dem Fall des jungen Herrn v. G . . . Der Ernst des Bären kam hinzu, mir die Fassung zu rauben, Stöße und Finten wechselten sich, mir triefte der Schweiß: umsonst! Nicht bloß, daß der Bär, wie der erste Fechter der Welt, alle meine Stöße parierte; auf Finten (was ihm kein Fechter der Welt nachmacht) ging er gar nicht einmal ein: Aug in Auge, als ob er meine Seele darin lesen könnte, stand er, die Tatze schlagfertig erhoben, und wenn meine Stöße nicht ernsthaft gemeint waren, so rührte er sich nicht.

Glauben Sie diese Geschichte?

Vollkommen! rief ich, mit freudigem Beifall; jedwedem Fremden, so wahrscheinlich ist sie: um wie viel mehr Ihnen!

Nun, mein vortrefflicher Freund, sagte Herr C..., so sind Sie im Besitz von allem, was nötig ist, um mich zu begreifen. Wir sehen, daß in dem Maße, als, in der organischen Welt, die Reflexion dunkler und schwächer wird, die Grazie darin immer strahlender und herrschender hervortritt. – Doch so, wie sich der Durchschnitt zweier Linien, auf der einen Seite eines Punkts, nach dem Durchgang durch das Unendliche, plötzlich wieder auf der andern Seite einfindet, oder das Bild des Hohlspiegels, nachdem es sich in das Unendliche entfernt hat, plötzlich wieder dicht vor uns tritt: so findet sich auch, wenn die Erkenntnis gleichsam durch ein Unendliches gegangen ist, die Grazie wieder ein; so, daß sie, zu gleicher Zeit, in demjenigen menschlichen Körperbau am reinsten erscheint, der entweder gar keins, oder ein unendliches Bewußtsein hat, d. h. in dem Gliedermann, oder in dem Gott.

Mithin, sagte ich ein wenig zerstreut, müßten wir wieder von dem Baum der Erkenntnis essen, um in den Stand der Unschuld zurückzufallen?

Allerdings, antwortete er; das ist das letzte Kapitel von der Geschichte der Welt.　　　　　　　　　　H. v. K.

# Über die allmähliche Verfertigung der Gedanken beim Reden

An R[ühle] v[on] L[ilienstern]

Wenn du etwas wissen willst und es durch Meditation nicht finden kannst, so rate ich dir, mein lieber, sinnreicher Freund, mit dem nächsten Bekannten, der dir aufstößt, darüber zu sprechen. Es braucht nicht eben ein scharfdenkender Kopf zu sein, auch meine ich es nicht so, als ob du ihn darum befragen solltest: nein! Vielmehr sollst du es ihm selber allererst erzählen. Ich sehe dich zwar große Augen machen, und mir antworten, man habe dir in frühern Jahren den Rat gegeben, von nichts zu sprechen, als nur von Dingen, die du bereits verstehst. Damals aber sprachst du wahrscheinlich mit dem Vorwitz, *andere*, ich will, daß du aus der verständigen Absicht sprechest, *dich* zu belehren, und so könnten, für verschiedene Fälle verschieden, beide Klugheitsregeln vielleicht gut neben einander bestehen. Der Franzose sagt, l'appétit vient en mangeant, und dieser Erfahrungssatz bleibt wahr, wenn man ihn parodiert, und sagt, l'idée vient en parlant. Oft sitze ich an meinem Geschäftstisch über den Akten, und erforsche, in einer verwickelten Streitsache, den Gesichtspunkt, aus welchem sie wohl zu beurteilen sein möchte. Ich pflege dann gewöhnlich ins Licht zu sehen, als in den hellsten Punkt, bei dem Bestreben, in welchem mein innerstes Wesen begriffen ist, sich aufzuklären. Oder ich suche, wenn mir eine algebraische Aufgabe vorkommt, den ersten Ansatz, die Gleichung, die die gegebenen Verhältnisse ausdrückt, und aus welcher sich die Auflösung nachher durch Rechnung leicht ergibt. Und siehe da, wenn ich mit meiner Schwester davon rede, welche hinter mir sitzt, und arbeitet, so erfahre ich, was ich durch ein vielleicht stundenlanges Brüten nicht herausgebracht haben würde. Nicht,

als ob sie es mir, im eigentlichen Sinne *sagte*; denn sie
kennt weder das Gesetzbuch, noch hat sie den Euler,
oder den Kästner studiert. Auch nicht, als ob sie mich
durch geschickte Fragen auf den Punkt hinführte, auf
welchen es ankommt, wenn schon dies letzte häufig der
Fall sein mag. Aber weil ich doch irgend eine dunkle
Vorstellung habe, die mit dem, was ich suche, von fern
her in einiger Verbindung steht, so prägt, wenn ich nur
dreist damit den Anfang mache, das Gemüt, während die
Rede fortschreitet, in der Notwendigkeit, dem Anfang
nun auch ein Ende zu finden, jene verworrene Vorstellung zur völligen Deutlichkeit aus, dergestalt, daß die
Erkenntnis, zu meinem Erstaunen, mit der Periode fertig
ist. Ich mische unartikulierte Töne ein, ziehe die Verbin-
dungswörter in die Länge, gebrauche auch wohl eine
Apposition, wo sie nicht nötig wäre, und bediene mich
anderer, die Rede ausdehnender, Kunstgriffe, zur Fabri-
kation meiner Idee auf der Werkstätte der Vernunft, die
gehörige Zeit zu gewinnen. Dabei ist mir nichts heilsa-
mer, als eine Bewegung meiner Schwester, als ob sie
mich unterbrechen wollte; denn mein ohnehin schon
angestrengtes Gemüt wird durch diesen Versuch von
außen, ihm die Rede, in deren Besitz es sich befindet, zu
entreißen, nur noch mehr erregt, und in seiner Fähigkeit,
wie ein großer General, wenn die Umstände drängen,
noch um einen Grad höher gespannt. In diesem Sinne
begreife ich, von welchem Nutzen Molière seine Magd
sein konnte; denn wenn er derselben, wie er vorgibt, ein
Urteil zutraute, das das seinige berichten konnte, so ist
dies eine Bescheidenheit, an deren Dasein in seiner Brust
ich nicht glaube. Es liegt ein sonderbarer Quell der
Begeisterung für denjenigen, der spricht, in einem
menschlichen Antlitz, das ihm gegenübersteht; und ein
Blick, der uns einen halbausgedrückten Gedanken schon
als begriffen ankündigt, schenkt uns oft den Ausdruck
für die ganze andere Hälfte desselben. Ich glaube, daß
mancher große Redner, in dem Augenblick, da er den

Mund aufmachte, noch nicht wußte, was er sagen würde. Aber die Überzeugung, daß er die ihm nötige Gedankenfülle schon aus den Umständen, und der daraus resultierenden Erregung seines Gemüts schöpfen würde, machte ihn dreist genug, den Anfang, auf gutes Glück hin, zu setzen. Mir fällt jener »Donnerkeil« des Mirabeau ein, mit welchem er den Zeremonienmeister abfertigte, der nach Aufhebung der letzten monarchischen Sitzung des Königs am 23. Juni, in welcher dieser den Ständen auseinander zu gehen anbefohlen hatte, in den Sitzungssaal, in welchem die Stände noch verweilten, zurückkehrte, und sie befragte, ob sie den Befehl des Königs vernommen hätten? »Ja«, antwortete Mirabeau, »wir haben des Königs Befehl vernommen« – ich bin gewiß, daß er bei diesem humanen Anfang, noch nicht an die Bajonette dachte, mit welchen er schloß: »ja, mein Herr«, wiederholte er, »wir haben ihn vernommen« – man sieht, daß er noch gar nicht recht weiß, was er will. »Doch was berechtigt Sie« – fuhr er fort, und nun plötzlich geht ihm ein Quell ungeheurer Vorstellungen auf – »uns hier Befehle anzudeuten? Wir sind die Repräsentanten der Nation.« – Das war es was er brauchte! »Die Nation gibt Befehle und empfängt keine.« – um sich gleich auf den Gipfel der Vermessenheit zu schwingen. »Und damit ich mich Ihnen ganz deutlich erkläre« – und erst jetzo findet er, was den ganzen Widerstand, zu welchem seine Seele gerüstet dasteht, ausdrückt: »so sagen Sie Ihrem Könige, daß wir unsre Plätze anders nicht, als auf die Gewalt der Bajonette verlassen werden.« – Worauf er sich, selbstzufrieden, auf einen Stuhl niedersetzte. – Wenn man an den Zeremonienmeister denkt, so kann man sich ihn bei diesem Auftritt nicht anders, als in einem völligen Geistesbankerott vorstellen; nach einem ähnlichen Gesetz, nach welchem in einem Körper, der von dem elektrischen Zustand Null ist, wenn er in eines elektrisierten Körpers Atmosphäre kommt, plötzlich die entgegengesetzte Elektrizität erweckt wird. Und wie in dem elektri-

sierten dadurch, nach einer Wechselwirkung, der ihm
inwohnende Elektrizitätsgrad wieder verstärkt wird, so
ging unseres Redners Mut, bei der Vernichtung seines
Gegners zur verwegensten Begeisterung über. Vielleicht,
daß es auf diese Art zuletzt das Zucken einer Oberlippe
war, oder ein zweideutiges Spiel an der Manschette, was
in Frankreich den Umsturz der Ordnung der Dinge
bewirkte. Man liest, daß Mirabeau, sobald der Zeremonienmeister sich entfernt hatte, aufstand, und vorschlug:
1) sich sogleich als Nationalversammlung, und 2) als
unverletzlich, zu konstituieren. Denn dadurch, daß er
sich, einer Kleistischen Flasche gleich, entladen hatte,
war er nun wieder neutral geworden, und gab, von der
Verwegenheit zurückgekehrt, plötzlich der Furcht vor
dem Chatelet, und der Vorsicht, Raum. – Dies ist eine
merkwürdige Übereinstimmung zwischen den Erscheinungen der physischen und moralischen Welt, welche
sich, wenn man sie verfolgen wollte, auch noch in den
Nebenumständen bewähren würde. Doch ich verlasse
mein Gleichnis, und kehre zur Sache zurück. Auch
Lafontaine gibt, in seiner Fabel: Les animaux malades de
la peste, wo der Fuchs dem Löwen eine Apologie zu
halten gezwungen ist, ohne zu wissen, wo er den Stoff
dazu hernehmen soll, ein merkwürdiges Beispiel von
einer allmählichen Verfertigung des Gedankens aus
einem in der Not hingesetzten Anfang. Man kennt diese
Fabel. Die Pest herrscht im Tierreich, der Löwe versammelt die Großen desselben, und eröffnet ihnen, daß dem
Himmel, wenn er besänftigt werden solle, ein Opfer
fallen müsse. Viele Sünder seien im Volke, der Tod des
größesten müsse die übrigen vom Untergang retten. Sie
möchten ihm daher ihre Vergehungen aufrichtig beken-
nen. Er, für sein Teil gestehe, daß er, im Drange des
Hungers, manchem Schafe den Garaus gemacht; auch
dem Hunde, wenn er ihm zu nahe gekommen; ja, es sei
ihm in leckerhaften Augenblicken zugestoßen, daß er
den Schäfer gefressen. Wenn niemand sich größerer

Schwachheiten schuldig gemacht habe, so sei er bereit zu sterben. »Sire«, sagt der Fuchs, der das Ungewitter von sich ableiten will, »Sie sind zu großmütig. Ihr edler Eifer führt Sie zu weit. Was ist es, ein Schaf erwürgen? Oder einen Hund, diese nichtswürdige Bestie? Und: quant au berger«, fährt er fort, denn dies ist der Hauptpunkt: »on peut dire«, obschon er noch nicht weiß was? »qu'il méritoit tout mal«, auf gut Glück; und somit ist er verwickelt; »étant«, eine schlechte Phrase, die ihm aber Zeit verschafft: »de ces gens là«, und nun erst findet er den Gedanken, der ihn aus der Not reißt: »qui sur les animaux se font un chimérique empire.« – Und jetzt beweist er, daß der Esel, der blutdürstige! (der alle Kräuter auffrißt) das zweckmäßigste Opfer sei, worauf alle über ihn herfallen, und ihn zerreißen. – Ein solches Reden ist ein wahrhaftes lautes Denken. Die Reihen der Vorstellungen und ihre Bezeichnungen gehen neben einander fort, und die Gemütsakten für eins und das andere, kongruieren. Die Sprache ist alsdann keine Fessel, etwa wie ein Hemmschuh an dem Rade des Geistes, sondern wie ein zweites, mit ihm parallel fortlaufendes, Rad an seiner Achse. Etwas ganz anderes ist es wenn der Geist schon, vor aller Rede, mit dem Gedanken fertig ist. Denn dann muß er bei seiner bloßen Ausdrückung zurückbleiben, und dies Geschäft, weit entfernt ihn zu erregen, hat vielmehr keine andere Wirkung, als ihn von seiner Erregung abzuspannen. Wenn daher eine Vorstellung verworren ausgedrückt wird, so folgt der Schluß noch gar nicht, daß sie auch verworren gedacht worden sei; vielmehr könnte es leicht sein, daß die verworrenst ausgedrückten grade am deutlichsten gedacht werden. Man sieht oft in einer Gesellschaft, wo durch ein lebhaftes Gespräch, eine kontinuierliche Befruchtung der Gemüter mit Ideen im Werk ist, Leute, die sich, weil sie sich der Sprache nicht mächtig fühlen, sonst in der Regel zurückgezogen halten, plötzlich mit einer zuckenden Bewegung, aufflammen, die Sprache an sich reißen und etwas Unverständliches zur Welt bringen. Ja, sie scheinen, wenn sie nun die Aufmerksamkeit aller auf sich gezogen haben, durch ein verlegnes Gebärdenspiel anzudeuten, daß sie selbst nicht mehr recht wissen, was sie haben sagen wollen. Es ist wahrscheinlich, daß diese Leute etwas recht Treffendes, und sehr deutlich, gedacht haben. Aber der plötzliche Geschäftswechsel, der Übergang ihres Geistes vom Denken zum Ausdrücken, schlug die ganze Erregung desselben, die zur Festhaltung des Gedankens notwendig, wie zum Hervorbringen erforderlich war, wieder nieder. In solchen Fällen ist es um so unerläßlicher, daß uns die Sprache mit Leichtigkeit zur Hand sei, um dasjenige, was wir gleichzeitig gedacht haben, und doch nicht gleichzeitig von uns geben können, wenigstens so schnell, als möglich, auf einander folgen zu lassen. Und überhaupt wird jeder, der, bei gleicher Deutlichkeit, geschwinder als sein Gegner spricht, einen Vorteil über ihn haben, weil er gleichsam mehr Truppen als er ins Feld führt. Wie notwendig eine gewisse Erregung der Gemüts ist, auch selbst nur, um Vorstellungen, die wir schon gehabt haben, wieder zu erzeugen, sieht man oft, wenn offene, und unterrichtete Köpfe examiniert werden, und man ihnen ohne vorhergegangene Einleitung, Fragen vorlegt, wie diese: was ist der Staat? Oder: was ist das Eigentum? Oder dergleichen. Wenn diese jungen Leute sich in einer Gesellschaft befunden hätten, wo man sich vom Staat, oder vom Eigentum, schon eine Zeitlang unterhalten hätte, so würden sie vielleicht mit Leichtigkeit durch Vergleichung, Absonderung, und Zusammenfassung der Begriffe, die Definition gefunden haben. Hier aber, wo diese Vorbereitung des Gemüts gänzlich fehlt, sieht man sie stocken, und nur ein unverständiger Examinator wird daraus schließen daß sie nicht *wissen*. Denn nicht *wir* wissen, es ist allererst ein gewisser *Zustand* unsrer, welcher weiß. Nur ganz gemeine Geister, Leute, die, was der Staat sei, gestern auswendig gelernt, und morgen schon wieder vergessen haben, werden hier mit der Antwort bei der Hand sein. Vielleicht gibt es überhaupt keine schlechtere Gelegenheit, sich von einer vorteilhaften Seite zu zeigen, als grade ein öffentliches Examen. Abgerechnet, daß es schon widerwärtig und das Zartgefühl verletzend ist, und daß es reizt, sich stetig zu zeigen, wenn solch ein gelehrter Roßkamm uns nach den Kenntnissen sieht, um uns, je nachdem es fünf oder sechs sind, zu kaufen oder wieder abtreten zu lassen: es ist so schwer, auf ein menschliches Gemüt zu spielen und ihm seinen eigentümlichen Laut abzulocken, es verstimmt sich so leicht unter ungeschickten Händen, daß selbst der geübteste Menschenkenner, der in der Hebeammenkunst der Gedanken, wie Kant sie nennt, auf das Meisterhafteste bewandert wäre, hier noch, wegen der Unbekanntschaft mit seinem Sechswöchner, Mißgriffe tun könnte. Was übrigens solchen jungen Leuten, auch selbst den unwissendsten noch, in den meisten Fällen ein gutes Zeugnis verschafft, ist der Umstand, daß die Gemüter der Examinatoren, wenn die Prüfung öffentlich geschieht, selbst zu sehr befangen sind, um ein freies Urteil fällen zu können. Denn nicht nur fühlen sie häufig die Unanständigkeit dieses ganzen Verfahrens: man würde sich schon schämen, von jemandem, daß er seine Geldbörse vor uns ausschütte, zu fordern, viel weniger, seine Seele: sondern ihr eigener Verstand muß hier eine gefährliche Musterung passieren, und sie mögen oft ihrem Gott danken, wenn sie selbst aus dem Examen gehen können, ohne sich Blößen, schmachvoller vielleicht, als der, eben von der Universität kommende, Jüngling gegeben zu haben, den sie examinierten.

(Die Fortsetzung folgt)        H. v. K.

# Anhang

# Zur Überlieferung der Texte

*Michael Kohlhaas* wurde von Kleist vermutlich schon 1805 in Königsberg begonnen. Den Anfang der Erzählung (etwa ein Viertel des späteren Textes) veröffentlichte Kleist erstmals 1808 im 6. Stück des von ihm zusammen mit Adam Müller herausgegebenen Journals »Phöbus«. Die dort angekündigte Fortsetzung konnte erst zwei Jahre später erscheinen. An den Verleger Georg Reimer, der einen Band mit Erzählungen Kleists vorbereitete, schreibt Kleist im Mai 1810: »Ich schicke Ihnen das Fragment vom Kohlhaas, und denke, wenn der Druck nicht zu rasch vor sich geht, den Rest, zu rechter Zeit, nachliefern zu können.« Der vollständige Text erschien dann zur Herbstmesse 1810 im 1. Teil der *Erzählungen* (Berlin: Realschulbuchhandlung, 1810).

*Die Marquise von O...* dürfte ebenfalls schon in Kleists Königsberger Zeit begonnen worden sein. Die Erzählung erschien erstmals Ende Februar 1808 im 2. Stück des »Phöbus«, dann wieder 1810 im 1. Teil der *Erzählungen*.

Das Manuskript des *Erdbeben in Chili* lag – noch unter dem Titel *Jeronimo und Josephe* – Ende 1806 in den Händen von Kleists Freund Rühle von Lilienstern, der die Erzählung während Kleists Gefangenschaft in Frankreich vom 10. bis 15. September 1807 in Cottas »Morgenblatt« erscheinen ließ. Die endgültige Fassung erschien dann unter dem Titel *Das Erdbeben in Chili* zusammen mit *Michael Kohlhaas* und der *Marquise von O...* 1810 im 1. Teil der *Erzählungen*.

*Die Verlobung in St. Domingo* schrieb Kleist Anfang 1811 für das Unterhaltungsblatt »Der Freimüthige«, in dem die Erzählung unter dem Titel *Die Verlobung* vom 25. März bis 5. April 1811 (Nr. 60–68) erschien. Ein Nachdruck in der Wiener Zeitschrift »Der Sammler« im Juli regte Theodor Körner zu seinem Drama »Toni« an. Die Erzählung eröffnete den im Herbst 1811 erschienenen 2. Teil der wiederum von Reimer verlegten *Erzählungen* (Berlin: Realschulbuchhandlung, 1811).

*Das Bettelweib von Locarno* basiert wahrscheinlich auf einem Erlebnis, das Ernst von Pfuels Bruder Friedrich widerfahren war. Die Erzählung erschien zuerst am 11. Oktober 1810 in Kleists Zeitschrift »Berliner Abendblätter«, wurde dann in den 2. Teil der *Erzählungen* aufgenommen.

*Der Findling*, in dem Kleist einige Motive Molières, Lessings und des römischen Schriftstellers Hyginus (2. Jh. n. Chr.) frei benutzt, wurde erstmals im 2. Teil der *Erzählungen* gedruckt.

*Der Zweikampf*, zu dem Kleist Anregungen aus Jean Froissarts nach 1370 entstandener »Chronique de France, d'Engleterre et des païs voisins« übernahm, erschien erstmals im 2. Teil der *Erzählungen*.

*Die heilige Cäcilie oder die Gewalt der Musik* wurde als Patengeschenk für Adam Müllers am 27. Oktober 1810 geborene Tochter Cäcilie geschrieben. Die Erzählung erschien zuerst vom 15. bis 17. November in Kleists Zeitschrift »Berliner Abendblätter« (Nr. 40 – 42), fand dann in erweiterter Form Eingang in den 2. Teil der *Erzählungen*.

Die *Anekdoten* Kleists erschienen sämtlich zwischen dem 2. Oktober 1810 und dem 9. Februar 1811 in den »Berliner Abendblättern«.

Die beiden *Fabeln* erschienen im März 1808 im 3. Stück von Kleists und Adam Müllers Journal »Phöbus«.

Der Aufsatz *Über das Marionettentheater* wurde vom 12. bis 15. Dezember 1810 in vier Fortsetzungen in den »Berliner Abendblättern« veröffentlicht.

*Über die allmähliche Verfertigung der Gedanken beim Reden* entstand wahrscheinlich 1805/06 während Kleists Aufenthalt in Königsberg, wurde jedoch erst 1938 von Helmut Sembdner in Band 7 der 2. Auflage von Kleists »Werke und Briefe« (hrsg. von Erich Schmidt und Georg Minde-Pouet) publiziert.

# Daten zu Leben und Werk Heinrich von Kleists

1777  Am 18. Oktober (nach Kleists eigener Angabe am 10. Oktober) wird Bernd Heinrich Wilhelm von Kleist in Frankfurt an der Oder geboren.
*Eltern:* Joachim Friedrich von Kleist (1728–88) und dessen zweite Frau Juliane Ulrike, geb. von Pannwitz (1746–93). *Geschwister:* aus der ersten Ehe des Vaters Wilhelmine (1772–1817) und Ulrike (1774–1849), Kleists Lieblingsschwester; aus der zweiten Ehe Friederike (1775–1811), Auguste (1776–1818), Leopold (1780 bis 1837) und Juliane (geb. 1781).

1788  Nach dem Tod des Vaters (18. Juni) wird Kleist in Berlin von dem Prediger Samuel Heinrich Catel erzogen.

1792  Nach der Konfirmation (20. Juni) Eintritt in das Potsdamer Garderegiment als Gefreiter-Korporal.

1793–95  Teilnahme am Rheinfeldzug; am 11. Juli 1795 Rückkehr nach Potsdam.

1799  Am 4. April wird Kleists Entlassungsgesuch stattgegeben. Er immatrikuliert sich an der Universität in Frankfurt (Oder), wo er drei Semester studiert (u. a. Physik, Mathematik, Naturrecht).

1800  Anfang des Jahres verlobt sich Kleist mit Wilhelmine von Zenge. – Im August Reise nach Berlin; von dort Ende August nach Würzburg; am 27. Oktober Rückkehr nach Berlin. – Rousseau- und Kant-Lektüre. – Vorbereitung auf den preußischen Staatsdienst. Am 3. Dezember erste Teilnahme an einer Sitzung der Technischen Deputation.

1801  Im März die sog. Kant-Krise (vgl. Briefe vom 22. und 23. März). – Ab April Reise mit Ulrike über Dresden, Göttingen, Straßburg nach Paris; Juli bis November in Paris. Rückreise nach Frankfurt (Main), dort Trennung von Ulrike; im Dezember Weiterreise nach Bern.

1802  In Bern Umgang mit dem Schriftsteller Heinrich Zschokke, Ludwig Wieland, Heinrich Geßner, Pesta-

lozzi. Ab 1. April wohnt Kleist auf einer Aare-Insel bei
Thun; Arbeit an *Die Familie Ghonorez* (*Die Familie
Schroffenstein*), an *Robert Guiskard*, vielleicht schon am
*Zerbrochnen Krug*. – Im Mai Lösung des Verlöbnisses
mit Wilhelmine von Zenge. – Juli bis August krank in
Bern, wo ihn Ulrike besucht. – Mitte Oktober Abreise
mit Ulrike und Ludwig Wieland nach Jena und Weimar.
Weihnachten auf Christoph Martin Wielands Gut Oß-
mannstedt.

1803   Bis 24. Februar in Oßmannstedt; Wielands Tochter
Luise verliebt sich in Kleist. – März und April in Leipzig. – Im Frühjahr erscheint anonym eine Buchausgabe
der *Familie Schroffenstein*. – April bis Mitte Juli in
Dresden, Umgang mit Ernst von Pfuel, Fouqué, Johan-
nes Daniel Falk, Karoline und Henriette von Schlieben
(»Kleists Braut«). Arbeit an *Robert Guiskard*, *Amphitryon*, *Der zerbrochne Krug*. – Juli bis Oktober Reise mit
Pfuel über Bern, Thun, Mailand, Genf nach Paris. Streit
mit Pfuel; Verbrennung des *Robert Guiskard*-Manu-
skripts. Aufbruch ohne Paß an die französische Nordkü-
ste; Kleist will in Boulogne französische Kriegsdienste
nehmen, wird von dem preußischen Gesandten Lucche-
sini nach Deutschland zurückgeschickt. In Mainz Zu-
sammenbruch.

1804   Im Juni über Weimar, Frankfurt (Oder) und Potsdam
nach Berlin. Am 24. Juni Audienz bei dem General-
adjutanten Köckeritz wegen Einstellung in den Staatsdienst.

1805   Seit Anfang des Jahres auf Empfehlung Christian von
Massenbachs und des preußischen Ministers Hardenberg
Arbeit im Finanzdepartement unter Altenstein. – Seit
Anfang Mai Arbeit an der Domänenkammer in Königs-
berg. Beginn der Arbeit an *Michael Kohlhaas*.

1806   Überarbeitung des *Zerbrochnen Krug*; im Sommer
Beginn der Arbeit an *Penthesilea*. – Seit Mitte August aus
Gesundheitsgründen beurlaubt; Ausscheiden aus dem
Staatsdienst.

Am 14. Oktober wird die preußische Armee durch Napoleons Heere bei Jena und Auerstedt entscheidend geschlagen.

1807    Mitte Januar Reise nach Berlin; unterwegs, am 30. Januar, Verhaftung durch die Franzosen als angeblicher Spion. März bis Juli Gefangenschaft auf dem Fort de Joux und im Kriegsgefangenenlager in Châlons-sur-Marne. Arbeit an *Penthesilea*. – Anfang Mai hatte Adam Müller *Amphitryon* erscheinen lassen. – Nach der Entlassung im Juli Rückreise über Berlin nach Dresden. Im September erscheint *Jeronimo und Josephe* (*Das Erdbeben in Chili*) in Cottas »Morgenblatt«. – Im Herbst Beginn der Arbeit an *Das Käthchen von Heilbronn*; Anfang Dezember Fertigstellung der *Penthesilea*.

1808    Am 23. Januar 1. Stück des von Kleist und Adam Müller herausgegebenen Journals »Phöbus«, das nur bis Februar 1809 erscheint. Abdruck des »Organischen Fragments« der *Penthesilea*, eines von Kleist mit Zwischentexten versehenen Auszugs. – Ende Februar Abdruck der *Marquise von O...* im 2. Stück des »Phöbus«. – Am 2. März mißglückte Uraufführung des *Zerbrochnen Krug* durch Goethe in Weimar. – Im Juli Buchausgabe der *Penthesilea*. Im Sommer ist die Urfassung des *Käthchen von Heilbronn* abgeschlossen. Im November Abdruck eines Fragments aus *Michael Kohlhaas* im »Phöbus«. Im Dezember Fertigstellung der *Hermannsschlacht*.

1809    Am 29. April mit Friedrich Christoph Dahlmann Abreise nach Österreich. Am 25. Mai, drei Tage nach der Schlacht von Aspern, Besichtigung des Schlachtfelds. – Während eines Aufenthalts von Juni bis Oktober in Prag Plan einer Zeitschrift mit dem Titel »Germania«. – Kleist erkrankt schwer. Im November Rückreise nach Frankfurt (Oder), dann nach Berlin.

1810    Anfang des Jahres Umgang mit Adam Müller, Arnim, Brentano, Fouqué, Eichendorff, Loeben, Rahel Levin u. v. a. – Am 17. März Uraufführung des *Käthchen von*

Heilbronn in Wien. – Ende September Buchausgabe des *Käthchen von Heilbronn* und des 1. Teils der *Erzählungen* (darin: *Michael Kohlhaas, Die Marquise von O...,* *Das Erdbeben in Chili*). – Ab 1. Oktober erscheint Kleists Zeitschrift »Berliner Abendblätter«. Seit Anfang Dezember verhandelt Kleist mit Friedrich von Raumer und mit Hardenberg wegen einer Unterstützung der »Abendblätter«.

1811    Kleist ist Mitglied der am 18. Januar gegründeten Deutschen Tischgesellschaft. – Anfang Februar Buchausgabe des *Zerbrochnen Krug*. – In der 2. Februarhälfte Streit mit Raumer und Hardenberg wegen angeblich zugesagter finanzieller Unterstützung der »Abendblätter«. – 25. März bis 5. April Abdruck der *Verlobung in St. Domingo* im Unterhaltungsblatt »Der Freimüthige«. – Am 30. März letzte Ausgabe der »Abendblätter«. – Arbeit an einem Roman. – Anfang August erscheint der 2. Teil der *Erzählungen* (darin: *Die Verlobung in St. Domingo, Das Bettelweib von Locarno, Der Findling, Die heilige Cäcilie, Der Zweikampf*). – Am 3. September überreicht Marie von Kleist (geb. v. Gualtieri) der Prinzessin Marianne von Hessen-Homburg ein Exemplar des *Prinz Friedrich von Homburg*. – Vielfältige Bemühungen um eine Pension oder neue Anstellung. – Am 21. November Doppelselbstmord mit Henriette Vogel am Kleinen Wannsee. Am 2. Dezember nachträgliche kirchliche Bestattung.

1821    Ludwig Tieck gibt bei Reimer in Berlin *Heinrich von Kleists hinterlassene Schriften* heraus, darin Erstdrucke des *Prinz Friedrich von Homburg* und der *Hermannsschlacht*.

# Nachwort

Seit gut hundert Jahren, seit Beginn der Moderne, ist Kleist aus dem literarischen Leben nicht mehr wegzudenken. Jede Generation in Schule und Universität, in Lehre und Forschung hat ihn seither für sich neu entdeckt, ist von diesem Werk angesprochen, beeindruckt und nicht selten fasziniert. Das betrifft die Themen und Motive seiner Dichtung, doch seine unveraltete Sprache nicht zuletzt. Aber auch jede Dichtergeneration hat in den verschiedenen Phasen der literarischen Moderne ihr Verhältnis zu diesem Dichter gesucht und gefunden. So sehr ist es der Fall, daß man von einem Mythos um Kleist gesprochen hat (Peter Goldammer in der Einleitung zu seiner Dokumentation *Schriftsteller über Kleist*, 1976). Besonders im letzten Jahrzehnt hat das Interesse an Intensität gewonnen, und das hat mit der wachsenden Beunruhigung, die das Zeitgeschehen begleitet, viel zu tun. Die von ihm geschaffenen Gestalten wie der Prinz von Homburg oder Michael Kohlhaas, obgleich es historische Gestalten sind, leben von seiner Dichtung losgelöst und doch auf sie bezogen in der erzählten Welt der Gegenwart fort: in der Homburg-Biographie Herbert Rosendorfers (1980) oder im Kohlhaas-Roman von Elisabeth Plessen (1979). Stärker ausgeprägt ist das Interesse am Leben u n d am Werk, aber auch an den Todesarten, um ein bezeichnendes Wort Ingeborg Bachmanns zu gebrauchen. Karin Reschkes Erzählung *Verfolgte des Glücks*, ihr »Findebuch der Henriette Vogel« (1982), ist hier zu nennen. Die Annahme drängt sich auf, daß man an diesem Dichterleben und an diesem literarischen Werk mehr zu erkennen vermag als andernorts – daß man sich selbst und das eigene Kunstwollen als etwas Wahlverwandtes in ihnen erkennt. Natürlich sind es nicht die Seher und Propheten, die man meint, wenn man sich so nachhaltig mit Dichtern wie Kleist befaßt; und auch die Dichter als die politischen Führer einer Zeit, die uns den Weg weisen sollen, sind es nicht, sondern die

Beschädigten und Scheiternden weit mehr. Ihnen vor anderen bezeugt man Sympathie. Man bezeugt sie wie Christa Wolf den jungen Leuten um 1800, oder in ihren Worten: »Die Eigenart der Stunde bringt sie hervor, deren Flüchtigkeit legt sich als Trauer über ihr Leben, reizt sie aber auch, sich der Verlockung unterschiedlicher, entgegengesetzter Kräfte hinzugeben, sich den Spannungen auszusetzen, mitzuspielen, recht gut nach ihrer Art« (Einleitung zu: Karoline von Günderode, *Der Schatten eines Traumes. Gedichte, Prosa, Briefe*, 1979).

»Deutsche Lebensläufe. Deutsche Todesarten« lautet eine Kapitelüberschrift derselben Schrift, und von Todesarten handelt auch die Erzählung *Kein Ort. Nirgends* (1979), die zwei Betroffene dieser Generation, die Günderode und Kleist, in fiktiven Gesprächen zusammenbringt. Dichter also, denen, mit Kleist zu sprechen, auf Erden nicht zu helfen war und deren Unglücklichsein aus ihrem Werk nicht weggedacht werden kann, das daraus entstand. Von bestimmten Deformationen als Voraussetzungen spricht der Schriftsteller und Literarhistoriker Adolf Muschg in seinem Traktat *Literatur als Therapie? Ein Exkurs über das Heilsame und das Unheilbare* (1981). Hier wie auch sonst bringt sich der Name Franz Kafkas in Erinnerung. So auch in Günter Kunerts Hörspiel *Ein anderer K.* (1976) und in seinem Text mit der vieldeutigen Überschrift *Pamphlet für K.* (1975), die zugleich ein Plädoyer für K., für Kleist und alle damit Bezeichneten enthalten. Das sind diejenigen ohne Frage, die sich auf den Nenner des Klassisch-Vollendeten nicht bringen lassen und die man mit eindeutigen Krankheitsbegriffen nicht erfaßt, wenn man sie gegen sie vorbringt, wie geschehen. Die politischen Dimensionen dieser bemerkenswerten Stellungnahmen sind unverkennbar. Sein Verfasser schließt sie mit dem herausfordernd formulierten Satz: »daß der einzelne seelisch nur so krank sein kann, wie ihn die Gesellschaft macht«. Das ist sicher eine bedenklich monokausale Betrachtungsart. Aber ein wie immer beschaffener Zusammenhang zwischen dem einzelnen und der

Gesellschaft, die ihn umgibt, steht außer Frage, wo immer seelisches Leid in Vergangenheit oder Gegenwart erfahren wird; im Blick auf Kleists Dichtung nirgends so beeindrukkend gewaltig wie in seinen Erzählungen.

An Vergleichen zwischen dem epischen und dem dramatischen Werk in dem kaum noch überschaubaren Feld der Forschung fehlt es keineswegs. Das ihnen Gemeinsame hat man wiederholt betont, indem man den dramatischen Stil betonte. Emil Staiger hat ihn am Beispiel der anekdotischen Erzählung *Das Bettelweib von Locarno* beschrieben (1943). Von der Hypotaxe werde hier »in überschwenglicher Weise« Gebrauch gemacht, heißt es, ebenso von Interpunktionen der verschiedensten Art: »Das ergibt denn eine Prosa, die bis ins Letzte gegliedert, deren Teile mit schärfster Logik gefügt und aufeinander bezogen sind«; und daraus folgt oder wird gefolgert: »Als ›dramatisch‹ in einem Sinn, der sich allmählich klären soll, erweisen sich nämlich alle Stilelemente des kleinen Meisterwerks, zumal die übermäßig hypotaktische, reich gegliederte Prosa.« Aber auch gegenteilige Auffassungen sind vertreten worden, wie sie Max Kommerell in seiner noch immer lesenswerten Betrachtung *Die Sprache und das Unaussprechliche* (1937) vertreten hat. Kleist habe sich die sprachliche Form der Novelle auf neue und kühne Weise zugeeignet, wird hier ausgeführt. Mit dem Drama seien diese Erzählungen darin verwandt, daß bei entscheidenden Wendungen auf Sprache verzichtet wird. Sehr viel stärker wird dagegen das Unterscheidende betont, so daß es heißen kann: »Darum würde man nie an der sprachlichen Eigenart in diesen Novellen den Verfasser der Dramen erraten, sondern nur an der Gleichheit von Motiven.« In jedem Fall gibt es Unterschiede in der Struktur der Dichtungsarten, die auch dann fortbestehen, wenn man Vermischungen, wie zumal in Texten und Theorien der Moderne, in Rechnung stellt. Es sind Unterschiede zwischen dem Sehbaren und Sichtbaren einerseits und dem zum andern, was mit dem inneren Auge vorgestellt und erfaßt wird, wenn man es lesend erzählt bekommt. Daß das Drama in das Unbewußte nicht hinabreichen könne, weil Handlung vom Willen ausgeht und sich auf dem Felde des Bewußtseins abspielt, wie Erich von Kahler gemeint hat, trifft so sicher nicht zu, und gerade die Dramen Kleists mit ihren Träumen, Ohnmachten und Abwesenheiten schränken eine solche Beobachtung beträchtlich ein. Dennoch ist sie so abwegig nicht, weil in erzählender Form Unbewußtes sehr viel umfassender zur Sprache gebracht werden kann, nicht nur in der Form des inneren Monologs. Die Verinnerung, wie ein Begriff der neueren Poetik lautet, ist in erster Linie eine solche des Erzählens. Gleichermaßen sind Ungeheuerlichkeiten, wenn sie darzustellen sind, im erzählten Text leichter darstellbar als im Drama. Kriege, Aufstände, Katastrophen, Krankheitsepidemien und verwandte Ereignisse, die geeignet sind, Unordnung zu stiften, sind gut erzählbar, aber auf der Bühne nur bedingt zu zeigen. Die Ordnung einer Gesellschaft, ihre Brüche, Risse und schwankenden Grundlagen, läßt sich besser erzählend vermitteln als im dramatischen Bild. Schließlich kann die Spannweite zwischen dem Gewicht einer Gesellschaft und der von ihr beeinflußten seelischen Not einzelner in den epischen Dichtungsarten alles übertreffen, was in diesem Punkt das Drama zu bieten vermag, und zumal durch eine solche Spannweite zeichnen sich Kleists Erzählungen aus. Sie leuchten, welches auch der Ausgang sein mag, in eine gestörte Ordnung der Dinge hinein, die einzelne zu Betroffenen oder zu Opfern solcher Störungen macht: eine erzählte, tief beunruhigte Welt! Michael Kohlhaas kehrt nach den ihm auf der Tronkenburg widerfahrenen Gewalttätigkeiten zu seiner Frau und zu seinen Kindern zurück, und im Text lesen wir den vermeintlich beruhigenden Satz: »Hierauf erzählte er Lisbeth, seiner Frau, den ganzen Verlauf und inneren Zusammenhang der Geschichte« (16). In Wirklichkeit wird nicht irgendeine Geschichte, sondern etwas Ungeheuerliches »erzählt«. Das Erzählen – das ist durchaus neu – verliert seine erzählerische Behaglichkeit.

Die Wendung von der Ordnung der Dinge ist eine Wendung Kleists. In der *Marquise von O...* wird geschildert, was alles der Familie des Obristen von G. auf der Zitadelle bei M. widerfuhr, als sie dem Ansturm russischer Truppen erlag. Aber nachdem die Einnahme erfolgt ist, kann beruhigend gesagt werden: »Alles kehrte nun in die alte Ordnung der Dinge zurück« (122). Die Erzählung deckt auf, daß nicht zutrifft, was hier gesagt wird, als wüßte der Erzähler nicht mehr als seine Leser auch. Mit deutlichem Bezug auf die eigene zeitgeschichtliche Situation gebraucht Kleist dieselbe Wendung in einem Brief an den Freund Rühle von Lilienstern vom Spätherbst 1805. Von Napoleon ist die Rede, damit indirekt vom Ereignis der Französischen Revolution, der in der Erzählung *Die Verlobung in St. Domingo* eine keineswegs nebensächliche Bedeutung zukommt. Kleist schreibt: »Ja, mein guter Rühle, was ist dabei zu tun? Die Zeit scheint eine neue Ordnung der Dinge herbeiführen zu wollen, und wir werden davon nichts als bloß den Umsturz der alten erleben.« Beschrieben wird hier ein Vakuum, und mit einem solchen Vakuum, mit dem Umsturz der alten Ordnung, ohne daß eine neue in Sicht wäre, haben es die Erzählungen Kleists immer erneut zu tun. Das macht sie im eigentlichen Sinne des Wortes unerhört. Aber an die unerhörte Begebenheit als eine Definition der Novelle hat man dabei nicht unbedingt zu denken. Das Unerhörte in diesen Novellen ist von anderer Art. In der im Umsturz begriffenen Ordnung der Dinge geht das eine nicht immer folgerichtig und kausal erklärbar aus dem anderen hervor. Es scheint sich um ein Geschehen zu handeln, das Kleist aus eigenen Erfahrungen gekannt hat, wenn er am 29. Juli 1804 bemerkt: » Ich selber habe seit meiner Krankheit die Einsicht in ihre Motiven verloren, und begreife nicht mehr, wie gewisse Dinge auf andere erfolgen konnten.« Das monokausal erklärbare Gefüge gesellschaftlicher Ordnungen wankt. Das Adverb »zugleich« bringt alles durcheinander. Immer dort, wo Kleist es in seinen Erzählungen einsetzt, ist etwas los, und mit keinem anderen Wort wird so sehr Beunruhigung signalisiert wie mit diesem. So bereits im berühmten Einleitungssatz des *Michael Kohlhaas*: »An den Ufern der Havel lebte, um die Mitte des sechzehnten Jahrhunderts, ein Roßhändler, namens *Michael Kohlhaas*, Sohn eines Schulmeisters, einer der rechtschaffensten zugleich und entsetzlichsten Menschen seiner Zeit« (3). In der *Marquise von O...* macht dasselbe Adverb Gegensätzliches im gleichzeitigen Ausruf der in der Sache völlig anders denkenden Familienmitglieder offenkundig. Der Graf soll gestorben sein, hat man erfahren, bis er eines Tages zurückkehrt und bereits angemeldet wird: »Der Graf F...! sagte der Vater und die Tochter zugleich« (122); und entsprechend heißt es später, da man irgendeinen Missetäter erwartet, nur nicht den Grafen: »Der eilfte Glockenschlag summte noch, als Leopardo, der Jäger, eintrat, den der Vater aus Tirol verschrieben hatte. Die Weiber erblaßten bei diesem Anblick. Der Graf F..., sprach er, ist vorgefahren, und läßt sich anmelden. Der Graf F...! riefen beide zugleich, von einer Art der Bestürzung in die andre geworfen« (158 f.). Was sich ausschließen müßte, schließt sich nicht aus. Das System der Logik scheint nicht mehr zu leisten, was es leisten soll: »Der Forstmeister, indem er sich bei ihr niederließ, fragte, wie er ihr denn, was seine Person anbetreffe, gefalle? Die Marquise antwortete, mit einiger Verlegenheit: er gefällt und mißfällt mir« (131 f.).

Die Gesellschaft, um deren gestörte Ordnung es jeweils geht, ist die europäische Gesellschaft in Südamerika, in Italien, in der Schweiz oder im Heiligen Römischen Reich Deutscher Nation, hier in den Gebieten des Niederrheins, im Alemannischen, in Sachsen oder im preußischen Brandenburg. Der Zeitraum reicht vom Mittelalter der *Zweikampf*-Novelle über die Erzählungen aus dem sechzehnten und siebzehnten Jahrhundert bis zur damals unmittelbaren Gegenwart mit der genau datierten Zeitangabe in der Novelle *Die Verlobung in St. Domingo*: »Nun weiß jedermann, daß im Jahr 1803, als der General Dessalines mit 30 000 Negern gegen Port au Prince vorrückte, alles, was die weiße Farbe trug, sich in diesen Platz warf, um ihn zu verteidigen« (184 f.). Die meisten Erzählungen, sieht man von der Spukgeschichte *Das Bettelweib von Locarno* ab, sind historische Erzählungen; im Hinblick auf ihren Realismus keine nebensächliche Feststellung, und selbst die Legende von der Gewalt der Musik bleibt uns genaue Orts- und Zeitangaben nicht schuldig, wie der einleitende Satz deutlich macht. Aber mit dargestellter Geschichte um ihrer selbst willen, mit irgendeinem Historismus hat man es in keinem Fall zu tun. Die mittelalterliche wie die zeitgeschichtliche Novelle decken die gleiche gestörte Ordnung der Dinge auf, von der auch der bereits zitierte Brief handelt. Betroffen von solchen Störungen sind einfache Bürger, Kaufleute, Hauslehrer oder Offiziere; und in besonderer Weise betroffen sind die führenden Schichten des Landes: Edelleute, Junker, Grafen, Fürsten und gelegentlich – wie in der *Zweikampf*-Novelle – auch der Kaiser des Deutschen Reichs. Mit jeder Ordnung der Dinge sieht man im allgemeinen auch Ruhe verbürgt. Die Erzählungen Kleists zeigen aufgrund der erwähnten Störungen das Gegenteil: eine in Aufruhr begriffene Welt, in der es Gewalttätigkeiten, Kämpfe, Rassenkriege, Vergewaltigung von Frauen oder Verstoßung von Familienmitgliedern in Fülle gibt. Der Knecht des Roßhändlers wird auf der Tronkenburg mit Füßen getreten und mit Peitschen geschlagen. Seinem eigenen Bericht zufolge mußte er der Gewalt weichen, »von jämmerlichen Zerfleischungen gequält« (16). Aber Kohlhaas seinerseits überbietet die Gewalttätigkeit, wenn er wie ein Engel des Gerichts herabfährt – »Kohlhaas, der, beim Eintritt in den Saal, einen Junker Hans von Tronka, der ihm entgegen kam, bei der Brust faßte, und in den Winkel des Saals schleuderte, daß er sein Hirn an den Steinen versprützte« (30). Der sonst so biedere Kaufmann Piachi im *Findling* verfährt mit seinem Adoptivsohn Nicolo nicht sehr anders: »Durch diesen doppelten Schmerz gereizt, ging er, das Dekret in der Tasche, in das Haus, und stark, wie die Wut ihn machte, warf er den von Natur schwächeren Nicolo

nieder und drückte ihm das Gehirn an der Wand ein«
(246 f.). Man könnte meinen, man hätte es hier und da mit
jugendgefährdendem Schrifttum zu tun, so sehr wird hier
gefoltert, gemordet und hingerichtet. Wenn es die von Menschen herbeigeführten Katastrophen nicht sind, sind es
Naturkatastrophen, pestartige Krankheiten oder Erdbeben,
die Einblick in eine gestörte Ordnung der Dinge gewähren.
Nirgends kehrt man zur alten Ordnung zurück, wenn ihre
Störungen erst einmal sichtbar geworden sind; auch nicht in
der abgeschiedenen Welt der Marquise von O. . .; denn das
Menschenbild ist ein anderes geworden, nachdem ihr zum
Bewußtsein gekommen ist, was sie den Grafen, von dem sie
vergewaltigt wurde, eines Tages wissen läßt: »er würde ihr
damals nicht wie ein Teufel erschienen sein, wenn er ihr
nicht, bei seiner ersten Erscheinung, wie ein Engel vorgekommen wäre« (163). Aber nirgends wird die neue Ordnung als der ideale Staat oder die ideale Gesellschaft geschildert – es sei denn im utopischen Konjunktiv, dem in der
Sprache Kleists eine ähnlich zentrale Bedeutung zukommt
wie bei Musil auch. So vor allem in der Erzählung *Das
Erdbeben in Chili*. In der Nähe der Katastrophe und im
Anblick gemeinsamer Not zeichnet sich das Bild einer
Gesellschaft ab, wie sie sein könnte: »Auf den Feldern, so
weit das Auge reichte, sah man Menschen von allen Ständen
durcheinander liegen, Fürsten und Bettler, Matronen und
Bäuerinnen, Staatsbeamte und Tagelöhner, Klosterherren
und Klosterfrauen: einander bemitleiden, sich wechselseitig
Hülfe reichen, von dem, was sie zur Erhaltung ihres Lebens
gerettet haben mochten, freudig mitteilen, als ob das allgemeine Unglück alles, was ihm entronnen war, zu *einer*
Familie gemacht hätte« (173 f.).

Aber auch Naturkatastrophen decken nur eine von Menschen gemachte Ordnung auf, für die sie selbst verantwortlich sind – nicht irgendein Schicksal. Solche Ordnungen
werden in diesem Novellenwerk durchweg kritisch gesehen
und dargestellt. Gesellschaftskritik ist eines der bestimmen-
den Elemente in eigentlich jedem Text. Daher hat man

Grund, der These von der Objektivität dieser Erzählkunst gründlich zu mißtrauen. Der Erzähler, den es gibt, spricht keineswegs in jedem Fall in Übereinstimmung mit der Erzählinstanz, die es gleichfalls gibt. Er bedient sich nicht nur gelegentlich, sondern zumeist einer parteinehmenden Sprache, die sich im Gebrauch von Adjektiven äußert, mit denen zumeist auch gemeint ist, was mit ihnen gesagt wird. Wenn im *Michael Kohlhaas* der Landvogt Otto von Gorgas als »würdiger Herr« bezeichnet wird (38) oder der Stadthauptmann Heinrich von Geusau als »würdiger Mann«, dem »die abscheuliche Ungerechtigkeit, die man auf der Tronkenburg an ihm [Michael Kohlhaas] verübt hatte, [. . .] bekannt war« (19), so sollen wir keine Zweifel haben, daß es sich so verhält. Wiederholt wird die Parteinahme gegen eine Person schon mit ihrer Vorstellung offenkundig, wie im Falle des »dickmäuligen Burgvogts« (10) auf der Tronkenburg. Er wird mit dem Satz eingeführt: »Der Burgvogt, indem er sich noch eine Weste über seinen weitläufigen Leib zuknüpfte, kam, und fragte, schief gegen die Witterung gestellt, nach dem Paßschein« (4). Mitunter geht die Parteinahme so weit, daß bestimmte Figuren der Lächerlichkeit preisgegeben werden, wenn wir hören, daß der rabiate Vater der Marquise von O. . . nach Wendung der Dinge nunmehr als ein ganz anderer erscheint: »Der Kommandant beugte sich ganz krumm, und heulte, daß die Wände erschallten« (155 f.). Zwar gilt es zu sehen, daß es den festen und unverrückbaren Standort des Erzählers nicht gibt, sondern daß die Perspektiven wechseln. Die zum Tode verurteilte Josephe im *Erdbeben in Chili* wird bald als unglückliche Josephe und bald – aus der Sicht der offiziellen Kirche – als junge Sünderin bezeichnet. Aber eine allem Perspektivenwechsel überlegene Erzählinstanz läßt den Leser hinsichtlich solcher Urteile nicht im ungewissen. Sie schließt Kritik an der Gesellschaft ein, die hier beschrieben wird. Diese Kritik richtet sich in erster Linie auf die herrschenden Institutionen. Kleists Gesellschaftskritik ist in hohem Maße Institutionenkritik. Die Familie als der »tragende Pfeiler« einer jeden bürgerlichen Gesellschaft ist eine dieser Institutionen; sicher diejenige, die den Betroffenen zumeist die nächste ist.

Das Bild der Familie, das die Novellen Kleists vermitteln, ist kein gutes Bild. Wenn in ihnen so oft Ungeheuerliches geschieht, so geschieht es vor allem hier. Mit herrischer Gebärde verfügt Don Henrico (im *Erdbeben in Chili*) über seine Tochter und läßt sie im Kloster unterbringen. Schon auf ein Gerücht hin wird Littegarde von Auerstein (im *Zweikampf*) von ihren habgierigen Brüdern aus dem Hause gejagt wie ein Hund. Wenn unter Familienmitgliedern etwas auf bloß gerichtliche Weise geregelt wird – wie in der Novelle *Der Findling* – oder im Drama *Die Familie Schroffenstein* durch den Erbvertrag, ist meist Schlimmes zu befürchten. Was sich die Eltern der Marquise von O... an mangelndem Vertrauen ihrer Tochter gegenüber zuschulden kommen lassen, ist bedrückend; und so erstarrt, so verlogen und unnatürlich können natürliche Bindungen in einer Familie wie im Hause der Mulattin Babekan sein, daß die eigene Tochter lieber bei einer fremden Familie Geborgenheit sucht. Auf dem Hintergrund einer solchen Kritik an der Institution der Familie hat man das im allgemeinen positive Verständnis von Adoptionen zu beurteilen. So im *Erdbeben in Chili*, in dem das im »Sündenfall« der Eltern gezeugte Kind als eine Chiffre der Hoffnung am Leben bleibt. Im *Findling* wird die Chance einer künstlichen Familie als der möglicherweise besseren vertan: die Adoption mißlingt, und es ist gewiß nicht einfach und vereinfachend dem Findling zuzuschreiben, daß sie mißlingt. Die Geschichte des Michael Kohlhaas macht offenkundig, welche Gewaltherrschaft sich einzelne Familien wie diejenige des Junkers Wenzel von Tronka anmaßen; aber sie macht auch deutlich, daß sich treusorgende Familienväter in Mordbrenner verwandeln können, wenn die »Ordnung der Dinge« aus den Fugen gerät. Die Marquise von O... wird von den Eltern verflucht und verstoßen. Es wird geschossen, der Vater wird unmenschlich genannt, die Mutter unterjocht – bis sie ihrerseits rebelliert und die »tyrannische Verstoßung« als das bezeichnet, was sie in der Tat ist. Erst recht bestätigen uneheliche Geburt oder eine außerhalb der Ehe vollzogene Empfängnis, daß die überlieferte Ordnung der Dinge wankt – und um so mehr, als auf ungewöhnliches und unbegreifliches Geschehen hin nur mit den Regeln der Konvention und der bürgerlichen Moral geantwortet wird.

In solcher Kritik wird die herrschende und herrscherliche Kirche nicht verschont. Um eine generelle Kritik an Religion und Christentum handelt es sich in Kleists Novellen keineswegs, wie sich zumal an der »katholisierenden« Legende von der heiligen Cäcilie zeigt. Wenn Toni vor dem Bildnis der heiligen Jungfrau niederkniet (20), so wird damit unmittelbare Religiosität ohne jede Kritik zum Ausdruck gebracht. Auch im *Erdbeben in Chili* gibt es solche sich unmittelbar bekundende Religiosität, wenn wir lesen: »Josephe äußerte, indem sie mit einiger Begeisterung sogleich aufstand, daß sie den Drang, ihr Antlitz vor dem Schöpfer in den Staub zu legen, niemals lebhafter empfunden habe, als eben jetzt« (175). Aber die Unmittelbarkeit des religiösen Gefühls ist eines, die Institution, die es nicht selten erstickt, ein anderes; und es sind in erster Linie die Institutionen und ihre Vertreter, die von Kritik getroffen werden: der Erzbischof von Santiago, der befiehlt, daß der unglückseligen Josephe »der geschärfteste Prozeß« (164) gemacht wird; die Bürger derselben Stadt, die andere wegen eines Verstoßes gegen die geltende Ordnung gottlose Menschen nennen und mit Keulen erschlagen; die hinterhältigen Mönche des Karmeliterklosters (im *Findling*) oder der Bischof in derselben Erzählung, dessen Beischläferin die zweifelhafte Xaviera Tartini ist; aber auch Luther, der Kohlhaas nicht gerecht wird, wenn er hinsichtlich dessen, was diesem widerfahren ist, erst einmal an Obrigkeit und Ergebung erinnert. Aber die sicher vehementeste Institutionenkritik im Erzählwerk Kleists betrifft das, was Rainer Gruenter mit Beziehung auf den geistesverwandten Kafka als dessen juristisch verbauten Raum bezeichnet hat (1950 in der Zeitschrift *Merkur*). Diese Kritik gilt der Handhabung des Rechts durch staatliche

Gewalt und Justiz, und schon hier, wie später in der Literatur der Moderne, ist Justizkritik mit Bürokratiekritik weithin identisch. So vor allem in der Kohlhaas-Geschichte als einer regelrechten Prozeßgeschichte mit ihren unüberschaubaren Rechtswegen, ihren unerreichbaren Instanzen und Geheimschreibereien. Bürokratie mit ihrem zugehörigen Personal erweist sich sehr genau als das völlige Gegenteil dessen, was es an Unmittelbarkeit unter Menschen geben kann. Um eine solche Unmittelbarkeit ist es Kohlhaas zu tun, ehe er zum Rechtsbrecher wird: »Der Herr selbst, weiß ich, ist gerecht; und wenn es mir nur gelingt, durch die, die ihn umringen, bis an seine Person zu kommen, so zweifle ich nicht, ich verschaffe mir Recht« (25). Aber schon zuvor hat sich gezeigt, daß das Mißlingen seiner Rechtssache vornehmlich in der mißlingenden Unmittelbarkeit beruht. Die Beschwerde, die er dem Stadthauptmann von Geusau übergeben hat, verliert sich im Gestrüpp der Instanzen. Kohlhaas hat einsehen müssen, »daß der Kurfürst die Supplik seinem Kanzler, dem Grafen Kallheim, übergeben habe, und daß dieser nicht unmittelbar, wie es zweckmäßig schien, bei dem Hofe zu Dresden, um Untersuchung und Bestrafung der Gewalttat, sondern um vorläufige, nähere Information bei dem Junker von Tronka eingekommen sei« (20). Wie die Kohlhaas-Geschichte ist die Erzählung *Der Zweikampf* in hohem Maße eine Prozeßgeschichte – und eine Kriminalgeschichte obendrein, der die von Kleist bevorzugte analytische Technik entspricht. Mit Verhören, Verurteilungen, Hinrichtungen, standrechtlichen Erschießungen im Zusammenhang eines derart juristisch verbauten Raumes hat man es in nahezu jeder Erzählung zu tun, und als eine Art Humanisierung kann man es schon ansehen, wenn von der unglücklichen Josephe gesagt wird, »daß der Feuertod, zu dem sie verurteilt wurde, zur großen Entrüstung der Matronen und Jungfrauen von St. Jago, durch einen Machtspruch des Vizekönigs, in eine Enthauptung verwandelt ward« (165). Das Schauspiel der Hinrichtung aber ist alles andere als damals längst vergangene Rechtsgeschichte. Noch

in Kafkas Erzählung *In der Strafkolonie* (1919) wird von
einem solchen Schauspiel erzählt, und daß Kafka nicht
einfach Erfundenes erzählt, wäre zu zeigen. Wenige Jahre
zuvor (1912) hatte sich Kurt Tucholsky in dem Beitrag
*Hinrichtung* dieses Themas angenommen. Er berichtet von
der Hinrichtung eines Menschen und derer, die dem Schauspiel beigewohnt haben: »Unter den Zuschauern befanden
sich drei Söhne und ein Schwiegersohn des Ermordeten! –
Ich bin überzeugt, es war auch ein Pfaffe da mit der Bibel:
Richtet nicht, auf daß ihr nicht gerichtet werdet! – Was die
Söhne wohl bei dieser Scheußlichkeit gedacht haben? –
Rache? Befriedigung? Im ganzen waren es diesmal nur 60
(sechzig) Zuschauer. Bei Grete Beier fand ja ein kleines
Volksfest statt: damals zierten 200 den Hof.«

Die Not, in die Kleists Menschen durch Pest, Erdbeben,
Krieg, Aufstand, Mord, Verleumdung oder Vergewaltigung
geraten, ist vornehmlich seelische Not, und nicht wenige
von ihnen geraten außer sich, wenn die Ordnung der Dinge
aus den Fugen gerät. Der Satz Günter Kunerts, »daß der
einzelne seelisch nur so krank sein kann, wie ihn die Gesellschaft macht«, trifft wenigstens partiell auf Kleists erzählte
Welt zu. Von Jeronimo Rugera (im *Erdbeben in Chili*)
hören wir, daß tiefe Schwermut seine Brust erfüllt (167);
auch Elvire, der Ehefrau des Kaufmanns Piachi, wird ein
stiller Zug von Traurigkeit im Gemüt nachgesagt (234),
von sonderbaren Erschütterungen und einer sonderbaren
Schwermut ist die Rede. In der *Marquise von O...* wird von
der Schwermut des Grafen gesprochen, während die Marquise sich zeitweilig für verrückt hält und wahnsinnig zu
werden glaubt. Auch Donna Elisabeth im *Erdbeben in Chili*
gehört in diesen Personenkreis. Es wird gesagt, daß sie
fortfuhr, »ihm [Don Fernando] mit verstörtem Gesicht ins
Ohr zu zischeln« (176). Im *Michael Kohlhaas* ist Lisbeth
entsetzt, daß der Roßhändler sein Haus verkaufen will. In
diesem Zusammenhang heißt es: »Warum willst du dein
Haus verkaufen? rief sie, indem sie mit einer verstörten
Gebärde, aufstand« (24). In einem Zustand völliger Ver-

zweiflung findet sich Littegarde, wenn sie von ihrem Geliebten im Gefängnis aufgesucht wird: »»Hinweg‹! rief sie, indem sie sich mit dem Ausdruck der Verzweiflung rückwärts auf die Decken ihres Lagers zurückwarf [. . .]; ›geh, meine Sinne reißen, und meine Kraft bricht. Laß mich mit meinem Jammer und meiner Verzweiflung allein!‹« (274 f.) Alle diese Formen des Außersichseins zeigen an, daß die Kommunikation gerade unter den Menschen, die sich die Nächsten sind, nicht gelingen will. Die gestörte Ordnung bezeugt sich vornehmlich als gestörte Kommunikation. Aber vielfach deckt sie nur auf, was latent schon immer vorhanden war – wie in der Familie des Güterhändlers Piachi, in dem sich die Frau des Hauses einer falschen Innerlichkeit überläßt und die Wirklichkeit seelischen Geschehens notwendigerweise verfehlt. In einer von Handelsgeist und juristischen Regelungen bestimmten Gemeinschaft kann eine Atmosphäre des Vertrauens nicht gedeihen.

Kommunikation beruht auf sprachlichem Geschehen, und die Körpersprache als eine Zeichensprache hat man einzubeziehen. Vorwiegend hier – im Gebiet der Sprache oder der Sprachen – wird die Verbindung zwischen der Gesellschaft und der seelischen Welt des Einzelnen hergestellt. In zweifacher Hinsicht wird Sprachgeschehen zum Angelpunkt im Aufbau der Erzählung: in der Vermittlung der außerordentlichen Ereignisse von nicht selten katastrophalem Ausmaß und in den Redeformen der Personen untereinander. Im Grunde sind alle Novellen Kleists auf ihre Art Spracherzählungen, Sprachgeschichten und Sprachhandlungen, sofern Sprache Handlung bewirkt und Handlung sich in Sprache bezeugt. Aber Sprache kann sehr Unterschiedliches bedeuten. Den unerhörten Ereignissen, die erzählt werden, entspricht ihre Sprache als eine solche, die sich an die Regeln schönen Sprechens nicht mehr zu binden scheint. Sie zeichnet sich durch Eloquenz und Redefluß nicht aus. Die großräumigen Sprachfügungen, die es gibt, die hypotaktischen Verzweigungen in Nebensätzen, Ausrufen und Appositionen, sind im überlieferten Sinn nicht eigentlich schön zu nennen. Die verschränkte Syntax, der stockende Atem des Sprechers wie der übermäßige Gebrauch von Interpunktionen lassen sprachliche Gefälligkeit vermissen. Nicht enden wollende Wiederholungen derselben Satzteile oder derselben Konjunktionen am Anfang der Nebensätze vermitteln den Eindruck einer gewollten Schmucklosigkeit, wenn der Graf in der *Marquise von O...* den Bericht über seine »Auferstehung« gibt und selbst nicht erwarten kann zu erfahren, welchen Fortgang die Dinge nunmehr nehmen könnten: »Der Graf setzte sich, indem er die Hand der Dame fahren ließ, nieder, und sagte, daß er, durch die Umstände gezwungen, sich sehr kurz fassen müsse; daß er, tödlich durch die Brust geschossen, nach P... gebracht worden wäre; daß er mehrere Monate daselbst an seinem Leben verzweifelt hätte; daß während dessen die Frau Marquise sein einziger Gedanke gewesen wäre; daß er die Lust und den Schmerz nicht beschreiben könnte [...]; daß er endlich, nach seiner Wiederherstellung, wieder zur Armee gegangen wäre« – und so fort, fast über eine Seite hin (123 f.). Zur Schmucklosigkeit der sprachlichen Darbietung gesellt sich die Rasanz der Berichte, als bliebe für anderes – und gar für »Poetisches« – nicht die geringste Zeit: »Wie er von dir mit Pferden [...] zurückgelassen worden sei, wie man ihn, durch die schändlichsten Mißhandlungen, gezwungen habe, die Burg zu verlassen, und wie es ihm unmöglich gewesen wäre, die Pferde mitzunehmen«, lautet der Bericht, den Kohlhaasens Frau von dessen Knecht erhalten hat (11 f.). Alles Poetische und Schöne im überlieferten Sinn scheint an den Rand gedrängt, und nur im utopischen Konjunktiv deutet sich etwas von dem an, was Schönheit einmal war: »und schlich, viel Tränen vergießend, in ein dunkles, von Pinien beschattetes Tal, um seiner Seele, die sie entflohen glaubte, nachzubeten; und fand ihn hier, diesen Geliebten, im Tale, und Seligkeit, als ob es das Tal von Eden gewesen wäre« (170).

Um Stilbrüche handelt es sich nicht, und schon gar nicht um Sentimentalität. Die an den Rand gedrängte Poesie des schönen Sprechens ist ihrerseits Stil, ein Stil antirhetorischen Charakters. Wo Rhetorik dennoch zu ihrem Recht kommt, handelt es sich zumeist um Sprachkritik, um Antirhetorik auch hier. Es geht um Auslassungen und Verlautbarungen von Figuren, deren Redeweise aufgrund ihrer Rhetorik in das Licht der Kritik gesetzt wird – wie im Falle des Grafen Rotbart, wenn er zu seiner Rede vor dem Gericht zu Basel ausholt, die er seinerseits genießt, wie man schöne Reden eben genießen kann: »›Edle Herren!‹ und damit stützte er seine Hände auf das Geländer« (255); oder wie ähnlich im Falle des Roßhändlers und seines wortreichen Mandats, dem der Erzähler attestiert, daß es »mit einer Art von Verrückung« unterzeichnet sei: »Gegeben auf dem Sitz unserer provisorischen Weltregierung, dem Erzschlosse zu Lützen« (41). An der Art der sprachlichen Vermittlung des außerordentlichen Geschehens wird erkennbar, daß sich Sprache und Handeln nicht trennen lassen, daß mit Sprache gehandelt wird und daß man Gewalt und Herrschaft mit ihr ausüben kann. Auf drei Ebenen kann dies geschehen: auf der Ebene des Schriftverkehrs, er sei öffentlich oder privat; auf derjenigen der Mündlichkeit und schließlich auf der Ebene einer sprachlosen Sprache, einer sprachlichen Physiognomik, sofern durch Blicke, Erröten, Schweigen oder Gesten der verschiedensten Art etwas zeichenhaft unter Menschen mitgeteilt werden kann. Alle drei Ebenen als Formen sprachlichen Handelns sind in Kleists Erzählungen überaus nuanciert vorhanden. Schriftliche Formen der Verständigung gibt es vor allem in den Formen sprachlicher Öffentlichkeit, in den Plakaten des Michael Kohlhaas, den Aufrufen und Sendschreiben Luthers oder in den in einer spezifischen Kurialsprache verfaßten Erlassen des sächsischen Kurfürsten. Besonders in der Kohlhaas-Geschichte zeigt sich eindringlich, wie man mit öffentlicher Meinung zu rechnen hat und wie diese durch gezielte Sprachhandlungen beeinflußt werden kann. Die Wendung der Dinge, mit der Kleist als Erzähler überaus kunstvoll operiert, hängt nicht selten von den durch Sprache bewirkten Umschlägen ab. Im *Erd-*

*beben in Chili* wird der verhängnisvolle Umschlag der öffentlichen Meinung durch mündliche Rede, durch einen in der Predigt sich äußernden Fanatismus herbeigeführt, der die Gemüter erregt und erhitzt. Der rhetorische Aufwand, von Musik begleitet, ist beträchtlich: »Als sie in der Kirche der Dominikaner ankamen, ließ sich die Orgel schon mit musikalischer Pracht hören [. . .]. Niemals schlug aus einem christlichen Dom eine solche Flamme der Inbrunst gen Himmel [. . .]. Die Feierlichkeit fing mit einer Predigt an« (177). Die Metapher von der Flamme der Inbrunst wird auf das Geschehen bezogen, das Unheil und Verderben mit sich bringt. Offenkundiger Widerspruch zwischen öffentlicher Meinung und der Sphäre des Persönlich-Privaten kommt in dem Inserat zum Ausdruck, mit dem die Marquise den Vater ihres Kindes sucht. Zwischen der Öffentlichkeit und der persönlich-privaten Sphäre hat unter den Formen schriftlicher Mitteilung der Brief seinen Ort. Er kann als vertrauter Brief verstanden werden und Vertrauen erzeugen, aber er kann auch den Schwund allen Vertrauens und jeder Form von Unmittelbarkeit anzeigen, wenn die Hebamme der Marquise innerhalb des Hauses, in dem die Familie wohnt, einen Brief der Mutter überbringt, der ihr diktiert worden ist. In öder Verwaltungssprache wird ihr mitgeteilt: »Herr von G. . . wünsche, unter den obwaltenden Umständen, daß sie sein Haus verlasse. Er sende ihr hierbei die über ihr Vermögen lautenden Papiere, und hoffe daß ihm Gott den Jammer ersparen werde, sie wieder zu sehen« (140).

Aber zweifellos kommt in der Hierarchie sprachlichen Geschehens der mündlichen Rede die höhere Bedeutung zu: der Aussprache und Zwiesprache unter Menschen von Angesicht zu Angesicht. Das Gespräch ist auch bei Kleist ein hoher Wert. Hier vor allem scheint der Verdacht gegen die Sprache zurückgenommen zu werden, den er selbst wiederholt vorgebracht hat; und Gespräche als Gelingen einer Kommunikation gibt es durchaus. So in der Erzählung *Die Verlobung in St. Domingo*, wenn Toni sich dem Schweizer Gustav von der Ried als einem Fremden anvertraut. Wie selten sonst wird gelingende Kommunikation in einer Sprache wiedergegeben, die zur poetischen Schönheit zurückzukehren scheint, ehe die Wendung ins Schlimme erfolgt: »Die Gedanken, die ihn beunruhigt hatten, wichen wie ein Heer schauerlicher Vögel, von ihm; er schalt sich, ihr Herz nur einen Augenblick verkannt zu haben, und während er sie auf seinen Knieen schaukelte, und den süßen Atem einsog, den sie ihm heraufsandte, drückte er, gleichsam zum Zeichen der Aussöhnung und Vergebung, einen Kuß auf ihre Stirn« (198). Wie ähnlich bei Hölderlin, der den Wert des Gesprächs in der ungewöhnlichen Personifizierung umschreibt – »seit ein Gespräch wir sind« –, gehört es für Kleist zu den Höhepunkten sprachlichen Geschehens, die es geben kann; und daß die Betrachtungen über das Marionettentheater in Gesprächsform entwickelt werden, bestätigt den Rang, den er ihm zuerkennt. Um so bedrohlicher nehmen sich auf dem Hintergrund solcher Einschätzungen die mißlingenden Gespräche aus. Von dem Schloßhauptmann im *Michael Kohlhaas*, der die Wendung der Dinge zuungunsten des Roßhändlers verschärft, heißt es: »Dabei wandte er sich, das ganze Gespräch zerschneidend, dem Offizianten zu« (79); von abgebrochenen Gesprächen ist andernorts die Rede. Die an Verzweiflung grenzende Situation der Marquise von O... deutet sich an, wenn von ihr gesagt wird, daß sie »das Gespräch zu vermeiden schien« (130); und vollends ins Extrem gesteigert erscheint ihre kommunikationslose Lage, wenn sie sich mit Ausnahme ihrer Kinder jeder menschlichen Beziehung verweigert.

Die sicher bedeutungsvollste Ebene sprachlichen Geschehens in der so gedachten Hierarchie der Werte ist die Sprache der Sprachlosigkeit – ein bei Kleist überaus differenziertes Zeichensystem, das zwar das Gespräch voraussetzt, aber doch zugleich über die von Grammatik und Logik bestimmten Redeformen hinausführt und einen Bereich des Seelenlebens erschließt, auf den es in seiner dichterischen Welt vor anderem ankommt. Aber auch zwischen den Formen des Sprachlosen gilt es zu unterscheiden. Von denjenigen ist zunächst zu sprechen, denen die Sprache ausgeht, denen es die Sprache verschlägt. Es sind nicht selten Menschen, die sich einem zumeist unbegreiflichen Geschehen gegenüber hilflos verhalten, ohne Hoffnung, Außergewöhnliches je zu erfassen. Die Mutter der Marquise von O... ist eine solche Sprachlose, und nicht ohne Humor kommentiert der Erzähler den Ausdruck ihres Entsetzens: »Ein reines Bewußtsein, und eine Hebamme! Und die Sprache ging ihr aus« (137). Von anderer Qualität scheint die Sprachlosigkeit Lisbeths zu sein, wenn sie hört, daß Kohlhaas seine Besitzungen verkaufen will: »Und das Entsetzen erstickte ihr die Sprache«, heißt es in diesem Zusammenhang (25). Von größter Bedeutung, wie jeder Leser Kleists weiß, sind Blicke und Gebärden. Aber sie müssen keineswegs und in jedem Fall als Ausdrucksformen des »holden Unbewußten« verstanden werden. Die Blicke, die man unter Umstehenden tauscht, können zweideutige Blicke sein; sie können Lüge sein, wie denn die träumerischen Blicke der Donna Elisabeth im *Erdbeben in Chili* Zweideutigkeit verraten. Aber keine Frage, daß das Seelenvolle im sprachlosen Geschehen überwiegt. Mit Beziehung auf die Frau des Michael Kohlhaas wird das gewichtige Wort gebraucht: »Sie drückte ihm dabei mit einem überaus seelenvollen Blick die Hand, und starb« (28). Eine solche Verwendung von Gebärden als Ausdruck seelenvoller Menschlichkeit zeigt sich fast durchgehend in den Gebärden des Niederkniens. Auch sie können Verschiedenes bedeuten. Sie können als höfischweltliches Zeremoniell oder christliches Ritual in ein formelhaftes Verhalten übergehen, in der sich Seelisches kaum noch regt. Kleists niederkniende Menschen sind meist von gänzlich anderer Art. Lisbeth fällt vor Kohlhaas auf die Knie nieder – nicht um sich ihrem Mann unterwürfig zu zeigen, sondern weil sie Schlimmes abwenden möchte. Aber auch Kohlhaas scheut sich nicht, seine Knie zu beugen, und bezeichnenderweise geschieht es in seiner Begegnung mit Luther. Es ist ein Zeichen seelischer Bewegtheit – von der Untat der Vergewaltigung nicht zu trennen –, wenn der Graf gegenüber der Marquise von O... ein gleiches tut: »Der Graf hatte ein Knie vor ihr gesenkt; die rechte Hand lag auf seinem Herzen, das Haupt sanft auf seine Brust gebeugt, lag er, und blickte hochglühend vor sich nieder, und schwieg« (159). Daß Toni in der *Verlobung in St. Domingo* die Knie ihrer Mutter umklammert, indem sie den Fremden vermeintlich preisgibt, daß sie mithin eine Äußerungsform seelenvollen Verhaltens dem Scheine nach einsetzt, um etwas für den Geliebten zu erreichen, zeigt nur die gesteigerte Seelennot an, in die sich hier ein Mensch gedrängt sieht (204).

Es ist deutlich geworden, daß Gebärdensprache und Sprachlosigkeit keineswegs mit dem Unbewußten identisch sind, daß dieses vielmehr ein Teil des seelischen Geschehens darstellt, ohne das Ganze zu sein; eines Geschehens, das für Kleist offensichtlich Höchstes bedeutet. In der schon genannten Betrachtung über die Sprache und das Unaussprechliche sucht Kommerell das Unbewußte als ein derart Höchstes zu bestimmen. Er schreibt: »Die Sprachen, die Kleists Helden sprechen, sind abgestuft nach ihrer Treue oder Untreue gegen das Unbewußte.« Das Unbewußte wird in solchen Auffassungen zum Maß und Wert schlechthin. Es ist aber durchaus fraglich, ob ihm in der Gedankenwelt Kleists eine solche Stellung zukommt; denn Bewußtsein ist an den Formen seiner sprachlichen Physiognomik in mehrfacher Hinsicht beteiligt. Toni wird in der *Verlobung in St. Domingo* geschildert, wie sie »mit aufgestützten Armen, während der Fremde aß, in sein Antlitz sah« (193); man darf ergänzen: wie sie ihn förmlich »studierte«; und Kohlhaas wird beschrieben als einer, »der sich auf das Gesicht des Großkanzlers gar wohl verstand« (75), der also seinerseits das menschliche Antlitz »studiert« zu haben scheint und etwas von menschlicher Physiognomik versteht. Auch der seelenvolle Blick seiner Frau, von dem schon die Rede war, ist nicht einfach ein Ausdruck ihres Unbewußten. Das Seelenvolle bedeutet bei Kleist weit mehr; und wo immer er das Wort »Seele« gebraucht, gebraucht er es in einem über das

Unbewußte hinausführenden Sinn. Der Widersacher der Seele ist nicht der Geist des Menschen wie bei Ludwig Klages. Die Formen gelingender Kommunikation unter Menschen sind nicht ausschließlich der Treue gegen das Unbewußte zu danken, und umschrieben wird mit dem Wort »Seele« auch nicht allein ein Bezirk des inviduellen Selbst, sondern etwas, das den anderen als den geliebten anderen einbezieht. In diesem Wortbezirk, wenn irgendwo, behält das Poetische bei Kleist seinen Ort. Wo es im Gang einer Geschichte um Wesentliches geht, fehlt es nur selten. Auf den Höhepunkten des Geschehens stellt es sich wie von selbst ein. So am Ende der Erzählung *Die Verlobung in St. Domingo*: »›Ach‹, rief Toni, und dies waren ihre letzten Worte: ›du hättest mir nicht mißtrauen sollen!‹ Und damit hauchte sie ihre schöne Seele aus« (223). Von Josephe im *Erdbeben in Chili* wird nicht gesagt, daß sie dem Geliebten nachtrauert, von dem sie glaubt, daß er nicht mehr am Leben sei, sondern es heißt: daß sie in ein dunkles Tal schlich, »um seiner Seele, die sie entflohen glaubte, nachzubeten« (170); und kaum daß sich beide wieder gefunden haben, scheut sich Kleist nicht, ihr Wiederfinden in fast gewagten Wendungen wiederzugeben: »so schlichen Jeronimo und Josephe in ein dichteres Gebüsch, um durch das heimliche Gejauchz ihrer Seelen niemand zu betrüben« (170 f.). Daß auch der russische Graf, der eine ohnmächtige Frau vergewaltigt hat, zu den Ausgezeichneten in der Figurenwelt Kleists gehört – zu denjenigen, die sich auf das Seelenleben des Menschen verstehen –, überrascht nach allem nicht, was der Leser von ihm weiß. Nachdem er trotz aller Verbote zur Wohnung der geliebten Frau vorgedrungen ist, wird er im Ton entschieden, ohne im mindesten überheblich zu sein: »Der Welt zum Trotz, fuhr er fort, indem er sie festhielt, und Ihrer Familie zum Trotz, und dieser lieblichen Erscheinung sogar zum Trotz; wobei er einen glühenden Kuß auf ihre Brust drückte. [. . .] So überzeugt, sagte er, Julietta, als ob ich allwissend wäre, als ob meine Seele in deiner Brust wohnte« (145 f.). Entscheidendes wird auch hier im Konjunktiv gesagt, weil es gar nicht anders gesagt werden kann; denn das Wohnen einer Seele in der Brust des anderen, als Wunsch ausgedrückt, hat in der Wirklichkeit keine Entsprechung. Das Als-ob ist ein poetisches Bild, mit dem etwas nicht nur Unbewußtes ausgedrückt werden soll. Ein solches Bild vom Wohnen der Seele in der Brust des anderen, eine Art Seelentausch, gibt es auch im Drama der Penthesilea, hier bezogen auf Achill, der zu ihr sagt:

> »O du, die eine Glanzerscheinung mir,
> Als hätte sich das Ätherreich eröffnet,
> Herabsteigst, Unbegreifliche, wer bist du?
> Wie nenn ich dich, wenn meine eigne Seele
> Sich, die entzückte, fragt, wem sie gehört?«
>
> (V. 1809–13.)

Die Seelenwelt des Menschen, wie sie hier verstanden wird, geht, um es zu wiederholen, im Unbewußten nicht auf; denn sie bedeutet immer auch das Wissen von ihr und die Erkenntnis ihres Wertes. Wenn schon in einem frühen Brief (vom 5. Februar 1801) von der Sprache gesagt wird: »sie kann die Seele nicht malen, und was sie uns gibt, sind nur zerrissene Bruchstücke«, so ist damit nicht ausgesprochen, daß die Seele sich als etwas Unbewußtes dem sprachlichen Bewußtsein entzieht. Es ist lediglich gesagt, daß sich das, was sie ist und was man von ihr weiß, nicht in adäquater sprachlicher Form wiedergeben läßt und daß auch die »Sprachkünstler« hierzu nicht imstande sind. Auch die Dichter haben gegenüber der Seelenwelt des Menschen das Nachsehen, obwohl sie Dichter sind. Was sie »eigentlich« ausdrücken sollten, ist ihnen nur uneigentlich, nur unvollkommen und bruchstückhaft auszudrücken möglich. Ihr Tun wie ihre Situation ist nicht anders als im Paradox zu formulieren, der Kleist gemäßesten Aussageform. Davon handelt der *Brief eines Dichters an einen anderen*, der auf seine Art die antirhetorischen Züge bestätigt, die den Erzählungen eigentümlich sind: »Jüngsthin, als ich dich bei der Lektüre meiner Gedichte fand, verbreitetest du dich, mit außerordentlicher Beredsamkeit, über die Form [...]; rühmtest du mir auf eine Art, die mich zu beschämen geschickt war, bald die Zweckmäßigkeit des dabei zum Grunde liegenden Metrums, bald den Rhythmus, bald den Reiz des Wohlklangs und bald die Reinheit und Richtigkeit des Ausdrucks und der Sprache überhaupt. Erlaube mir, dir zu sagen, daß dein Gemüt hier auf Vorzügen verweilt, die ihren größesten Wert dadurch bewiesen haben würden, daß du sie gar nicht bemerkt hättest. Wenn ich beim Dichten in meinen Busen fassen, meinen Gedanken ergreifen, und mit Händen, ohne weitere Zutat, in den deinigen legen könnte: so wäre, die Wahrheit zu gestehn, die ganze innere Forderung meiner Seele erfüllt. [...] Nur weil der Gedanke, um zu erscheinen, wie jene flüchtigen, undarstellbaren, chemischen Stoffe, mit etwas Gröberem, Körperlichen, verbunden sein muß: nur darum bediene ich mich, wenn ich mich dir mitteilen will, und nur darum bedarfst du, um mich zu verstehen, der Rede. Sprache, Rhythmus, Wohlklang usw., und so reizend diese Dinge [...] sein mögen, so sind sie doch an und für sich [...] als ein wahrer, obschon natürlicher und notwendiger Übelstand; und die Kunst kann, in bezug auf sie, auf nichts gehen, als sie möglichst *verschwinden* zu machen.«

Das kann kaum antiklassizistischer gesagt sein, als es hier gesagt wird. Ein letztes Unterscheidungsmerkmal im Vergleich mit den Dramen deutet sich an. Sie sind, trotz unverkennbarer Entfernungen, von der klassischen Dramenform der Zeit nicht durch eine Kluft getrennt. Dagegen sind die Novellen in ihrer Zeit unvergleichbar. Von italienischer Heiterkeit, die Goethe an dieser Dichtungsart der Romania so überaus schätzte, kann nicht die Rede sein. Die Erzählungen Kleists ersparen ihren Lesern nichts, wie auszuführen war. Sie enthalten Forderungen der Seele, um eine Wendung aus dem *Brief eines Dichters an einen anderen* aufzunehmen, aber die Erfüllung solcher Forderungen scheint in der realen Wirklichkeit kaum erreichbar zu sein, und nur im Konjunktiv deutet sich, was sein könnte, an. Darin beruht die Unerbittlichkeit, die zum Stil dieser Texte gehört. Gewalt und Unmenschlichkeit im Exzeß, damit es bei solchen Exzessen nicht bleibe; denn die Welt hinter der Welt, die Seelenwelt des Menschen, kann dem Leser dieser Erzählungen nicht verborgen bleiben. Aber im Vordergrund steht das, was dem Leser zugemutet wird. Man denkt an Kafka abermals. Als seine Erzählung *In der Strafkolonie* im Jahre 1919 endlich erscheinen konnte, zeigte sie Kurt Tucholsky in der *Weltbühne* an, indem er sich auf Kleist bezog: »Seit dem ›Michael Kohlhaas‹ ist keine deutsche Novelle geschrieben worden, die mit so bewußter Kraft jede innere Anteilnahme anscheinend unterdrückt, und die doch so durchblutet ist von ihrem Autor.« So verwandt sind sich die Zeiten – oder einige ihrer Autoren. Auch Adolf Muschg hat in dem eingangs erwähnten Traktat über das Heilsame und das Unheilbare solche Verwandtschaften im Auge; über Kleist heißt es hier: »Diese Werke sind nicht geschaffen worden, um den Menschen den Frieden zu bringen, sondern das Schwert der Einsicht. Sie haben das Zeug zur Axt, die das gefrorene Meer in uns spaltet – Kafkas Wort!«

*Walter Müller-Seidel*

# Inhalt

# Erzählungen und Romane
# der deutschen Romantik

IN RECLAMS UNIVERSAL-BIBLIOTHEK

*Arnim, Achim v.:* Erzählungen. 384 S. UB 1505 – Isabella von
Ägypten. 143 S. UB 8894 – Der tolle Invalide auf dem Fort
Ratonneau. Owen Tudor. 80 S. UB 197

*Arnim, Bettina v.:* Ein Lesebuch. 349 S. 21 Abb. UB 2690

*Bonaventura:* Nachtwachen. Anh.: Des Teufels Taschenbuch.
188 S. UB 8926

*Brentano, Clemens:* Godwi. 599 S. UB 9394 – Die Geschichte
vom braven Kasperl und dem schönen Annerl. 64 S. UB 411
– Gockel und Hinkel. 112 S. UB 450

*Chamisso, Adelbert v.:* Peter Schlemihls wundersame Geschichte. 85 S. UB 93 – dazu Erläuterungen und Dokumente.
UB 8158

*Eichendorff, Joseph v.:* Ahnung und Gegenwart. 405 S. UB 8229
– Aus dem Leben eines Taugenichts. 126 S. UB 2354 – dazu
Erläuterungen und Dokumente. UB 8198 – Das Marmorbild.
Das Schloß Dürande. 100 S. UB 2365 – dazu Erläuterungen
und Dokumente. UB 16047 – Sämtliche Erzählungen. 654 S.
UB 2352

*Fouqué, Friedrich de la Motte:* Undine. 106 S. UB 491

*Hoffmann, E. T. A.:* Die Bergwerke zu Falun. Der Artushof.
86 S. UB 8991 – Die Elixiere des Teufels. 376 S. UB 192 – Das
Fräulein von Scuderi. 79 S. UB 25 – dazu Erläuterungen und
Dokumente. UB 8142 – Der goldne Topf. 128 S. UB 101 –
dazu Erläuterungen und Dokumente. UB 8157 – Kater Murr.

# Philipp Reclam jun. Stuttgart

# Heinrich von Kleist

IN RECLAMS UNIVERSAL-BIBLIOTHEK

Philipp Reclam jun. Stuttgart